LE ROYAUME DES VOIX

Manuel et Nadia ont tous deux la quarantaine et viennent de se retrouver après dix-huit années sans se voir. Ils sont dans un appartement New-Yorkais au moment de la crise du Golfe, la télévision déversant son flot d'images de guerre sans discontinuité. Entre deux étreintes passionnées, les deux amants se racontent leur éducation sentimentale, ressuscitent leurs ancêtres, laissent libre-cours aux souvenirs qui les assaillent par vagues tumultueuses. Autour d'un coffre rempli de nombreuses photographies, chacun va puiser la matière nécessaire pour redessiner le parcours de sa vie, et ce faisant, c'est tout un petit village d'Andalousie, Mágina, qui va ainsi renaître sous nos yeux.

Pour eux deux, Mágina est la ville du premier amour, mais c'est une mémoire beaucoup plus vaste, et qui les dépasse, qu'ils vont ensemble réveiller. La mémoire d'une foule de voix où plusieurs générations prennent place. Les images défilent alors avec les innombrables personnages, acteurs ou seulement figurants d'un film sur l'Espagne profonde, avec ses valeurs, ses croyances, sa misère aussi, ses sacrifices et ses bouleversements politiques. A cette polyphonie se mêlent les visages des bourreaux, des innocents, mais aussi d'autres ombres, d'autres fantômes : une jeune femme emmurée par un roi maure et qu'on retrouva des siècles plus tard, le cavalier polonais d'un tableau de Rembrandt, ou encore Mariana, jeune mariée tuée d'une balle perdue le lendemain de ses noces et figure empruntée à un précédent roman de l'auteur, *Beatus ille.*

Entre les mirages de leur amour et le passé remémoré en une fresque superbe, les deux amants récréent Mágina : ville mythique de l'univers romanesque d'Antonio Muñoz Molina, ville-métaphore de toute l'Espagne, emblématique de son histoire, son courage et ses blessures.

Antonio Muñoz Molina est né en 1956 à Ubeda, dans la province de Jaen. Licencié en histoire de l'art à l'Université de Grenade, il a publié plusieurs romans couronnés de nombreux prix littéraires : Beatus ille *(Prix Icare 1986),* Un hiver à Lisbonne *(Prix de la critique et Prix national de littérature 1987),* Beltenebros, Le Royaume des voix *(Prix Planeta 1991 et Prix national de littérature 1992),* Pleine Lune *(Prix Femina étranger, 1998),* Une ardeur guerrière. *Il écrit régulièrement dans le journal* El País. *En 1996 il a été élu à la Real Academia de Letras.*

Antonio Muñoz Molina

LE ROYAUME DES VOIX

ROMAN

Traduit de l'espagnol par Claude Bleton

Éditions du Seuil

La première édition de cet ouvrage
a paru aux éditions Actes Sud en 1994

TEXTE INTÉGRAL

TITRE ORIGINAL
El jinete polaco
ÉDITEUR ORIGINAL
Planeta, Barcelone

ISBN 2-02-041334-5
(ISBN 2-7427-0102-8, 1re publication)

www.seuil.com

pour Antonia Molina Expósito
et Francisco Muñoz Valenzuela

pour Leonor Expósito Medina,
in memoriam

I

LE ROYAUME DES VOIX

A leur insu, la nuit avait envahi la chambre qu'ils ne quittaient plus depuis des heures, et ils ne cessaient de s'étreindre et de se parler de plus en plus doucement, comme si la pénombre, puis l'obscurité qu'ils n'avaient pas remarquée, étouffaient leurs voix sans étancher leur soif réciproque de paroles, comme s'était épuisée leur avidité d'abord péremptoire de satisfaire et de nourrir à la fois leur désir quand ils étaient rentrés à pied, sous la neige et dans le froid, de la taverne irlandaise où ils avaient déjeuné, elle attentive et sans pudeur tendant vers lui son pied nu mal dissimulé par la nappe, tous deux se poursuivant presque jusqu'à l'ascenseur, devant la porte, dans le couloir et la salle de bains, arrachant leurs vêtements avec une violence délicate et fébrile, se mordant à pleine bouche tandis que leur double respiration s'amplifiait dans la chaleur de la chambre de l'après-midi, sous la lumière rayée des persiennes qui laissaient entrevoir de l'autre côté de la rue une rangée d'arbres aux branches pelées dont elle n'avait su lui dire le nom, et une rangée de maisons en brique rouge à linteaux en pierre, à portes peintes d'un noir brillant et ornées de heurtoirs dorés qui lui donnaient l'impression rassurante d'être à Londres ou dans une ville anglo-saxonne quelconque et silencieuse malgré le bruit du trafic montant des avenues, malgré les sirènes des voitures de police et des camions de pompiers, malgré la lourde rumeur enveloppant le noyau de silence dans lequel tous deux respiraient à l'image de la ville illimitée et redoutable qui enveloppait l'espace minuscule de l'appartement et de la chambre mieux protégée qu'un sous-marin où – s'ils voulaient bien y réfléchir – il était presque impossible qu'ils se soient rencontrés, parmi tant d'hommes et de femmes, au milieu de tant de visages, de noms, de cris, de langues et de conversations téléphoniques.

Ils vivaient avec naturel à l'intérieur d'une sorte de miracle qu'ils n'avaient pas voulu ni même espéré, naguère encore des inconnus l'un pour l'autre et se reconnaissant maintenant dans le regard, la voix et le corps de l'autre, unis par la routine paisible et ardente de l'amour, mais aussi par les voix et témoignages d'un monde qui déferlait en eux, surgi du passé comme une sève tumultueuse irriguant soudain une branche qu'on avait crue morte et sèche à la fin de l'hiver, par l'image du cavalier traversant un paysage nocturne, par les pupilles fixées sur l'obscurité et le vide d'une femme emmurée qu'on retrouva intacte au bout de soixante-dix ans, par la malle pleine de photographies de Ramiro Retratista et par une Bible protestante écrite dans un espagnol inconcevable du XVIe siècle dont il tournait maintenant les pages comme les avaient tournées depuis une centaine d'années les mains des morts relégués au fond du temps et de l'espace, enterrés de l'autre côté de l'océan dans une ville dont le nom résonnait si étrangement dans cet appartement qui paraissait n'être nulle part, Mágina, voyelles rondes comme une lumière en plein midi, consonnes dures, taillées à angle vif comme les pierres d'angle des palais couleur de sable, dorés sous le soleil du matin, cuivrés au crépuscule, presque gris les jours de pluie, dans l'hiver de son adolescence que sans le savoir il avait partagée jusqu'au bout avec cette demi-étrangère fraîchement débarquée d'Amérique, cheveux roux et menton irlandais, lui qui rêvait, sombre et silencieux, de quitter Mágina et d'aller n'importe où dans le monde, à Madrid, Paris, New York, San Francisco, dans l'île de Wight, dans une ville ou un pays dont il lisait le nom sur le cadran lumineux de la radio quand, enfant, il écoutait ces langues qui le fascinèrent bien avant de distinguer et de comprendre les sons et les mots, quand il captait, insomniaque et solitaire au cœur de la nuit, les émissions étrangères sur ondes courtes, tournant le bouton avec le même soin que son père cherchant l'hymne de Riego sur *Radio Pirenaica**, imaginant qu'il avait rendez-vous avec son destin et la femme de sa vie dans une ville où il n'irait sans doute jamais : elle, née dans une banlieue de maisons en brique rouge ou en bois peint, sous les mouettes et le vent humide de la baie, baignée par les odeurs de la digue et du limon, éduquée dans un anglais mâtiné d'irlandais et dans l'espagnol limpide d'avant la guerre, transmis aussi involontairement par son père que l'expression obstinée et attentive de son regard; lui, né en hiver par un soir d'orage, à la lueur d'une chandelle, grandi dans les *huertas*** et les champs d'oliviers de Mágina, appelé à quitter l'école vers quatorze ou quinze ans pour travailler la terre avec son père et ses grands-pères puis à choisir une fiancée au bout d'un certain temps, sans doute une

* La *Radio Pirenaica* était la radio clandestine du Parti communiste espagnol sous Franco. *(NdT)*

** La *huerta* est un lopin de terre plus ou moins grand cultivé pour le maraîchage, mais c'est aussi l'ensemble d'un bassin irrigué. *(NdT)* amie d'enfance qu'il conduirait à l'autel vêtue de blanc après sept ou huit ans de fiançailles exténuantes, lui, le maladroit, le mécontent, le silencieux, le rebelle, remplissant ses cahiers de brouillon des chroniques d'un malheur furieux, détestant sa ville et la seule vie qu'il connaissait et était en droit d'espérer, car il avait pressenti d'autres vies à travers les chansons, les livres et les films, et bien avant, quand il était enfant, à travers les voix de la radio et les noms des villes qu'il lisait maintenant sur les mappemondes, et quand il avait vu Nadia devant lui et n'avait su se souvenir d'elle, au bord de ses dix-sept ans, mortifié par son impatience d'être adulte, toujours habillé de sombre, une mèche de cheveux noirs sur le front lui assombrissant le regard, en blue-jean même le dimanche, au grand scandale de ses parents, et portant une tunique bleu marine boutonnée jusqu'au cou ressemblant vaguement à un uniforme maoïste, mais c'était la vareuse de garde d'assaut* qui avait dormi pendant plus de trente ans au fond de l'armoire de son grand-père Manuel, à côté de la buffleterie et du tube en étain contenant le diplôme de sa nomination, près d'une boîte en fer-blanc pleine de billets de banque qu'il montrait fièrement à ses amis en leur disant que c'était de l'argent de la République : il pressentait d'autres vies quand il captait des voix et des chansons étrangères à la radio, imaginant qu'il partait, sac à l'épaule, et que la route de Madrid se prolongeait indéfiniment vers le nord, vers des lieux où il vivrait au petit bonheur, changeant de nom, parlant seulement anglais et laissant ses cheveux pousser jusqu'aux épaules, comme tous les héros qu'il révérait, Edgar Allan Poe, Jim Morrison, Eric Burdon,

* Corps de gendarmerie créé par la Seconde République pour contrebalancer les pouvoirs de la Garde civile. *(NdT)*

désespérant tellement de partir pour ne plus revenir qu'il aurait accepté de ne plus jamais revoir ses amis ni la fille qu'il aimait alors d'un amour moins empreint d'enthousiasme et de désir que de lâcheté et de littérature, un amour légendaire, souffreteux et ridicule, à l'image de sa propre vie, de ses rêves d'évasion, des vers et des confessions qu'il rédigeait dans ses cahiers de brouillon, pendant les heures de permanence au lycée où un professeur madrilène enseignant la littérature avec l'humiliation douloureuse d'un exilé avait été surnommé Praxis par le plus réprouvé de ses élèves, un futur lieutenant de la garde civile qui, à l'époque, fumait déjà de la marijuana, rêvait de se couvrir les bras de tatouages de la légion et s'appelait Patricio Pavón Pacheco. Des inconnus se croisant dans les rues de Mágina, aussi étrangers que s'ils avaient été séparés par des siècles de distance, hantés jusqu'aux racines de leur conscience par les voix ancestrales, héritiers d'un courage naufragé bien avant leur naissance, façonnés inconsciemment par des faits mémorables et atroces dont ils ignoraient tout, héritiers involontaires de la solitude, de la souffrance et de l'amour de ceux qui les avaient engendrés.

Il se redressa pour prendre une cigarette sur la table de nuit, vit qu'il était tard en jetant un coup d'œil sur son réveil, et calcula d'instinct l'heure qu'il pouvait être à Mágina. Le jour s'était levé, au marché son père rangeait les légumes humides et luisants sur le comptoir en marbre, peut-être se demandait-il où était son fils, dans laquelle des villes qu'il aurait voulu connaître au temps de son adolescence son métier errant d'interprète l'avait conduit. Il regarda le téléphone et songea avec remords qu'il n'avait pas parlé à ses parents depuis longtemps, il alluma une cigarette et la glissa entre les lèvres de Nadia, lui caressant brièvement le visage et les cheveux, il était déjà minuit, mais il ne voulait pas encore allumer, il n'avait pas le sentiment de la fuite des heures, pas envie de bouger ni d'aller ailleurs. Nous aurions dû nous rencontrer à ce moment-là, souffla-t-il en se penchant sur elle dans l'obscurité, pas il y a quelques mois mais il y a dix-huit ans, pourquoi avons-nous manqué d'audace, d'intelligence, d'humour et de finesse, quel brouillard m'obnubilait en tout cas et m'empêchait de te voir quand tu étais devant moi, plus jeune d'une demi-vie et pas plus désirable qu'aujourd'hui, égale à toi-même ; et il l'imagina, cherchant désespérément son souvenir, son visage irlandais, ses yeux espagnols, sa chevelure châtaine qui virait au roux sous le soleil, sa démarche vagabonde et décontractée de l'époque, toujours en chaussures de sport et en blue-jean, mais elle n'a pas changé, elle met des robes courtes et moulantes, des chaussures à talon pour provoquer ses regards et son désir, pour qu'il la poursuive dans l'espace clos de l'appartement, mais surtout pas dehors car si elle sortait dans cette tenue, elle serait transformée en glaçon ; sous une robe jaune à même la peau persistait une légère odeur de mousse de bain, de parfum et de corps féminin, mais au bout de quelques jours s'ajoutèrent sa propre odeur, sa salive et sa semence, parfums aussi mêlés que les souvenirs et les identités, comme les litanies et les célébrations de leurs deux voix dans la pénombre d'un temps sans horaires ni dates : matins, après-midi, soirs, aurores où une lumière incolore, puis bleutée, envahissait la chambre tandis qu'il la regardait dormir, choisissant des mots pour la nommer dans plusieurs langues, comme il choisissait les caresses qui l'achemineraient vers le réveil, avec l'instinct tranquille non de la posséder – il n'avait jamais su ni voulu posséder ce qui lui était le plus cher –, mais de lui plaire et de l'entourer, d'effacer par la force de sa patience et de son assidue tendresse toutes les infortunes de sa vie, d'encourager ce sourire paresseux qui brillait dans ses yeux et sur ses lèvres quand explosait la jouissance de l'amour, heureux de la voir encore s'endormir dans ses bras, de s'écarter d'elle en prenant soin de ne pas la réveiller, d'aller à la cuisine et de lui préparer du café, un jus d'orange, du pain grillé et des œufs sur le plat, aussi naturellement que s'ils avaient toujours vécu ensemble dans cet appartement qu'elle partageait quelques mois plus tôt avec l'ex-mari dont les photos avaient disparu de la maison – il les cherchait parfois, pris de jalousie, déchiré par l'image des hommes qu'elle avait connus, comme si elle avait été infidèle avant de le rencontrer –, et le fils blond qui lui souriait aussi, car en le regardant en photo il croyait voir un intrus, sur la table de nuit, dans la bibliothèque, à côté de la machine à écrire où elle travaillait, mais il le sentait plus présent quand il ouvrait la porte de sa chambre vide, avec un peu d'appréhension et de pudeur, et contemplait le lit de couleur vive et les jouets alignés sur les étagères, super-héros de dessins animés, bateaux, motards et manèges en fer-blanc hérités de son père et donnés à son fils avec une nostalgie inévitable et un sens de la durée qu'il s'était refusés, car il n'avait pas d'enfants et ne comptait pas en avoir, et voilà qu'il était maintenant amoureux d'une femme qui avait donné le jour à l'un d'eux, il comprenait ou soupçonnait enfin l'orgueil de se reconnaître dans une autre existence. C'est étrange, pensait-il, qu'un être né d'elle ait plus besoin d'elle que moi. Il la laissa dormir, écarta les cheveux moites de son visage pour embrasser ses lèvres, ses pommettes et ses tempes, baissa les persiennes et ferma les rideaux pour que la lumière de ce matin d'hiver ne la réveille pas, sur la gravure du cavalier accrochée en face du lit la nuit semblait aussi tomber et au bord d'une rivière on ranimait un feu dans lequel des Tartares révoltés contre le tzar chauffaient au rouge vif le fil d'un sabre qui aveuglerait Michel Strogoff, mais seulement en apparence.

Qui est-ce, s'interrogeait-il, où va-t-il, depuis quand, depuis combien de temps et dans quels lieux le commandant Galaz avait-il contemplé cette gravure obscure, ce cavalier coiffé d'un bonnet tartare, le carquois et l'arc fixés sur la croupe de sa monture, la main droite presque vaniteusement appuyée sur sa taille tandis que la gauche tient la bride du cheval, détournant les yeux du chemin qu'il doit à peine distinguer dans la nuit, pour regarder au-delà des yeux du spectateur, le défiant de percer son mystère et son nom. Il ramassa par terre la robe de chambre en soie qu'elle enfilait après sa douche et laissait glisser comme un filet d'eau sur sa peau fraîche et parfumée, et la respira jusqu'à l'imprégner de l'humidité de sa propre haleine, il se prépara un café, consulta la pendule de la cuisine qui donnait une heure inexacte parce qu'elle avait négligé de la remettre à l'heure quand les journaux et les autorités avaient averti du changement, revint au salon, sa tasse à la main, mit en sourdine un disque de *Boule de Neige** qu'ils avaient écouté la veille, la regarda encore, immobile sur le seuil de la chambre, murmurant les paroles d'un boléro avec une tendresse attentionnée qui ranimait seule son désir et lui coupait les genoux, comme s'il avait seize ans et découvrait pour la première fois une femme nue, endormie, jambes écartées, la couette

* Ou *Bola de Nieve* : chanteur cubain de boléro. *(NdT)*

entre les cuisses découvrant le duvet dense et bouclé, rasé au bord de l'aine, immobile et heureux de l'admirer en toute impunité, d'avoir le droit gourmand de la pénétrer avec la langue ou les doigts pour la réveiller, blasphème et dévot, Dog, Ueid, Brausen*, Elohim, songeait-il, je t'ai comparée à une jument du char de pharaon, mon amie, répétant son nom à voix basse, Nadia, Nadia Allison, Nadia Galaz, chaque fois avec l'inflexion des idiomes qu'il pratiquait pour gagner sa vie, puis il baissa les yeux et regarda, ironique et fier, presque vaniteux, la conséquence immédiate et arrogante du spectacle, Il m'a fait entrer dans le cellier où il met son vin, il a réglé dans moi mon amour, lisait-elle dans la Bible ayant appartenu à don Mercurio, et pour ne pas succomber à la tentation de la réveiller il enfila son pantalon et retourna voir la malle de Ramiro Retratista et une sélection de toutes ses photographies prises à Mágina pendant quarante ans, éparpillées par terre ou sur les coussins du canapé, appuyées contre le dos des livres, posées sur les rayons de la bibliothèque, à côté des agrandissements en couleurs du fils de Nadia. Il se rappelait une malle toujours fermée, dans le grenier de la maison de ses parents, où il s'était caché une fois à l'âge de sept ou huit ans, il revoyait ces malles providentielles que trouvaient les naufragés romanesques sur les plages de leurs îles désertes : il n'avait plus une perception isolée des faits ni des objets, il éprouvait des sensations indicibles, il n'y avait plus de mots sans échos, de lieux isolés : autour de lui, dans sa conscience, dans son regard, et jusqu'à la surface de son épiderme, toutes choses lançaient des amarres dans l'espace et le temps, maillons d'une chaîne

* Personnage d'Onetti, qui s'invente un culte à lui-même. *(NdT)*

jamais interrompue entre passé et présent, entre Mágina et les villes du monde qu'il avait connues ou rêvé de connaître, entre lui-même et Nadia et ces visages photographiques en noir et blanc où il était possible de discerner et de reconstituer les événements et les lointaines origines de leur vie. Incrédule, il se revit assis sur un cheval en carton-pâte, à trois ans, à la foire de Mágina, portant un chapeau cordouan, une chemise rayée, une culotte courte, des chaussettes blanches et des souliers vernis, et il n'arrivait pas à croire qu'il était ici, dans un monde si éloigné, et qu'il retrouvait cette photo perdue et oubliée depuis si longtemps. Il vit ses parents le jour de leur mariage, il vit son bisaïeul Pedro assis sur la marche devant sa maison, l'inspecteur Florencio Pérez dans son bureau de la place du Général-Orduña et don Mercurio, le docteur, penchant sa tête décrépite sur les grandes pages de la Bible, il revit le visage de la femme emmurée dans la maison des Tours, les yeux hallucinés par l'obscurité et la mort, il vit son grand-père Manuel en uniforme de la garde d'assaut et songea qu'il était temps de retourner à Mágina, car la ville ne pouvait plus le blesser ni le retenir, qu'il était temps de rentrer avec Nadia, de lui montrer les lieux qu'elle avait presque oubliés, de marcher serré contre elle sous les arcades de la place du Général-Orduña, dans la rue Neuve, sur l'esplanade Santa María, dans les rues pavées qui menaient à la place San Lorenzo et à la maison des Tours, en lui parlant à l'oreille, en effleurant ses cheveux du bout des lèvres, en l'étreignant avec une passion et une certitude de lui appartenir qu'il aurait trouvées inconcevables à seize ans. Il se rappela le son du heurtoir de la maison de ses parents, et il eut enfin clairement conscience de l'abîme immense qui le séparait de la ville où il était né : gratte-ciel, ponts métalliques, paysages industriels, aéroports, océans, continents nocturnes où les fleuves brillaient sous la lune et où les villes ressemblaient à des étoiles de glace, des jours et des mois de voyages obliques sur les taches de couleurs pures des mappemondes qu'il interrogeait quand il était enfant, comme s'il était en haut d'une falaise vertigineuse, penché sur l'immensité de la terre. Mais il n'éprouvait ni angoisse, ni hâte, ni crainte, contrairement à ce qui lui était arrivé si souvent au cours de sa vie, ni ce remords insensé qui le secouait depuis qu'il était en âge de raisonner et lui donnait l'impression de vivre sous la menace d'un éventuel châtiment, d'un malheur soudain : il avait très peu dormi et sentait dans ses membres une fatigue sans poids, une indolence qui le poussait à retrouver les odeurs chaudes, dans la pénombre de la chambre.

Il referma la porte tout doucement pour que la lumière du couloir n'entre pas, écouta la respiration de Nadia qui dormait la bouche entrouverte, ôta son pantalon, s'étendit contre elle, sur le côté, se collant à ses hanches et à ses longues jambes repliées sur son ventre, et une fois blotti et immobile, les yeux fermés, il crut avoir retrouvé un refuge inviolable où les sons de la ville et la lumière du matin s'atténuaient, on aurait dit le calme d'une après-midi ou d'un crépuscule nonchalant et figé, comme les soirs où ils se couchaient après manger sans remarquer que la nuit tombait car ils se parlaient et se caressaient pendant des heures, plus longues et plus sereines que les heures ordinaires, indécents, frémissants, innocents, avec une impudeur qui nourrissait leur tendresse, complices dans le délire et dans le rire, soudain silencieux, se regardant intensément, avec étonnement et frayeur, témoins d'un prodige qui les dépassait, vaincus ensuite l'un sur l'autre, bruns de sueur, gorgés de caresses. Ils s'écoutaient alors respirer en silence, mains et lèvres cherchant sans hâte les pieds qui s'effleuraient sous les draps pour parcourir et saisir l'amplitude de ce corps encore et toujours désiré, les voix prenaient un ton remémoratif et secret, le temps se dilatait comme le cours retenu d'un fleuve qui sort de son lit dans un delta de limon et tous deux, couchés, se laissaient porter, s'abandonnaient au lent débit des paroles, se redressaient parfois pour prendre une cigarette sur la table de chevet, le visage et la chevelure de Nadia éclairés par la flamme du briquet, se levaient pour apporter une bière du réfrigérateur et la partager dans un verre débordant de mousse, parlaient toujours, répétaient les termes imprimés d'une Bible poussiéreuse qui avaient peut-être excité les désirs d'autres gens, un siècle auparavant, j'ai cherché dans mon lit, durant les nuits, celui qui aime mon âme, je l'ai cherché, et je ne l'ai point trouvé, énuméraient des noms et des chansons, les réentendaient au bout de tant d'années avec la surprise inlassable d'avoir aimé la même musique au même âge et de posséder soudain un passé commun dans lequel, sans se connaître, ils étaient déjà ensemble. Hors du jour et de la nuit, du calendrier et de la pendule, tels des survivants sur une île déserte, l'île des voix, les leurs et celles qu'assemblaient leur imagination, leur mémoire, les mots qu'ils prononçaient, et aussi les sensations retrouvées, les images défilant dans leurs pupilles quand ils ne savaient pas s'ils dormaient, quand Nadia s'assoupissait pendant quelques minutes ou souriait les yeux fermés, lui disant en rouvrant les yeux j'ai rêvé de mon père et des dessins d'un livre de contes espagnols qu'il aimait à me lire. En s'endormant, ils rêvaient qu'ils se parlaient encore et regardaient les photos innombrables de Ramiro Retratista, et au réveil ils apercevaient d'abord la pénombre de la chambre et la silhouette du cavalier chevauchant dans un paysage peu avant le crépuscule du matin ou peu après celui du soir, et ce voyageur solitaire et serein, vigilant, fier, presque souriant, tournant le dos à une colline où l'on distingue l'ombre d'un château, semble chevaucher sans conviction vers un but invisible sur le tableau, ignoré de tous, comme tous ignorent aussi le nom de ce cavalier, ainsi que la longitude et la latitude du pays traversé.

Je vois s'allumer l'une après l'autre les lumières des balcons vitrés de Mágina sous un ciel lisse et violet où il ne fait pas encore nuit, les ampoules balbutient et hésitent au coin des dernières maisons comme des flammèches de gaz et les lampes suspendues au-dessus des places projettent des halos de clarté tremblante quand le vent secoue les câbles tendus entre les toits, malmènent les ombres solitaires marchant la tête baissée, le menton dans leur fichu de laine, femmes portant un bidon de lait en étain ou une pelle de braises rouges tapies sous la cendre. Elles ont des bas de laine, des espadrilles en drap noir, des gilets boutonnés jusqu'au cou par-dessus leur tablier, elles avancent en luttant contre la nuit ou le vent, entrent chez elles sans allumer, laissent devant l'entrée la pelle chargée de braises et vont chercher le brasero, le remplissent – moitié charbon, moitié bois d'olivier –, éparpillent les braises par-dessus et le laissent devant la porte pour que le vent du soir, telle une faible brise marine, l'enflamme plus rapidement. Ce n'est pas la mémoire qui raconte mais le regard, je vois dans la pénombre froide cet éclat plus vif à mesure que l'obscurité envahit la rue, je sens la fumée et le froid, fumée de braises dorées et rougeoyantes dans le crépuscule bleuté, fumée de résine en ébullition et de bois d'olivier humide, je sens ces odeurs de l'hiver, celle des nuits de novembre ou de décembre dont le calme un peu désolé donne l'impression vague d'une trêve parce qu'on a déjà tué le cochon et que l'olive n'a pas encore commencé, je me souviens d'une femme à coiffe noire et cheveux blancs rassemblés en chignon, une folle qui tous les soirs, au seuil de la nuit, descendait la rue du Puits à pas menus en rasant les murs, dérobait un pavé sur le chantier en cours de la maison des Tours, et repartait en le cachant sous son fichu comme si elle abritait un chat, en catimini, souriant, marmonnant tout bas, elle avait l'air de parler à la pierre, au chat imaginaire, à l'enfant qu'elle avait perdu, disait-on, quand elle était jeune.

Les hommes sont arrivés, retour des champs, ils ont attaché les bêtes aux grilles pour les décharger et les débâter, ont allumé les ampoules jaunes devant les portes empierrées et les écuries chaudes qui fleurent le fumier, fatigués et bourrus, épuisés par le travail exténuant, tandis qu'à l'intérieur les femmes parlent à voix basse ou observent un silence affairé sur fond de rumeur de couture, dans ces pièces subsiste une demi-pénombre que percent à peine les ampoules de la rue et l'ultime clarté du ciel bleuté, rougeoyant dans l'ouest lointain. Il reste dans la chambre, près de la fenêtre dont les volets seront fermés dès qu'on aura allumé l'ampoule électrique, un reliquat de lumière blafarde sans origine précise qui éclabousse les visages, les mains, les draps blancs des métiers à broder, l'éclat des pupilles perdues dans le vide, fixées sur la rue où l'on entend des pas et des bribes de conversations étrangement claires, sur le cadran lumineux de la radio où sont inscrits les nombres et les noms des stations, des villes et des pays lointains qui émettent aussi, une main déplace lentement le sélecteur et l'aiguille survole les lieux d'une géographie inaccessible, s'arrête sur une musique qui se confond d'abord avec des coups de sifflet, des accents étrangers, un bruit sourd de papiers déchirés, la musique d'une réclame, d'une chanson ou d'un feuilleton, est-il possible qu'il y ait des gens dans une aussi petite boîte, comment arrivent-ils à se tasser, par où sont-ils entrés, par les rainures, comme des fourmis, la voix d'un speaker s'élève, solennelle et presque menaçante, "*La Voiture numéro treize*, déclame-t-il, roman original de Xavier de Montépin", et on entend dans la grande pièce le frottement lent des sabots d'un cheval, un grincement de roues métalliques sur des pavés fouettés par la pluie d'un hiver éloigné venu d'un autre siècle, d'une autre ville, non seulement la radio est pleine de gens, mais il y a des chevaux et il y pleut, Paris, dit le speaker, mais je ne l'écoute plus, la distance, ou les sabots des animaux qui hennissent dans l'écurie, efface ses paroles qui s'éloignent comme si je cherchais en vain à retrouver l'émission, déplaçant le sélecteur d'ondes, regardant cette lumière énigmatique jaillie des profondeurs de l'appareil, un rai de lumière comme celui qu'on verrait briller sous une porte, dans une maison fermée et uniquement habitée par des voix, par toutes les voix impossibles du monde, comme celui d'une fenêtre de la maison des Tours où vivait, seule et étrangère à tout, la gardienne qui avait trouvé un jour la momie inaltérée d'une très jeune femme qui, d'après mon grand-père Manuel, avait été capturée et emmurée par un roi maure. Une voiture à cheval descend la rue du Puits : roues métalliques et sabots résonnent avec fracas sur la chaussée et on a beau ne rien voir derrière les rideaux du véhicule, cela n'empêche pas les enfants de chanter au passage la ritournelle de don Mercurio, "Toc, toc, tic !" "Qui qu'est là ?" "Le docteur Carabosse qui veut sa peseta pour son bon diagnostic", défiant le cocher en livrée verte, s'accrochant à l'ouverture grillagée pour distinguer le visage parcheminé du médecin à travers les rideaux en gaze noire qui recouvrent les vitres de la voiture comme une urne funèbre. J'entends ces cris de très loin, comme si j'étais derrière les clôtures des basses-cours, et j'entrevois l'ombre furtive de la femme qui berce un pavé contre son sein, celle de l'aveugle qui a reçu deux cartouches de sel dans les yeux quand il était jeune et crevait les chevaux en galops furieux, j'entends dans le soir d'hiver la rumeur sourde et immobile de la ville, que j'associe sans raison à la circulation, mais c'est impossible, à Mágina, au cours de cet hiver d'une année que je ne peux déterminer, sûrement antérieure à ma mémoire et à ma vie, on entend à peine les moteurs des automobiles, en tout cas je suis trop loin pour les identifier, comme si j'étais accoudé au bastingage d'un voilier croisant devant les lumières d'une capitale portuaire à peine visible de l'horizon brumeux du grand large. Je ne peux entendre que les pas des hommes et des chevaux, les roues des charrettes, l'écho métallique des heurtoirs, les aboiements, les cris des voisines, les chansons reprises en chœur par les enfants pour conjurer la peur immémoriale de l'arrivée de la nuit, j'ai peur de sortir, si je passais par ici, la momie m'attendrait par là, tout est comme ouaté de silence, les cloches des églises convoquent à la prière ou sonnent le glas, obligeant les femmes à se signer dans leurs chambres rongées d'ombre, j'entends aussi les lents mugissements des vaches qui reviennent de boire à la fontaine de la muraille, remontent par la place San Lorenzo, sur le chemin des basses-cours, guidées par des vachers farouches qui leur caressent rudement l'échine avec leurs grands bâtons gros comme des gourdins, et enfilent la rue du Puits, l'écho de leurs sabots s'amplifie alors et les derniers enfants restés sourds aux appels de leurs mères, jouant encore ou se racontant des histoires sous les réverbères des carrefours, s'écartent de peur d'être renversés, grimpent aux grilles, se cachent sous les porches et chantent une chanson pour conjurer le péril, meuh, meuh, meuh, gare aux bœufs, noir ou rouge, sauve qui peut, si c'est blanc, ils n'y voient que du feu.

Après leur passage, les vaches laissent dans la rue un fumet chaud et lourd et derrière elles se referme une nuit désespérée encore aggravée, paradoxalement, par les éclairages aux fenêtres des bureaux ou aux portes des tavernes obscures dans lesquelles les hommes boivent, accoudés aux barriques de vin, plus au nord, au-delà du vide de la place du Général-Orduña, tandis que le cadran de l'horloge s'éclaire en même temps, dans le ton onctueux des fenêtres du commissariat, aux vitrines des boutiques désertes où les employés, qui ont des mains de curés, blanches et douces, et se les frottent de la même manière, rangent les coupons sur les comptoirs en bois bruni avant de fermer et de se quitter sur une dernière plaisanterie, remontant le col en veau retourné de leurs vestes et frottant avec une énergie redoublée leurs mains glacées par un froid d'église insinuant ; ces employés dociles sont en quelque sorte les sacristains du *Système Métrique*, le plus grand magasin de tissus et confection de Mágina, situé en face de l'église de la Trinité, où le poste insignifiant de messager et de garçon à tout faire est occupé par Lorencito Quesada, folliculaire local ayant des velléités de reporter, correspondant de *Singladura*, le journal de la province en vente à côté, au kiosque de la place, où mon père m'envoyait tous les vendredis acheter *Siete Fechas*, dont la page centrale était consacrée au récit illustré d'un crime. Mais je ne veux pas aller si loin, je fais demi-tour car je ne suis pas guidé par la main chaude de ma mère, j'ai peur de me perdre dans ces rues larges et inconnues sillonnées par des automobiles noires – certaines sont conduites par des tubards en blouse blanche qui enlèvent les enfants pour leur sucer le sang –, je revois la rue du Puits, sombre et pavée, entre les longs murs des basses-cours, derrière ses portes couronnées de linteaux en pierre luisent dans les vestibules des lampes à huile sous des gravures de Notre-Seigneur Jésus-Christ ou du Sacré-Cœur, puis la place del Altozano, très grande, avec la maison où se trouvait la cave de l'oncle Antonio, le frère de ma grand-mère Leonor, qui vendait du vin au pied d'une cuve colossale montant jusqu'aux poutres du plafond, je vois la fontaine où se retrouvent tous les matins les commères portant leurs cruches, parlant, criant, attendant leur tour, elles disent que dans la maison des Tours on a trouvé le corps non corrompu d'une sainte dans une urne de cristal, et qu'il répand un parfum d'église à l'eau de rose. Le soir, la place del Altozano tient de la frontière et de l'abîme, battue par le vent glacial qui secoue le cercle de lumière de l'unique ampoule et apporte de la campagne, à l'autre bout de Mágina, le son du clairon appelant à la prière devant la porte de la caserne de l'Infanterie dont les fenêtres horizontales viennent de s'éclairer, lui donnant un air de nef industrielle érigée au bord de la falaise, aux limites de la ville, face à la vallée du Guadalquivir, contre le ciel rouge et violet de l'ouest traversé par un dernier sillage blafard, le faisceau des chemins de l'autre côté du fleuve menant aux villages des flancs de la Sierra, taches blanches dans l'obscurité bleutée : un homme, le commandant Galaz, nouvellement promu, dernier arrivé à Mágina, les voit par la fenêtre de sa chambre du pavillon des officiers quand il lève ses yeux fatigués du livre qu'il ne pourra plus continuer de lire s'il n'allume pas : il contemple sur sa table le livre refermé, le pistolet dans son étui noir, et crispe les mâchoires en se demandant en quoi consiste exactement la sensation de mourir, combien de minutes, combien de secondes dure la peur absolue. Dans la *huerta* de mon père, l'oncle Rafael, l'oncle Pepe et le lieutenant Chamorro parlaient souvent de lui, j'étais impressionné par ce nom si tranchant et bizarre qu'on ne pouvait l'attribuer qu'à un homme imaginaire, à un héros aussi inexistant que le *Cosaque vert**, Michel Strogoff ou le général Miaja**, le commandant Galaz qui avait déjoué à lui seul la conspiration des factieux – racontait l'oncle Rafael en braquant sur nous ses petits yeux humides –, qui avait levé son pistolet au milieu de la cour, devant tout le régiment aligné dans la nuit irrespirable de juillet, qui avait tiré sur le lieutenant Mestalla en pleine poitrine et avait ajouté, sans crier parce qu'il n'élevait jamais la voix : “S'il y a un autre traître, qu'il avance d'un pas.”

Plus que jamais je suis ému par ce nom que je n'avais pas entendu ni prononcé depuis mon enfance, et je revois l'ex-commandant Galaz bien des années après, au fond de ce temps figé, de ce lointain absolu où les ombres des vivants et des morts se confondent, grand, légèrement voûté, enveloppé dans son manteau, coiffé d'un chapeau, avec un nœud papillon en guise de cravate, des-

* Célèbre bande dessinée enfantine. *(NdT)*

** Un des rares militaires de haut grade restés à Madrid pendant la guerre civile, dont il organisa la défense. *(NdT)*

cendant la rue large et désolée aujourd'hui rebaptisée avenue du 18-Juillet, où les marronniers ont été coupés au grand scandale des oiseaux d'un matin d'avril d'antan, je le vois s'approcher lentement de la caserne, sans désir ni regret, et s'arrêter en entendant l'appel du clairon à la prière par un soir de novembre ou de décembre, devant cette maison dont le rez-de-chaussée est devenu un bar et dont la mansarde, autrefois surnommée la chambre à la poutre à cause d'un gros madrier qui traversait le plafond en diagonale, n'a pas été louée depuis vingt ans car plus personne ne veut vivre dans un endroit pareil. Il s'aperçoit qu'il s'est arrêté par un réflexe automatique de sa jeunesse, qu'il a failli se mettre au garde-à-vous et porter sa main droite à la tempe comme si trente-sept ans ne s'étaient pas écoulés depuis cette époque-là, comme s'il n'avait cessé de porter l'uniforme depuis une demi-vie, privé de patrie et de République à qui offrir sa loyauté, et quand il fait demi-tour au lieu de continuer son chemin, car il redoute moins une vague mélancolie que des larmes énigmatiques et inconsolables, le vent froid lui fouette le visage, lui apprend qu'il avait les yeux humides, et je le vois monter lentement vers les rues centrales plus éclairées, loin des odeurs denses et fertiles de la terre hivernale et du murmure des canaux longeant les chemins dissimulés sous les broussailles et les cannaies, si profonds qu'on n'ose approcher du bord, de cette profondeur abyssale sillonnée de rats invisibles ou de couleuvres que l'imagination transformait, surtout au crépuscule, en caïmans, tigres, pythons et jeancavales carnivores. Mais les chemins des champs sont presque déserts, à part un maraîcher attardé qui conduit son mulet chargé de primeurs par la bride, un enfant qui s'épargne l'effort de gravir la côte en s'accrochant à la queue de l'animal et qui meurt de sommeil, de fatigue et de froid, ou un tout jeune homme, mon père, qui calcule dans combien de temps il pourra se marier et combien d'argent il devra économiser pour acheter une génisse, mon père adolescent, le visage sérieux et la bouche encore enfantine, ses cheveux ondulés d'homme aplatis par la brillantine, esquissant un sourire craintif devant l'appareil de Ramiro Retratista. Je le reconnais presque de loin, comme je le reconnaissais quand j'étais enfant avec un élan d'admiration et de tendresse, au milieu de la foule du marché, à sa manière de marcher, même si je ne voyais pas son visage, pourtant je n'arrive pas à déterminer son âge car je distingue mal ses traits, l'accumulation des années et leur succession abstraite, le temps de ce soir-là ne ressemble pas à celui de ma vie d'aujourd'hui, au lieu de suivre son cours il s'échappe comme les heures et les semaines et les jours des montres digitales et des calendriers automatiques, il s'enfuit en tournoyant et revient soudain, fragile, dans la pérennité d'une lanterne magique où parfois l'avenir précède le passé et où visages, voix, chansons, rêves, noms, mais surtout les chansons et les noms, scintillent sans se confondre dans un présent simultané.

Je m'approche de la ville comme si je venais de très loin, de très haut, comme si j'étais un voyageur silencieux dans un planeur : il est tard, il faut attacher sa ceinture de sécurité car on aperçoit au bout de la nuit les lumières d'un aéroport et le temps recule devant moi en ondes circulaires, change aussi vite qu'un paysage derrière la fenêtre d'un train, et cette silhouette attardée que j'ai vue monter sur le chemin vers Mágina est devenue mon grand-père Manuel qui revient, après un an de captivité en camp de concentration, je le vois de dos, essoufflé, rendu, il a marché pendant deux jours sans s'arrêter et a peur maintenant de s'effondrer sur le sol comme un cheval fourbu au terme de sa route, j'accélère, je monte, je le devance, j'arrive à la place San Lorenzo bien avant qu'il débouche sur le premier carrefour éclairé, je vois le rectangle de la place, plus intime la nuit, les trois peupliers qu'on n'a pas encore coupés pour rendre plus aisée la circulation des automobiles, j'entends une voix de femme appelant un enfant à grands cris, ma grand-mère Leonor penchée au balcon qui interpelle mon oncle Luis, nullement impressionné par les vaches, les aveugles, les fantômes, et qui continue de jouer dans la rue après la tombée de la nuit, je reconnais la porte entrebâillée, je regarde le rai de lumière qui s'étire sur la terre battue et froide d'humidité, descend et s'avance sans obstacle jusqu'à la porte surmontée d'un arc enduit à la chaux où est fixée une rosace d'épis séchés dont la fonction magique est de favoriser une bonne récolte, cela me rappelle les palmes jaunâtres que l'on suspend aux balcons le dimanche des Rameaux afin de préserver la maison de la foudre. Mais je continue ma course, personne ne me voit, pas même moi, je repère l'emplacement du deuxième porche dans l'ombre, l'entrée de l'écurie, la minuscule porte du placard grillagé sous l'escalier, dans lequel j'avais si peur de pénétrer depuis que nous y avions vu une couleuvre se lover autour d'une grande jarre béante à demi enfoncée dans le sol, que nous prenions pour un puits insondable, pleine d'une huile luisante répandant une odeur lourde. Je pousse tout doucement la troisième porte, mais ce n'est même pas la peine, elle s'efface devant moi avant que je l'aie touchée et le temps bifurque comme l'eau d'un lac, à travers plusieurs voiles de brume je vois la cuisine, ses pavés, ses murs nus, peut-être ornés de photographies encadrées de morts souriants, aussi rigides que des morts étrusques, ses poutres peintes en noir d'où pendent des grappes de raisin sec, et dans un coin, me tournant presque le dos, face à la flamme, un homme chenu caresse le dos d'un chien blotti entre ses jambes, mon bisaïeul Pedro Expósito, mort avant ma naissance, il avait été tiré de l'hospice des enfants trouvés par un maraîcher très pauvre et avait toujours refusé de connaître la famille qui l'avait abandonné à sa naissance, avait participé à la guerre de Cuba et survécu dans les Caraïbes au naufrage du vapeur qui le ramenait en Espagne, n'avait été photographié qu'une seule fois, à son insu, de loin, alors qu'il était sur la marche de l'entrée, Ramiro Retratista l'avait pris de la fenêtre de la maison d'en face, où il avait camouflé son appareil photo à contrecœur, pour accomplir un vœu, peut-être obéir à un ordre de mon grand-père Manuel, lequel avait besoin d'une photo de tous les siens pour obtenir une carte de famille nombreuse qui lui était refusée parce que mon bisaïeul, son beau-père, n'avait pas envie d'être pris en photo.

J'entends les voix qui racontent, les mots qui invoquent et qui nomment, pas dans ma conscience, mais dans une mémoire qui n'est même pas la mienne, j'entends la voix inconnue de mon bisaïeul Pedro Expósito Expósito* parlant à son chien et lui caressant la tête tandis qu'ils regardent tous les deux l'éclat des flammes, avec la même expression dans les yeux, je l'entends raconter qu'il a rapporté ce chien de Cuba

* Les Espagnols portent traditionnellement deux noms, celui de leur père et celui de leur mère. A l'orphelinat, on donnait aux enfants trouvés le double nom d'Expósito (qui signifie "enfant abandonné"), pour bien manifester leur origine douteuse ; ce nom d'Expósito se transmettait ainsi à la descendance jusqu'à la troisième génération. *(NdT)*

et qu'il est presque aussi vieux que lui : c'est une histoire impossible, je le sais, mais pour mon grand-père Manuel ce n'était pas une raison pour se priver de la raconter, au contraire il y tenait et se plaisait à dire que le chien sans nom de son beau-père avait vécu jusqu'à l'âge de soixante-quinze ans ; il révélait non moins naturellement que le roi Alphonse XIII lui avait demandé du feu par une nuit très noire dans une ruelle des faubourgs, et que dans la Sierra vivaient des créatures tenant de l'homme et du cheval, des bêtes féroces et misanthropes qui, par les hivers très enneigés, descendaient dans la vallée du Guadalquivir, exaspérées par la faim, les empreintes de leurs sabots d'équidés dans les choux-fleurs et les laitues des potagers l'attestaient, et elles mangeaient même de la chair humaine. La preuve de l'existence de ces jeancavales, à part le récit des hommes terrorisés qui avaient survécu à leur attaque, était taillée dans la pierre, sur la façade de l'église du Salvador, qui comporte effectivement une frise de centaures : si elles avaient été sculptées en un lieu aussi sacré, à côté des statues des saints et sous le tympan de la Transfiguration du Seigneur, argumentait mon grand-père en souriant, il fallait être un hérétique pour ne pas croire à leur existence. J'entends, si loin, d'un lieu dont il ne soupçonne pas l'existence, la voix de mon grand-père Manuel, inlassable, grave, baroque, son rire que je n'écouterai plus même s'il vit toujours, son silence d'aujourd'hui, son embonpoint aggravé par la vieillesse, son immobilité devant la table *camilla** et le brasero de

* La *mesa camilla* est une table ronde recouverte d'une longue nappe retombant jusqu'aux pieds, sous laquelle un brasero répand sa chaleur. On remontait la lourde nappe sur les genoux pour réchauffer les membres engourdis par le froid. De nos jours ce type de table tend à devenir de plus en plus décoratif et de moins en moins fonctionnel. *(NdT)*

la cuisine, aujourd'hui refaite, plafond lisse, pavés neufs, téléviseur dans un angle, photos en couleurs sous cadre qui ne comportent plus la signature penchée de Ramiro Retratista, de cette cuisine éclairée par le foyer ou la mèche d'un quinquet, habitée par mon bisaïeul Pedro dans un autre temps où ma mère, âgée de dix ans et qui ignore que dans une heure on frappera à la porte et qu'en allant ouvrir elle se retrouvera nez à nez avec un barbu en qui elle aura du mal à reconnaître son père, s'approche de lui, cherchant le refuge chaud et rassurant de son contact pour se défendre du froid, du désarroi, de la peur, pour ne pas entendre les voix enfantines qui dans la rue chantent la chanson de la Sibylle Croquebille, du roi Balthasar la fille, ou qui racontent dans leurs conciliabules l'histoire de la femme fantôme enterrée vive dans un sous-sol de la maison des Tours et qui, à cette heure de la nuit, hante comme une âme en peine les salons dallés de marbre, les galeries en ruine, la corniche où les gargouilles brandissent une torche enflammée, pas loin d'ici, à cet endroit précis, montrent-ils à l'autre bout de la place, les soirs où elle n'arrive pas à fermer l'œil, elle se penche à la fenêtre de sa chambre et croit distinguer cette lumière derrière les vitres des tourelles, le spectre blafard, le nez contre la vitre, elle imagine un visage rond, d'une pâleur lunaire, des traits entrevus dans ses mauvais rêves, dans les mirages de ses insomnies, transmis intacts de sa mémoire à la mienne par sa voix et plus encore par l'intuition muette d'une terreur que j'ai si souvent perçue dans ses yeux, dans sa façon chaude et désespérée de m'embrasser, je ne sais quand, bien avant l'âge des premiers souvenirs, quand nous vivions dans cette soupente surnommée la chambre à la poutre, quand elle regardait la nuit tomber de l'autre côté de sa fenêtre et entendait la sonnerie de clairon de la caserne voisine, attendant l'arrivée de mon père si absorbé par son travail que la nuit le surprenait toujours dans les chemins ombragés des *huertas*.

Ils me conçurent, m'engendrèrent, me léguèrent tout ce qu'ils possédaient et n'avaient jamais eu, les mots, la peur, la tendresse, les noms, la douleur, la forme de mon visage, la couleur de mes yeux, la sensation de n'avoir jamais quitté Mágina et de voir cette ville se perdre au loin, au fond de la nuit immense, contre un ciel encore rougeâtre et violet à l'infini, pas même une ville, pas même un sursaut émouvant de nostalgie aussi vite dissipé que la fumée d'un feu allumé par une matinée pluvieuse et ventée au milieu des oliviers, mais une géographie de lumières tremblant dans le lointain comme des lampes à huile, reculant vers l'horizon sud à mesure que j'avance irrésistiblement vers la chaîne de montagnes labourée de tunnels et de ravins et traversée par un express en direction de Madrid, et un temps qui possède ses propres lois aussi éloignées de la normale que peut l'être un pays inaccessible à tout étranger ou envahisseur. Comme dans un avion après le décollage où l'on entend battre les briquets et dégrafer les ceintures de sécurité, quand je me retourne et cherche par la fenêtre les lumières de la ville que j'ai quittée et ne vois que la nuit, j'ai parfois aussi l'impression soudaine de ne plus être à Mágina et de ne plus savoir où la trouver, je pense à mon grand-père Manuel et à ma grand-mère Leonor et les imagine anéantis par la vieillesse, affalés l'un sur l'autre dans le canapé doublé de plastique, somnolant sans dignité ni souvenirs devant un poste de télé, les noms qui furent la sève de ma vie s'éteignent, deviennent des mots inertes sans sonorité ni volume, des morceaux de plomb, je suis envahi et possédé par d'autres mots, menteurs, vulgaires, mots tortueux et emphatiques en langue étrangère qui m'arrivent par les écouteurs d'une cabine de traduction simultanée, que je traduis aussitôt et oublie instantanément, qui abrutissent mon oreille et ma conscience, tel un fracas de moteurs ou un bourdonnement de câbles à haute tension.

D'autres souvenirs m'assaillent, mais c'est différent, le regard ne compte plus, seule importe la mémoire impuissante, je ne sens pas l'hiver ni la pluie imminente ni les feuilles en décomposition parmi les mottes de terre noire, le bonheur et la terreur m'indiffèrent, je ne vois pas la place du Général-Orduña ni la statue ni l'horloge du clocher, je ne devine pas, derrière les rideaux tirés du balcon du commissariat, l'ombre de l'inspecteur Florencio Pérez comptant des syllabes sur ses doigts en examinant les photographies d'une femme emmurée soixante-dix ans plus tôt, qu'un individu, Ramiro Retratista, vient de déposer sur son bureau, photos que j'ai tenues entre les mains, dans un autre pays et à une autre époque, je ferme les yeux et reste immobile pendant quelques secondes, je ne voudrais voir, entendre, sentir, toucher que ce qui m'appartient et m'a accompagné depuis toujours, même si je ne le sais pas, quelques noms, des sensations, les visages de mon bisaïeul Pedro, de ma grand-mère Leonor et de ma mère sur cette photo que j'avais crue perdue à jamais et que je conserve aujourd'hui dans mon portefeuille comme un trophée secret, l'odeur de l'armoire où étaient dissimulées une boîte en fer-blanc pleine de billets de la République et la vareuse de garde d'assaut de mon grand-père Manuel, le contact de l'ombrelle en soie déchirée au fond d'une malle, la syntonie lugubre d'un feuilleton radiophonique, un air d'Antonio Molina, une chanson de Jim Morrison que nous écoutions, mes amis et moi, dans le juke-box du bar *Martos*, le visage de Nadia à l'époque, dans le contre-jour d'une matinée d'octobre, son regard d'aujourd'hui, ses cheveux foncés aux reflets cuivrés brillant dans la pénombre quand la nuit est tombée à notre insu, quand je la retiens dans mes bras au moment où elle se redresse pour éclairer, la suppliant d'attendre encore un peu, imaginant qu'au même moment, à Mágina, on allume les ampoules aux carrefours et qu'on entend dans la quiétude de l'air les cloches de la place du Général-Orduña et la sonnerie beaucoup plus lointaine du clairon de la caserne, croyant entendre les roues de la voiture de don Mercurio et les échos des heurtoirs en fer sur les grandes portes closes de la maison des Tours, imaginant que la nuit m'a surpris alors que je jouais dans la rue avec mon ami Félix, et que je rentre chez moi, redoutant de voir apparaître au coin d'une rue mal éclairée le fantôme effrayant et implacable de la Sibylle Croquebille. Mais ce n'est pas vrai, je m'en aperçois en regardant le réveil qui brille sur la table de nuit, ce n'est pas l'heure de Mágina, car je me trouve sur un autre continent, de l'autre côté d'un océan, et ces cadrans surtout ne peuvent mesurer un temps qui a existé uniquement dans cette ville, je ne sais quand, dans tous les passés et dans tous les avenirs nécessaires pour me façonner comme je suis aujourd'hui, pour que se rassemblent devant moi les visages et les âges des vivants et des morts, comme dans la malle inépuisable de Ramiro Retratista, pour que Nadia fasse irruption dans ma vie.

Remontant toujours plus loin, au-delà de leur double mémoire illusoire, défaillante, dispersée, jusqu'à une époque à peine concevable, introuvable dans les archives de Ramiro Retratista qui renferment cependant les plus vieilles racines du hasard qui mettrait un siècle entier, évaluent-ils, pour les engendrer et les réunir, si lointaines que la plupart des voix qui ont transmis ce qu'ils savent ou pensent aujourd'hui se sont éteintes depuis des lustres, comme la vie de la plupart des témoins et victimes, comme la ville où ils espèrent se retrouver, Mágina, qui n'a pas changé de nom, mais qu'ils ne reconnaîtraient sans doute pas s'ils la voyaient avec les yeux d'un jeune médecin, d'un nouveau venu enlevé par des inconnus au cœur de la nuit d'un mardi de carnaval. Poussés non par la soif désintéressée de savoir, mais par le besoin réciproque de se retrouver dans les faits qui les avaient précédés et déterminés, nés d'un ensemble de hasards et de malheurs, issus d'un néant dans lequel ils savent qu'ils se dissoudront comme leurs ancêtres, ce qui ne les inquiète pas, ils sont éternels quand ils échangent des regards lourds de désir et quand ils s'embrassent, les yeux grands ouverts, aussi fugaces que des ombres dans la fuite indifférente du temps, Manuel et Nadia fouillent dans la malle léguée par Ramiro Retratista au commandant Galaz, remontent le cours des voix jusqu'au récit de cette nuit-là et se demandent quelle part de vérité a pu survivre au bout de tant d'années et de trois récits au moins, séparés par de longs intervalles de secret et de silence. Ce qui est arrivé un jour est resté inexpliqué pendant soixante-dix ans et a continué de peser clandestinement sur l'ordre occulte des événements, se dégrade d'abord dans la mémoire du premier témoin, puis dans les propos recueillis par Ramiro Retratista et transmis plus tard au commandant Galaz, dans un futur où nul ne peut plus apporter son témoignage : les vivants ont conservé ce que les morts ont voulu leur confier, pas seulement des mots, des conjectures et des faits, mais une chose que tous les deux trouvent capitale, une partie des raisons de leur vie, de la tâche assidue, collective, non préméditée et aveugle qui a pris la forme de leurs destins respectifs. C'est pourquoi ils découvrent, remercient et savent, c'est pourquoi ils regardent des photographies et reconstituent des confidences et des actes, et plus ils apprennent, plus ils craignent qu'un événement survenu autrefois se soit déroulé autrement, annihilant il y a un siècle ou trente ans ou deux mois la fragile éventualité de leur rencontre.

Pour ne pas se perdre dans un labyrinthe de passés, ils décident d'ancrer le début de tout dans le témoignage le plus ancien qu'ils possèdent : le jeune médecin, peut-être affamé, incapable de trouver le sommeil dans son lit, réveillé – s'il a pu s'endormir – par le tumulte de la dernière nuit de carnaval, par les chahuts et refrains des ivrognes qui célèbrent l'enterrement de la sardine en dansant furieusement autour d'un cercueil de carton et d'un pantin masqué, sur une place boueuse simplement éclairée par les torches et les lampions en papier, qui n'a pas encore une statue de général au centre, mais une fontaine à trois jets où les chèvres et les ânesses laitières viennent s'abreuver à l'aube. Il était arrivé de Madrid quelques semaines plus tôt, obligé de fuir une persécution politique dont il ne donna jamais les motifs, sans doute parce qu'il ne les connaissait pas très bien lui-même, mais qui n'avaient vraisemblablement rien à voir avec le sauve-qui-peut des internationalistes et des républicains déclenché après l'assassinat du général Prim* dans la rue del Turco. Il avait passé une mauvaise nuit, victime de l'insomnie et du froid, dans le wagon de troisième classe d'un train qui l'avait laissé à l'entrée des gorges de Despeñaperros, et il était arrivé jusqu'à la ville dans une charrette plus inconfortable et lente que la pire des diligences, au bout d'une autre journée de voyage dans les défilés et les gorges, au milieu des chaos de rochers fantastiques, traversant ensuite un paysage inhospitalier de basses collines, de pâtures en friche et de coteaux d'ardoises qui peu à peu étaient devenus une étendue illimitée de terre rouge et de mamelons recouverts d'oliviers tournant au bleu à l'heure du crépuscule.

Il faisait nuit quand la charrette l'avait déposé sur la place – appelée alors la place de Tolède –, non loin des arcades plongées dans l'obscurité, face au clocher noir qui n'avait pas encore l'horloge que les miliciens arrêteraient en tirant dessus un demi-siècle plus tard. Il posa par terre sa trousse de médecin et le sac en toile où se trouvaient le tube en étain contenant son diplôme, les rares livres qu'il n'avait pas bradés pour payer son voyage et sa blouse blanche, innovation hygiénique qui lui vaudrait, espérait-il, avec sa barbe, son vocabulaire distingué et son *phonendoscope*, la confiance de ses futurs patients. Il se coiffa de son chapeau haut de

* Général qui avait dirigé la révolution de 1868. *(NdT)*

forme noir, rejeta d'un geste conquérant un pan de sa cape sur l'épaule gauche et se mit en route sans savoir où, avec une résolution à peine entamée par la fatigue, le froid et l'incertitude. Quelques jours plus tard, au même endroit, place de Tolède, il loua à une femme presque aveugle et très sale deux pièces aussi ventilées que vides, qui reçurent aussitôt les appellations respectives et nettement illusoires de résidence privée et de cabinet de consultation. Dans la première, il mit un lit avec un matelas de chaume recouvert d'une couverture qui, vu l'odeur, devait provenir d'une écurie, un miroir et une cuvette, et il installa dans la seconde, après mûre réflexion, une table avec des montants pour recevoir un brasero, un paravent orné de dessins orientaux derrière lequel il se représentait la rumeur des dames souffrantes en train de se déshabiller, et un fauteuil vaste et imposant dans lequel il s'assit pour attendre le chaland, revêtu de sa blouse blanche, le coude appuyé sur le rebord de la table et la main sous son menton, comme s'il posait pour une photographie, fumant pensivement des cigarettes médicinales et regardant alternativement la porte, le paravent, son diplôme encadré qu'il avait accroché au mur, le sol en brique, les taches d'humidité, se tournant de temps en temps vers la fenêtre pour examiner sans mélancolie – car il ne laissait pas errer son imagination – l'aspect archaïque et désespérant de la place de Tolède, des maisons basses et laides, aplaties ou tordues, des arcades insalubres et noires, une tour sombre qui régnait, tel un colosse décrépit, sur les toits et sur cette fontaine qui ressemblait plutôt à un abreuvoir entouré de boue et de fumier.

Il avait publié une annonce dans un journal, *El Fomento del Comercio*, et relisait chaque matin son nom et son titre sur son diplôme en vidant lentement un bol de chocolat servi presque à tâtons par sa logeuse, une femme revêche et charitable qui, soupçonnant qu'il était dans le besoin, ne le harcelait pas pour toucher son loyer de misère, et avait porté l'art d'épaissir et de sucrer le cacao à un degré de raffinement suprême pendant ses nombreuses années de bons et loyaux services auprès de monsieur le curé, dans la paroisse voisine de San Isidoro. Il finissait son chocolat, s'essuyait la bouche avec une serviette rapiécée, repliait soigneusement le journal, ranimait avec la pelle le brasero déclinant et se préparait à attendre la venue d'un malade, sans une ombre de découragement ou d'impatience, sans jamais douter de lui-même ni du succès imminent de son talent de médecin, plutôt modeste en ce temps-là, raconterait-il des années plus tard à Ramiro Retratista, car sa seule expérience était d'avoir assisté distraitement à la dissection d'un cadavre momifié et cent fois recousu, et ses connaissances théoriques se bornaient à quelques maximes et autres descriptions anatomiques apprises par cœur pour réussir aux examens qui se déroulaient en pleine confusion dans les amphithéâtres agités de l'université Centrale, plus préoccupée à l'époque par les diatribes politiques et les meetings enfiévrés qui avaient précédé l'avènement de la Glorieuse, que par les dissertations des professeurs, chauds partisans de la révolution ou vieux gâteux qui ne se consolaient pas de la chute de la dynastie.

Il apprit donc la médecine longtemps après avoir accroché son titre de médecin au mur de la pièce baptisée cabinet de consultation : profitant de ses journées de solitude et de pénurie, il se plongea dans la lecture des grands volumes intacts qu'il avait apportés de Madrid, non par goût, mais par ennui, car les journaux de la capitale arrivant à Mágina – quand ils arrivaient – avaient un retard archéologique, et ceux de la ville étaient des feuilles de chou où pullulaient poèmes bovino-agraires et patriotiques, annonces de neuvaines et faire-part de décès. Il n'y avait pas de télégraphe, ni d'éclairage au gaz, ni de cafés, rien que des caves sordides empestant le moût fermenté : il n'y avait pas l'ombre d'un malade, en tout cas il ne vit jamais la queue d'un seul jusqu'au soir de carnaval où l'on vint solliciter ses services, dans l'affolement et d'une façon plutôt cavalière. Mais ce soir-là, il était à Mágina depuis deux mois et ne pouvait toujours pas changer sa chemise ourlée de crasse, vivant pour ainsi dire de la charité ou de l'indulgence de sa logeuse qui lui servait ponctuellement sa seule nourriture quotidienne, un bol de chocolat soustrait à la dépense paroissiale, et se signait sans doute en le regardant de travers avec ses yeux myopes chaque fois qu'il lui promettait le paiement immédiat des loyers en retard ou s'offrait à lui ausculter la poitrine en guise de compensation avec son extraordinaire phonendoscope, appareil qu'il n'avait pas encore eu l'occasion d'utiliser, à part pour l'examen toujours satisfaisant de son propre organisme.

S'il n'avait pas eu ce caractère entreprenant, des convictions si fermement hygiéniques, il se serait rapidement senti grugé et exilé, si loin de Madrid, des cafés dansants, des becs de gaz et de sa palpitante actualité politique, mais il résistait aussi fièrement à l'adversité et au découragement qu'au froid, et de même qu'il faisait sa promenade chaque matin – qu'il pleuve ou qu'il vente – de ce premier hiver passé à Mágina, sans protéger sa bouche derrière les revers de sa cape, respirant consciencieusement l'air glacé pour aérer ses poumons et oxygéner son sang, il endurait la pénurie, surmontait son ennui et acceptait les rigueurs monacales de sa solitude comme des circonstances vivifiantes de l'organisme et de l'esprit, affaiblis, croyait-il, par ses déportements et sa vie de bohème à Madrid, et les ferveurs maladives du sectarisme politique. Tout autre à sa place se serait avoué vaincu, et lui aussi s'il avait connu un lieu où se retirer. Mais cette absence totale de ressources avait la vertu paradoxale de ne pas lui laisser d'autre issue que la ténacité, aussi continua-t-il chaque matin de boire son bol de chocolat, d'enfiler sa blouse blanche, de contempler les murs nus, les dessins du paravent, la porte par où n'entrait personne hormis sa logeuse peu avenante et presque aveugle, et chaque soir de retirer sa blouse avant de passer dans l'autre pièce que seul un optimiste obstiné dans son genre pouvait qualifier d'appartements privés ; il s'étendait sur le grabat en chaume, se glissait sous la couverture de mulet, rajoutait sa redingote, sa veste de voyage, sa cape et même sa robe doctorale car en entrant dans l'hiver le froid devenait plus rigoureux : pourtant, pas le moindre rhume ni la moindre pneumonie à l'horizon, en tout cas dans la ville personne n'avait l'idée de venir chercher un remède auprès d'un médecin nécessiteux, jeune et inconnu.

Mais il se comportait comme s'il savait déjà que dans quelques années il serait le médecin de chevet de la meilleure société, le confident, voire l'implacable séducteur de dames lunatiques ; l'approche du carnaval le rendait un peu mélancolique, car le jeune homme était totalement réfractaire aux manifestations de liesse collective et avait un sens presque douloureux du ridicule d'autrui, aussi assistait-il à contrecœur aux épanchements brutaux dus aux abus de l'alcool, plaie funeste des classes humbles et obstacle à leur rédemption. Il s'efforça de ne pas sortir pendant cette période et il se coucha le mardi soir en imaginant avec soulagement le silence du mercredi des Cendres. Il avait fermé les volets, mais ils s'emboîtaient mal et laissaient passer le froid, les cris d'ivrognes et les chansons indécentes qui malmenaient Sa Majesté Amédée de Savoie. Il eut du mal à s'endormir, fait inhabituel, et quand enfin il trouva le sommeil, il rêva de masques de carnaval, de ruelles sombres dans lesquelles il courait, mort de faim, tenaillé par une envie pressante d'uriner, poursuivi par des berlines, des postillons drapés dans leurs capes et des décharges de tromblons qui étaient peut-être l'écho des pétards éclatant sous sa fenêtre, sur la place de Tolède.

Trois coups retentirent dans son sommeil et se répétèrent dans le flou de la réalité quand il ouvrit les yeux sans avoir conscience de s'être réveillé. Il entendit s'ouvrir la porte du cabinet de consultation donnant dans le couloir : il n'y avait pas de clé, mais un simple loquet qu'on pouvait facilement soulever de l'extérieur. Il songea confusément qu'il était encore défendu par la deuxième porte, celle de sa chambre, sous laquelle se faufilait maintenant un rai de lumière. Entendant des pas, il faillit sauter du lit pour actionner une serrure inexistante, mais se ravisa finalement et ne broncha pas. De l'autre côté, quelqu'un secouait sans ménagement la poignée de la porte. Il souhaita avec l'énergie du désespoir qu'elle ne s'ouvrirait pas et qu'il dominerait son envie d'uriner. Mais les battants massifs s'écartèrent, un rectangle de lumière incertaine et une ombre immense s'étendirent jusqu'au pied de son lit. Un homme entra, drapé dans une cape en velours qui avait dans la pénombre des reflets huileux, coiffé d'un chapeau haut de forme si grand qu'il dut se courber pour ne pas heurter le linteau, déguisé avec un loup jaune collé comme un foulard contre son nez et ses tempes, et avec une fraise en dentelle blanche autour du cou, brandissant dans la main gauche une lanterne sourde et maniant dans la droite un objet qui pouvait être une canne ou une cravache. Il dit : “Vous êtes médecin.” Ce n'était pas une question, et lui, à demi redressé sur le lit, retenant la cape, la redingote, la veste et la couverture pour les empêcher de tomber par terre, pris du même sentiment d'infamie qui l'étoufferait quand il passerait son pantalon, il eut l'impression d'avoir déjà entendu cette voix quelque part, peut-être à Madrid, mais peu importait l'identité de l'homme masqué, il était venu lui demander des comptes pour un délit dans lequel il n'était pas certain de ne pas avoir trempé.

“Habillez-vous, et suivez-moi”, dit le loup. Ce n'était ni un ordre ni une menace, mais la phrase était prononcée sur un ton sec et autoritaire qui ne connaissait pas l'emphase et n'admettait aucune désobéissance. Il se leva, déplorant de montrer à un étranger qu'il dormait habillé, et vit qu'il y avait quelqu'un d'autre dans la pièce voisine, un individu de condition évidemment inférieure, songea-t-il, un laquais ou un cocher, un sicaire sans scrupules. Il ne portait pas de loup, remarqua-t-il avant qu'on lui bande les yeux, juste un masque, une tignasse, des moustaches en étoupe et des joues rebondies en carton. Il décida qu'il était victime d'une de ces plaisanteries dont les imaginations provinciales étaient friandes pendant le carnaval. Quand on lui noua sur la nuque les lacets d'un loup qui avait deux yeux peints à la place des ouvertures, il crut qu'on allait l'exécuter et il se rappela avec indifférence que les condamnés au garrot étaient encapuchonnés par le bourreau : il se souvint d'une gravure patriotique du peloton d'exécution de Torrijos*. L'homme à la cra-

* Général qui se souleva contre Ferdinand VII, image même du libéral en révolte contre l'absolutisme et fidèle à ses principes jusqu'à la mort. *(NdT)*

vache – malgré ses yeux bandés, il le reconnut à son odeur de savon à la lavande et aux frôlements des replis froids et doux de sa cape – le prit par le bras presque aimablement, et le fit sortir dans le couloir. Il gardait la tête froide et même un semblant de dignité, car il n'avait jamais été peureux, mais il avait les genoux tremblants et ne sentait plus les muscles de ses jambes : si l'autre le lâchait, il s'effondrerait par terre, aussi disloqué qu'un pantin de paille. Il entendit avec désespoir les ronflements de sa logeuse, si puissants qu'ils le réveillaient parfois la nuit. Il déplora sincèrement de ne pouvoir lui rembourser ses dettes si on le tuait. En descendant les escaliers raides, ses côtes raclaient la chaux du mur et devant lui résonnaient les pas lourds de l'homme au masque en carton : le personnage qui portait un loup et une collerette avait des bottines aux pieds, et sa main droite, qui lui maintenait le coude, était à la fois douce, vigoureuse et cruelle.

D'une voix qui lui parut désagréablement faible, il demanda où on l'emmenait et n'obtint pas de réponse. Il était dans un état d'expectative proche de l'engourdissement, et son corps se tassait par un réflexe d'épouvante. On l'exécuterait dans une voiture fermée, dans une berline à capote noire et roues rouges, comme celle de Prim quand on avait tiré sur lui, on l'entraînerait dans un terrain vague des faubourgs et sans lui ôter son loup on lui appliquerait le canon d'un revolver contre la tempe ou la nuque et il n'entendrait même pas la détonation. Croyant qu'il n'avait pas fini de descendre, il trébucha sur les dernières marches, avant d'arriver dans le hall pavé de dalles inégales, qui dégageait des odeurs de cave humide. La serrure de la porte d'entrée fut ouverte et une bouffée d'air froid s'engouffra, assortie de minuscules aiguilles de neige fondue et d'un flot de langues de belle-mère, de rires, de battements de tambours et de chansons d'ivrognes. Il avait bien raison de détester le carnaval. En sortant, il trébucha encore, cette fois sur le perron, heureusement l'homme à la cape noire le retint, et le laquais-cocher en s'approchant tout près de lui projeta sur son visage une haleine chargée d'ail et d'eau-de-vie. Aux yeux de n'importe qui, il passerait pour un pochard de plus, le loup de travers, titubant, vaincu par le vin, soutenu à grand-peine par ses compagnons d'orgie. L'air de la nuit le ravigota et lui rendit une lucidité anesthésiée jusqu'alors par une sorte d'apathie fréquente dans les rêves, qui le résignait à la fatalité et à l'absurde. Sans doute esquissa-t-il un mouvement instinctif de fuite, car le loup en satin et la collerette frôlèrent son visage et la voix masquée de l'homme le plus grand chuchota : "N'essayez pas de vous enfuir, vous ne risquez rien. Si vous faites ce qu'il vous dit, vous n'aurez qu'à vous réjouir de cette rencontre."

Il éprouva à la fois une gratitude émue et une terreur sans bornes. Cette voix n'exprimait pas de menace, mais pas davantage de pitié. Ils pressaient le pas sous les arcades, heurtant des corps qui venaient en sens contraire, recevant horions, bourrades et coups de pied. On l'obligea à tourner à droite, vers la rue Gradas, soudain déserte et silencieuse. Au milieu de la foule, il s'était senti en sécurité, même s'il ne risquait pas d'être remarqué quand il s'effondrerait entre les jambes des fêtards, tel un ivrogne invétéré, achevé d'un coup de couteau ou de pistolet. Mais les cris s'éloignaient et plus personne ne les bousculait. Il se souvint que cette rue étroite n'avait pas d'éclairage et débouchait sur le parvis de San Isidoro, il identifia la fontaine au bruit de l'eau et reconnut le bruit des sabots d'un cheval pataugeant dans la boue. L'animal, en tournant la tête, secoua le harnachement d'une voiture. "Maintenant, on va me planter dans les reins le canon d'un revolver ou l'extrémité de la canne pour m'obliger à monter, le type aux mains rudes sautera sur le siège du cocher et l'autre s'assoira à côté de moi et ne me lâchera pas d'un pouce." Il vit se confirmer sans surprise son don de voyance : il entendit une portière s'ouvrir et tourner sur ses gonds, un marchepied se déplier. Les deux personnages masqués le poussèrent à l'intérieur de la voiture, le traitant comme un paralytique ou un prisonnier, et il n'opposa aucune résistance : on le souleva presque et il ne sentit plus le poids de son corps. Le rembourrage sur lequel il fut brutalement assis était un cuir souple et épais. Il en conçut le vague espoir de n'être pas entre les mains de la police secrète. Leurs voitures étaient d'ignobles voitures de place qui avaient toujours des sièges éventrés, qui puaient le mauvais tabac, la vieille sueur et, curieuse odeur, l'urine rance de chat. Il entendait près de lui la respiration de l'homme au loup, qui avait tiré les rideaux des fenêtres et laissait son corps puissant se détendre sous sa cape, encore inquiet, vigilant, soulagé. Le postillon excita le cheval, fit claquer le fouet dans l'air, et la voiture, particulièrement confortable, s'engagea discrètement dans la rue boueuse, oscillant au rythme compassé des sabots de la bête, de plus en plus rapides à mesure que s'éloignait derrière eux la place de Tolède et qu'ils s'approchaient, calcula-t-il, des terrains vagues de l'ouest où se dressaient, au-delà des dernières maisons, tels des géants solitaires dans l'obscurité, les arènes et l'hôpital Saint-Jacques dont les tours pointues étaient la première chose qu'on voyait de Mágina quand on arrivait par la route de Madrid.

Il avala sa salive, respira profondément et rassembla

son indignation dans une réplique sévère : “Monsieur, si vous êtes un gentilhomme, ce dont je doute devant votre comportement inqualifiable…” L’autre l’interrompit sans élever la voix : “Taisez-vous, ou je vous bâillonne. Choisissez.” On attachait la mâchoire des morts et on appliquait une pièce d’un douro sur leurs paupières fermées. Si on le tuait, si on le jetait sur un tas de fumier, il resterait les yeux ouverts et la mâchoire inférieure pendante, comme les gens qui meurent d’une syncope, un filet de sang ou de bave le long du menton. Imperturbable et désespéré, il songea à l’étrangeté de la vie et à l’extravagance du destin : il débarque au hasard dans une ville inconnue, ouvre un cabinet de consultation où personne ne vient, se plonge dans l’anatomie et se nourrit de chocolat chaud, fume des cigarettes d’herbes médicinales, se couche un beau soir et est enlevé peu après, les yeux bandés ; le lieu de son exécution est cette ville dont il ne soupçonnait pas l’existence quelques mois plus tôt ; il meurt à vingt-trois ans, telle une mouche ou un cafard, sacrifié comme un vulgaire poulet, regretté par une vieille femme, tête fêlée mais bon cœur, et dans quelques jours plus personne ne se souviendra de lui, comme s’il n’avait jamais vécu en ce bas monde.

Dans les faubourgs, les sabots du cheval n’éveillaient aucun écho, le vent secouait la voiture et faisait vibrer les carreaux des fenêtres. Très loin derrière lui, on entendait les détonations d’un feu d’artifice entrecoupé de rafales d’une musique discordante. Si on lui ôtait son bandeau avant de l’exécuter, il verrait les fusées monter et exploser sur un ciel blanc, et la neige retomberait aussitôt après en silence, sur la ligne brisée des toits et des tours. Mais il était si jeune qu’il ignorait encore la force de son tempérament. Sans en avoir conscience, il se carrait dans la confortable banquette en cuir et manifestait un intérêt objectif pour ce qu'il appellerait lui-même bien des années plus tard le déroulement des événements. Quelqu'un pouvait-il sérieusement le taxer de conspirateur ? Il avait passé des nuits dans les cafés, écoutant d'ardentes péroraisons, des diatribes enflammées et un peu ridicules au milieu d'une foule, il avait crié bravo et à mort face aux sabres et aux casques des gardes, s'était retrouvé dans des caves ou des arrière-boutiques qu'il fallait ensuite quitter un par un, en regardant par-dessus l'épaule sans presser le pas, mais à son avis personne ne pourrait associer son nom à celui des suspects de l'homicide insigne de la rue del Turco. Certes, il avait su retirer son épingle du jeu, mais il n'avait pas seulement été inspiré par la prudence, au fond il en avait assez de cette vie madrilène, oisive et désordonnée. Il en conclut donc qu'il s'agissait soit d'un malentendu qui serait vite dissipé, soit d'une plaisanterie un peu sinistre, et dans les deux cas – et même dans le troisième, son exécution –, la seule attitude possible était de sauvegarder sa dignité, de prendre un air froid et offensé. Aussi, quand l'autre lui demanda, voulant sans doute être aimable, si le nœud de son loup n'était pas trop serré, il secoua la tête et garda le silence, et quand la voiture s'arrêta enfin et qu'on lui eut ouvert la portière, il repoussa la main qui voulait saisir la sienne dans l'obscurité, chercha à tâtons le marchepied et attendit, raide et immobile, qu'on le reprenne par le bras et qu'on l'entraîne sur les pavés de ce qui, vu l'écho de ses pas, devait être une ruelle. Car la voiture, au lieu de s'éloigner dans les bourbiers au-delà de l'hôpital, était revenue en ville après avoir tourné en tous sens, sans doute afin de le désorienter, le postillon compensait le temps perdu en fouettant son cheval pour le pousser à un galop téméraire, pressé par l'homme au loup qui ne cessait de donner des coups de canne nerveux sur le carreau de la fenêtre.

Son corps tremblait encore sous l'effet des chaos de la course. On le poussa par une toute petite porte dans un couloir, puis dans un escalier dont les marches de pierre étaient anormalement hautes, et il en déduisit qu'il montait un escalier de service. Il avança ensuite sur des dalles en marbre et entendit, derrière une fenêtre fermée ou des rideaux tirés, un orchestre jouer des valses endiablées. “Patience, dit la voix près de lui, nous arrivons.” On le retint et il sut sans l'ombre d'un doute qu'il était devant une porte fermée. L'homme au masque frappa trois coups espacés et la porte s'ouvrit, laissant échapper un parfum bon marché et une voix de femme. On l'introduisit, et au moment où la porte se refermait derrière lui, il entendit une respiration haletante qui ressemblait à celle d'un animal. Quand les doigts délicats de l'homme effleurèrent sa nuque en dénouant le lacet de son masque, un frisson lui parcourut le dos. Et il eut véritablement peur, non de mourir, mais de découvrir une chose qui blesserait ses yeux plus sûrement qu'une lumière soudaine. Il était dans une chambre basse de plafond, éclairée par deux chandeliers, une chambre de bonne, et il se tenait devant un lit en fer : sous les draps s'agitait, se gonflait et se tordait un corps dont il ne reconnaissait pas la forme, encore étourdi par l'obscurité, effrayé, figé, ne voyant pas que l'homme au loup lui tendait sa trousse de médecin. Il avait une vision partielle : comme s'il les voyait reflétés dans les éclats d'un miroir brisé, floues et déformées par une lentille absurde, deux mains pâles et longues agrippées aux barreaux glacés, deux poignets translucides, des bas qui avaient glissé sur les chevilles, des jambes qui trépignaient et repoussaient les draps du lit, des yeux bleus assombris d'un éclair d'effroi au milieu des mèches noires, alourdis par la sueur, un visage sans lèvres, une respiration qui gonflait et trempait un mouchoir attaché sur sa bouche, un ventre énorme, bombé, obscène sous la chemise en lambeaux, sans nombril, agité de spasmes et convexe, luisant de sueur, mais surtout des yeux qui le regardaient avec une terreur plus puissante qu'un cri, des tempes bleuies et ces deux mains soudées aux barreaux, enfonçant dans leur paume des ongles livides et tachés d'un sang moins noir que celui qui coulait entre ses cuisses et inondait les draps. Il raconterait à Ramiro Retratista que c'était la première fois de sa vie qu'il voyait une femme accoucher, mais on l'avait amené trop tard : une heure après, découragé, épuisé, les bras nus trempés de sang jusqu'au coude, tel un garçon d'abattoir, il put arracher de ce ventre aussi convulsé qu'un bourbier de viscères le corps violacé d'un nouveau-né qui s'était étranglé avec le cordon ombilical.

Je distingue l'écho de chaque heurtoir de la place San Lorenzo aussi précisément que les voix et les visages de ses habitants, les nuances sonores des marteaux sur chaque porte, la façon particulière qu'ont les hommes et les femmes, parents ou inconnus, mendiants, laitiers, vendeurs, de s'interpeller, je sais aussi comment résonnent les coups imprimés par la hâte ou la peur dans la paix de la nuit, quand les chocs du métal déclenchent dans une maison les bruits affairés du réveil, les pas rapides dans les escaliers, une expectative tendue et muette dans les chambres où la lumière n'a pas encore été allumée. Je n'ai pas besoin de me pencher à la fenêtre pour savoir chez qui on a frappé : j'entends l'écho puissant du heurtoir de Bartolomé, dont le timbre aigu me donne l'impression qu'il est en or, car c'est l'homme le plus riche de la place, il a de grandes olivaies et des muletiers qui lui parlent sans relever la tête quand il les reçoit, avachi dans son fauteuil en osier sous le porche, ses paupières sans cils mi-closes, abruties par une somnolence de saurien, un mégot imprégné de salive pendant au coin de sa bouche aussi mollement que son double menton. J'entends les bruits pâles du petit marteau de Lagunas, criard et rabougri comme lui, précipité et confus comme sa voix d'eunuque ; les chocs puissants et sévères du heurtoir de ma maison, qui ont la dignité de la stature et de la voix de mon père, je les entends jusqu'au fond de la cour et leur écho se répercute distinctement sur la façade de la maison des Tours ; le son éteint du heurtoir de la maison du coin, contiguë à la nôtre, presque toujours muet car elle est inhabitée depuis des années, depuis que l'aveugle Domingo González, qui l'avait récupérée à la fin de la guerre, est parti définitivement, rendu fou par l'obscurité et la terreur, pour aller se réfugier dans une des gares inutilisées* au bord du fleuve.

Je crois entendre l'écho des heurtoirs dans l'air serein de la place, distinguer des voix singulières et métalliques chez les fillettes qui chantent des ritournelles en sautant à la corde et chez les garçons qui jouent à la lime jetée, aux billes ou à saute-mouton, selon la saison, car chaque époque de l'année a ses propres jeux, ses histoires et ses terreurs, la peur des phtisiques quand montent dans la nuit les feux de la Saint-Antoine, la menace des *Gorras*** échappés de l'orphelinat en hordes féroces, décapitant les chiens et lapidant les gamins en lançant des cailloux meurtriers, la présence invisible de la Sibylle Croquebille qui psalmodie sa menace de mort de l'autre côté des carrefours la veille de la Saint-Jean, le fantôme de la maison des Tours dont j'ai vu le visage – tant de fois imaginé dans les insomnies de l'enfance – près de trente ans plus tard sur une des photographies de la malle que le commandant Galaz avait emportée en Amérique et n'avait sans doute jamais ouverte. Nous ne répétions pas seulement

* Un train fut construit le long du Guadalquivir, les gares édifiées, mais les voies ne furent jamais posées. *(NdT)*

** Enfants recueillis à l'orphelinat ; ils portaient un large béret – *gorra* – qui leur avait valu leur surnom. *(NdT)* les chansons et les jeux de nos ancêtres : condamnés à répéter leurs vies, nos chimères et nos propos répétaient aussi la peur qui avait été la leur, transmise sans le vouloir à notre naissance, et les coups du heurtoir en forme d'anneau résonnant sur le grand portail clos de la maison des Tours retentissent dans ma propre conscience comme dans la mémoire enfantine de ma mère qui, par un matin de mai, avait d'abord vu descendre par la rue du Puits le corbillard infamant qu'on appelait la Macanca, suivi de la voiture noire de don Mercurio, le médecin, tirée par le cheval *Bartolomé* et la jument *Verónica*, conduite par un jeune cocher en blouse verte, Julián, que j'ai connu quand il était devenu un chauffeur de taxi chauve et herculéen : il nous emmenait parfois au chef-lieu de la province, une ville pleine d'immeubles vertigineux, d'aveugles à lunettes noires aux carrefours et de médecins qui avaient sur le front un miroir attaché par des courroies en cuir.

Ma mère cousait dans l'entrée, près de la porte entrouverte, dans la pénombre qui fleurait bon les feuilles de peuplier après la pluie, écoutant d'une oreille, avec cette sensation inconsciente d'être en marge, le tapage des filles qui sautaient à la corde sur la place, quand elle entendit presque inconsciemment le silence s'instaurer, un bruit métallique abolir les cris ou les réduire au murmure, tandis que les volets des fenêtres s'ouvraient dans la rue du Puits. Les roues en fer rebondissaient sur les pavés, et le fouet du conducteur claquait dans l'air sans presser le pas de la mule somnambule qui tirait cette voiture de mauvais augure dont le nom inexplicable, la Macanca, était déjà une menace à lui seul, comme d'autres noms et d'autres mots qu'elle entendait sans les comprendre, mais en sachant d'instinct qu'ils diffusaient un malheur certain. Elle crut que la Macanca rapportait le cadavre de son père, tué ou mort de faim dans cet endroit que son grand-père Pedro Expósito appelait un camp de concentration, et qu'elle se représentait comme une plaine déserte, entourée d'un fil de fer barbelé, que son père longeait comme une âme en peine au milieu des oliviers stériles, sa capote militaire sur les épaules, dans son uniforme bleu et déchiré de garde d'assaut, héros solennel des photographies et des fables qu'il inventait sans la moindre intention de mentir, victime d'une innocence incorrigible qui frôla souvent la stupidité et la folie : un samedi soir, à la fin du mois de mars, les troupes ennemies avaient occupé Mágina et le lendemain matin, sans prêter attention à personne, il avait revêtu son uniforme de gala et était parti tranquillement en direction de l'hôpital Saint-Jacques parce que c'était à lui de prendre la relève, à peine arrivé il s'était aperçu qu'un nouveau drapeau flottait sur la façade, il avait été arrêté et n'était revenu qu'au bout de deux ans. C'était un homme de parole, il se bornait à accomplir son devoir, et n'ayant pas reçu de contrordre, il devait se présenter à huit heures ; la casquette à visière légèrement de côté, les épaules placides et les boutons que ma mère croyait en or boutonnés jusqu'au col, il était sorti, avait fait un signe de main à sa fille avant de tourner le coin de la place, par un matin froid et brumeux du mois de mars qu'elle trouvait très lointain car elle n'avait pas encore appris à mesurer le temps, à subdiviser en semaines, mois et années l'éternité statique et sans changements de l'enfance. “Manuel, si tu as une aussi grosse tête, ce n'est pas pour rien”, lui avait lancé Leonor Expósito en lui disant au revoir sur le seuil, et mon bisaïeul Pedro, qui ne parlait presque jamais, avait caressé le visage de ma mère avec ses doigts humides de larmes avant de murmurer à son oreille, sur le même ton qu'il prenait pour parler à son chien : "Ma fille, ton père est un imbécile."

Elle posa son ouvrage sur la chaise sans oser regarder par la porte, parce qu'elle avait peur de la Macanca, et surtout parce que sa mère lui avait interdit de l'ouvrir en grand. Telles avaient été les dernières années de sa vie et sa vie entière, depuis qu'elle était capable de se souvenir : des couloirs pavés, des chambres noyées dans la pénombre et des portes mi-closes où elle n'avait pas le droit de regarder, des voix irréelles dans la rue grouillante de dangers, bombardements, tirs isolés, fracas furieux d'hommes et de femmes criant en brandissant le poing et leurs armes, inconnus offrant des bonbons aux filles ou portant à l'épaule un sac qui contenait peut-être une tête coupée, vagabonds, soldats en fuite, Arabes descendant au crépuscule à la fontaine des remparts pour laver leur linge en dansant dessus avec leurs grands pieds noirs et nus, s'agenouillant ensuite sur une couverture déroulée par terre, levant les bras et baissant la tête en criant dans une langue qui ne semblait pas faite de mots, simplement parce qu'ils priaient. Mais elle entendit les roues métalliques si proches qu'elle ne put résister à la tentation d'entrouvrir les rideaux de la fenêtre donnant sur la rue du Puits, juste au passage de la charrette en forme de cercueil qui comportait un loquet à l'arrière, exactement le même que ceux d'un four. Elle était conduite par un homme blême – il avait un visage de phtisique ou de pendu ressuscité – qui s'agrippait tant bien que mal à la barre du marchepied et maniait un fouet en cuir de la main gauche, s'acharnant inutilement sur la croupe osseuse de la mule. Quand quelqu'un mettait un terme à ses jours, cet homme ne prenait pas la voiture à crêpes de deuil des pompes funèbres pour aller lever le corps, mais la vulgaire charrette de la Macanca qui, au lieu de le mener aux allées chrétiennes du cimetière, l'emportait derrière les murets sans croix de l'enclos des suicidés. On la voyait aussi en périodes d'épidémies, quand un crime avait été commis ou quand on trouvait dans un fossé le cadavre d'une personne peut-être morte sans confession. Donc, si la Macanca arrivait sur la place San Lorenzo, c'était mauvais signe : dans le silence soudain, ma mère entendait les roues, les sabots de la mule, les coups de fouet, comme s'ils résonnaient dans la maison, et elle trouva enfin le courage de regarder dehors, transie de peur, fascinée et téméraire, imaginant que la charrette s'arrêtait devant sa porte, que le cocher tirait sur les rênes, sautait du marchepied et fixait sur elle ses yeux malades, des pupilles que ni elle ni personne n'osait regarder. Mais il ne s'arrêta pas et ma mère vit de dos le long catafalque peint en noir longer les peupliers et les portes closes de la place vide, s'arrêter enfin dans un fracas de ferrailles grinçantes devant le portail de la maison des Tours, sous les reliefs de géants enchaînés soutenant des armes à demi effacées, sous les gargouilles sortant des avant-toits dans un élan unanime de voracité et de terreur. Elle remarqua des fenêtres entrouvertes sur la place, des visages de femmes avides s'adressant des signes, d'un balcon à l'autre. Sa mère, Leonor Expósito, sortit aussi de la cuisine, séchant ses mains rougies à son tablier, elle la foudroya du regard, la saisit par le bras, l'obligea à retourner dans l'entrée et referma la porte précipitamment, comme lorsque les sirènes avertissaient qu'il fallait aller se cacher dans la cave au plus vite. Elle traversa en courant les deux portails, cherchant son grand-père Pedro, il était dans la cour, comme il fallait s'y attendre, assis près du puits, caressant le dos de son chien pelé par la vieillesse, lui racontant peut-être à voix basse des histoires de la guerre de Cuba ou des anecdotes illustrant la stupidité de son gendre qui, au lieu de se débarrasser de son uniforme et de le cacher provisoirement, comme tant d'autres, ou de passer une chemise bleue et d'acclamer les troupes d'Arabes et de *requetés** dans la rue Neuve, avait enfilé les gants blancs et le blouson d'apparat des gardes d'assaut pour que les envahisseurs fraîchement arrivés l'arrêtent et l'emprisonnent avec toute la dignité qui lui était due.

Quand il vit la fillette, Pedro Expósito cessa de parler avec son chien : c'était sa seule activité, mais uniquement quand il était seul avec l'animal, il lui disait quelques mots et se taisait, regardant les pupilles tristes de son compagnon qui semblait boire ses paroles et lui donner raison en remuant le museau, mais si quelqu'un arrivait, mon bisaïeul lui lançait un signal discret de prudence et le chien regardait l'intrus avec indifférence, comme s'il le mettait au défi de percer un secret qui ne lui appartenait pas. Grand-père, dit ma mère, si excitée qu'elle ne trouvait pas ses mots, venez vite, on dirait qu'il est arrivé quelque chose, la charrette des morts vient de passer. Le vieux sourit sans rien dire, comme s'il ne la comprenait pas, la regardant du plus loin de son âge, avec exactement les mêmes yeux que le chien, puis d'un geste il l'attira vers lui, tendre et accueillant, comme s'il suffisait de l'appeler pour conjurer le maléfice qui la menaçait. Il passa son bras droit autour des épaules de ma mère, l'étreignit doucement, caressa son visage en l'effleurant à peine, comme s'il était aveugle et dessinait ses traits de mémoire. N'aie pas peur, lui dit-il, elle ne vient pas te chercher.

* Corps de volontaires carlistes qui combattirent au côté des franquistes pendant la guerre civile. *(NdT)*

De toutes les voix qu'elle connaissait, c'était la seule qui la rassurait, la seule qui ne recelait ni zones d'ombre ni mensonges. La voix de son père, qu'elle se rappelait dans des rêves entrecoupés de larmes, se transformait souvent en fracas de colère. Elle l'entendait soudain crier, inexplicablement, et tentait de se cacher derrière les plis d'une nappe ou le dos d'un fauteuil, dans le giron réconfortant de son grand-père qui sentait à la fois le vieux velours et le tabac, et de son refuge elle écoutait les insultes et les blasphèmes effrayants, les coups de pied et les sifflements des lanières qui fendaient l'air, derrière une porte close. La voix de sa mère, quand elle lui parlait, avait souvent la froideur d'un ordre ou l'amertume d'une plainte, parfois même une nuance d'ironie dont elle garderait la meurtrissure des années après avoir quitté l'enfance, cette enfance qui n'a peut-être laissé qu'une seule trace dans sa mémoire, pas celle d'un vague paradis qu'elle n'a jamais connu, mais celle d'une torture secrète, faite de peur et d'incertitude, qu'elle m'a sans doute transmise, comme la forme de mon visage et la couleur de mes yeux. Mais elle avait au moins la voix de son grand-père Pedro, qui parlait à cette part de son âme antérieure à tout effort de souvenance car elle l'avait écoutée en s'endormant dans son berceau au son des *habaneras* qu'il lui murmurait. Le soir, il lui suffisait de l'entendre dans une chambre voisine, ou seulement de l'imaginer, pour effacer les autres voix de l'obscurité, les psalmodies des sorcières, les histoires atroces de l'ogre Bouffe-Graisse, les sifflements des bombes, les moteurs qui s'arrêtaient avant l'aube devant les portes des maisons et les coups violents aux heurtoirs, la litanie de la mère et de la fille qui entendent de leur lit les pas de l'assassin qui vient leur couper la tête. Un deux trois, ma mère j'entends des pas-pas-pas, chantait-on le soir en chœur, sous les ampoules qu'on venait d'allumer, quatre cinq six chut ma fille pas de bruit il s'en ira-ra-ra, et ces mots, qui ne paraissaient effrayer qu'elle, elle les remâchait inlassablement dans sa mémoire quand elle était couchée, et elle n'avait pas besoin de se cacher la tête sous les couvertures ni de prier pour se défendre Jésus mon Dieu, car les grincements dans l'escalier, c'étaient les pas d'un homme, et le bruit d'un ver dans les poutres du plafond ou d'une souris dans le grenier, la preuve qu'on perçait les murs de la maison inhabitée, qu'on se rapprochait d'elle avec la fatalité du mécanisme d'horloge, un deux trois, ma mère j'entends des pas-pas-pas, ceux de l'homme qui était venu leur annoncer que leur père était en prison, quatre cinq six chut ma fille pas de bruit il s'en ira-ra-ra, ceux qui avaient frappé à la maison du coin et emmené Justo Solana dans une fourgonnette noire, le postillon de la Macanca, avec sa tête de mort ou de bourreau, le médecin bossu, don Mercurio, qui visitait ses malades dans une des dernières voitures à cheval de Mágina et qui paraissait avoir été envoyé en éclaireur par les pompes funèbres.

D'après ma mère, la voiture de don Mercurio arriva ce matin-là sur la place San Lorenzo quelques minutes après le passage de la charrette des morts indignes, noire et décrépite comme la figure de son maître, avec sa capote en cuir usée par presque tous les soleils et les hivers du siècle, avec ses carreaux rayés par les échos des explosions, avec ses rideaux en gaze qui ressemblaient à des voiles de veuve derrière lesquels mon grand-père Manuel prétendait avoir vu un soir le visage d'une jeune fille, ce qui déchaîna les fables sur la virilité de don Mercurio, qui resta active et conquérante, soutenait-il, tant que le médecin n'eut pas bouclé le siècle. Mais ma mère n'avait pas vu la voiture, elle n'avait pas attendu de découvrir au bruit d'un heurtoir à quelle porte le malheur avait frappé. Elle resta dans la cour, réfugiée sous le bras de son grand-père qui lui entourait les épaules, aussi silencieuse que le chien, aussi rassurée que lui par la voix de Pedro Expósito qui caressait maintenant la tête de l'animal et lui disait, toi, ne t'inquiète pas, on ne vient pas non plus nous chercher.

On venait chercher quelqu'un qui était mort de malemort dans la maison des Tours, entendirent-ils par le puits qui communiquait avec la cour des voisins. Dans la nuit, certains avaient entendu une sourde explosion qui avait ébranlé les vitres de toutes les fenêtres, par routine on l'avait attribuée à ces bombes oubliées qui continuaient d'éclater par traîtrise dans les terrains vagues et les champs de ruines. On venait chercher un maçon qui s'était pendu, raconta à Leonor Expósito une femme qui s'arrêta un instant sous la fenêtre et reprit sa course pour rejoindre le groupe apeuré qui se formait autour de la Macanca et s'écartait respectueusement pour laisser passer la voiture de don Mercurio, comme s'il regardait passer la statue d'une procession. Quelqu'un dit que le maçon ne s'était pas supprimé, mais qu'il s'était tranché le cou en tombant d'un échafaudage, et comme on l'avait cru mort, on avait appelé la Macanca, mais ensuite on avait remarqué qu'il lui restait un filet de vie et on avait averti don Mercurio de toute urgence, car aucun autre médecin à Mágina n'aurait pu traiter un cas aussi désespéré. Ma mère et mon bisaïeul surent que la voiture de don Mercurio était arrivée sur la place San Lorenzo parce qu'ils entendirent, par-dessus les chaperons des murs et les treilles, la chanson psalmodiée par les enfants quand ils le voyaient apparaître.

Toc, toc, tic !
Qui qu'est là ?
Le docteur
Carabosse
qui veut sa
peseta
pour son bon
diagnostic !

Ma grand-mère Leonor chantait cette chanson quand elle était petite, et déjà à l'époque elle avait l'air aussi vieille que la romance de doña María de las Mercedes* : elle existait encore dans mon enfance, vingt ans après la mort du médecin, qui devait être nonagénaire quand on découvrit la momie de la femme emmurée. Pourtant, m'a-t-on raconté, il y avait plus étrange que ses petits bonds mécaniques de singe empaillé ou que la précision infaillible de ses diagnostics : son détachement du présent, ses habitudes, ses manières et sa cape début de siècle, sa voiture tirée par deux chevaux grotesquement appelés *Verónica* et *Bartolomé,* dans laquelle il parcourait la ville de jour comme de nuit, car à toute heure on le trouvait frais et dispos, comme s'il venait de s'habiller, son plastron noir noué autour de son haut col en celluloïd, sa cape en velours doublée de rouge sur ses épaules et sa trousse à portée de la main, le cheval et la jument attelés, le cocher assoupi mais rapide grommelant tout bas que don Mercurio lui faisait mener une vie impossible, mais ne se séparant jamais de son cache-poussière vert ni de son képi, qu'il ôtait avec un respect de sacristain en entrant dans une maison où il y avait

* C'était la femme du roi Alphonse XII, morte très jeune, et qui fut très tôt l'objet de romances et de chansons populaires. *(NdT)*

eu un mort ou un malade gravement atteint. D'après mon grand-père Manuel, Mercurio avait inventé une potion qui lui garantissait l'immortalité. D'une fenêtre du premier étage, cachée derrière les pots de géraniums, ma mère se souvient d'avoir vu à l'autre bout de la place, près du portail de la maison des Tours, ce vieillard impeccable, minuscule et tordu, sauter de la voiture comme un ressort avant que Julián ait déplié le marchepied, et elle fut impressionnée, même de si loin, par la pâleur de son visage et l'orographie de son crâne pelé que le docteur – grand séducteur des dames du grand monde quand il était jeune, assurait la rumeur – dissimula aussitôt sous un chapeau haut de forme, touchant discrètement le rebord pour saluer l'inspecteur Florencio Pérez, le médecin légiste et le greffier du tribunal, qui étaient sortis de la maison des Tours pour l'accueillir. Parcheminé, haut comme une statue que personne n'osait regarder, le postillon de la Macanca fumait sur son siège, regardant le cocher de Mercurio du haut de sa solitude malsaine de bourreau ou de coupable, se comparant sans doute à lui avec amertume. Deux gardes en uniforme gris maintenaient à distance les commères curieuses et médisantes et cette larve de Lagunillas, sautillant au milieu d'elles comme un singe et poussant des cris de perroquet ; c'est lui qui, des années plus tard, à quatre-vingts ans passés, malingre et imberbe comme un enfant empaillé, déciderait de se marier et passerait des annonces dans *Singladura*, demandant une fiancée jeune, honnête et travailleuse, mentant si effrontément sur son âge et son aspect physique que le jour où une veuve imprudente répondit à l'annonce, se rendit chez lui et le vit devant la porte crasseuse de sa maison, elle prit ses jambes à son cou et enfila la rue du Puits comme si elle avait vu un fantôme. Les voisines avides de nouvelles fraîches tinrent tête aux gardes, mais le portail se referma avec un bruit définitif de pierre tombale et il fallut attendre des heures avant d'apprendre quelque chose, quand la gardienne, désobéissant aux ordres de la police, raconta, en faisant la queue à la fontaine del Altozano, qu'on avait découvert dans une crypte de ce palais abandonné depuis un demi-siècle le corps intact d'une jeune fille. Très jolie, précisa la gardienne, une vraie vedette de cinéma, mais elle se reprit, une vraie statue de la Vierge, habillée comme une dame à l'ancienne mode, brune, avec des anglaises, dans une robe en velours noir, un chapelet entre les mains, une sainte martyrisée en secret, emmurée au plus profond des sous-sols de la maison des Tours, derrière une paroi en brique que l'explosion d'une grenade avait pulvérisée par hasard. Et elle ajouta les jours suivants, dans les queues populeuses à la fontaine et au lavoir des remparts, qu'elle comprenait maintenant le pourquoi des cris qui l'avaient fait parfois sursauter la nuit, des murmures et des sanglots qu'elle attribuait aux âmes du purgatoire et qui s'expliquaient par sa peur de vivre seule dans cette bâtisse flanquée de tourelles et de meurtrières de château fort : c'étaient tout simplement les appels de la sainte qui essayait d'attirer son attention. Gabriela, viens, lui disait la voix, Gabriela, je suis là, mais elle, la froussarde qui ne voulait rien entendre, elle cachait sa tête sous l'oreiller et ne pipait mot à personne pour ne pas être traitée de folle. Une fois, à la fontaine del Altozano, ma mère entendit la gardienne imiter la voix de la sainte, rajoutant une cadence funèbre à la fin des mots, comme dans les feuilletons de la radio, et ce soir-là, dans sa chambre où elle pouvait voir de sa fenêtre la façade de la maison des Tours et les ombres obliques des gargouilles éclairées par la lueur de la lune, elle crut percevoir aussi la plainte de cette voix, elle s'imagina que l'obscurité qu'elle scrutait du regard était celle du sous-sol où la jeune fille avait été emmurée. Elle se souvint que l'explosion avait retenti dans les caves de la place une heure avant le lever du jour, mais ce n'était pas un fracas comme celui des bombes larguées par les avions, on aurait plutôt dit l'onde de choc d'un tremblement de terre, si vite éteinte que beaucoup de dormeurs crurent à leur réveil qu'ils avaient rêvé. La gardienne fut violemment projetée en bas du lit, raconta-t-elle, et la voûte en pierre de la chambre où elle dormait frémit au-dessus de sa tête ; elle sortit dans les couloirs envahis par les décombres, craignant de mourir enterrée sous la maison qui cette fois allait peut-être s'effondrer définitivement, après plus de quarante ans d'abandon et trois de bombardements. Elle descendit dans la cour et constata que le silence était revenu, elle ne remarqua aucun changement dans l'aspect habituel des fenêtres sans vitres et des arcs en ruine, elle aurait pu croire à un cauchemar ou à un léger tremblement de terre si elle n'avait vu sortir de l'entrée d'un sous-sol une colonne de poussière teintée de violet par la lumière diffuse du petit matin.

C'était un signe, confia-t-elle plus tard, non pas à don Mercurio ni aux policiers car elle se méfiait de leur pitié, mais aux voisines qui s'intéressèrent à ses récits absurdes pendant plusieurs semaines, un signe du ciel, un avertissement de la sainte qui ne voulait plus rester cachée à la vénération des catholiques, et remarquant avec satisfaction que les femmes, pour l'écouter, oubliaient de remplir leurs cruches, elle reconstituait le fameux matin où elle avait vu s'élever la colonne de poussière ou de fumée ; s'armant de courage, elle s'était avancée vers l'accès aux sous-sols où personne, à sa connaissance, n'était descendu depuis un demi-siècle, depuis que le dernier survivant de la famille qui avait vécu dans cette maison pendant quatre cents ans l'avait abandonnée, ne laissant que l'ancienne gardienne, sa mère, dont elle avait hérité le poste, ainsi qu'un veuvage précoce et une tendance aux lubies solitaires, graduellement mâtinées de bigoterie et de folie. Mais elle n'avait pas peur, c'était impossible en vivant comme elle dans ce labyrinthe de couloirs, sous une charpente pourrie peuplée de chauves-souris, dans ces cours pleines de puits cachés sous les ronces, ces salles de bal et ces passages fréquentés par des cohortes de rats aussi vifs et rapides que des lapins, toujours seule, avec un trousseau de clés énormes, grandes comme des heurtoirs, attaché à une corde de chanvre qui lui nouait la taille et ressemblait à une discipline de pénitence, entourée de chats féroces et loyaux, s'éclairant le soir avec un fanal de bateau car il n'y avait d'électricité que dans les chambres de la tour sud, où elle logeait. Avant de descendre dans les caves pour déterminer l'origine de la fumée ou de la voix qui l'appelait, elle jeta sur ses épaules une sorte de capote austro-hongroise peut-être exhumée d'un coffre où étaient rangés les déguisements de carnavals révolus, enfila de grandes bottes qui avaient appartenu à son cher disparu, prit le fanal et un bâton de berger qui lui avait servi plus d'une fois à chasser les enfants qui s'introduisaient dans la maison pour jouer au Château du Non-Retour, et les vagabonds qui sautaient par-dessus les murs des basses-cours arrière afin de se protéger d'une nuit froide ou pluvieuse. Tâtant à la pointe du bâton les marches inégales, elle descendit prudemment et pénétra dans une salle souterraine voûtée en arêtes où l'on entendait avec une précision sinistre les coups de griffes et les frôlements des grands rats qui s'enfuyaient dans les recoins plongés dans l'ombre. En dépit de sa profondeur et des ténèbres qui y régnaient, le sous-sol ne sentait pas l'humidité, l'air était sec et rance, comme l'intérieur d'une armoire restée très longtemps fermée, et quand la gardienne écarta les toiles d'araignée qui lui barraient le passage, une poussière fine et piquante s'en détacha et la prit à la gorge.

Mais à mesure qu'elle s'avançait dans le couloir central des caves, elle sentait de plus en plus nettement une forte odeur de poudre et de sang ; enfin, elle découvrit avec dégoût, après le dernier coude, un lambeau velu et sanglant collé au mur : elle ne reconnut pas tout de suite la tête d'un chat, faillit un peu plus loin poser le pied sur une masse de viscères encore palpitante et, éclairant la paroi concave en granit, elle aperçut des éclaboussures de sang, des lambeaux de chair, des fragments de bois et de métal fumant. Elle se souvint alors : deux ans auparavant, des soldats avaient pénétré dans la maison des Tours sous prétexte qu'ils avaient ordre de la transformer en caserne ou en magasin, ils étaient descendus d'une camionnette en lui montrant un papier maculé d'huile et de crasse et s'étaient mis à décharger des caisses et à tout déménager. Mais elle les avait menacés, avait porté un coup terrible de son bâton sur le dos d'un de ces hommes en uniforme qui refusaient de l'écouter, leur criant de telles malédictions que son visage décomposé ressemblait aux gargouilles des avant-toits. Les soldats se moquaient d'elle, mais ils n'étaient que trois et ne savaient sans doute pas utiliser leurs armes, peut-être même pas chargées. Ils récupérèrent précipitamment les caisses et remontèrent lestement dans la camionnette, poursuivis par le gourdin implacable et les malédictions de la gardienne, et démarrèrent en jurant qu'ils reviendraient la fusiller. Elle ne perdit pas son temps à les regarder partir : elle ferma le portail à triple tour, poussa les verrous et mit la barre, aussi grosse qu'un grand mât, moins fière de sa victoire qu'irritée par le culot de ces intrus qui ne portaient même pas l'uniforme de vrais militaires. Mais elle s'aperçut qu'une grenade à main était tombée d'une caisse et, après l'avoir examinée avec beaucoup d'attention et un peu d'épouvante, elle la dissimula au plus profond, dans le dernier sous-sol, envisageant peut-être de l'utiliser pour se défendre si les soldats revenaient, se barricadant dans la maison des Tours comme le seigneur féodal qui l'avait bâtie, un Dávalos, turbulent connétable qui s'était soulevé contre l'empereur Charles V au temps des *comuneros**. Elle oublia l'arme qui devait l'aider à résister, et un des chats sauvages qui lui obéissaient au doigt et à l'œil, tels des faucons dressés, déplaça sans doute ou mordit la goupille de la grenade, provoquant l'explosion qui le désintégra sur-le-champ, ébranla les fondations de la maison des Tours et détruisit une partie du mur en brique et mortier qui bouchait l'angle le plus sombre du sous-sol, découvrant à la lueur du fanal un visage blême et poussiéreux qui paraissait flotter dans la pénombre, tel le visage d'un fantôme surgi la nuit derrière un carreau, sorte de vierge en cire entrevue au fond d'une chapelle où brûlent faiblement des cierges. On aurait dit qu'elle me regardait par la brèche du mur, racontait la gardienne, elle me regardait et me disait de ne pas avoir peur car elle était très gentille et n'allait rien me faire. Car si la mégère avait d'abord prétendu entendre en

* En 1520, une révolte sécessionniste éclate en Castille après le départ de Charles V pour l'Allemagne. Ce sont les *Comunidades*. Elle sera écrasée l'année suivante. *(NdT)*

rêve la voix de la sainte, elle ajouta tant de détails que le miracle devint réalité et la voix s'échappa vraiment de ses lèvres scellées, un filet aussi doux que le murmure défaillant d'une malade, la sainte n'avait pas passé en vain dix ou douze siècles cachée dans l'obscurité, assise dans un fauteuil comme une dame en visite, les yeux bleus grands ouverts et fixés sur le mur, figés dans une insomnie éternelle, éblouis quelques heures plus tard par le magnésium de Ramiro Retratista dont les photographies immortalisèrent ses pupilles mortes et hallucinées pour que je puisse aujourd'hui les contempler et voyager dans une sorte de mystérieuse machine à remonter le temps jusqu'à une place ombragée de peupliers qui n'existent plus, pour que je puisse reconnaître et retrouver les voix qui hantèrent l'enfance de mes parents et les coups de heurtoir sur les portes des maisons où plus personne ne vit depuis des années.

Les voix perdues de la ville, les témoins obstinés, relégués, inconnus, ceux qui racontèrent et se turent, ceux qui consacrèrent des années au souvenir ou à la haine et ceux qui choisirent l'apostasie et l'oubli : faire-part de décès collés aux étalages des boutiques de la place du Général-Orduña ou de la rue Neuve, vieillards hébétés qui jouent au domino ou discutent sous le vacarme d'un téléviseur au Foyer du retraité, qui prennent le soleil dans les jardins dévastés de la Cava, marchant sur des tessons de bouteilles et des seringues en plastique, qui somnolent près du brasero dans des salles à manger encombrées de meubles recouverts de tapisserie synthétique ou dans les couloirs lugubres de l'asile, voix ressuscitées de disparus et visages impassibles de morts vivants. Voix de Mágina que personne n'écoutera, qui s'éteignent l'une après l'autre comme les lumières des rues à l'aurore, visages rescapés du lent cataclysme du temps grâce à la vaine loyauté de Lorencito Quesada et d'un enthousiasme insensé pour l'appareil de Ramiro Retratista, qui entassa ses innombrables photographies dans une malle avant de les remettre au commandant Galaz, comme s'il pressentait l'imminence d'un naufrage, tel un homme enterrant un trésor avant de fuir une ville menacée.

Des voix, des figures sans nom, des silhouettes figées dans le temps, des visages de défunts, de bourreaux, d'innocents, de victimes : l'inspecteur Florencio Pérez, qui n'élucida jamais un crime, n'obtint jamais un aveu, n'osa jamais publier sous son propre nom les vers qu'il écrivait ; le lieutenant Chamorro, diplômé de l'Ecole populaire de guerre de Barcelone, emprisonné pendant quatorze ans pour avoir soutenu la rébellion militaire, relâché et remis en prison au bout de vingt-deux jours de liberté, car à peine libéré il avait eu l'idée délirante de s'enfoncer dans la Sierra de Mágina avec une bande de libertaires armés de fusils à plombs pour tuer le Généralissime qui chassait le cerf dans la région ou assistait à une retraite spirituelle d'aumôniers militaires ; Manuel García, sapeur de la Garde d'assaut, convaincu de rébellion car il s'était présenté réglementairement à l'hôpital Saint-Jacques quelques minutes après qu'on eut hissé le drapeau rouge et jaune sur la façade ; l'aveugle Domingo González, qui avait fui Mágina en mai 1937 et échappé à la mort en se cachant sous un tas de paille, et parce qu'un de ses poursuivants, sentant son corps à la pointe d'une fourche à fumier, au lieu de le transpercer ou de révéler sa présence, avait dit aux autres miliciens d'aller voir plus loin car il n'y avait personne dans le pailler : devenu juge militaire, il signa des condamnations à mort en toute sérénité et n'eut aucune clémence pour le lieutenant Chamorro, son ex-ami et pays : juge inflexible et colonel en retraite, il revint s'établir à Mágina, dans la maison de la place San Lorenzo autrefois habitée par le vieux Justo Solana, et perdit la vue : ce cavalier misanthrope reçut deux cartouches chargées de sel en pleine figure et passa le reste de son existence dans la terreur que l'homme qui l'avait rendu aveugle accomplisse sa menace et revienne le tuer à la faveur de l'obscurité ; Ramiro Retratista, photographe, triste et amoureux d'une morte, exilé volontaire de Mágina, naufragé tardif à Madrid, portraitiste, sur la place d'Espagne, de jeunes mariés en voyage de noces, provinciaux désargentés qui souriaient en se donnant le bras sous les statues de don Quichotte et de Sancho Pança ; et Lorencito Quesada, reporter illustre et employé vétéran du *Système Métrique*, doyen des correspondants de presse, de radio et de télévision de Mágina, toujours prêt à proposer la biographie, qui lui était invariablement refusée, des grands hommes de sa ville et de sa province, correspondant de *Singladura*, sans cesse à l'affût des mystères policiers et surnaturels, des pouvoirs télépathiques et des visites de messagers venus d'autres mondes dans la vallée du Guadalquivir, auteur d'un feuilleton en cinq épisodes sur *l'Enigme de la femme emmurée* ou *le Mystère de la maison des Tours*, car ces deux titres lui paraissaient suggestifs et il avait mis longtemps à se décider pour l'un d'eux, décision en tout cas inutile, puisque, après plusieurs semaines d'insomnies et de travail fébrile, le directeur de *Singladura* avait refusé de publier les trente pages qu'il avait envoyées.

C'est Lorencito Quesada qui avait découvert et voulu révéler au monde, ou à Mágina, les mémoires inédits de l'inspecteur puis sous-commissaire Florencio Pérez, et avait cherché en vain argent et influences pour les publier, animé par un enthousiasme qui ne connut jamais découragement ni succès. Il était sans doute le seul de la ville à connaître ou à soupçonner la vocation littéraire du policier en retraite qui avait passé sa vie à écrire des vers et à les envoyer, sous un pseudonyme, aux concours de la province, gagnant de temps à autre une fleur naturelle qu'il n'allait jamais chercher, par manque de courage ou excès de honte, par une crainte lancinante du ridicule qui s'aggrava avec l'âge au point qu'il faillit succomber, presque sur son lit de mort, à la tentation de brûler toute son œuvre laborieusement dactylographiée au dos des formulaires officiels, comme Virgile l'avait fait lui-même ou ordonné de le faire. Jusqu'à sa retraite, il s'était toujours interdit la prose, qu'il considérait, avait-il avoué un jour à Lorencito Quesada, comme un genre mineur, mais en se voyant oisif, menacé par une mélancolie et un ennui ravageurs que la distraction quotidienne du travail ne retenait plus, il résolut d'entreprendre la rédaction de ses mémoires, ce qui eut pour effet, au lieu de lui redonner le goût de vivre, de renforcer sa peur superstitieuse de la mort, qui risquait de le surprendre avant qu'il ait parachevé le récit de sa vie. Il était veuf et vivait chez sa fille, en butte au mépris ouvert du mari, un magnat des vidéoclubs locaux ; il avait aussi un fils inspecteur à Madrid, et un troisième enfant, le cadet, qui désirait être séminariste, mais avait mal tourné, pour des raisons inexplicables, s'était laissé pousser les cheveux jusqu'aux épaules et avait décidé de devenir chanteur dans un groupe moderne. Au moment de prendre sa retraite, le sous-commissaire avait vainement espéré que ses anciens subordonnés lui rendraient un hommage ému, ou lui offriraient au moins une médaille commémorative. Mais seul Lorencito Quesada, attentif à tout, lui consacra un article dans *Singladura*. Florencio Pérez lui écrivit pour lui exprimer sa gratitude larmoyante, rangea la coupure du journal dans une chemise bleue et se retrancha dans cette sorte de réduit où sa fille et son gendre le confinaient, en compagnie d'une machine à écrire d'occasion et d'une pile de formulaires vierges de cartes d'identité, lâchement subtilisés au commissariat. Mais lorsqu'il voulut se mettre sérieusement à écrire, il découvrit avec stupeur et désolation qu'il ne lui était presque rien arrivé. La tâche qu'il pressentait épuisante s'avéra très vite être légère et banale : en moins d'un an de travail quotidien, il raconta les soixante-dix ans de sa vie entière et un matin, vingt minutes après s'être assis devant sa machine, il arriva au moment précis qu'il était en train de vivre : il resta pensif quelques instants, parcourut d'un œil morose les notes des derniers jours, introduisit une nouvelle feuille dans le chariot et entreprit de rédiger tranquillement ses souvenirs du lendemain, avec un vague sentiment d'irréalité, puis d'usurpation, comme s'il s'accordait une petite tricherie au moment d'une réussite ; il poursuivit sa rédaction, de plus en plus désinvolte, presque heureux, racontant le retour de son jeune fils, brebis galeuse de la famille et chagrin de ses vieux jours, qui lui demandait pardon, les cheveux coupés, en costume-cravate, après avoir vécu pendant des années dans une communauté d'Ibiza ; ensuite, il raconta un voyage à Madrid : il retrouvait la pension qu'il fréquentait avant la guerre, faisait un tour en barque dans le parc du Retiro, mangeait des gambas grillées dans la taverne del Abuelo et rendait grâce au Christ de Medinaceli pour le retour du fils prodigue. Quand il mourut, au début du mois de juin, ses mémoires arrivaient aux premiers jours des fêtes de Noël de l'année suivante, à la veille de l'hommage organisé en son honneur par le Cercle culturel et récréatif de Mágina, dans la salle du cinéma Ideal, à l'occasion de ses noces d'or avec la police et la littérature.

A mesure que le manuscrit s'enfonçait dans l'avenir et le mensonge, il multipliait les détails, à la différence du récit des événements réels, caractérisés par une sécheresse hâtive et désenchantée : la découverte de la femme au corps inaltéré occupait à peine une feuille format écolier et ne comportait aucune révélation, soit que l'inspecteur ait oublié le déroulement des opérations, soit que, comme le soupçonna littérairement Lorencito, de puissants intérêts occultes l'aient obligé à garder encore le secret quarante ans après. Dès les premières années de sa carrière, l'inspecteur a le visage ravagé par le chagrin et une arrogance laborieuse, et ce visage des photos de Ramiro Retratista restera inchangé jusqu'à la fin de sa vie. "Regarde-le", dit Nadia qui se souvient et le reconnaît, presque avec tendresse, bien qu'elle l'ait vu pour la première et unique fois dix-huit ans auparavant, vieux policier désolé refusant l'opprobre de la retraite. Elle sort la photographie de la pile et la montre à Manuel qui, derrière elle, silencieux, l'étreint doucement, ses deux mains s'aventurant sous la blouse. "Il n'a jamais changé", dit Nadia, un visage qui avait l'air en carton-pâte, des cheveux jusqu'au milieu du front, rabattus en arrière à la brillantine, hérissés de mèches rebelles qu'il n'y avait pas moyen de dompter, des sourcils comme deux arcs noirs, des traits carrés et mous, la lèvre inférieure épaisse et tombante où pendait un éternel mégot de tabac noir, le menton toujours ombré, il se rasait pourtant deux fois par jour, songeait-il avec douleur, c'était aussi incroyable que son nom, Florencio Pérez Tallante, un nom catastrophique pour un policier comme pour un poète, un désastre et une fatalité. Ramiro Retratista l'avait photographié à l'endroit même où Nadia le verrait des années plus tard, presque dans la même attitude, assis derrière son bureau, sous le crucifix, sous les portraits de Jésus-Christ et de Franco, le téléphone à sa droite et le bloc à sa gauche, la main sur le menton, comme s'il voulait ressembler à l'effigie d'un penseur. Il s'ennuyait et comptait les syllabes sur les doigts dans son bureau de la place du Général-Orduña, à côté de la tour de l'horloge, quand un garde était entré pour lui dire qu'une femme, qui avait tout d'une folle, l'allure et les manières, venait annoncer la découverte d'un cadavre non identifié, sûrement celui d'un prisonnier des rouges, enterré après son martyre dans le sous-sol infâme d'une *tchéka** clandestine. A titre préventif, avant même de l'avoir vue et entendue, l'inspecteur Florencio Pérez, toujours partisan des mesures énergiques, ordonna l'arrestation immédiate de la délatrice, mais au moment où le garde allait exécuter cet ordre que l'inspecteur trouvait d'un laconisme et d'une résolution admirables, la porte du bureau s'ouvrit à toute volée et la gardienne fit irruption, le bras droit levé dans un "vive l'Espagne" atrabilaire, son trousseau de clés pendu à la ceinture s'agitant aussi bruyamment que si c'étaient les chaînes d'un forçat. "J'allais avertir le curé de San Lorenzo, dit-elle en émoi sans laisser le temps à l'inspecteur de donner libre cours à son indignation, mais je me suis rappelé qu'il n'y en a plus, et je me suis dit Gabriela, tu dois alerter la fourrière, l'autorité c'est eux."

Que le commissariat soit appelé à Mágina la fourrière plongeait l'inspecteur Florencio Pérez dans un état proche de la mortification : qu'une femme échevelée, un trousseau de clés à la main, des bottes en caoutchouc malodorantes aux pieds et une méchante capote sur le dos s'introduise dans son bureau à cette heure

* Ainsi appelait-on les prisons contrôlées par les Soviétiques ou le Parti communiste espagnol pendant la guerre civile espagnole. *(NdT)*

paisible de la matinée agréablement consacrée à ne rien faire et à mesurer des hendécasyllabes, lui parle à grands cris et ne manifeste pas l'ombre d'une crainte envers l'autorité, prononçant au passage le mot *fourrière*, il y avait de quoi succomber à une crise cardiaque. Un coup de poing mollement assené sur la table eut pour effet de renverser le cendrier sur des formulaires – au milieu desquels l'inspecteur dissimulait les brouillons de ses sonnets –, mais n'améliora pas l'opinion qu'il avait de lui-même. Il n'était pas fait pour ce travail, confiait-il à son ami d'enfance, le lieutenant Chamorro qu'il se voyait de temps en temps dans la douloureuse obligation d'arrêter, car il manquait de caractère. “Madame, dit-il en se levant, époussetant la cendre qui maculait son pantalon et ses revers, à l'image d'Antonio Machado, un peu de tenue ou je vous enferme pour outrage et je jette la clé au fond d'un puits.” “C'est ce qui lui est arrivé, riposta la gardienne dont l'haleine fétide sentait l'égout et le caoutchouc, comme ses bottes, on l'a enfermée dans un cachot et on n'a pas eu besoin de jeter la clé parce qu'on a muré la porte pour qu'elle n'en ressorte plus jamais.” “Fichtre, on n'irait pas jusque-là !” murmura le garde dans un élan d'humanité, mais pas assez bas pour échapper à l'inspecteur : “Murciano, on ne vous demande pas votre avis, s'exclama-t-il avec sévérité, attendez mes ordres dehors.” Le garde avait l'air d'un paysan et manquait de prestance pour porter un uniforme trop grand pour lui, et quand il était au garde-à-vous, le trois-quarts gris pendait sur son corps chétif comme un jupon pitoyable. “Alors je n'embarque pas cette femme en qualité de détenue ?” “En qualité de rien, Murciano, répondit l'inspecteur, irrité qu'un subalterne s'approprie les précieuses formules du jargon officiel, sortez et ne m'échauffez pas la cervelle, je vous dirai ce que vous avez à faire lorsque j'aurai procédé à l'interrogatoire." "Vous n'allez donc pas m'enfermer dans la fourrière ?" La gardienne se rapprocha de l'inspecteur, les mains jointes, comme si elle était en prière et sur le point de tomber à genoux : "Comme j'avais raison de dire qu'il a une bonne tête, un vrai visage d'enfant." "Madame !" L'inspecteur se leva, constatant une fois de plus qu'il n'était pas aussi grand qu'il se l'imaginait dans ses moments d'euphorie, et son deuxième coup de poing sur la table lui déclencha une douleur aiguë dans la main, car il avait frappé le rebord métallique d'un presse-papiers représentant la basilique de Montserrat. Machinalement, il le soupesa et songea avec inquiétude que n'importe quel objet pouvait facilement devenir une arme homicide. "Asseyez-vous – il reposa le presse-papiers sur la table –, et taisez-vous. Vous parlerez quand on vous interrogera, et faites-moi le plaisir d'observer un minimum de respect."

Mais c'était inutile, pensait-il, personne n'avait jamais eu la moindre considération pour lui, ni les délinquants ni ses subordonnés, personne, pas même ses enfants, qui après sa mort remirent à Lorencito Quesada ses mémoires sans même y avoir jeté un coup d'œil, comme des vieux papiers qu'on donne au chiffonnier. Pour reprendre un peu d'assurance, l'inspecteur roula maladroitement une cigarette et passa sa langue sur le bord encollé du papier en regardant, derrière les carreaux, la statue du général Orduña, sur qui il avait commencé un sonnet ce matin-là. "Par ton bras immortel qui répand les entrailles", murmura-t-il en faisant la grimace, mais sans s'avouer vaincu, "Par ton bras immémorial qui répand les entrailles". Les doigts de sa main gauche tambourinaient sur la vitre pour compter les syllabes et il était si absorbé, si désespéré par les difficultés de la rime, qu'il ne s'aperçut pas tout de suite que la gardienne, dans son dos, n'avait pas attendu ses questions pour reprendre la parole, sans égard pour son autorité : "… Une brune, oui monsieur, mais avec des yeux bleus, et écarquillés comme si elle avait été effrayée, comme ces gens qui traversent un courant d'air et ne parlent plus, ne reconnaissent plus personne, avec la raie au milieu, comme les dames d'autrefois qui avaient des chignons et des anglaises, en robe noire très décolletée, noire ou bleu marine, ou violette, je n'ai pas pu voir parce que le trou est très sombre et je n'ai pas voulu l'élargir, je ne voulais rien toucher avant votre arrivée, et elle a un scapulaire autour du cou, j'ai quand même vu cela, je crois que c'est un scapulaire de Notre-Seigneur Jésus…"

"Sa gloire sur l'Espagne frappe de taille", décida l'inspecteur sans voir ni entendre la gardienne, "Le feu du courage a brûlé ses entrailles". "Et elle doit avoir à peu près la même taille que vous, pas grand-chose, mais bien proportionnée, il faut vous dire qu'on distinguait mal, car elle m'a l'air d'être assise dans un fauteuil, je n'ai pas voulu mettre le nez à l'intérieur, de peur d'abîmer quelque chose, il ne faut pas toucher les morts avant que le juge autorise la levée du corps, remarquez, elle n'est pas couchée, et elle ne m'a pas l'air morte du tout, c'est impensable, avec cette peau si douce, une peau de pêche, mais très pâle, oh ! oui, on dirait de la cire, à ce qu'il paraît ces dames prenaient du vinaigre, ça expliquerait…" "Et piétiné d'oubli la sombre pierraille !" s'écria presque l'inspecteur enthousiasmé qui, craignant d'oublier un hendécasyllabe aussi indiscutable, retourna à son bureau et l'écrivit en marge d'une circulaire, feignant de noter un détail de la déclaration de la gardienne. Une heure après, épuisé de ne pouvoir égrener silencieusement des mots absurdes terminés en *aille* ni obtenir que la gardienne introduise un peu de chronologie dans son récit, l'inspecteur Florencio Pérez appuya énergiquement sur plusieurs sonnettes, eut deux conversations téléphoniques qu'il interrompit en raccrochant avec la violence adéquate, enfila sa gabardine, mit son chapeau et donna l'ordre de préparer une des automobiles de service réservées au commissariat, afin de se rendre dans les plus brefs délais sur le théâtre des événements, comme il l'expliqua plus tard dans un rapport dont la rédaction lui coûta plus d'insomnies que la première strophe du sonnet sur le général Orduña, à laquelle il ajouta dans les sous-sols de la maison des Tours un nouveau vers en *aille* : "Toiles d'araignée, misérable racaille", vu la quantité qu'il dut écarter de son visage et de ses mains avec une profonde répulsion, quand il procéda à l'inspection oculaire minutieuse de ce qu'il appela dans son rapport le lieu du crime – il ne croyait pas être en présence d'un assassinat, mais il répugnait à répéter l'expression "théâtre des événements" à moins de quatre lignes de distance.

Il cite dans ses mémoires le nom des témoins qui descendirent avec lui dans la cave où avait été découverte la femme au corps non corrompu : don Mercurio, le médecin ; Julián, son cocher ; Galindo, le médecin légiste ; Medinilla, le greffier du tribunal qui, des années plus tard, dirigerait un cabinet prospère et deviendrait député franquiste ; Murciano, le policier ; la gardienne contumace, Ramiro Retratista et enfin son assistant Matías, devenu sourd-muet après avoir passé une journée entière sous les décombres d'une maison pulvérisée par un obus. Pour mortifier l'inspecteur, à l'arrivée de Mercurio que naturellement personne n'avait appelé, les autres s'inclinèrent avec une révérence unanime devant l'autorité médicale et l'oublièrent, lui, le policier, comme s'il n'avait jamais existé, comme s'il n'incarnait pas à cet instant précis, dans la maison des Tours, l'échelon le plus élevé dans la hiérarchie. “Il s'agit d'un cas insolite de momification”, déclara le médecin légiste après que la gardienne eut refermé les portes de la rue, réduisant le bruit des commentaires des voisines à des roucoulades confuses et lointaines de colombes. “Pas plus insolite que mon propre cas”, coupa Mercurio à côté de l'inspecteur qu'il paraissait ne pas voir, admirant distraitement les colonnes en marbre et les arcs branlants de la cour : “A mon âge, vous comprendrez que les momies soient plus que jamais ma spécialité.” “Vu les habits qu'elle porte, je dirais qu'elle a été emmurée il y a soixante ou soixante-dix ans.” Dans les situations désespérées, l'inspecteur Florencio Pérez avait recours à la science pour essayer de rétablir son autorité défaillante. “Soixante ans !” s'écria la gardienne comme si elle réprouvait un blasphème, et elle fit tinter son trousseau de clés d'une façon menaçante. “Dites plutôt soixante siècles, depuis la fondation de la maison. Elle a dû être capturée par les Maures…” “Ne dites pas de sottises, madame !” Medinilla, le greffier du tribunal, qui était aussi un des mouchards de la police secrète, brandit devant la gardienne son cahier ouvert et le stylo avec lequel il faisait semblant d'écrire, “car je note tout ici, à toutes fins utiles”.

Ils avançaient entre les statues en miettes et les tas de gravats sur lesquels poussaient mauves et sisymbres ; devant l'ouverture voûtée qui disparaissait sous l'escalier en marbre, les pas et les voix résonnèrent comme dans une crypte. “Attention aux marches, dit la gardienne, elles sont trompeuses.” L'inspecteur descendit en tête, car il avait une puissante lampe à cannelures chromées, et tout le monde se tut, même la gardienne, en traversant caves et passages menant à d'autres caves identiques, remplies de meubles grands comme des catafalques et de carcasses pourries de voitures baroques. Quand la lampe éclaira le réduit qu'un maçon avait fini de dégager, la gardienne se signa d'un geste furtif et pieux ; les autres, sauf Mercurio, restèrent à distance respectueuse, regardant les ombres que le cercle de lumière déplaçait sur les murs, au milieu desquelles, telle une effigie de cire dans sa niche, avec la majesté d'une statue égyptienne représentant un personnage mystérieux, les mains croisées dans son giron, sur une robe Second Empire, la tête appuyée sur le très haut dossier d'un fauteuil, la jeune fille au corps intact fixait le vide de ses yeux bleus auxquels la lampe arrachait des éclats vitreux. Mais loin de paraître égarée, elle exprimait au contraire une sorte de naturel imperturbable, comme si elle n'était pas restée soixante-dix ans emmurée, et venait de prendre place dans le fauteuil de son boudoir afin de recevoir paisiblement les amis intimes qui attendaient respectueusement d'être appelés l'un après l'autre auprès d'elle.

Sans se retourner, comme un chirurgien absorbé par les difficultés d'une opération, Mercurio réclama ses lunettes, sa trousse, de la lumière. A côté de lui, très attentif, obéissant instantanément aux mouvements de ses mains, Julián se penchait pour contempler la jeune fille, obligeant les autres à respecter la distance qui les séparait encore de Mercurio. C'était Julián qui tenait maintenant la lampe, l'inspecteur Florencio Pérez la lui avait remise avec une docilité qu'il avait qualifiée en son for intérieur d'impardonnable, et pendant plus d'une minute – jusqu'à ce que la gardienne allume son quinquet à pétrole – seule la figure de la morte, resplendissante et livide, ses cheveux poussiéreux brillant comme une gaze noire autour de son visage, émergea de l'obscurité qui enveloppait les autres, ombres poltronnes qui se frôlaient sans se reconnaître et s'entendaient respirer tandis que la petite silhouette bossue de Mercurio se déplaçait lentement devant la niche éclairée, décrivant des gestes vifs, comme ceux d'une liturgie ou d'une conjuration, ses doigts tendus effleurant sans le toucher le visage de la momie, s'emmêlant dans les boucles autour des tempes, soulevant un fin nuage de poussière qui faisait tousser le médecin et son assistant.

"Remarquez, Julián, prononça don Mercurio, que cette jeune fille n'a pas lutté quand on l'a emmurée. L'a-t-on enfermée ici après lui avoir administré un narcotique, ou a-t-elle été foudroyée par une syncope qui ne lui a pas laissé le temps d'esquisser un mouvement de panique ? Examinez ses phalanges, dit Mercurio en ôtant ses lorgnons et en encastrant dans l'orbite parcheminée de son œil gauche une loupe minuscule, mais très puissante, tous les enterrés vifs présentent des symptômes analogues au moment de l'exhumation. Ongles usés, phalanges brisées, torsion anormale des membres. Yeux exorbités, mâchoires ouvertes, décrochées par les cris de terreur. Ce qui n'est pas le cas de cette dame ou demoiselle. Observez sa position : une sérénité parfaite. Les conditions atmosphériques particulières de cette crypte ont réalisé le prodige que cette pauvre femme a pris pour un miracle. Un phénomène rare, mais pas exceptionnel, comme le savent pertinemment les archéologues et les autorités ecclésiastiques. Que dites-vous, Julián ?" Le savoir de Mercurio plongeait parfois le cocher dans une euphorie très proche du tremblement des larmes : "Qu'est-ce que vous voulez que j'en pense, c'est vous l'éminence, don Mercurio." "Pas de fleurs, Julián, j'ai déjà un pied derrière la frontière de la grande énigme, et les vanités de ce monde me laissent indifférent. Des faits, Julián, *facts*, comme disent les Anglais." "Prudence, don Mercurio, repartit Julián en regardant les autres par-dessous, il y a beaucoup de partisans des puissances de l'Axe autour de nous." Mercurio approchait maintenant sa lentille d'une pupille de la jeune morte, comme un ophtalmologiste qui aurait examiné sa vue. "Je suis pour les alliés depuis un quart de siècle, Julián. Vous ne voudriez pas que je devienne partisan du Kaiser au moment où j'ai un pied dans la tombe." "Mais il n'y a plus de Kaiser, don Mercurio, dit le greffier qui s'était rapproché avec la circonspection instinctive du mouchard, maintenant, c'est le Führer qui commande en Allemagne."

Le médecin ne daigna même pas se retourner : "Je ne vois pas la différence !" Il demanda à Julián de l'éclairer un peu mieux : il venait d'effleurer les pommettes de la momie avec l'index de sa main droite et frottait lentement et délicatement le bout du doigt avec le pouce pour identifier avec exactitude la texture de la poussière qui y était déposée, aussi subtile que celle des ailes d'un papillon. Il paraissait caresser le marbre d'une statue ou la surface d'une toile qu'il aurait craint d'abîmer par le contact de ses doigts, par la proximité de son souffle. A la pointe d'un mouchoir, il essuya la médaille brillant dans le décolleté de la morte et souffla très légèrement sur le petit verre qui protégeait une image sépia du Christ couronné d'épines. Puis il fit quelques pas en arrière sans perdre la jeune fille du regard, rendit la loupe à Julián qui la rangea soigneusement dans la trousse, réajusta ses lorgnons sur son nez crochu, se frotta les yeux et parut pendant quelques secondes beaucoup plus vieux et beaucoup plus faible, comme si sa bosse avait grossi sous l'effet d'une fatigue soudaine ou comme s'il allait perdre connaissance. Julián, qui devinait à l'instant ses états d'âme et les fluctuations soudaines de sa santé, rendit sa lampe à l'inspecteur et posa la trousse par terre, prêt à soutenir discrètement ce corps aussi léger qu'un mannequin de paille, s'appuyant contre lui comme il en avait l'habitude pour l'empêcher de tomber car il redoutait, si don Mercurio s'affaissait sur le sol, de le voir se disloquer irrémédiablement. Mais le médecin, après avoir cherché imperceptiblement à tâtons le bras de son cocher, l'enserra dans sa main droite avec une force qui relevait de l'obstination pure, et une seconde plus tard, comme si par ce geste il avait reçu une partie de la vigueur de son pouls, il redressa la tête, chaussa son chapeau et affronta, avec son air constamment ironique, les regards interrogatifs et vaguement apeurés des autres.

"A mon avis, dit-il, et sous réserve des commentaires de mon distingué collègue, à qui revient en définitive la responsabilité de se prononcer officiellement, il serait prudent de ne pas déplacer le corps. Comme vous en formuliez très judicieusement l'hypothèse, mon cher inspecteur, cette jeune fille fut emmurée en ce lieu il y a près de soixante-dix ans. Je suis bien placé, hélas, pour le savoir, car c'était ainsi, si mes souvenirs sont bons, que s'habillaient les jeunes filles de bonne famille dans ma prime jeunesse. Mais qui peut nous assurer qu'elle ne tombera pas en poussière quand nous tenterons de la déplacer, malgré toutes les précautions que nous pourrons prendre ? Je pense que vous êtes au courant, inspecteur, des travaux de Mister Carter, le regretté égyptologue auquel j'ai eu l'honneur d'être présenté il y a de nombreuses années à Madrid. Des momies en parfait état de conservation depuis quatre millénaires peuvent être irrémédiablement abîmées par une clarté excessive, un changement brutal de température ou un air légèrement humide."

L'inspecteur Florencio Pérez aurait aimé répliquer, mais une bouffée de gratitude envers Mercurio et cet Howard Carter dont il ignorait la nature des travaux et dont il qualifia soudain la mort de perte irréparable, lui nouait la gorge et il préféra ne pas ouvrir la bouche, de peur de parler d'une voix trop fluette. Il entendit le greffier Medinilla prendre la parole à côté de lui : "J'ai vu un film là-dessus, *La Malédiction de la momie*. Mais c'était Boris Karloff qui jouait." "Il faudrait donc à mon avis – Mercurio n'accorda pas un regard au greffier – convoquer un photographe, mettre ce sous-sol sous scellés et faire appel à des experts mieux outillés que nous, pour le bien de la science, sinon pour celui de cette jeune fille qui se moquera bien, si mes calculs sont exacts, qu'on interrompe son repos éternel." "Amen !" reprit la gardienne avec révérence. Et l'inspecteur, qui mitonnait un hendécasyllabe depuis quelques instants ("Les traits livides de ce corps d'outre-tombe") et se sentait sauvé de l'opprobre par la considération de Mercurio, décida que le moment était venu de reprendre l'initiative qu'on attendait de lui. "Murciano, énonça-t-il d'une voix aussi polie que déterminée, allez avertir Ramiro. Et qu'il n'oublie pas d'apporter du magnésium." "A vos ordres – Murciano s'était mis au garde-à-vous. Je dis aussi au cocher de la Macanca de s'en aller ?" "Et qu'il n'y revienne pas !" coupa la gardienne. "Si vous voulez parler du véhicule de la morgue – l'inspecteur était ravi de l'occasion qui lui était donnée de montrer à don Mercurio sa domination de la langue –, vous pouvez informer le conducteur que nous n'avons pas besoin de ses services pour le moment." "Bien parlé. Qu'il reste au cimetière avec les morts, ici, nous sommes dans une maison chrétienne." La gardienne parlait si près du visage de l'inspecteur qu'elle lui postillonnait copieusement sur la figure. “Quant à vous, madame – euphorique, serein, presque ivre d’autorité et de confiance en lui-même, l’inspecteur s’essuya le menton avec un mouchoir et regarda la gardienne fixement dans les yeux –, vous allez me faire le plaisir de me laisser seul avec ces messieurs.” “Affaire confidentielle, renchérit le greffier, affectant des mines de comploteur d’opérette, *top secret*.”

Julián raccompagna la gardienne et Murciano, puis il revint aussitôt, rapportant le quinquet. Il l’alluma par surprise et éclaira d’abord le visage de Mercurio : il lui trouva de nouveau des traits soudain vieillis, devina que le médecin savait quelque chose qu’il cachait aux autres et reconnut chez lui un chagrin qu’il ne lui avait jamais connu, sorte d’abdication de sa volonté aiguë qui se livrait à la mort, intimement et sans illusion. “Il sait qui c’est et ne le dira à personne, il l’a connue de son vivant, quand ils étaient jeunes tous les deux.” Mais cette pensée l’effrayait, elle l’obligeait à admettre que don Mercurio était incroyablement vieux, à prendre conscience des abîmes d’expérience et d’horreur relégués dans sa mémoire après avoir connu trois quarts de siècle de cohabitation avec la maladie, la douleur, la misère, l’agonie, après avoir connu plusieurs guerres et assisté à la naissance, à la dégradation et à la mort de tant d’hommes et de femmes qui n’existaient plus, visages violacés éclatant en sanglots au milieu des flots de sang et de viscères de femmes qui criaient, genoux écartés, visages figés, rayés des vivants par la mort, sur un oreiller qui sentait encore l’épouvante en sueur et les médicaments désormais inutiles. Il songea que pour Mercurio les vivants et les morts étaient des ombres analogues, des simulacres de jeunesse, de beauté et de vigueur sourdement gangrenés par la corruption et toujours menacés par le coup de poignard de la souffrance : il était vraisemblable que lui, Julián, avec le médecin légiste, l'inspecteur et le greffier du tribunal, étaient plus étrangers à Mercurio que cette morte remontant à soixante-dix ans en arrière, et le temps présent qu'ils respiraient tous devait lui paraître un mirage ou un théâtre d'ombres rappelant celles que projetaient la lampe et le quinquet à pétrole, un avenir si loin de sa jeunesse qu'il ne pourrait jamais lui conférer, même s'il le voulait, la consistance sans équivoque de la réalité.

C'est ce que Ramiro Retratista, le photographe officieux de la police, vit en arrivant : cinq ombres immobiles autour d'une niche éclairée du sol par une lampe à pétrole, moins réelles et durables dans son imagination que le visage et le regard de cette femme dont il montra le portrait posthume au commandant Galaz plus de trente ans après, comme s'il voulait le convaincre qu'il n'avait pas inventé l'histoire de cette découverte. On l'avait averti, déclara-t-il, comme chaque fois qu'on trouvait un cadavre – il faisait indifféremment le portrait des vivants et des morts –, il avait attaché son appareil sur la selle de sa motocyclette allemande, ordonné par signes à son assistant sourd-muet de monter dans le side-car en prenant le trépied dans ses bras, chaussé ses lunettes d'aviateur et démarré en direction de la maison des Tours, et quand enfin on l'avait conduit jusqu'au sous-sol où il avait demandé sur un ton expéditif qu'on lui montre le mort, il avait entendu la voix désagréable du greffier Medinilla : "Ce n'est pas un mort. C'est un cadavre en état de momification."

Mais ce n'était sûrement pas une momie, songea Ramiro Retratista en voyant le visage de près, tandis que son assistant dépliait le trépied et plaçait les lampes à magnésium aux endroits adéquats, c'était une jeune demoiselle, sans doute un peu vieux jeu, regardez, disait-il au commandant Galaz en tendant la photographie dans ses mains tremblotantes de vieillard, très paisible et très belle, elle avait les pommettes hautes, les yeux grands ouverts, un chignon et des anglaises, il croyait même avoir décelé un peu de couleur sur les joues, à peine une traînée, comme dans les portraits coloriés à la main, et avait l'impression que ces yeux de morte le regardaient comme les femmes en chair et en os ne l'avaient jamais regardé, car ces dernières ne le voyaient pas, les femmes ne pensent pas à regarder celui qui fait leur portrait, expliquait-il, elles pensent à l'homme auquel elles enverront la photo ornée d'une dédicace élégante, chaleureuse ou passionnée, tout dépendait. Il observa son visage et se dit qu'elle était sculpturale et gironde – il avait repéré ces deux adjectifs dans un roman –, puis il baissa les yeux avec timidité et respect vers le cou qui paraissait en cire et vit la médaille pieuse sur laquelle il crut remarquer l'espace d'un instant la respiration imperceptible d'une catalepsie. Ramiro fut le seul à oser prendre la médaille entre ses doigts, à l'insu des autres, il la retourna et constata qu'il n'y avait pas d'image religieuse de l'autre côté, mais la photo d'un très jeune homme, avec moustache et impériale, dans le genre de Gustavo Adolfo Bécquer, coupa le commandant Galaz. Il vit aussi, à l'endroit précis où la naissance des seins creusait légèrement le décolleté, une arête qui ressemblait au bord d'une feuille de papier plusieurs fois repliée. Il se rejeta en arrière, sans détacher le regard de ces yeux de cristal pâle et bleuté, givrés de poussière et obstinément plongés dans les siens, corrigea la disposition des projecteurs, agitant les mains presque aussi vite que son assistant avec qui il entretenait en silence des diatribes nourries, cacha la tête sous le petit voile en feutre noir de l'appareil qui épousa le profil de la bosse de Mercurio, et quand il allait presser l'archaïque poire en caoutchouc du déclencheur, observant l'image inversée de la jeune morte, il s'imagina lui aussi qu'il se libérait de la gravité, se retrouvait à l'envers, et il désira avec l'énergie du désespoir que l'éclair du magnésium rende la vie à cette enfant en explosant dans ses pupilles, au moins pendant les quelques dixièmes de seconde qu'il durerait.

Je me souviens de l'hiver et du froid, du bleu absolu des matins de décembre, du soleil glacé sur la chaux des murs et sur les pierres jaunâtres de la maison des Tours, je me souviens du vertige quand je me penchais par les trous de la muraille et voyais sous mes yeux toute la profondeur des précipices et l'étendue illimitée du monde, les terrasses des potagers, les collines d'oliveraies, les scintillements lointains du fleuve, le bleu sombre des contreforts de la Sierra, le profil de statue renversée du mont Aznaitín dont les flancs étaient saupoudrés de maisons blanches et, la nuit, de lumières brillant comme des cierges d'église et de phares d'automobiles solitaires traversant l'obscurité comme des projecteurs antiaériens, apparaissant et disparaissant entre les rangées d'oliviers et dans les virages de la route. Dans la folle transparence de l'air, les détails les plus lointains acquièrent une exactitude de cristaux de glace. On montrait ces montagnes en disant que pendant la guerre le front était de l'autre côté, que le vent du sud apportait parfois les tonnerres tardifs d'une bataille lointaine. Cet horizon était parfois survolé par des avions ennemis qui ne s'approchèrent presque jamais de Mágina, reflets métalliques de soleil dans la clarté de midi. De cet au-delà, de l'autre côté de la Sierra, venaient les voyageurs et les fugitifs : par ces sentiers montant de la vallée mon grand-père Manuel arriva à pied après avoir quitté le camp de concentration, et sur une pente au bord du fleuve Domingo González reçut les deux décharges de sel qui le rendirent aveugle : zigzaguant entre les oliviers, il remonta jusqu'à la ville en se traînant comme un chien blessé. Tous les chemins s'orientaient vers cette seule direction, franchissant les remblais dépourvus de voies ferrées du chemin de fer qui n'avait jamais existé*, le courant fangeux du Guadalquivir, et c'est dans ces rochers virant au violet à la nuit tombée que vivaient les jean-cavales et que les tubards avaient leurs sanatoriums : ces derniers venaient parfois à Mágina dans des fourgonnettes noires, avec une cargaison de grandes bonbonnes vides qui débordaient de sang quand ils prenaient le chemin du retour, sang humain extrait au moyen de longues aiguilles d'acier qu'ils maniaient avec des gants en caoutchouc et essuyaient ensuite sur les pans de leurs blouses blanches, sang des enfants qui s'attardaient dehors après la tombée de la nuit : ils voyaient s'ouvrir la portière d'une automobile noire et une main pâle les appelait en leur offrant un bonbon ou une barre de chocolat. On retrouvait leur corps livide dans une décharge ou sur le bas-côté d'une route, et on voyait encore au bras ou au cou la marque violette de l'aiguille qui avait lentement aspiré leur sang. Voyant passer au loin un cercueil blanc, l'un de nous assurait qu'à l'intérieur gisait, en costume de premier communiant, un chapelet et un livre à couverture en nacre entre les mains, un enfant attrapé par les tubards. De temps en temps la rumeur de l'arrivée des tubards se répandait dans les cours d'écoles ou dans les groupes de la place San Lorenzo : quelqu'un avait vu leurs

* Voir note p. 57. *(NdT)*

longues voitures funéraires ou entendu au passage le bruit de leurs bonbonnes en verre s'entrechoquant, un autre avait échappé de justesse aux mains rapaces et froides gantées de caoutchouc, aux visages recouverts de masques derrière lesquels on entendait une respiration étouffée avide de sang, et pendant plusieurs jours, le temps que la terreur se dissipe comme elle était apparue, personne n'osait rôder dans les rues après le crépuscule ni dévier de sa route pour aller à l'école, nous regardions avec effroi les rares automobiles qui circulaient encore en ville, et un silence prématuré s'étendait sur les ruelles et les placettes de notre quartier, tel un brouillard ténu et violet qui saturait l'air dès que le soleil s'était couché en hiver, un silence de mauvais augure, peuplé de revenants nés de l'angoisse des générations successives, traversé par les échos des serrures et des heurtoirs, les pas des inconnus, des ivrognes, des assassins et des fous qui persistaient dans la mémoire craintive de Mágina et dans les paroles toujours clandestines ou ambiguës de nos ancêtres, scories de la peur et des malheurs de la guerre.

Je me souviens de la lumière humide et dorée après la pluie, du vert de l'herbe qui point dans les interstices des pavés, de l'intensité du soleil la baignant de sa lumière, et je me revois, avec le recul et ma taille d'adulte, cherchant des insectes pour les mettre dans une boîte d'allumettes que je collais ensuite à mon oreille pour entendre le minuscule frottement de leurs antennes et de leurs pattes sur le carton, toujours seul, sauf quand j'étais avec mon ami Félix, regardant jouer les autres à distance, effrayé car ils se coltinaient férocement et poursuivaient avec hargne les faibles, les petits et les idiots, me cachant derrière la fenêtre de l'entrée pour épier impunément leurs jeux et leurs conversations, imaginant des aventures qui augmentaient la dimension des lieux et des choses, qui transformaient les moindres brins d'herbe en arbres d'une forêt, les insectes en créatures préhistoriques comme celles que j'avais vues au cinéma, et le portail fermé de la maison des Tours en muraille d'un château, toujours dans l'attente de quelque chose dont je n'avais pas idée, l'arrivée de mon père ou de mon grand-père Manuel qui devaient ramener des champs un mulet docile chargé d'olives, de légumes ou de fourrage, et qui sentiraient la terre, le velours et l'herbe fauchée, le retour de ma mère qui était hospitalisée, paraît-il, et réapparaissait soudain quand je l'avais presque oubliée, immobile sur le seuil d'une porte, d'abord méconnaissable, car elle était plus maigre et plus pâle, se penchant vers moi pour me soulever et me serrer contre sa poitrine tendre et chaude, pleurant en silence, essuyant mes larmes avec un mouchoir qu'elle sortait de son tablier et qui sentait aussi la maladie et l'hôpital.

J'ai oublié son visage d'alors, je me souviens de sa tête chenue et de ses traits vieillis d'aujourd'hui et je ne veux pas l'imaginer, je répugne aussi à croire que mon père n'est pas invulnérable au temps, que mon grand-père Manuel et ma grand-mère Leonor sont cloués dans un canapé comme dans l'antichambre de la mort, mais parfois, quand je lui téléphone d'un endroit qu'elle ne saurait pas identifier sur une carte, d'un point éloigné qu'elle ne peut concevoir qu'en l'associant aux paysages des rêves et des films, j'entends sa voix et je reconnais la voix du temps où elle était beaucoup plus jeune, je lui sais gré de sa tendresse offerte, de son accent de Mágina où je perçois l'innocence et l'angoisse, le ton qu'elle prenait pour me réveiller en hiver au son d'une berceuse tandis qu'elle ouvrait les volets, balayait le sol et refaisait les lits. C'était la voix qu'elle avait avant ma naissance : pas la voix d'une personne dont l'existence se résume au fait qu'elle est ma mère, celle de cette jeune fille qui a un ruban dans les cheveux et sourit à l'appareil, les lèvres serrées pour qu'on ne voie pas ses dents, celle de la femme qui pose de trois quarts en robe de mariée, avec une façon de regarder et de sourire en penchant la tête qui peut ressembler involontairement à l'attitude des vedettes de cinéma de l'époque quand elles posaient, écartant de la main droite un rideau derrière lequel on distingue une balustrade et un jardin romantique à la française sans doute peint dans les années vingt par don Otto Zenner, apôtre à Mágina de la photographie de studio, prédécesseur et maître de Ramiro Retratista.

Je ne me souviens pas de son visage et je n'ose m'imaginer comment peut être sa vie en ce moment même, les progrès de la vieillesse, les douleurs dans les articulations, la difficulté de monter les escaliers, de garder la maison propre, elle toute seule, sans l'aide de personne, la difficulté de prendre le bois pour allumer le feu avant l'aube, de soigner, habiller et laver mes grands-parents, l'obligation aveugle du travail auquel elle se sacrifie depuis qu'elle a l'âge de raison, obéissant toujours à d'autres, redoutant toujours leur cruauté, meurtrie par leur indifférence, ne croyant jamais rien mériter, n'imaginant pas qu'il aurait été possible de vivre autrement. Je préfère entendre sa voix si jeune dans le combiné et ne pas penser qu'elle a une vie extérieure à la mienne dans laquelle elle a rarement connu autre chose que la peur, le labeur, le besoin et la douleur. Je lui dis au revoir, je raccroche, je me détache de la nostalgie et du remords et je regarde par la fenêtre de la chambre d'hôtel, par celle de l'aéroport d'où je viens de l'appeler, pour ne pas imaginer la pénombre triste de ma maison, pour ne pas la voir, elle, le combiné encore dans la main, comme si elle ne se résignait pas à ne plus m'entendre, comme si la tonalité de la ligne était l'indice sûr que j'étais toujours à l'autre bout du fil. Je fuis en secret, accomplis mes tâches avec une fausse application, parle deux ou trois langues et traverse des vies et des pays auxquels je semble ne pas appartenir, sans une minute de retard j'entre dans la cabine de traduction qui m'a été assignée, je vérifie le micro, les écouteurs, repousse la tentation d'allumer une cigarette, j'entends une voix et essaie de transposer ses propos en espagnol sans me soucier de ce qui est dit, et tout en écoutant et parlant avec un accent neutre et appliqué, je contemple à travers les vitres de la cabine une salle où des hommes et des femmes, habillés avec une uniformité qui me paraît toujours aussi irréelle ou futuriste que les expressions de leurs visages et l'éclat des tubes fluorescents, gesticulent et remuent les lèvres dans un silence de poissons, somnolent et s'ennuient, les câbles gris des écouteurs pendant sous leur menton comme des accessoires chirurgicaux.

J'écoute des propos qui m'importent peu, je cherche des équivalences avec un automatisme instantané, et en même temps que ces voix et la mienne j'entends d'autres voix qui reviennent et semblent me parler à l'oreille comme si elles résonnaient dans les écouteurs rembourrés, cachées, monotones, aussi fidèles que les battements de mon sang, elles me disent de revenir, me soufflent qu'elles n'ont pas cessé d'exister à l'instant où j'ai raccroché avec soulagement, qu'elles résonnent encore dans la maison, sur la place débarrassée de ses peupliers, dans les rues que j'ai quittées avec la ferme intention de ne jamais revenir, il y a exactement la moitié de ma vie. Il y a maintenant des sonnettes aux portes à la place des heurtoirs, la maison des Tours est devenue une Ecole des arts et métiers, presque toutes les maisons de la place sont inhabitées, le ciment a remplacé la terre battue et la maison de l'angle a été détruite, c'est la première à avoir été désertée et pendant des années elle s'est effritée, elle appartenait à cet homme qu'on a tué, dit ma mère, tu t'en souviens, c'est là qu'ensuite a vécu cet aveugle qui se retournait tous les deux ou trois pas, levait sa canne et dégainait un pistolet. Mais à l'intérieur de la maison que je considère toujours comme la mienne au bout de tant d'années, je sais qu'il règne maintenant la même pénombre que lorsque je m'y promenais seul les soirs d'hiver, quand je cherchais des photographies et des objets mystérieux sous le linge blanc rangé dans les commodes, derrière les vitrines à rideaux des étagères, quand je passais mes journées dans la maison déserte avec ma grand-mère Leonor, car mon grand-père et mes parents s'étaient levés à l'aurore pour aller à l'olive, quand j'épiais les sons de la rue, espérant entendre les sabots des animaux, les roues des charrettes, les pas des oliveurs revenant à la tombée du soir, rapportant avec eux une rumeur d'armée en déroute, la porte s'ouvrait alors sur l'air glacé et le vacarme des conversations, les hommes déchargeaient les mulets en sueur et j'étais envahi par l'odeur de fumier, de terre, d'herbe, de grosse toile et de jus d'olives concassées, ma mère était ébouriffée, enveloppée dans un châle noir taché de boue au bord, les mains rugueuses et les doigts écorchés à force de ramasser les olives par terre, mon grand-père faisait son entrée sur la place San Lorenzo avec un air épiscopal, juché sur un âne écrasé par sa corpulence, criant des ordres à ébranler la maison, très grand, infatigable, irascible, jovial, exigeant son dîner, versant l'eau glacée d'une cruche dans une cuvette, se rinçant le visage dans la cuisine où la marmite du repas mijote déjà au bord de la cuisinière. Je m'assieds à côté de lui, je lui tends une braise sur le petit râble qui sert à alimenter le brasero, pour qu'il allume sa cigarette, je regarde ses mains ouvertes et posées comme des racines sur le velours déformé de ses genoux, j'attends sa voix, je lui demande de me raconter une histoire, de me parler de la femme emmurée de la maison des Tours, d'imiter les hurlements des loups dans les montagnes derrière Mágina, quand il les traversait en pleine nuit sur le chemin de l'héroïsme et de la guerre, alors il me sourit, fume lentement et commence son récit en essayant de ne pas se faire entendre de ma grand-mère Leonor, qui l'interrompt avec colère et lui dit qu'il ment comme il respire et comme un arracheur de dents, qu'il a la tête farcie de chimères et d'oiseaux, qu'il n'a sûrement pas trouvé cette momie dans la maison des Tours car lorsqu'elle a été découverte, elle s'en souvient très bien, il était encore prisonnier, tu te vantes d'avoir une bonne mémoire, dit-elle, mais tu oublies ce qui t'arrange.

J'ai trouvé des photos de lui cachées dans les tiroirs, et d'autres tirages dans la malle que Nadia fouille à côté de moi, me demandant de mettre des noms sur les visages qu'elle me montre, de calculer les dates et les liens de parenté, de lui raconter des histoires qui comblent pour nous deux seulement le vide de notre passé commun, inventé, impossible, et en tombant sur la photo de mon grand-père Manuel signée par Otto Zenner et datée de la dernière année de la guerre, je le retrouve tel que j'osais l'imaginer quand je regardais son portrait dans les tiroirs interdits, tel que s'en souvient ma mère à la lumière de son enfance, pas une silhouette raide en noir et blanc, mais un homme plus grand que tous ceux qu'elle a connus, une haute stature blonde dans un uniforme bleu avec une casquette à visière, qui la soulève à une hauteur vertigineuse pour lui envoyer un baiser avant de s'en aller comme tous les jours à cette caserne d'où un jour il ne revint pas car on l'avait arrêté. Je l'ai entendu raconter, d'une voix profuse et dramatique, le sacrifice d'un bataillon entier de gardes d'assaut dans la côte des Perdrix et il m'a appris des mots qui brillèrent dans mon ignorance comme des brasiers ou des éclairs dans le noir : guerre, bataillon, fin du monde, mitrailleuse, offensive, perron, communisme, char de combat, j'ai trouvé dans les habits de son armoire un blouson bleu à boutons dorés, une buffleterie et une gaine de pistolet noire fleurant le cuir, aussi effrayante que si elle avait encore contenu un revolver, j'ai ouvert une boîte en fer-blanc, vu des liasses épaisses de billets violets à l'intérieur et pensé avec inquiétude et fierté que mon grand-père cachait un trésor gagné longtemps auparavant dans une guerre, celle dont se souviennent toujours les vieux et que j'associe confusément aux guerres des films et des bandes dessinées, quand mon grand-père cite devant moi le nom du général Miaja*, j'imagine un visage rond, mou comme de la mie de pain, et quand il parle d'un certain Manuel Azaña**, cela me rappelle la série des bandes dessinées *Hazañas Bélicas* qu'un cul-de-jatte loue sur la place du Général-Orduña.

* Voir note p. 30. *(NdT)*
** Azaña fut le dernier président de la République, élu en 1936, avant le soulèvement franquiste. *(NdT)*

Après avoir raccroché, je sais que ma mère va retourner à la salle à manger et le voir avachi dans un fauteuil, comme un énorme bouddha décrépit, comme un meuble archaïque que plus personne n'ose changer de place, ses yeux humides et bleus fixés sur la télévision, sur le mur ou le vide absolu, ses épaules montagneuses tombant en avant, comme si elles supportaient un poids géologique, ses mains sur les genoux ou sur le bord circulaire de la table *camilla*, noueuses et tordues comme des racines d'olivier, leur dos violacé sillonné de taches sombres, tout juste bonnes à remonter les pans de la lourde nappe sur ses jambes rhumatisantes pour récupérer avidement la chaleur du brasero, qu'il trouve toujours insuffisante, bien que ma mère ne cesse d'attiser les braises d'olivier avec le râble et qu'en même temps le feu crépite dans la cheminée, redonnant des couleurs nouvelles à son visage congestionné et impassible, sans pour autant venir à bout du froid blotti dans la moelle de ses os et dans les articulations de ses genoux, durcies par l'immobilité, si fragiles qu'elles paraissent prêtes à se briser, à se dérober sous lui quand il parvient à se redresser après plusieurs tentatives angoissantes sans l'aide de personne, avançant pas à pas, courbé sur sa canne, s'appuyant à la table, aux dossiers des chaises, respirant comme s'il avait les bronches pleines de toiles d'araignée ou de cailloux, posant les semelles en caoutchouc de ses espadrilles sur le carrelage avec un luxe de précautions, agrippant ensuite la rampe qui grince quand il commence à gravir les escaliers, tâche sempiternelle et épuisante, après minuit, à la fin des programmes, quand ma mère éteint la télévision et lui demande ce qu'il attend pour aller au lit. Il murmure à demain avec cette voix maintenant si faible que je ne la reconnais plus au téléphone, et ma mère, qui reste à faire du crochet, à déchiffrer laborieusement les lettres du journal, à attendre mon coup de fil d'un pays où il fait encore jour, lui répond si Dieu le veut bien et le regarde s'éloigner sous le chambranle, écrasé par ses épaules aussi larges qu'une armoire, elle lui rappelle d'allumer, ne tombez pas, attention à l'escalier, vous avez le temps, bientôt il ne pourra plus les monter sans aide et il faudra lui installer un lit au rez-de-chaussée, car elle est incapable de soutenir ce corps brisé qui pèse de plus en plus lourd. Elle n'est rassurée qu'en l'entendant actionner l'interrupteur à l'étage supérieur, puis ouvrir la porte de sa chambre, les pas résonnent maintenant au-dessus de sa tête et le sommier grince quand le corps se laisse tomber sur le lit, réveillant peut-être ma grand-mère Leonor qui s'est couchée plus tôt et qui rouspète contre lui car par sa faute, comme toutes les nuits, elle ne va sûrement pas retrouver le sommeil, alors que lui, qui prétend ne pas fermer l'œil, se met aussitôt à ronfler comme une baleine pour ne se réveiller que tard dans la matinée, quand le brasero et le feu allumés par ma mère à l'aurore auront réchauffé la salle à manger que ni lui ni ma grand-mère ne quitteront de toute la journée, assis l'un près de l'autre dans le canapé en plastique marron, sévères et immobiles, comme ces morts sur les photos du début du siècle, rigides, offusqués, silencieux, comme s'ils n'étaient plus de ce monde, terrorisés à l'idée que la mort puisse les emporter, abasourdis, plongés dans une indifférence vigilante et peut-être amère, se laissant gagner minute après minute par un sommeil agité dont ils s'arrachent en sursaut car ils auraient pu mourir pendant leur sommeil. Assoupi, mon grand-père Manuel laisse aller sa tête en arrière, sa mâchoire inférieure s'affaisse, et à travers les paupières closes perce le blanc sans pupille de ses yeux qui ressemblent aux yeux d'un mort ou d'un aveugle, l'air siffle entre ses fausses dents dont il était si fier vingt ans plus tôt, quand on venait de les lui poser, il s'était même inventé un sourire féroce tant il était démesuré, comme si on avait greffé par erreur sur son visage la bouche d'un homme beaucoup plus jeune ou le rictus d'un masque. Puis il ôtait ses dents pour offrir le prodige à l'admiration des voisins, et pour nous déconcerter, mes cousins et moi, il passait la langue sous le rose cru de ses fausses gencives, feignant ainsi d'avoir deux bouches superposées, l'une raide, fermée et menaçante avec sa double rangée de dents égales, l'autre molle et factice, le bout de la langue pointant entre la lèvre inférieure et la gencive orthopédique.

Mais il ne sourit presque plus, parle à peine, ne sort plus de sa léthargie ni de son silence, comme embourbé dans l'immobilité de son corps de plus en plus lourd et maladroit, gonflé à force de manger et de ne jamais bouger, un jour il vous arrivera quelque chose, lui disait ma mère la dernière fois que je suis allé les voir, courte parenthèse entre deux voyages, ne mangez pas tant de pain, ne trempez pas toute votre mie dans l'huile de la salade, mais il n'écoute rien, il a encore cette peur de la faim, comme tous ses semblables, il fait semblant de dormir quand on le gronde et s'endort souvent devant son assiette, le menton enfoncé dans la serviette blanche qu'on lui a nouée autour du cou pour qu'il ne se salisse pas, car ses mains tremblent et quand il porte sa cuiller à la bouche, il en renverse la moitié. Lui qui fut pour moi le héros de toutes les aventures, qui se défendit à coups de revolver quand des individus masqués voulurent lui dérober l'enveloppe contenant les messages secrets confiés par le commandant Galaz avec mission de la remettre en mains propres et au péril de sa vie au général Miaja, qui terrorisa par ses cris et les sifflements de sa ceinture l'enfance de ses enfants, attend maintenant avec résignation que ma mère le rase, lui noue la bavette autour du cou, lui mette sur les épaules un fichu tricoté pour qu'il n'attrape pas froid dans le dos, mais il ne permet toujours pas qu'on l'aide quand il va dans la salle de bains, et il en met partout, dit ma mère, on lui a acheté un récipient surmonté d'un tube en plastique pour uriner dedans, mais il refuse de l'utiliser, ou bien il n'arrive pas à s'en servir car il a les mains qui tremblent, aussi chaque fois qu'il se lève et traverse la pièce pour aller aux toilettes, pendant quelques minutes interminables ma grand-mère et ma mère prêtent une attention angoissée au moindre bruit, il en met du temps, on ne l'entend plus, il lui est arrivé quelque chose, une attaque, une syncope, et quand mon père n'est pas à la maison, elles envisagent avec effroi ce qu'elles feraient s'il glissait sur les carreaux de la salle de bains, comment le relever, à qui demander de l'aide, la moitié des maisons de la place San Lorenzo sont vides, et les habitants des maisons n'ont plus jeunesse ni vigueur. Qui reste-t-il ? La veuve de Bartolomé, qui était une femme opulente dans mon enfance, le visage tartiné de crèmes, aujourd'hui aveugle et paralytique ; Lagunillas, qui a quatre-vingt-quatre ans, un visage imberbe d'enfant momifié, vit en compagnie d'un chien et d'une chèvre et interpelle les inconnus dans la rue pour leur demander s'ils ne connaîtraient pas une femme travailleuse et honnête à la recherche d'un fiancé ; et un homme triste aux yeux clairs, veuf depuis peu, qui ne parle à personne : voilà la situation, dans ce lieu qui fut le centre de ma vie, le cœur de ce quartier sillonné de ruelles pavées et bordées de maisons blanchies à la chaux, où retentissaient les cris des marchands ambulants et les hennissements des chevaux, où des meutes d'enfants s'engageaient dans des guérillas terribles à coups de pierres, jouant à faire des processions, répétant des scènes de films, montant chercher des nids à la cime des peupliers, se glissant par les escaliers dans les sous-sols de la maison des Tours à la recherche d'une momie fabuleuse et s'enfuyant, pourchassés par les hurlements de la gardienne et les moulinets qu'elle décrivait avec son bâton de vacher, où l'on entendait les conversations du voisin d'à côté en se penchant au-dessus de la margelle du puits commun, et où nous parvenaient, dans les nuits paisibles du mois d'août, les éclats de voix et les tempêtes du cinéma d'été, puis les applaudissements qui acclamaient les chevauchées victorieuses des héros à la fin du film. Devant ces portes closes les équipes d'oliveurs se retrouvaient dans les matins d'hiver, et sous ce sol en ciment se trouvent encore les racines des peupliers coupés et la terre dure et nue dans laquelle nous creusions les trous pour jouer aux billes et tracions les carrés numérotés de la marelle et de la lime jetée ; au bord de ces carrefours déserts où l'éclairage est toujours aussi faible, les groupes de voisins s'asseyaient pour profiter de la fraîcheur du soir et j'écoutais attentivement leurs propos sans presque jamais les comprendre, regardant les murs contre lesquels s'aplatissaient, la tête en bas, des salamandres immobiles dont la salive maléfique avait la vertu de rendre chauve celui qui buvait l'eau d'une cruche dans laquelle elles avaient craché.

Je reviens malgré moi, même si j'habite des langues étrangères, me retranche derrière elles comme derrière une fausse identité, marche dans des villes dont ils ne connaissent les noms que par l'écran lumineux de cette radio où nous entendions romans et chansons d'Antonio Molina et de Juanito Valderrama, même si Nadia n'est pas étendue à côté de moi dans la pénombre contre mon dos pour me souffler à l'oreille décris-moi comment ils étaient, vivaient et imaginaient le monde, comment ils comprirent et acceptèrent ton départ, d'où ils tirèrent le courage et l'innocence nécessaires pour survivre sans amertume et ne pas être blessés par la souffrance. Alors, ma voix répète pour elle ce que m'ont rapporté d'autres voix et je n'ai pas l'impression de lui parler de ma propre vie, mais d'une époque beaucoup plus reculée dont je n'ai pu être le témoin, à moins que ce *je* cache plusieurs identités ou se dilate au tréfonds du plus lointain de ma conscience, à moins que ma mémoire maladroite se perde parfois comme mon corps et se confonde avec le sien et je ne sais plus à qui de nous deux appartiennent ces mains, ces lèvres, cette respiration ou cette salive. Qui se souvient et qui parle, qui voyait l'aveugle Domingo González descendre la rue du Puits en repérant à la pointe de sa canne le sol et les grilles des fenêtres, la main droite presque toujours cachée dans la poche de son manteau où l'on distinguait le renflement d'un pistolet ou d'un caillou, qui écoutait à minuit, les yeux grands ouverts dans sa chambre, les pas de cet homme passant devant notre porte en rasant les murs, s'arrêtant devant la sienne, sortant une énorme clé avec laquelle il mettait des minutes insupportables à ouvrir, grommelant à voix basse, se retournant de peur que les pas résonnant dans l'obscurité soient ceux de l'homme qui l'avait rendu aveugle et revenait pour le tuer, qui se souvient ou rêve de s'être perdu un soir sur des places inconnues au milieu d'hommes brandissant des torches et des drapeaux, portant des chemises blanches et un foulard rouge autour du cou, qui voit le visage de mon grand-père Manuel, avec une barbe de plusieurs jours, le visage parcheminé de terreur et de faim, collé aux grilles d'une prison, qui le cherche par un matin de pluie, courant le long d'une file de camions, tous phares allumés et moteurs au ralenti, sous les bâches ruisselantes où s'entassent les ombres des prisonniers, menottes aux poings. Un des premiers soirs de la guerre, ma mère, qui avait six ans, se perdit dans la rue et fut entraînée par la foule courant vers les terrains vagues autour de la caserne, et ma grand-mère Leonor connut des heures d'angoisse, la cherchant à travers la ville, bousculant des hommes et des femmes qui criaient des choses qu'elle n'écoutait pas, entendant des coups de feu. Trois ans plus tard, portant à mon grand-père un panier de nourriture au couvent où on l'avait enfermé, elle vit une file de phares démarrer et elle apprit qu'on emmenait son mari. Elle courut de camion en camion, scrutant les visages qui regardaient la pluie sous les bâches, répétant son nom d'une voix brisée et couverte par le vacarme des moteurs et des ordres criés, les véhicules s'ébranlèrent et quand elle n'eut plus la force d'avancer, elle contempla les lumières rouges du dernier camion et crut voir mon grand-père lui faire des signes de la main, comme s'il lui disait adieu ou l'appelait. C'est seulement à ce moment-là qu'elle eut peur, car jusqu'à l'aurore de ce jour-là, elle n'avait jamais envisagé qu'on pût le tuer, il n'a rien fait, songeait-elle devant les larmes des autres femmes, il n'a jamais eu d'histoires, il n'a pas volé ni tué, on le relâcherait quand on se rendrait compte qu'il y avait erreur, c'était impensable d'emprisonner un homme pour rien, juste parce qu'il exécutait des ordres et était un peu bavard, ça oui, il avait la langue un peu trop bien pendue, tout le contraire d'elle qui avait toujours préféré se taire, et de son père qui avait choisi le silence dans les dernières années de sa vie, comme s'il s'était retranché dans une maison aux murs inviolables et aériens où il vivait seul avec son chien, lui parlant à voix basse, moins abruti par la vieillesse que par la honte intarissable et secrète de ne pas avoir connu ses parents et de s'appeler Expósito Expósito* : elle aussi, à quatre-vingt-cinq ans, plus d'un siècle après que mon bisaïeul eut été abandonné à l'hospice, garde intacte la douleur de l'outrage, de même qu'elle se souvient de chacun des jours d'un enfant mort de fièvres six mois après sa naissance, et du soir où l'on vint lui annoncer de ne plus attendre son mari, car il avait été fait prisonnier.

Elle garde tout pour elle, vigilante et muette, comme si le temps ne pouvait effacer les blessures. Elle invective les canailles des feuilletons sud-américains de la télévision avec autant de conviction qu'il y a trente ans, quand elle invectivait les méchants à la voix ténébreuse et métallique des romans radiophoniques et ceux des feuilletons que mon grand-père nous lisait les soirs d'hiver. Je la vois assise dans le canapé, portant sa robe de chambre bleu marine, son fichu bleu sur les épaules, presque aveugle, un œil affecté d'une cataracte, les cheveux blancs, la tête encore droite, avec cette même fierté absente qu'on lui voit dans les photographies de sa jeunesse, où les pommettes saillantes et larges conféraient à ses traits une beauté archaïque, tendant le bras pour me caresser les cheveux et le visage, pour me reconnaître avec une précision que le regard a perdue, me disant tu te souviens quand tu étais petit et que tu voulais que je te lise quelque chose le soir, me demandant où je vis et avec qui, pourquoi ne viens-tu presque jamais, comment peux-tu engranger tant de mots dans ta mémoire et comprendre ce que disent ces étrangers à la télévision. Qui voit-elle maintenant qu'elle touche le menton rugueux d'un homme, que la mémoire de ses mains ne lui permet plus de reconnaître le visage de

* Voir note p. 34. *(NdT)*

l'enfant, de qui se souvient-elle en demandant de mes nouvelles, et si on ne lui répond pas qu'en ce moment je suis peut-être dans un avion, c'est pour que la peur ne l'empêche pas de dormir, à qui attribue-t-elle la voix qu'elle entend régulièrement dans le combiné du téléphone qu'elle tient avec raideur près de son visage sans vraiment accepter le fait inexplicable qu'il lui permet de parler avec une personne qui se trouve au même moment de l'autre côté de l'océan. Je me souviens d'elle, immobile sur le perron devant la porte entrouverte, penchée sur la rue où elle ne met presque jamais les pieds, les mains jointes dans son giron, appuyée contre ma mère, me regardant monter dans un taxi, me disant au revoir en songeant que c'est peut-être la dernière fois qu'elle me voit. Car c'est la peur qui me rattache encore le plus fermement à eux : partout, chaque fois que la sonnerie du téléphone me réveille en sursaut au milieu de la nuit, je redoute d'entendre une voix m'annoncer que l'un d'eux vient de mourir.

Il allait voir le visage apparaître sous ses yeux, d'abord un fin liseré gris, puis des taches encore indécises sous les vaguelettes du révélateur, dans la pénombre rougeâtre du laboratoire, enfermé derrière un épais rideau noir et une porte que son assistant sourd-muet avait l'interdiction d'ouvrir, dans la chambre noire comme l'appelait don Otto Zenner, son maître un peu spirite, dans ce lieu de tous les mystères où la science de la lumière effectuait le miracle et faisait surgir du néant, de l'eau, des sels d'argent, les visages et les regards des hommes qui se profilaient sur la blancheur du papier et dans la transparence du liquide comme dessinés par une main invisible ou convoqués par un appel silencieux et ineffable : et il vit la silhouette de plus en plus précise de la jeune emmurée, se souvint d'une gravure ou d'une photographie de tableau entrevue dans les archives d'Otto, une femme assoupie ou noyée, flottant presque dans les eaux immobiles d'un lac, aussi pâle que celle-ci, même coiffure et robe semblable, elle s'appelait Ophélie, c'était tout ce qu'il avait compris de la légende, écrite en allemand, mais elle avait les yeux fermés, tandis que la sienne regardait fixement et le regardait du fond du lavabo où il révélait les épreuves – paraissant respirer sous l'eau et à l'intérieur de la mort – comme elle avait regardé pendant soixante-dix ans et continue de le faire un demi-siècle plus tard sur la photo tirée par Ramiro Retratista, le seul agrandissement encadré de toutes ses archives, perdu au milieu de la multitude des autres, enterré au milieu d'elles sous le couvercle de la malle où elle s'était retrouvée pour un nouveau séjour dans l'obscurité, telle une statue prélevée sur un monument funéraire et abandonnée ensuite dans l'entrepôt d'un musée pendant des décennies.

En développant les négatifs pris dans la maison des Tours, Ramiro Retratista comprit l'étonnante ampleur de la beauté de la femme au corps inaltéré et, ne trouvant aucun terme de comparaison dans la réalité, n'étant pas familiarisé avec la peinture, il se souvint des portraits de femmes du célèbre Nadar, dont Otto Zenner lui avait prêché l'exemple au cours de sa formation : la même fermeté délicate du regard et des traits, la même élégance immuable qui dédaignait le temps et s'y installait avec une majesté ironique et sévère. Il eut l'impression d'appartenir comme elle à un monde et à un temps qui n'étaient et n'avaient jamais été le monde ni le temps des vivants, pas plus que ceux des morts car les morts n'existent pas, n'ont pas de visage et pas de regard, c'était du moins ce que prétendaient les détracteurs du spiritisme, science ou superstition dont Ramiro Retratista avait été l'adepte pendant quelques années avant d'y renoncer, d'abord parce qu'il croyait être la victime plutôt sotte d'imposteurs qui galvaudaient cette discipline, et ensuite par crainte de perdre le sommeil et de devenir fou, surtout depuis qu'il avait trouvé dans les papiers d'Otto Zenner un album contenant les soi-disant portraits de fantômes pris au début du siècle par un spirite de Mayence. Ce qui l'effrayait le plus, devant ces photos de morts, c'était de voir à quel point elles ressemblaient à celles des vivants, ce qui aggrava sa tendance à confondre les uns et les autres. Quand il voyait quelqu'un poser dans son studio, avant de plonger la tête sous le drap, il imaginait déjà le visage qu'il aurait sur la photo après sa mort, n'oubliant cette prémonition lugubre que lorsqu'il regardait la silhouette inversée à travers la lentille : à ce moment-là, le monsieur solennel, la dame vaniteuse, le gradé coiffé d'un béret rouge et affublé de décorations devenaient des équilibristes absurdes essayant, la tête en bas, de sauvegarder leur dignité ridicule. A force de voir les gens à l'envers derrière l'objectif de son appareil, il finit par perdre tout respect pour l'autorité et devint secrètement irrévérencieux : en croisant dans la rue un gradé de haut rang, un chapelain vindicatif, une dame portant mantille et manteau à col d'astrakan, il les saluait d'une modeste inclination de tête, mais les imaginait aussitôt marchant à l'envers et retenait à grand-peine un éclat de rire. Avec les années, il finit par éprouver pour le genre humain un détachement de médecin habitué à voir sur l'écran des rayons X la phosphorescence du squelette, et s'il examinait une photo récente, il songeait qu'à la longue elle deviendrait, comme toutes les autres, le portrait d'un mort, aussi se demandait-il toujours, mal à l'aise et peu rassuré, s'il était un photographe ou une sorte de fossoyeur prématuré : cela vient de ce que vous vivez seul, lui dit le commandant Galaz avec mélancolie, de ce que vous regardez plus que ne vivez, et n'avez d'autre compagnie que celle de ce sourd-muet, qui était surtout un ressuscité, car on l'avait cru mort en l'arrachant aux décombres de la maison qui venait d'être bombardée, comme ses parents, mais il avait rouvert les yeux dans le cercueil quelques minutes avant qu'on le ferme, et depuis il n'avait plus jamais prononcé un mot ni rien entendu, il vivait dans le silence comme dans une bouteille de formol, avec cette allure d'éternel ventripotent plus niais que jamais, serviable, inquiétant, paisible, regardant Ramiro Retratista avec des yeux de hibou, errant dans le studio et dans la cave où se trouvaient le laboratoire et les archives avec une expression permanente d'étonnement et d'épouvante, comme s'il voyait se dresser devant lui les visages des morts des photographies.

Il vit surgir dans le liquide légèrement rosé la bouche, les cheveux, le sourire, le regard, les mains, le décolleté, la tache brillante du scapulaire, comme un joueur de billard admirant passivement l'heureux développement d'un coup hasardeux ou d'une virtuosité encore mal maîtrisée, plongea ses doigts avec respect et saisit le papier par les bords vifs, craignant de le tacher ou d'effacer par un faux mouvement le miracle de cette apparition, le suspendit encore ruisselant, avec des pinces à linge, sortit du laboratoire et se retrouva, ébloui, dans la pièce voisine où le sourd-muet le regardait avec une fixité de vache ou de mule, comme s'il avait su par avance qu'il allait sortir et quelle tête il ferait, se laissa tomber dans son fauteuil, devant le bureau qui avait appartenu à Otto Zenner, comme tout ce qu'il y avait dans le studio, appareils, décors peints, bustes d'hommes célèbres, fit un vague signe de la main droite et le sourd-muet s'empressa de mettre en marche le gramophone et de fouiller dans l'armoire pour prendre ce que son maître attendait, la bouteille, une des dernières, une liqueur allemande dont le nom imprononçable ressemblait à un jet de salive, qui avait le pouvoir de plonger dans un état d'ivresse foudroyante l'audacieux qui osait y tremper les lèvres.

Quand Otto Zenner abandonna son métier, son studio et Mágina pour rallier les divisions blindées du Reich, il restait encore dans la cave une demi-douzaine de flacons, mis de côté en prévision de la pénurie que la victoire du bolchevisme ne manquerait pas de déclencher. Il avait été un peintre bohème et sectaire jusqu'à la Première Guerre mondiale, au cours de laquelle il avait atteint le grade de sergent, et après l'armistice – ce faux pas infamant, comme il le qualifiait dans les cafés à grand renfort de roulements de *r* et de coups de poing sur les tables en marbre –, il avait abandonné les pinceaux pour la photographie, ouvert un studio à Berlin et, au bout de quelques mois d'incertitude et de pénurie, entrepris un lent voyage vers l'ouest, fuyant la seconde invasion des hordes asiatiques – qui avaient exécuté les Romanov et occuperaient bientôt l'Europe sans défense après l'effondrement des empires centraux – pour trouver un refuge, mais jamais le repos, car il eut toujours peur d'être rejoint par la vague déferlante de l'Armée rouge, dans cette petite ville partiellement entourée de murailles et apparemment étrangère aux turbulences du monde, où son art lui valut très vite une reconnaissance toute proche de la gloire, qu'il n'aurait jamais connue dans l'Allemagne ingrate et humiliée de Weimar.

Le side-car et les lunettes d'aviateur que Ramiro Retratista mettait pour le conduire avaient aussi appartenu à Otto, ainsi que le percheron en bois à crinière jaune et yeux en cristal sur lequel montaient les enfants pour être photographiés avec un chapeau cordouan. “Je te laisse tout. Si je ne reviens pas, tu seras mon héritier et mon apôtre !” lui avait lancé Otto en lui faisant des adieux inopinés, quand il avait appris que les divisions

Panzer avaient envahi la Russie, décidant dans un accès de délire patriotique de retraverser en sens contraire toute la largeur de l'Europe pour rejoindre les armées victorieuses du Reich. A la gare, dans son uniforme de la guerre de quatorze, conservé pendant plus de vingt ans au fond de la malle rapportée de son pays, la tête coiffée d'un casque à pointe récemment astiqué, le masque à gaz suspendu réglementairement autour du cou, il avait pris congé sur une accolade paternelle et militaire de Ramiro Retratista, son disciple, son premier et seul apprenti, presque son fils adoptif, exigeant de lui le serment de persévérer dans l'art sublime de la photographie en studio avant de claquer des talons, monter dans le tortillard de Madrid et disparaître, saluant encore à la romaine par la fenêtre, auréolé par la fumée noire de la locomotive, et sans doute aussi par une démence sénile et les vapeurs désormais irréversibles du schnaps, car si on n'eut plus jamais de nouvelles de lui, le bruit court que son expédition vers les steppes de la Russie se termina à Alcázar de San Juan, où il fut incarcéré dans la caserne de la Garde civile pour ébriété et tapage jusqu'à ce que des infirmiers, qu'il essaya d'embrocher à la pointe de son casque prussien en mugissant en allemand, viennent le chercher pour le conduire à l'asile de fous de Leganés ou de Ciempozuelos.

Avant le départ d'Otto, Ramiro s'était borné à prélever des gorgées furtives aux bouteilles d'eau-de-vie. Mais une fois seul, il imita sans le faire exprès les pires habitudes de son maître, s'asseyant chaque soir dans la cave pour regarder les visages mortuaires des photos du jour, buvant du schnaps et écoutant des disques allemands parmi lesquels il n'y avait, pour sa ferveur et son malheur, que du Schubert, des chants désespérés accompagnés au piano, et des musiques de chambre qu'il connaissait par cœur car il les entendait depuis son arrivée comme apprenti sans leur prêter attention, comme il avait entendu les bruits de la pluie ou de la rue. L'impossibilité de renouveler le stock d'eau-de-vie le sauva de l'alcoolisme, mais il ne put se guérir de Schubert, même quand les disques trop usés permirent tout juste de deviner ou de reconstituer la musique derrière les sauts et les craquements de l'aiguille, comme un aveugle se souvient des couleurs d'une façon de plus en plus déformée par l'oubli et l'obscurité.

Schubert n'aurait peut-être pas eu un effet aussi pernicieux sans la découverte du corps intact de la morte dans la maison des Tours, découverte qui coïncida avec une période particulièrement sombre pour l'humeur de Ramiro Retratista, homme au caractère faible et confus – saturnien, disait-il – qui, même sans l'influence traîtresse de la liqueur allemande, était enclin à sombrer dans la tristesse et à s'attendrir sur son propre sort, et qui vécut les années d'après-guerre dans le chagrin, comme dans un perpétuel crépuscule de dimanche soir. Il se prit même pour un vaincu humilié par la lâcheté, pour un artiste solitaire, incompris, guetté par une vie de misère et de bohème, exposé à une mort méritée et pathétique en pleine jeunesse, perdu et oublié dans cette province mesquine où non seulement le succès était impossible, mais l'échec aussi, ce genre d'échec qu'il aurait souhaité pour lui-même, immense, sublime, avec une emphase d'opéra et de romantisme suicidaire, loin de cette torpeur mâtinée de braseros et de tables *camilla* accompagnant les échecs des gens de Mágina, poètes patentés de la municipalité qui ciselaient des sonnets derrière le guichet d'un octroi, compositeurs qui écrivaient des suites laborieuses pour fanfare et chœur paroissial, poètes curés et sacristains, voire poètes policiers comme l'inspecteur Florencio Pérez, s'il fallait en croire les rumeurs persistantes qui s'abaissaient dans certaines conversations de café à mettre en doute sa virilité, artistes émargeant au budget général, détenteurs de la carte de famille nombreuse et de celle du parti, peintres qui géraient des drogueries et conservaient comme autant de décorations glorieuses des coupures insignifiantes d'un journal de la province... Lui, Ramiro, avait fait le portrait de tous ces gens, vaniteux et raides devant les projecteurs du studio, suspendus la tête en bas comme des chauves-souris dans le viseur de l'appareil, appuyant avec un air de gravité réfléchie le coude au bord du bureau et l'index sur la joue, devant un fond représentant des balustrades et des perspectives de jardins, à côté d'une colonne surmontée du buste en plâtre d'une célébrité germanique vénérée par Otto quand il avait toute sa tête. Encapuchonné et caché comme un espion sous le voile de l'appareil, retranché en toute impunité derrière l'œil de verre qui surprenait des gestes involontaires et des regards anxieux, Ramiro Retratista observait avec une désillusion croissante l'inanité vulgaire des célébrités locales fréquentant son studio, la beauté sotte ou maniérée des femmes, la fatalité de l'embonpoint, de la calvitie, de la stupidité, de la décadence, et quand le soir il s'asseyait pour écouter Schubert et boire du schnaps, quand il revoyait l'une après l'autre ses dernières photographies, cherchant celle qui lui paraîtrait digne des grands artistes du siècle précédent qu'Otto lui avait appris à admirer, il ne trouvait que des visages ordinaires ou brutaux ou pathétiques que le sublime Nadar lui-même n'aurait su ennoblir. Il faisait un geste et le sourd-muet, qui n'avait cessé de le fixer sans ciller, à distance respectueuse, comme un gros enfant de chœur docile, lui remplissait son verre vide, à la fin du disque Ramiro lui ordonnait de le remettre au début, et le chagrin dévastateur de ce morceau intitulé *la Jeune Fille et la Mort*, le quatuor de Schubert qu'il préférait, lui rappelait immanquablement une photo de mariage prise plusieurs années auparavant, quand il était encore l'assistant d'Otto. Il la cherchait, désarçonné par les brumes de l'alcool et la véhémence destructrice de la musique, et s'il ne la trouvait pas, il avait quand même un souvenir précis de l'homme habillé en militaire et de la jeune épousée appuyée à son bras, très fine, avec de grands yeux clairs et une peau presque translucide à hauteur des tempes, les cheveux courts et châtains ; don Otto Zenner lui avait dit que de profil elle ressemblait à une dame de la Renaissance : ils apprirent plus tard que le lendemain de sa nuit de noces, se mettant à la fenêtre parce qu'elle avait entendu des coups de feu sur les toits, elle avait été tuée par une balle perdue. Ivre d'eau-de-vie et de musique, Ramiro Retratista regardait cette femme qui était à la veille de sa mort quand lui-même avait fait sa photographie de mariage, et arrivait à la fois au comble du malheur et du bonheur, état qui devint chronique et atteignit son paroxysme le jour où il vit apparaître dans la cuvette du révélateur le visage de la jeune fille au corps inaltéré. Le titre de son disque préféré lui parut alors prophétique : *La Jeune Fille et la Mort*. Comparant la photographie nuptiale avec celle qu'il avait prise sur l'ordre de l'inspecteur Florencio Pérez, il songea cette nuit-là que les deux femmes se ressemblaient qu'un même destin les unissait. La morte de 1937 ne serait-elle pas une réincarnation de l'autre, n'aurait-elle pas reproduit presque soixante-dix ans après l'enthousiasme puis l'expiation d'un amour coupable, n'aurait-elle pas quitté son lit, somnambule, pour aller écouter à sa fenêtre la voix séductrice de la mort, comme l'emmurée de la maison des Tours et la jeune fille de Schubert ?

Ses mains tremblaient, il regardait alternativement les deux visages sous sa lampe de bureau et les trouvait de plus en plus ressemblants, il ordonna brutalement au sourd-muet d'aller se coucher. Très imaginatif et très timide, il se cantonnait depuis l'âge de quinze ou seize ans dans la confortable chasteté d'un séminariste besogneux. Ses rapports intimes avec les femmes de la réalité étaient plus difficiles et beaucoup moins agréables que ceux qu'il avait avec certaines demoiselles aux cheveux coupés à la garçon, comme on disait à Mágina, qui fumaient nues et prenaient des postures extravagantes et obscènes dans un assortiment de cartes postales apportées de Berlin par Otto Zenner. Il leur fut temporairement fidèle en apprenant la mort subite de la jeune mariée qu'il avait prise en photo quelques heures auparavant, mais les oublia complètement, comme les amitiés honteuses ou les vaines amours d'adolescence, quand les pupilles du corps inaltéré de la jeune fille parurent le regarder et briller, avivées par la certitude de l'avoir reconnu. Il rangea les photos, s'interdit un dernier verre de schnaps en s'apercevant qu'il tanguait sur ses jambes, arrêta le gramophone, tourna en rond sans trêve dans l'obscurité de l'insomnie, parvint enfin à s'endormir et entendit dans son sommeil *la Jeune Fille et la Mort*, mais pas le quatuor, une version orchestrale qu'il ne connaissait pas, la jeune fille se concrétisait devant lui à mesure que se développait la mélodie, reprenant la lenteur aquatique avec laquelle il l'avait vue apparaître dans son révélateur. Il se réveilla quand la voix lui murmurait son nom à l'oreille, Ramiro, Ramiro Retratista, sur un ton qu'il n'avait jamais entendu dans la bouche d'une femme. Deux nuits plus tard, exaspéré par l'insomnie, il sortit de chez lui en prenant des précautions de voleur et erra sans but sur les places désertes et dans les ruelles de Mágina, essayant de ne pas s'approcher du quartier de San Lorenzo, sachant qu'il finirait par y aller, même contre son gré, comme poussé par la musique qu'il continuait d'entendre dans son imagination, ou comme si la voix qui avait prononcé si doucement son nom en rêve ne cessait de l'appeler. Il portait dans la poche intérieure de sa gabardine, cachée comme une arme, une lampe électrique, il avait pris aussi une fiasque d'eau-de-vie et ses lunettes d'aviateur à monture en caoutchouc, pensant peut-être, réaction absurde, les utiliser comme masque s'il se retrouvait dans une situation délicate. L'alcool et la solitude de la nuit lui donnaient une témérité irresponsable et arbitraire, une disposition d'aventurier somnambule qui, les matins où il avait trop bu, se transformait douloureusement en abattement et en contrition. Au chagrin de Schubert s'ajoutait cette nuit-là la molle nécrophilie d'un boléro du Noir Machín intitulé *Attends-moi au ciel*, qu'il avait écouté quelques heures auparavant à la radio. Les réverbères des carrefours étaient éteints, il ne voyait aucune lumière aux fenêtres, comme à l'époque pas si éloignée des alarmes antiaériennes. Seule la lune éclairait faiblement la ville, et seul lui, Ramiro Retratista, paraissait y habiter. Sur la place du Général-Orduña, même la fenêtre de l'inspecteur Florencio Pérez n'était pas éclairée. Il descendit la rue del Rastro, rebaptisée Queipo de Llano, longea les maisons adossées aux remparts, tourna en frémissant – nerveux et honteux comme il l'était toujours les rares fois où il osait se rendre dans un lupanar – à l'angle de la rue du Puits, déboucha sur le carrefour battu par le vent d'ouest venu des terrains vagues de La Cava, se retourna, vit derrière lui son ombre étirée de Fantômas nigaud et entendit l'écho de ses pas sur les pavés. Mais ce n'était pas un écho, il entendait les pas lents d'un autre homme dont l'ombre décollait à peine des murs, Ramiro Retratista se cacha dans l'encoignure d'une porte et le vit s'approcher avec la fatalité d'une apparition, ses pas résonnant dans sa cervelle imbibée d'alcool et abolissant la musique, les violons de Schubert et la voix ovine du Noir Machín, les pas et un autre bruit insistant qu'il n'arrivait pas à identifier, un bruit menu, continu, sec, mêlé à un frôlement de plus en plus proche, la pointe métallique d'une canne heurtant les carrefours et les rebords des trottoirs, devenait vacarme en accrochant les grilles d'une fenêtre : un homme marchait très lentement, frottait le tissu de son manteau contre la chaux des murs, utilisait une canne, sans doute un aveugle, mais que faisait un aveugle à une heure pareille dans les rues de Mágina, et pourquoi le suivait-il à la trace ?

Un frisson de peur secoua Ramiro Retratista et lui rendit presque sa lucidité, mais il se tassa encore plus dans le renfoncement de la porte où il était caché et glissa la main dans son manteau pour y puiser le réconfort de sa fiasque d'eau-de-vie : une gorgée lui rendit les splendeurs de la musique et les brumes de l'ivresse. Surtout ne pas faire de bruit, ne pas même respirer, l'aveugle était à quelques mètres de lui et s'il n'y prenait pas garde, s'il bougeait ne serait-ce que de quelques millimètres, il serait découvert, les aveugles ont un sens de l'ouïe surnaturel, on dirait qu'ils devinent ce qui se passe autour d'eux, ils flairent les étrangers, comme les animaux. Il va entendre mes battements de cœur, pensa Ramiro Retratista, il les avait confondus avec les pas qu'il entendait, les pas de cet homme, le frottement du manteau contre le mur, les coups secs du bout de la canne, et cette rumeur sourde qui l'accompagnait, comme s'il était en train de prier, de murmurer des litanies en marchant. Pendant quelques secondes, il vit l'ombre se dresser devant lui, le vague éclat d'une paire de lunettes, de la pointe métallique qui tâta le perron sur lequel il se trouvait et toucha presque ses chaussures, le corps lent et opaque de l'aveugle qui oscillait sur le trottoir, s'immobilisait un instant à un pas de Ramiro Retratista, se tournait légèrement vers lui agitant sa canne dans le vide comme si elle évaluait un obstacle, puis s'éloignait avec une lenteur inhumaine et infinie, comme une statue animée portant des chaussures en bronze. Sur la place San Lorenzo, l'écho des pas devint plus précis, et Ramiro ne bougea qu'en entendant une clé tourner dans une serrure, puis une porte se refermer en claquant. L'aveugle vivait tout près, dans une maison donnant sur la place, derrière un des trois peupliers nus dont les branches atteignaient les plus hautes fenêtres. Il s'accorda une nouvelle rasade, frotta ses mains glacées l'une contre l'autre et réentendit dans son imagination l'impétueuse mélancolie du quatuor de Schubert. Les gargouilles de la maison des Tours projetaient leurs silhouettes sur le porche. La bâtisse occupait tout un pâté de maisons, et Ramiro songea qu'il n'aurait aucun mal à y entrer en escaladant les murs à moitié en ruine des cours arrière.

Il n'avait pas peur d'être surpris par la gardienne. Il était tellement intoxiqué par l'eau-de-vie, l'insomnie, la musique et les spectres de ses photographies qu'il n'avait plus peur de rien ni conscience de son ivresse, il croyait déjà que l'ombre qui venait de l'effrayer était une élucubration née de l'obscurité. Il n'avait plus besoin de la mélodie de Schubert, il n'essayait plus de la siffler, il la sentait circuler dans son sang, mélangée à l'alcool, profuse, ineffable, se tendant dans les aigus comme si elle allait se briser avant d'atteindre son paroxysme, puis s'apaisant après lui avoir presque paralysé le cœur, lui offrant de courts instants de sérénité avant de lui infliger de nouveau les tortures de la douleur, du deuil et de l'audace. Il ne se rappela jamais comment il était descendu simultanément dans les sous-sols de la maison des Tours et dans les profondeurs sous-marines de son âme aliénée par le schnaps et ébranlée par la musique. Il se retrouva devant la niche où la jeune fille était toujours assise, les yeux ouverts, les mains jointes dans son giron, comme si elle avait veillé pour l'attendre, lui. Il la trouva un peu plus petite, comme estompée par le halo poussiéreux de ses anglaises, d'une échelle légèrement inférieure à sa taille réelle, moins belle et redoutable que dans les photographies, presque familière, lasse, découragée. Maintenant qu'il était en face d'elle, il était bien embarrassé et un faible sentiment d'inutilité et de ridicule se fraya un chemin dans les ténèbres de son ivresse. Vues de près, ses anglaises ressemblaient à de la filasse, comme sur les poupées, ses pupilles avaient une opacité trouble, à croire qu'elle avait la cataracte, et de petites incisions, comme des rides aux commissures des lèvres, lui rappelèrent celles de ces femmes dont le maquillage se craquelait sous les projecteurs du studio. Il caressa le visage avec un sentiment de profanation et sentit qu'il était sec, froid, d'une texture aussi sableuse que celle des pierres du sous-sol. Mais son regard, à l'évidence mort et aveugle, continuait de le subjuguer, et l'odeur de poussière dégagée par ses habits et ses cheveux l'écœurait autant que les effluves du pavot utilisé, s'il en croyait ses lectures, par les femmes fatales.

Il caressa son visage, ses lèvres mi-closes, son cou, approcha les doigts du décolleté et aperçut l'extrémité d'une feuille de papier. Il devait faire particulièrement attention, retrouver son calme pour maîtriser le tremblement de ses mains. Il lui tourna le dos, par respect, et but un peu d'eau-de-vie, se frotta les mains, doigts serrés et tendus, comme un voleur qui s'apprête à découvrir la combinaison d'un coffre-fort. Le papier risquait de tomber en poussière quand il le déplierait. Il le prit et l'ouvrit avec autant de délicatesse que s'il avait écarté les ailes d'un papillon naturalisé, mais il ne put empêcher qu'il se brise aux quatre plis. Il voyait mal, les lettres se chevauchaient par la faute du schnaps, la lumière de la lampe faiblissait et s'éteindrait bientôt complètement, il ne retrouverait pas la sortie, se perdrait dans les souterrains, heurtant les angles comme un aveugle, renversant les vieux meubles et les carcasses des carrosses, la redoutable gardienne le découvrirait et quelques heures après il serait condamné à la honte publique, peut-être à la prison, il imaginait déjà la mine impassible et lugubre de l'inspecteur Florencio Pérez, la ruine de son studio, la mendicité, l'asile des indigents. En rafales hostiles, la musique et la peur malmenaient sa conscience, la musique s'intensifiant jusqu'à l'explosion finale des larmes de l'apaisement, la peur l'assiégeant autant que l'obscurité à peine dissipée par la lampe, et au milieu, sous ses yeux, dans la persistance d'un rêve et d'une photo apparaissant au fond du révélateur brillant et rougeâtre, la jeune fille sans sépulture, désemparée, reléguée dans le sous-sol de la maison des Tours, conservant entre ses seins de plâtre un message d'amour clandestin remontant à la lumière trois quarts de siècle après, mais Ramiro Retratista attendit le lendemain pour le lire, quand il se réveilla sur le grabat de son laboratoire, empestant le vomi et les produits chimiques, tandis que le grincement de l'aiguille sur le gramophone lui fendait la cervelle avec une obstination circulaire. Il s'était endormi sans quitter son manteau ni ses lunettes d'aviateur, qu'il ne se souvenait pas d'avoir mises, la fiasque vide d'eau-de-vie était contre son visage et il la jeta par terre d'un revers de main pour s'épargner des nausées. Il ouvrit lentement sa main droite crispée et y trouva quatre morceaux égaux d'un papier grossier et jauni. Son retour de la maison des Tours s'était effacé de sa mémoire : c'était l'inconvénient de l'eau-de-vie, lui expliqua le commandant Galaz, elle vous volait des heures entières de votre existence. Ses derniers souvenirs, c'étaient la peur de se retrouver enfermé dans le noir au fond de ce sous-sol, les miaulements d'un chat, l'ombre figée d'une voiture à cheval. Il monta dans son studio où le sourd-muet le regarda avec un calme effrayé, comme s'il avait vu un mort sortir de sa tombe, lui ordonna par signes de s'en aller, ne prit pas la peine d'enlever son manteau ni ses lunettes en caoutchouc, que la transpiration alcoolique de la nuit avait collées à ses tempes, se laissa tomber sur la chaise de la petite pièce où il mettait ses archives et étala devant lui, sous une lampe très puissante, les quatre morceaux de papier. *Mettez-moi comme un sceau sur votre cœur*, lut-il enfin quand il put les ordonner, et à leur lecture il crut réentendre ce quatuor de Schubert, la musique des mots écrits avec une calligraphie masculine fleurie revigorait son sang, le plongeait dans un naufrage de tendresse inexplicable et l'incitait à s'apitoyer sur son sort, *comme un sceau sur votre bras, parce que l'amour est fort comme la mort, et que le zèle de l'amour est inflexible comme l'enfer : ses braises sont comme des braises de feu et de flammes. Les grandes eaux n'ont pu éteindre l'amour, et les fleuves n'auront point la force de l'étouffer*. Ravagé par l'ivresse, aveuglé par les larmes, gémissant comme un jeune veau, Ramiro

Retratista comprit sans regret ni espoir que le grand amour de sa vie était une femme qui était morte emmurée trente ans avant sa naissance. Mais il ne la revit plus jamais, raconta-t-il au commandant Galaz, comme s'il lui parlait d'une femme qu'il eût connue vivante : deux ou trois jours plus tard, après avoir vidé une des dernières bouteilles d'eau-de-vie d'Otto, il s'arma de courage et retourna à la crypte par les mêmes souterrains, mais sa lampe n'éclaira qu'une niche vide.

En regardant leur visage, j'ai l'impression de ne pas les avoir vraiment connus, de ne jamais avoir su à quoi ils ressemblaient, qui ils étaient en dehors et loin de moi, à quoi ils pensent et s'intéressent, la vie qu'ils menaient à l'époque obscure de la faim et de la terreur, et cela ne remonte pas à plusieurs siècles, mais juste quelques années en arrière, peu avant ma naissance, quand mon père et ma mère se marièrent, avec à peine de quoi payer le loyer de la mansarde où ils s'installèrent et les photos commandées à Ramiro Retratista – qui avait peut-être oublié qu'il les avait déjà pris dans leur enfance –, où s'inscrivait sur leur figure tout le désarroi de leur avenir, mon père en veste, cravate et culotte courte posant près d'une colonne surmontée d'un lévrier en plâtre, ma mère en espadrilles blanches et socquettes foncées, un ruban dans les cheveux, douze ou treize ans, tenant dans ses bras un jeune frère, souriant à l'ombre de mon grand-père Manuel et de sa stature d'arbre, il ne portait plus l'uniforme de la Garde d'assaut, suspendu depuis longtemps dans l'armoire où je l'avais découvert, il était chauve, n'avait plus le toupet blond qu'on voyait encore sur la photo de son mariage, en pantalon, gilet de velours et chemise à col boutonné sous son menton, solennel comme s'il posait pour rappeler qu'il avait été sapeur et séduisait les femmes d'un seul regard lancé sous la visière de sa casquette, le bras droit entourant les épaules de ma grand-mère Leonor dans un geste de tendresse inhabituel, regardant mon bisaïeul Pedro en dessous avec un peu de rancœur, le vieillard ignore qu'on le prend en photo, il est assis comme chaque matin ensoleillé sur le perron et son chien sans nom est entre ses jambes. L'allure de mes oncles, tête rase, genoux d'affamés, chaussettes en tire-bouchon, vestes d'adultes arrangées par ma grand-mère pendant des nuits sans sommeil, à l'heure où tout le monde était couché, après avoir tressé les cordes et les cabas en sparte qui lui écorchaient les doigts aussi cruellement que les arêtes gelées des mottes de terre, quand elle récoltait l'olive par les matins d'hiver, femmes et enfants avançant lourdement, à genoux sous les branches pour ramasser un par un les petits fruits noirs, durs et froids comme des balles, enfoncés dans la terre rugueuse et dans la boue, se redressant, mains sur les hanches, à la moindre éclaircie entre deux rangs, regardant devant eux l'enfilade d'arbres gris que les hommes fouettent à coups de branches de bruyère, déclenchant une grêle violente d'olives sur les couvertures étendues. Je ne sais imaginer ni inventer ni même me rappeler leurs paroles, sans doute n'aurai-je plus l'occasion de leur demander de me raconter encore, je suppliais mon grand-père de me décrire le camp de concentration où on l'avait emmené, qu'éprouvait-on quand on se savait peut-être condamné à mort, que ressent-on quand on tient un fusil entre ses mains, couché dans une tranchée, regardant de l'autre côté à la recherche d'une cible, un visage ou une silhouette furtive. “Je fermais toujours les yeux, disait l'oncle Rafael, c'était si désagréable de tirer que même les yeux ouverts, je n'aurais touché personne, l'odeur de la poudre me faisait trembler les mains et les genoux, ma vue se voilait, je voyais le point de mire double ou triple et je me disais allons, les types de la tranchée d'en face ne m'ont jamais rien fait, d'ailleurs ils auraient eu du mal car je ne les connais même pas, alors je fermais les yeux, je pressais la détente et je me disais à la grâce de Dieu, mais je râlais rien que d'y penser, des hommes d'acier jouant au tir au pigeon et marchant au pas au lieu de s'occuper de leurs affaires."

Ils en parlaient parfois, de ce sentiment de l'absurde, de leur incapacité à comprendre. On leur disait : "Il faut prendre cette colline", et ils pensaient que même s'ils délogeaient l'ennemi, ils ne la prendraient pas, car la colline resterait toujours au même endroit, de plus en plus pelée, stérilisée par les bombes, souillée de sang, jonchée de cadavres sans visage, jambes écartées et boyaux répandus sur leurs culottes sales, mais au même endroit, répétait l'oncle Rafael en hochant la tête, et personne ne pourrait l'emporter ni en faire quoi que ce soit d'intéressant. Ils n'avaient pas peur, les choses arrivaient trop vite, mais ils avaient faim, racontent-ils, étaient dévorés par les poux et les punaises, grelottaient de froid sous leur capote ou crevaient de chaud sous les casques en acier, meurtris par les bottes militaires, martyrisés par les engelures, ils pensaient à la récolte qu'ils ne pourraient faire cette année à cause de la guerre et écrivaient à la lueur d'une chandelle des lettres difficiles et cérémonieuses à leur femme ou leur famille, ou bien ils les dictaient à d'autres, appréciable Leonor, j'espère qu'en recevant la présente tu iras bien, je me porte bien, Dieu merci, écrivait mon grand-père dans une lettre que j'avais trouvée dans sa table de nuit, où il ne parlait pas de la défaite ni de l'angoisse d'un jugement sommaire, mais du temps qu'il faisait ou des souvenirs qu'il avait d'elle et de ses enfants dans ce lieu que je me représentais comme les camps de concentration des films, baraquements alignés, lits en planches nues, tourelles de surveillance avec réflecteurs et haut-parleurs, clôtures électrifiées, mais rien de tout cela n'était vrai : des centaines, des milliers d'hommes errant comme des ombres sur un terrain accidenté, couvert de chaume et d'oliviers, me confia-t-il à l'époque où il n'avait pas encore perdu la mémoire ni le plaisir de raconter, entouré d'une clôture faite de planches et de piquets, comme une pâture, surveillé par un nid de mitrailleuses, sans constructions ni terrain d'instruction, sans un seul hangar où se protéger de la pluie et du froid. Ils dormaient par terre, sous les branches des oliviers, blottis contre les troncs ou les protubérances des racines, couchés à même le sol quand les nuits étaient chaudes, des jours, des semaines et des mois à tourner en rond comme des voyageurs égarés, s'agglutinant et se battant quand on vidait devant eux les sacs de pain sec, regardant les branches et le sol noirs d'olives que personne n'avait récoltées depuis quatre ou cinq ans, avilis par la promiscuité, la faim et l'ennui, attendant toujours une lettre, un sauf-conduit, une condamnation à mort ou au bagne à perpétuité, écrivant s'ils savaient le faire et s'ils trouvaient un crayon et une feuille de papier : avec les salutations de ton très fidèle mari, Manuel, la signature aussi présomptueuse que sa voix ou ses gestes, l'écriture penchée, dilatée, trahissant l'effort qu'il lui en coûtait de choisir et de transcrire chaque mot, le crayon était si petit qu'il disparaissait presque entre ses doigts, la petite pointe trempée de salive, les mots à demi effacés depuis si longtemps, défigurés par les fautes d'orthographe, tu me diras comment va la récolte chez nous, ici il a beaucoup plu et les oliviers sont chargés, mais personne ne les ramasse et c'est bien dommage, et elle, ma grand-mère, à Mágina, si radicalement loin de lui parce qu'elle ne savait pas évaluer les distances, elle entendait les pas et le sifflet du facteur arrivant par la rue du Puits et se précipitait dans l'entrée avant que retentissent en même temps le heurtoir et le coup de sifflet, frémissant d'espoir et de crainte, car le plus souvent le facteur passait son chemin, mais s'il s'arrêtait, il pourrait très bien lui apporter une mauvaise nouvelle, on l'avait tué, il ne reviendrait plus, comme n'était jamais revenu le vieux de la maison du coin, maintenant occupée par cet aveugle qui ne parlait à personne. Elle entendait les coups du heurtoir, qui résonnaient douloureusement dans son estomac vide, plus haut, au milieu de la poitrine, elle ouvrait la porte et gardait l'enveloppe entre ses mains qu'elle venait de sécher dans son tablier, elle avait du mal à lire son propre nom, Leonor Expósito, reconnaissant l'écriture avec soulagement elle regardait l'en-tête, déchirait soigneusement l'enveloppe et contemplait les mots mystérieux, sans arriver à les déchiffrer correctement, incapable de comprendre la moitié de ce qu'il lui disait, lisant à haute voix, syllabe après syllabe, se mordant les lèvres d'humiliation et d'impatience, comme du temps de leur jeunesse, quand il lui adressait des lettres recopiées dans un manuel de calligraphie et de correspondance sentimentale, commerciale et amicale. Au début, elle les lui rendait toutes sans les ouvrir, c'était la coutume, puis elle les accepta, mais les ouvrit rarement, d'abord parce qu'elle savait à peine lire et avait toujours trouvé quelqu'un pour le faire à sa place, et parce qu'elle n'imaginait pas qu'il puisse exister le moindre rapport entre sa vie et les mots écrits, auxquels elle attribuait de toute façon un pouvoir maléfique : à cause de ce diplôme qui était toujours rangé dans l'armoire, il avait quitté le travail des champs pour revêtir un uniforme bleu à boutons dorés et devenir en peu de temps aussi pâle qu'un employé de bureau ; les hommes venus l'avertir qu'il avait été arrêté lui apportèrent une lettre dans une enveloppe jaune ; pour aller le voir dans la première prison où on l'avait jeté, elle devait montrer un papier appelé sauf-conduit ; maintenant, il lui fallait aussi un papier pour sortir du camp de concentration. Son père, Pedro Expósito, le seul homme qu'elle admirait dans sa vie, ne savait ni lire ni écrire, et il déclarait avec un orgueil farouche qu'il n'avait jamais tracé une croix ni apposé l'empreinte de son pouce au pied d'un document. Son mari, mon grand-père Manuel, avait été perdu par les mots, non par la loyauté ou le sens du devoir, mais uniquement par l'éclat des mots sonores qu'il aimait tant, du bruit et du vent, murmurait mon bisaïeul avec mépris en s'adressant à son chien, avec lequel il avait sans doute en commun l'habitude essentielle du silence.

Où as-tu appris à utiliser tous ces mots, l'ai-je entendue dire chaque fois qu'elle le surprenait à me raconter un souvenir de captivité ou d'héroïsme, se moquant de lui, personne ne lui avait demandé de parler autant ni de se mêler aussi sottement de la vie des autres au lieu de s'occuper de la sienne, toujours accablée de misères et nourrie de paroles et de mensonges, de crédulité et d'orgueil, pour finir dans cet état, lui disait-elle, à demi invalide après avoir tant travaillé sans le moindre profit, juste la misère d'une pension ridicule, encore heureux qu'on t'ait reconnu tes années de garde d'assaut, sinon, je ne sais pas comment on aurait mangé. Attachés comme des siamois l'un à l'autre par la vieillesse extrême et la peur de la mort, par un mélange indéfinissable de rancœur et de compassion, ils regardent passer les heures et les jours devant le poste de télévision et ces derniers temps, d'après ma mère, ils ne se disputent plus, ne se jettent plus à la figure les affronts qui continuent peut-être de les empoisonner en dépit de l'oubli, comme des substances mortelles dénaturant un sang à l'insu d'une conscience. Quarante-neuf ans après avoir quitté le camp de concentration avec une vieille capote et un baluchon pour tout bagage, emportant une paire de chaussures, un vieux croûton de pain noir et dur, une saucisse de cheval, mon grand-père Manuel, en ce moment même, à Mágina, se met debout avec une lenteur minérale, tâte le sol avec le bout caoutchouté de sa canne et voit à une distance inaccessible la pointe de ses souliers avancer centimètre par centimètre sur les carreaux, une douleur à la plante des pieds ressuscite l'image fragmentaire d'une longue marche oubliée, l'impression que les pieds vont se fendre comme si un couteau les avait coupés en deux, que les jambes et le corps entier et la conscience se désagrègent car il fait nuit depuis des heures, il n'a cessé de marcher depuis l'aurore, il ne sait plus quand ni vers où, il sait seulement qu'il n'a rien mangé et que le chemin n'en finit pas sous ses pieds et devant ses yeux, un sentier perdu au cœur de la montagne, une route droite que le soleil paraît écraser contre la plaine, un horizon de collines bleutées où il se perdra après la tombée de la nuit, avec la braise de son cigare pour toute lumière, ses pas et le tintement du grelot attaché au licou de la mule pour tout bruit pendant des lieues. C'était ainsi qu'il aimait raconter, dis-je à Nadia, expliquant et inventant tout, l'obscurité de la nuit, le hurlement des loups, l'éclat d'un cigare allumé, le grelot que j'entendais aussi nettement que si je l'avais accompagné dans ses courses à travers la montagne, les incidents banals qui accédaient par sa voix à la qualité ténébreuse d'augures. Il s'est souvenu du grelot en entendant une petite cuiller heurter un verre, celui du médicament préparé par ma mère, qu'il renversera presque entièrement sur son menton et sa poitrine au moment de le boire, ce n'est pas nouveau, dit ma grand-mère Leonor, il a toujours avalé de travers les sirops, les médicaments ou le lait, mais si on lui sert du vin il n'en perd pas une goutte, même s'il boit à la régalade, c'est à n'y rien comprendre.

Dans sa mémoire, comme dans un de ces rêves légers qui interfèrent si facilement avec la réalité, la petite cuiller qu'agite ma mère devient le son monotone d'un grelot, la fatigue de ses jambes le replace à son insu dans une de ses expéditions de l'autre côté de cette montagne bleue qu'il me montrait dans un geste emphatique du haut de sa grande taille, me parlant de cette époque où l'on cherchait à vivre en cachette à coups de marché noir, achetant pommes de terre, haricots et blé dans des hameaux et des fermes reculées pour revendre le tout à Mágina, pas sur une grande échelle comme son voisin Bartolomé, qui grâce à son capital et à ses relations doubla sa fortune en un an, mais avec si peu de moyens et tant de frousse d'être pincé par la Garde civile qu'il n'arriva jamais à sortir de la pauvreté ni à payer les traites de la mule achetée quand il avait monté son affaire, et celle-ci creva par un soir d'hiver, sous une charge excessive, dans le raidillon le plus pénible d'un chemin qu'on appelait la côte des Gaillards, où il l'abandonna à la neige et aux loups qui humaient de loin le sang vomi par l'animal – dans les récits de mon grand-père Manuel, il faisait toujours nuit, il pleuvait ou neigeait, et on entendait rugir le vent ou les bêtes sauvages. Mais on ne sait s'il se souvient ou s'il rêve encore, il fait un pas de plus, s'appuie sur sa canne et craint de la briser, confond le souvenir et le rêve, les images de sa conscience et celles qu'il voit bouger autour de lui ou dans le poste de télévision : dans sa mémoire, frontières et subdivisions du temps ont disparu, et la minute qu'il vit en ce moment manque de réalité et de vraisemblance, peut-être parce qu'il manque aux objets et aux visages un relief précis, ils surgissent sans prévenir, disparaissent sans explication, comme les jouets observés et renversés par un nourrisson, comme moi, son petit-fils aîné, lorsque j'arrive et disparais parfois : j'entre dans la pièce, l'embrasse et lui demande comment il va, il me regarde soudain, comme étonné de ne pas me reconnaître, sourit et se laisse embrasser, mais au fond il doute que je sois celui qu'on prétend, il veut alors me regarder pour confirmer son soupçon, ou rouvrir les yeux après avoir somnolé quelques minutes, mais je ne suis plus dans la pièce, des jours ou des semaines se sont écoulés durant cet intervalle de sommeil, il demande où je suis et ma grand-mère lui dit mais enfin, Manuel, c'est incroyable, tu ne te rappelles pas qu'il est en voyage, tu viens de lui parler au téléphone.

Non qu'il ait oublié, mais il ne sait pas ou ne veut pas intervenir sur la disposition de sa mémoire : il prend des images détaillées et absurdes pour des bribes de rêves, regarde ma mère en train d'essuyer la toile cirée avec un chiffon mouillé et soudain c'est une autre femme qui se penche sur une table débarrassée, ma grand-mère Leonor toute jeune juste après leur mariage, quand la blancheur éclatante de sa peau et la chaude douceur de ses cuisses le rendaient fou de désir. Il sourit alors très légèrement, les yeux mi-clos et humides, une grimace amère et offensée sur ses lèvres serrées, comme s'il avait entrevu pendant quelques secondes les paradis de sa vie et réalisé qu'ils étaient loin, l'amour des femmes, l'orgueil et le courage de sa jeunesse, la musique des défilés quand il marchait au pas dans une rue ensoleillée et levait les yeux vers les balcons où applaudissaient des jeunes filles accoudées au-dessus des drapeaux tricolores. Quarante-neuf ans après avoir entrepris de revenir à Mágina du fond des enclos du camp de concentration, il rêve ou se rappelle qu'il marche la nuit, si fatigué qu'il s'endort parfois sans s'arrêter, il rêve de lui-même marchant d'une façon si concrète qu'en dépit de la fatigue et de la faim, il sent la vigueur remonter dans ses jambes comme une poussée de sève, la jouissance de l'air pur envahir ses poumons, les odeurs de fenouil, de thym, de nuit humide d'octobre. "J'ai marché vingt-quatre heures sans interruption", me disait-il : il a décidé qu'il ne s'arrêtera qu'à Mágina et pour presser le pas, il imagine qu'il défile, comme dans les parades du Quatorze Avril, la tête haute, le coude à angle droit contre son flanc gauche pour tenir la culasse du mauser, m'expliquait-il en prenant une houe en guise de fusil, la main droite haussée avec énergie au niveau de l'épaule, la respiration régulière, aspirant l'air par le nez pour tuer les microbes, et l'expulsant systématiquement par la bouche : en uniforme, il était le plus beau, mais marcher au pas ne lui avait jamais réussi, il perdait la cadence en regardant les femmes portant robes claires et cocardes tricolores qui assistaient au défilé et regardaient surtout les sapeurs, les plus grands, les premiers de tous.

Il sourit et ne sait peut-être pas pourquoi, écarquille les yeux et ne se souvient pas de quel rêve il émerge, regarde autour de lui et ne reconnaît pas non plus la pièce où il est, palpe ses jambes sous les pans de la nappe et les trouve raidies par le froid : il ne peut donc être cet homme qui marche inlassablement la nuit, au pas, un baluchon sur l'épaule au lieu d'un fusil, en espadrilles sur les cailloux de la route, qu'il enlèvera après usure complète des semelles, réservant pour les sentiers de la montagne les chaussures qu'il a échangées contre sa ration de tabac avec un prisonnier. Il meurt de sommeil, de fatigue et de faim mais ne veut pas s'arrêter ni manger le bout de saucisse qui lui reste, le croûton noir dans lequel il a mordu deux ou trois fois depuis son départ, qui sait le temps qu'il mettra pour arriver à Mágina, pour voir au loin le profil de ses tours sur la colline et les remparts, le Guadalquivir, la plaine, les oliveraies, le vert brillant et humide des grenadiers dans les vergers. Il s'endort en marchant et est brutalement réveillé par le choc de son visage contre le sol, il se relève et ne sait pas où il est, dans un rêve à l'intérieur d'un autre rêve, sur la route sans éclairage qui le conduira tôt ou tard à Mágina, dans une grande pièce passée à la chaux où retentit le générique d'une émission de télévision, et une voix qu'il n'identifie pas tout de suite le réprimande, voyons Manuel, comment est-ce possible, tu t'es encore endormi.

Mais il ne dort pas, il ne veut pas dormir, il se contente de marcher au pas et de chercher dans le noir du ciel les premiers indices de l'aurore, il n'arrive pas à croire qu'il a été si jeune, marcher tout un jour et toute une nuit comme poussé par le courant d'un fleuve, sans presque rien manger, parlant pour ne pas s'endormir, chantant du flamenco tout bas avec cette voix qui rappelait celle de Pepe Marchena : c'était plus fort que lui, dès qu'il avait bu deux verres d'eau-de-vie et entendu des applaudissements pour l'encourager, il s'y mettait pour de vrai, d'abord tout bas, ou poussant un cri comme Miguel de Molina, le chant et l'alcool lui faisaient tout oublier et il rentrait chez lui ivre et sans un centime, mais il ne passait pas sa vie courbé sur le sol tous les jours que Dieu fait pour s'enfermer à la tombée de nuit comme les bêtes à l'écurie. Ça, ma grand-mère Leonor ne voulait pas le comprendre, même s'il arrivait tard, elle l'attendait et le traitait de voyou, de dévergondé, de pochard, comme s'il passait son temps dans les bars sans jamais se tuer à la tâche pour gagner le pain de ses enfants. S'il avait pu choisir son destin, il aurait aimé être *cantaor*, chanteur de flamenco, mais le métier de garde ne lui avait pas déplu, une place à vie, payée par le gouvernement, une carte d'approvisionnement, la gratuité dans les tramways, et surtout, le plus agréable, le respect de l'uniforme, la satisfaction d'être regardé par les femmes dans la rue, avec sa stature de vedette de cinéma, ma mère s'en souvient, la jugulaire sous le menton et cette voix mâle pleine d'autorité, allons, circulez, laissez passer, prenez la queue ou je me verrai dans l'obligation de recourir à la force, qui aurait cru que le muletier qu'il était deviendrait sapeur dans la garde d'assaut.

Et soudain la catastrophe, comme si la foudre l'avait frappé au moment où il était le plus heureux des hommes, malgré la pénurie des derniers mois de la guerre et les rumeurs sur l'effritement des fronts. Il se moquait bien de cela et songeait, avec son imperturbable suffisance de toujours, qu'il n'avait rien fait de mal et n'avait pas de sang sur les mains. "Qui craint quelque chose doit quelque chose, Leonor, dit-il à ma grand-mère le dernier dimanche de sa liberté, et comme je n'ai rien fait dont je puisse rougir, je ne vais pas me cacher." Tout cela pour rien, il avait définitivement tout perdu le matin où on l'avait emmené, menottes aux poings, comme un criminel, dans ses bottes propres, en gants blancs et en grand uniforme, lui qui ne s'était jamais mêlé de rien, qui faillit même être fusillé le jour où les miliciens occupèrent la ferme où il avait travaillé jusqu'au début de la guerre : la patronne, qui l'aimait beaucoup, l'avait appelé dans son palais de Mágina et s'était jetée à genoux devant lui, l'implorant avec des larmes si déchirantes que pour un peu il aurait pleuré aussi : “Manuel, je t’en conjure, toi qui n’es pas comme ces ingrats, va à la ferme et parle-leur, regarde s’il y a quelque chose à sauver, je saurai m’en souvenir.” Mais quand il arriva, ces vandales avaient déjà incendié la maison et il ne put sauver des flammes que quelques livres, des petites cuillers en argent et un buste béni de Notre-Dame del Gavellar, patronne de Mágina, qu’il emporta sous sa veste, ils furent tentés de lui loger une balle dans la tête ou de le précipiter dans le feu, pas parce qu’il était un valet du capital et un traître à sa classe, comme lui criaient les miliciens, mais parce qu’il était un idiot, s’exclama ma grand-mère Leonor en le voyant arriver, les habits roussis et la tête noire de fumée, comme s’il sortait tout droit des marmites de Lucifer, au nom de quoi, criait-elle, qu’est-ce que tu avais perdu à la ferme, tu n’avais qu’à dire à la patronne d’aller défendre son bien elle-même, si elle y tenait tant que ça.

Il prenait une voix grave et un air lourdement offensé, un sourire amer de déception ou de dédain peut-être appris en regardant les jeunes premiers au théâtre : même pauvre, son seul but et son seul bien étaient son honneur, et il ne pouvait se dérober aux supplications d’une femme. S’il était dans un camp, c’était dans celui de l’ordre, il avait toujours aimé les défilés et les cérémonies, et il lisait toujours avec émotion dans *El Debate* les discours de Gil Robles, de Julián Besteiro* et d’Azaña. Le 15 avril 1931, la lecture de la lettre d’Alphonse XIII aux Espagnols publiée dans *ABC* lui arracha des larmes, mais il en versa autant en voyant hisser

* Gil Robles était un homme politique de droite, dirigeant de la *Confederación Española des derechas Autonomas*. Julián Besteiro fut président du *Partido Socialista* pendant la IIe République. *(NdT)*

le drapeau tricolore au balcon de la mairie, et il aurait pleuré d'enthousiasme s'il avait vu entrer à Mágina les Maures et les *requetés**. C'était plus fort que lui, tous les hymnes lui donnaient la chair de poule, quand il écoutait un discours, regardait un drapeau ou lisait un article, il en avait les larmes aux yeux, et finissait par applaudir avec la même passion un meeting anarcho-syndicaliste et le sermon d'un chapelain ultramontain. Il n'y avait pas de ferveur qu'il ne partageât ni de harangue qui ne lui parût admirable : lorsqu'il y avait une empoignade politique chez le barbier, il adoptait successivement et avec la même ardeur le point de vue de chacun des orateurs, et s'il demandait qu'on lui lise à haute voix les articles de fond des journaux, il les approuvait tous. Oraux ou écrits, les mots exerçaient sur lui un effet euphorisant, comme le vin, c'est pourquoi il revenait aussi ivre de chez le coiffeur que de la taverne, et il terminait la lecture de deux journaux adverses dans une confusion analogue à l'ivresse résultant d'un mélange de liqueurs.

L'universalité de son enthousiasme peupla mon enfance d'inconnus admirables : Santiago Ramón y Cajal, Miguel de Unamuno, Alejandro Lerroux, Juan de la Cierva, Largo Caballero (le Lénine espagnol), Niceto Alcalá Zamora, Miguel Primo de Rivera, Millán Astray**, le général Miaja, le commandant Galaz,

* Voir note p. 62. *(NdT)*

** Ramón y Cajal : prix Nobel de médecine en 1906 ; Miguel de Unamuno : philosophe espagnol, républicain et antidogmatique ; Lerroux : président du *Partido Radical* ; Juan de la Cierva : inventeur du premier autogire, l'ancêtre de l'hélicoptère ; Alcalá Zamora : premier président de la IIe République ; Miguel Primo de Rivera : général qui imposa un directoire militaire d'inspiration mussolinienne à Alphonse XIII ; Millán Astray : général, fondateur de la légion étrangère espagnole. *(NdT)*

Azaña, les héros du *Plus Ultra**, Mme Curie, à qui il attribuait l'invention bénéfique des appareils de radio, Roosevelt, Staline, le docteur Fleming, Mussolini, Adolf Hitler et même l'empereur d'Abyssinie, dont l'exil arracha à mon grand-père Manuel des larmes aussi sincères que l'héroïsme des Italiens qui l'avaient détrôné, et qu'il appelait *Jaime* Sélassié ou le Négrus, imaginant que la couleur de sa peau était à l'origine du surnom qu'on lui donnait dans les chroniques internationales. Les mots redondants et les clauses de style brillaient comme des bijoux dans son imagination, il appelait la Garde civile *La Benemérita*, même s'il s'emmêlait parfois dans les syllabes, et Barcelone "la ville comtale", il savait que les foules dont parlaient les journaux de droite étaient un ramassis de rebelles et que la Société des Nations se trouvait à Genève, bien qu'il n'ait jamais su lire une carte. Il confondait les lignes des frontières et celles des fleuves aussi désespérément que les montants d'une addition, et quand je voulus lui expliquer sur la carte de mon encyclopédie scolaire où se trouvait Mágina, il refusa de me croire : sa ville ne pouvait pas être aussi petite ni aussi éloignée de la mer, lui qui l'avait vue un matin du sommet du mont Aznaitín, tout en haut de la Sierra, si fatigué de marcher qu'il croyait être sur le point de mourir, quelques minutes avant de tourner la tête vers le nord et de voir comme un mirage la vallée du Guadalquivir recouverte par un océan immobile de brume violette sur laquelle se dressait, telle une île très lointaine, la colline de Mágina.

* Nom de l'avion qui fit le premier vol transocéanique entre l'Espagne et l'Amérique latine. *(NdT)*

Peut-être se souvient-il de cette aurore, quand ses yeux fixent le vide et brillent de larmes, quand il fait la sourde oreille ou n'écoute pas si on lui demande à quoi il pense. Il a senti trop tard l'humidité sourdre au coin de ses yeux, glisser ensuite sur ses joues avant qu'il ait pu la retenir, paralysé dans le canapé, comme s'il avait perdu le pouvoir de bouger ses mains assoupies par la chaleur du brasero, de prendre un mouchoir ou de retenir ces deux larmes dont il rougit en secret comme d'une vexation, comme s'il avait uriné dans son pantalon : ça, jamais, doit-il penser, en tout cas pas encore, mais alors quand, plutôt mourir. Comme un avare qui se méfie de ceux qui lui sont proches, il se réserve peut-être ses rares instants de lucidité, les avalanches de souvenirs, sortes de rêves et de lambeaux de fables faisant irruption dans la monotonie de sa stupeur et de son amnésie comme les fulgurances visuelles dans la mémoire d'un aveugle. Sans doute préfère-t-il qu'on ne sache pas, qu'on ne soupçonne pas qu'il est encore capable de raisonner et de revoir les moindres faits de sa vie avec une clairvoyance qu'il n'a jamais eue quand il les vivait, qu'il ne veut plus partager avec personne, par avarice et par orgueil, mais aussi par peur que les mots les dégradent. On ne lui répétera plus jamais qu'il a inventé ses histoires, car il s'en réserve désormais l'exclusivité et pense avec une sombre satisfaction que les choses qu'il a vues et décrites sans qu'on le croie périront avec lui comme des trésors engloutis sous les eaux. Personne n'entendra plus jamais les mots qui résonnent dans son imagination comme les faibles échos de ceux qu'il a si souvent prononcés à haute voix, il ne dira plus à personne que par une nuit noire d'hiver un homme lui avait demandé du feu et qu'il avait vu à la lueur du briquet qu'il avait affaire à Alphonse XIII, ni qu'une fois il avait rencontré dans les fourrés des rives du fleuve le squelette d'une jeancavale, ni qu'il avait accompagné à la maison des Tours, avec d'autres, le défunt Mercurio au moment de la découverte de cette momie volée quelques jours après par on ne savait qui… Et quand il remarquait notre attente, il se taisait, très sérieux, la tête baissée, serrant les lèvres, comme s'il fléchissait sous le poids d'un secret qu'il lui était impossible de révéler, quelque désir qu'il en eût, et qu'en tout cas son auditoire incrédule ne méritait pas. Raconte encore, lui demandais-je, encore un peu, il est trop tôt pour aller au lit, qui a volé la momie, pourquoi l'avait-on emmurée. Il souriait en me regardant avec satisfaction et malice, épiait la porte par crainte d'y voir apparaître ma grand-mère Leonor pour le réprimander, claquait la langue et s'essuyait la bouche du revers de la main. Puis il ajoutait, au moment d'aller se coucher, après avoir remonté la pendule avec la clé qu'il remettait dans la poche de son gilet et qui lui permettait, j'en étais sûr, de dominer le cours du temps : “L'ordre du jour étant épuisé, la séance est levée.”

Mettez-moi comme un sceau sur votre cœur, comme un sceau sur votre bras, dit Nadia qui récite le livre fermé dans ses mains, la Bible usée des protestants espagnols aux pages d'une consistance sableuse que don Mercurio avait laissée à Ramiro Retratista dans son testament sans que ce dernier sache pourquoi, imaginant une extravagance tardive du médecin, le signe d'une improbable conversion sur son lit de mort, comme ces athées obstinés parfois évoqués à l'heure du digestif, entre deux chapelets, par l'inspecteur Florencio Pérez, pâle zélateur du Pardon évangélique de l'Adoration Nocturne aux séances duquel il était assidu, ce qui lui avait permis d'engager la conversation avec un jeune homme, docile, ardent et prometteur, Lorencito Quesada, responsable des baby-foot de l'Action catholique et employé invétéré – *invétérant*, disait-il – du magasin *Le Système Métrique*, le premier à avoir implanté la numération décimale à Mágina, correspondant de *Singladura*, journal provincial du Mouvement, auteur d'un livre toujours inédit sur *les Hommes et les Noms de Mágina*, dans lequel il avait prévu de reproduire les Cent Meilleures Photographies de Ramiro Retratista, parmi lesquelles aucune n'atteignait la majesté émouvante du portrait de Mercurio, le médecin, fait quelques mois ou quelques semaines avant sa mort, Lorencito n'était pas très fixé et ne le fut jamais car lorsqu'il voulut demander la date précise à Ramiro, il constata que celui-ci avait disparu sans laisser d'adresse, et le sourd-muet, Matías, son assistant de toujours, qui maintenant conduisait fièrement, tel un aurige, une minuscule Isetta pour transporter du fourrage, ne put lui donner aucun renseignement sur la destination de son maître : il haussa les épaules en arborant ce sourire idiot d'imbécile heureux qu'il avait depuis son réveil de la catalepsie, une trentaine d'années plus tôt : ni lui ni personne ne connaissait les coordonnées du photographe, sauf le commandant Galaz, mais ce dernier aussi avait disparu pour la seconde et dernière fois, et presque personne ne s'en était aperçu, de la même façon que presque personne, à part Ramiro Retratista, l'inspecteur Florencio Pérez et le lieutenant Chamorro, n'avait remarqué son retour dans la ville où il était devenu un étranger, portant, à la place de ses cravates démodées, un nœud papillon de professeur américain, vivant aussi retiré dans sa villa du lotissement du Carmel que dans le faubourg de New York d'où il venait. Ramiro n'alla faire ses adieux qu'à lui et à sa fille, une rousse silencieuse, et Lorencito Quesada découvrit que le photographe leur avait rendu des visites assidues pendant les derniers mois qu'ils avaient passés tous les deux dans la ville, livrant à l'ex-commandant ses secrets les plus intimes comme à un confesseur, sans que son interlocuteur – qui était peut-être en réalité ex-colonel – l'interrompe jamais ni lui demande la raison de ces confidences, toujours muet et attentif, affectant une politesse vaguement militaire, lui offrant des tasses de thé que Ramiro ne goûtait pas car il n'avait pas l'habitude d'en boire, et des verres de cognac qu'il vidait avec autant de précipitation qu'il avait bu l'eau-de-vie allemande d'Otto Zenner dans les dernières années de sa jeunesse, acquiesçant en silence quand il lui montrait de vieilles photos, celle de lui prise le soir où le commandant avait rassemblé les troupes sur l'esplanade de la mairie et s'était mis au garde-à-vous devant le maire pour l'informer de la loyauté de la garnison de Mágina à l'égard de l'ordre constitutionnel de la République, et les autres, celles que presque personne n'avait jamais vues, le portrait de Mercurio, celui de l'emmurée, celui de la jeune mariée morte d'une balle dans la tête quelques heures après ses noces. Il lui montra aussi la Bible à couverture noire qu'il avait héritée du médecin, puis la rangea dans la malle que Matías apporta au commandant dans son Isetta, legs embarrassant et passablement absurde que ce dernier, par délicatesse, ne sut refuser, sans bien comprendre pour quelle raison Ramiro Retratista avait choisi de la lui donner, peut-être pensait-il que le commandant Galaz la garderait toujours et n'aurait pas la tentation de l'ouvrir ni d'examiner son contenu, aussi imperméable à la curiosité qu'à la plus infime déloyauté ou trahison.

Absous, loquace, poliment ivre, presque héroïque, gardant toujours, par peur d'attraper un refroidissement, son manteau et son écharpe bleu marine qui lui tenait si bien la nuque au chaud, Ramiro Retratista s'installait dans le canapé du commandant, regardait sans se distraire le jardin tapissé de feuilles mortes et peuplé de chats sans maître, ou la gravure de ce cavalier qui chevauchait en pleine nuit, près d'une montagne surmontée d'un donjon, et parlait comme il n'avait jamais parlé, comme s'il avait enfin l'occasion ou le droit de prononcer à haute voix tous les mots emmagasinés au cours de sa vie, sirotant son cognac à gorgées timides et répétées, soupirant sans pudeur, se présentant lui-même comme le personnage secondaire bien que fondamental d'une histoire qui ne lui appartenait peut-être pas, y renonçant comme il avait décidé de renoncer à son studio et à toutes ses archives pour quitter Mágina plus léger et s'installer définitivement dans l'échec ardemment désiré et confortable de la retraite, loin de tout, dans une ville où personne ne le connaîtrait, où lui-même ne pourrait pas lire sur chaque visage et à chaque carrefour des informations angoissantes sur son passé et sur la longue escroquerie de sa vie, où les silhouettes qu'il croiserait dans la rue ne lui rappelleraient rien, pas même l'ombre de celles qu'il accumulait dans ses archives comme une riche mémoire qui s'était substituée à sa propre mémoire. Il voulait trouver qui elle était, confiait-il au commandant Galaz, il avait espionné en vain la gardienne de la maison des Tours et les habitants méfiants et hostiles de la place San Lorenzo, il était même allé voir l'inspecteur Florencio Pérez, ultime recours car l'idée d'entrer à la fourrière lui donnait la chair de poule, mais il n'avait pas obtenu d'explications, probablement parce que l'inspecteur n'en avait aucune, il l'avait reçu comme hébété, dans son bureau du commissariat, à demi penché à la fenêtre donnant sur la place du Général-Orduña, caché derrière les rideaux, regardant les oisifs rassemblés sous les arcades et autour de la statue, vigilant et songeur, les doigts de sa main droite tambourinant sans trêve contre le mur, son pantalon et son bureau sur un rythme monotone qui énervait Ramiro, l'inspecteur n'accordait aucun repos à ses doigts et n'écoutait pas ce qu'on lui racontait, il avait l'air ailleurs, poète à la recherche d'une rime difficile ou détective misanthrope sur le point de découvrir la clé d'une énigme. L'inspecteur, dit Ramiro, aurait voulu tout savoir, comme ce gros détective de roman qui résolvait tout sans quitter sa chambre, par la seule réflexion, par la déduction, en s'introduisant dans l'esprit de chacun des habitants de Mágina. Pour l'inspecteur Florencio Pérez, bon criminologue et fonctionnaire modèle – manifestant de cette façon une opposition fervente et sans faille, pas comme d'autres de sa connaissance qui étaient montés plus haut dans la hiérarchie avec pour tout mérite la couleur bleue de leur chemise retroussée et leur vibrant coup de talon quand ils se présentaient au tribunal –, la délation et la torture étaient des procédés sans doute nécessaires, mais avant tout indignes, d'une rusticité aussi déplorable que l'araire romain et les spartiates, il aurait voulu les remplacer par les avancées de la science, la stricte rigueur de l'intelligence déductive et les prodiges de la télépathie, de l'hypnose et des détecteurs de mensonges. Mais si l'agriculture et le commerce à Mágina en étaient encore au Moyen Age, fallait-il s'étonner, dit-il mélancoliquement au photographe, que les forces de l'ordre fussent obligées de recourir, dans l'accomplissement des tâches que la loi leur assignait, à des méthodes aussi rudimentaires que celles des tribunaux de l'Inquisition ? Il soupira : à quand les micros camouflés dans des épingles à cravate, les appareils photos dissimulés pour remplacer les mouchards loqueteux aux regard torves, le sérum de vérité à la place des gifles et des menaces, la chaise électrique au lieu du garrot ?

“Les insondables énigmes sans réponse”, nota-t-il prestement avant de ranger dans un tiroir de son bureau la photo que venait de lui remettre Ramiro Retratista, ensuite il haussa les épaules et son visage large et geignard parut se détacher comme le masque d'une fête ratée : “Demandez à don Mercurio, dit-il, il se peut qu’il sache quelque chose.” “Vous lui en avez parlé ?” Ramiro pensait à la photo que l’inspecteur venait de ranger, imaginant que le tiroir du bureau était encore une sépulture, un nouvel affront s’ajoutant à l’occultation et à l’oubli. “Il ne me dira rien. Ses convictions maçonniques le lui interdisent.” De son bureau, l’inspecteur voyait, de l’autre côté de la place, les fenêtres du cabinet de consultation de Mercurio aux rideaux toujours tirés, son regard descendait jusqu’aux arcades où les hommes commençaient à arriver, peu à peu réchauffés par les rayons transparents et froids de l’hiver de la faim, un par un, encore solitaires et silencieux, tête basse et casquette enfoncée jusqu’aux oreilles, placides sous le soleil, au bord du trottoir, battant la semelle pour combattre le froid, les visages à demi cachés derrière les écharpes, effacés par la buée épaisse des respirations et la fumée des cigarettes, attendant sans trêve, le regard fixé sur la tour de l’horloge, la statue du général Orduña, l’édifice lugubre du commissariat, avec une sorte de patience têtue qui leur donnait un air à la fois invulnérable et vaincu, vigilant et soumis. Puis la surface éclairée par le soleil progressait, l’ombre des remparts et de la tour reculait, et peu à peu les hommes se rassemblaient en petits groupes qui dégageaient une buée collective plus épaisse et une rumeur amortie et puissante dont l’inspecteur dans son bureau ne percevait que le ronron monotone. Oubliant que Ramiro Retratista était encore là, il lui tourna le dos et frotta ses mains transies, car il n’avait jamais chaud dans ce bâtiment ténébreux qui ne recevait le soleil qu’au crépuscule, dans cet immeuble adossé à la tour et blotti dans un angle de la muraille, l’humidité montait à l’assaut de l’inspecteur et le pénétrait jusqu’à la moelle des os, malgré les chaussettes en laine et les caleçons longs en flanelle qu'il utilisait clandestinement, avec un sentiment de honte et de ridicule semblable à celui que lui causait son penchant irrésistible pour les vers, car il se demandait si la poésie et les caleçons longs étaient compatibles avec l'autorité.

"Mais vous devez découvrir qui l'a emportée, dit Ramiro Retratista, il y a sûrement des complices, des témoins, sur la place les femmes passent leur temps à regarder tout ce qui s'y passe." L'inspecteur ne l'entendait pas, il préférait ne pas l'entendre pour ne pas avoir l'impression d'être un imbécile absolu, il fumait en dévisageant les mines mal rasées et blêmes de faim, raides de colère, revêches, émoussées, c'étaient rarement des inconnus – têtes de suspects, agitateurs, lâches, mutilés sans pension, pauvres hères, fainéants, idiots, tubards –, en envisageant la possibilité romanesque d'acquérir des jumelles et de surprendre les conversations en déchiffrant les mouvements des lèvres, comme faisait, semblait-il, l'assistant sourd-muet de Ramiro Retratista. De son poste d'observation derrière la fenêtre, au premier étage de ce bâtiment si bassement appelé la fourrière – et à juste titre, eut-il l'audace de penser, en se frottant les mains martyrisées par des engelures –, l'inspecteur s'octroyait la certitude confortable d'être un souverain, comme si en prenant possession de sa charge il avait aussi pris possession du monde qu'il embrassait du regard et ne dépassait pas, à sa grande satisfaction, la place du Général-Orduña. Il surveillait les groupes qui se formaient et se dissolvaient comme s'il étudiait des courants maritimes, il auscultait la rumeur des voix, l'expression des visages, les gestes des mains, épiant les indices d'une colère collective, d'un danger de soulèvement, et s'il voyait un groupe s'agglutiner autour de quelqu'un qui parlait avec de grands gestes en agitant frénétiquement les lèvres, il sursautait par un réflexe immédiat d'inquiétude, un souvenir vague de foules mutinées, de drapeaux tempétueux et de poings brandis sur cette même place où le murmure présent ressemblait à la braise éteinte des cris et des hymnes d'alors, rugissements d'une foule déchaînée, comme il l'avait lui-même écrit dans ce sonnet au général Orduña qui lui avait valu des nuits blanches et bien des soucis, et qui dormait maintenant dans un dossier d'instruction, silencieux et couvert de poussière, comme la harpe de Bécquer, comme le corps intact de cette femme sur laquelle Ramiro Retratista continuait avidement de l'interroger, comme tous les sonnets, octaves hendécasyllabiques, quatrains, odes ou dizains qu'il avait composés dans son bureau, aux premières heures d'oisiveté du matin, et n'oserait jamais imprimer, qu'auraient dit ses supérieurs s'ils avaient découvert ce faible, et pis encore, quelle crainte pourrait-il inspirer aux détenus, quel respect lui manifesteraient les hommes sous ses ordres si un jour il recevait un prix sous la forme d'un bouquet de fleurs naturelles, il imaginait déjà le rire chevalin du garde Murciano, les suppositions railleuses qui s'ensuivraient, l'inspecteur est sûrement pédé. Rien que d'imaginer les silences, les rires contenus du corps de garde quand il monterait les escaliers pour se diriger vers son bureau, ses engelures le démangeaient deux fois plus, et pour reprendre courage il regarda sévèrement Ramiro Retratista, joignant ses mains avec énergie et faisant craquer les articulations de ses doigts, geste qui lui rendait instantanément la sérénité depuis qu'il avait remarqué combien il effrayait les prisonniers lors des interrogatoires, peut-être parce que ces derniers croyaient entendre le son avant-coureur du craquement de leurs propres os.

“Ne dites pas à don Mercurio que vous m'avez vu, dit-il. Et il vaut mieux que vous sortiez par la porte de derrière, il ne faudrait pas qu'il vous aperçoive et s'imagine que vous êtes mon envoyé." Vexé de partager le chemin sordide des délateurs, Ramiro Retratista se retrouva dans une ruelle débouchant derrière la tour et revint d'un pas vif sur la place du Général-Orduña, amer et las d'être obligé de gagner sa vie en travaillant avec ces gens qu'il considérait toujours confusément comme l'ennemi, bien qu'il n'ait jamais rien compris à la politique, dit-il au commandant Galaz, peut-être avait-il seulement la nostalgie d'une autre époque où il était plus heureux et plus jeune, une époque où la faim, les coupures de courant, les lourds défilés d'uniformes et de soutanes n'assombrissaient pas encore les rues de Mágina, une époque où le travail ne manquait pas dans le studio d'Otto Zenner, où il n'était pas obligé de faire des photos comme un camelot au milieu des baraques de foire ni d'aller photographier les visages des morts à la morgue, que dirait don Otto s'il le voyait, s'il revenait à Mágina, de nouveau sain d'esprit, s'il découvrait que son disciple, presque son fils adoptif, son apôtre, abandonnait parfois le saint des saints, le studio, pour se poster le dimanche dans un angle de la place du Général-Orduña, à côté d'un cheval en carton-pâte, attendant les chalands qui viendraient lui demander une photo équestre de leur progéniture.

Il traversa la place, croisant des faces de survivants et de morts en sursis, contournant la statue fusillée du général Orduña qui, sur fond d'allégories militaires, avait l'air d'un cadavre fraîchement déterré, quelques jours après les funérailles, un œil de bronze vide, perforé par une balle, la poitrine et le cou picotés d'impacts, le geste invincible, la tête haute et tournée vers le sud, vers les pentes de la Cava et les bleus lointains de la Sierra. Où qu'il pose son regard, il ne trouvait pas ces mines immuables, ces silhouettes figées dans un présent hors du temps dans lequel croient vivre presque tous les hommes, mais seulement les empreintes mal faites ou déformées d'une origine qui avait peut-être déjà l'innocence et le pressentiment d'une dégradation rapide qui mènerait en quelques années à la vieillesse et à la mort, au néant absolu, ne laissant d'autre souvenir ou consolation que les photographies, les noms gravés sur le faux marbre des niches, les petits médaillons ovales qu'on y incrustait sous une vitre convexe pour que les survivants n'oublient pas complètement, dans le genre de ce portrait au revers du scapulaire de la femme au corps non corrompu, celui d'un très jeune homme, il s'en souvenait, barbiche noire et moustaches raides, qui était-ce, dans quelle chambre obscure, cave ou armoire de la ville avait-on caché la momie, dans quel but n'avait-on volé qu'elle, arrachée à la décomposition, victorieuse du temps, plus réelle dans l'imagination et dans le regard de Ramiro Retratista que tous ces hommes et ces femmes qu'il croisait sous les arcades, portant dans ses pupilles une lueur de sérénité ou de désir qu'il serait vain de chercher dans les yeux des vivants, Mettez-moi comme un sceau sur votre cœur, lui avait écrit quelqu'un, comme un sceau sur votre bras. Chaque fois que Ramiro se répétait ces mots à voix basse, il avait un accès de jalousie ou de désespoir, et quand il les répéta devant Mercurio, dans la pièce qui avait été le cabinet de consultation du médecin pendant trois quarts de siècle, il fut pris d'un sentiment coupable de déloyauté, car il avait soudain l'impression d'être indigne de cette fièvre brûlante provoquée par l'apparition du visage de la jeune fille dans le révélateur, vivifiant son âme, lui redonnant un simulacre de plénitude et de ferveur tout à fait étranger à son expérience de la réalité, quelquefois ressenti dans la musique et dans certains rêves, dans quelques regards de femmes qui avaient ébranlé son adolescence lointaine et prolongée, dans l'émotion d'une vulgaire chanson entendue à la radio et parfois interprétée à Mágina par des animatrices descendant au Café Royal, rue Gradas, où des années plus tard s'ouvrirait la salle de jeux Maciste, comme cette négresse transpirante et bonasse qui faisait des claquettes et qu'on appelait Rizos la Mulâtresse, ou cette blonde en minijupe et talons en liège qui chantait d'une voix aiguë et très douce une chanson de Celia Gámez, si tu veux ma mort, regarde-moi d'abord.

Julián, le postillon en livrée verte, secrétaire et valet de chambre, l'introduisit dans le cabinet du médecin, si petit et tassé derrière son bureau que le photographe ne l'aperçut pas tout de suite, distrait par le désordre des milliers de livres alignés sur les murs et empilés par terre, des appareils sanitaires archaïques encombrant le passage comme dans un entrepôt à l'abandon d'un musée du Progrès, ou comme dans le laboratoire d'un de ces docteurs lunatiques qu'on voit au cinéma. Julián écarta un paravent poussiéreux orné de dessins d'oiseaux et don Mercurio, qui lisait un très grand livre avec sa loupe, esquissa un geste vague, de bienvenue ou d'ennui, sa main droite ébauchant en tremblant une sorte de bénédiction ecclésiastique en direction de Ramiro Retratista, il avait pris plusieurs années en quelques jours, depuis qu'ils s'étaient rencontrés dans la crypte de la maison des Tours, il était plus vieux ou plus négligé, sans col dur ni nœud papillon, sans la poudre qu'il devait se mettre sur les joues avant de sortir, portant une veste d'intérieur aussi défraîchie qu'un rideau consumé par le soleil, un bonnet en velours sur la tête, les yeux fixes, ronds et impavides, comme ceux d'un coq de basse-cour, avec des battements de paupières brefs et machinaux, magnifique et redoutable dans sa décrépitude, tel un mendiant asiatique, songea Ramiro en se remémorant une photo qu'il avait vue dans un album d'Otto Zenner, sculpté par les ombres de la pièce comme dans un portrait en clair-obscur.

Il l'invita à s'asseoir en face de lui en agitant sa main parcheminée, le scruta en silence pendant quelques minutes, impassible, écoutant sans broncher ses questions, hochant la tête, son nez humide et crochu lui effleurant presque le menton quand il contractait sa bouche édentée, plus vieux que tout homme au monde, malicieux comme un défunt prématuré et burlesque, pointant entre ses lèvres une langue pointue et rouge vif, une vraie langue d'oiseau ou de reptile : naturellement, dit-il, il la connaissait, mais il ne l'avait vue qu'une seule fois de son vivant, peut-être mourante, la nuit d'un mardi de carnaval très lointain qui, dans l'imagination de Ramiro, à mesure qu'il écoutait, prenait les allures sinistres d'un romantisme de lithographie ou de feuilleton : le jeune médecin enlevé par des inconnus portant masques et capes noires, les reflets sous la pluie et les torches contre la capote d'une voiture à cheval, les sabots résonnant sur les pavés, la demeure où Mercurio était revenu soixante-dix ans après, le sous-sol où il était resté paralysé devant ce même visage inaltéré qu'il avait entrevu lors de cette fameuse nuit, cette jeune femme épouvantée qui, après des heures d'agonie, avait donné le jour à un enfant étranglé par le cordon ombilical. Ensuite, on lui avait de nouveau bandé les yeux et on l'avait ramené dans la voiture à cheval, puis après de nombreux tours et détours dans les ruelles pour le désorienter on l'avait déposé aux premières heures de l'aube sur la place du Général-Orduña, appelée alors la place de Tolède, là-derrière, dit Mercurio, désignant sans se retourner la fenêtre aux volets fermés, il avait ôté lui-même son loup et vu la voiture s'éloigner rapidement en direction de la rue Corredera, rideaux fermés, menée par un postillon à chapeau haut de forme noir et cape à collet qui faisait claquer son fouet sur l'échine du cheval, dans le silence de la place déserte. "Et jusqu'aujourd'hui, conclut Mercurio, je ne me serais jamais douté que je découvrirais soixante-dix ans après le lieu où on m'avait conduit."

Mais qui était-ce, répétait Ramiro, pourquoi fut-elle emmurée et par qui ? Il jura que le secret ne franchirait jamais le seuil de ses lèvres, qu'il n'avait rien de commun avec les sinistres mouchards de la fourrière et s'il travaillait de temps à temps avec l'inspecteur Florencio Pérez, c'était parce qu'il n'avait pas d'autre moyen de gagner sa vie, dure époque où personne n'ayant envie de se regarder en face, l'idée d'immortaliser sa tête sur une photographie paraissait d'autant plus saugrenue. Il avait toujours été du parti de la loyauté, déclara-t-il tout bas, il avait désobéi aux ordres d'Otto Zenner et par une nuit étouffante d'un samedi de juillet, il s'était précipité à la mairie au péril de sa vie et s'était frayé un passage dans la foule en jouant des coudes pour prendre un instantané du commandant Galaz gravissant le perron en marbre, son bataillon d'infanterie rangé sur la place Vázquez-de-Molina, et se mettant au garde-à-vous devant le maire qui n'arrivait pas à articuler un son, souriait et tremblait de peur car il croyait que les militaires étaient venus l'arrêter.

"Des rumeurs ont circulé autrefois, dit Mercurio qui avait écouté Ramiro Retratista avec le détachement d'un mort pour les affaires et les confidences des vivants. Mais je ne peux assurer que ces rumeurs concernaient cette femme, ni qu'elles étaient fondées. A l'époque, les gens raffolaient du théâtre en vers et des romans historiques de Manuel Fernández y González. Je me suis laissé dire qu'en ces temps troublés que nous traversons aujourd'hui, le cinéma parlant et les romans radiophoniques causent de semblables ravages. Mais j'y pense, n'en seriez-vous pas victime vous-même, mon jeune ami ?" Les pupilles de Mercurio se dilatèrent et brillèrent d'un éclat plus vif, sous les rugueuses paupières sans cils, prenant cette intensité fanatique qui les faisait tant ressembler à celles d'un coq de basse-cour. Il se pencha au-dessus du bureau, fit un geste d'hypnotiseur à Ramiro pour lui signifier de se rapprocher, saisit le poignet de sa main droite entre ses deux doigts, aussi précis et froids que des pinces d'acier, enfonça son pouce décharné à l'endroit exact où le sang battait avec plus de vivacité, prit sa loupe à poignée d'argent posée sur les pages du grand livre à couverture noire qu'il était en train de lire et ses yeux, tandis qu'il examinait le visage de Ramiro, prirent une dimension exorbitée et une expression monstrueuse, comme celle des yeux de certaines pieuvres que le photographe avait déjà vues chez les marchands de poissons du marché. Lui qui avait pris tant de morts en photo à la morgue, il avait l'impression d'assister à sa propre autopsie, aussi passif et vulnérable que le cadavre examiné par un médecin indifférent. "Ne vous mettez pas en peine, don Mercurio, je suis en pleine forme", dit-il, la main encore prisonnière sur le bureau, essayant de sourire. Quand Mercurio le lâcha, il avait le poignet violet et son cœur battait la chamade. Il attendit ses mots avidement, comme s'il avait attendu la sentence d'un juge, ou plutôt l'augure d'un devin.

"Je le craignais, je l'ai compris dès que je vous ai vu.

Pouls arythmique, pâleur excessive et maladive, iris dilatés, glandes lacrymales irritées. Manque de soleil et d'exercice physique, tendance exacerbée aux défoulements de l'esprit. Inhalation habituelle de vapeurs toxiques et alimentation désordonnée, arrosée d'alcool distillé en quantité nuisible. Sommeil agité et tardif, abstinence totale des œuvres de chair, hormis le recours sporadique aux pratiques d'Onan, moins pernicieuses que ne le prétend la morale ecclésiastique, mais insuffisantes à garantir l'équilibre d'un organisme adulte. *Semen retentum venenum est*, cher ami. Le célibat, je vous en parle d'expérience, même si dans mon cas, vous le comprendrez, il s'agit d'un phénomène relevant de l'archéologie, le célibat exige, disais-je, pour ne pas être nocif, le contrepoids d'un libertinage modéré. Mais j'ai très nette l'impression que vous êtes plus chaste que le chaste Joseph." "N'en croyez rien, don Mercurio, tel que vous me voyez, moi aussi j'ai vu du pays", dit Ramiro Retratista, trouvant son propre mensonge un peu gros, parce qu'il ne savait pas mentir, et de toute façon parce qu'il était sûr que le médecin pouvait deviner sa pensée comme un chiromancien implacable qui aurait lu dans les lignes de sa main et dans son regard triste et fuyant tout son passé et tout son avenir, son goût coupable pour les cartes postales licencieuses d'Otto Zenner, la peur et l'échec qu'il éprouvait toujours en compagnie des femmes, son amour insensé pour la photographie d'une momie. "Mais racontez-moi, don Mercurio, reprit-il, redoutant que le médecin ait déjà perdu la mémoire, vous me disiez je ne sais quoi à propos d'une légende."

Il trouva que le médecin tardait à se rappeler, ou qu'il faisait semblant parce qu'il n'en avait pas envie. Après l'examen de santé de Ramiro Retratista, don Mercurio se replia derrière son bureau, bossu, minuscule, décrépit, dans sa veste en tissu de rideau et sous son bonnet de caricature d'usurier, les yeux fixes et brillants sous la ligne hirsute des sourcils, enfoncés dans la double pénombre des orbites qui soulignaient déjà la forme irrécusable de la tête de mort : c'est ainsi que Ramiro Retratista le photographia quelques jours ou quelques semaines après, convaincu qu'il était le seul de tous les visages de Mágina à mériter l'immortalité d'un portrait. Il sourit, penchant sa face d'oiseau empaillé en avant, ses deux mains jointes sur un grand livre à couverture en cuir noir, peut-être celui-là même que Nadia et Manuel ont trouvé dans le coffre de Ramiro Retratista, mais sa bouche est légèrement tordue, comme par une crise d'apoplexie, et il y a dans son regard une fixité d'épouvante. "Légendes, dit-il avec mépris en crachant le mot à la pointe de sa petite langue rose, romans-feuilletons" : un vieux comte misanthrope vivant dans la maison des Tours aussi isolé que dans un château médiéval, marié à une femme beaucoup plus jeune que lui, perpétuellement assisté dans ses dévotions par un chapelain faisant presque fonction de valet de chambre, sans doute un parent pauvre à qui il avait payé les études au séminaire. "Voilà donc le décor et la distribution, dit Mercurio avec une sournoiserie caverneuse, salles voûtées, candélabres allumés, portes grinçantes, l'aristocratie féodale, la belle dame cloîtrée, le chapelain bien découplé. Baryton, soprano et ténor, chœur des vieux valets fidèles et des voisines cancanières. La dame très pâle se penche comme une apparition à la fenêtre la plus haute de la tour, et le chapelain prend un chocolat en tête à tête avec elle quand son tyran de mari va inspecter ses propriétés rurales, des friches, naturellement, hypothéquées jusqu'à la girouette du dernier colombier. Soudain, le chapelain disparaît et on n'entend plus parler de lui, c'était paraît-il un chenapan qui a trouvé la mort dans une rixe de joueurs ou a été forcé de rejoindre une paroisse dans l'archevêché des Philippines. Peu après, le vieil aristocrate et son épouse partent pour un long voyage. Elle aurait contracté une phtisie galopante et l'époux aurait bradé son palais et ses dernières propriétés pour lui payer un séjour dans un sanatorium des Alpes. Mais on dit aussi que ce n'est peut-être pas elle qui est montée dans la voiture à cheval avec son mari : la tête était dissimulée sous un voile noir, et d'aucuns la trouvèrent même moins grande, ou plus grosse qu'elle n'était, bien qu'ils ne l'aient jamais vue. Voilà toute l'histoire, cher ami. Il n'y a pas de dernier acte, ou bien la dernière livraison du feuilleton s'est perdue. Le comte Dávalos a-t-il tué sa jeune épouse adultère et le chapelain qui avait doublement bafoué ses vœux et la loyauté due à son maître ? L'a-t-il emmurée dans le sous-sol de la maison des Tours après avoir acheté le silence de la servante qui avait enfilé sa robe et sa cape de voyage, et s'était recouvert le visage d'un voile pour se faire passer pour sa maîtresse ? Cher ami, les romans-feuilletons, ce sont barbes postiches, cachots en carton-pâte et compagnie." Le rire amer de Mercurio retentit comme une toux sèche : il enfonça le menton dans la poitrine, releva ensuite lentement la tête, lançant un regard oblique et fixe à Ramiro Retratista qui venait de remarquer en lui une odeur de poussière aussi rance que celle de la momie. Mercurio ouvrit le livre au hasard et prit sa loupe pour lire à haute voix, en suivant les lignes avec son index tordu : *"C'est saisir une ombre et poursuivre le vent que de s'arrêter à des songes. Miroirs et songes sont choses semblables : en face d'un visage paraît son image. De l'impur, que peut-on tirer de pur ? Du mensonge, que peut-on tirer de vrai ?"* "Mais il ne s'agit pas d'un songe, don Mercurio, cette femme était là, vous l'avez vue comme moi, et on vient de la voler." Le médecin ne répondit pas. Il le regarda, les deux mains jointes sur les grandes pages du livre, lui sourit d'un air las, empreint de pitié ou d'ironie, remit sa loupe devant son œil droit, descendit son index le long de la colonne qu'il venait de lire, et trouva finalement ce qu'il cherchait : *"J'ai beaucoup vu au cours de mes voyages et j'en ai compris plus que je n'en saurais dire."*

Quand le beau temps revenait, les soirs d'avril, quand le pollen flottait dans l'air doré et paisible de la place, les hommes rapportaient de la campagne des branches d'oliviers en fleur dont les bourgeons jaunes, d'un jaune plus intense et plus pur que celui des sisymbres, étaient examinés comme le premier augure de la future récolte, et mon bisaïeul Pedro s'asseyait au soleil sur le perron, son chien couché entre les jambes, et tous les deux contemplaient impassibles les jeux des enfants et le passage des hommes et des animaux, le défilé quotidien des nomades et des inconnus n'appartenant ni à nos rues, ni à Mágina, qui déclamaient leurs boniments avec des accents étranges, les rémouleurs galiciens joueurs de flûte tenant par le guidon une bicyclette qu'ils renversaient ensuite pour tourner la pierre à aiguiser avec l'élan de la roue, les chiffonniers réclamant à grands cris vieilles espadrilles et peaux de lapin, les ferrailleurs blêmes qui paraissaient avoir été brûlés par un four ou dans les marmites de Lucifer, les charbonniers effrayants à la figure noire et aux yeux brillants d'Africains, les paysans de la Manche en blouse noire portant la balance romaine sur l'épaule et des fromages dans leurs sacs en toile blanche, qui frappaient toujours chez Bartolomé car c'était le seul de la place à avoir assez d'argent pour acheter leurs grands fromages durs comme des miches, les mendiants solitaires et revêches, les mendiants bigots, les vieux couples de mendiants qui faisaient tinter une écuelle en fer-blanc, et chantaient en duo les litanies de la Vierge del Pilar et la chanson *Rocío, Rocío de mon cœur, œillets de bonheur*, les aveugles qui récitaient des poèmes narrant des miracles et des crimes, guidés par des lazarilles, des enfants à la tête rase sous leur béret, engoncés dans des vestes d'homme aux poches trouées, un brassard de deuil à la manche, les vendeurs de pots et de cruches menant leur âne bâté de jaune et rouge, les muletiers blasphémateurs, les gitans qui proposaient matelas et parapluies, ceux qui échangeaient des pois crus contre des pois cuits, les chevriers et vachers descendant avec leur troupeau jusqu'à la fontaine de la muraille, répandant sur leur passage une forte odeur de fumier et une poussière sèche de jachère, les paysans si pauvres qu'ils n'avaient même pas une bête et remontaient des champs, courbés sous un fardeau de bois ou un sac de légumes, d'herbe ou d'olives récupérées dans les oliveraies des autres.

Mais ce n'est plus ma mère, c'est moi qui me souviens, qui énumère pour Nadia et moi les personnages de cette époque sans dates que son imagination aurait tendance à situer dans un autre siècle, non dans la mémoire ni la vie d'une personne d'à peu près son âge qui l'enlace étroitement pour lui chuchoter à l'oreille dans l'obscurité lasse d'une nuit d'amour, tandis que très loin, de l'autre côté de l'océan, sur la crête d'une longue colline qui paraît beaucoup plus haute vue de la rive du Guadalquivir, le soleil brille depuis plusieurs heures sur les toits sombres et les tours couleur sable de Mágina, sur les façades et les murs blancs du quartier San Lorenzo, sur les ronces et la mousse qui courent le long des murs de clôture et sur les hangars des basses-cours abandonnées, tel un décor intact abandonné depuis longtemps par les acteurs et le public qui ont cependant laissé dans l'air le frémissement de leurs voix, comme à la tombée de la nuit le silence qui garde encore une braise des sons de la journée : la flûte monotone du rémouleur, les clochettes des moutons, le cri aigu du ferrailleur, les coups aux heurtoirs des maisons, les voix d'enfants jouant encore à la lueur des ampoules bien que leurs mères les appellent depuis un bon moment. Un vieux apparaissait tous les soirs à la même heure à l'angle de la maison des Tours, courbé, avançant vers la rue du Puits car il vivait un peu plus haut, dans celle des Maraîchers, et quand il arrivait devant mon bisaïeul, il posait son sac pour reprendre sa respiration, épongeait la sueur de son front et lui disait : “Pedro, nous ne sommes plus que trois et don Mercurio !” Puis il reprenait son fardeau sur l'épaule et repartait à petits pas lents, on avait l'impression qu'il pouvait défaillir à tout moment et tomber sous le poids léger de son sac d'herbe à lapin, car il était le plus vieil homme que ma mère eût jamais vu, les genoux tordus et tremblants, les mains violettes, les yeux humides et les paupières si tombantes qu'elles mettaient à nu le rouge vif des glandes lacrymales et donnaient à ses pupilles une expression d'animal abandonné. Elle demandait à son grand-père pourquoi cet homme lui répétait tous les soirs la même chose, mais il ne répondait pas, il souriait, lui caressait les joues et restait perdu dans un rêve qu'elle ne pouvait identifier, la contemplation des toits de la place et de la cime des arbres, ou l'observation des visages des inconnus qui passaient, toujours muet, sans hostilité à son égard, la regardant arroser d'eau les pavés devant la maison pour les balayer ensuite avec cette même désinvolture de femme avec laquelle elle prenait ses plus jeunes frères dans les bras, ou s'agenouiller avec une serpillière mouillée pour frotter les dalles de l'entrée : ses yeux exprimaient douleur et tendresse, se rappelle-t-elle, il la regardait grandir, restant immuablement assis au coin du feu, sur sa chaise dans la basse-cour ou sur le perron devant la porte, et elle n'envisageait jamais qu'il pourrait mourir un jour et deviendrait avec les années aussi fragile et pathétique que cet homme qui passait tous les soirs devant sa maison avec un sac d'herbe à lapin à l'épaule et s'arrêtait en haletant pour lui dire, quelques mois plus tard : "Pedro, nous ne sommes plus que deux et don Mercurio." Elle en parla à sa mère, mais Leonor Expósito haussa les épaules et lui dit qu'elle non plus n'y comprenait rien, des histoires de vieux : elle n'aimait pas évoquer la jeunesse de son père, sans doute en ignorait-elle tout, mais elle avait surtout honte de rappeler qu'il ne portait pas de noms légitimes : nouveau-né, il avait été abandonné à l'hospice des enfants trouvés, on l'avait appelé Pedro car il avait été recueilli par les religieuses le jour de la Saint-Pierre, et Expósito Expósito comme un double affront* dont il était innocent mais qui le suivrait, collé à son prénom, jusqu'à sa mort, et qu'elle, ma grand-mère, transmettrait à ses enfants comme deuxième nom, une tache indélébile, lui disait théâtralement mon grand-père Manuel en voulant la blesser, quand il arrivait ivre de la taverne et la frappait et poursuivait ses enfants dans les chambres en fouettant les murs et les meubles avec la boucle de sa ceinture, grand et brutal, méconnaissable, aussi menaçant que les géants des contes, pensait ma mère en entendant ses pas ébranler les escaliers et le carrelage

* Voir note p. 34. *(NdT)*

des chambres tandis qu'elle se cachait, retenant son souffle, sous un lit ou à l'abri des plis tombants d'une nappe, se bouchant les oreilles et serrant les dents pour ne pas entendre les cris, les coups de lanières et les pleurs, ou se réfugiant auprès de son grand-père Pedro, entre ses jambes comme son chien sans nom.

Ainsi grandissait-elle, à la fois soumise et nourrie par la peur, redoutant toujours un malheur ou une punition imminents, s'attendrissant devant les chansons de la radio et les photos de jeunes premiers en noir et blanc qu'elle voyait sur les affiches des cinémas, car elle dut attendre très longtemps, le jour où elle se fiança dans les règles, pour aller au cinéma, et encore ses parents obligèrent-ils ses frères cadets à l'escorter, lesquels montaient au poulailler, l'apostrophaient en criant et la bombardaient, elle et son fiancé – mon père –, de chènevis et de graines de tournesol, ou bien ils les suivaient dans la rue Neuve quand ils allaient se promener, sans jamais se donner le bras, s'adressant à peine la parole, raides dans leurs habits du dimanche, silencieux et maladroits, incapables de se dire les mots qu'échangeaient les hommes et les femmes au cinéma et dans les romans de la radio, ceux qu'il ne se faisait pas faute de lui écrire dans ses lettres d'amour pour la courtiser. Elle avait déjà seize ou dix-sept ans, et sa peur d'enfant était passée, intacte, dans les incertitudes de l'adolescence, sa peur et aussi le sentiment de ne rien mériter et de voir toujours sa vie renvoyée à une date indéfinie, moyennant quoi elle se voyait interdire les désirs et les modestes privilèges dont se prévalaient d'autres filles, qu'elle avait vues jouer sur la place San Lorenzo derrière les rideaux ou par la porte entrebâillée de la maison, et qui sortaient maintenant le dimanche, avec des souliers à talons hauts et du rouge aux lèvres, et ne rougissaient pas en baissant la tête quand un homme les regardait. Elle se levait avant l'aube, rapportait un fagot de la cour du fond pour allumer le feu, tremblait de peur quand elle entendait dans les escaliers les pas et la toux de son père, lui préparait son sac avec son repas pour les champs, chauffait le lait pour ses frères encore à demi endormis qui obéissaient au père avec une terreur muette, résignés à ne pas aller à l'école et à travailler jusqu'au soir avec une fureur désespérée d'adultes, sortant le fumier de l'écurie, attelant les mulets, chargeant les houes et les gaules, définitivement habillés en hommes, avec de vieilles vestes, un béret et des pantalons en velours. Elle prenait de l'eau au puits, préparait les cruches pour aller à la fontaine avant qu'il y ait affluence, plaçait devant le feu la chaise où viendrait s'asseoir bientôt son grand-père, qui se levait un peu plus tard pour ne pas rencontrer son gendre, et quand Pedro Expósito descendait, elle lui avait déjà préparé un bol de lait chaud et un gros morceau de pain qu'il partageait avec son chien, en l'émiettant dans la paume de la main, assis tous les deux au coin du feu, indéchiffrables et vieux, la regardant s'affairer sans trêve, laver la vaisselle ou nettoyer la cuisine, apporter une autre brassée de bois dans le feu, toute menue, je l'imagine, cheveux frisés et figure ronde, comme dans les photographies, menue et énergique, affaiblie par l'habitude de la faim et la cruauté du travail, avec cette gravité excessive qu'ils avaient tous depuis la fin de l'enfance, des espadrilles en toile et un tablier de sa mère noué à la taille, faisant les lits – trop hauts pour elle –, nettoyant la poussière et vidant les pots de chambre, levant ensuite ses plus jeunes frères, les débarbouillant et les habillant avant leur départ à l'école tandis que ma grand-mère Leonor tissait des nattes en sparte dans l'entrée avec une rapidité infaillible et que mon bisaïeul contemplait les braises de la cheminée comme s'il y voyait l'immense étendue de sa vie, les catastrophes et les fulgurances, l'obscurité de son origine et les épreuves qu'il avait traversées pendant la guerre de Cuba.

Mais il n'en parlait jamais, et quand je pense à toutes les voix qui ont modelé mon imagination, je remarque parmi elles l'absence de la sienne et me sens incapable de deviner son timbre, lent, je suppose, très doux, dit ma mère, il parlait si doucement qu'il était très difficile de le comprendre, prenant autant de précautions que lorsqu'il se déplaçait, ou bien il restait si calme pendant des heures qu'on pouvait oublier qu'il était encore là, assis sur le perron devant la porte, les mains nouées autour de ses genoux, un brin de paille ou d'herbe entre les lèvres, avec ce regard lointain qu'on reconnaît sur la photo de Ramiro Retratista, qui dissimule sa mémoire aussi sûrement que son silence l'occultait de son vivant : dortoirs lugubres dans un orphelinat, petits matins de chagrins d'enfants, visage lavé à l'eau glacée, mains froides de nonnes et rumeurs de coiffes, il y a plus d'un siècle, à une époque sans traces qui lance ses rets du fond de l'obscurité pour arriver jusqu'à moi, et c'est une partie de la trame de ma vie, l'homme et la femme qui l'adoptèrent quand il avait cinq ou six ans et qu'il considéra toujours comme ses parents, même quand on vint lui annoncer que s'il voulait connaître sa véritable famille, il hériterait de beaucoup d'argent et ne serait plus obligé de faire le tâcheron dans les champs : j'imagine l'expression de son visage et sa façon de regarder l'émissaire, d'abord il n'avait rien répondu, n'arrivant pas à en croire ses oreilles, puis il avait dû pencher un peu la tête, regarder par terre, dans une attitude sans doute analogue à celle qu'il a dans la seule photo qu'on ait de lui, puis dire très doucement : “Ma famille, je la connais. Ceux qui m’ont abandonné ne sont rien pour moi.”

Je répète ces paroles à Nadia et ma voix est un écho de la voix jamais entendue de mon bisaïeul Pedro et de celle de ma mère, qui les avait peut-être entendues de sa bouche, ou de mon grand-père Manuel, si friand de phrases ronflantes. Comme lorsque je suis dans une cabine de traduction, ma voix est un écho et une ombre d’autres ombres qui me parlent à l’oreille : mais celle-ci, si lointaine, ne se perd pas, ne se dissipe pas dans le vide ni dans la confusion des mots, elle persiste au milieu d’eux avec un éclat métallique, avec la chaleur d’une braise encore ardente sous les cendres. Voilà tout ce qui reste de la vie entière d’un homme, son visage sur une photo qu’il n’aurait pas permis qu’on prenne et quelques rares mots prononcés à voix basse qui décidèrent irrévocablement de son avenir. Pas seulement cela : il y a aussi sa bonté silencieuse et son courage tranquille, sa façon de regarder sa petite-fille, de l’appeler d’un geste de la main, de lui caresser les cheveux et le visage, la résolution farouche de se taire quand s’était abattu sur lui le double cataclysme de la vieillesse et de la guerre. Dans la maison voisine, à l’angle, celle de l’aveugle González, avait toujours vécu le seul ami de mon bisaïeul Pedro, qui avait combattu avec lui à Cuba et avait été fusillé sans explication quelques jours après l’entrée des troupes à Mágina, alors que mon grand-père Manuel était déjà prisonnier. Pendant les longues soirées d’avril et de mai, quand on cessait d’entendre les cris des hirondelles, à l’heure où les martinets passaient comme des avions suicides entre les gargouilles de la maison des Tours, le vieux qui revenait des champs avec son sac d'herbe s'arrêtait devant mon bisaïeul et s'essuyait le front avec un mouchoir sale avant de lui dire : "Pedro, nous ne sommes plus que deux et don Mercurio." Un soir, quand j'avais déjà dix-sept ans, ma mère finit par comprendre la signification de ces propos invariables en voyant apparaître le vieux au coin de la place en même temps qu'elle entendait le glas aux cloches de l'église Santa María. L'homme posa son sac par terre, épuisé et les yeux plus rouges que jamais, fit un geste dans la direction des cloches et déclara : "Pedro, elles sonnent pour don Mercurio. Il ne reste plus que toi et moi. Tu t'en souviens, s'il n'avait pas été là, la fièvre nous aurait bouffés dans ces marais !" Cet homme consacrait les dernières années de sa vie à faire le compte des survivants de la guerre de Cuba qui finissaient leurs jours à Mágina, et quand il sut que Mercurio, qui les avait assistés dans un hôpital de La Havane, venait de mourir, il regarda peut-être mon bisaïeul Pedro avec une insupportable sensation de solitude, car ils étaient désormais deux étrangers dans le monde des vivants et la prochaine fois que la mort reviendrait poursuivre l'extermination de la classe quatre-vingt-quatorze, elle devrait choisir l'un des deux.

Ma mère raconte qu'un soir cet homme ne vint pas : depuis qu'elle avait compris le lien qui l'unissait à la vie de son grand-père, elle épiait discrètement son passage, redoutant de ne pas le voir, si elle était dans les étages, elle se penchait de temps en temps aux fenêtres, cherchant sa silhouette courbée, ou descendait jusqu'à la porte et restait près de son grand-père sous un prétexte quelconque, tant que le soleil brillait encore sur les girouettes de la maison des Tours et enveloppait les gargouilles dans une lumière rougeâtre, aussi voulut-elle se dire au début que cet homme avait changé de chemin ou était tombé malade, et plus d'un soir elle crut le reconnaître au loin et dans la clarté diffuse, elle n'en avait jamais parlé à son grand-père, mais leurs regards se croisèrent un jour quand il se leva du perron et pénétra lentement dans l'entrée obscure, ils surent tous les deux à quoi ils pensaient et Pedro Expósito ne retourna jamais prendre le soleil à la porte, il cessa même de parler, même avec son chien. C'est alors que ma mère accepta d'envisager, lucide et effrayée, la possibilité inconcevable de la mort prochaine de son grand-père : il déserterait le monde imperceptiblement, la marche sur laquelle il s'asseyait, la basse-cour, sa chaise en paille près du feu, pareil à l'homme qui avait déserté une certaine heure du soir et un angle de la place San Lorenzo sans laisser de trace. Et elle remarquait non sans remords qu'elle commençait de s'éloigner de lui, suivant une loi impitoyable qui sépare implacablement les vivants et les morts, les malades et les hommes en bonne santé, traçant entre eux une frontière invisible que ne peuvent briser ni l'amour, ni la compassion, ni la culpabilité. Il était déjà au-delà de cette limite et la regardait avec une expression pudique de pitié et de renoncement, imaginant peut-être sous la forme d'un souvenir douloureux et futur la fin rapide de son adolescence et son entrée dans la vie définitivement cruelle des femmes et des hommes adultes : il devinait en la regardant sa timidité et sa terreur, la répugnance qu'elle avait à se regarder dans les miroirs, son incapacité à ne pas souffrir, son audace à désirer ce qu'elle aurait mérité. Il aurait voulu la protéger comme lorsqu'elle était enfant et venait se blottir entre ses genoux, mais il n'avait pas davantage su ni pu protéger sa fille Leonor, il avait supporté comme une lente humiliation de voir sa beauté et sa jeunesse se ternir, anéanties par les accouchements successifs, le travail sans récompense ni soulagement, la brutalité et la déraison de mon grand-père Manuel, à qui il dit un jour : “Tu es en train de tuer ma fille à petit feu.” Il regardait maintenant sa petite-fille et voyait réapparaître en elle le visage prédestiné d’une victime, mais il était désormais si las de la monotonie de la douleur qu’il ne souhaitait vraiment plus qu’une chose : mourir.

Les premières fois que mon père était venu en visite, Pedro Expósito l’avait sans doute observé en silence comme un éventuel ennemi : un jeune homme très sérieux qui en vertu des traditions l’avait poursuivie pendant des mois de ses assiduités sans lui adresser la parole, qui s’était arrêté tous les soirs sous sa fenêtre et lui avait envoyé des lettres inspirées sans doute du même manuel dans lequel mon grand-père avait puisé trente ans plus tôt, non par tricherie ni par amour de la littérature, mais parce que c’était exactement ce qu’il fallait faire. Quand ils se connurent, quand il posa pour la première fois les yeux sur elle, pour quelle raison la choisit-il ? C’étaient des groupes de filles se promenant bras dessus, bras dessous dans la rue Royale et la rue Neuve le dimanche soir, allant à la messe à l’église Santa María coiffées d’un voile blanc, rentrant chez elles avant la tombée de la nuit, essoufflées, les pieds endoloris dans leurs souliers à talons, mettant la main devant la bouche quand elles riaient. Pour elle, qui ne sortait presque jamais, monter à la place du Général-Orduña ou à la rue Neuve était comme d’accéder à un autre monde plus proche du cinéma que de la réalité, vertige d’aventures et de promesses chatoyantes et amères qui ne s’accompliraient pas. Frisée, la raie sur le côté gauche, un ruban ou une fleur en chiffon dans les cheveux, le sourire incertain car elle serrait les lèvres pour qu'on ne lui voie pas les dents, un visage qui, paraît-il, ressemble tellement au mien. Nadia regarde sa photo et sourit en la comparant en silence avec moi. Les sourcils, dit-elle, le menton, les yeux, le noir des cheveux. Elle est heureuse de retrouver les traits qu'elle aime sur un autre visage que le mien : comme la mémoire et les mots que nous prononçons, nos visages ne nous appartiennent pas non plus entièrement. Je le comprends maintenant, en voyant les regards et les pommettes de Nadia sur une photo de son père, en reconnaissant une ombre ou une trace de son identité dans les photos de son fils dispersées soi-disant au hasard dans les pièces de l'appartement.

Mais je suis sûr qu'elle n'avait jamais envisagé qu'un homme pourrait la choisir : l'amour arrivait à d'autres, aux premières filles du voisinage qui décrochèrent un fiancé et cessèrent définitivement de sortir avec leurs amies, aux femmes des chansons et des romans de la radio dont le speaker prononçait les noms dans les émissions de disques dédicacés, le jour de la Saint-Valentin. Cartes postales représentant des cœurs transpercés d'une flèche, entourés de nuages roses où des amours se vautraient comme sur un matelas en clignant de l'œil, vers écrits en italique, galants aux cheveux plaqués et à la moustache en baguette agenouillés au pied de jeunes filles d'un autre siècle sous des pergolas rappelant celles qu'on voyait dans les jardins peints de Ramiro Retratista. Conversations à voix basse et rires étouffés pendant les cours de couture, à la queue de la fontaine ou dans les colles du ramassage des olives, peur et honte et désir humilié dans la pénombre menaçante des confessionnaux, derrière une jalousie où une voix qui n'a rien de masculin susurre des pénitences.

Le soir, avant de se coucher, à l'heure où s'éteignaient les lumières de la maison et montait la rumeur des animaux dans l'écurie, elle s'approchait en tremblant de la fenêtre de sa chambre et entrouvrait un volet en catimini pour voir cette silhouette immobile sur la place, l'ombre projetée en biais par l'ampoule de l'angle, la pointe incandescente de sa cigarette. Elle avait entendu ses pas descendre la rue du Puits, elle avait su avec une incrédulité téméraire que c'était lui, elle le connaissait de vue, fils d'un maraîcher vivant à côté, dans la rue Chirinos, près et loin à la fois, car c'était au-delà de la place del Altozano, et cette place, si grande et si sombre la nuit, battue par le vent pendant les orages, était une sorte de terrain vague séparant les deux quartiers voisins, celui de San Lorenzo et celui de la Fontaine-aux-Rires, comme si le pan de muraille médiévale dans lequel s'ouvrait la porte gothique de la rue du Puits détruite il y a un siècle et demi était toujours debout. Il s'appelait Francisco, elle le connaissait car il était l'ami de son frère aîné, mon oncle Nicolás, le dimanche elle les voyait parfois ensemble dans la rue Neuve, toujours avec un autre un peu plus petit qu'eux, le cousin Rafael, qui fut le dernier des trois à se coiffer les cheveux en arrière et à porter des pantalons longs. J'ai reconnu sans hésitation mon père sur une photo des archives de Ramiro Retratista, que je n'ai jamais vue chez moi, et en découvrant au milieu de tant de visages en noir et blanc, tant de morts et d'inconnus de Mágina, ses traits si proches encore de l'enfance et cependant si inébranlablement destinés à tracer son visage d'adulte, j'ai eu l'intime certitude que parmi tous ces hommes lui seul pouvait être mon père, lui que je voyais dans mon enfance parler à d'autres ou servir une nuée de clientes bavardes à son étal du marché, grand et jeune, les cheveux déjà blanchis, avec une bonne humeur déconcertante qu'il ne manifestait jamais en famille, dans une veste blanche que je trouvais plus propre que celle de tous les autres vendeurs, d'un blanc vif, plus brillant que les tiges des bettes présentées sur le comptoir en marbre qui paraissaient fraîchement lessivées.

Ils sont assis tous les trois dans le side-car de Ramiro Retratista, sûrement à la foire, aux premiers jours d'octobre, mon père, son cousin Rafael et mon oncle Nicolás, mon oncle sur la selle, feignant de conduire, mon père et mon cousin dans le side-car à deux places, tournant le dos à un paysage alpin minutieusement peint sur une toile par Otto Zenner. Les lunettes d'aviateur sur le front, le menton en avant et inquiet, mon oncle Nicolás est penché sur le guidon comme s'il avançait vraiment contre le vent, ses yeux ont une expression effrayée et fanatique. Mon père et son cousin Rafael s'accrochent aux rambardes chromées du side-car, comme secoués par la violence de la course, on dirait qu'ils ne peuvent rester en place ni retenir leurs rires, accroche-toi cousin, devait dire Rafael, on arrive aux virages, moins vite, Nicolás, on va se tuer, et Ramiro Retratista, humble photographe de rue par nécessité, devait sortir la tête de son voile et demander à son assistant sourd-muet de ne pas déclencher le flash, découragé, réprimant sa colère, tenez-vous tranquilles, voyons, elle va être floue, tout cela parce qu'il se rabaissait à portraire cette racaille de foire au lieu de rester dans son studio à attendre la visite des gens distingués, ces dames à large col et ces messieurs à moustache retroussée et gilet sillonné d'une montre qui avaient posé vingt ans plus tôt devant don Otto avec autant de dignité raide que s'ils avaient posé pour un portrait à l'huile, rien à voir avec ces voyous à cheveux crépus et huileux, aux mains rêches puant le fumier et la sueur qui lui riaient au nez, Ramiro, je te vois, disait le cousin Rafael, sortant la tête et la cachant aussitôt derrière l'épaule de son cousin. Des trois, c'est celui qui a le visage le plus enfantin, il a encore une raie et n'a pas plaqué ses cheveux en arrière, c'est le seul à rire franchement et à ne pas avoir une cigarette dans la main gauche – la tenir dans la main droite faisait femmelette ou pédé –, attitude mal assurée de provocation : il se contentait du bonheur d'avoir un pantalon long et d'être à la foire avec son cousin Francisco, à qui il vouait cette loyauté passionnée et dévote qui surgit avec l'adolescence et s'éteint en même temps qu'elle, et il était si heureux qu'il oubliait son père, l'oncle Rafael qui, victime d'une succession de hasards malheureux, était au service militaire depuis dix ans : il aurait dû être libéré au moment où la guerre avait éclaté, il s'y était battu en première ligne et les franquistes l'avaient enrôlé à leur tour car le service chez les rouges ne comptait pas, et sa fierté d'avoir servi sous les ordres du commandant Galaz ne lui servait à rien. “Rafael, disaient les petits plaisantins à son fils, où est ton père ?” Et il répondait : “Au service”, prévoyant avec résignation les éclats de rire qui allaient suivre : “Un peu de patience et vous aurez la quille ensemble.”

Sur la photo, mon père a les cheveux ondulés et très courts, il sourit comme maintenant, avec la même réserve farouche et solitaire : il allait avoir quatorze ou quinze ans et ne savait pas encore qu'il allait tomber amoureux de la sœur de son ami Nicolás, sa peau était déjà presque aussi foncée, ses mains aussi fortes que celles de ses aînés, car dès l'âge de dix ans il était descendu travailler dans les jardins maraîchers comme les hommes, on lit la fierté sur sa figure, une confiance en soi tranquille, une sévérité précoce accentuée par le costume d'homme un peu passé et par le sourire et qui ne vient peut-être pas de sa raideur devant l'appareil. Il était pressé de grandir le plus vite possible, de se trouver une fiancée et d'économiser suffisamment pour acheter une vache, un cheval et une *huerta** qui aurait beaucoup d'eau et n'appartiendrait qu'à lui, pas comme celle de son père, qui était en fermage. Je le regarde et comprends que déjà à l'époque il était tenaillé par le désir qu'il essaierait en vain de nous transmettre des années plus tard, d'être un homme discipliné et respectable, de travailler à son compte, d'acheter des vaches et des oliviers, d'avoir un fils qui l'aiderait : mais dans l'ambition pensive que je lis sur son visage d'adolescent, il n'y a pas trace de démesure ni d'orgueil, juste la certitude innée de sa volonté, qui ne distinguait pas le souhaitable du nécessaire et ne nourrissait aucun rêve que le temps et la constance n'auraient pu satisfaire.

L'enfance s'était achevée si brutalement pour eux qu'ils s'en souvenaient à peine : ils furent écartés de l'école par l'arrivée de la guerre et découvrirent un jour que le père n'était plus à la maison, qu'ils devaient abandonner les jeux de la rue pour survivre comme ils avaient abandonné les salles de classe quelques mois auparavant, et qu'ils devaient apprendre la discipline d'un travail qui leur brisait les os, leur écorchait les mains à force de manipuler les cordes et les houes, leur écrasait les épaules sous le poids du bois, du fumier, de l'olive que les hommes absents ne pouvaient plus porter. Ils grandirent dans l'incertitude de la guerre, dans la pénurie du rationnement, s'y acclimatèrent comme si

* Voir note p. 13. *(NdT)*

c'étaient les attributs naturels de la vie, devinrent forts et tenaces avant de se durcir les os, eurent la peau tannée avant d'avoir commencé à se raser, acquirent une gravité coriace qui très vite les fit paraître plus grands et qu'ils ne perdraient plus jamais, et ce n'est que des années plus tard, s'apercevant qu'ils ont vieilli avant l'heure, qu'ils découvrent non pas dans leur mémoire, mais dans les douleurs des genoux, dans la fragilité déconcertante des vertèbres, l'outrage d'une expulsion précoce dont ils ne songèrent pas à se plaindre sur le moment, abrutis par le fatalisme et l'irréalité de l'enfance, comme lorsqu'on les réveillait avant l'aube pour aller aux champs et qu'ils descendaient à demi endormis sur les chemins des *huertas*, portant à l'épaule une faux ou une houe qu'ils savaient à peine utiliser.

Je veux imaginer les jours de sa puberté et savoir ce qu'il éprouva quand il regarda ma mère les premières fois, mais je comprends que c'est une tâche impossible, elle m'est interdite par l'ignorance et l'anachronisme, et aussi par la pudeur. Nous n'avons presque jamais eu de conversation véritable : il ne m'a presque jamais parlé de lui. Quand j'étais petit, il me montrait la cicatrice d'une balafre qu'il a dans le cou, et me racontait qu'il la devait au cimeterre d'un Maure de la campagne d'Afrique. Je sais de lui ce que j'ai vu sur ses photographies, autant dire tout ce que Nadia peut en apprendre en les regardant. Cet air fier, solitaire et décent, cette façon de se pencher avec sollicitude et cérémonie vers ma mère sur une de ses photos de mariage. Presque dix ans de moins que moi aujourd'hui, hermétique et sûr de lui, avec une ébauche de froideur dans son regard et sur ses lèvres. Il se penche vers elle et lui sourit parce que Ramiro Retratista lui a demandé de le faire. Je suis incapable de l'imaginer vaincu par une passion qui ne soit pas celle de sa solitude ou de son travail, demandant de l'aide à quelqu'un ou regrettant son absence, tourmenté par le souvenir d'une femme, caressant ma mère et lui disant un mot de tendresse dans cette pièce où ils déménagèrent après leur mariage et où je suis né, la chambre à la poutre, si près de la caserne qu'ils savaient les heures grâce aux sonneries du clairon. Ce qui me déconcerte, ce n'est pas d'en savoir si peu sur lui, mais la certitude que mon ignorance est sans remède, comme s'il était déjà mort. Je pourrais composer un numéro de téléphone et l'interroger, mais je m'en sens incapable, même si nous nous retrouvons un jour face à face, après dîner, assis à la table de la salle à manger, seuls et silencieux, regardant la télévision tandis que ma mère fait la vaisselle à la cuisine et me prépare un café. Un jour, à la radio, il m'entendit traduire un discours de je ne sais quel dirigeant étranger. Il écoute toujours la radio, il a un poste à transistors qu'il emporte avec lui aux champs et qu'il glisse sous son oreiller quand il se couche, et son premier geste en se levant, à l'heure inhumaine à laquelle il se lève pour aller au marché, est d'allumer la radio à la cuisine pour écouter les nouvelles en faisant le café, savourant le silence de la maison où tout le monde dort encore. Cette fois-là, il me dit : “Je ne t'avais jamais entendu parler aussi longtemps.”

Lui non plus ne sait presque rien de moi : que penserait-il s'il voyait Nadia, comment s'adresserait-il à elle, il hausserait la voix car elle est étrangère, il est persuadé qu'avec les étrangers, et au téléphone, il faut parler très fort pour être compris. Quand il avait onze ans, à la fin de la guerre, il semait de la menthe le long des canaux de la plaine pour la vendre ensuite aux Maures des troupes d'occupation qui s'en servaient pour parfumer leur thé. Il économisait une partie de cet infime bénéfice pour faire l'acquisition d'une vache, et avec le reste il achetait des cigarettes à l'anis et des places pour assister du poulailler aux représentations théâtrales des troupes qui passaient à Mágina au moment de la foire d'octobre et après la récolte de l'olive, quand il y avait de l'argent dans la ville, quand les hommes étaient moins fatigués et ne tombaient pas de sommeil après souper. Je l'imaginais revenant d'un pas vif de la plaine, le dimanche soir, comme moi des années plus tard, impatient de se laver en s'aspergeant d'eau froide dans la cuvette de la cuisine, de revêtir son costume d'adulte, de s'enduire de brillantine devant un bout de miroir, montant ensuite avec ses amis, mon oncle Nicolás et son cousin Rafael, vers la place du Général-Orduña, faisant fièrement tinter quelques pièces dans ses poches, regardant les jambes des filles et humant les effluves de parfums lourds et vulgaires qui laissaient comme une promesse dans l'air quand elles passaient près d'eux. Je le vois sortir de chez lui un soir, après avoir déchargé les légumes au marché, sûr enfin de sa virilité, peut-être rasé de frais, s'arrêtant à l'angle de la place del Altozano pour allumer une cigarette, moins nerveux que résolu, se dirigeant vers la rue du Puits, les mains dans les poches de son pantalon, la cigarette au coin des lèvres, avec cette façon lente de marcher qu'ont les hommes de la campagne, les jambes légèrement arquées, descendant vers la place San Lorenzo, non pour parler à ma mère ni pour frapper à la porte de sa maison, où il n'entrera que dans deux ou trois ans, mais seulement pour lui faire savoir, à elle, aux siens et aux vigilantes voisines, qu'il l'a choisie et qu'il reviendra tous les soirs jusqu'à ce qu'elle réponde à une de ses lettres, jusqu'à ce qu'elle consente à échanger quelques mots avec lui quand ils se rencontreront un dimanche dans la rue Neuve ou dans le cloître de l'église Santa María, à la sortie de la messe, sans le regarder dans les yeux, naturellement, sans lui répondre au début, essayant de ne pas rougir, feignant de ne pas l'avoir vu : il emprunte tous les soirs le même chemin et elle guette ses pas, éteint la lampe de sa chambre pour qu'il ne voie pas sa silhouette immobile derrière les rideaux, mais tous deux savent qu'ils ont accepté d'entamer un rituel dans lequel ni la volonté ni les sentiments n'interviennent au début, un jeu strict, prévisible, assorti d'incertitude, de patience et de douleur aussi, d'un formalisme aussi vieillot que celui des lettres qu'il doit lui écrire, auxquelles elle ne répondra pas avant plusieurs mois, mal assurée, penchée sur la feuille de papier rayé comme un enfant sur le pupitre de l'école car elle sait à peine écrire, les cours furent interrompus au début de la guerre et quand celle-ci prit fin, il était trop tard pour reprendre des études : pour s'écrire, ils utilisent tous les deux des mots qu'ils ne comprennent pas et qui n'appartiennent pas au monde où ils vivent, sursauts poussiéreux d'un romantisme périmé depuis un siècle, chère mademoiselle, je vous prie vivement de daigner m'accorder la faveur d'une conversation amicale au cours de laquelle je vous informerai de l'honnêteté de mes sentiments à votre égard, si fermement ancrés au fond de mon cœur. Un soir, elle laisserait allumée la lampe de sa chambre, comme un signal ; une ou deux semaines après, elle l'attendrait derrière la grille d'une fenêtre du rez-de-chaussée ; après la première conversation, désespérément déformée par la sévérité et le silence, ils continueraient de se parler pendant des mois sans qu'il ose effleurer ses mains crispées sur les barreaux ; un jour, il esquisserait le geste de les prendre et elle les retirerait, comme si elle avait craint de se brûler ; ils feraient alors comme s'ils se rencontraient en cachette, et si mon grand-père Manuel débouchait sur la place à ce moment-là, il s'éclipsait et ma mère refermait les volets, qui était-ce, demandait-il d'un ton menaçant, à qui parlais-tu, à personne.

Puis, l'air de rien, comme lorsqu'ils se parlaient à la fenêtre, il arrivait un soir et la trouvait à demi penchée sur le seuil de la porte, les bras croisés, retenant les manches de son gilet posé sur ses épaules, les pieds joints en haut des marches, et c'était là désormais qu'ils se parlaient, soir après soir, sans que la porte se referme complètement, pour qu'ils puissent être surveillés de l'intérieur, conversations murmurées et monotones, ébauches de caresses, esquives muettes, les frères plus jeunes surveillant aux balcons dans l'entrée, mon grand-père l'appelant après avoir regardé machinalement la pendule et considéré qu'il était tard : un jour, vraisemblablement au bout de deux ou trois ans, il mit une cravate, se rasa plus soigneusement que d'habitude et sollicita le privilège d'entrer dans la maison. Je n'ai aucun mal à l'imaginer, si sérieux, sans lui sourire, assis devant la table *camilla*, évitant les regards inquisiteurs de mes grands-parents et de mon bisaïeul Pedro, attendant les questions rituelles, quelles étaient ses intentions, sur quelles ressources comptait-il pour l'épouser. Avec le temps, il resta de plus en plus tard, et sans doute ses mains et ses genoux cherchèrent-ils plus d'une fois ceux de ma mère sous les plis de la nappe, sans doute écouta-t-il plus d'une fois le feuilleton que lisait mon grand-père après souper, parlant ensuite avec lui de la récolte de l'olive, de la pluie : les choses s'étaient toujours déroulées ainsi, avec la lenteur impersonnelle et l'étiquette étouffante d'une cérémonie, et ni lui ni elle n'auraient pensé agir autrement, de même que la moisson ne pouvait avoir lieu qu'en été, les vendanges en septembre et l'olive en hiver, sans qu'il soit possible d'altérer l'ordre des récoltes ou d'accélérer leur venue. Six ou sept ans après la première rencontre à la fenêtre du rez-de-chaussée, quand chaque parole et chaque geste avait acquis la lourdeur de l'ennui conjugal, chacun restant aussi inconnu pour l'autre que lors de leur première rencontre, le jour de la confession et de la noce était fixé, et elle sentait monter en elle par avance, je suppose, une appréhension confuse faite de déception et d'effroi. Sa mère et elle restaient après minuit à broder le trousseau de sa dot, mettant les draps, les serviettes, le linge blanc, à leurs initiales. Il lui dit qu'après leur mariage ils devraient louer une chambre pendant quelque temps : il continuerait de travailler les cultures de son père, obtiendrait un emplacement au marché, achèterait une vache laitière avec l'argent qu'il avait mis de côté depuis qu'il vendait des bouquets de menthe aux Maures pour quelques centimes. Ses parents lui achetèrent des meubles cérémonieux et sombres qui ne seraient probablement jamais utilisés et ne tenaient pas dans leur pièce, un grand crucifix, une Sainte Cène en relief avec un cadre en acajou, deux petits bassins d'eau bénite à suspendre de chaque côté du lit nuptial, une vaisselle abondante qui ne quitterait jamais le buffet, un service à café dont les tasses se cassèrent l'une après l'autre sans avoir jamais été utilisées, cuillers, fourchettes et couteaux argentés à leurs initiales gravées, qui perdraient rapidement le faux lustre de leur éclat. Quelques jours avant la noce, toutes les pièces de la dot furent exposées dans la pièce la plus vaste de la maison et toutes les voisines de la rue du Puits et de la place San Lorenzo vinrent les admirer et féliciter ma mère. Devant un prisme concave de miroirs, chez la modiste, elle essaya sa robe de mariée en se regardant du coin de l'œil, honteuse et méfiante : elle a le même regard sur les photographies nuptiales prises par Ramiro Retratista dans son studio, devant un jardin à la française grossièrement peint, avec statues blanches et haies de myrte, sous un ciel noir et blanc de crépuscule littéraire.

Peut-être craignit-elle, au cours de ses dernières nuits d'insomnie chez ses parents, d'être bernée une fois de plus, sans savoir pourquoi, sans imaginer qu'elle aurait pu avoir une vie différente : elle irait vivre de l'autre côté de la ville, presque hors du monde qu'elle connaissait, au-delà de la place del Altozano, loin de la fontaine aux Rires, des rues où elle avait passé son enfance. A Mágina, on appelait l'endroit où elle allait déménager, près de la caserne et de la fonderie, "Perpette". Elle ne connaissait personne là-bas, se disait-elle, la nuit tomberait plus vite et le vent soufflait encore plus fort que dans les ruelles empierrées du quartier San Lorenzo. Elle éprouva une nostalgie insupportable et prématurée de sa mère, de ses petits frères, de son grand-père et du chien sans nom, et elle se jura qu'elle viendrait les voir sans faute tous les jours, qu'elle ne permettrait pas qu'ils deviennent des étrangers pour elle. Elle était mariée depuis moins d'un mois quand un soir elle entendit des pas gravir l'escalier de la chambre à la poutre, puis des coups à la porte et la voix de son frère Luis qui l'appelait. Son grand-père Pedro venait de mourir. Il était mort à la fin du repas, encore assis à table, il avait penché sa tête sur sa poitrine comme s'il allait s'endormir et s'était affaissé lentement sur le côté, la bouche ouverte, respirant plus fort pendant quelques secondes. Personne n'aurait remarqué qu'il était mort si le chien ne s'était mis à aboyer furieusement, soulevant ses pattes de devant jusqu'à lui toucher le visage, comme s'il voulait le réveiller, se cachant ensuite entre ses jambes en poussant un gémissement qu'il ne cessa de pousser que lorsqu'il mourut à son tour quelques jours plus tard, mais pas dans la maison, au cimetière, couché en rond sur la tombe de mon bisaïeul Pedro Expósito.

Une émotion reléguée au fond du temps qui secoue en même temps l'instant qu'il est en train de vivre avec elle : voilà ce qu'il veut lui raconter, pas des souvenirs ni des mots, mais les rares images qui lui reviennent maintenant avec une puissance délicate, sans l'intervention de sa volonté, sans être convoquées par sa nostalgie qu'il n'écoute plus, émanations de sa tendresse pour Nadia, comme des échos de noms, des prolongements de caresses tournés vers le passé, bien qu'il n'aime pas davantage ce mot, il lui semble inexact, sans doute mensonger, ce qu'il éprouve en lui ne peut être du passé, c'est le présent même qu'il sent battre avec une douceur paisible dans le pouls de Nadia, quand il l'étreint par-derrière et prend ses seins dans ses mains, *mon bien-aimé est pour moi comme un bouquet de myrrhe, il demeurera entre les mamelles*, litelle dans la Bible qui a appartenu à Mercurio, quand ses doigts glissent vers l'intérieur des cuisses, leur pointe humide sentant cette pulsion intime monter comme une faible décharge électrique jusqu'à son cœur et battre à l'unisson du sien et raviver leur désir, quand il lui caresse les genoux et les embrasse et descend jusqu'à ses pieds pour les embrasser et retrouver la même pulsion sous la peau tendue de la cheville, *que vos démarches sont belles, ô enfants du prince, à cause de l'agrément de votre chaussure*, dit-il ou dit-elle, ils oublient ou ne distinguent plus à qui appartiennent les sensations, les mots, les mains, l'étreinte qui les enserre quand ils se cambrent et roulent l'un sur l'autre, fils de soie qui les enveloppent et brillent dans un contre-jour de matin instantané et en même temps lointain, ces fils jaunes tissés par les vers à soie quand ils commençaient à délimiter d'une façon à peine visible leur cocon, les feuilles humides des mûriers, lui raconte Manuel, enveloppées dans un chiffon mouillé pour qu'elles restent fraîches, ramassées au pied des grands arbres bordant les rues proches de la caserne : il était un enfant poltron et ne montait pas jusqu'à la cime, son ami Félix et lui se contentaient de regarder les enfants plus grands et intrépides grimper comme des singes et atteindre les branches où poussaient les feuilles les plus tendres. Eux, Félix et lui, ramassaient par terre celles que les autres avaient négligées, ils les lissaient l'une sur l'autre comme s'il s'agissait des images d'une collection, vert sombre et brillantes, un vert humide qui avait une odeur de sève et de jus de mûre écrasée, ils conservaient les vers à soie dans des boîtes à chaussures matelassées de feuilles de mûrier.

Nadia sourit, se redresse, impatiente, attends, dit-elle, je m'en souviens, elle presse sa main tandis qu'il contemple le dos nu, la chevelure décoiffée tombant sur ses épaules, la peau couleur cannelle qui est comme une braise des soleils sous lesquels il n'a jamais vécu, et c'est alors qu'elle retrouve une sensation presque violente et perdue, une odeur qui ne ressemble à aucune autre, celle des vers à soie, plus vive parce qu'elle ne s'en était encore jamais souvenue, et avec elle un éclair de son enfance : une fois, son père avait rapporté à la maison une boîte à chaussures avec plusieurs trous dans le couvercle, un de ces cadeaux qu'il lui faisait de temps en temps sans raison, et en la prenant dans ses mains, elle avait remarqué que la boîte ne pesait rien : elle l'ouvrit et vit les feuilles de mûrier et les petits vers blancs se déplaçant lentement sur les nervures ; au début, elle fut un peu effrayée et dégoûtée, mais son père lui expliqua qu'en Espagne les enfants élevaient ces animaux, leur achetaient des feuilles de mûrier, les changeaient quand elles étaient fanées ou quand les vers les avaient déchiquetées au point de ne laisser que les nervures, puis les regardaient tisser leur cocon et se cacher à l'intérieur, et ils attendaient pendant des semaines que sorte de ce flocon de soie jaune un énorme papillon maladroit aux ailes blanches qui pondrait des grappes de minuscules œufs blancs qui donneraient naissance à d'autres vers l'année suivante, au début presque invisibles, sortes de filaments noirs bougeant à peine, qui grandiraient et grossiraient en dévorant les feuilles vertes de leurs dents microscopiques, de plus en plus lents et lourds, choisissant enfin un coin de la boîte, ou l'abri d'une feuille sèche, pour tisser très lentement un cocon. Et maintenant, au moment de le raconter à Manuel, elle se tait et effleure doucement sa lèvre inférieure avec son index et son majeur tendus, comme elle fait chaque fois qu'elle essaie d'évoquer une chose difficile, elle se demande où son père a pu trouver ces vers, peut-être à Chinatown, songe-t-elle, où trouvait-il les poupées en celluloïd et les jouets espagnols en fer-blanc qu'il ne cessait de lui offrir, et les petits recueils de contes de la maison d'édition Calleja, dans quelles boutiques perdues de New York avaient échoué ces épaves de vies espagnoles qu'il récupérait dans ses promenades solitaires à travers la ville avec l'espoir ou l'intention de leur redonner une nouvelle existence dans l'enfance et dans la mémoire de sa fille, pour lui offrir délicatement une patrie intime, fière, exempte des malheurs et des ténèbres qui ne devaient exister que dans son imagination : les volumes en partie décousus des éditions Calleja, les aventures de Celia, la fille républicaine à qui Nadia ressemblait à l'âge de six ou sept ans, se dit-il, les motocyclistes en fer-blanc de toutes les couleurs, les grands albums de photographies de paysages qui avaient pour elle une irréalité plus attirante que les dessins animés, les vers à soie et les feuilles de mûrier, un pays inventé par le déracinement perpétuel et la douleur sans phrases ni plaintes de son père. Quelques jours plus tard, elle oublia de leur donner à manger, entendit les cris de sa mère qui couvraient les voix de la télévision, et en entrant dans le salon où elle était toujours assise, elle la vit debout, hurlant, soulevant la main qui tenait son verre, sur la pointe des pieds, regardant un accoudoir du canapé comme si elle avait vu une souris : deux chenilles à liseré noir agitaient leurs têtes minuscules sur le rembourrage en cuir, et sa mère les désigna dans un geste accusateur, avec une expression de dégoût horrifié qui tordait ses lèvres rouges, elle posa son verre et courut à la cuisine, mais au lieu de s'y enfermer, là ou dans la salle de bains, elle rapporta une pelle et des pinces à épiler pour ramasser les bestioles qu'elle jeta ensuite dans la cuvette des W.-C. avant d'actionner à plusieurs reprises et avec fureur la chasse d'eau dont les gargouillis se mêlaient au bruit confus de ses pleurs.

Car ils ne se contentent pas de se regarder et de savoir qui ils sont avec une certitude et une fierté inconnues jusqu'alors, comme s'ils étaient chacun le seul miroir possible du visage de l'autre et la seule figure que leurs yeux aient désiré contempler : ils veulent se retrouver dans le temps où ils ne se connaissaient pas encore, dans le monde où aucun des deux n'était né, et il leur semble que dans tout ce qu'ils découvrent et se racontent, dans tout ce qui réveille simultanément en eux l'intensité presque douloureuse de la révélation des royaumes inconnus à leurs corps épuisés par l'amour et revivifiés au-delà des limites de l'enthousiasme, de la peur et de l'anéantissement, il y a eu dès l'origine une impulsion prédestinée ou un hasard qui, à l'insu d'eux-mêmes et d'autrui, les protégeait et les préservait, les fortifiait dans leur infortune, leur solitude, dans l'erreur et l'exil, chacun étant né à une extrémité du monde, sans la moindre possibilité de se connaître ni d'avoir quelque chose en commun, à part peut-être les tons bleus des paysages qu'ils voyaient à l'horizon des journées les plus claires : Nadia, le profil de Manhattan de l'autre côté de l'East River, Manuel, les pics de la Sierra de Mágina, au-delà des oliviers et du Guadalquivir.

Ce fut le premier horizon que virent ses yeux : il réalise aujourd'hui qu'il a été modelé et éduqué autant par celui-ci que par les voix de ses ancêtres, qu'il a sans doute puisé à ces deux origines cette avidité de découvrir toujours ce qui est un peu plus loin, d'aller au-delà du point que peut atteindre le regard ou que peut remonter sa propre mémoire. Donnant la main à son père quand il faisait ses premiers pas, il descendait la rue du 13-Septembre ou du 18-Juillet et arrivait sur l'escarpement d'où l'on voyait toute la vallée, dans son immensité diaphane et bleutée. Il avait le vertige à force de regarder les fenêtres de la caserne orientées au sud et le grand château d'eau perché sur une armature métallique, dans lequel, disait-on, une recrue s'était noyée un jour. Les murs de la caserne, qui se dressaient au bord même de la falaise côté sud, aussi hauts que les murailles des châteaux que devaient escalader les héros des contes, et derrière lesquels avait vécu ou vivait cet homme dont il avait entendu parler par les vieux bien avant d'être doté de raison, le commandant Galaz, un personnage imaginaire et puissant, chaussé de hautes bottes, portant un pistolet à la ceinture, aussi fabuleux que Manuel Azaña ou que le général en bronze de la place de l'Horloge. Les soirs d'hiver, au moment de s'endormir, il entendait, mêlé aux sifflements du vent, le clairon de la caserne qui sonnait le couvre-feu. Il voit sa mère très jeune, penchée sur lui dans la chambre à la poutre, il voit le plafond en canisses mélangées à la boue, comme dans les paillers, la table *camilla* près d'une fenêtre par où pénètre toujours un soleil jaune et statique dont la clarté est constituée, comme s'ils étaient faits d'une même matière à la fois visuelle et sonore, du bruit des oiseaux au sommet des marronniers et des chansons des filles qui sautent à la corde pendant les longues après-midi d'avril et de mai, quand à la sortie de l'école il reste encore quelques heures de soleil. Mais maintenant, il n'est plus possédé par les souvenirs d'autrui : comme s'il rejoignait une rive à la nage, tendait peureusement le pied vers le fond de l'eau et touchait le sable, il foule la première terre ferme qui lui appartienne vraiment, encore profonde, peu sûre, presque inaccessible, dilatée et fidèle comme l'étendue d'un paradis. Sur un buffet, à une hauteur que ses mains n'atteignent pas, se trouvent des tasses à café décorées de dessins de poissons d'une couleur crème très douce, et des petits animaux découpés dans le carton des boîtes de médicaments. Immobile contre le mur, un oiseau en porcelaine étend ses ailes et il passe des heures à le contempler de son berceau, s'étonnant qu'il ne prenne pas son envol comme ceux qu'il voit quand il est assis dans sa chaise près de la fenêtre. Mais tout est très haut et très loin, ombres projetées sur le plafond traversé en diagonale par une poutre, comme le visage de son père quand il embrasse ses genoux, lève les mains en l'air et arrive à peine à sa ceinture.

Ce qu'il a entendu raconter et ce qu'il a presque oublié se confond dans les couches les plus anciennes de sa mémoire, comme la terre et le ciel dans l'horizon nocturne. "Tu es né l'année des grandes gelées", lui a-t-on dit, et ces mots, qui concernent sa propre vie, semblent renvoyer à un temps très antérieur à toute existence humaine, à un âge aussi obscur et désert que les premiers siècles du monde. En plein jour, son père est étendu sur le lit, et il comprend que cette présence est une anomalie dans l'ordre immuable des choses, comme cette odeur de médicaments et d'alcool brûlé dans un récipient en métal qui flotte dans l'air après le départ de ce bonhomme effrayant, gros, chauve, avec une moustache noire, qu'on appelle le médecin, le docteur Medina. Au chevet du lit, le visage parcheminé de son père se détache sur le revers blanc du drap, jaunâtre et gris à hauteur du menton. Un autre homme arrive, qui s'assied près du lit. Il sourit à cet homme qui le prend dans ses bras, cet homme qui le trouve léger comme une plume, l'assied sur ses genoux, prend dans ses mains une boîte de médicaments et des ciseaux, et voilà les doigts et les ciseaux brillants qui s'agitent confusément : il n'y a plus à la fin dans la paume de la main de l'homme une boîte longue en carton, mais un chien qui aboie, avec un museau aussi pointu que l'autre chien projeté par le mouvement des doigts de l'homme sur la chaux du mur. "D'abord, retrouve la forme, l'entend-il dire, j'attendrai que ça aille mieux et tu viendras avec moi à Madrid, ici c'est misère et compagnie." L'homme sourit toujours, de ses mains et du tranchant aiguisé et brillant des ciseaux surgit un autre animal, un âne aux oreilles dressées, portant une baste contenant deux petites cruches en papier. Il joue par terre avec ces animaux, puis il ouvre les yeux et se redresse dans son berceau, il fait presque nuit et les figurines blanches, bleues et vertes en carton sont alignées sur le buffet, hors d'atteinte, défilant entre les tasses ornées de poissons. Elles défilent et ne bougent pas, comme l'oiseau du mur, qui vole et reste toujours immobile. Près du lit, l'air est aussi chaud que le visage de son père. Il était tombé malade, lui expliqua-t-on plus tard, et il avait eu de la fièvre pendant des mois, et pour payer les médicaments et les visites du médecin, il avait dû vendre la vache qu'il avait achetée après son mariage, et il n'avait pu émigrer avec son cousin Rafael qui avait trouvé une très bonne place à Madrid. Le cousin Rafael allait le voir tous les soirs, au retour des champs : il avait le pantalon maculé de boue, et sentait le fourrage et le fumier, pas comme le médecin, encore plus effrayant car il sentait le médicament, l'eau de Cologne, la flamme bleue de l'alcool, et avait les mains aussi blanches et douces que celles des curés et de cette femme qui l'embrassait, les lèvres pleines de rouge, quand il allait lui porter le lait avec son père. Tout en parlant, assis au chevet du lit, le cousin Rafael prenait une boîte sur la table de nuit et un animal en carton surgissait des ciseaux dans la paume de sa main : un chien qui aboyait, un chat aux moustaches hérissées, l'âne d'un porteur d'eau, un cheval au galop. Ils avaient grandi ensemble et allaient se séparer pour la première fois, mais le cousin Rafael retardait son voyage, ils trouveraient une place pour tous les deux, partageraient une chambre dans la même pension, économiseraient plus vite et pourraient faire venir plus tôt leur famille à Madrid. Il était faux de prétendre qu'il y avait plus de travail à Barcelone ou en Allemagne : comment dire des choses pareilles, alors que Madrid était la capitale. A Madrid, si on tombait malade, l'assurance payait les médicaments, et on continuait de toucher son salaire jusqu'à la guérison, il y avait des robinets d'eau courante dans toutes les maisons, des cuisinières à gaz, des salles de bains avec des carreaux de céramique jusqu'au plafond. Dans le monde, très loin de Mágina, il se passait des choses extraordinaires : il y avait des avions à la pelle, dont le sillage dans le ciel rosissait au crépuscule, des machines à creuser, à faucher le blé et même à récolter les olives sans que des centaines d'hommes soient obligés de se casser la colonne vertébrale en échange d'une paye de misère, rien qu'en appuyant sur un bouton, il y avait des satellites qui faisaient le tour du monde en vingt-quatre heures et il serait bientôt plus confortable et plus rapide d'aller dans la lune que d'aller de Mágina au chef-lieu de la province en car. Un jour, au lieu d'arriver dans sa tenue de paysan, le cousin Rafael arriva en costume et cravate, et lui, il remarqua que les poignets dépassaient beaucoup des manches de la veste, et il entendit, lui, que les chaussures noires faisaient un drôle de bruit quand le cousin Rafael marchait. Il attendit, lui, que les mains et les ciseaux entrent en branle, mais cette fois elles restèrent sagement sur les genoux, sur le tissu rayé du pantalon du cousin Rafael, qui ressemblait au costume de son père suspendu à l'intérieur de l'armoire. Le cousin Rafael appliqua deux baisers sur les joues de son père, qui put à peine se redresser sur l'oreiller, serra la main de sa mère, puis l'embrassa, lui, en le soulevant vertigineusement jusqu'à ce que sa tête effleure le plafond, et quand il eut reposé les pieds sur les pavés, un peu abasourdi, la main du cousin Rafael glissa quelque chose dans la sienne : il l'ouvrit, mais à la place des animaux miniatures, il trouva un bonbon à la menthe dans son enveloppe en papier ciré.

Mais ce lieu hors du temps, sans formes précises, sans ordre de succession entre les objets, les visages, les mots isolés et les sensations, est aussi un décor dans la vie de ses parents qui n'eut sans doute aucun rapport avec le paradis qu'il conserve dans sa mémoire. Il voudrait les interroger et sait qu'il n'en fera rien. Il en parle à Nadia en regardant les photos de son fils : que sera pour lui au fil des années ce temps dans lequel nous vivons tous les deux, que conservera-t-il de cet appartement, pour lui sans doute illimité, comment se souviendra-t-il des immeubles sombres de l'autre côté de la rue où les lumières s'allument l'une après l'autre. Peut-être n'osera-t-il pas demander non plus qu'on lui raconte, par timidité ou par peur, n'osant imaginer la jeunesse de ses parents, l'intensité du désir de chacun d'eux à l'instant où ils le conçurent. Mais l'amour ne joue peut-être aucun rôle dans la naissance de quelqu'un : tout au bout, à son origine, Manuel voit une grande ouverture béante d'obscurité, de désarroi et peut-être de souffrance, une douleur qui s'imprima dans son cœur pour toujours au moment de sa naissance, et même bien avant, une des premières nuits que ses parents passèrent dans la chambre à la poutre, plus étrange encore à imaginer car il n'existait pas et hésite encore, que pensèrent-ils, que dirent-ils en se retrouvant seuls pour la première fois depuis qu'ils se connaissaient, après avoir gravi en silence les escaliers jusqu'au dernier étage et refermé la porte de la mansarde dans laquelle ils avaient entassé à grand-peine les meubles qu'ils venaient d'acquérir, sentant encore le vernis et le bois, le buffet, le lit nuptial, le crucifix, les photographies de la noce avec la signature dorée de Ramiro Retratista, le relief en étain – pas en argent – de la Sainte Cène, l'armoire à linge et le vaisselier, la grande table et les six chaises tapissées qu'ils n'utiliseraient jamais par une sorte de respect, comme si elles étaient assorties, de la même façon que le service à café et la vaisselle en porcelaine, à la salle à manger de quelqu'un d'autre, à une famille de fantômes.

Il ne le sait ou ne veut pas l'imaginer, il s'écarte de Nadia et retourne dans la chambre où se trouve la malle de Ramiro Retratista, il regarde avec indifférence la lumière crépusculaire derrière les persiennes, entend les trépidations de la circulation dans les avenues, lointaine et continue comme une cataracte, il cherche dans les photos celle de la noce de ses parents et la contemple pendant quelques instants à la lumière de la lampe, sur la table de travail de Nadia, c'est la même photographie qui est encore accrochée en ce moment sur un mur de la maison de Mágina, dans cette pièce qu'on appelle le salon, où on n'entre jamais, car c'est là que se trouvent aussi le buffet, le vaisselier et la table entourée de ses six chaises solennelles. Il examine de près le visage jeune de ses parents qui ont déjà cet air abstrait de l'époque des photographies un peu anciennes des inconnus, comme s'ils avaient fini par perdre leur identité propre pour devenir des figures allégoriques d'un passé éteint. Il interroge cet homme et cette femme, à trente-six ans de distance, veut découvrir par l'expression de leurs regards et leur façon de sourire, de se frôler les mains, ce qu'ils ne diront jamais, ni à lui ni à personne : innocence, méfiance, fierté, solitude, crainte, et peut-être aussi un peu de brutalité et de maladresse, un cri contenu et un halètement violent dans l'obscurité. Il regarde les yeux de son père sur la photo : quand ils sont ensemble, les rares fois où il est allé à Mágina ces dernières années, ils évitent tous les deux de se regarder franchement. Il scrute les yeux d'un homme de vingt-cinq ans qui, le jour de son mariage, dans le studio de Ramiro Retratista, debout à côté de la jeune mariée, immobile dans un décor artificiel – un jardin à la française –, n'accorde aucun repos à la tension de ses muscles et n'adoucit pas l'expression de ses pupilles, fixées non pas sur l'appareil mais sur les élans solitaires de sa volonté, il serre les dents, sait à peine sourire, ou ne veut pas, ne sait ou ne peut poser avec naturel son bras droit sur les épaules de sa compagne, qui a l'air d'être assise au centre de sa grande robe en satin brillant et essaie en vain d'afficher un sourire de bonheur nuptial figé sur ses lèvres, imitant à son insu les sourires des actrices de cinéma, des femmes qu'on voit sur les cartes postales que s'envoient les fiancés le jour de la Saint-Valentin, ou sur les couvertures des magazines de mode. Aujourd'hui, son père a les cheveux blancs et le visage plus épais, l'âge a ramolli ses traits, mais il le reconnaît sur cette photographie de jeunesse, comme dans celles qu'il a vues de son adolescence, par sa façon de regarder, par cette passion qu'il ne lui connaissait pas et qui brille avec une froideur intense dans ses yeux, avec une fierté muette, disciplinée et sans espoir : qui était-il, qui est-il vraiment aujourd'hui, dans quelle mesure sent-il qu'il a échoué dans ses rêves ou qu'il les a gâchés, comment est-il et que pense-t-il quand il est seul.

Il parlait peu avec elle, il ne parlait avec personne sauf avec son cousin Rafael, il partait au marché en pleine nuit, rentrait vers deux heures du matin et mangeait en silence, sans jamais lui dire s'il avait aimé le repas préparé dans la cuisine commune, car ils n'avaient pas la place de mettre ne serait-ce qu'un réchaud dans leur chambre louée, il ôtait sa veste blanche de vendeur, enfilait les vieux habits de la campagne et, avant qu'elle eût débarrassé et enlevé la nappe, il avait allumé une cigarette et il repartait, pour revenir très tard, après avoir porté les primeurs au marché et livré le lait de la vache achetée avec ses dix années d'économies méticuleuses, il soupait et ressortait, pour aller boire un verre de vin avec son cousin Rafael et rendre visite à sa mère, et il ne prononça pas un mot de plus, ne modifia pas son expression indéchiffrable quand elle lui annonça, morte de peur, qu'elle était enceinte, quand elle eut des vertiges et ses premières nausées, quand elle ne supporta plus l'odeur du poisson et de l'eau sale dans les éviers, quand elle se dit qu'elle ne savait pas le prendre ni lui faire la cuisine et qu'elle ne saurait probablement pas davantage accoucher d'un enfant sain, de sexe masculin, pour l'aider dans son travail. Elle était toujours seule, dans ce quartier périphérique où elle ne connaissait personne, loin de la place San Lorenzo, de ses frères, de sa mère, elle n'osait pas sortir par peur qu'il revienne à l'improviste et ne la trouve pas, elle avait honte de ses propres lamentations comme de son ventre de plus en plus énorme, de sa démarche maladroite, de sa difficulté à monter les escaliers jusqu'à la mansarde, des regards et des rires des femmes au lavoir et dans la queue à la fontaine, elle regardait sa photo de jeune mariée accrochée au mur et en avait autant honte que si elle s'était vue dans un miroir, elle essayait de ne pas s'y regarder pour ne pas se voir comme il la voyait peut-être, un visage rond et des sourcils prononcés, une bouche qui ressemblait beaucoup à celle de son père, des dents inégales et fragiles, elles se comparait à d'autres femmes, à sa propre mère dont elle regrettait douloureusement de ne pas avoir hérité la beauté, elle pensait qu'elle ne savait pas rire aux éclats ni parler à haute voix ni avoir leur manière de marcher, elle s'enfonçait lentement dans un désespoir qu'elle ressentait comme une culpabilité, une menace de châtiment et de malheur imminent, comme lorsqu'elle était chez ses parents et avait peur de tout, de ne pas faire les choses comme on le lui avait ordonné, de laisser mourir par sa négligence un de ses petits frères et que son père arrive, dénoue sa ceinture et la roue de coups.

Elle passait la journée à l'attendre, mais quand elle entendait et reconnaissait ses pas dans l'escalier, elle tremblait de peur, peur de sa présence, de ses paroles autant que de son silence, de sa froideur prévisible et de son brusque désir, et même de l'odeur de tabac de son haleine, de l'odeur de fourrage et de sueur de son corps, mais surtout peur de la solitude impénétrable qui l'enveloppait comme une brume glacée derrière laquelle il cachait ses intentions : acheter une *huerta* et une maison, quitter l'opprobre de cette pièce en location, posséder des vaches et des oliviers, vendre plus de primeurs que les autres au marché ; mais parfois, il paraissait oublier soudain cet avenir échafaudé depuis qu'à onze ans il s'était mis à vendre de la menthe aux Maures de Franco, il parlait alors de tout laisser tomber et de quitter Mágina, comme tant d'autres de sa connaissance qui allaient à Barcelone, en Allemagne, en France et ne revenaient plus, comme allait partir son cousin Rafael. Mais il se taisait, fuyait le regard de sa femme, reposait la cuiller dans l'assiette qu'il avait à peine goûtée et regardait par la fenêtre unique de la chambre qui donnait sur les toits de Mágina, serrant les lèvres, feignant de ne pas l'entendre quand elle lui demandait s'il avait aimé sa cuisine, les pois chiches étaient peut-être durs, cela manquait de sel, ils étaient trop salés, elle était incapable de supporter la plus légère certitude sur ses propres actes, et elle pensait avec terreur qu'il se repentait de s'être marié, que s'il avait été seul, comme son cousin Rafael, il serait aussitôt parti vers un de ces lieux où n'existaient ni la fatigue ni la pénurie, pays éblouissants et villes faites d'immeubles aussi hauts que les cheminées des usines qu'on voyait parfois aux actualités cinématographiques, où les hommes portaient des blouses blanches et des bleus de travail propres, où les femmes avaient des perruques blondes et des lunettes de soleil, fumant en toute impudeur des cigarettes à bout filtre tandis que machines à laver, glacières électriques et cuisinières à gaz travaillaient pour elles dans leur cuisine aussi blanche qu'une salle d'hôpital.

Elle s'inquiéta : peut-être ne voulait-il pas de son enfant. Sa mère, Leonor Expósito, qui en avait eu sept, observa les taches sombres de son visage et lui prédit sans hésitation que ce serait un garçon. Elle eut peur d'avoir un enfant mort-né, ou si faible qu'il ne pourrait survivre ; d'avoir un lait trop pauvre, insuffisant pour le nourrir, ou de ne pas en avoir du tout. Dans les derniers mois de sa grossesse, quand elle ne le sentait plus, elle pensait avec terreur qu'il était mort parce qu'elle avait pris une mauvaise position. La crainte d'une faute involontaire et la peur d'un châtiment sans explication lui opprimaient le cœur comme un chantage perpétuel : bien avant sa naissance, l'enfant était déjà un nouvel otage de son malheur. Il ne la touchait jamais, ne la regardait même plus, écartant les yeux pour ne pas voir son corps déformé, ne posant aucune question sur les symptômes ou la date probable de l'accouchement. Il n'était sûrement pas cruel, mais incapable d'un geste, d'un mot de tendresse. Près d'elle, il se repliait sur lui-même et devenait à ses yeux plus inconnu que lorsqu'il rôdait autour de sa maison, le soir, sur la place San Lorenzo, d'autant plus étranger et inaccessible qu'il vivait maintenant et partageait avec elle plusieurs heures de sa vie dans cette chambre où ils ne pouvaient éviter de se toucher, s'étendant à côté d'elle dans l'obscurité et s'endormant instantanément, presque brutalement, respirant la bouche ouverte, jambes écartées, occupant presque toute la place, la reléguant, elle et son gros ventre où palpitait et s'agitait l'enfant, au bord du lit où elle ne trouvait pas le repos, passant des nuits blanches car elle avait peur de se retourner sur le ventre dans son sommeil et d'écraser le corps qui bougeait dans le sien avec des frôlements aquatiques de nageoires de poisson, étendue sur le dos, les yeux tellement écarquillés qu'ils en devenaient douloureux, fixés sur les faisceaux de roseaux et sur les taches de plâtre du toit mansardé, si bas qu'elle étouffait, croyant se réveiller à l'intérieur d'une sépulture, comme cette femme enterrée vive dont parlait son père, qui était devenue folle à son réveil à force de lacérer la doublure matelassée du cercueil, ou comme ce sourd-muet, l'assistant de Ramiro Retratista, retrouvé vivant et les yeux ouverts quand on avait dégagé les décombres de la maison bombardée où ses parents avaient péri. Une clarté diffuse entrait par la fenêtre sans rideaux, s'accentuait à mesure que passaient les heures d'insomnie, elle se tassait alors, avait l'impression d'être écrasée par le poids de son ventre, essayait de ne pas bouger, n'osait plus respirer de peur qu'il se réveille, et en regardant d'abord l'ombre, puis la tache de son visage sur l'oreiller, elle pensait qu'en allumant la lumière à ce moment-là, elle ne reconnaîtrait pas ses traits, car par suite d'une de ces monstrueuses erreurs, si fréquentes dans les cauchemars, elle s'était couchée à côté d'un homme qui n'était pas son mari, d'un homme qu'elle n'avait jamais vu, une figure sans traits, un visage composé d'ombres mouvantes, comme celui du bébé tapi dans son ventre : mais celui-ci au moins, s'il avait des yeux, des membres et des doigts pas entièrement humains, il ne lui faisait pas peur, il avait germé dans son ventre et se nourrissait de son sang, son cœur battait toujours à l'unisson du sien, beaucoup plus faiblement, mais secoué par les mêmes épouvantes et apaisé parfois par la même sérénité, si fragile qu'un mouvement brusque pouvait l'anéantir, aussi proche d'elle qu'une voix lui chuchotant à l'oreille, une voix qui lui rappelait celle de son grand-père Pedro, mort et putréfié, gisant en ce moment même sous la terre de cet enclos que son père appelait avec une ironie sinistre la ferme des silencieux, dans le désarroi de la nuit, sans doute réduit à des ossements, avec une peau desséchée et des mèches de cheveux blancs collées au crâne, à moins que son corps ne soit resté intact, pensait-elle épouvantée, non corrompu, sauf les ongles incroyablement longs, comme la femme emmurée qu'on avait, paraît-il, découverte des années auparavant dans un sous-sol de la maison des Tours, elle s'en souvenait, elle était toute petite, son grand-père était encore en vie et son père en camp de concentration, elle ne connaissait pas encore cet homme silencieux et sévère qui dormait maintenant à côté d'elle, d'un sommeil profond et offensant pour ceux qui ne peuvent dormir. L'insomnie devenant permanente à mesure que la date de l'accouchement se rapprochait, elle attendait dans le noir comme lorsqu'elle était gamine et se cachait sous les couvertures car elle avait entendu grincer des marches, convaincue qu'un assassin ou un corps ressuscité montait l'escalier pour l'égorger, un deux trois, ma mère j'entends des pas-pas-pas, quatre cinq six chut ma fille pas de bruit il s'en ira-ra-ra. Ce n'étaient pas des pas, mais des battements de plus en plus forts, des coups de pied douloureux, des protubérances subites qu'elle pouvait toucher sur le renflement lisse de sa peau, grincements et frôlements de petites pattes dans ses viscères comme au-dessus de sa tête, dans le plafond, bruits de roseaux et sifflements du vent soulevant les tuiles et apportant avec l'aurore les roulements de tambours et les sonneries du clairon, presque l'écho des pas cadencés des soldats sur le gravier de la caserne, les rafales de pluie par les nuits féroces de cet hiver où l'électricité était souvent coupée car, disait-on, les orages arrachaient fils et poteaux, et lui, toujours assoupi à côté d'elle, indifférent comme un poids, ou réveillé mais feignant de dormir – c'était ce qui l'épouvantait –, respirant et sifflant la bouche ouverte et les jambes écartées, terrassé par une fatigue qui ne connaîtrait pendant des années ni récompense ni trêve. Un jour, sa mère vint la voir, de cette région lointaine et regrettée de la place San Lorenzo, elle la regarda et lui dit avec un naturel terrifiant : “Tu as le ventre décroché. Tu vas accoucher bientôt.” Elle aurait voulu lui demander de rester, mais elle n'osa pas, elle lui dit qu'elle se sentait en forme et n'était pas inquiète, qu'il reviendrait bientôt, à cause du mauvais temps il ne descendait pas au champ l'après-midi. Par la haute fenêtre, derrière la table *camilla* dont elle venait de raviver le brasero – deux éléments à jamais associés dans la mémoire de son fils aux attributs de l'Eden –, elle regarda sa mère marcher contre le vent et se retourner vers elle pour lui dire au revoir, enveloppée dans un de ces grands châles en laine noire que mettaient les femmes pour aller à l'olive, courbée, cherchant l'abri des angles, vulnérable sous les fils où étaient suspendues les ampoules de l'éclairage public, sous les branches nues et secouées des marronniers, et elle se souvint d'une phrase qu'on lui répétait dans son enfance et qu'elle-même répéterait à son fils les jours de grand vent : "Marche au milieu de la rue, sinon tu risques de recevoir une tuile sur la tête."

Mais il n'arrivait pas, elle sentait des éclairs de douleur aiguë dans le bas-ventre et un calme inhabituel à l'intérieur, si l'enfant ne bougeait plus, c'est qu'il était engagé, lui avait dit sa mère, elle entendit sonner le rassemblement à la caserne, la sirène de deux heures et demie à la fonderie, et elle ne le voyait toujours pas apparaître à l'angle désert de la rue, il avait dû traîner au marché, et peut-être était-il allé directement à la *huerta* de son père en sautant le repas, il se passait parfois de manger et de dormir, comme si c'étaient des faiblesses qu'un homme ne devait pas se permettre. Mais où aurait-il pu aller, par cette après-midi prématurément obscurcie, le vent et la pluie balayaient les rues de Mágina avec une fureur lui rappelant les tempêtes qui provoquaient les naufrages au cinéma, les plus hautes branches des arbres s'abattaient sur les toits et les vitres de la fenêtre vibraient comme si elles allaient se casser en mille morceaux. Elle entendait le vent siffler à l'intérieur de la maison, aux jointures des portes, dans l'ouverture des cheminées, elle crut que le toit tremblait au-dessus de sa tête et que les carreaux sur lesquels elle marchait, comme les meubles de la chambre, se mettaient à bouger, à tournoyer, d'abord très lentement, puis à une allure vertigineuse, comme dans l'œil d'un ouragan, se dissolvant en taches et impressions fugitives de couleurs, comme les colonnes de poussière soulevées par un orage d'été, elle était debout devant la fenêtre, le visage collé à la vitre, surveillant la rue où il n'apparaissait pas. Elle s'agrippa des deux mains au bord de la table, chercha presque à tâtons une chaise sur laquelle son corps de plus en plus lourd s'affaissa lentement. Ce n'était pas le moment de s'évanouir, en tombant par terre elle écraserait l'enfant, et si elle perdait connaissance elle se retrouverait dans un lit d'hôpital et on lui annoncerait à son réveil que son fils était mort-né, par sa faute, à cause de la faiblesse de ses membres et de son manque de courage, elle tendit les bras et atteignit la moulure des pieds du lit, parvint à se redresser et à l'atteindre, transpercée maintenant par une douleur à lui couper le souffle, incapable de crier, se mordant les lèvres mouillées de larmes et de salive comme par des pleurs d'enfant, se coucha sur le côté dans le lit et la douleur cessa pendant quelques secondes ; elle réussit à se mettre sur le dos, enfonçant les coudes et les talons dans la courtepointe, immobile face au plafond si bas où le vent rugissait si âprement, attendant le retour de la douleur, les deux mains sur le ventre, comme si elle voulait retenir l'épanchement de ses intestins et la forte hémorragie de son sang. Elle sentait des pincements, des morsures à hauteur de l'aine, des élancements, des coups de couteau lents et douloureux, elle imaginait que l'enfant se frayait un passage dans ses tripes à coups de griffes félines, qu'il étouffait et se désespérait et s'arrêtait, haletant comme elle, noyé de sueur, poussé de nouveau par une rage plus tenace que celle du vent, elle voyait devant ses yeux son ventre comme une montagne pesante sous laquelle elle allait succomber, et elle mordait en gémissant le couvre-lit, enfonçait sa figure dans l'oreiller trempé de sueur, de salive et de larmes, rouge du sang de ses lèvres blessées. Le vent redoubla et devint un cri inhumain qui explosa dans la chambre, un cri de femme, elle n'en avait jamais entendu de pareil et finit par se rendre compte que c'était elle qui le poussait. Elle vit comme dans un rêve la lumière faiblir et les meubles devenir des taches obscures, elle suivit à tâtons le chevet du lit et atteignit la table de nuit, la tranche froide et vive du verre, le fil de la lampe, mais ses doigts ne trouvaient pas l'interrupteur, ils renversèrent quelque chose qui tomba par terre avec un fracas d'apocalypse et une sonnerie retentit, meurtrissant ses oreilles avec la même cruauté que la douleur dans son ventre, elle avait fait tomber le réveil et à son retour il la gronderait, elle devait l'arrêter, il fallait que cette sonnerie s'arrête, sinon elle mourrait ou deviendrait folle, elle se traîna jusqu'au bord du lit, pressentant le danger comme si elle était au bord d'un précipice, allongea la main droite et atteignit les carreaux du sol, mais ses doigts battaient l'air sans rencontrer la surface courbe et métallique du réveil, et elle était incapable de tourner la tête et de le chercher des yeux, la sonnerie retentissait maintenant entre ses tempes, à l'intérieur, la transperçait en ligne droite d'un tympan à l'autre, à l'image des aiguilles de la douleur qui traversaient son ventre de part en part : soudain la sonnerie s'arrêta, la porte s'ouvrit et la nuit tomba. Quelqu'un la regardait de très haut, un visage inconnu et très pâle, éclairé par des rafales de clarté balbutiante venue de la rue, qui se pencha sur elle en répétant son nom, grossissant comme si elle le voyait reflété sur une lentille convexe : elle le reconnut à son haleine chaude, à la rudesse des mains qui lui caressaient le front et écartaient ses cheveux trempés, pas à sa voix, mélange étrange de lâcheté, de délicatesse et de tendresse, du calme, l'entendit-elle dire, ne t'inquiète pas, je vais envoyer prévenir ta mère et la sage-femme, reste tranquille, ne bouge pas, n'aie pas peur, il tremblait aussi, épouvanté, ramassait le réveil, actionnait sans résultat l'interrupteur de la lampe, c'est le comble, dit-il, le courant est coupé. Quand il se redressa, elle voulut le retenir auprès d'elle, ne t'en va pas, répétait-elle, ne me laisse pas mourir, mais il se dégagea, prétextant qu'il allait revenir tout de suite, et de nouveau seule, tendant les bras à sa recherche, elle crut qu'elle s'enfonçait dans une obscurité orageuse, comme engloutie par les eaux et par le vent, entraînée au fond par le poids de son ventre, pourfendue par la douleur comme par un coup de hache habile qui coupe en deux la souche d'un olivier, sentant qu'elle perdait son sang et sa vie entre ses cuisses, tandis que le lit, le sol, le plafond et les murs tremblaient sous les assauts d'un vent qui cette nuit-là déracina des arbres, arracha des poteaux et des fils électriques, plongea la ville entière dans une obscurité de terreur panique qui rappela à beaucoup les coupures succédant aux alarmes antiaériennes. De nouveau elle entendit des voix, étouffées par les battements de son cœur, et elle vit une lumière s'approcher dans l'espace givré de larmes et scintillant de sueur, la flamme d'une chandelle sur un chandelier bleu tenu par une main, elle reconnut le visage de Leonor Expósito et le contact de ses doigts, sentit des mains brutales qui l'ouvraient et s'enfonçaient en elle comme à l'abattoir les mains des tueurs dans les grandes bassines de sang, pousse, lui disait-on, presque en criant, mais elle était sûre que si elle poussait encore la douleur la tuerait, elle serra les dents, ferma les yeux, quelque chose jaillissait et la déchirait qui glissa soudain avec une douceur si liquide qu'elle eut envie de s'évanouir, visages et corps s'agitaient dans la pénombre, apparaissaient et s'effaçaient à la maigre clarté de la chandelle, se confondant avec les ombres brisées qui s'étiraient au plafond tandis qu'elle refermait les yeux, entendait ses dents grincer et poussait jusqu'à perdre complètement connaissance, dans un délire final et déchirant. Quand elle revint à elle, une chose violette et sanglante était suspendue la tête en bas devant la lumière, comme un animal encore palpitant auquel on aurait arraché la peau, une chose infime, vulnérable, oscillante, pas un visage avec des traits, mais une simple bouche ouverte, une déchirure qui émettait un pleur beaucoup plus faible que les coups de boutoir et les sifflements du vent d'une nuit d'hiver, il y a trente-cinq ans de cela.

Parle-moi, dit Nadia après quelques minutes de silence pendant lesquelles sa respiration est devenue plus douce, comme si elle s'était endormie, un frisson la secoue et elle se blottit toute nue contre moi et ses doigts caressent mon visage, cherchant les paupières pour savoir si j'ai fermé les yeux : elle m'a dit qu'au début, les premières nuits, elle avait peur du silence et des yeux fermés, elle craignait, si elle cessait d'entendre ma voix et de voir mes pupilles, que je devienne subitement un étranger, un de ces hommes flous avec qui elle passait des nuits fugitives avant de me rencontrer : pour cette raison aussi, elle me regardait toujours pendant nos étreintes avec une fixité proche de l'hallucination, me rouvrant les yeux à la pointe de ses doigts si je les fermais, emporté par la brutalité du désir ou le soulagement simultané d'un plaisir plus proche au début de l'immolation et de la douleur, me caressant les paupières, les léchant, les écartant presque avec violence pour voir encore mes pupilles et savoir que c'était moi qui à cet instant étais avec elle. Parle-moi, dit-elle dans un murmure à mon oreille, collée contre mon dos, serrée contre mes hanches, mêlant ses cuisses aux miennes comme si mon corps était le moule exact du sien, et le lendemain matin, après le petit déjeuner, tandis que nous fumons une cigarette, elle m'explique qu'elle a réalisé cette nuit qu'elle me demandait de lui parler sur le ton qu'elle prenait pour demander autrefois la même chose à son père, avec la même intonation secrète et recueillie, mais ce n'est pas la nostalgie qui l'a poussée à reproduire cette intonation, à se blottir contre moi comme dans son enfance, quand elle n'arrivait pas à s'endormir et suppliait son père de rester assis près d'elle sur son lit, c'est un puissant sentiment de bonheur hérité de cette époque, intact aujourd'hui dans son cœur, dans la paix de son corps, dans la façon même qu'ont les draps propres et la couette légère et ma présence d'envelopper sa peau, plus douce que jamais, me dit-elle, elle se touche et ne se reconnaît pas, comme si le contact de mes mains avait contaminé les siennes de la même façon mystérieuse qu'en se regardant dans un miroir elle se voit à travers mon regard : elle n'a pas la nostalgie d'une chose qu'elle possédait et a perdue, me dit-elle, elle découvre avec stupeur et gratitude qu'elle n'a rien perdu, ce qu'elle possède maintenant l'a toujours accompagnée et soutenue à son insu, lui permettant de se protéger de la dispersion et de la folie, d'attendre sans savoir quoi, d'avoir préservé la perspicacité et l'instinct de reconnaître ce don quand il a réapparu, quand il a surgi d'elle et s'est manifesté comme un éclair en présence de quelqu'un.

Elle me demande de lui parler encore, elle ne veut pas s'endormir, même si elle préfère, dit-elle en me souriant de l'autre côté de la table, les lèvres entrouvertes et rouges, son épaisse chevelure en désordre, contempler dans la quasi-obscurité ma façon de m'abandonner au sommeil : moi, toujours si nerveux, si tendu, aux aguets, je deviens grand et pacifique auprès d'elle, nu, jambes écartées, respirant doucement, m'adonnant à l'acte de dormir comme je m'adonne parfois aux caresses et à l'exploration de sa bouche. Je l'entends dans un demi-sommeil, je souris et ouvre les yeux, écarte de son visage les cheveux qui retombaient sur mes cuisses, je la regarde et l'attire contre moi, je lui dis que j'ai rêvé d'elle pendant quelques secondes, que j'ai vu mon père sur sa mule remonter le chemin des *huertas*, que pendant quelques instants je suis retourné à la maison où j'avais vécu entre trois et huit ans, dans une rue de Mágina dont le nom, si banal pour moi, a pour elle des échos d'amplitude et d'été, rue de la Fontaine-aux-Rires.

J'entends ma voix lente et obscurcie par le sommeil, et bien qu'entièrement réveillé, je perçois par les mots de fortes sensations visuelles aussi précises à mes yeux que la silhouette du cavalier suspendue en face de nous, les mots ne comptent pas, ils invoquent, la mémoire est un regard pur et archaïque qui me transforme en témoin figé de ce que je suis en train de dire, je m'entends parler comme Nadia doit m'entendre, serré contre elle dans la sérénité d'un voyage que j'ai su ou osé entreprendre seulement aujourd'hui, rassuré et paisible, à mi-chemin entre la conscience et le sommeil, comme du temps où mes parents m'emmenaient au cinéma : je regardais avec étonnement sur l'écran la dimension des choses et leurs couleurs, croulant de sommeil, ma mère me prenait alors dans ses bras et je m'endormais, les yeux mi-clos, sans cesser de regarder le film ; comme du temps où nous sortions tard de chez mes grands-parents, les soirs d'hiver, à peine avions-nous quitté la chaleur du brasero que je recevais le froid de la rue en pleine figure, j'avais si sommeil que mes jambes vacillaient, mon père me prenait dans ses bras, m'enveloppait la figure dans une écharpe en laine et me disait ferme la bouche, ne laisse pas entrer le froid, la laine douce et piquante, humectée par le souffle de la respiration, le bonheur d'être porté et protégé, de regarder lumières, carrefours et intérieurs de maisons, salles à manger d'où viennent les bruits d'assiettes et les conversations du dîner, les émissions de radio entrecoupées de paso doble taurins, les pas de mes parents résonnant dans la rue déserte en me ramenant au refuge sûr, moelleux et chaud de mon lit, les maisons plus hautes la nuit, inquiétantes, véritables silhouettes de géants et, dans le demi-sommeil de l'enfant qui appuie son visage contre l'épaule de son père, les voix et les images de la récente visite qui se désagrègent déjà en matériaux de rêves, une toile cirée où est dessinée la carte de l'Espagne et du Portugal, une chambre plongée dans la pénombre où brûle une veilleuse à huile sur le marbre d'une table de nuit en souvenir des âmes du purgatoire, un placard grillagé qui répand des odeurs d'épices et de tranches de porc baignant dans la graisse d'où surgira un loup la gueule grande ouverte au cours d'un cauchemar. C'étaient, et c'est encore maintenant, le délice et le mystère d'avoir la nostalgie de tout et de n'être presque rien ni personne, une présence en marge de la vie des grands, qui parlaient autour de la table *camilla* ou au coin du feu dans une langue encore mal connue, dans un espace aux dimensions inaccessibles, la table où ils appuyaient les coudes et dont je parvenais à peine à distinguer la surface en me haussant sur la pointe des pieds, les buffets où ils rangeaient les affaires pour que je ne les renverse pas, les rayons les plus hauts du placard, l'étagère sur laquelle était posée la radio, énorme, éclairée la nuit, ressemblant vaguement à une chapelle ou à un sanctuaire, l'horloge que mon grand-père ouvrait tous les soirs pour la remonter cérémonieusement avec une clé aussi dorée que le balancier que je regardais fasciné à travers la vitre, entrevoyant l'espace d'une seconde mon visage diffus sur sa surface brunie, écoutant le rythme de ses engrenages. C'était vivre une vie clandestine dans un royaume de géants, colossal, à la mesure de leur taille, je me promenais dans des lieux qu'ils piétinaient et ne voyaient pas, si hauts et si loin, sévères, épuisés par le travail, aimables avec moi ou muets de colère, incompréhensibles, mystérieusement dignes de pitié, sombres et énigmatiques dans leurs conversations que j'épiais avec l'impunité d'un chat, sans les comprendre guère plus qu'un chat, agenouillé dans un angle, poursuivant un ballon ou une balle en caoutchouc sous les châssis soutenant les braseros, cherchant à me redresser pour ouvrir une porte, me faufilant dans des endroits où ils ne me voyaient pas, dans les chambres aux rideaux tirés, dans les greniers où je jouais à nager dans un océan de blé, dans les réduits remplis de pots odorants pleins de graisse et d'huile et de jambons crus enterrés dans le sel, voire dans les chambres qu'ils occupaient et qui étaient pour moi immenses, avaient des murs beaucoup plus hauts, des trous d'ombre infiniment plus redoutables. Je marchais à quatre pattes entre leurs jambes, m'introduisais sous les nappes, écoutant leurs commentaires sans fin sur les récoltes et la guerre, une de leurs nombreuses mises en garde, fais attention, tu vas te brûler avec le brasero, n'ouvre pas la porte de la rue, laisse le chat tranquille, il va te griffer, éloigne-toi du feu, sors de la cuisine, tu vas te brûler avec l'huile de la poêle, ne jette pas de papier dans le feu, tu vas faire pipi au lit, ne donne pas des coups de pied dans les boîtes de conserve, ta mère pourrait mourir, ne tripote pas le parapluie, ne pose pas de pièces sur la table quand tu vas manger. Je soulevais les plis de la nappe, regardais autour de moi le conciliabule irréel de plusieurs paires de jambes et de chaussures, voyais les yeux phosphorescents du chat qui me regardait comme s'il reconnaissait un semblable, en se frottant contre les jambes de quelqu'un, peut-être ma mère ou ma grand-mère Leonor, les braises ardentes sous la cendre répandaient un éclat de diamant ou de lave, surtout quand on avait d'un coup de râble attisé le brasero et provoqué une incandescence qui me rappelait les éruptions des volcans vues au cinéma. Certaines femmes entouraient leurs jambes de cartons noués par des rubans en caoutchouc pour que la chaleur du brasero ne leur couvre pas la peau de petits boutons qu'elles appelaient des *boufioles*. Je fermais les yeux, jouant à être invisible, me cachant dans un coffre vide du pailler, jouant à être mort ou pas né ou parti de chez moi : j'entendais cependant leurs conversations, leur angoisse provoquée par ma mort ou mon absence, des pas s'approchaient, j'entendais ma mère ou ma grand-mère Leonor m'appeler dans toutes les pièces de la maison, dans l'entrée, monter les escaliers, moi je tremblais en les entendant, comme les héros des films cachés dans la forêt, poursuivis par des bandits portant des rubans noirs dans les cheveux, les dents blanches et serrées, brandissant des épées courbes de pirates malais ou frappant fébrilement sur des tambours dans les aventures de Tarzan, celles-ci me plaisaient surtout à cause des jambes blanches et des pieds nus de Jane, j'avais envie de soulever sa jupette en peau, d'introduire la main dans son décolleté si chaud, tu es incorrigible, dit Nadia en éclatant de rire, j'espionnais et je jouais aux grands, comme si j'étais un des habitants de ces mondes très éloignés de la terre où se déroulaient certains romans radiophoniques et certains films en noir et blanc dont le souvenir m'empêchait de dormir, je décidais en secret de ne pas leur répondre car j'avais changé de nom, je choisissais d'être un enfant perdu dans une forêt, menacé par un loup, quelques minutes plus tard j'étais le loup ou un arbre à la cime inaccessible sous lequel l'enfant s'endormait, puis je me transformais en cavalier, en serpent, en jeancavale, je m'étendais sous le lit, je fermais les yeux et devenais cette femme qu'on avait enterrée vive dans le cimetière, d'après mon grand-père, je montais dans les chambres du haut, j'ouvrais un placard et j'étais mon grand-père ou Mercurio, le médecin ; je prenais un pistolet d'enfant ou un mortier qui devenait une lampe à pétrole avec laquelle j'allais éclairer l'emmurée de la maison des Tours.

Nous avions quitté la chambre à la poutre et vivions maintenant dans une maison qui me paraissait sans limites, dans une rue qui surplombait les *huertas* et donnait sur la vallée du Guadalquivir, mais je ne franchissais jamais le pas de la porte, sauf pour m'asseoir sur le perron et attendre mon père, toujours calme, docile, patient, lâche, regardant avec envie et terreur les enfants inconnus qui jouaient en dévorant une miche arrosée d'huile et tartinée de sucre, ou un carré de chocolat. Il fallait manger le chocolat très lentement, à toutes petites bouchées et avec beaucoup de pain, répétait ma mère, pour qu'il dure plus longtemps, sinon il pouvait faire mal à l'estomac. Toutes les choses du quotidien cachaient des propriétés maléfiques : l'eau trop froide de la cruche pouvait donner des fièvres mortelles, la mousse des toits donnait refuge à des serpents venimeux qui tombaient parfois dans la rue et seul le cinquième fils d'une descendance masculine pouvait les mettre hors d'état de nuire, Dieu tuait celui qui pouvait compter toutes les étoiles par une nuit d'été, et si on n'éteignait pas le brasero avant d'aller au lit, la braise dégageait une fumée qui empoisonnait les gens dans leur sommeil. Je trouvais les enfants de la rue plus grands que moi, et s'ils m'invitaient à jouer avec eux c'était pour m'escroquer, disait ma mère, pour prendre mes boules en nickel brillant ou les bandes dessinées du capitaine Tonnerre qu'on venait de m'acheter et que je regardais avec passion bien avant d'apprendre à lire. Je ne connaissais pas encore Félix, presque aussi silencieux et peureux que moi, qui vivait au fond d'une cour, dans des pièces sombres où je n'ai jamais osé pénétrer, car son père était alité dans l'une d'elles, invalide, raide sur son lit, se plaignant de la douleur qui lui avait paralysé les os et le tuait à petit feu : en effet, il mit vingt ans à mourir. J'allais à la porte et j'attendais assis, sentant le froid de la pierre dans mes fesses, mais le temps était éternel, mon père ne revenait jamais, les lampes s'allumaient aux carrefours, l'air s'obscurcissait et sentait la fumée, on entendait les cloches de la prière dans les églises et les bêlements des chèvres retour des champs, c'était le signe que mon père était sur le point d'arriver, que le roman radiophonique allait commencer, je rentrais, traversais les pavés de l'entrée, passais avec crainte devant le couloir d'ombre donnant sur les écuries et la basse-cour, respirais la pierre humide et le fumier, on aurait dit l'embouchure de ce tunnel que traversait un enfant dans un film, le sol était en pierre, ce n'étaient ni des carreaux ni des pavés, mais au contraire une surface ondulée de pierre vive, comme on l'appelait, qui était née et avait poussé là, sorte de créature minérale, luisante d'humidité comme le dos d'une baleine, des étincelles jaillissaient quand elle était frappée par les sabots du cheval, après la nuit tombée, quand mon père enfin revenu déchargeait dans l'entrée une cargaison d'herbe qui répandait dans toute la maison une odeur de sève et de tiges coupées. Il y avait des épis qui piquaient les mains, des fleurs vertes qu'on appelait petits-pains ou bananes, elles laissaient un goût douceatre dans la bouche, mais il était déconseillé de manger l'herbe, même les tiges les plus tendres, celui qui mangeait de l'herbe voyait son ventre gonfler et il tombait raide mort en pleine rue, comme pendant l'année de la famine, disait-on, et j'imaginais inlassablement une année entière d'angoisse sans manger, une année dans laquelle tenait alors le temps immobile de l'éternité. J'explorais la maison, invisible, à l'insu de ma mère, car en réalité ce n'était pas moi qui étais là et eux n'étaient pas mes vrais parents, je me glissais dans la pénombre tandis que ma mère, assise près de la fenêtre, à côté de la radio branchée, cousait son ouvrage, le fil tendu en l'air et la pointe de l'aiguille brillant entre ses doigts, à côté de la lumière verdâtre de la radio, non loin de la lumière bleutée du réchaud à gaz, l'invention du siècle, avait déclaré mon grand-père Manuel en le découvrant, une avancée considérable, plus besoin de se lever à l'aube pour rapporter du bois de l'écurie, plus besoin de souffler jusqu'à épuisement, la maison ne sentait plus la fumée, l'odeur de la pauvreté, disait-on : un matin, mon père était revenu du marché plus tôt que d'habitude, accompagné d'un homme en bleu de travail qui portait une grande caisse en carton, d'où il avait sorti cette chose blanche et brillante qui s'était mise à cracher des flammes, mais pas le feu jaune, orangé, rouge et violent du bois, un feu tout bleu, une flamme circulaire, domestiquée, très fine, qui s'allumait quand on approchait une allumette, qui sifflait avant d'apparaître et répandait une odeur très lourde dans l'air : il faut faire très attention, dirent-ils, ne laissez pas les enfants tripoter les boutons, et n'oubliez jamais de l'éteindre, sinon nous risquerions tous de mourir empoisonnés, comme cette femme morte dans son sommeil, paraît-il, par la faute d'un réchaud au butane qu'elle avait oublié d'éteindre, le gaz s'était échappé toute la nuit en sifflant tel un serpent, et était monté lentement par les escaliers, semblable au nuage mortel qui tuait les Egyptiens dans *les Dix Commandements*. Un jour, on m'emmena par la main dans une maison où se trouvaient déjà toutes les femmes du voisinage, et ma mère me prit dans ses bras pour me montrer un nouveau meuble installé sur un buffet : une sorte de radio gainée de bois brillant, avec des boutons blancs et un écran gris et convexe qui diffusa soudain une lumière blessante pour les yeux, puis apparut, comme dans un cinéma minuscule, une femme blonde qui lut sans les regarder les feuilles étalées devant elle, en prononçant tous les *s*. Il y eut un clignotement de blancs et de gris, la femme blonde avait cédé la place à un torero qui enfonça son épée dans le dos d'un taureau et toutes les femmes applaudirent.

J'aimais beaucoup ce mot qu'on prononçait si souvent, les avancées, pourtant, on ne manquait pas de préciser qu'elles étaient toujours pleines de danger, mais le danger semblait être la condition la plus habituelle du monde, ne pas s'approcher des chats qui risquaient de vous griffer, des sabots des chevaux et des mulets qui pouvaient vous fracasser la tête, ne pas passer sous les avant-toits quand il y avait du vent, car une tuile pouvait vous tuer ou une vipère tomber par terre et vous piquer à la cheville, ou pire encore, s'introduire dans la maison, chercher un corps endormi, se cacher sous les couvertures ou sous la brassière en laine d'un enfant, ne pas boire l'eau dans laquelle aurait craché une salamandre, ne pas se reposer à l'ombre en hiver pour éviter les pneumonies, ne pas s'exposer aux courants d'air, qui faisaient de vous un idiot, avec la bouche tordue et les yeux révulsés, ne pas accepter de bonbons des inconnus, peut-être des tubards en quête de sang frais d'enfant, ne pas respirer l'air saturé de gaz, ne pas tripoter les prises, ne pas regarder trop longtemps cet appareil que je n'avais jamais vu, mais il y en avait un, paraît-il, dans la maison opulente de Bartolomé, sur la place San Lorenzo, un appareil qui ressemblait au cinéma, mais beaucoup plus petit et sans couleurs, on y voyait les corridas et les discours de Franco. On voyait la télévision, disait-on, grâce à des poussières blanches et grises contenues à l'intérieur de l'écran, et ces poussières étaient très mauvaises pour les yeux, comme le soufre qui faisait briller dans le noir les chiffres et les aiguilles du réveil posé sur la table de nuit de mes parents. Mais on n'était sûr de rien, tout était conjectures et incertitude, et s'il arrivait quelque chose, c'était à la fois exceptionnel et naturel : être seul dans l'obscurité de la nuit, penser aux loups et ne pouvoir s'endormir, puis rêver d'eux, être réveillé, recevoir la lumière du soleil dans les yeux, écouter les cris des hirondelles nichées au-dessus du balcon, voir les visages immenses sur l'écran du cinéma d'été, écouter les voix des feuilletons radiophoniques, les sabots des chevaux, la fureur du vent, les roues d'une voiture roulant sous la pluie, et tous ces bruits cachés dans l'appareil irradiant d'une lueur verdâtre, derrière les rideaux au crochet, plus ou moins forts selon qu'on augmentait ou diminuait le bouton du volume ou des canaux, l'aiguille noire se déplaçant entre des mots qu'il devenait possible de déchiffrer à haute voix syllabe par syllabe, Madrid, Londres, Paris, Lisbonne, Andorre, Son Excellence le Chef de l'Etat, Sa Sainteté le Pape, Manolo Escobar, Fidel Castro, le président des Etats-Unis,

Manuel Benítez El Cordobés, la cape du bandit Luis Candelas, la chanson du cacao Cola Cao.

Je ne cessais d'écouter, j'espionnais sans comprendre, j'acceptais terreurs et prodiges, je m'inventais des identités malléables, des faux noms, des amis qui n'existaient pas, je m'approchais impunément du cercle des grands et apprenais peu à peu à déchiffrer leurs histoires et à répéter les mots sonores qu'ils prononçaient, l'olive, la télévision, la vache qui venait de mettre bas, la fin du monde, les cyclones, la guerre, Azaña, le général Miaja, le commandant Galaz, Juan Negrín, Franco, *Ama Rosa*, Juanito Valderrama, Guillermo Sautier Casaseca, Cinémascope, les bouillons Avecrem*, le gaz butane, Madrid, la momie emmurée, les avancées, l'opération, l'hôpital. Parfois je n'existais pour personne et j'explorais seul la maison, découvrais des trésors derrière la porte du pailler, des plaines blanches de poussière sous les lits et des forêts incandescentes dans le feu, ou bien, emmitouflé jusqu'au menton, soulevé plus haut qu'un pic sur le dos d'un cheval, enveloppé dans un châle, blotti contre la poitrine chaude et tendre de ma mère, entraîné par la main dans des rues où j'étais toujours poursuivi par ma peur des grands, celle de me perdre, d'entendre la voix de la Sibylle Croquebille ou de la momie de la maison des Tours, réveillé avant l'aube pour être emmené quelque part, chez ma grand-mère Leonor où la nourriture avait un autre goût,

* Juan Negrín : homme politique, président du gouvernement républicain en exil jusqu'en 1945 ; *Ama Rosa* : roman radiophonique de la fin des années cinquante ; Juanito Valderrama : chanteur de flamenco des années cinquante et soixante ; Sautier Casaseca : auteur de romans radiophoniques ; Avecrem : marque de tablettes de bouillon concentré solidifié. *(NdT)*

les draps étaient plus froids et avaient une odeur différente, pour être installé dans une grande voiture noire conduite par un homme aux os protubérants et au crâne pelé, un certain Julián qui roulait pendant une éternité parmi les oliviers et s'arrêtait devant un bâtiment en brique rouge avec des couloirs peuplés de religieuses qui glissaient sur les dalles comme une plume poussée par le vent au lieu de poser les pieds par terre, ouvraient une porte blanche derrière laquelle se trouvait une femme inconnue, couchée, les cheveux humides plaqués de chaque côté du visage et les yeux anxieux, ma mère. Confusément, je prenais conscience qu'il s'était passé beaucoup de temps sans que je la voie, qu'elle était malade, que je l'avais oubliée, mais elle se redressait sur son lit à barreaux blancs et froids et me serrait contre elle, sa poitrine était aussi tendre, mais elle paraissait plus chaude et avait une autre odeur, comme la chambre à la poutre quand on faisait des piqûres à mon père, elle sentait l'alcool et le malheur, elle sentait la peur, je le sais maintenant, elle sentait la terreur et l'hôpital.

Il n'y a ni raisons, ni chronologie, ni états intermédiaires. Couché à côté de Nadia, à une heure matinale que je ne saurais préciser, parce que je n'ai pas le courage de me retourner vers la table de nuit où se trouve le réveil, sur le point de m'endormir complètement ou de reprendre conscience, je suis envahi par cette paresse absolue que j'éprouvais quand j'étais un peu malade ou fiévreux – on décidait de ne pas m'envoyer à l'école et on me remontait les couvertures jusqu'au nez –, et les photographies que j'ai vues dans la malle de Ramiro Retratista s'ajoutent à mes rêves comme les images d'un film qui défilerait dans mon sommeil, figures immobiles qui agitent les lèvres et s'expriment par une voix qui devient la mienne malgré moi tandis que je parle à Nadia, tous deux somnambules, épuisés au-delà des limites de la fatigue et du désir, nous cherchant encore, nous caressant avec des précautions pleines de délicatesse. Je n'ai jamais tant parlé de moi, avec tant de détails et si lentement – c'est avec cette lenteur que mes doigts lui entrouvrent la bouche ou le sexe ou lui enduisent les mamelons de salive –, elle veut savoir de moi des choses auxquelles je n'ai jamais pensé, et je me rends compte que pour la première fois de ma vie c'est moi qui raconte au lieu d'écouter, qui raconte non pour inventer ou pour m'illusionner, comme lorsqu'à l'âge de six ou sept ans Félix me demandait de lui raconter des histoires, ou comme lorsque je passais des heures, seul dans les plantations de mon père, à me raconter à haute voix le faux avenir d'une vie, mais pour m'expliquer tout ce que jusqu'à présent je n'ai peut-être jamais compris, ce que j'ai caché derrière les voix des autres. Maintenant, c'est ma voix que j'écoute, parlant pendant des heures, parlant à Nadia, et j'ai l'impression de l'entendre sur une bande magnétique enregistrée il y a très longtemps, ou qui se déroule dans les écouteurs d'une cabine de traduction sans que je sache d'où elle vient. Je suis, à travers Nadia, le témoin de ma propre narration, c'est elle qui réclame ma voix, la ressuscite avec cette tendresse assidue avec laquelle ses doigts errent sur ma peau, elle qui modèle autour de moi un espace et un temps où nous sommes seuls et où s'écoulent cependant toutes les voix et toutes les images de nos deux vies.

Je pense à l'étrangeté du monde d'alors, à l'innocence désarmée avec laquelle mes yeux le regardaient. Le jour est une éternité vertigineuse de lumière sur les pentes de la rue de la Fontaine-aux-Rires, et quand la nuit tombe brutalement, c'est pour toujours, toutes choses arrivent dans un présent sans prédictions ni souvenirs. Je joue seul dans la rue, devant la porte entrouverte de ma maison et soudain monte un froid humide de la terre : quand mon père reviendra des champs, il rapportera avec lui la plénitude de la nuit et les odeurs de l'herbe. Il me montre une cicatrice qu'il a au cou et me raconte que c'est l'épée d'un Maure qui la lui a faite au cours d'une bataille à la guerre. Je traverse les chambres de la maison, cherchant ma mère qui est peut-être allée à l'épicerie, et ne la trouvant pas, je suppose avec angoisse et résignation que je ne la reverrai plus jamais. Je suis avec elle dans la salle obscure d'un cinéma, pas à Mágina, mais dans le chef-lieu de la province, et sur l'écran je vois des visages d'une dimension effrayante, des corps coupés à hauteur des jambes, et pourtant ils marchent. Je vois, mais c'est peut-être un rêve, un enfant endormi et nu sur une peau de mouton, un serpent se glisse dans un tunnel de pierre sableuse et l'enfant se retourne sans se réveiller, je ferme les yeux car je sais que le serpent va le mordre et que cet enfant, c'est sans doute moi. Ma mère parle avec une voisine, me serre soudain contre sa poitrine et éclate en sanglots : la voisine dit deux mots que je ne comprends pas : comète et fin du monde. Mon père est couché, le visage très pâle, plus pâle que le tissu de l'oreiller, et sur la table de chevet il y a des flacons de médicaments et des petites boîtes en carton, découpées pour prendre des formes d'animaux : un chien aux oreilles tombantes, un âne bâté, un chat aux moustaches retroussées. Je joue dans une maison qui n'est pas la mienne et soudain ma mère me manque, mais je sais qu'elle ne viendra pas si je l'appelle. Je suis couché dans un lit bizarre, et derrière une porte vitrée à rideaux il y a une chambre qui me fait peur : autour d'une très longue table en bois brillant, où est posé un chien en plâtre qui a la langue pendante, sont disposées six chaises tapissées de vert sur lesquelles je décrète que sont assis six hommes invisibles. Je lève la tête en entendant une voix, ma mère s'approche de moi, souriante et changée, elle me presse dans son giron et dans ses mains froides et contre son visage baigné de larmes. Un homme s'assied au chevet du lit où est couché mon père, bien qu'on soit en plein jour, et il ouvre sa main droite : dans sa paume il a un bonbon enveloppé dans un papier vert, et la saveur du bonbon dans la bouche est plus verte encore, piquante, très forte, l'air se rafraîchit en entrant par le nez. Il fait jour et soudain la nuit tombe. Je suis dans la chambre à la poutre et des hommes sortent les meubles par la fenêtre, ensuite je suis dans la basse-cour de notre maison de la rue de la Fontaine-aux-Rires, regardant une caravane de fourmis rouges escalader le tronc d'un grenadier. Les graines sont rouges comme les têtes des fourmis. Les feuilles du figuier répandent un lait blanc et piquant qui me brûle les yeux quand je les frotte avec mes doigts sales. Je joue dans la rue avec un Indien en caoutchouc que ma mère avait dans la poche de son tablier quand elle est apparue à la porte où elle n'était pas une seconde auparavant, l'ombre d'un inconnu se penche sur moi, puis son visage, et je n'ai plus mon Indien. Je vois un enfant maigre, immobile devant moi, les yeux immenses et la tête rase, portant un tablier semblable au mien. Ma mère parle avec la sienne, qui a les genoux violacés et rouges sous le rebord de sa jupe, et elle dit : "Voici Félix, j'espère que vous serez amis." Je vois une boîte en fer-blanc avec des dessins de ponts et de femmes à chignons et ombrelles et en l'ouvrant je découvre un trésor en billets de banque, et tout au fond de l'armoire, je touche un ceinturon et un étui en cuir en forme de pistolet, mais je l'ouvre et il est vide. Je vois un cheval en carton qui a de grands yeux paisibles comme ce garçon appelé Félix, mais quand je m'approche pour le toucher quelqu'un crie, pour plaisanter : “Il va te mordre !” J'écarte la main et j'entends les éclats de rire de ma grand-mère Leonor, qui se répercutent ensuite dans un rêve. On a coupé la lumière pendant que je montais les escaliers et du bas une voix, celle d'un oncle, murmure un deux trois, ma mère j'entends des pas-pas-pas, quatre cinq six chut ma fille pas de bruit il s'en ira-ra-ra. Dans le rêve ma grand-mère Leonor et les voisines de la rue rient sans s'arrêter sur la place San Lorenzo et elles sont de plus en plus petites et de plus en plus grosses avec des bouches de plus en plus grandes. Je me réveille et il n'y a rien dans l'obscurité. C'est exactement ce que voyait la femme qui fut emmurée dans la maison des Tours. Je suis debout, dans le noir, sur une surface très haute, une table, et il y a contre ma poitrine un verre aussi glacé que celui des fenêtres quand c'est l'hiver. Je tends les bras et il n'y a rien, ni en haut ni en bas, ni jour ni nuit. Une main touche la mienne et j'entends les voix de ma mère et de ma grand-mère qui parlent avec quelqu'un comme si j'étais endormi, et qui prononcent un mot que je ne comprends pas et qui m'impressionne beaucoup : radiographie. Il y a maintenant tant de lumière que je dois fermer les yeux et un homme en blouse blanche qui ne sent pas comme les hommes de ma famille me regarde et il a autour de la tête un ruban en caoutchouc et sur son front un miroir rond dans lequel je vois ma propre bouche ouverte. J'ai froid à la poitrine, d'autres fois j'ai très chaud et très soif, une soif désespérée qui me colle la langue au palais et m'empêche de demander de l'eau. Ma mère me tient dans ses bras près d'une porte en verre dépoli, une femme habillée en blanc me sourit et me parle et je sais qu'elle me ment et m'arrache aux bras de ma mère et m'emporte de l'autre côté de la vitre, où se trouve le médecin avec cette plaque de cristal ou d'acier sur le front qui ressemble à un très gros œil. Dans les terrains vagues de la Fontaine-aux-Rires, Félix et moi nous retournons la terre humide et grumeleuse, à la recherche de fourmis ailées. Elles s'envolent et brillent dans le matin doré et bleu comme des fragments de cristal. Ma mère me tient par la main et elle m'emmène je ne sais où et je suis mort de peur. Dans une vitrine de jouets il y a un carrosse tiré par quatre chevaux verts et un soldat qui tient un fouet. J'ai entendu dire qu'avant ma naissance il y avait la voiture des morts tirée par des chevaux et qu'un cavalier les faisait galoper à coups de fouet. Le nom de cette voiture me faisait plus peur que le mot tubard ou hôpital : la Macanca. J'ai dans les bras un petit chat blond qui jouait avec moi sous la table *camilla* pendant que les grands parlent loin au-dessus de nous et sans que personne me voie je l'enferme dans une boîte remplie de couteaux et de cuillers et d'un ustensile métallique à manche rouge qui sert à battre les œufs et que j'utilise parfois comme une arme de cinéma. Ma mère m'entraîne dans un très long couloir et ma main en sueur glisse dans la sienne et je m'arrête entre deux carreaux, un pied sur un carreau blanc et l'autre sur un noir. Je ne sais pas où je suis, pas à Mágina, et il va m'arriver quelque chose. Dans la basse-cour d'une maison où il y a un tas de roues de voitures, mon ami Félix mange des poignées de terre noire. La terre a un goût amer et se dilue dans la bouche comme un carré de ce chocolat où est dessinée une Sainte Vierge. Sous l'emballage coloré, je trouve parfois des images d'aventures ou de vedettes de cinéma qui sentent très fort le cacao.

J'ouvre des tiroirs et ils sont vides. J'ouvre des tiroirs où il y a des journaux jaunis. J'aime ouvrir les tiroirs et regarder sous le linge plié si je trouve des photos. Ma mère dit que cet homme à cheveux blancs qui est assis sur une marche et caresse le dos d'un chien, c'était son grand-père : comme c'est bizarre, elle n'est pas une enfant et elle a ou elle a eu un grand-père, comme moi, mais où est-il maintenant, je lui demande, et elle ne veut pas me répondre. Parfois, les grands se taisent et ne répondent pas aux questions. J'ouvre un tiroir et un chat hérissé me saute dessus et me griffe les mains et la figure et je vois tout en rouge, comme lorsque je me cache derrière le rideau rouge de la chambre de mes parents et ne réponds pas si on m'appelle. Je suis attaché par des courroies à une chaise et l'homme au miroir sur le front tient sous ma bouche une cuvette de sang. Le sol où je suis assis près de Félix pendant que nous mangeons de la terre est froid et humide et je sais que dans peu de temps les lumières s'allumeront et il fera nuit et nous entendrons la trompette de la caserne. Quand la terre est froide et sent la fumée, mon père arrive, monté sur un mulet, et cela signifie que la nuit est tombée. Parfois, la nuit est plus grande et plus bleue, et la lune est en l'air et aussi dans l'eau des bassins. Quand la nuit est bleue, on voit de la falaise des lumières trembler à l'horizon, on entend les voix et la musique du cinéma d'été et il y a un chemin blanc dans le ciel et une lune jaune sur les toits qui ressemble à un visage. Je suis couché sur un lit quand j'ouvre les yeux et je ne sais pas où je suis, mais sur la table de nuit il y a un jouet, un carrosse tiré par quatre chevaux et un soldat qui manie un fouet. Près de moi, une voix dit : "Ça y est, il se réveille de l'anesthésie", et je sens que je me rendors en pensant à ce dernier mot, qui a une odeur d'hôpital et la saveur amère d'un médicament.

Quand j'ai sommeil, ma mère dit allons au cinéma des draps blancs et je la crois parce que je pense au drap blanc et vide qu'il y a devant nous quand la lumière ne s'est pas encore éteinte. Au cinéma, tout le monde est silencieux et a l'odeur du dessus rouge et doux des fauteuils ou des graines de tournesol ou des belles-de-nuit et on ne voit rien sur l'écran, qui est un drap blanc. Puis il fait jour sur l'écran et plus haut et tout autour c'est une nuit d'été au-dessus de laquelle plane immobile le visage de la lune, qui ressemble au visage de ma mère. Ils disent opération, ils disent hôpital, ils disent sanatorium, prostate, pénicilline, radiographie, anesthésie. Les jambes gainées de bas noirs de la mère de Félix surgissent près de nous, sa main au bout de sa manche endeuillée le soulève du sol, le gifle et la bouche ouverte de Félix est souillée de salive, de terre, de morve. Ils disent des mots que je reconnais peu à peu et commence à comprendre, bien qu'ils aient parfois des sens impossibles, ils disent tuer le temps et j'imagine un homme courbé qui brandit un couteau contre l'obscurité, ils disent une étoile de cinéma et je vois le cinéma plongé dans le noir et une lueur traverser l'écran obscur en diagonale comme les étoiles filantes des nuits d'été, ils disent jeter la maison par la fenêtre et je vois la fenêtre de notre cuisine dans la rue de la Fontaine-aux-Rires et mon père d'une stature subitement herculéenne qui arrache la grille et soulève entre ses mains une maquette de la maison et la jette dans la rue où elle se brise sur les pavés dans un fracas de verre et de tuiles. Ils parlent entre eux, racontent, n'arrêtent pas de raconter, mon grand-père Manuel m'assied sur ses genoux, au coin du feu, ôte son béret et sa calvitie brille sous la lumière comme la panse d'une cruche, il sourit et me dit, tu veux que je te raconte un conte archiconte qui n'en finit jamais avec du pain et du lait, et moi je lui dis oui ou non et il répète encore et encore la même chose jusqu'à m'exaspérer, je ne t'ai pas demandé de répondre oui ou non, je t'ai demandé de me dire si tu voulais que je te raconte un conte archiconte qui n'en finit jamais avec du pain et du lait, ou bien il me regarde et hoche la tête en disant d'un air songeur, bon, bon, bon, ainsi tu es le gardien de Pedro Monredon, et si je lui réponds que non il répète bon, bon, bon, mais je croyais que tu étais le gardien de Pedro Monredon. Je rêve de voix, je les entends à toute heure à la radio, venues de je ne sais où, de l'intérieur de l'appareil, je monte sur une chaise pour atteindre l'étagère et essaie de regarder dans l'interstice qui laisse échapper sa lumière glauque à la tombée de la nuit car je veux découvrir qui se cache à l'intérieur, est-il possible qu'il suffise de tourner doucement le bouton pour que se succèdent des voix d'hommes et de femmes, des chansons parfois incompréhensibles, des phrases aussi, sur les stations étrangères, des aventures qui se passent dans les mers du sud ou dans les rues de Paris, pour qu'on entende le fracas de la mer plus fort que dans un coquillage, ou la pluie, le vent et les coups de tonnerre d'une tempête, pour que des chevaux hennissent et galopent, pour que hurlent des loups comme dans les récits de mon grand-père. J'entends les voix, je leur attribue des visages, j'entends la mer et lui trouve la couleur bleue huileuse et brillante qu'elle a dans les films, et qui me plaira toujours plus que la couleur des vrais océans, j'entends des noms de villes et de femmes et j'éprouve un amour inconsolable et simultané envers elles, des disques dédicacés, à la plus jolie demoiselle de Mágina de la part de son fiancé, au petit Paquito Puga pour le jour de sa première communion, j'entends des sifflements et des murmures semblables aux échos résonnant dans une église déserte et je distingue des voix que je ne peux comprendre, dans des langues étranges qui font beaucoup rire ma grand-mère, écoute ça, dit-elle, comme ces gens ont une drôle de façon de parler, et dire que nous parlons si facilement et si clairement, j'apprends à distinguer l'ironie dans la voix de ma grand-mère Leonor, la peur ou la tendresse dans celle de ma mère, qui me réveille tous les matins en chantant des romances et des chansons de Concha Piquer et d'Antonio Machín, le Noir, en frottant le sol et en faisant les lits dans la chambre voisine, j'ouvre les yeux, j'écoute sa voix que j'entendais déjà dans les dernières minutes de mon sommeil, je sais qu'elle va bientôt entrer dans ma chambre, ouvrir les rideaux et me dire en me secouant doucement : en avril dors ton coût, en mai dors ton soûl, tandis qu'une lumière jaune pollen et un battement d'ailes d'hirondelles pénètrent par le balcon. J'entends les voix des filles dans la rue, les cris des colporteurs qui passent, les mots en latin qui résonnent dans la pénombre concave et froide de l'église, je découvre que les voix peuvent aussi résonner dans le silence, je suis couché la nuit dans le noir et j'imagine entendre ma propre voix racontant une histoire que m'a racontée mon grand-père ou que se renouvelle la litanie redoutable de la mère et de la fille qui écoutent les pas de leur assassin ou celle de la Sibylle Croquebille, cette géante vêtue de haillons qui rôde aux carrefours mal éclairés dès les premières nuits de l'été, je suis la Sibylle Croquebille, du roi Balthasar la fille, celui qui m'entendra chanter ne vivra qu'un seul jour et la nuit de la Saint-Jean.

Je me bouche les oreilles de peur d'entendre cette chanson, mais l'insomnie de la nuit est peuplée de rumeurs qui ressemblent à des mots chuchotés dans une langue étrangère, je m'enfouis sous les draps, me cache la tête sous l'oreiller, j'écoute mon sang et ma respiration, j'imagine être cet enfant endormi qu'un serpent va mordre, je crois entendre les pas qui montent me chercher et je n'arrive pas à desserrer les dents pour appeler mes parents, dans le silence de la rue flotte encore l'écho des derniers refrains chantés par les fillettes avant de rentrer chez elles, comm' j'ai peur de passer par ici, car je sais qu'elle m'écout' la momie. Quand nous sortons de chez ma grand-mère Leonor, je suis presque endormi dans les bras de mon père, mais je regarde la masse sombre de la maison des Tours, son portail fermé, ses fenêtres vides, et je pense au fantôme de la femme qu'on avait enterrée vivante, puis nous remontons la rue du Puits en direction de la place del Altozano (on m'a couvert la bouche avec une écharpe en laine, la veste et les mains de mon père sentent le tabac, la terre humide, l'herbe fauchée) et j'entends des pas, des coups de canne qui m'obligent à fermer les yeux comme lorsque je sens venir un cauchemar, car je sais que si je les rouvre, je verrai sur le trottoir cet aveugle qui porte un très grand manteau et des lunettes noires et qui marche en rasant les murs, la main en avant. Puis Félix me demande de lui raconter une histoire à faire peur, assis le soir sur le perron de sa maison, regardant les jeux brutaux des autres, et je lui parle de la femme emmurée, de l'aveugle qui a reçu deux décharges de sel dans les yeux et de l'enfant qui dormait sans savoir qu'un serpent s'approchait de lui. Il veut toujours que je lui raconte encore et encore, et quand j'ai épuisé les histoires que j'ai entendues de mon grand-père, je lui invente des péripéties nouvelles au fur et à mesure, me souvenant de films et d'illustrations de livres : j'ai découvert que les livres sont pleins de mots et de voix muettes, je le sais car mon grand-père ouvre de temps en temps un grand volume qu'il range dans la caisse de l'horloge, et on dirait qu'il soulève le couvercle d'une malle remplie de mots. Le livre a les bords roussis, et mon grand-père m'explique fièrement qu'il l'a sauvé du brasier dans lequel les miliciens avaient jeté tous les livres et les meubles de la ferme dans laquelle il travaillait quand la guerre a éclaté. "C'était malin, coupe ma grand-mère Leonor, il s'en est fallu d'un cheveu qu'on t'y jette avec." Quand je suis seul, je vais chercher le livre, je le pose sur la table comme mon grand-père et je le feuillette, cherchant les mots qu'il prononce à haute voix, mais je ne vois que des signes indéchiffrables, je me mouille le pouce comme lui pour tourner les pages, je suis les lignes avec l'index de ma main droite, cherche les gravures, plus impressionnantes que les images d'un film, voitures anciennes roulant tous phares allumés sur une route au bord d'un précipice, femmes portant des chapeaux à plumes et des manteaux en peau, malfrats à nez aquilin et visage tordu brandissant des revolvers. Je parle tout bas à Nadia et regarde la gravure du cavalier en face de nous, et j'ai beau savoir que c'est impossible, j'ai l'impression de l'avoir déjà vue il y a des années, dans une des pages aux bords brûlés de ce livre que lisait mon grand-père Manuel, d'avoir déjà eu la même impression d'aventure et de rêve, d'éloignement et de voyage vers l'obscurité par un chemin montagneux, mon grand-père traversant la montagne de Mágina par une nuit d'orage dominée par les hurlements des loups et les hennissements des jeancavales, Michel Strogoff poursuivi par les Tartares dans le premier livre qu'on m'a acheté quand j'ai su lire, mon père revenant de la terre sur sa mule quand l'éclairage est déjà allumé et apparaissant à l'angle de la rue de la Fontaine-aux-Rires. J'abandonne Félix et je m'élance, il saute en bas de sa monture, me soulève dans ses bras, je sens sa barbe drue contre ma figure quand il m'embrasse, il me soulève un peu plus et m'assied sur le bât, j'ai peur et j'ai le vertige, je tombe presque, je ne suis bon à rien et il le sait sûrement depuis ma naissance, les animaux me terrorisent, même les lézards, mais il me retient et glisse les rênes dans ma main, alors moi aussi je suis un cavalier et j'imagine que je chevauche dans un film, poursuivi par les Indiens, faisant un signe d'adieu à Félix, un bref signe de la main pour ne pas tomber par terre.

Et c'est maintenant, tandis que je parle à Nadia et que les mots montent à mes lèvres malgré moi, sans trêve, en désordre comme les images d'un rêve, que resurgit devant moi un souvenir intact et perdu, pas un souvenir, mais une sensation plus puissante et plus concrète, celle d'être à cheval derrière mon père, accroché à sa taille, le serrant fort parce qu'il me l'a dit, jambes et talons sur le dos de la bête, porté et protégé par sa force, laissant derrière moi les dernières côtes empierrées de Mágina et descendant par un chemin entre les champs de blé vert clair et les sisymbres : je suis avec lui et j'imagine que nous chevauchons vers une aventure lue dans les livres, je sais que j'ai huit ou neuf ans, que nous quitterons bientôt la maison de la Fontaine-aux-Rires et que nous irons vivre avec mes grands-parents sur la place San Lorenzo, j'ai vu mon père réfléchir le soir devant une feuille de papier qu'il remplit inlassablement de chiffres, je les ai entendus parler de déménagement, de terre, de milliers de douros, et j'ai su qu'un événement allait nous arriver, un événement beaucoup plus important que l'arrivée de la radio ou du réchaud de butane. Nous descendons le chemin, mon père arrête le cheval près d'une petite maison dont la toiture est effondrée, saute, tend la main vers moi et me dit de sauter aussi, je n'ose pas, je lis sur son visage qu'il est contrarié, il m'aide à descendre, attache le cheval au tronc d'un peuplier mort. La maison est en ruine, les sentiers et les canaux ont disparu sous les herbes, l'eau vert foncé du bassin se distingue à peine sous les algues et les ajoncs. Au-delà des terrasses abandonnées de la *huerta*, les oliveraies descendent jusqu'à la rive du fleuve et le bleu pur de la Sierra vibre dans le soleil du soir. Mon père allume une cigarette, pose sa main droite sur mon épaule, m'entraîne sur des sentiers ombreux, sous les figuiers où s'ébroue, bercée par la douce brise, une bande d'oiseaux bruyants. Je revois maintenant comment il foulait cette terre en friche, l'enthousiasme secret avec lequel il arrachait une touffe de mauvaise herbe et serrait dans sa main les mottes de terre collées aux racines, accroupi, la cigarette à la bouche, me lançant un sourire heureux, de passion ou d'innocence, que je n'avais encore jamais vu sur ses lèvres ni dans ses yeux : il avait trente-deux ou trente-trois ans, ses cheveux plats et presque blancs accentuaient la jeunesse de son visage cuivré. Peut-être, si je n'avais pas vu dans la malle de Ramiro Retratista les photos qu'on avait faites de lui avant ma naissance, ne pourrais-je pas me rappeler maintenant l'expression de son visage ni comprendre que ce jour-là, en foulant la terre qu'il venait d'acheter, en la pétrissant, en la laissant glisser entre ses doigts, il avait touché la matière même du plus beau rêve de sa vie.

II

CAVALIER
DANS LA TOURMENTE

Je peux inventer aujourd'hui en toute impunité, dans l'intimité de ma tendresse et de ma nostalgie, un ou deux souvenirs faux mais vraisemblables, à peine plus arbitraires, je le sais aujourd'hui, que ceux qui m'appartiennent réellement, non que je les aie choisis ni qu'il y subsiste un germe de ma vie future, mais ils étaient restés en suspension dans la grande lagune obscure et sans mémoire, sans raison, comme ces taches d'huile ou ces épaves rejetées sur la plage au hasard des marées, que le naufragé récupère pour essayer de reconstituer tant bien que mal dans son île un simulacre de normalité. Jusqu'à présent, je croyais que la persistance d'un souvenir dépendait du hasard et d'une sorte de conscience biographique. Peu à peu, après avoir vu les innombrables photographies de Ramiro Retratista et m'être imprégné du visage, de la voix, du corps et de la mémoire de Nadia comme un papier cartoline blanc et vide s'imprègne d'ombres grises et de lumières quand il est immergé dans la cuvette du révélateur, je commence à comprendre que dans presque tous les souvenirs communs se cache une stratégie du mensonge, car ce que je prenais pour des trophées ou des reliques n'était que des épaves aléatoires : presque rien n'était tel que je me l'imaginais, tel que me le racontait un individu que j'avais en moi, archiviste malhonnête, narrateur patient et occulte, menteur et assidu.

Je suis encore déconcerté par l'ampleur de l'oubli, l'immensité de tout ce que j'ai ignoré non plus sur les autres, vivants ou morts, mais sur moi-même, sur mon visage et sur ma voix dans un passé lointain, dans les derniers jours de la première moitié de ma vie, quand je me croyais, peureux et téméraire, à la veille excitante d'un avenir qui était faux et s'est aussi éteint. Mais je m'invente subrepticement le privilège de me fabriquer des souvenirs que j'aurais dû posséder et n'ai pas su acquérir ni garder, aveuglé par l'erreur, par la maladresse, par l'inexpérience, par une volonté dévastatrice de malheur nourrie d'excuses et même de raisons fulgurantes, venues du prestige littéraire de la passion. J'ai dit à Nadia : Pourquoi ne nous sommes-nous pas définitivement rencontrés à ce moment-là, quand rien ne nous avait encore usés ni avilis, quand la souffrance ne nous avait pas encore entamés. Mais en réalité, je ne veux pas modifier le cours du temps dès l'origine, seulement m'accorder quelques images peut-être pas entièrement fausses qui s'imprimèrent sans doute pendant quelques fractions de seconde sur ma rétine sans atteindre la conscience, et sont pourtant restées quelque part en moi, au plus profond de l'obscurité et de l'oubli, me soufflant que ce que je prends pour une invention est en réalité une forme invulnérable de mémoire, et si j'imagine un matin, il y a dix-huit ans, où je l'ai vue franchir avec son père la porte vitrée du bar *Martos*, à contre-jour, piétinant la tache de soleil qui brillait sur les pavés et se réverbérait à peine dans la pénombre où mes amis et moi écoutions une chanson de Jim Morrison, de John Lennon ou des Rolling Stones dans le juke-box, si je ne cerne pas son visage mais l'auréole éblouissante de ses cheveux roux, si je m'attribue cette réaction de curiosité et d'étonnement que suscitaient toujours les étrangers à l'époque, j'agis peut-être comme un devin de mon propre passé et je suis gagné par une véritable émotion que n'ont plus depuis longtemps ces souvenirs qui ne me paraissent plus aussi vrais, qui ressemblent aux tableaux ordinaires et aux photographies encadrées d'une maison dans laquelle on ne désire plus vivre, ce sont des dépouilles, pas des trophées, ignobles comme ces reliques dégradées par la raillerie, l'abandon et les toiles d'araignées, suspendues dans des chapelles sinistres que personne ne visite plus.

J'étais peut-être là le jour de leur arrivée, car je passais le plus clair de mon temps au *Martos*, écoutant des disques anglais ou américains dont je déchiffrais laborieusement les paroles, devinant les termes d'une révélation sur une chose totalement étrangère à moi, que je n'atteindrais jamais et qui pourtant était née avec moi, buvant des demis avec une lenteur obligée, pour les faire durer le plus longtemps possible, fumant des cigarettes avec Martín et Serrano, parfois avec Félix, qui sifflait tout bas une mélodie baroque et avait l'air d'être en visite, appuyés contre le mur humide, fermant les yeux pour accentuer l'effet narcotique de la bière, de la fumée et de la musique, regardant à travers les vitres les femmes qui passaient, les voyageurs qui descendaient du car de Madrid, appelé la Dinde tellement il était lent, les clients qui sortaient ou entraient au *Martos* pour acheter des cigarettes ou boire un café, excités, croyions-nous, par l'imminence du départ, nerveux, regardant leur montre, surveillant le chauffeur qui discutait avec le patron au bout du comptoir et qui, vers trois heures vingt-cinq, au moment où nous aussi nous devions retourner au lycée, tirait une dernière bouffée de sa cigarette et se frottait les mains en lançant à haute voix allons-nous-en : je ne demande pas mieux, pensais-je alors.

A l'époque, à Mágina, l'arrivée d'un étranger attirait encore l'attention, ce n'était pas parce que nous nous connaissions tous, car au nord avaient poussé des quartiers de petites maisons avec des cours minuscules et des rues pavées, puis des immeubles avec garages et cafétérias au rez-de-chaussée, dont les ascenseurs, que nous prenions parfois pour monter au cabinet de consultation d'un médecin, suscitaient notre admiration mêlée d'une certaine claustrophobie et d'une sorte de terreur muette. On identifiait les étrangers sans hésitation, et je ne parle pas seulement des touristes isolés, en short avec un appareil photo qu'ils utilisaient bizarrement pour prendre des ânes bâtés et de vieux palais pourtant sans intérêt, dans lesquels les gitans de la rue Cortina eux-mêmes n'auraient pas voulu vivre. Récemment encore, la présence d'un couple de touristes provoquait un attroupement d'enfants, des volets s'entrebâillaient pour détailler ces silhouettes moins attirantes que ridicules, les femmes avaient les cheveux oxygénés et des lunettes de soleil en amande sur un visage blafard, les hommes, pourtant des adultes, exposaient à l'air libre des jambes blanchâtres et velues, avec des socquettes de couleurs vives, des chemises à fleurs déboutonnées que nous aurions plutôt vues sur des clowns, sur des pédés ou des idiots attardés dans une enfance décrépite que sur des personnes de bon sens.

Parfois, dans le quartier San Lorenzo ou dans celui de la Fontaine-aux-Rires, où des bandes turbulentes d'enfants se livraient encore des batailles féroces à coups de pierres, un couple de touristes fuyait en courant une curiosité muette et hostile inopinément transformée en poursuite. Mais avec le temps, la ville s'était habituée à eux, en partie parce qu'ils venaient de plus en plus souvent, en partie aussi parce que l'exotisme de leurs manières, de leurs vêtements et de leurs plaques d'immatriculation se dissolvait dans la mutation progressive de toutes choses, car seuls les plus âgés les trouvaient encore déconcertants et même menaçants. Il y avait des touristes comme il y avait des voitures partout et à toute heure, des téléviseurs, des feux aux carrefours, des poulets géants, des cuisinières à gaz, de la vaisselle en duralex, des chanteurs à cheveux longs et aux gestes efféminés, tout comme le fils de l'inspecteur Florencio Pérez, ce voyou, disait-on, des piscines avec des tremplins olympiques, des chemises infroissables, des immeubles de huit et même dix étages, des distributeurs de cigarettes et de graines de tournesol en sachets, signe pour plus d'un que nous vivions dans un monde automatisé où les robots ne tarderaient pas à supplanter les hommes.

Mais on reconnaissait les étrangers toujours aussi facilement, même s'ils n'avaient pas les cheveux blonds, pas d'appareil photo autour du cou, pas de shorts absurdes. Nous n'avions même pas besoin de les entendre prononcer les *s* à la fin des mots : on les reconnaissait simplement à leur visage, car on avait l'air de ne pas être de Mágina de la même façon qu'on avait l'air d'être malade ou d'avoir trop bu, et rien n'était plus facile que de leur attribuer des vies légendaires et des fortunes colossales, peut-être en vertu d'un vague sentiment d'infériorité qui nous poussait à croire qu'au-delà de notre colline et de la double frontière du Guadalquivir et du Guadalimar s'étendait un monde illimité et prospère, interdit à la majorité d'entre nous, sauf si la chance était au bout de notre audace et si nous acceptions d'accomplir des tâches subalternes, pas forcément plus ingrates et plus mal payées que la plupart des travaux qu'on pouvait rencontrer ici. Mon père était obnubilé par l'idée de vendre sa *huerta* et ses oliviers, d'émigrer à Benidorm ou à Palma de Majorque, où il pourrait décrocher un poste de jardinier dans un hôtel. Moi, je serais embauché comme groom, disait-il, et très vite, avec ma facilité pour les langues, en m'entraînant à bien écrire à la machine avec les dix doigts sans regarder la feuille, je deviendrais un *maître**, mot dont la signification exacte lui échappait, mais qu'il prononçait avec révérence, car quelqu'un, un de ses clients du marché, lui avait dit que de nos jours il valait mieux être *maître* qu'ingénieur ou médecin, avec l'avantage qu'on n'était pas obligé de gâcher sa jeunesse ni de s'esquinter la vue à étudier dans une capitale. Il me citait le cas de gens qui, à force d'étudier, étaient tombés malades de pâleur et avaient fini par observer le vol des mouches dans les cellules à carreaux blancs des asiles de fous. Il évoquait des amis et des parents, partis vivre à Madrid, Sabadell ou Bilbao quand il était jeune, qui habitaient maintenant dans des appartements avec chauffage central et salle de bains, avaient la paie assurée et revenaient de temps en temps à Mágina au volant de leur propre voiture. Il parlait avec admiration et nostalgie de son cousin Rafael, son meilleur et presque son seul ami jusqu'à la fin de l'adolescence, qui maintenant, vingt ans après avoir fui la faim et l'esclavage du travail aux champs, était chauffeur d'autobus à Madrid.

* En français dans le texte. *(NdT)*

Mais il réalisait avec amertume combien il était difficile de triompher hors de Mágina. A part son cousin Rafael et quelques rares personnes – la plupart des gens qui revenaient en vacances entretenaient l'illusion, par honte ou vanité, d'occuper une position qu'ils n'avaient pas et s'endettaient pour inonder leur famille de cadeaux et louer des grosses voitures pour faire croire qu'elles étaient à eux –, seul avait véritablement triomphé un torero, Carnicerito, qui avait plus de tempérament que de valeur, d'après mon grand-père Manuel : il commença par manier la cape dans les fermes les plus reculées et remporta au bout de quelques années des triomphes dans les arènes de Las Ventas, mon père l'admirait d'autant plus que son père était boucher et avait un étal au marché en face du sien, en sorte qu'il l'avait pour ainsi dire vu naître, expliquait-il, flatté de connaître une célébrité, et ce penchant s'était manifesté chez lui depuis son tout jeune âge. Maintenant, Carnicerito faisait la couverture de *Dígame* – il avait un visage allongé et un profil grave et recueilli, comme Manolete – et surgissait parfois à Mágina, sur le paseo del León, dans la rue Neuve, sur la place du Général-Orduña, au volant d'une Mercedes blanche décapotable où l'on voyait de loin flotter au vent la chevelure d'une blonde, sans aucun doute une étrangère qu'on pouvait voir parfois, assise à côté de lui vers midi à la terrasse du Monterrey, une cafétéria avec un comptoir en aluminium et des murs tapissés de moquette bleue qui venait d'ouvrir sous les arcades : nous croyions que seuls avaient le droit de s'y asseoir les riches, les étrangers et les blondes qui fumaient les jambes croisées, la jupe remontée en haut des cuisses.

Quand nous revenions du lycée et apercevions ces femmes de loin, dans la tache oblique de soleil qui étirait l'ombre du général jusqu'aux dalles des arcades, nous en avions la respiration coupée par avance, et la perspective de leurs jambes nues nous plongeait dans un désespoir dévot et frénétique. Elles portaient de grandes lunettes noires, un foulard en guise de diadème autour du front, elles avaient les lèvres colorées en rouge, violet, rose, des montres aussi grandes que des montres d'homme – pas ces montres minuscules et à demi enfoncées dans le gras des poignets des femmes que nous connaissions –, dont le bracelet en cuir noir était très large, mode éphémère, mais qui nous paraissait être un signe d'exotisme et d'audace. Elles fumaient des cigarettes extra-longues avec filtre, les tenaient au bout de leurs doigts effilés chargés de bagues, terminés par des ongles rouges et ovales, très longs aussi, comme tout le reste, les cuisses, les cheveux lisses et teints, les mains, les cigarettes, même les sourires et les rires qui tintaient en même temps que les glaçons bleutés dans les verres et les bracelets de leurs poignets minces et presque fragiles, à l'image de leurs chevilles osseuses où brillait parfois une fine chaîne en or, à l'image de la courbe élégante qui descendait et s'ajustait au galbe précis des talons vernis.

Sur les tables en fer du Monterrey, à un pas des hommes en costumes de velours foncé qui attendaient la pluie avec une patience minérale en regardant le ciel, la statue du général et l'horloge de la tour, elles paraissaient auréolées d'une luxueuse clarté faite d'indolence et de whisky, boisson dont nous ne connaissions l'existence que par les westerns, et si en passant près d'elles nous les regardions en cachette, la tête baissée, nos cahiers de cours sous le bras, l'expression assombrie par le désir et la moustache naissante, nous ne trouvions jamais leur regard, retranché derrière leurs lunettes noires, mais des traits aussi rigides que ceux d'un sphinx, des lèvres froides et figées, s'incurvant au contact d'un verre ou autour du filtre d'une cigarette qui sentait moins le tabac blond et l'argent que le bain moussant et le corps épargné par le travail et le soleil, doré par la paresse au bord de la mer, sur ces plages qu'on voyait dans les films en technicolor et que la plupart d'entre nous ne connaissaient pas : même la mer avait alors dans notre région de l'intérieur le prestige d'une invention récente.

Nous savions qu'elles n'étaient pas d'ici, d'abord parce qu'elles fumaient en public et s'asseyaient à la terrasse du Monterrey, et parce que leur corps semblait soumis à une autre échelle, à une mesure de longueur et de splendeur inaccessibles aux femmes de Mágina, à une sorte de nonchalance et de décalage, de provocation, d'indifférence glacée et d'aventure, comme les femmes au cinéma et celles de ces magazines de mode étrangers qu'achetaient les mères de quelques-uns de nos amis. Qu'un homme de Mágina, Carnicerito, s'affiche avec elles, les montre comme des trophées glorieux sur la banquette en veau retourné de sa Mercedes blanche, nous paraissait obscurément une revanche à la fois de classe et de sexe, aussi le regardions-nous passer avec plus de fierté que d'envie, presque aussi excités qu'en entendant les soirs d'été la détonation des pétards annonçant le nombre d'oreilles coupées qu'il avait gagnées dans une corrida. Les gens s'arrêtaient dans la rue et applaudissaient, il y eut même un soir mémorable où après quatre coups de pétards suivis d'un long silence au cours duquel la fumée et l'odeur de la poudre se dissipèrent, à la surprise générale éclata un coup de tonnerre qui secoua les vitres de toutes les fenêtres : Carnicerito, à La Maestranza, avait eu la queue et, porté en triomphe était sorti par la grande porte. Dans l'église San Isidoro, le curé, don Estanislao, personnage osseux au nez pointu qui ressemblait à la statue de saint Jean de la Croix érigée sur la promenade du Marché, grand amateur de corridas, interrompit la messe en entendant la dernière explosion et rendit grâce à Dieu du succès de Carnicerito : les fidèles, d'abord déconcertés, éclatèrent en un tonnerre d'acclamations, comme en témoigna Lorencito Quesada, correspondant de *Singladura*, le journal de la province, dans une chronique qui, lue par l'évêque, valut au prêtre enthousiaste une sanction qui fut considérée par les âmes les plus dévotes de Mágina comme excessive.

Il n'y avait pas de doute, songeaient-elles, Son Eminence n'était pas d'ici et pouvait difficilement comprendre ce que Lorencito Quesada nommait en la déplorant l'idiosyncrasie de notre ville, aussi obsédée par son torero éponyme que par les processions de sa semaine sainte et par son artisanat besogneux, sparte et poterie, récemment ruiné par l'invasion des fibres, des récipients en plastique et du verre incassable, dépourvue de célébrités et d'importance dans le monde depuis le XVIe siècle, loin de la mer, des routes nationales et des grandes lignes du chemin de fer, isolée au milieu des oliveraies comme au milieu de l'océan, si inutilement belle et ignorée que lorsqu'on tournait des films en extérieur dans ses petites places et ses ruelles, elle apparaissait ensuite à l'écran sous un autre nom. Même Carnicerito n'échappa pas à ce maléfice qui nous poursuivait : après deux ou trois saisons triomphales où, tous les dimanches, succédèrent aux volées de cloches appelant à la dernière messe les pétards annonçant les oreilles qu'il avait coupées, le nombre de ses corridas diminua aussi progressivement que celui des détonations : le bruit courut qu'il n'avait pas de chance avec les taureaux, que d'autres, aidés par des impresarios malhonnêtes, lui tendaient des pièges, qu'il était tombé entre les mains de faux amis et d'hommes d'affaires véreux. On le voyait toujours dans sa Mercedes blanche, en costume clair, ses cheveux luisant de brillantine, avec de longues pattes, ou confortablement installé dans les fauteuils en aluminium brillant du Monterrey, des étrangères blondes fumaient à côté de lui et tenaient dans les mains de longs verres remplis d'un breuvage doré, mais son expression sévère, son visage fin et pensif qui ressemblait de plus en plus à celui de Manolete, exprimaient maintenant, disait-on, une amertume permanente, peut-être la désillusion ou la fatigue du succès, des photographes, des assiduités de ces femmes, manifestement des allumeuses qui ne pensaient qu'à sa renommée et à son argent, qui l'affaiblissaient, disait mon père, dilapidaient les forces dont il aurait eu tant besoin pour affronter les taureaux. Hors de Mágina, de nos rues et de nos métiers traditionnels, de la complicité tramée par le sang, le monde était une forêt cruelle où seules les canailles et les étrangers parvenaient à survivre. Hors de chez lui et renié par les siens, un homme ne tardait pas à sombrer dans la dépravation. A la veillée, assis à la table *camilla*, mon grand-père Manuel me regardait très sérieusement et me disait : "Je suis sûr que tu ne sais pas la différence entre un type bien et un théâtre." Comment aurais-je pu l'ignorer, car il me l'avait répété mille fois. Mais je me taisais, ayant perdu toute dévotion, dédaignant cette voix qui, quelques années plus tôt, avait contenu toutes les promesses de merveilles et de mystères. "Alors, ne l'oublie jamais : un type bien, c'est comme un théâtre, il coule à cause des mauvaises compagnies."

Les flatteries des faux amis, qui ne s'intéressaient aux autres que s'ils avaient cinq douros en poche, l'éclairage tamisé des bars, l'attirance des femmes qui pratiquaient sur les hommes imprudents un vampirisme à les rendre fous jusqu'à les consumer, ce qui était arrivé à Carnicerito, la mollesse, fille de paresse et de pain facilement gagné qui n'a pas été arraché pied à pied à la terre hostile ni au climat traître, les vices qui glaçaient le sang, le culot de désirer ce qui ne nous était pas destiné : on nous racontait les horreurs des années de famine comme on nous aurait décrit une prophétie encore vaguement menaçante, alors que nous n'avions pas connu ce temps, nous ne vivions plus en quarante-cinq, la seule année de tout le siècle qu'ils pouvaient nommer par ses chiffres, l'année où les graines refusèrent de germer dans la terre, où sur les branches les grappes jaunes des olives n'arrivèrent pas à la floraison, où le lait des jeunes accouchées tourna et où les hommes les plus solides virent leur peau se couvrir de taches sombres et leur ventre enfler à force de manger des herbes amères, avant de s'écrouler, foudroyés, les yeux révulsés, anéantis par la faim. Encore une année quarante-cinq, voilà ce qu'il vous faudrait, disaient-ils, pour vous apprendre à apprécier ce que vous avez, du pain blanc et du poulet au lieu de patates douces et de caroubes, ce que nous vous avons donné en sacrifiant notre jeunesse et notre vie, ce que vous dédaignez maintenant. Car ils ne pouvaient comprendre qu'on se moque à ce point de tout ce qu'ils nous avaient offert, que rien de ce qu'avait été leur monde n'ait plus le moindre rapport avec nous : la terre, les animaux, même les chansons qu'ils aimaient tant, leurs façons de s'habiller, de se couper les cheveux. Pendant qu'ils nous faisaient ces remontrances dans la salle à manger, à l'heure du souper, nous regardions la télévision avec indifférence. Ils n'ont pas de foi, disaient-ils en regardant les plus jeunes travailler aux champs à contrecœur, avec maladresse et mauvaise humeur, nous voyant finir à la va-vite une tâche qui aurait exigé lenteur et patience pour revenir le plus tôt possible à Mágina, quitter les vieux habits puant la sueur, tachés de boue et de poussière, nous laver à l'eau froide et revêtir nos costumes du dimanche, ou pire encore, des blue-jeans, car le temps était venu où nous méprisions aussi les costumes austères commandés par nos mères chez le tailleur ou achetés à tempérament au *Système Métrique* ; nous refusions désormais de mettre une cravate, pas même le Jeudi saint ni le jour de la Fête-Dieu, et nous errions, disaient-ils, comme des loqueteux, en blue-jean et sandalettes de sport, les cheveux recouvrant presque les oreilles, pareils aux pédés hurleurs des ensembles qui passaient à la télévision.

Voilà ce que nous cherchions, quand nous montions par petits groupes vers la place du Général-Orduña, les mains dans les poches et les cols de nos blousons remontés, pareils à des marins ou à des gangsters, mes amis Serrano, Martín, Félix et moi, nous étions à l'affût de tout ce qui pouvait éveiller la peur chez nos parents, la peur et une sorte de répugnance physique aiguë, nous recherchions les mauvaises fréquentations, la fumée, les chansons anglaises qu'on entendait au *Martos*, nous voulions avoir des cheveux longs jusqu'aux épaules et fumer de la marijuana, du haschisch, du LSD – nous supposions vaguement que le LSD se fumait aussi –, nous voulions voyager en stop jusqu'au bout du monde et de la nuit en écoutant Jim Morrison les yeux fermés, prendre la Dinde un soir sans désir de retour, ou revenir des années plus tard si changés que personne ne nous reconnaîtrait, cachés sous les cheveux longs et la barbe, en bottes et vestes militaires, la tête pleine de rage, d'expériences et de douleur d'Eric Burdon, portant des chemisettes comme celle de Jim Morrison sur la couverture d'un disque qu'on trouva un jour chez Martín, rapporté par sa sœur, nous expliqua-t-il, qui l'avait emprunté à une amie étrangère. Nous nous sentions prisonniers, à la veille interminable de la liberté et de la vie nouvelle, retenus dans des limites dont l'obscurité nous attirait et nous effrayait autant que l'odeur et la promiscuité des filles, inaccessibles et proches, assises à côté de nous sur un banc du lycée, si près que nous étions enrobés dans le parfum limpide de leurs cheveux et l'odeur un peu âcre – mélange de sueur légère et de craie – qu'elles dégageaient dans les derniers cours, si désespérément loin qu'elles nous semblaient appartenir à une autre espèce dont les mœurs, entre autres, consistaient à ne pas remarquer nos existences, en tout cas pas de la même façon qu'avec les types plus âgés qui les attendaient à la sortie, les invitaient le dimanche à aller boire un gin tonic au comptoir du *Martos* ou s'enfonçaient avec elles dans la pénombre rose de la discothèque du fond de la cour, dont nous n'avions jamais franchi la porte matelassée parce que nous n'avions pas assez d'argent, mais surtout parce que nous ne connaissions aucune fille qui veuille nous y accompagner.

Mais c'était pour bientôt, au moins pour moi, j'avais encore un an à faire avant de quitter Mágina, si on m'accordait une bourse, si j'obtenais les notes très élevées qui m'étaient nécessaires pour l'avoir, et à l'avance je renonçais à la peur et à la nostalgie, je me voyais longer le trottoir à l'aube, passer devant le *Martos* qui serait fermé à cette heure matinale, portant dans la main droite la valise avec mes habits, mes livres et ma machine à écrire, regardant avec dédain les rues et les maisons que j'avais vues pendant tant d'années pour me rendre au collège des salésiens puis au lycée, méprisant tout, éprouvant presque de la pitié pour ceux qui restaient, les hommes qui au même moment partaient tête basse aux champs, la bride du mulet sur l'épaule, les commerçants en tabliers gris qui allaient soulever leurs rideaux métalliques et disposer des cageots de fruits sur le trottoir, comme mon père au marché. Je m'en irai dans moins d'un an, calculais-je, en octobre, et quand je reviendrai, si je reviens, je ne serai plus d'ici non plus, je serai un renégat, un nomade. Et je découvre maintenant, dix-huit ans après, une demi-vie plus tard, que je suis en partie cet inconnu que je rêvais de devenir alors, et que si j'ai rencontré Nadia, je n'ai peut-être pas été entièrement sourd à la folie solitaire de cet adolescent auquel mon visage ne ressemble plus.

Ils arrivèrent un jour, à midi, au début du mois d'octobre, juste à la fin de la foire, dont il restait quelques souvenirs épars : des ribambelles d'ampoules, lampions et drapeaux en papier suspendus au-dessus de certaines rues, l'affiche annonçant les corridas avec le nom de Carnicerito au centre qui attira leur attention – elle surtout n'en perdait pas une miette, tous ces détails lui paraissaient encore exotiques – sur la porte vitrée du Consuelo, près du hangar obscur où l'autocar s'arrêta enfin, les étouffant dans des vapeurs d'essence mal brûlée, après huit heures de voyage interminable. Ils arrivaient fatigués, surtout lui, tombant de sommeil car ils étaient partis de Madrid à sept heures du matin, il n'avait pas faim, et les derniers virages de la route, aussi mauvaise dans la réalité que dans les souvenirs du commandant Galaz, lui avaient retourné le cœur. Deux ou trois jours après leur arrivée à Madrid, où ils avaient passé deux semaines dans un hôtel plutôt triste et sombre de la rue Velázquez, elle avait remarqué chez son père des attitudes ou des symptômes qui le rapprochaient d'une vieillesse dont elle avait cru jusqu'alors qu'il serait épargné : c'était peut-être dû en partie à sa manière vieux jeu de s'habiller, presque normale dans le quartier universitaire où ils avaient vécu jusque-là, et qui mettait d'autant plus en relief son anachronisme en

Espagne, où elle découvrit avec étonnement que les gens suivaient la mode avec une unanimité jamais vue en Amérique. Pour la première fois, elle se surprit à calculer son âge, non qu'elle l'ait cru plus jeune, mais elle l'avait toujours vu hors du temps et invulnérable à ses outrages, et elle lui attribuait cet âge invariable et héroïque que les enfants attribuent à leurs parents. C'était un homme de haute taille, raide, il avait les cheveux gris, les tempes clairsemées, des lunettes à grosse monture, il portait encore un chapeau, un nœud papillon et des costumes sombres que le voyage avait mis dans un état pitoyable. Depuis la mort de sa femme, il s'était mis à boire, discrètement, mais avec une assiduité évidente pour sa fille, qui lui avait consacré une attention passionnelle et exclusive pendant une bonne partie de sa vie et qui notait dans son comportement, ses regards et les mouvements de ses mains, des turbulences secrètes dont il n'était même pas conscient : il représentait pour elle le sens et le danger du monde, l'immensité du temps, l'énigme de la simulation et de la douleur, elle avait grandi à côté de lui, élevée par ses paroles, on lui avait donné un pays irréel, une langue arbitraire et un passé auquel elle avait choisi d'appartenir sans le connaître. Personne ne l'aurait pris pour un Américain aux Etats-Unis, mais en Espagne le laconisme de ses gestes le distinguait radicalement de ses ex-compatriotes, son aspect ne pouvait donc se fondre dans le moule commun de la foule, ni d'un côté ni de l'autre. Et autant qu'elle se souvienne, pas davantage dans sa propre maison : il n'était visiblement lié à rien ni à personne, même pas aux objets de son cabinet de travail, dans lequel d'ailleurs elle et sa mère n'avaient aucune idée de ce qu'il faisait, ne comprenant d'ailleurs pas pourquoi il l'avait baptisé ainsi. Il taillait méticuleusement ses crayons avec une lame de rasoir, les disposait sur sa table du plus grand au plus petit, lisait le *New York Times*, l'*Encyclopædia Britannica*, un livre sur les explorations géographiques ou les sciences naturelles écrit en anglais, mais jamais d'ouvrages ni de journaux en espagnol.

Un matin, début septembre, dans sa maison de Queens, elle était assise dans la cuisine et contemplait le petit déjeuner en train de refroidir, car la veille il était rentré très tard et plutôt ivre – autant qu'elle se souvienne, il n'était jamais rentré tard et n'avait jamais bu de cette façon du vivant de sa femme. Il sortit de la salle de bains, drapé dans sa robe de chambre, sentant le savon, la crème à raser et, malgré une bonne douche, l'alcool qu'il avait transpiré par tous les pores pendant la nuit, s'arrêta devant elle et lui caressa brièvement le visage, sans vraiment la regarder, comme s'il lui demandait pardon, s'assit devant l'assiette d'œufs brouillés et la théière froide, sortit les lunettes de sa poche et les chaussa avec une sorte de difficulté morale, prit la tasse à deux mains, souffla dessus comme si elle fumait encore, la reposa sur la table dans un mouvement brusque de découragement, un sursaut de vieil-lesse indigne, pensa sa fille, car sa robe de chambre était trop courte, et lui dit (il s'adressait toujours à elle en espagnol) : “Qu'est-ce que tu dirais d'aller en Espagne ?”

Ce n'était pas une décision soudaine, née de la culpabilité ou d'un désir profond de fuite ou de réparation : plusieurs mois auparavant, sans rien dire à sa fille, ni à plus forte raison à sa femme, déjà hospitalisée, il avait écrit à l'ambassade espagnole pour demander un passeport auquel trente ans plus tôt il avait décidé de renoncer définitivement. Il l'avait sans doute déjà avant la disparition de sa femme, peut-être l'imminence de sa mort l'avait-il encouragé à en faire la demande. Mais c'était une partie de lui sur laquelle sa fille n'avait jamais voulu ou pu l'interroger, un noyau à la fois de solitude et de complicité qui les gênait car il excluait une femme qui avait vécu des années avec eux sans cesser d'être une étrangère, tout en étant l'épouse de l'un et la mère de l'autre, tout en les enrobant comme l'air chaud par un jour de canicule, occupant la maison où ils vivaient tous les trois avec une efficacité et une présence qu'ils ne réalisèrent complètement qu'avec son absence, quand la maison fut comme plongée dans un vide abyssal, ils se sentaient tous les deux mal à l'aise dans leur chambre respective, comme des hôtes, comme des conspirateurs pris de remords par le succès et la fourberie de leurs confabulations. Certes, ils n'étaient responsables ni de sa maladie ni de sa mort, mais ils n'étaient pas pour autant innocents du malheur démesuré de sa vie, à l'égard duquel il avait toujours manifesté une froideur respectueuse, sans doute sa seule façon d'entrer en relation avec le monde, les objets et les êtres humains, à l'exception de sa fille. La maladie cardiaque qui finit par l'emporter ressemblait dans les dernières années à un suicide lent et obstiné. Un jour, étant à la dernière extrémité, elle appela sa fille à son chevet et lui dit : “Il ne voulait pas de ta naissance. Il m'avait demandé d'avorter.” Elle mourut, ils l'accompagnèrent au cimetière, assistèrent à la cérémonie funèbre catholique qu'elle avait exigée dans ses derniers jours – soupçonnant avec désespoir et amertume que même après sa mort ils n'accéderaient pas davantage à un de ses désirs –, et à compter de l'instant où ils revinrent à la maison dévastée par son absence, ils cessèrent de prononcer son nom et de l'évoquer tout haut, pour ne reparler d'elle que dix-huit ans plus tard, aussi lointaine que s'ils ne l'avaient jamais connue, comme si elle n'avait pas partagé avec le commandant Galaz une partie de sa vie ou n'avait pas engendré cette femme rousse aux gestes nerveux qui tenait sur un lit d'hôpital la main glacée et presque bleuie de son père, l'assistant à l'approche de la mort avec une tendresse et une loyauté qu'elle lui refusait depuis qu'il avait succombé à la vieillesse, à la vanité de toute mémoire et de tout orgueil, depuis qu'elle s'était détachée de l'enfance et de l'adolescence dans un élan de courage et de cruauté. Le premier soir où elle se vit seule avec lui, après la mort de sa mère, elle entra dans sa chambre et le trouva sur le lit, fumant à côté de la lampe allumée. Elle s'assit près de lui et lui ôta délicatement la cigarette des doigts : elle était presque consumée et la colonne de cendre allait tomber sur le revers de son pyjama. Elle resta un moment, l'écoutant respirer, le regarda sans croiser son regard, lui serra la main, l'obligea à s'étendre, s'allongea à côté de lui et éteignit la lumière, se souvenant de son enfance, quand il se couchait avec elle pour l'empêcher de faire des cauchemars. Le lendemain soir, elle retourna dormir avec lui, elle ne lui posait pas de questions et l'effleurait à peine, recroquevillée sous les couvertures, le visage dans l'oreiller, sentant la fumée de sa cigarette, éteignant la lumière au moment où elle devinait qu'il allait la poser dans le cendrier de la table de chevet. Mais il rentrait de plus en plus tard, elle lui préparait le souper, le laissait sur la table de la cuisine, le recouvrait, puis elle prenait un livre et se couchait, regardant fréquemment le réveil, inquiète sans raison, sans vraiment s'interroger sur ce qu'il faisait, où il allait maintenant qu'il avait pris sa retraite de la bibliothèque, alors qu'elle ne se rappelait pas l'avoir vu rentrer tard un seul soir. Elle s'endormait avant son retour, mais dès que la clé s'introduisait dans la serrure, elle ouvrait les yeux, n'allumait pas, se rapprochait du bord pour lui laisser de la place, essayant de ne pas bouger, de ne pas sentir les relents d'alcool, de parfum lourd et bon marché parfois. Elle était retournée dormir dans sa propre chambre depuis plus d'un mois quand il lui avait proposé d'aller en Espagne.

Ils avaient pris un vol New York-Madrid : sans qu'ils s'en aperçoivent, le silence entourant la femme pour laquelle aucun des deux n'avait jamais éprouvé un sentiment ressemblant de près ou de loin à l'amour finit par enrober toutes choses. Ils passèrent quinze jours du mois de septembre dans un hôtel, mais il lui montra à peine la ville dont il lui parlait depuis qu'elle était en âge de comprendre les mots, de regarder des photographies, de lire les cartes ; il se contenta de promenades vespérales et silencieuses avec elle, descendant la rue Velázquez en direction de la rue d'Alcalá et du parc du Retiro, lui montrant au crépuscule, de la place d'Indépendance, la haute et lointaine perspective de la Gran Vía, la tour du Cercle des Beaux-Arts, l'immeuble des téléphones, qui avait servi de point de repère, expliquait-il, aux artilleurs des batteries franquistes qui châtièrent la ville dès le premier automne d'une guerre plus mythologique pour elle et beaucoup plus familière que celles du Vietnam ou de Corée. Madrid était d'abord un nom qui avait cette sonorité définitive qu'ont certains mots dans l'enfance, c'était aussi un paysage de l'héroïsme et d'un sens du bonheur mystérieusement incarné dans la figure de son père, mais qui l'isolait en même temps des réalités extérieures. Aussi la beauté de la ville en ce mois de septembre, sa lumière froide, ses verts et ses bleus d'aquarelle, le violet des crépuscules déchiré par les chatoiements des panneaux lumineux, l'émurent sans la surprendre car elle éprouvait la sensation nouvelle d'appartenir à ce lieu, d'y être plus attachée que si elle était née, comme son père, au premier étage d'un immeuble du quartier de Salamanca, dans une rue qu'ils empruntèrent sans doute plus d'une fois mais qu'il ne voulut pas lui montrer, sans doute près d'une église blanche surmontée de frises gothiques dans laquelle elle le surprit un dimanche matin, tête nue, respectueux, s'agenouillant sur un banc du fond quand la clochette sonna l'élévation, pétrifié de stupeur quand il tourna la tête et s'aperçut qu'elle l'avait suivi à son insu et l'avait vu s'arrêter, hésitant, devant l'entrée de l'église, ôter son chapeau et s'avancer timidement dans le couloir central comme s'il n'osait commettre une profanation, et découvert en quelques secondes un inconnu dans ce vieillard aux gestes lents, en habits sombres, au dos large et droit, si semblable à ceux qui se rendaient à l'église à la même heure, donnant le bras à des femmes en chaussures à talons hauts, tailleur de mi-saison et étole de vison. Elle était si jeune, ignorait tant de choses sur lui qu'elle ne comprit pas que ce matin-là son père ressemblait surtout à l'homme qu'il aurait pu être s'il n'avait été définitivement brisé, à Mágina, aux premières heures d'une nuit confuse qui déboucherait peu après sur la guerre et le destin qui lui avait été assigné à sa naissance.

Elle le vit seul dans l'église, vieilli, ridicule dans son apparente dévotion, ses deux mains pâles posées sur le bois usé du banc, son alliance au doigt, souvenir inerte d'une femme qu'il n'avait jamais aimée, ses lèvres remuant comme si elles marmonnaient une prière, sa personne tout entière si étrange dans cette pénombre, au milieu de ces gens, militaires bedonnants emmitouflés dans des écharpes violettes, femmes portant des voiles translucides sur la tête, hommes en costumes rayés, fines moustaches et visages émoussés, sans oublier le curé devant l'autel, qui tournait le dos aux bancs de l'église et psalmodiait du latin. Ils étaient sur un banc du fond, mais quand elle était entrée, des visages s'étaient retournés pour la regarder et réprouver sa présence, son blue-jean, ses chaussures de sport, ses cheveux longs et dénoués qui renvoyaient des reflets dorés et cuivrés sous la clarté tremblante des cierges. Elle resta debout près de son père, envahie par un sentiment presque protecteur : il ne la remarqua pas tout de suite, mais quand il l'aperçut, il sourit et lui serra la main un instant. Une musique d'orgue et un murmure de soulagement unanime s'élevèrent quand la messe prit fin, mais son père s'assit sur le banc au lieu de sortir, dévisageant un par un les gens qui se dirigeaient vers la rue, toujours immobile après le départ de tout le monde, ses mains jointes et blanches entre ses genoux, l'expression attentive et abattue, comme si chaque minute qui passait l'enfonçait dans la vieillesse encore plus irrémédiablement. "Allons-nous-en", dit-elle, mais il secoua la tête sans la regarder, fit de la main un geste très ancien qui réclamait un peu de patience, comme autrefois lorsqu'elle s'ennuyait au cinéma, et resta assis tandis qu'un sacristain parcourait les nefs latérales avec un éteignoir. Elle sentit son père se raidir légèrement, se contracter – une crispation infinitésimale de ses mains sur ses genoux –, reculer, immobile, dans un cercle plus caché de sa solitude : personne d'autre n'aurait pu le remarquer, elle percevait les sensations de son père en parfaite simultanéité, comme les perçoivent les frères jumeaux, dit-on, mais il avait beau sourire, lui reprendre la main, la regarder avec une expression fidèle et reconnaissante qu'elle seule pouvait lire dans ses yeux, elle le voyait s'éloigner. Un lent cortège sortait de la sacristie, sur le côté gauche de l'autel : d'abord le prêtre qui venait de dire la messe, en soutane noire et luisante, puis une femme à cheveux blancs, la tête tordue, poussée dans un fauteuil roulant par un homme au visage rond barré d'une moustache, en costume noir, escortée, comme s'il montait la garde, par un militaire plus jeune, la casquette à visière sous le bras droit. Ils venaient du fond de l'église et se dirigeaient vers la clarté du parvis avec une détermination solennelle et insondable, la lumière du jour blanchissait les cheveux de la femme assise dans son fauteuil roulant, faisant comme un halo cotonneux qui desséchait le rictus de sa bouche à mesure qu'ils avançaient avec la lenteur compassée d'une procession, groupés, provocants, cuirassés en eux-mêmes, comme s'ils posaient pour une photographie de famille où chaque individu se réalisait entièrement dans cette façon de marcher groupés : l'homme en costume noir poussant à peine le fauteuil dont les roues en caoutchouc glissaient avec un bruit de ventouses sur les carreaux, le militaire à droite, cérémonieux et sévère, le bras gauche replié à angle droit contre son flanc, la casquette parfaitement horizontale, comme une offrande, le prêtre à gauche, souriant avec une vague abjection de valet, la tête baissée, murmurant peut-être des mots d'adieu ou de réconfort. La femme semblait entièrement isolée du monde, de l'église comme de la compagnie des autres et de l'impulsion qui la poussait vers la sortie, elle paraissait idiote, remuant la bouche dans une sorte de prière, son rouge à lèvres plaquant un sourire sur son visage et sur le maquillage blanc et rose de ses pommettes. Lui, son père, tourna légèrement la tête quand ils passèrent à côté de lui, elle ne put voir l'expression de ses yeux, mais elle sentit le parfum ecclésiastique, la lotion après rasage, la poudre de riz, et elle vit les yeux de l'homme en noir se fixer sur elle, la désirer peut-être dans ce regard trouble et fugitif qu'elle avait déjà décelé chez des inconnus d'âge moyen, et la condamner en même temps sans absolution possible. Quelques secondes plus tard, il ne restait plus personne dans l'église et le sacristain frappait dans ses mains depuis le maître-autel : le bruit résonna dans l'espace concave et l'homme leur ordonna par signes de décamper, sans égards, comme un gardien affairé.

Elle ne lui demanda rien, elle se suspendit à son bras à la sortie de l'église, se rappelant avec quelle fierté elle faisait déjà ce geste à l'âge de douze ou treize ans tous les dimanches, des dimanches plus frais mais dotés d'une lumière semblable, quand ils accompagnaient sa mère jusqu'à la porte de l'église et allaient se promener, en attendant la fin de la messe, dans les avenues bordées d'arbres qui prenaient en automne des tonalités bleues et pourpres, jusqu'à une étendue marécageuse d'où ils apercevaient la silhouette bleutée de Manhattan, sur l'autre rive du lent détroit maritime de l'East River, les tournesols métalliques des flèches des gratte-ciel, les silhouettes verticales de la ville dressées au-dessus de l'eau comme des mirages de la brume. Elle s'accrochait à son bras, appuyait sa joue contre son épaule, sa chevelure lisse et rousse effleurant son visage, et quelques banalités échangées en espagnol lui suffisaient pour sentir qu'elle serait à l'abri de tout tant qu'il ferait partie de son âme. Peu lui importait de savoir si peu de chose sur la vie qu'il avait eue avant d'arriver en Amérique : il était pour elle comme une figure sans passé, solitaire, érigée dans le vide du temps antérieur à sa naissance, indépendante de son travail à la bibliothèque de l'université et même de la figure symétrique mais distante de sa mère, à qui il s'adressait à table sans la regarder dans les yeux, poli et absent, un pli de dépit presque imperceptible au coin de la bouche. Il lui rapportait des cadeaux, des jouets multicolores en laiton, des contes des éditions Calleja, des livres d'images à l'encre délavée, des albums de photographies en noir et blanc sur un pays qui fut pour elle jusqu'à seize ans aussi intime et inaccessible, aussi éloigné de son expérience quotidienne que les terres traversées par les héros vagabonds dont il lui lisait les aventures avant de s'endormir. Son imagination s'était développée au contact des souvenirs espagnols de son père : souvenirs précis et fidèles, ou impersonnels, soigneusement lavés de toute trace d'émotion, de toute référence à sa propre histoire, comme s'il lui montrait un paysage déserté par toute présence humaine, en restant à côté d'elle pour le regarder. Il ne lui parla jamais de lui, même quand ils s'envolèrent ensemble pour l'Espagne, pudeur ou timidité qu'il ne surmonta que dix-huit ans plus tard, dans une résidence de vieillards du New Jersey, aux derniers jours de sa dernière vie, lui qui en avait eu tellement, qui les avait vécues avec presque autant d'indifférence que lorsqu'il changeait de garnison et de ville dans sa jeunesse, croyant encore qu'un homme n'avait droit qu'à une seule biographie, et que la sienne était tracée une fois pour toutes jusqu'à sa mort : mariage, enfants, avancement régulier dans la hiérarchie, ennui, discipline, retraite, décrépitude, anéantissement final après lequel il ne resterait d'autre trace de lui en ce monde que ses diplômes et quelques photographies, quelques traits sur les visages vieillis de ses enfants.

Dans le parc du Retiro, ce dimanche-là, sous une gloriette à l'abri des arbres, si près de l'étang qu'une brise humide balayait l'ombrage, il lui offrit un vermouth accompagné de quelques palourdes, l'observant sans goûter à rien, avec l'attention qu'il mettait à la regarder se pencher sur les pages illustrées d'un livre en espagnol quand elle était petite, apprenant à lire et répétant avec hésitation chaque syllabe, l'index posé sur la page. Elle aimait le vermouth et, n'ayant presque jamais bu d'alcool, elle avait un léger vertige, malgré l'eau de Seltz, elle dégustait avec bonheur la saveur délicate des palourdes qu'elle associerait désormais à Madrid et aux matinées dominicales indolentes. Elle trempait des morceaux de pain dans le bouillon tiède, se mouillait les doigts, avait ensuite l'audace de les lécher, imaginant l'expression mécontente de sa mère si elle l'avait vue faire, buvait une gorgée de vermouth, s'essuyait les lèvres avec une serviette en papier et savait, sans avoir besoin de relever la tête, qu'il la regardait et lui souriait. “Tu les connaissais ?” demanda-t-elle, et son père, qui avait introduit une cigarette dans son fume-cigarette et s'apprêtait à l'allumer, reposa le briquet sur la table et lui répondit distraitement que non : quand il avait l'âge de sa fille, on l'emmenait dans cette église, expliqua-t-il, et il s'interrompit pour allumer sa cigarette, il y était entré parce qu'en passant devant il l'avait reconnue, avait identifié l'odeur des cierges, entendu les notes de l'orgue et cru, l'espace d'un instant, qu'il avait de nouveau dix-sept ans et se promenait rue Velázquez dans son uniforme de cadet. “J'ai eu l'impression que tu les connaissais, dit-elle, et que tu avais un peu peur qu'ils te reconnaissent.” Son père but une gorgée de vermouth et sourit avant de parler, comme toujours quand il allait lui mentir et qu'ils le savaient tous les deux. “Je suis très vieux et il y a des années que je n’ai pas mis les pieds à Madrid. Je ne connais plus personne.” Il frappa dans ses mains pour appeler le garçon et mit un certain temps à rassembler les pièces pour le régler : il avait du mal à admettre et à calculer la valeur qu’avait maintenant l’argent en Espagne, et il répugnait à toucher le profil métallique et anobli du général Franco, qu’il avait connu au mess des officiers de Ceuta, où il avait constaté qu’il lui arrivait à peine aux épaules.

“Je veux t’emmener à Mágina, lui déclara-t-il sur un ton impersonnel. Si la ville te plaît, nous pourrons y passer l’hiver.” Il avait peut-être quelque chose à se faire pardonner : de lui avoir menti, de n’être plus ou de n’avoir jamais été le héros de son enfance. “Et après ?” demanda-t-elle. “Nous pourrons retourner en Amérique, si tu veux.” “Ce que je veux, c’est vivre dans ton pays.” Il but un peu de vermouth et secoua la cendre de sa cigarette avec un geste remontant à une élégance ancienne, inconnue d’elle, antérieure à la guerre, et elle ne décela pas le moindre accent de tristesse dans sa voix. “Ce n’est plus mon pays. Il n’y en a plus un seul qui le soit.”

C’était ce qu’il avait toujours voulu lui donner : ce qu’il n’avait pas, tout ce qu’il avait perdu sans savoir à quel point cela lui manquerait, malgré lui : la transparence de l’air de Madrid, les bleus de la Sierra de Mágina, une rafale de vent fleurant la terre humide par la fenêtre ouverte d’un train, le parler des femmes au marché et des hommes dans les bars, les yeux des gens, les regards francs et même cruels des inconnus dans les rues, le linge pendu aux balcons d’où venait la musique d’une radio, la saveur du pain et l’éclat dru de l’huile, choses banales et nécessaires qui ne lui seraient jamais restituées et qu’elle regrettait sans même les avoir connues. Depuis son arrivée à Madrid, il esquivait la sourde évidence de la désillusion et de la fraude : à peine descendu de l'avion, toutes les années de sa vie en Amérique s'étaient évanouies comme s'il n'avait passé là-bas que quelques semaines : mais il perdit aussi peu à peu les années plus lointaines qu'il était venu chercher, et il se vit dépouillé, aussi absurde qu'un touriste à qui on a volé ses papiers, son argent et tous ses bagages, suspendu dans le vide, sans perspective ni nostalgie, n'ayant que sa fille pour tout compatriote véritable et seul point de référence stable.

Il avait peur quand ils arrivèrent à Mágina : peur de la décevoir, de la perdre ou d'être percé à jour par sa perspicacité. Il descendit du car derrière elle, observant sa grâce fatiguée qui la distinguait des autres voyageurs, plus grande et plus jeune qu'eux, l'enthousiasme imperméable au remords et à la peine, en blue-jean très moulant, les cheveux très longs, les pommettes saupoudrées de taches de rousseur, elle avait évidemment l'air d'une étrangère à cause de la forme du menton et du teint de sa peau, elle était impatiente de récupérer les bagages pour aller en ville, attentive à lui, redressant son nœud papillon, époussetant la cendre sur sa veste, lui posant des questions auxquelles il répondait avec une bienveillance qu'il n'avait jamais manifestée dans ses rapports avec autrui. Mais elle avait les yeux et la voix d'une Espagnole, songeait-il toujours avec orgueil, et l'éclat des pupilles, et l'accent madrilène hérité de lui, mais elle était surtout excitée à l'idée de découvrir enfin la ville, lui demandant comment il se sentait, s'il était fatigué, s'il se souvenait des paysages qu'ils avaient vus par la fenêtre pendant le voyage et des rues par où le car était passé en entrant dans la ville. Un homme dépenaillé, qui avait une placidité d'alcoolique et poussait une brouette, leur proposa de porter leurs bagages à l'hôtel le plus proche, le Consuelo, sur le même trottoir, à quelques mètres de là. Ils le suivirent dans la rue et pendant quelques instants le commandant Galaz fut désorienté par l'intensité de la lumière et l'étonnement de se retrouver dans une ville dont il s'était souvenu pendant trente-six ans et dont il ne reconnaissait rien : des hauts bâtiments, des garages, une avenue avec une circulation bruyante. Comme s'il s'était trompé de ville, non que celle-ci ne ressemble pas à Mágina, mais elle était la reproduction exacte de la plupart de celles que le car avait traversées depuis leur départ de Madrid.

Il passa le bras autour des épaules de sa fille et elle lui enlaça la taille. Je ne me souviens de rien, lui dit-il, je ne sais pas où je suis. Un peu avant d'arriver au Consuelo, la porte d'un bar s'ouvrit, crachant une rafale de musique qui lui fut instantanément familière, le refrain d'une chanson des Rolling Stones, *Brown sugar* : elle ne s'attendait pas à entendre ce genre de chansons en Espagne, habituée depuis son enfance à associer le pays de son père aux disques des années trente qu'il écoutait parfois par une sorte de concession un peu honteuse à sa nostalgie. Elle fut contente de se voir marcher bras dessus, bras dessous avec son père dans les vitres du bar, baignée par la lumière blessante de midi, et elle s'aperçut que l'ivrogne triste qui portait leurs bagages les regardait du coin de l'œil avec une expression intriguée, se demandant s'ils étaient le père et la fille, peut-être étonné de voir qu'ils s'enlaçaient en pleine rue : presque personne ne faisait cela à Mágina à l'époque, seuls quelques couples d'étrangers ou de fiancés avides se lovaient scandaleusement dans les parcs comme des pythons, ainsi que les décrivait le curé de San Isidoro, intégriste et grand amateur de corridas. Elle sentait qu'en se blottissant contre lui, elle le protégeait de quelque chose. Elle s'était mise à s'occuper de lui avant la mort de sa mère, l'attendant souvent le soir, préparant ses repas, son linge propre pour le lendemain pendant que sa mère buvait des cocktails et fumait des cigarettes devant la télévision ou s'enfermait à clé dans sa chambre, rangeant ses livres et ses papiers dans son bureau, allant parfois le chercher certains soirs à la bibliothèque universitaire où il travaillait, et revenant avec lui, accrochée à son bras. Elle avait un penchant conjugal certain qui s'accentua après la mort de sa mère : à l'hôtel Consuelo de Mágina, le voyant s'asseoir sur le lit, poser ses lunettes et son chapeau sur la table de nuit, se frotter les yeux dans ses mains ouvertes, comme s'il voulait y cacher la fatigue de son visage, elle le sentit plus fragile que jamais, plus encore que le jour où elle l'avait surpris, lourdement prosterné sur le dernier banc d'une église de Madrid. Pendant qu'elle défaisait les bagages, rangeait le linge dans les armoires et les affaires de toilette dans la salle de bains, avec un soin réfléchi et un air d'éternité qui laissait croire qu'ils resteraient là jusqu'à la fin de leurs jours, son père fumait lentement, s'approchait de la fenêtre et, sans écarter les rideaux, contemplait l'avenue, les trottoirs à l'ombre des arbres, la chaussée et le passage pour piétons fraîchement peint, des feux tricolores en cours d'installation, le bâtiment en brique rouge d'en face, flanqué de persiennes d'un vert tendre et sanitaire, sans doute une *high school*, songeait-il, désagréablement surpris de constater qu'il avait du mal à trouver le mot espagnol. Au fond, au-dessus des terrasses et des arêtes à angle droit des immeubles, il distingua les flèches de clochers et crut entendre l'horloge de la place du Général-Orduña derrière les bruits de la circulation : à croire qu'il n'était pas encore vraiment arrivé à Mágina, qu'il avait fait un faux pas dans sa quête, par découragement ou maladresse, au moment où son voyage touchait à son terme : à chaque étape, depuis qu'il avait fermé sa maison du Queens et pris avec sa fille le taxi pour l'aéroport Kennedy, il avait senti le mouvement définitif du retour, mais chaque fois, à chaque arrivée, à chaque nouveau départ, au lieu de la plénitude promise, il avait trouvé un nouvel ajournement, une sécheresse intérieure qui n'arrivait jamais vraiment à s'émouvoir. Aéroports, gares de chemin de fer, hôtels, garages de cars, villes entrevues dans un lointain aussi inaccessible que l'horizon. Maintenant, il était dans une chambre qui aurait pu se trouver dans n'importe quelle ville, regardant une avenue, une rangée d'arbres, un bâtiment en brique rouge qu'il ne pouvait associer au nom de Mágina, voyant sur les toits, comme une ligne bleue de montagnes lointaines, les pinacles de certaines tours qu'il n'avait pas le courage de revoir.

En se tournant vers l'intérieur de la chambre, le contraste avec la lumière de la rue lui donna l'impression de la voir dans une quasi-obscurité : il était surpris de découvrir sa fille en train de ranger le linge dans une armoire, fredonnant tout bas une chanson en anglais. Il n'en revenait pas : elle avait beaucoup grandi et mûri ces derniers temps, ses gestes et l'expression de son visage étaient empreints d'une sorte de gravité gaie qu'il avait toujours vue, encore accentuée après la mort de sa mère. Il éprouvait devant elle un mélange insensé de fierté, d'incrédulité et de peur. Qu'il ait pu engendrer cette femme, c'était invraisemblable, comme d'ailleurs la plupart des événements de sa vie, depuis ce soir lointain où il avait calmement boutonné son uniforme, coiffé sa casquette devant le miroir de sa chambre, au pavillon des officiers de la caserne de l'Infanterie de Mágina, descendu lentement l'escalier de la cour, vu un bataillon rangé devant lui et entendu les ordres criés par d'autres qui jusqu'à ce moment-là avaient été ses compagnons d'armes et seraient dans quelques minutes ses ennemis, ses victimes ou ses prisonniers. Il n'avait pas embrassé une cause à la légère, il n'avait été aveuglé ni par la passion politique, qui le laissait indifférent, ni par une volonté d'héroïsme héritée de ses ancêtres ou inoculée dans son esprit pendant la campagne d'Afrique. Il ne savait même pas, dans les premières semaines de ce mois de juillet, à quel point le désespoir minait son cœur comme une maladie secrète. Il songeait seulement, en se rasant et entendant les cris de commandement et les coups de talons de la troupe retentir dans la cour, qu'il ne pouvait tolérer qu'un groupe de capitaines et de lieutenants mutins transgressent la discipline et désobéissent à ses ordres. Il n'avait pas prévu ce qui arriverait par la suite, et n'en était d'ailleurs pas davantage responsable : les fusillades, les incendies, les foules, le sang, les cadavres éventrés, écartelés, jetés dans les fossés et les ravins au cours de ces journées étouffantes, l'enthousiasme et l'espoir de vaincre qu'il ne partagea jamais.

"A quoi penses-tu ?" : sa fille lui soulevait le menton et l'obligeait à la regarder en face. Ses yeux avaient la couleur châtain clair des taches de ses pommettes, et ses cheveux, noirs dans la pénombre, prenaient des reflets cuivrés sous le soleil. "Si tu veux, nous pouvons aller faire un tour. J'ai envie de te montrer la ville, mais je risque de me perdre." Sans répondre, elle sourit, rejeta ses cheveux sur le côté et l'embrassa sur la joue : elle n'avait plus besoin de se hausser sur la pointe des pieds pour le faire. Il trouvait soudain étrange que cette fille, cinquante ans plus jeune que lui, soit sa fille, et qu'aucun des deux n'ait d'autre lien durable en ce monde. Le commandant Galaz se souvint sans remords de la femme au cou tordu se déplaçant dans un fauteuil roulant sur les dalles d'une église, de l'homme habillé en noir et du militaire tenant sa casquette à visière dans sa main gauche : machinalement, il avait posé les yeux sur les trois étoiles de capitaine cousues sur sa manche. Combien de vies peut vivre un seul homme, songeait-il, combien de hasards, combien de temps. Mais il était sûr que s'il n'était pas arrivé à Mágina par un soir d'avril dans la plus ancienne de ses vies, cette fille, dont il n'avait pas désiré la naissance et dont la seule présence était une justification de lui-même, n'existerait pas. Ils mangèrent au restaurant de l'hôtel et sortirent se promener dans l'après-midi, prêts à visiter la ville comme un couple de touristes un peu originaux.

Assis près de la fenêtre, au fond de la classe, regardant dans la cour les filles en train de faire leur gymnastique, le manuel de littérature ouvert sur la table car nous étions au cours de Praxis, rêvant de sortir le plus vite possible, l'heure qui n'en finit pas, marre de cette odeur de craie et de sueur dans la classe, envie de fumer, envie que ce type sans cravate se taise ou cesse au moins de répéter *praxis* tous les quatre mots et de faire semblant d'être un des nôtres et pas un professeur, vivement qu'on se retrouve sous les arbres à la sortie du lycée, marchant lentement les livres à la main, cigarette au bec, pour aller retrouver Marina, pas pour la regarder presque en catimini, échanger quelques mots que je peux à peine articuler et continuer mon chemin et me retrouver seul et descendre à la *huerta* de mon père, mais pour l'attendre, comme d'autres attendent leur petite amie au *Martos*, vers six heures, après avoir sélectionné des disques dans la machine et commandé un café au lait, ou plutôt un Cubalibre, et écouter *Cavaliers dans la tourmente* en fermant les yeux pour ne voir que la fumée et entendre les rumeurs de cette pluie et les sabots des chevaux, cette voix de Jim Morrison, regarder du fond du comptoir les vitres de l'entrée, derrière lesquelles je la verrai rentrer chez elle ou Dieu sait chez qui, avec son sac de gym et en chaussures de sport, les cheveux rassemblés en queue de cheval, pas pour me coller à la vitre, la regarder passer et mourir de chagrin sans même oser mourir de désir, mais pour savoir qu'elle va venir et attendre qu'elle arrive, fleurant bon la mousse et l'eau de chèvrefeuille, qu'elle entre au *Martos*, s'approche de moi et m'embrasse rapidement sur les lèvres avec cette familiarité des passions fortifiées par l'habitude, cette sorte de passion que je continuerai méthodiquement d'attendre et de perdre pendant l'autre moitié de ma vie, sa jupe si courte, ses chaussures blanches, ses chaussettes tombantes mauves qui me plaisent tant, montrant les chevilles, la peau brune de ses jambes, le vert humide de ses yeux si grands dans la pénombre du bar, quoi de plus naturel et de plus impossible, moi sur le dernier banc de la classe et elle en bas, dans la cour, ça y est, je la vois en pantalon bleu et chemisette blanche, je la reconnais avec un tressaillement dans la rangée de filles qui courent au rythme du sifflet de la professeur de gymnastique et d'éducation domestique, qu'on appelle la Méduse et qui aime bien les femmes, dit-on, je vois ses seins sauter sous le tissu, on va m'appeler au tableau pour lire un exercice de littérature que je n'ai pas fait au moment où pointe une douce et délicate érection car je pense à elle en la voyant courir dans la cour en ciment, imaginant que je suis au *Martos* et qu'elle vient vers moi et se colle à mon ventre pendant qu'on entend dans le juke-box une chanson rauque et canaille des Rolling Stones, *It's only rock'n'roll but I like it*, mais de toute façon je préfère The Doors, rien ne vaut Jim Morrison, personne mieux que lui ne murmure, ne crie, ne crache ces paroles, *Riders on the storm*, des cavaliers à cheval par une nuit d'orage, moi-même, seul, enfourchant la jument de mon père et tournant le dos à la *huerta*, fuyant Mágina, courant vers un autre pays, roulant en voiture sur une route qui n'en finit jamais, cette chanson de Lou Reed, *Fly, fly away*, va-t'en, envole-toi au loin, ou l'autre, celle de Jim Morrison, roule jusqu'au bout de la nuit, prends l'autoroute jusqu'à la fin de la nuit, ou celle qui plaît tant à Serrano, depuis que nous l'avons entendue dans l'appareil du *Martos* il n'arrête plus de la passer, et il colle son oreille au haut-parleur parce qu'il prétend être fasciné par la basse, la dernière qu'on a apportée de Lou Reed, *Take a walk on the wild side*. Quand Serrano et Martín me demandent de leur traduire les paroles, j'invente les mots que je ne comprends pas, pour leur cacher que mon anglais est moins bon qu'ils le croient et que je le voudrais, en tout cas la traduction anéantit souvent le mystère car le message de ces voix se trouve moins en elles qu'en nous-mêmes, dans notre désespoir et dans notre enthousiasme, c'est pourquoi, quand nous avons beaucoup bu et fumé, nous préférons écouter une chanson presque sans paroles, de Jimi Hendrix, par exemple, les distorsions furieuses de la guitare et cette voix lointaine qui semble toujours se perdre au cœur d'une tempête, ce rythme qui nous excite et nous oblige à fermer les yeux et à oublier qui nous sommes, la ville où nous sommes nés et où par miracle est arrivée cette musique venue de si loin, de l'autre côté d'une mer que je n'ai pas traversée, et que je n'ai même jamais vue.

Je parle d'un étranger, de l'étranger que j'étais et ne suis plus, du spectre d'un inconnu dont je trouverais la véritable identité pitoyable et ridicule si j'étais confronté à elle, si je n'avais égaré par exemple le journal que j'écrivais à l'époque et si je pouvais le relire, rouge de honte, je suppose, m'apitoyant avec compassion sur lui, sur moi, sur sa souffrance et ses désirs, sur son amour absurde et voué à l'échec et son sens tribal de l'amitié. C'est dans la musique que je le retrouve peut-être, dans les chansons d'alors que je réécoute et qui m'émeuvent toujours autant, comme si le temps s'était arrêté, se laissant idéaliser, modifier, greffer une sagesse qui nous était inaccessible, une ironie et un bonheur qui restèrent presque toujours, même par la suite, imaginaires : cavaliers dans la tourmente, tous les trois, imaginant notre fuite, rêvant de San Francisco et de l'île de Wight, visages implacables de Mágina, cavaliers dans la tourmente qui se promènent le dimanche sur la place du Général-Orduña et dans la rue Neuve en lorgnant les filles avec une mélancolie famélique, dépensant les rares pièces qu'on leur donne au baby-foot de la salle de jeux Maciste, achetant des Celtas courtes sous les arcades, montant vers le *Martos* pour introduire dans la rainure du juke-box nos derniers douros et fermer les yeux en sirotant une bière et en imaginant que c'est de la marijuana, pas une cigarette de tabac brun. Félix répugne à nous accompagner au *Martos*, je remarque qu'il s'éloigne de moi, il aime le latin et la musique classique, moi l'anglais et la musique pop, quand nous sommes agglutinés autour du juke-box comme autour d'un feu qui ravigote, Félix prend un air ennuyé et suit distraitement le rythme du pied, il ne boit pas de bière, ne fume pour ainsi dire pas, ne parle pas de femmes, il ne pense qu'aux bonnes notes qui lui permettront d'obtenir une bourse-salaire, car son père est toujours cloué dans son lit et mourra bientôt, et sa mère les a tirés d'affaire, lui et ses frères, en astiquant les pavés et en lavant les escaliers dans les maisons bourgeoises. Dans la rue, Félix sifflote doucement un adagio baroque et nous quitte, il va traduire du latin à la bibliothèque publique, on dirait qu'il ne vit que pour ça, chez lui il écoute toujours la radio, pas "Les top quarante" ni

“Pour vous les jeunes”, mais des émissions interminables de musique classique. Parfois, je le sens infidèle, à moi et à notre passé dans la rue de la Fontaine-aux-Rires, au temps où j’inventais des histoires pour lui seul, mais la vérité est peut-être le contraire, me dis-je avec remords, c’est moi qui n’ai pas été fidèle, je préfère la compagnie de Martín et de Serrano, parce qu’ils aiment les mêmes chansons que moi, détestent aller en classe et vivre à Mágina, ils veulent se laisser pousser les cheveux et s’habiller en jeans délavés couverts d’inscriptions hippies et fumer de la marijuana et du haschisch.

Praxis ne veut pas être le professeur typique qui pose des questions et exige des réponses par cœur, il cherche une autre façon d’enseigner, une autre praxis, répète-t-il immanquablement, il dit aussi beaucoup “en tout état de cause”, s’il nous fait venir au tableau, c’est pour entamer un dialogue fondé sur la confiance et nous soumettre à un feu roulant de questions : il ouvre son cahier où il a noté nos noms et je me tasse instinctivement sur le dernier banc, comme pour éviter d’être atteint par la fusillade, mais aujourd’hui la chance est avec moi, c’est un autre qui a été touché, sur le banc juste devant le mien, Patricio Pavón Pacheco, qui s’assied toujours à côté de moi aux interrogations écrites pour copier, car il n’a aucune idée sur la littérature, la praxis, l’histoire ni même sur la religion : il falsifie des certificats médicaux pour aller fumer et boire de l’anis au *Martos* pendant l’heure de gymnastique, il utilise la règle et le compas pendant les cours de dessin pour taper sur une batterie imaginaire en chantant tout bas *Get on your knees*, des Canarios, ou ces chansons épouvantables qu’on entend à l’approche de l’été, ses cheveux longs dégoulinent de graisse, il ne quitte jamais ses lunettes de soleil vertes à monture dorée, porte des chemisettes échancrées, des pantalons pattes d'éléphants, des ceintures à grosse boucle métallique, consacre soi-disant ses dimanches à séduire les bonniches, fume des blondes mentholées et allume ses cigarettes avec un briquet de la Légion. Patricio Pavón Pacheco est fier de son nom, dessine ses initiales à l'intérieur d'un cercle avec l'emblème hippie, se moque éperdument du lycée car il rêve d'être légionnaire et de draguer les étrangères, il dit qu'il est serveur à Majorque en été et n'arrive pas à s'envoyer toutes les Allemandes, Suédoises et Hollandaises qui lui tombent dans les bras, parfois, en cachette, sous le banc, il me montre une petite enveloppe en papier d'argent, l'ouvre, la passe furtivement sous le nez et m'invite à la respirer, et cette odeur douceâtre et pénétrante qui ne ressemble à aucune autre me fait trembler de peur et de curiosité, shit, me souffle-t-il tout bas, de sa voix baveuse, tu refiles une bouffée à une gonzesse et elle ne se sent plus, surtout si tu ajoutes un Cubalibre et une blonde mentholée. Praxis, au tableau, a prononcé ses deux noms en regardant au fond de la classe, comme s'il ne savait pas qui c'était, "Pavón Pacheco", et lui, comme s'il était déjà de la Légion et venait d'entendre les premières notes de son hymne, saute sur ses pieds, lève la main et lance : "Patricio", puis il se faufile entre les deux rangées de bancs en se contorsionnant, plus grand qu'il n'est réellement à cause de la semelle démesurée de ses chaussures à la mode, les pouces dans la boucle de sa ceinture, il ne se donne pas la peine d'apporter son cahier, à quoi bon, puisqu'il n'a pas fait son travail sur un poète oublié de Mágina que Praxis aime beaucoup, il tourne le dos au tableau, bras croisés et jambes écartées, regardant le professeur du coin de l'œil, sans ôter ses lunettes, comme un chanteur sur une scène, et une minute plus tard, après avoir essuyé un sermon de Praxis sur un truc appelé la responsabilité auto-assumée, il retourne à son banc et me sourit avant de s'asseoir, j'ai même l'impression qu'il me cligne de l'œil, suffisant et content de lui, avec la vanité décontractée d'un proxénète. On a vite compris que c'est la première année de Praxis, il s'assied sur un banc au lieu de rester derrière le bureau professoral, se prétend notre ami et nous prédit qu'à la fin de l'année nous ne ferons pas des compositions traditionnelles, d'où cette conclusion hâtive de Pavón Pacheco : c'est un plaisantin, un hurluberlu et un farceur. Pendant que Praxis lit à haute voix des vers sur la guerre qui n'en finissent pas, je regarde Marina qui fait des exercices d'assouplissement dans la cour, l'agitation de ses seins sous sa chemisette blanche me tourne la tête, je me vois les caresser, les prendre dans la paume des mains, embrasser ses mamelons qui, dans un rêve récent, étaient vert foncé, de la couleur du maquillage de ses paupières, puis je suis envahi de honte, comme après m'être masturbé, de honte et surtout d'une douleur durable, comme celle d'un malade chronique. Je vois le dos de mes amis sur les bancs, les épaules voûtées, les coudes sur leur manuel, imaginant qu'ils étudient, comme moi, Serrano se retourne et me fait un geste, donne un coup de coude à Martín, nous échangeons un bref sourire qui nous lie par une sorte de serment, Praxis réclame timidement le silence, ils se penchent sur le manuel et moi aussi je regarde le mien et y écris le nom de Marina. Je vais avoir dix-sept ans et je suis amoureux d'elle depuis l'âge de quatorze ans, nous avons beau être camarades de classe, nous nous sommes parlés à peine quatre ou cinq fois, presque jamais hors du lycée, évidemment, avec un peu de chance, quand nous nous croisons dans la rue elle me fait un signe et me sourit, on voit qu'elle ne m'a pas remarqué, je lui en suis presque gré car si elle me voyait l'indifférence deviendrait probablement animosité, si elle me voyait comme je me vois le matin, dans le bout de miroir suspendu dans la cuisine, au-dessus de la cuvette où je me lave avec l'eau que ma mère a tirée du puits avant l'aube et réchauffée sur le feu, exactement comme le faisaient sa mère et sa grand-mère, quelle pauvreté, nous n'avons même pas de salle de bains, je me lave en m'aspergeant avec la même énergie que mes oncles quand j'était petit, je me peigne, m'arrangeant pour rabattre mes cheveux sur mes oreilles, j'examine mon nez, d'après ma grand-mère Leonor on dirait une selle de bicyclette, je me trace une raie, rien à faire avec la mèche qui me tombe dans les yeux, j'aurai toujours la tête d'un rustre, un visage de paysan, de bouseux de Mágina, si seulement j'avais pu ressembler à Jim Morrison ou à Lou Reed, avec ses lunettes noires, ses vestes de cuir, avoir son visage maigre au lieu du mien, on dirait une miche, une tête catastrophique malgré la mèche sur le front et les revers relevés du blouson bleu marine de la Garde d'assaut que j'ai récupéré au fond d'une armoire et que je porte en signe de révolte contre mes parents, mais il y a pire : j'ai encore des traces du bouton violet qui a poussé au bout du nez, c'est une torture quotidienne dont j'oublierai la virulence, ce dégoût envers soi-même, l'humiliation de se voir tout nu et de savoir qu'on n'éveille aucun désir, la barbe irrégulière, les boutons sur la figure, les coupures quand je me rase, les chemises à carreaux orange et les pulls à torsades faits par ma mère, sans parler de la honte de mes caleçons quand nous nous déshabillons avant le cours de gymnastique, des caleçons blancs en tissu qui m'arrivent à mi-cuisse, taillés et cousus par ma mère et ma grand-mère, immenses, de vraies culottes de footballeur, même Martín et Serrano se moquent de moi car ils portent des caleçons modernes, ce que la télévision appelle des *slips*, serrés à l'aine, sans parler de l'humiliation de ne pas savoir faire du cheval d'arçons ni de cet engin redoutable qu'on appelle la poutre, je m'élance en tremblant et au moment de prendre mon appui pour faire la pirouette je me fige comme une mule rétive, les pieds collés au sol, les mains pendant le long du corps, c'est inutile, je n'oserai jamais, le professeur de gymnastique, don Matías, qui nous fait aussi la formation d'esprit national, crie, me traite de lâche et me pousse, mais je ne peux pas, je ne sais pas, je suis aussi maladroit que les plus gros de la classe, le peloton des maladroits, comme nous appelle don Matías, et je me souviens alors de mon père me disant de monter d'un bond sur la jument, j'essaie et à mi-parcours je glisse et retombe ignominieusement après avoir essayé de m'accrocher à la crinière, me retournant vers lui, la tête baissée, pour lui cacher que j'ai rougi, pour ne pas voir la déception sur son visage. “Tu n'as pas de sang dans les veines”, me dit-il quand je ne sais pas faire ce qu'il me demande, quand je ne monte pas d'un bond sur la jument ou n'ai pas assez de force pour serrer la sangle ou porter un sac de légumes sur le dos. Il me le dira sans doute encore ce soir, quand j'arriverai à la *huerta* et le trouverai furieux parce que j'aurai traîné en route, la fin des cours va sonner, les filles auront quitté la cour aussi et se doucheront, sortiront toutes nues dans le couloir des vestiaires, leurs serviettes humides sur le dos, les cheveux mouillés sur la figure, la peau luisante, mais je suis incapable de l'imaginer, je n'ai jamais vu une femme nue, même en photo, elles enfileront des blouses légères, des jeans, des chaussures de sport et s'en iront, sac au dos, se dirigeant vers on ne sait quels rendez-vous avec des types plus vieux et plus grands que moi, avec un peu de chance je la croiserai et elle me dira bonsoir, sinon je partirai en vitesse, mes livres sous le bras, je n'attendrai même pas Martín ni Serrano, ne traînerai pas au *Martos* pour écouter un disque car mon père m'attend, je dois arriver à la maison le plus tôt possible et me changer, mettre des bottes et un vieux pantalon, descendre en vitesse le chemin des *huertas* pour aider mon père, charger les légumes sur la jument et la conduire au marché où il les vendra demain, avant l'aube, dans sa veste blanche, avec ce sourire que nous ne connaissons pas car il est réservé à ses clientes, les femmes qui vont se servir chez lui tous les jours, plaisanter et lui dire c'est incroyable comme tu as l'air jeune. Et c'est vrai, maintenant que j'y pense, dans le couloir, quand la cloche retentit, ouvrant les portes de toutes les salles, remplissant l'air de cris et d'odeurs féminines, au marché il a l'air beaucoup plus jeune qu'à la maison ou qu'à la *huerta*, sans doute son regard et son sourire sont-ils plus francs, avec un accent de bonne humeur dans sa voix. Mais je ne sais ni qui ni comment il est, je ne commencerai à le comprendre qu'après bien des années, quand la haine et le besoin de me révolter contre lui se seront éteints, quand j'aurai découvert combien nous nous ressemblons.

A la sortie des cours, j'ai perdu de vue Martín et Serrano, dans le couloir je regarde discrètement les jambes nues des filles, les plus courageuses, celles qui continuent de défier le vent froid des soirs de la fin octobre, car maintenant elles portent presque toutes des bas ou des chaussettes. Sous les escaliers, entraîné par un flot de gens qui sortent des salles à la sonnerie, je veux ralentir pour lui laisser le temps de se rhabiller et d'apparaître, le visage sans maquillage et son sac à l'épaule, mais on me pousse et je me retrouve dans le hall d'entrée, je cherche Martín ou Serrano, mais ils doivent déjà m'attendre devant le lycée, sur le trottoir du Consuelo, fumant une cigarette. Au lieu de partir, je fais semblant de m'intéresser à une liste de résultats punaisée sur le tableau des annonces en regardant en coin le couloir du vestiaire des filles, quelques-unes de ses amies sortent, les cheveux mouillés, en minijupes, socquettes blanches et chaussures de sport, mais pas trace d'elle, sans doute est-elle déjà partie, j'ai une réaction de peur et de jalousie, elle est partie en courant pour retrouver quelqu'un, ce grand type, âgé, tout en noir, avec qui je l'ai vue quelquefois. Je dois me dépêcher, si je ne sors pas à l'instant je ne la verrai pas, elle n'est pas dans les escaliers, ni dans l'allée, sous les arbres, elle est peut-être au *Martos*, je traverse la rue sans regarder les feux, par impatience et plus encore par manque d'habitude, car ils viennent d'être installés, je m'approche du bar du Consuelo, je colle le nez à la vitre où il y a une affiche de Carnicerito à Mágina, mais Marina n'est pas au comptoir, j'entrevois un vieil homme qui n'a pas l'air d'ici, avec des lunettes, un nœud papillon, en costume sombre, le vent du soir d'octobre sent la pluie, je passe près du hangar de la Dinde, qui laisse échapper une odeur nauséabonde et excitante d'essence et de pneus, j'entre au *Martos* et à peine ai-je poussé la porte vitrée que mon cœur se serre et mon estomac se noue, un pressentiment, elle doit être ici, me dis-je, je peux presque identifier son parfum comme je l'identifie quand j'arrive en retard en classe et ne l'ai pas encore vue, mais il n'y a personne devant le long comptoir en zinc, pas même mes amis, et le juke-box papillonne de tous ses feux dans la pénombre du fond, il passe une chanson, *Proud Mary*, pas la version des Credence, celle d'Ike et Tina Turner, les vibrations denses de la batterie et de la basse saturent l'espace, je vais au fond jusqu'à la porte qui donne sur un petit jardin et sur une discothèque – Acuario's – dont la quasi-obscurité n'a jamais été explorée par mes amis ni par moi-même, et je vois sur un divan adossé au mur un couple qui s'embrasse à la faveur de la solitude et de l'ombre, une chevelure noire, peut-être celle de Marina, des jambes nues malgré le froid de ce soir d'octobre. Sans en avoir conscience, je les regarde s'embrasser, soulagé parce que la fille n'est pas Marina, envieux aussi car je n'ai jamais embrassé ni tenu une femme dans mes bras, regardant les cuisses larges de la fille et la main avide et experte du type qui caresse les genoux, s'introduit sous la minijupe et remonte rudement pour lui pétrir les seins, mais c'est en voyant la chevalière et le bracelet d'argent brillant que je découvre de qui il s'agit, son visage a beau être enfoui dans les cheveux de la fille, je reconnais les pantalons larges, les chaussures à talons, les cheveux graisseux et la frange de Patricio Pavón Pacheco. Il n'a pas ôté ses lunettes de soleil et en s'écartant de la bouche de la fille pour s'essuyer les lèvres, il a sûrement du mal à me distinguer au milieu de l'obscurité verdâtre, il me lance un ricanement simiesque en guise de salut, m'invite à m'asseoir avec eux et à commander à boire, un peppermint avec des glaçons, me suggère-t-il, montrant les deux consommations d'un vert translucide qu'ils n'ont même pas goûtées, et il me fait un geste vulgaire de complicité en désignant la fille : une mine fruste, un visage très maquillé, des seins énormes, elle me sourit d'une façon qui me déconcerte, comme si elle me proposait je ne sais quoi et se moquait de moi en même temps. Elle n'est pas au lycée, j'en suis sûr, ni étrangère, c'est sans doute une bonniche, comme dit Pavón Pacheco qui me montre entre les cours d'énigmatiques emballages de préservatifs, m'apprend des mots de caractère technique, comme il dit – noms de postures, de vices ou de maladies vénériennes –, et me donne des conseils sur la façon de choisir les femmes : les bonniches ont la cuisse facile, les putains ont bon cœur, tomber amoureux est une faiblesse de pédé, les étrangères viennent toutes en Espagne pour le même motif, l'ennui c'est qu'elles ne viennent presque jamais jusqu'à Mágina, elles restent à Majorque, sur la Costa Brava ou la Costa del Sol.

Je suis obligé de partir, dis-je, je n'ose pas lui demander s'il a vu Marina, je sens qu'il se moquerait de moi, je regarde une dernière fois la soi-disant bonniche, elle s'est penchée vers la table pour prendre son verre et je vois dans l'entrebâillement de son chemisier la fente entre ses deux seins blancs et comprimés. Je rougis presque, mais heureusement les lunettes vertes et le faible éclairage empêchent sûrement Pavón Pacheco de remarquer ma gaucherie, je dis au revoir mais ils ne me voient plus, ils ont repris leurs embrassades, chacun enfonçant sa langue dans la bouche de l'autre, se pourléchant le menton et les lèvres, respirant bruyamment, comme au bord de l'étouffement, on entend maintenant dans le juke-box une chanson érotique que Pavón Pacheco m'a demandé de lui traduire du français et qui d'après lui est excellente pour frotter et peloter, *Je t'aime, moi non plus*. Je me retrouve dans la rue, pensant à la promiscuité et à l'odeur de Marina quand elle s'assied par hasard à côté de moi lors d'un cours, mais impossible d'imaginer la saveur de ses baisers, je fais un tour dans le parc, plus personne du lycée, six heures sonnent à l'horloge lointaine de la place du Général-Orduña et les cloches de toutes les églises de

Mágina se mettent à retentir, je presse le pas, résigné à ne plus la voir, *Take a walk on the wild side*, me dis-je, les mains dans les poches et le regard à l'affût qui guette ma propre image quand je passe devant une vitrine, j'imagine que je marche comme un loup dans une rue de New York ou de Paris, je vis seul et j'ai vingt ans au lieu de seize, je descends la venelle Saint-Jacques jusqu'à la rue Neuve, où elle se promène peut-être avec quelqu'un, sans doute la verrai-je un peu plus loin, dans la rue Mesones, où il y a un glacier qu'elle fréquente quelquefois, mais la boutique est fermée, elle peut être allée sur la place, acheter des cigarettes à un étal sous les arcades. J'achète une Celtas, l'allume et reste un moment à fumer en contemplant les affiches de l'Ideal Cinema, les livres et les cahiers sous le bras, les mains dans les poches, ma silhouette solitaire et anxieuse reflétée dans les vitrages du Monterrey, mes yeux se tournant avec un éclair d'angoisse vers la tour de l'horloge qui marque déjà six heures et quart : je ne sais pas encore que je vais vivre ainsi une bonne partie de ma vie future, marchant seul dans des villes dont le seul point commun avec Mágina sera leur désolation, cherchant quelqu'un, un ami, un visage de femme toujours plus ou moins identique, malgré quelques variations dans les traits, la couleur des cheveux et des yeux, talonné par des horloges rappelant les obligations et les limites, perdu, comme en ce moment, en ce soir de la fin octobre, me regardant du coin de l'œil dans les vitrages des bars ou dans les miroirs des boutiques, m'inventant moi-même comme si j'étais un personnage de roman ou de cinéma qui n'arrive pas à appartenir pleinement à une histoire.

Je descends sous les arcades et au coin de la rue Gradas j'ai envie d'entrer dans la salle de jeux Maciste, où mes amis jouent peut-être au billard, mais il est tard, beaucoup trop tard, toute ma vie j'aurai un chronomètre insomniaque dans ma conscience, j'écarte la possibilité de les rejoindre et j'enfile le trottoir de la rue du Rastro en direction des jardins de la Cava et du quartier de San Lorenzo, en me dépêchant je peux encore arriver à la *huerta* de mon père avant la tombée de la nuit. Les coiffeurs, les tavernes et leurs odeurs de vin fermenté, leurs enseignes en forme de téléviseur, les voitures garées entre les acacias qui seront coupés dans quelques années, les terrains défoncés des palais détruits où se dressent des armatures de piliers en béton armé et des poutres métalliques, les feux de signalisation qu'on vient d'installer au carrefour de la rue du Rastro et de la rue Large, devant lesquels beaucoup de gens s'arrêtent encore, juste pour voir clignoter le petit bonhomme vert et dégourdi qui devient un petit bonhomme rouge attendant jambes écartées, les trottoirs plus larges et les jardins de la Cava, qui descendent vers la corniche des Belvédères, au sud, le long de la muraille, où des couples d'amoureux se promènent tous les soirs : je marchais dans la ville sans la regarder, je la connaissais par cœur au point de la détester, de la renier, de la croire définitive et statique, sans me rendre compte que j'avais commencé cruellement à changer et qu'un jour, quand je reviendrais, je ne la reconnaîtrais peut-être plus. Avant de tourner le coin de la rue du Puits, je jetai un coup d'œil distrait en direction des jardins qui entourent la statue du lieutenant Rojas et je vis un homme et une femme venir à ma rencontre, entre les rosiers et les massifs de myrte. A la lueur déjà violette et faible du crépuscule, la douleur me permit de reconnaître Marina plus sûrement que mes pupilles : elle portait encore son survêtement et ses chaussures de sport, et avait à l'épaule son sac de gymnastique au lieu d'un sac à main, mais elle avait noué ses cheveux et passé un blouson sur les épaules. Elle était avec un type beaucoup plus grand qu'elle et que je n'avais jamais vu. Ils marchaient un peu séparés, sans se toucher, lui très attentif à ce que Marina lui racontait, elle agitant les mains et les regardant comme pour s'assurer de la clarté de ses explications. Je connaissais ce geste pour le lui avoir vu faire souvent en classe. Je m'immobilisai à l'angle pendant quelques secondes, les regardant s'approcher, sûr qu'ils ne me voyaient pas, plongés dans une conversation parfois entrecoupée par le rire de Marina. En passant à côté de moi, ils ne risquaient pas de me voir, même si je ne m'écartais pas, même si elle posait un instant ses grands yeux verts sur moi, souriait et me disait bonsoir. Je tournai la tête, la baissai encore plus et rentrai chez moi, suivant la chaussée de la rue du Puits ; quand je réentendis le rire de Marina derrière moi, je sentis avec un déferlement de jalousie et d'humiliation qu'elle se moquait de moi, de mon visage, de mon malheur, de mon amour, du quartier où je vivais et de la vie que je menais.

Chez moi, dans la salle à manger envahie par l'obscurité, assises à l'ultime clarté de la fenêtre, ma mère et ma grand-mère Leonor cousaient en écoutant les prédictions de Madame Francis à la radio. J'entrai sans rien dire, accablé par le sort, posai mes livres sur la table et ne répondis pas quand ma mère me dit d'aller vite me changer car j'allais arriver en retard à la *huerta*. Je montai dans ma chambre, mis une chanson des Animals sur le tourne-disque, et pendant que je l'écoutais en essayant de répéter les paroles avec l'accent d'Eric Burdon, j'ôtai mon jean, mon blouson bleu et mes chaussures de sport, et enfilai mes habits pour la terre comme si j'étais obligé de revêtir un uniforme indigne, les vieilles bottes tachées de boue sèche, le pantalon en velours qui sentait le fumier, un grand pull gris qui avait appartenu à mon père. Je criais en silence, remuais les lèvres comme si la voix d'Eric Burdon était la mienne, essayais devant la glace de prendre sa tête sinistre et téméraire et me coiffais en arrière, aplatissant mes cheveux à l'eau derrière les oreilles pour que mon père ne voie pas qu'ils étaient trop longs ; enfin, je dévalai les escaliers en courant et sortis sur la place San Lorenzo sans prendre le temps de dire bonsoir. Je me disais, dans un an je serai parti, je me promettais de ne jamais revenir, me jurais que si mon père me demandait pourquoi j'étais si en retard, je ne lui répondrais pas. Quand j'arrivai à la *huerta*, il faisait nuit, mon père avait fini de charger les légumes sur la jument et me regarda sans rien dire quand je lui racontai que j'avais dû rester jusqu'à six heures et demie au lycée. Dans la cabanette, autour d'un feu de racines d'artichaut, l'oncle Pepe, l'oncle Rafael et le lieutenant Chamorro roulaient des cigarettes et se passaient une bouteille de vin en se racontant des histoires de la guerre et en évoquant le souvenir du commandant Galaz. "Je l'ai vu hier, disait le lieutenant Chamorro, je vous jure que je l'ai vu." Je pensai avec dédain, avec rancœur, presque avec haine, qu'ils étaient comme morts, passant le plus clair de leurs vies, impuissants, ligotés à la terre, à invoquer des fantômes.

Il se réveilla sans la moindre trace de fatigue ou de sommeil, un peu avant l'aube, alors qu'il régnait encore une obscurité de nuit noire derrière la fenêtre, il resta immobile, les yeux ouverts et sur le qui-vive, sans raison, écoutant derrière la cloison la respiration de sa fille qui dormait dans la chambre contiguë. Mais il était sûr que quelque chose l'avait réveillé, pas un sursaut du sommeil mais un accident de la réalité, et il voulait, en bougeant, tel un chasseur, déclencher de nouveau ce bruit maintenant qu'il était sur ses gardes et pouvait découvrir sa nature et son origine. Car en se réveillant, il avait senti en lui un regain de jeunesse, l'énergie inquiète et soudaine des petits matins de la caserne, suivie de l'apaisement qui lui plaisait tant à l'époque où il était cadet et constatait en ouvrant les yeux que la diane était encore loin de sonner. Mais voilà mon rêve, se dit-il, on sonnait la diane, il était retourné à l'internat militaire ou à l'académie et serait puni s'il ne sautait pas du lit. Il alluma la lumière de sa table de chevet, chaussa ses lunettes et regarda sa montre : sept heures tapantes. Et au moment où la trotteuse passa sur le douze, il entendit un bruit très lointain et très faible qui l'émut comme s'il était encore dans l'impudeur de ses rêves : on sonnait la diane dans la caserne de Mágina, et le vent d'ouest lui apportait ces notes étouffées qui paraissaient venir du fond de l'horizon du temps. Il avait dormi la fenêtre ouverte, car avant d'aller se coucher, il avait bu plus que ne l'aurait admis sa fille, et il ne voulait pas qu'elle sente des odeurs d'alcool quand elle entrerait dans la chambre : il n'y avait pas encore de circulation, et dans le silence de l'aube, les sons avaient une clarté nette et vibrante, comme les couleurs d'un paysage par une journée limpide de novembre. Les oiseaux dans le parc voisin, les premières volées de cloches dans les églises, l'horloge de la place du Général-Orduña qui égrena les sept coups peu après les derniers échos du clairon, et le commandant Galaz était toujours immobile sous ses draps, imaginant les bruits de bottes dans les escaliers de la caserne, les visages peureux et ensommeillés des soldats qui couraient au rassemblement encore à demi vêtus, casquette sur la nuque, lacets défaits, les plus maladroits à la traîne ou bousculés par les autres, les cris rauques du caporal-chef et des sergents de semaine.

Visages pas rasés, têtes hirsutes, corps mal lavés, imprégnés des odeurs de nuit, de couvertures, de vieux uniformes, regards suant l'ennui, la peur, la mélancolie, la faim. Les hommes s'alignaient dans un bruit de bottes et de mains ouvertes se frappant les flancs à l'unisson. Dans sa chambre du pavillon des officiers, lui aussi se levait à sept heures, même s'il n'était pas de service. Il sautait du lit, comme si c'eût été un outrage intime de s'accorder un instant de paresse de plus, faisait trente tractions rapides et élastiques sans appuyer une seule fois le ventre par terre, se redressait d'un bond, prenait une douche d'eau froide qui le ramenait radicalement à la lucidité cruelle du réveil et de la discipline. A sept heures et quart, son ordonnance lui servait le café, brûlant et sans sucre : l'homme avait l'habitude de le trouver immobile devant sa fenêtre ouverte, tenant parfois encore son rasoir, essuyant lentement le fil dans une serviette, comme si le rasoir était une arme et la lumière du matin le signe d'une attaque ennemie. Il avait une mémoire infaillible pour les noms et se souvenait encore de son dernier ordonnance : Moreno, Rafael Moreno, un soldat maigre, avec un long nez fin, de grandes oreilles, des gestes dénotant une lenteur craintive et paysanne. L'homme posait le café sur la table en pin où étaient toujours posés un pistolet dans son étui et un livre recouvert avec du papier journal, puis, avant de sortir, il faisait claquer maladroitement les talons et se mettait au garde-à-vous en rejetant la tête très en arrière. "Vous désirez autre chose, mon commandant ?" "Merci, Moreno, apportez-moi mes bottes." Les bottes étaient propres, luisantes de graisse, les boucles astiquées, la casquette légèrement penchée sur la gauche, l'inclinaison soigneusement calculée devant le miroir. Dans la salle de bains, dépeigné et en pyjama, avec une trace de barbe blanche et grise, il voyait sa peau blanche et un peu pendante autour du cou. Pour bien se raser, il mit ses lunettes et s'arrangea pour que le bruit de l'eau ne réveille pas sa fille. L'ordre inflexible des objets, des mots et des heures, de chaque geste singulier, le regard épiant dans le miroir un signe de faiblesse ou de sommeil, le bout des doigts glissant sur la peau du menton pour vérifier qu'il n'y avait pas une seule aspérité, une infime négligence dans le rasage, le livre recouvert pour que personne ne puisse en lire le titre, mis sous clé avant de sortir, l'attention reportée pendant les dernières secondes sur la vallée où le jour se levait, de l'autre côté de la fenêtre, sur la silhouette du cavalier sans nom qui traversait la nuit et dont les traits semblaient rajeunir avec la clarté du matin. Le tube de lumière au-dessus du miroir du lavabo donnait à sa peau un teint blafard, soulignait les rides aux commissures des lèvres et les poches sous les yeux. Son haleine puait l'alcool : en soufflant, le miroir s'embua et son visage s'effaça. Le menton haut, les mâchoires serrées, le regard droit, irrité et vide, comme un cri de commandement. Maintenant, il serait au moins général de division, et le dimanche matin, après la messe, en grand uniforme, avec son écharpe et son plastron brillant de décorations, il pousserait dévotement le fauteuil roulant de cette femme invalide à cheveux blancs et à la bouche tombante qui ne l'avait même pas regardé en passant à côté de lui. Elle avait la tête qui oscillait, comme si les muscles du cou ne la soutenaient plus, et un chapelet enchevêtré dans ses doigts. Quel soulagement, dans la caserne de Mágina, de se réveiller dans un lit où il dormait seul, dans une chambre meublée en tout et pour tout d'une table nue, d'une petite étagère et d'une gravure au mur, où seuls entraient son ordonnance et lui, car il n'avait pas coutume, comme d'autres officiers, d'inviter ses collègues à boire et à jouer aux cartes et à parler grossièrement des femmes après le couvre-feu. Personne ne connaissait son secret : il n'avait aucune vocation militaire, pas la moindre vocation imaginable. A croire que, depuis sa naissance, il était amputé d'un organe dont les autres hommes étaient pourvus, mais dont l'absence pouvait passer inaperçue et pouvait même, jusqu'à un certain point être dissimulée avec succès. A la place de cet organe, sorte de viscère sécrétant l'orgueil, le courage et l'honneur, le commandant Galaz était persuadé depuis l'adolescence d'avoir une bulle d'air, un espace caché et vide, tel un coffre scellé qui ne contient rien. Mais bien des hommes vivent avec un seul rein, et des lâches deviennent des héros dans un accès de panique.

Pour ne pas être découvert, il avait passé la première moitié de sa vie à exécuter avec une précision exaspérante les moindres injonctions de la discipline militaire. A l'internat, à l'académie, dans les garnisons de la Péninsule et d'Afrique où il servit à partir de l'âge de vingt ans, certains autour de lui se permettaient des écarts qu'il ne s'accorda jamais. Il buvait très peu, fumait cinq ou six cigarettes par jour, mais dans la solitude, dans sa chambre, non qu'il eût peur d'éveiller le soupçon d'une faiblesse chez les autres, mais le tabac avait sur lui un effet narcotique et il lui semblait prudent d'attendre d'être seul pour s'y abandonner. Le chef de la garnison, le colonel Bilbao, ancien compagnon de son père, l'encourageait à chercher une maison dans Mágina : il ne pouvait pas rester dans cette chambre du pavillon des officiers qui tenait plutôt de la cellule de moine ; il devait, pour rompre sa solitude, appeler au plus vite sa femme et son fils, d'autant plus qu'elle était enceinte. Le colonel Bilbao avait les cheveux blancs et crépus, le cou toujours penché en avant comme un oiseau aux aguets, le visage violet de cognac et ravagé par l'insomnie. Son bureau était dans la tour sud, sous la terrasse des réflecteurs, et la lumière des fenêtres qui donnaient sur la vallée et sur la cour de la caserne ne s'éteignait pas de la nuit. A cinq ou six heures du matin, il somnolait dans son fauteuil en bois sculpté, son blouson ouvert et un filet de salive suspendu à la lèvre inférieure, grosse et rouge sur ce visage blafard, telle la déchirure d'une blessure. Parfois, l'aide de camp frappait à la porte de la chambre du commandant Galaz et lui demandait de la part du colonel d'avoir la bonté de se rendre à son bureau. "Galaz, si vous n'aviez pas eu la bonté de venir me tenir compagnie à cette heure-ci, je me serais logé une balle dans la tête." La nuit de juillet où il se fit sauter la cervelle, le colonel Bilbao avait l'air de somnoler dans son fauteuil, comme d'habitude, blouson ouvert et menton dans la poitrine, mais le filet de salive suspendu à sa lèvre était rouge et épais, et il avait taché une feuille de papier à l'emblème de la garnison sur laquelle il s'était contenté d'écrire le nom de la ville et la date. Le colonel Bilbao avait une fille divorcée à Madrid, qu'il supposait égarée dans l'activisme politique, et un fils inepte qu'il détestait car à l'âge de trente ans il était toujours sergent, sans avenir ni vocation. Le colonel Bilbao consacrait une partie de ses insomnies à écrire à ses deux enfants des lettres d'insultes qu'il ne déchirait pas toujours au petit matin. Assis en face de lui, le commandant Galaz buvait du café et sirotait du brandy à petites gorgées en l'écoutant en silence. “Galaz, savez-vous pourquoi nous avons des enfants ? Pour que nos erreurs durent plus que nous.”

Il éteignit la lumière de la salle de bains et referma doucement la porte, il finit de s'habiller aussi soigneusement que lorsqu'il portait l'uniforme et se préparait à assister à un défilé solennel. Chemise propre, pliée par sa fille et rangée dans un tiroir, gilet, veste, petit écusson de l'université à la boutonnière, nœud papillon, chapeau. L'aube était de plus en plus froide, mais il repoussa le manteau comme une concession inadmissible faite à la vieillesse. Il entra à tâtons dans la chambre de sa fille : elle dormait sur le côté, embrassant son oreiller, la bouche entrouverte et les cheveux en désordre sur son visage à peine blanchi par les premiers rayons de l'aurore. Elle remua sous ses draps, prononça quelque chose à voix haute, des mots incompréhensibles – elle rêvait peut-être en anglais –, puis son corps retrouva sa sérénité et se détendit un peu dans son lit. Ma fille, mon erreur, mon héritage ni voulu ni mérité, qui regarderas le monde quand je serai mort et porteras mon nom et une partie de ma mémoire quand tout le monde m'aura oublié. Il laissa un mot sur sa table de chevet : il reviendrait avant neuf heures. Maintenant, les soldats devaient se laver, faire leurs lits, pressés par le caporal-chef, et dans quelques minutes retentirait le clairon pour la formation du petit déjeuner, puis la sonnerie de la relève de la garde. Il but un thé au lait au bar de l'hôtel. Son estomac ne supportait plus le café, mais il aimait tant son odeur qu'il s'arrangeait toujours pour s'asseoir à côté de quelqu'un qui en avait commandé un. Il faillit demander un verre d'eau-de-vie, mais sa fille risquait de s'en apercevoir à son haleine. Elle ne dirait rien, mais le regarderait avec un air de reproche, seule expression héritée de sa mère : elle avait aussi hérité d'elle la forme du menton, la couleur des cheveux et des yeux, mais heureusement pas leur froideur. Il avait vécu pendant dix-huit ans avec une femme dont le regard n'exprimait rien, face à deux pupilles aussi objectives que la vitre d'un miroir, et aujourd'hui il n'avait pas besoin de l'oublier pour ne pas se sentir responsable de son malheur, de sa maladie et de sa mort. Il était plus facile de l'oublier que de se la rappeler. Certaines nuits, il se réveillait en croyant entendre les battements de son cœur, qui avaient des accents métalliques depuis qu'on lui avait implanté des valvules artificielles, premiers symptômes de menace et de chantage. Les coups s'étaient arrêtés dans la chambre de l'hôpital et on aurait dit que quelqu'un avait débranché un écran. Ni lui ni sa fille ne rallumèrent celui qu'elle regardait inlassablement, désormais aussi muet et inutile qu'un meuble anachronique, écran convexe et gris qui reflétait la pièce qu'elle ne nettoierait plus avec une dévotion névrotique, le canapé qu'elle n'occuperait plus, avec sa haute coiffure rigide et son maquillage outrancier, avec un verre transparent dans la main.

Accents métalliques des battements résonnant dans la poitrine d'une femme malade, sorte de machinerie incertaine qui soutenait le rythme difficile de sa vie : roulements de tambour et sonneries de trompette au loin, venant de l'ouest, propagés par le vent qui apportait une odeur de pluie imminente. A l'entrée de la caserne, la garde avait dû prendre position et un sous-officier devait hisser le drapeau. Il sortit de l'hôtel et marcha à pas lents dans l'avenue, contre le vent, passant devant les garages au moment où les rideaux métalliques se levaient, devant les immenses vitrines des marchands de voitures, croisant des employés matinaux et gelés, des étudiants qui montaient vers le lycée, des hommes de la campagne qui conduisaient leur bête par la bride. A l'emplacement de l'ancienne gare, il y avait maintenant un parc et un grand bassin au centre : la nuit, il le voyait illuminé de sa chambre, et le portier lui avait expliqué, avec une fierté chauvine, qu'il n'y avait pas dans toute la province un jet d'eau qui monte plus haut et n'ait ces changements d'éclairage. Il descendit jusqu'à la rue Neuve, s'arrêta à l'angle de l'hôpital Saint-Jacques, pensa continuer en direction de la place du Général-Orduña, mais découvrit en face de lui une large rue bordée de deux rangées de marronniers qui descendait vers le sud et paraissait aller jusqu'à la mer. Les maisons blanches de chaque côté étaient plus basses que les cimes des arbres, et tout au fond, à droite, contre le profil haut et brumeux de la Sierra de Mágina, on voyait se profiler au-dessus des toits le château d'eau de la caserne. “Vous ne pouvez pas vous tromper, lui avait-on dit à la gare, quand vous arriverez au bout de la rue Neuve, vous verrez le château d'eau." Ce matin-là, il portait un costume en lin gris clair qui lui donnait, avec son bronzage de Ceuta, un air vaguement *indiano**. Il portait une valise légère où il avait juste mis son uniforme avec l'étoile à huit branches récemment cousue sur les manches, sa buffleterie et son pistolet, quelques livres recouverts avec du papier journal et du linge de corps de rechange. Mais il était fatigué par le voyage et n'était pas pressé d'arriver à la caserne et de commencer l'exténuante cérémonie des présentations, mots de bienvenue et salutations, retrouvailles de vieux compagnons et toast avec un xérès de mauvaise qualité au mess des officiers. C'est incroyable, lui diraient-ils enthousiastes, avec une jalousie rentrée et fielleuse, trente-deux ans et déjà commandant. A Ceuta, quand sa femme avait appris la nouvelle, elle avait acheté deux petites bouteilles de champagne, fondu en larmes en trinquant avec lui, avalé de travers et taché sa robe ample de grossesse. Dès qu'il trouverait un logement décent, il la ferait venir : qui sait comment serait cette ville perdue où il était nommé, Mágina ; que d'inconforts devrait-elle supporter avec son fils s'ils partaient tout de suite avec lui. Dans ses souvenirs et ses rêves, il les confondait parfois toutes les deux : d'une part la fille et l'épouse et la mère de militaires espagnols, d'autre part la bibliothécaire américaine qu'il épousa vingt ans après pour la seule et unique raison qu'il l'avait mise enceinte la seule fois où il avait couché avec elle. Elles avaient un point commun : toutes les deux étaient catholiques,

* C'était le nom donné aux Espagnols qui étaient partis aux Indes Occidentales et particulièrement à Cuba (la dernière colonie que l'Espagne perdit en 1898), alléchés par la perspective souvent illusoire de faire fortune. *(NdT)*

et il n'avait éprouvé pour aucune des deux un sentiment qui s'apparente à l'amour. Elles auraient même pu échanger sans difficulté leurs reproches préférés, l'habitude des larmes dans les chambres obscures et derrière les portes closes, celle du silence vindicatif. Il se sentait seul et léger, en ce matin d'avril, dans une ville inconnue, n'ayant le besoin ni la nostalgie de personne, n'étant plus obligé de simuler et d'acquiescer perpétuellement, marchant dans des rues pavées où le chiendent verdissait sous le soleil oblique, doré et tiède de onze heures, puis assis dans un café, sous les arcades d'une place où se dressaient une tour et la statue entourée d'acacias d'un général qu'il connaissait parce qu'il avait servi sous ses ordres lors de la campagne d'Afrique. Le profil de la statue était singulièrement fidèle à son modèle : sur la place de Mágina, comme dans les ravins pelés du Maroc, le général Orduña regardait vers le sud avec l'air hautain et stupéfait de ceux qui gagnent des batailles par hasard et n'arrivent pas à comprendre à quel moment ni pour quelle raison un désastre confus se transforme en victoire.

Mais la rue qui menait à la caserne ne s'appelait plus la rue du 14-Avril, elle était devenue la rue du 18-Juillet* : cette date infâme avait pour lui la saveur d'une commémoration personnelle. S'il n'avait pas été seul, il n'aurait pas osé l'emprunter : comment expliquer à sa fille qu'il n'avait aucune nostalgie d'avoir été militaire, qu'il ne cherchait pas un décor mort et sans doute honteux du passé, mais la solution à une

* Le 14 Avril est le jour anniversaire de la proclamation de la IIe République ; le 18 Juillet 1936 est la date du soulèvement franquiste. *(NdT)*

énigme impossible, celle de sa vie jusqu'à trente-deux ans, celle de son dévouement inflexible à une tâche dont il s'était toujours moqué : pourquoi avait-il voulu être conforme à ce que d'autres avaient voulu pour lui, pourquoi s'était-il si bien acclimaté depuis la fin de son enfance à la discipline militaire, sans effort ni désir, comme s'il n'envisageait pas d'autre destinée. En traversant la rue Neuve, à l'angle de l'hôpital, le vent qui dévalait des collines couvertes d'oliviers de l'ouest faillit emporter son chapeau. La pente l'obligeait à accélérer le pas et lui apportait le sentiment rassurant de ne pas être obligé de les guider. La rue et l'horizon paraissaient s'élargir et les marronniers grandir. Les femmes avaient ouvert toutes grandes les portes des maisons et elles balayaient, lessivaient les entrées ; des hommes en béret, blouson doublé et pantalon de velours sanglaient les mulets attachés aux grilles et prenaient ensuite le chemin des champs, les rênes en chanvre à l'épaule. En suivant le trottoir lui parvenait l'odeur chaude des écuries, et il entendait des bribes de feuilletons et de chansons à la radio mêlées aux cris aigus des femmes qui houspillaient leurs rejetons en retard à l'école. Des enfants en tablier bleu, cartable dans le dos, cheveux mouillés et aplatis, sortaient des porches et le regardaient avec méfiance et curiosité, comme certaines femmes qui le dévisageaient ouvertement et ne reprenaient leur balayage qu'après son passage. Mais il n'avait plus cette peur absurde d'être reconnu qui l'avait hanté les premiers jours. Qui pourrait le reconnaître après tant d'années, qui parmi les survivants d'alors se souciait de son retour, alors qu'il était devenu un autre et n'avait même pas l'impression de revenir ? Aussi inconnu qu'à l'époque, aussi démuni, aussi serein, il arriva au bout de la rue et déboucha sur l'esplanade nue, face à l'escarpement et à l'horizon de la vallée, encore plongée dans une brume bleu clair dans laquelle s'enfonçaient les contreforts de la Sierra, pareils à des racines colossales. A droite, de l'autre côté des maisons, se dressait la masse en pierre obscure de la caserne, avec ses tourelles dans les angles, ses encadrements en brique rouge, son portail ouvert entre deux guérites, flanqué de créneaux et d'un écusson doré aux armes de l'Infanterie. A gauche, vers l'est, se prolongeaient sur les flancs boisés des *huertas* les ruines de la muraille ancienne de Mágina, les toits et les façades blanches longeant la corniche des Belvédères, les églises et les quartiers du sud. Voilà la ville qu'il avait connue. Telle qu'il l'avait découverte par une paresseuse matinée d'avril, les mains dans les poches de son pantalon de touriste ou d'*Indiano*, car il avait laissé sa valise en garde dans ce café de la place du Général-Orduña, plein d'un bonheur secret et nonchalant, d'autant plus précieux qu'il n'en avait jamais soupçonné l'existence et n'allait durer que quelques heures. “Mon commandant, nous étions inquiets, nous vous attendions à la première heure de la matinée, et le colonel Bilbao nous avait dit que vous n'êtes jamais en retard.” Quand il vit ce lieutenant se mettre au garde-à-vous et braquer sur lui ses yeux fixes et fanatiques sous la visière de sa casquette, il sut que le jeune homme représentait un danger. Mais cela, c'était plus tard, après sept heures, à la nuit tombée. Il resta deux heures assis devant sa table sous les arcades, enveloppé dans la rumeur des groupes d'hommes de la campagne qui fumaient debout et paraissaient attendre quelque chose qui n'arrivait jamais, il s'accorda – personne n'en saurait jamais rien – une bière et un vermouth, mangea tranquillement dans une auberge de la rue Mesones, jouissant de chacune de ces minutes mémorables et banales, regardant par la fenêtre les femmes qui passaient, descendit au hasard une rue pleine de cafés et de petites boutiques de tissus et déboucha soudain sur une place qui lui fit l'effet d'un plan horizontal illimité, bordée de palais en pierre jaune, de perrons, de cours entourées de colonnes en marbre, bouchée au fond par une église dont le portail était encadré de bas-reliefs de centaures et de statues de femmes soutenant des armes nobiliaires, les seins à l'air. Comme dans les ports de mer, un abîme de bleus se déployait au bout de certaines rues orientées au sud. Par moments, il percevait derrière la cacophonie des cloches les sonneries lointaines de la trompette de la caserne et un roulement de tambour monotone. Mais inexplicablement, lui qui avait toujours vécu talonné par les montres et les obligations, il n'était pas pressé, et il revint vers le centre de Mágina, errant au hasard des ruelles ombragées et des petites places plantées d'acacias ou de peupliers, entendant des voix et des bruits de couverts à l'intérieur des maisons, les sabots d'un cheval, des pas aussi solitaires que lui. A un carrefour, il fut surpris par un campanile que le lierre avait escaladé jusqu'à la croix en fer qui le surmontait, et par la façade d'un palais flanqué de tours médiévales austères, avec une rangée de gargouilles sous l'avant-toit. Il n'arrivait pas à localiser dans la ville la boutique de l'antiquaire où il avait acheté la gravure de Rembrandt qu'il avait suspendue le soir même dans sa chambre du pavillon des officiers. Il était distrait et fatigué, par la faute de sa longue marche, de la bière et du vermouth, il cherchait à s'orienter depuis un bon moment et avait décidé de demander sa route à quelqu'un. La boutique occupait le rez-de-chaussée d'un palais aux murs bombés, aux pierres obscurcies par l'humidité et les lichens ; dans la vitrine, derrière une fenêtre grillagée, il y avait un vieux coffre, un mortier en cuivre, un vase fendu en porcelaine bleue, une gravure obscure, sans cadre, qui avait les bords usés et repliés vers l'intérieur comme ceux d'un parchemin. un jeune homme chevauchait un cheval blanc dans un paysage nocturne. On distinguait derrière lui l'ombre boisée d'une montagne et le profil de ce qui ressemblait à un château abandonné, mais le cavalier lui tournait le dos avec dédain, presque avec vanité, la main gauche sur sa hanche, et son visage si jeune avait une expression de sérénité songeuse et arrogante. C'était incontestablement un soldat, une sorte de guerrier : il portait un bonnet sans doute tartare, un arc et un carquois rempli de flèches, un sabre recourbé dans sa gaine. Le commandant Galaz, qui n'était amateur ni de peinture ni d'antiquités, le contempla un moment dans la vitrine, entra dans la boutique et acheta la gravure pour une somme minime ; lui-même fut étonné de son geste, parce qu'il n'avait pas l'habitude de se faire des cadeaux. Mais il ne s'en sépara plus jamais et la garda toujours suspendue devant ses yeux dans tous les lieux où il vécut, dans sa vie future et dans son exil. Il l'avait apportée dans ses maigres bagages, dans un cylindre en carton, et la décrocha, la remit dans ce même étui le jour où il décida de retourner définitivement en Amérique, et quand sa fille, dix-huit ans plus tard, le lendemain de son enterrement, alla récupérer les affaires qui lui avaient appartenu, dans l'entrepôt de la résidence de vieillards, elle ne trouva qu'une malle pleine de photographies prises à Mágina, une Bible en espagnol et un cylindre en carton contenant une demi-douzaine de diplômes militaires et cette gravure du cavalier qui traverse l'obscurité, téméraire et somnambule.

Il ne voulut pas s'approcher davantage de la porte de la caserne : il entendait déjà, sur le gravier de la cour, le piétinement des soldats recevant leur instruction et les cris de commandement des sous-officiers. A soixante-neuf ans, il rêvait encore avec angoisse qu'il entendait sonner la diane et n'avait pas la force de se lever, ou ne retrouvait pas une pièce de son uniforme, ce qui lui vaudrait d'être arrêté quand le sergent de semaine ferait son inspection. Mais il était tard, plus de neuf heures, et sa fille serait exaspérée de l'attendre quand il serait de retour à l'hôtel. Il envisagea de mentir quand elle lui demanderait où il était allé. Il se dépêcha de revenir, suivant les mêmes rues, regardant à peine autour de lui, un peu étonné de son indifférence. A la réception, on lui dit que sa fille déjeunait au bar. Il la vit derrière les vitres, douchée de frais, les cheveux humides et le visage ensommeillé, parlant au comptoir avec quelqu'un. Il allait pousser la porte, mais la curiosité et la jalousie le retinrent instinctivement : sa fille parlait avec un homme qu'il ne connaissait pas, plus très jeune, une bonne trentaine d'années, elle lui souriait et se penchait avec attention vers lui.

Je me révoltais en silence, baissant la tête, essayant de ne pas les regarder dans les yeux, de ne pas voir leurs visages durcis par l'entêtement du travail et de la volonté, par la stupeur de ne pas comprendre et par la résolution de refuser ce qui leur échappait et leur faisait peur. Le monde avait changé autour d'eux, la maison avait une télévision, un réfrigérateur, une cuisinière à gaz et même un robinet d'eau courante dans la cour, il y avait des tracteurs dans les champs, des machines à creuser et à faucher, mais chez eux, l'étonnement était la seule nouveauté, car la méfiance qu'ils éprouvaient maintenant était le simple dérivé de l'éternelle peur, de la terreur vécue, apprise et héritée, le simple dérivé de l'habitude de parler à voix basse, à demi-mot, de posséder comme seule garantie de survivance la paix et le refuge intangible qu'offrent les liens du sang. De quelle façon tout avait changé, et avec quelle rapidité ! Comme dans ces films où l'on voit un jeune couple de fermiers pauvres qui coupent et entassent laborieusement des troncs au cœur d'une vallée sauvage, ils entreprennent la construction d'une cabane, la cabane très vite terminée, l'hiver est là, la fumée sort par la cheminée et à l'intérieur, près du feu, une femme donne le sein à un bébé blond, puis en un clin d'œil le fermier misérable porte redingote et chapeau blanc, conduit une voiture à cheval dans une allée entre deux rangées d'arbres qui n'ont pas mis deux minutes à pousser, dans la séquence suivante l'enfant qui tétait quelques instants auparavant est un adulte qui prend congé de sa mère pour aller à la guerre, il en revient des années après, ses parents ont les cheveux blancs et le reçoivent sous le porche d'une maison à colonnade devant laquelle une automobile a remplacé la voiture à cheval, il est désormais impossible de savoir qui est le père, qui sont les enfants, qui est enterré dans le cimetière recouvert de gazon quelques secondes avant que la musique monte et qu'apparaisse sur l'écran les mots : *The End*. Tout se transforme effectivement à cette vitesse, non plus dans les récits des voyageurs qui racontent des merveilles à leur retour de Madrid, mais dans la ville même de Mágina, et eux, ils vivaient la réalité comme au cinéma, ils perdaient le fil, ne reconnaissaient pas les changements des personnages, ne savaient pas reconstituer les périodes évoquées entre les photogrammes ni rattacher le passé immédiat au présent vertigineux. Qu'en deux minutes de film un nourrisson devienne un adulte heurtait les conceptions rigides de la vraisemblance de mes grands-parents, mais ils trouvaient tout aussi inconcevable qu'un sellier qu'ils avaient toujours vu coudre des bâts et des licous sous un porche devienne un roi de la ferraille par exemple, ou qu'un misérable vendeur de machines Singer à la commission soit propriétaire d'une chaîne de magasins d'électro-ménager et conduise une Dodge Dart. Tout était invraisemblable : les familles chez qui mon grand-père travaillait dans sa jeunesse étaient maintenant ruinées, on avait détruit leurs palais pour construire des immeubles à leur place. Les enfants désobéissaient aux parents et abandonnaient la terre pour aller travailler dans le bâtiment, dans les ateliers de mécaniqueauto ou dans les entreprises de charpentes métalliques ; les femmes fumaient en public et portaient des pantalons, les hommes se laissaient pousser les cheveux et ressemblaient à des femmes, on ne comprenait pas les paroles des chanteurs, les scandales devenaient la norme : on racontait que le fils du sous-commissaire Florencio Pérez, qui était au séminaire, avait soudain abandonné ses études de curé pour devenir communiste et athée, quand il était venu à Mágina il avait les cheveux jusqu'aux épaules, une barbe sale et hirsute, et une fiancée ou une maîtresse étrangère qui portait une jupe si courte qu'on lui voyait la culotte. "Des maisons de vingt étages ! déclamait mon grand-père Manuel. Des bandes magnétiques ! Des machines à gauler les oliviers !" Des assiettes en Duralex, des meubles en Formica qui reléguèrent dans les paillers comme une honte les lourds meubles, tables, buffets, chaises en paille où nichaient les punaises, glacières qui maintenaient les denrées au frais sans qu'on soit obligé de les remplir de glace, poêles au butane, braseros électriques… Mais tout, au fond, était faux : la chair des poulets géants avait un goût de paille, les œufs des poules condamnées à l'insomnie dans les fermes modernes avaient des jaunes tout pâles et ne nourrissaient pas, le lait en bouteille affaiblissait les enfants, le butane était plus pernicieux que la fumée d'un brasero mal éteint et pouvait exploser comme une bombe et pulvériser des maisons entières, la lumière des téléviseurs pouvait rendre aveugle, les chanteurs à la télévision ne chantaient pas vraiment, ils se contentaient de remuer les lèvres et de se contorsionner, la moitié des nouvelles aux informations télévisées étaient des mensonges, les Américains n'avaient pas débarqué sur la lune et si on abandonnait le travail de la terre à ce rythme, ce simulacre de prospérité s'effondrerait pour nous ramener à l'année quarante-cinq, à l'époque la plus noire de la faim.

Le monde ressemblait à un film en technicolor et ils soupçonnaient derrière ces couleurs vives la présence opiniâtre et perfide de toutes les vieilles menaces : ne fais confiance qu'à toi et qu'aux tiens, ne te fais jamais remarquer, n'oublie pas ce qui est arrivé à tant d'autres qui se sont distingués par ambition ou par imprudence, ou qui simplement n'ont pas eu de chance et ont été emportés à l'heure de la vengeance comme par une inondation : le voisin d'à côté, ou son fils – celui qui vivait à Madrid et écrivait dans les journaux –, tué au cours d'une fusillade avec les gardes civils, le pauvre oncle Rafael, qui après dix années de service militaire est revenu à moitié tubard, rongé par les poux, victime d'engelures féroces qui le tourmentent encore trente ans après, le lieutenant Chamorro, inlassablement persécuté par la police, habitué comme un voleur à l'humidité et à l'opprobre de la fourrière. Dans la *huerta*, quand le lieutenant Chamorro, profitant des moments de détente du repas, parlait de révolution sociale et de collectivisation de la terre, l'oncle Rafael l'écoutait bouche bée et mon père me surveillait du coin de l'œil : je le voyais de plus en plus mal à l'aise. En hiver, vers dix heures du matin, nous mangions de la saucisse et de la viande accompagnées de tomates au coin d'un feu, dans la cabanette ; en été, nous cherchions l'ombre fraîche d'un grenadier et mon père m'envoyait chercher tomates, oignons, poivrons et piments que je lavais sous le jet glacé du bassin, puis il les coupait en petits morceaux, les assaisonnait dans un plat en terre avec de l'huile et du sel : la chair fraîche de la tomate et les morceaux de pain imprégnés d'huile avaient sous le palais une saveur instantanée de paradis et d'abondance qui enrobait les invocations libertaires du lieutenant Chamorro d'une matérialité sacrée : la terre était prodigue et récompensait le travail honnête et consciencieux, mais une poignée d'hommes rapaces en faisaient un enfer empoisonné de lucre et d'usure, et un jour, plus tard, en quelque sorte à l'aube de l'humanité, la seule tâche noble serait le travail des mains et celui de l'intelligence, l'argent et l'exploitation de l'homme par l'homme auraient été bannis. Mon père, aussi indifférent à la fatigue et au sommeil qu'au miroitement de ces prophéties, se levait, essuyait son couteau contre son pantalon, et frappait dans ses mains. "Allons, au travail, vous ne dites que des âneries." Le lieutenant Chamorro, vieux et digne, avec son béret sale et ses lunettes, hochait la tête en refermant sa gamelle et répliquait par des formules apprises dans les assemblées de sa jeunesse. "Je proteste énergiquement. Le pire ennemi de la liberté et de la justice n'est pas la dictature de Franco, mais l'ignorance des pauvres." Le lieutenant Chamorro avait appris à lire et à écrire pendant son service militaire à la caserne de Mágina, où il avait atteint le grade de caporal secrétaire un peu avant le début de la guerre. Il s'était enrôlé dans les milices qui avaient enrayé dans la Sierra la progression des factieux de la province de Grenade, et à sa grande surprise, il s'était découvert des talents de stratège et de chef. Sur l'initiative du commandant Galaz, il avait été envoyé à l'Ecole populaire de guerre de Barcelone, et en était ressorti avec le grade de lieutenant d'artillerie. Fait prisonnier au moment de la déroute de la Catalogne, il avait passé plusieurs années en prison et quand on l'avait relâché il était revenu à Mágina pour reprendre son travail à la journée dans les champs. Mais il continuait de lire tous les livres qui lui tombaient sous la main, avec autant de passion qu'il avait lu presque tous ceux de la bibliothèque de la caserne, il possédait une machine à écrire sur laquelle il écrivait avec lenteur et patience les souvenirs de sa vie et d'interminables traités d'économie libertaire dont il brûlait les pages par prudence à mesure qu'il les tapait. Certaines après-midi et presque tous les dimanches il descendait à la *huerta* avec l'oncle Pepe et l'oncle Rafael pour aider mon père. S'il était absent plusieurs jours de suite, c'était qu'on l'avait incarcéré à la fourrière, non parce qu'il avait conspiré – selon ses propres termes, il avait usé ses forces et son enthousiasme, et en avait assez de l'inutilité des réunions clandestines, de leur air raréfié et enfumé –, mais par habitude : le général Franco passait près de Mágina pour rejoindre ses réserves de chasse dans la Sierra, ou bien on annonçait la visite d'un ministre ou d'un archevêque. Alors, le sous-commissaire Florencio Pérez, un ami d'enfance, se rendait chez Chamorro avec une expression de deuil pathétique et désolée, s'asseyait à la table *camilla*, grignotant peut-être un gâteau ou sirotant un verre d'eau-de-vie que lui offrait la femme du lieutenant comme à un visiteur illustre, et lui disait : "Chamorro, je n'ai pas le choix, je me vois dans la triste obligation d'accomplir mon devoir."

Ils disaient d'eux-mêmes qu'ils s'entendaient comme larrons en foire, l'oncle Pepe, l'oncle Rafael et le lieutenant Chamorro, en descendant par le chemin qui mène à la *huerta* de mon père ; l'oncle Pepe et l'oncle Rafael étaient frères et ne se ressemblaient pas du tout, tous les deux sur un grand âne récalcitrant qui, au moindre sursaut, rejetait les oreilles en arrière et montrait les dents, signe qu'il avait envie de mordre, le lieutenant Chamorro était sur une toute petite ânesse qui rouspétait dans les côtes comme un être humain, ployant sous le poids de son maître qui laissait traîner par terre ses pieds chaussés de sabots à semelles en caoutchouc de pneu. L'oncle Rafael était maigre et de petite taille, il n'avait pas de chance dans la vie et se plaignait que rien ne lui réussissait : il achetait un âne et on l'escroquait, il allait au service militaire et on le libérait sept ans plus tard, à la guerre il avait participé aux batailles les plus féroces, il avait eu les pieds gelés à l'offensive de Teruel et avait failli être amputé, comme le boiteux qui vendait des graines de tournesol et louait des romans et des bandes dessinées sur la place du Général-Orduña. L'oncle Rafael portait de vieilles vestes et des pulls de pauvre, effilochés aux poignets, il était toujours très propre, mais avait immanquablement l'air de ne pas s'être rasé depuis des jours, il se tuait au travail sans résultat, son seul fils était parti à Madrid et l'avait laissé seul. L'oncle Rafael parlait peu et tout bas, comme s'il demandait pardon. L'oncle Pepe était grand, vigoureux et sec comme un peuplier en hiver, il descendait à la *huerta* en costume et gilet en velours, chapeau de feutre et bottes à ganses sans la moindre trace de boue ou de poussière, s'exprimait en utilisant de savantes circonlocutions, s'attardait si minutieusement aux détails de ses tâches qu'il finissait par être tout à fait inutile, n'avait jamais l'air d'être fatigué, de mauvaise humeur ou amer, donnait des tapes amicales à l'oncle Rafael, allons, frérot, ne fais pas cette tête, il n'y a pas de quoi, tout l'étonnait, il me montrait avec un index délicat la pointe du premier bourgeon dans les branches encore pelées d'un figuier, ou une minuscule pousse de blé à peine sortie de terre, regarde, petit-neveu, on dirait qu'elle est morte, mais les grains gigotent à l'intérieur comme les vers, il consacrait des heures de relaxation bouddhiste à rouler des cigarettes ou à découper un morceau de basane pour le coller dans sa botte et protéger ses durillons, il entreprenait de raconter quelque chose et nous exaspérait tous, dans le plus court récit il se perdait en digressions et inexactitudes, et quand il voulait raconter la nuit de son retour de la guerre, l'histoire durait presque autant que l'aventure elle-même : l'oncle Pepe était revenu de la guerre comme d'autres reviennent des champs parce qu'ils ont été surpris par la pluie. Recruté presque à la fin du conflit, dans la cavalerie, il avait reçu une formation sommaire, un fusil, un mulet, et avait été envoyé au front. Il n'avait pas oublié le mulet : grand, disait-il, marron foncé, noble, une bonne tête ; il l'avait enfourché, la nuit venait, il entendait les coups de canons, voyait les fossés jonchés de cadavres de mulets et de chevaux éventrés, les viscères grouillant de vers, et se disait voyons voir, à Mágina un animal pareil, ça m'arrangerait, il était tellement plongé dans ses pensées qu'il se laissa distancer, et quand il voulut rejoindre les autres la nuit était tombée, il se mit à pleuvoir, il risquait de s'enrhumer, il arrêta son mulet, lui fit faire demi-tour et sans se cacher de personne ni craindre qu'on l'arrête ou qu'on le fusille pour désertion il prit la route de Mágina, arriva deux jours après, attacha les rênes de la bête à la grille de sa maison et quand sa femme sortit et lui demanda d'où il venait, il lui répondit le plus naturellement du monde : D'où veux-tu que je vienne, de la guerre. "C'est à cause de ça qu'on l'a perdue, ajoutait le lieutenant Chamorro, de cette débandade qui régnait dans notre camp." J'en avais assez de les écouter, je finissais mon casse-croûte en vitesse et j'allais fumer une cigarette à l'écart, en cachette de mon père. Le lieutenant Chamorro ne fumait pas, ne buvait pas, n'allait jamais dans les cafés, des puits ouverts par le capital, disait-il, pour noyer la rage des pauvres dans le vin. "Et qu'est-ce que vous avez tiré de tout ça, de toutes ces palabres et de tous ces malheurs ?" Mon père le défiait, debout devant lui, plus fort et plus jeune, avec une fierté intime que je lui connaissais bien, celle d'avoir acquis sa terre sans l'aide de personne et d'avoir fait en quelques années de cette *huerta* abandonnée une des plus fertiles de Mágina. La première fois qu'il m'y avait emmené, c'était un terrain vague désert, les canaux effacés sous les broussailles sèches, la cabanette et les enclos en ruine, le bassin rempli d'algues disparaissant presque sous les ajoncs. Pendant des années il avait tout sacrifié, vendant la maison de la Fontaine-aux-Rires, s'endettant auprès d'usuriers, travaillant de l'aube jusqu'après le coucher du soleil, s'humiliant même devant mon grand-père Manuel pour qu'il nous héberge indéfiniment dans sa maison de la place San Lorenzo. Mais la terre disparaissait maintenant sous les verts d'une forêt géométrique, l'eau jaillissait en permanence dans le bassin et tous les soirs, été comme hiver, nous remontions au marché une grande quantité de légumes, nous élevions des cochons et des vaches et nous aurions sans doute bientôt une machine à creuser et une Land Rover. Lui, mon père, c'était le patron ; le lieutenant Chamorro, avec ses gestes cérémonieux et ses paroles aux allures de sermons, un journalier. Mon père l'admirait de savoir tant de choses et d'avoir lu tant de livres, mais il ne voulait pas qu'il soit un exemple pour moi. "Ce que j'en ai tiré, à mon âge, c'est une santé bien meilleure que la vôtre, parce que je ne me mets pas dans le corps tous ces poisons que vous prenez. Et l'essentiel, c'est de marcher la tête haute, je n'ai jamais trompé ni abusé personne de ma vie, je ne cache pas mes idées même si c'est à cause d'elles qu'on m'arrête, même si je sais que je ne verrai pas de mon vivant l'avènement de l'instruction publique et de la justice sociale sur cette terre ingrate. Qu'on se le dise." "Quel bagout, murmura l'oncle Rafael, Chamorro, tu as toujours parlé d'or." L'oncle Pepe fit mine de vouloir embrasser le lieutenant Chamorro, mais celui-ci se déroba en tournant la tête, et je crus le voir essuyer une larme sous les verres de ses lunettes. C'était un petit homme râblé, en dépit de son âge, le visage aplati, et il était efficace dans les tâches de la *huerta*, robuste et précis. "Toi, n'arrête pas d'étudier, me disait-il, lis tous les livres que tu peux, apprends des langues, deviens ingénieur, médecin, instituteur, mais si tu t'élèves grâce à tes efforts et au sacrifice de tes parents, ne tourne pas le dos à ceux qui n'ont pas eu ta chance. Ton père est un peu bizarre et il a un air sérieux, mais même s'il ne te le dit pas, il est fier comme Artaban quand tu lui rapportes de bonnes notes. Il dit que tu écris à la machine avec les dix doigts, que tu comprends les étrangers et que tu peux lire sans regarder ton papier, comme les journalistes de la télévision. N'arrête pas d'étudier, mais apprends aussi à creuser, à arroser, à récolter l'olive et à traire les vaches. Le savoir ne prend pas de place, mais tout ce que nous avons vient de la terre et du travail, et nul ne peut savoir ce que nous réserve le lendemain."

Il croyait avec une candeur sans bornes que le savoir ne prenait pas de place, que le monde était grand comme un mouchoir de poche, que tous les chemins menaient à Rome, que la meilleure loterie était le travail et l'économie. Je travaillais avec eux dès l'aurore, le dimanche et pendant les vacances, je les regardais avec un sentiment mêlé de tendresse involontaire et de dédain buté : durs, ennuyeux, ignorants, mais aussi loyaux et dignes, car ils étaient animés par un instinct connu d'eux seuls qui leur appartenait au même titre que le teint cuivré de leur peau ou la rudesse et la force de leurs mains. Quand mes camarades, la veille de Noël ou à la fin mai, attendaient la fin des cours avec une impatience fébrile, je comptais aussi les jours, mais avec désespoir, songeant que je ne verrais plus Marina, que je serais obligé de me lever tôt et d'aller travailler dans les oliveraies ou à la *huerta* dès l'aube, de nettoyer les écuries, de changer la litière des vaches et des cochons, d'arracher les pommes de terre ou les oignons, de creuser la terre ou d'y ramper pour ramasser l'olive. Au début, j'avais mal aux os, j'avais les mains qui pelaient, puis mon visage bronzait, mes bras se musclaient, une énergie inconnue se répandait dans mon corps et mes paumes devenaient aussi dures que l'extrémité d'une houe. Et le soir, quand je revenais épuisé, me lavais en m'aspergeant d'eau froide à la cuisine, me changeais pour aller retrouver mes amis ou rôder dans la rue de Marina, je me sentais à la fois fort et différent des autres, plus grand, dans une plénitude physique mêlée de fureur et d'amertume qu'ils ne pouvaient connaître. Je trouvais que les cours et les compositions étaient des obligations puériles : je n'étudiais pas comme d'autres pour que mon père m'achète une bicyclette ou m'emmène en vacances à la plage, mais pour me gagner un avenir qui ne soit pas lié à la terre, pour quitter Mágina au plus vite sans mourir de faim. Chacun de mes amis avait déjà choisi sa voie, même le peu recommandable Pavón Pacheco était sûr de son avenir : proxénète et légionnaire. Martín voulait s'orienter vers les sciences ; Serrano, qui jusqu'à quinze ans avait rêvé de faire partie de la maffia et d'être pistolero, voulait devenir poète ou guitariste de rock ; Félix préparait consciencieusement ses études de lettres classiques et de linguistique pour être professeur. Mais moi, je n'avais pas une image très nette de ma vie future, je ne savais comment envisager mon lendemain, comme disaient mes aînés avec révérence, je ne voulais pas être quelque chose, mais quelqu'un, une figure solitaire et romanesque conçue dès l'enfance, faite étourdiment de personnages de films, d'aventuriers sortis de romans et de bandes dessinées, d'inconnus qui passaient sur la place San Lorenzo et que je regardais comme des préfigurations de mon apparence à venir, l'identité mouvante et cachée que je désirais pour moi, et à laquelle j'avais ajouté depuis peu des cheveux longs, une barbe et des voyages, non pas au centre de l'Afrique ni dans les mers du Sud à la recherche d'îles désertes, mais à travers les routes de l'Europe et des Etats-Unis. Je voulais être parfois comme le patron du *Martos*, qui recevait de l'étranger ces disques qu'on ne pouvait entendre à la radio ni trouver dans les magasins de Mágina : il avait été marin sur un navire marchand, disait-on, avait vécu à Amsterdam, s'était adonné à la contrebande, trafiquant dans les ports des tropiques ou passant des frontières en fraude, et maintenant qu'il avait atteint la trentaine, retiré de tout, repu d'aventures, il dirigeait son bar et sa discothèque comme un ancien hors-la-loi qui se résigne à la nostalgie et à la légalité. Je voulais à mon gré changer de nom, de ville, de pays et de langue, et en marchant seul dans les rues de Mágina ou en travaillant silencieusement dans la *huerta*, à côté de mon père, je m'inventais sans relâche des passés et des avenirs, pendant des jours et des semaines entières je me consacrais à l'invention détaillée d'une seule vie, ainsi étais-je à Paris, j'avais dix-neuf ans, une fiancée nordique, je livrais les fruits sur les marchés et écrivais du théâtre de l'absurde dans une mansarde ; ou bien j'étais à San Francisco, batteur de rock, vivant avec Marina qui, fuyant un mariage malheureux en Espagne, avait sauté dans un vol transocéanique, je lui manquais et elle me cherchait parmi les hippies de la ville, connaissait la faim avant de me retrouver, et me découvrait finalement par hasard, me reconnaissait à peine sous mes cheveux longs et ma barbe semblable à celle du batteur des Credence… Mais au bout d'un certain temps, ces vies m'ennuyaient, je pressentais une lassitude de la vie de bohème et du sexe, fréquente dans certains romans, j'entrevoyais une vieillesse inconsolable, et sans quitter la *huerta* de mon père ni ma chambre sur la place San Lorenzo, je changeais complètement de vie, j'avais vingt-sept ans, correspondant à Rome, blasé, je buvais un gin à la terrasse de la Via Veneto, participant avec froideur et décontraction à une conversation dans plusieurs langues, saturé de femmes cosmopolites et d'aventures d'un soir. Pendant certaines périodes, je renonçai au rock et à la route et je devins commandant guérillero dans la Sierra de Mágina, organisant avec succès un attentat contre le général Franco, m'inspirant avec une avidité plagiaire des histoires racontées par le lieutenant Chamorro, puis je rentrais dans la ville par la rue Neuve, dans une jeep découverte, à la tête d'une colonne de barbus portant des étoiles écarlates sur leur béret, au milieu des drapeaux rouges flottant au-dessus de la foule, sur les clochers des églises, au balcon du commissariat, sur le piédestal de la statue de nouveau renversée du Général Orduña. J'étais un guérillero froid, serein, impitoyable, j'avais l'expression de Che Guevara sur cette photo affichée dans la chambre de la sœur de Martín, qui était en deuxième année de faculté et nous prêtait parfois des disques ennuyeux de chanteurs interdits et des exemplaires de *Mundo Obrero**. Je n'avais aucune pitié pour

* Journal du Parti communiste clandestin. *(NdT)*

les fascistes regroupés dans la cour du lycée – provisoirement elle faisait fonction de camp de concentration –, et je ne participais pas non plus aux bruyantes manifestations d'allégresse de mes hommes. Maintenant, c'était le commandant Galaz que j'imitais, à travers les récits de l'oncle Rafael : grand solitaire, implacable dans le respect de la discipline et de la justice, je m'enfermais seul dans ma chambre spartiate du quartier général et personne, pas même mes amis et lieutenants – Félix, Martín, Serrano –, ne connaissait le secret qui me torturait. Un soir, à la faveur de l'obscurité, je montais seul dans une jeep et me dirigeais vers une certaine villa du lotissement du Carmel qui, sur mes ordres, avait été épargnée. Je sautais d'un bond sur le trottoir, devant la grille, ignorant avec une indifférence toute militaire la pluie ruisselant sur mon uniforme, et je secouais la sonnette. Une lumière s'allumait dans l'entrée et une jeune femme, décoiffée, le teint pâle mais encore très belle, Marina, sortait dans le jardin et venait m'ouvrir, un châle sur les épaules. Nous avions arrêté son mari, un franquiste notoire, et il suffisait de ma signature pour le libérer. Elle me suppliait, ses grands yeux verts noyés de larmes, comme on disait toujours dans les romans et dans les feuilletons de la radio, elle me jurait que son mari n'était pas un conspirateur, me promettait de se donner à moi, me traînait presque dans sa chambre. Son chemisier était déboutonné et je pouvais voir à la lumière blafarde la naissance de ses seins blancs que j'avais vus nus dans un rêve, les mamelons peints en vert foncé. Je ne lui répondais pas tout de suite. Je posais la houe sur la terre sombre et meuble, m'arrêtais d'arracher des patates, et mon père disait à côté de moi : “Dis donc, c'est pour aujourd'hui ou c'est pour demain, tu es dans la lune.” Je la regardais froidement dans les yeux, dissimulant tout le désir, la souffrance et la tendresse de tant d'après-midi en cours et dans les couloirs du lycée, des années plus tôt. Sans lui répondre, je passais sur place deux coups de fil : l'un au camp de concentration, pour prononcer le nom odieux de son mari – que dans le secret de son cœur elle n'aimait pas – et ordonner qu'on le remette immédiatement en liberté. L'autre à la frontière, pour qu'on le laisse quitter le pays. Je sortais de la poche intérieure de mon uniforme vert olive une enveloppe que je tendais à Marina. C'étaient deux passeports. Elle les laissait tomber et me regardait avec des yeux de nouveau embués de larmes, mais maintenant humides de gratitude et peut-être d'amour. Elle m'embrassait sur les lèvres, voulait me dire quelque chose, je lui imposais le silence d'un geste, ressortais dans le jardin, où il pleuvait toujours à verse, sautais dans la jeep sans refermer la grille, démarrais sans allumer les phares et ne me retournais pas pour la regarder une dernière fois.

Tu vas devenir aveugle à force de lire, tu finiras par chasser les mouches avec ta casquette, comment tous ces mots peuvent tenir dans ta cervelle, tu vas devenir sourd avec la musique à fond, où as-tu la tête, tu ne fais attention à rien, tu as l'air d'un ahuri, on voit que tu as moins de mal à écrire à la machine qu'à récolter l'olive. Je vivais malade de mots et de voix, les mots silencieux des livres et les voix des chansons et des émissions étrangères que je captais après minuit, comprenant parfois avec un sentiment d'orgueil et de triomphe une phrase entière en anglais ou en français, reconnaissant des noms, m'imaginant que c'était moi en train de parler dans un studio illuminé, au dernier étage d'un gratte-ciel, imitant des sons et des accents avec le bonheur de m'entendre transformé en un autre, pourtant les voix qui maintenant me bouleversaient le plus n'étaient pas celles de la radio ni celles de mes aînés, c'étaient celles qui résonnaient en moi dans une confusion perpétuelle et inlassable, comme dans une radio où quelqu'un tourne au hasard le bouton de syntonisation. Je ne voulais pas être quelque chose, je ne voulais pas de carrière, ni d'une fiancée, ni d'une épouse avec deux ou trois enfants et un bureau, une salle de classe et une maison avec télé en couleurs, cuisinière électrique et salle de bains, je détestais cette perspective avec ardeur, et avec autant d'ardeur je repoussais l'idée de rester à Mágina et de travailler aux champs, je ne voulais être lié à rien ni à personne, ne pas avoir de racines, vivre dans la réalité de ma vie d'adulte comme je vivais dans mes fantasmes solitaires à la *huerta*. Maintenant, mes parents, mes grands-parents et mes oncles étaient des ombres qui murmuraient des avertissements et des souvenirs usés par l'ennui de la répétition. Leurs heures de silence et leurs grimaces de douleur m'étaient aussi indifférentes que les éclats de rire et les visages empourprés de leurs festivités, et le dernier jour de l'olive, quand on avait apporté dans le champ de grandes dames-jeannes de vin rouge et des cabas de tourtes au poivron, quand les femmes crevaient de rire en entonnant des chansons obscènes, ou quand on avait fini de tuer le cochon, ou le jour de la fête de ma grand-mère Leonor, quand les porches et la basse-cour de la place San Lorenzo se peuplaient d'innombrables parents et cousins, je restais en marge, une canette de bière à la main, m'enivrant en cachette et en douceur, me réfugiant dans ma chambre du dernier étage pour entendre un disque en anglais et fumer une cigarette et imaginer que je revenais à la ville des années plus tard, barbu et énigmatique, à l'aube, un baluchon de nomade sur le dos, bourru et célèbre, réconcilié parce que j'avais vécu loin d'eux, accompagné d'une maîtresse blonde et étrangère qui avait de longues jambes et provoquait le scandale et la jalousie dans le voisinage.

Je mangeais en silence, me levais de table aussitôt, montais dans ma chambre comme si c'était la cellule la plus inaccessible d'un donjon. Si mon père voulait me retenir, ma mère intervenait à voix basse : "Laisse-le, il doit travailler." "Je me demande comment il peut travailler dans une chambre enfumée, avec le vacarme de cette musique !" Ils restaient devant le poste de télévision, dans la pièce où la pendule que mon grand-père remontait autrefois chaque soir, était arrêtée depuis des années, figés dans la phosphorescence bleue de l'écran, regardant avec un étonnement sans nuances le spectacle continu et fantomatique de la publicité, des films et des informations, pourtant ils disaient bien qu'il ne fallait pas faire chauffer l'appareil et que cette lumière pouvait blesser les yeux. Mon père s'endormant dans un fauteuil, épuisé par ses horaires matinaux inhumains, ma grand-mère Leonor posant des questions sur l'argument du film ou l'identité douteuse des personnages, ma mère les mains toujours occupées à un ouvrage de couture ou de tricot, mon grand-père Manuel somnolant, avec cet air sévère et outragé qui s'accentuerait à mesure qu'il s'enfoncerait dans la vieillesse. Ma grand-mère Leonor, quand je me levais, me priait de rester un peu, me prenant la main pour que je m'asseye à côté d'elle, tu ne me parles plus, me disait-elle, tu te rappelles quand tu étais petit et que tu me demandais de te lire des bandes dessinées ? Quelle idée, je sais à peine lire et je devais tout inventer. Mais cette tendresse m'oppressait car j'y pressentais un piège tendu pour me ramener à la docilité de l'enfance, je ne m'attardais pas davantage à écouter les histoires de mon grand-père sur l'emmurée de la maison des Tours ou sur le courage de ce bataillon de la Garde d'assaut qui avait succombé jusqu'au dernier dans la côte des Perdrix, je me détachais d'eux, je montais les escaliers quatre à quatre, sans même regarder ces pièces dans lesquelles j'avais erré enfant, cherchant des photographies à l'intérieur des tiroirs et des objets mystérieux dans les placards, sans me souvenir de la peur qui s'emparait de moi quand j'allais au lit : la lumière s'éteignait et un de mes oncles me chantait d'en bas : "Un deux trois, ma mère j'entends des pas-pas-pas, quatre cinq six chut ma fille pas de bruit il s'en ira-ra-ra." Je m'enfermais dans ma chambre, qui avait deux fenêtres, l'une donnant sur la place San Lorenzo, l'autre sur la rue du Puits et sur l'horizon dégagé de la vallée du Guadalquivir et de la Sierra, et j'arrivais presque à éprouver l'excitation d'être seul, je mettais un disque à plein volume, m'étendais sur le lit avec un roman et une cigarette, sûr que personne ne monterait me surprendre en train de fumer, et je me retrouvais dans ma mansarde parisienne ou dans cet hôtel de la frontière mexicaine dont parlait Eric Burdon dans une chanson : le haut lit en fer dont les barreaux étaient glacés en hiver, la table *camilla*, le coffre et l'étagère où je rangeais mes livres, mes cahiers de cours à couverture bleue et mon journal décrivant un malheur monotone et exacerbé. Je me penchais au balcon et mon désir de partir était si intense que je m'y voyais déjà comme dans un souvenir. La place qui avait perdu ses arbres, quelques voitures garées, l'éclat jaune du réverbère à l'angle de la maison des Tours, le sol en terre battue où j'avais si souvent joué aux billes ou cherché des petits insectes dans les mauvaises herbes. Mais certaines maisons n'étaient déjà plus habitées, et il n'y avait plus de couples d'amoureux chuchotant devant une porte ou se glissant dans l'ombre des entrées. Je fumais au balcon et voyais mon ombre se projeter sur la place, comme la figure du héros sans obligations ni racines que je pourrais devenir. Les soirs d'orage, quand le vent et la pluie secouaient vitres et volets de la maison, je m'imaginais que je vivais dans un phare au bord de la mer, et je prenais plaisir à me remémorer, recroquevillé sous la chaleur des couvertures et de la peau de mouton jetée sur la courtepointe, la nuit d'hiver où, paraît-il, j'étais né. J'arrivais dans un hôtel d'une ville frontière où personne ne savait mon nom, où personne ne pouvait retrouver mon origine. Je n'entendais pas la circulation ni les sirènes de la police, comme dans la chanson d'Eric Burdon, mais le vacarme des dindons dans les basses-cours du voisinage et les heurtoirs des maisons de la place ; aucun phare de voitures filant comme l'éclair sur une autoroute proche ne balayait le plafond et les murs de ma chambre, mais si je fermais les yeux, me laissais endormir par le tabac et réglais le son du tourne-disque, je pouvais écouter des coups de tonnerre lointains, les échos d'une tempête et des sabots de chevaux, tandis que la voix de Jim Morrison surgie du néant chantait comme une promesse et une litanie *Riders on the storm*.

Un nom écrit sur un bristol, sur la première ligne d'un formulaire, caché parmi des douzaines de prénoms, de noms, de filiations et d'âges, dans un des paquets de fiches attachées par un élastique qu'un groom du Consuelo portait chaque semaine au commissariat, et qui aurait fini dans l'incinérateur ou dans les étagères du sous-sol après un examen grognon et néanmoins distrait, si le sous-commissaire Florencio Pérez ne s'était pas mis en tête de les examiner en personne, bien que ses subordonnés l'aient déjà fait. Il disait subordonnés parce qu'il fallait bien les appeler d'une façon ou d'une autre, mais en réalité ils le terrorisaient, se foutaient de lui, c'était pourtant la vérité, songeait-il quand il osait un mot vulgaire, poussé à bout par la colère, enfermé dans son bureau, ou plutôt assiégé, roulant ses cigarettes d'une main un peu fébrile devant le balcon qui donnait sur la place du Général-Orduña, échafaudant des hendécasyllabes qu'il n'écrirait plus, s'astreignant à des tâches mornes et absorbantes, comme celle – inutile – de revoir une par une les fiches des hôtels déjà vérifiées par les deux inspecteurs sous ses ordres, ceux de la secrète, comme on les appelait à Mágina, bien qu'ils soient connus de tous ou identifiés au premier coup d'œil comme des policiers, des policiers modernes, certes, nouvelle vague, comme les curés habillés en clergyman, songeait le sous-commissaire avec dédain et ressentiment, pas de moustache en brosse, de regard sévère ni de costumes mal repassés, comme en deuil : ils portaient une moustache tous les deux, naturellement, mais une moustache épaisse, retombant au coin des lèvres, comme celle d'un présentateur à la télévision, avec cette prolifération velue répugnante qui n'avait rien d'hygiénique et constituait aux yeux du sous-commissaire le signe le plus déchirant des temps nouveaux. Ils portaient, de la même façon, des pattes fournies et des lunettes de soleil vertes en forme de poire, une cravate avec un large nœud, des chemises aux pointes de col monstrueusement longues, des vestes croisées à boutons dorés et des pantalons en velours pattes d'éléphant, et au lieu de s'accorder l'éternel café au lait arrosé au cognac qu'on servait depuis que le monde était monde et depuis que le sous-commissaire connaissait les matins blêmes et les nuits blanches des policiers de Mágina, ces messieurs traversaient la place du Général-Orduña avec une arrogance de torero et s'accoudaient au comptoir en aluminium du Monterrey pour boire des demis avec des gambas grillées ou des Cubalibre au rhum, jouant les tournées aux *chinos**, entamant la conversation avec les femmes blondes qui fumaient autour des tables sous les arcades, ou avec les fils perdus des meilleures familles de la ville, parmi lesquels on comptait aussi, au grand dam du sous-commissaire qui alliait à sa passion des taureaux le patriotisme local et l'inquiétude pour les égarements de la jeunesse, Carnicerito de Mágina, qui avait offert une prestation particulièrement éblouissante au cours de la dernière

* Jeu qui consiste à deviner le nombre total de pièces cachées par plusieurs joueurs dans leur poing fermé, chacun en ayant trois au maximum. *(NdT)*

foire d'octobre et qui passait l'hiver à flemmarder dans les bars, garant sa Mercedes blanche dans les endroits interdits, sans que les gardes municipaux n'osent jamais lui mettre une contravention.

Avec une franchise regrettable, les inspecteurs l'appelaient, lui, le sous-commissaire Florencio Pérez, "le papé", ils lui tapaient dans le dos, selon la spontanéité nouvelle mode, et s'intéressaient affectueusement à la date prochaine de sa retraite : il fallait laisser la place aux jeunes générations ! Ils fumaient des Winston de contrebande et rédigeaient des rapports bâclés, farcis de sigles et de fautes d'orthographe que le sous-commissaire ne se donnait même plus la peine de souligner au crayon rouge. A la table *camilla* du lieutenant Chamorro, assis devant un petit verre d'anis ou une soucoupe de babas à l'eau-de-vie, le sous-commissaire Florencio Pérez, ex-combattant, ex-secrétaire de l'Action catholique de Mágina, laissait échapper son amertume : "Chamorro, on ne m'obéit pas, on n'a aucune considération pour moi, on ne respecte pas mes cheveux blancs. N'ai-je pas toujours été un partisan de toutes les avancées de la criminologie ? N'ai-je pas consacré avec une abnégation exemplaire ma vie entière au service du Régime ? Et maintenant, on m'écarte comme un retable !" (En prononçant cette dernière phrase sur un ton lugubre, il s'aperçut dans un éclair de satisfaction qu'il avait prononcé un alexandrin : célèbre ou inconnu, on était poète dès la naissance, c'était dans le sang.)

Il arrivait donc chaque matin, après avoir pris son premier café au lait au Royal, à l'entrée de la rue Mesones, toussant avec une solennité caverneuse parce qu'il fumait sa première cigarette roulée, et en passant devant la queue de paysans arrivés par les premiers cars pour demander une carte d'identité, il jouissait d'un avant-goût d'orgueil retrouvé en les voyant s'écarter sur son passage avec un murmure de respect et libérer l'accès du commissariat, certains hommes ôtaient même leur béret ou le chapeau archaïque qu'ils avaient mis pour venir au chef-lieu, les femmes portaient encore des châles noirs et des jupons de deuil, et elles ne savaient pas signer : elles sentaient la campagne, la sueur, la pénurie, comme les foules féroces qui avaient envahi la place bien des années auparavant, mais ces gens-là étaient dociles et s'approchaient des guichets avec le même recueillement qu'au confessionnal, et quand lui, pour faire quelque chose, et toujours à l'insu des inspecteurs, venait remplir la demande de l'un d'eux, leur montrant avec une amabilité un peu sèche l'angle de l'imprimé où apposer leur signature laborieuse, il les voyait s'étonner de ce qu'il appelait lui-même la simplicité de ses rapports avec les inférieurs, et il était envahi par une modeste bouffée de bonheur évangélique, bienheureux les paisibles, se disait-il, bienheureux les cœurs innocents. Mais quand il passait près du corps de garde, les policiers en uniforme gris regardaient ailleurs pour ne pas avoir à se mettre au garde-à-vous ; quant aux inspecteurs, il préférait ne pas les voir, il longeait le couloir sombre en humant leur odeur d'eau de Cologne *Varón Dandy* comme un animal effarouché qui flaire ses prédateurs, craignant d'en rencontrer un et de ne pas être salué avec le respect qui lui était dû. Souvent, il avait un peu de chance de bon matin, car les inspecteurs n'arrivaient pas, comme lui, au moment où l'horloge de la place sonnait huit heures, d'ailleurs n'avouaient-ils pas eux-mêmes consacrer leurs nuits à recueillir des informations oculaires dans des lieux de débauche où se refugiaient les malfaiteurs de la ville, à surveiller étroitement les domiciles particuliers où ils soupçonnaient à juste titre que des éléments subversifs de la ville tenaient des réunions clandestines, éléments subversifs au nombre desquels se trouvait le lieutenant Chamorro, dont le sous-commissaire savait, comme tout un chacun, qu'il s'endormait ponctuellement à onze heures du soir, après avoir donné à sa petite ânesse une bonne ration de fourrage avec beaucoup de blé, après avoir bu un grand verre d'eau pour se laver l'organisme et lu pendant une demi-heure au lit un livre plein d'idées édifiantes.

Sur sa table de travail – toujours la même table en chêne archéologique, car il refusait résolument de laisser entrer des meubles métalliques dans son bureau –, étaient empilés les paquets de fiches des deux derniers mois, classés par hôtels et par auberges. C'était vrai, le tourisme progressait à Mágina, même s'il était très en recul après l'été et la foire de la Saint-Michel. Dans un article de *Singladura*, Lorencito Quesada n'avait pas mâché ses mots : le tourisme était la nouvelle manne du XXe siècle pour ces terres attardées depuis des temps immémoriaux. Il avait allumé son radiateur électrique, qui lui réchauffait les pieds dans cette glacière où le soleil n'entrait jamais à cause de l'écran sombre et humide des remparts, mais il ne pourrait jamais le comparer à la chaleur familiale d'un brasero au charbon d'olivier. Après avoir récité un Notre-Père devant le crucifix suspendu entre les photographies du Caudillo et de José Antonio*, lancé un rapide coup d'œil sur la place, les arcades et la statue impavide du général – “... tes exploits ont su le bronze éterniser...” –, il se frotta

* José Antonio Primo de Rivera est le fondateur de la Phalange, exécuté par les républicains au début de la guerre civile. *(NdT)*

les mains comme chaque fois qu'il avait une tâche agréable en perspective, et il se disposa à consacrer les heures les plus calmes de sa matinée au dépouillement des fiches des gens de passage. Il enlevait les élastiques, mettait un tas de fiches à sa gauche, à côté du presse-papiers de la basilique de Montserrat, les tapotait de chaque côté comme un jeu de cartes pour qu'aucun angle ne dépasse, il oubliait tout, même le cours du temps et les cloches vibrantes de l'horloge de la tour, il n'entendait plus le bruit de plus en plus gênant de la circulation qui encombrait la place, il mouillait son pouce droit, examinait d'un air songeur la fiche située en haut de la pile comme pour s'assurer que ce n'était pas un faux, et en lisant les noms, les dates d'arrivée et de départ, les lieux d'origine, son imagination s'envolait vers les villes et les patries des voyageurs, songeant parfois avec un remords tardif qu'il n'était jamais allé nulle part ou presque, en réalité il s'en moquait, c'était à Mágina qu'on vivait le mieux, la Salamanque andalouse, comme l'écrivait toujours Lorencito Quesada, le charme de ses rues, la noblesse de ses palais, la splendeur de sa Semaine sainte, dangereuse rivale de celle de Séville, la dévotion profonde et la simplicité austère de ses habitants, la majesté de ses églises, de cet hôpital Saint-Jacques considéré à l'unanimité comme un second Escorial. Au bout d'une ou deux heures, fatigué de lire des noms d'inconnus, il prenait les fiches avec moins de zèle – il en avait retenu une qui comportait l'inscription suivante : “Attention !” : c'était celle d'un professeur du lycée arrivé à la rentrée, sur lequel on avait des informations dignes de foi concernant ses activités de prosélyte à l'université de Madrid –, quand il remarqua soudain un nom, il remonta ses lunettes sur son nez pour s'assurer qu'il avait lu correctement. Il posa d'abord le carton devant lui, sans le regarder, isolé, aussi singulier à côté des autres que la stature d'un homme qui domine une foule. Il relut le premier nom, Galaz, écrit au stylo bille sur une ligne pointillée, en majuscules, sorte d'affirmation arrogante, et il comprit qu'il ne pouvait s'agir d'une coïncidence, car le deuxième nom était bien celui qu'il se rappelait, puis ses yeux s'arrêtèrent sur la signature et il vit qu'elle n'avait pas beaucoup changé au cours de ces trente-sept dernières années : elle ressemblait à celle qui figurait au bas de l'ordre dactylographié décrétant la mise en liberté du détenu Florencio Pérez, et qu'il avait toujours conservé dans un tiroir de sa table de chevet comme souvenir de l'époque où il avait failli être fusillé. L'âge correspondait, le lieu de naissance aussi, Madrid, mais dans la case réservée à la profession il mettait bibliothécaire, et sa résidence actuelle était une ville des Etats-Unis qui s'appelait Jamaica, Queens : bizarre, il avait toujours cru que la Jamaïque était un pays des Caraïbes, mais comment savoir, la carte du monde n'arrêtait pas de changer, comme tout le reste, d'ailleurs, les pays changeaient de nom aussi facilement que les ensembles de musique moderne dans lesquels chantait son fils cadet, celui qui lui causait le plus de soucis, le préféré en secret, le fils prodigue.

Mais il valait mieux ne pas persister dans cette voie, l'angoisse ne tarderait pas à s'emparer de lui et il n'arriverait plus à s'en défaire, comme un mal de tête qui ne vous lâchait pas de la journée, comme cette obsession des rimes impossibles qui le hantait dans sa jeunesse. Il s'approcha du balcon, la fiche à la main, oubliant de rallumer sa cigarette qui s'était éteinte entre ses lèvres, il entendit des pas se rapprocher et par une précaution instinctive il la glissa dans la poche de sa veste, par peur qu'un des inspecteurs la voie, cette peur qui le poussait autrefois à mettre ses poèmes sous clé. Il regarda une par une les silhouettes qui traversaient la place comme si le commandant Galaz risquait d'apparaître, un grand vieillard en civil, mais certainement reconnaissable, accompagné d'une fille de seize ans, aussi calme et distant que lorsqu'il occupait le bureau dont le sous-commissaire était le locataire actuel. Il n'était donc pas un cadavre comme tant d'autres, ni un fantôme de plus en plus oublié : il se trouvait à Mágina, il avait dû passer sous ces fenêtres plus d'une fois, perdu au milieu de la foule des arcades, peut-être l'avait-il croisé dans la rue Neuve, mais il était impossible que le commandant se souvienne de lui, le sous-commissaire Florencio Pérez ne lui avait parlé qu'une seule fois, à sa sortie de prison, quand son ami Chamorro lui avait dit qu'il devait aller le remercier. Mais puisque le commandant Galaz était descendu à l'hôtel Consuelo – pour le sous-commissaire, le commandant Galaz était toujours à Mágina – et l'avait peut-être déjà quitté, il reprit la fiche et y chercha la date de départ, mais la ligne était restée en blanc : il devait appeler le Consuelo, mais surtout sans révéler sa propre identité, qui sait ce qu'ils penseraient de ce client si la police s'intéressait à lui. Il se rassit à son bureau, se releva pour aller fermer la porte à clé, se repentit de son geste et la rouvrit, il ne faudrait pas que les inspecteurs viennent le voir et se mettent à imaginer n'importe quoi en trouvant porte close, quelle lâcheté, quel état de nerfs, c'était incroyable, le chef de la police de Mágina terrorisé par ses inférieurs, toute une vie ainsi, il y avait des choses qui ne s'amélioraient pas avec l'âge, qui allaient de mal en pis, comme le manque de caractère. Il souleva le combiné, le reposa sur la fourche, il avait soudain trop chaud et il éteignit le radiateur, roula maladroitement une cigarette, regarda de nouveau le nom, la signature et la date d'arrivée, il y avait presque deux mois, normalement, le commandant et sa fille avaient dû repartir, de toute façon il s'en moquait bien, après tout ce temps : il n'était sûrement pas venu conspirer, aussi ne manquait-il pas à son devoir s'il n'ordonnait pas qu'on le prenne en filature, et personne ne pourrait dire non plus qu'il protégeait un ennemi du Régime s'il séparait cette fiche des autres et la déchirait en morceaux minuscules qu'il jetait dans sa corbeille à papier.

Il chercha le numéro du Consuelo dans l'annuaire, le composa et en entendant la sonnerie il sortit un mouchoir qu'il mit devant sa bouche pour déguiser sa voix, comme les auteurs d'un rapt dans un film : si quelqu'un entrait, il raccrocherait aussitôt et dirait qu'il avait pris froid, mais quel spectacle, imiter les hors-la-loi du cinéma, à son âge, et dans son bureau ! Une voix répondit, mais il parlait si bas que son interlocuteur dut croire à une plaisanterie ou à une erreur, car il faillit raccrocher. Le sous-commissaire déclara, après s'être raclé la gorge et avoir retiré son mouchoir, qu'il était un ami de M. Galaz. Ce nom ne disait rien à l'employé de la réception : il allait chercher dans le registre. Florencio Pérez, la main inondant de sueur le combiné, regardait avec inquiétude la porte de son bureau. Finalement, la voix revint : M. Galaz et sa fille avaient quitté l'hôtel il y avait presque un mois sans dire où ils allaient. Il raccrocha avec un soupir de soulagement et d'impunité qui, en quelques minutes et à sa grande surprise, se transformèrent en déception, en apathie, en mélancolie. Dans sa corbeille à papier, les minuscules morceaux de carton le firent sursauter comme une accusation. Il déchira quelques formulaires à contrecœur et les jeta par-dessus. Il devenait sans doute irrémédiablement vieux : il regrettait les pires mois de sa jeunesse, ces journées agitées où alternaient poursuites et menaces, où les foules se postaient à la sortie de la messe pour lapider les fidèles, quand éclata le Mouvement, tout paraissait indiquer que la garnison de Mágina le rallierait, mais soudain, après quelques heures d'une nuit d'insomnie, tout s'effondra et il dut se cacher, n'ayant commis d'autre délit que la vaillante proclamation de son idéal et de sa foi, comme il l'avait écrit par la suite dans ses mémoires, que l'infatigable Lorencito Quesada s'obstinerait vainement à publier après sa mort. Qu'avait fait cet homme pendant tant d'années, par quelles voies inimaginables de l'exil était-il finalement devenu bibliothécaire aux Etats-Unis, et pourquoi revenait-il maintenant, pourquoi si longtemps après.

Il se rappelait sa stature et ses attitudes militaires intrépides, mais il avait oublié son visage : il songea à rendre visite à Ramiro Retratista sous un prétexte quelconque : ce dernier avait peut-être gardé une photo du commandant Galaz dans ses archives. Mais il hésitait à se rendre au studio de Ramiro, il avait aussi un peu de remords, car pour le mariage de sa fille il avait commandé le reportage de la noce à un concurrent, qui faisait des photos en couleurs ; en outre, depuis que le noir et blanc n'était plus obligatoire pour les photos d'identité, un photomaton s'était installé à l'angle de la place et le studio de Ramiro avait perdu ses clients les plus fidèles ; chaque fois que le sous-commissaire le rencontrait, il éprouvait un mélange lancinant de culpabilité et de compassion, comme celui que lui inspiraient les vendeurs du marché municipal à qui personne n'achetait jamais rien. Lui, il s'approvisionnait chez eux le samedi matin, comme de bien entendu, mais quand, de retour à la maison, sa femme découvrait les légumes pas frais et la viande plutôt avariée qu'il rapportait dans son panier, elle le traitait de bon à rien et lui disait que s'il était normalement constitué et savait se faire respecter, il n'avait qu'à retourner au marché pour exiger d'être remboursé.

Il n'alla pas au studio de Ramiro Retratista : voir la vitrine où subsistaient quelques photos poussiéreuses de conscrits et de jeunes mariés d'un autre âge lui déchirait le cœur : il y avait aussi un grand portrait, non moins ancien, de Carnicerito de Mágina, pris le jour de son alternative et qui avait été publié dans *Dígame* ; on pouvait d'ailleurs encore voir cet article jauni affiché dans certains bars de la ville. Maintenant, les gens allaient se faire photographier dans un établissement nouveau sous les arcades qui avait une enseigne lumineuse, *Photo 2000*, et une vitrine aussi longue que celle des magasins d'électroménager, où trônaient d'audacieuses photos en couleurs prises sous des angles parfois si bizarres que le sous-commissaire en avait des nausées rien que de les regarder : les jeunes mariés étaient auréolés d'une brume rose, souriaient à l'intérieur d'une télévision, ou survolaient, bras écartés, le clocher bulbeux de l'église du Salvador, au milieu des nuages, comme sur la couverture d'un disque de musique moderne. "Je n'y comprends rien", murmurait-il. Il s'en ouvrit le soir même au lieutenant Chamorro. "Je ne comprends rien à la poésie qu'on écrit aujourd'hui, si on peut encore donner ce nom à ce qui ne respecte plus les normes sacrées du mètre et de la rime, je ne comprends rien aux tableaux qu'on peint ni aux chansons qu'on chante ni aux propos qu'on échange dans les bars, et je ne comprends pas le premier mot du langage utilisé aujourd'hui dans les rapports de police. Rien que des sigles, Chamorro. Vous n'auriez pas pu simplifier un peu les noms de vos organisations politiques ? Je me demande même si vous arrivez à vous comprendre, et bien que je sois mal placé pour vous le dire, vous mélangez aussi tout de notre côté. En définitive, vous poursuivez tous le même but, je veux dire, renverser le Régime…" Quand le sous-commissaire Florencio Pérez rendait visite à son ami sans mission de l'arrêter, il y allait en cachette, faisant d'abord des détours dans les ruelles du quartier de San Lorenzo, et il attendait la tombée de la nuit pour que personne ne le voie. "Ne m'échauffe pas la cervelle, je te vois venir. Tu sais bien que j'ai toujours dénoncé de la même façon le mensonge de la politique et l'esclavage de la religion." Le sous-commissaire mordit dans son baba à l'eau-de-vie, but une gorgée d'anis et reprit la parole, mâchant une bouchée douce et farineuse, quelques gouttes de salive sucrée perlant à ses lèvres. "Ce n'est pas comparable, Chamorro, et ne le prends pas sur ce ton, sinon je vais me fâcher !" "Et toi, ne parle pas la bouche pleine, tu vas en mettre partout ! C'est incroyable, enfin, toi, une personne si distinguée, si bien élevée, dès que tu manges on ne peut plus t'approcher." La femme de Chamorro sortit de la cuisine pour ramener la paix et la concorde, comme chaque fois qu'elle les entendait élever la voix. "Allons, Florencio, encore un petit verre, et reprends un baba, tu as mauvaise mine ce soir." "Et apporte-lui un cendrier, enchaîna le lieutenant Chamorro magnanime, il crève d'envie de fumer et n'ose pas me demander la permission." Il buvait de l'eau fraîche et comme il n'aimait pas celle du robinet, il allait remplir des cruches à la fontaine de la Alameda, qu'il ramenait dans la petite baste de son ânesse râleuse. Le sous-commissaire Pérez sortit aussitôt sa blague, sa machine et il se roula avidement une cigarette. Il pensait que son ami avait des lubies dignes d'un saint et des réactions d'austérité dont il se sentait incapable. Mais il s'était juré de ne rien lui dire de sa découverte de ce matin-là : il resterait bouche cousue, même les plus atroces supplices ne lui feraient pas rompre le silence, à l'image des martyrs chrétiens dans les cachots de Néron ou des captifs dans les tchékas. Mais devant l'anis, les babas, la chaleur du brasero sous les plis de la nappe et l'hospitalité de cette maison, il se laissait immanquablement aller à la tentation de parler à cœur ouvert. "Je ne sais pas ce qui m'arrive, Chamorro", dit-il après avoir exhalé une bouffée qui enfuma toute la pièce. "Que veux-tu qu'il t'arrive, mon pauvre vieux – le lieutenant Chamorro toussait et agitait les mains pour écarter la fumée –, tu es un vrai bigot." "Je suis une merde, c'est vrai, sauf le respect dû à ta femme qui n'a pas dû m'entendre. Ce qui m'arrive, c'est que je n'ai ni caractère, ni autorité, ni rien. Mon fils cadet, un garçon si gentil qui allait combler mes vœux en rentrant dans les ordres, regarde ce qu'il est devenu, à traîner n'importe où, avec ces cheveux et cette barbe de sauvage, à se droguer et à se vautrer dans le stupre, chantant à pleins poumons comme un païen dans la forêt. Ma fille, quand je vais chez elle, m'envoie chercher du persil ou du vin, et si je prends mon petit-fils sur mes genoux pour jouer à cheval sur mon bidet, il se moque de moi, ou bien il s'ennuie, s'en va en me priant de le laisser regarder les dessins animés tranquille. Mon fils aîné, depuis qu'il a été nommé sous-commissaire à Madrid, me regarde de haut. Quant à ma femme, n'en parlons pas, Chamorro. Je lui demande de m'accompagner à la neuvaine de la Vierge et elle me répond qu'elle a prié sa dose, que l'humidité de l'église n'est pas recommandée pour ses rhumatismes." Il était réconforté de s'écouter parler, de soigner avec le même soin vocabulaire et flagellation. Le lieutenant Chamorro essuya les miettes de baba à l'eau-de-vie éparpillées sur son visage et versa encore un peu d'anis dans le verre, tenant la bouteille à bout de bras, comme s'il redoutait la contagion. "Et qu'est-ce qui a manqué dans ma vie ? continuait le sous-commissaire. J'ai tout eu, modérément, mais sans privations, malgré la pénurie de l'époque, des études, de la chance, j'ai même gagné une guerre. Imagine que les tiens aient gagné. Tu serais maintenant général, ou gouverneur, un haut poste. Et moi, qu'est-ce que je suis devenu ?" "Un bigot, Florencio, un effroyable bigot." "Un bon Espagnol, et qui plus est catholique, Chamorro, catholique, apostolique et romain." Le lieutenant Chamorro tambourinait des doigts sur la table : "Tu remets ça ? Et moi, alors, si je ne vais pas à la messe, c'est parce que je suis un Turc ?"

Il ne lui dirait rien, il se l'était juré, il resterait bouche cousue, comme s'il devait garder le secret d'une confession. Il regarda sa montre : déjà dix heures. A dix heures et demie dernier délai, il devait être rentré chez lui. Mais dehors il faisait froid, il y avait du vent et à la table *camilla* du lieutenant Chamorro on était divinement bien, avec ce brasero agréablement chaud qui, bien tisonné, répandait dans la pièce une chaleur si douce qu'on se serait cru sous les couvertures, avec ces délicieux babas à l'eau-de-vie et cet anis qui les ramollissait dans sa bouche, les aidait merveilleusement à fondre et à descendre dans l'estomac. Mais s'il n'en parlait pas à son ami Chamorro, qui avait connu le commandant Galaz, servi sous ses ordres, intercédé auprès de lui pour qu'on libère de prison ce jeune policier, dévot quoique inoffensif, arrêté par erreur avec une poignée de conspirateurs phalangistes, à qui d'autre pourrait-il en parler ? Il prit un air si sérieux que son visage s'allongea, il regarda en direction de la cuisine où la femme de Chamorro faisait la vaisselle, fit signe à ce dernier de fermer la porte, et de se rapprocher de lui. "Chamorro, jure-moi que si je te raconte une chose, tu ne la répéteras à personne." "Je ne jure pas, je ne crois pas en Dieu." Le sous-commissaire eut un geste agacé et faillit dire que même dans ce cas-là, il pouvait encore être sauvé, qu'il priait tous les soirs pour son retour dans le sein de l'Eglise, même sur son lit de mort, comme beaucoup d'autres athées, comme don Mercurio, ce médecin maçon, mais il se retint, parce qu'il était tard, et qu'il crevait d'envie de rompre son propre serment. "Alors, promets-le-moi sur ton honneur, Chamorro." "Promis." Le sous-commissaire avait roulé une nouvelle cigarette. Il essayait de ne pas renvoyer trop de fumée, mais sans succès, sa femme le lui disait toujours, il battait tous les records, il en crachait plus qu'une locomotive, il enfumait la maison. Il prit un ton mystérieux : "Quelqu'un que nous connaissons tous les deux et qui avait quitté Mágina depuis des lustres est repassé par ici. Je l'ai découvert. Et ne me demande pas qui c'est, je ne suis pas sûr que je doive te le dire." Le lieutenant Chamorro écarta la fumée comme un rideau et éclata de rire. " Le commandant Galaz. Celui qui t'a sauvé la vie quand les tiens ont déclenché ce que tu sais. Et tu l'as payé en franchissant les lignes pour te battre contre nous." Il n'en croyait pas ses oreilles : même son meilleur ami le décevait, même un proscrit en savait autant que le chef de la police. Il essaya de feindre qu'il n'avait révélé qu'une partie du secret : "Nous avons eu du mal, mais nous avons retrouvé sa piste. En repartant d'ici au bout de quelques semaines, il semble qu'il ait continué son voyage vers le sud..." Le lieutenant Chamorro se leva brusquement et alla ouvrir la fenêtre d'un pas décidé : la fumée bleue et grise tourbillonnait, s'échappait rapidement et allait se perdre dans l'obscurité, happée par l'air froid. "Ne te fatigue pas, Florencio, et ne me raconte pas d'histoires. Vous n'avez pas besoin de le chercher parce qu'il ne se cache pas. D'ailleurs, il n'a pas quitté Mágina. Il vit dans une villa du lotissement du Carmel."

Comment est-il possible que je ne me souvienne encore de rien, alors même qu'elle me le raconte, comment est-il possible que je n'aie gardé aucune trace de ce que j'ai sûrement vu et oublié, le jardin à l'abandon où les chats prenaient le soleil par les matins d'hiver, sautant dans les feuilles mortes et humides qui recouvraient le gravier ou restant immobiles comme des chats égyptiens sur le faîte du mur que j'ai longé si souvent, quand j'avais l'audace de pénétrer dans ce quartier que je croyais réservé aux millionnaires pour rôder autour de la maison de Marina, si près de là. C'était le quartier des villas, le lotissement du Carmel, au nord-ouest de la ville, sur la route de Madrid, aux limites de la zone où le collège des salésiens dressa sa masse solitaire pendant des années avant d'être envahi par les immeubles. Je m'imaginais que les riches, les médecins, comme le père de Marina, les avocats, les ingénieurs, vivaient mystérieusement dans cette zone, dans des maisons retranchées derrière des murs blanchis à la chaux ou des grilles en fer, entourées de cyprès et de haies de myrtes, des maisons avec sonnette à l'entrée, salles de bains et plaques dorées à la porte ; que ces gens invisibles vivent si loin de mon quartier, à l'autre extrémité de la ville, était une preuve de l'éloignement que leur procurait l'argent : les soirs d'été, on entendait le ronron des arrosages et des tondeuses à gazon, en se promenant on sentait des odeurs de jasmin, de seringa, d'herbe mouillée, on était surpris par les aboiements des chiens, on percevait des rires et des cris, des conversations paisibles dans des chaises en fer peintes en blanc, des odeurs de chlore et de corps pataugeant dans les piscines qu'on ne pouvait voir de la rue.

Nadia éclate de rire et dit que j'exagère : il n'y avait pas plus de trois piscines dans tout le lotissement. C'étaient de petites maisons, d'un seul étage pour la plupart, entourées de modestes jardins, souvent brûlés par la poussière et les fumées de la route. Mon imagination les agrandissait, aiguillonnée par l'étrangeté de ce lieu où j'avais l'impression d'être un braconnier et où aussi, j'y pense maintenant, j'éprouvais un vague ressentiment de classe. Je ne voyais donc pas ce qui était sous mon nez, mais j'avais dû la voir, je l'avais sûrement vue et je ne l'avais même pas remarquée, aveuglé par l'obsession stérile d'un amour qui cherchait sourdement sa plénitude dans l'impossibilité et dans l'échec, comme tant de fois avant et après dans ma vie : il est faux de dire qu'on voit les choses même si on ne dort pas, même si on marche et on parle, et la certitude du souvenir conscient n'est pas moins fallacieuse. J'avais dû la croiser avec son père, je le sais parce qu'elle m'avait remarqué, parce qu'elle ne marchait pas les yeux bandés, elle affirme qu'elle me voyait errer seul dans les rues bordées de murs bas et d'acacias, en blue-jean et veste bleue, ma mèche noire et ondulée sur le front, et que son attention était attirée par ma façon artificielle et littéraire de fumer, la cigarette pendant au coin des lèvres sur mon visage rond de dix-sept ans, par le regard oblique et anxieux de mes yeux, et c'est pourquoi, quand elle me revit, elle mit moins de cinq minutes à me reconnaître.

Mais à l'inverse de moi, elle regardait tout avec la fixité avide de l'émerveillement, elle vivait dans la ville qu'elle avait imaginée depuis son enfance, avait traversé l'Atlantique en avion pour la première fois de sa vie et tout ce qu'elle avait vu depuis son atterrissage de ce côté de l'océan était pour elle un prodige rassurant, elle vivait dans une indolence perpétuelle de vacances qui paraissaient ne jamais prendre fin, dans un présent qui se prolongeait jour après jour sans exigences ni menaces, loin de l'Amérique, de la maison où sa mère avait vécu ses derniers jours, avec une valvule artificielle dans le cœur qui faisait un bruit de tambour dans le silence des nuits d'insomnie, derrière la cloison. Elle voyait par la fenêtre de sa chambre les lumières de Manhattan, où on l'avait rarement emmenée quand elle était petite, si rarement qu'elle ne découvrit réellement la ville que beaucoup plus tard et ne cessa jamais de s'y sentir une étrangère, comme partout ailleurs : nous avons cela en commun, un éternel mélange d'inconfort et de défoulement, une prédisposition à nous établir quelque part pendant une demi-heure ou dix jours comme si nous devions y rester pour toujours ou y vivre de nombreuses années, sans perdre cette sensation de provisoire, le goût du nomadisme, de parenthèse entre les voyages, entre les vies et les passages d'une langue à une autre. Toute petite, elle savait qu'elle devait parler à sa mère et aux amies de sa mère d'une certain façon, et à son père d'une autre, sans se douter qu'elle parlait parfois en anglais, parfois en espagnol. Elle savait, depuis qu'elle allait à l'école et jouait avec d'autres filles ou allait chez elles, qu'elle n'était pas tout à fait pareille, et elle découvrit très tardivement, avec beaucoup de difficultés, que toute la différence venait de son père, ce qui à la fois la déconcertait et la rendait fière de lui : son père n'avait pas les cheveux blonds ni le visage rougeaud, il ne parlait pas une langue pâteuse à tue-tête, ne prenait pas sa mère par la main et ne recevait pas les visiteurs avec un sourire aussi bruyant qu'un éclat de rire. Son père n'était l'ami d'aucun homme du voisinage, il ne leur offrait pas de boissons dans le jardin, ne mettait pas un short les soirs d'été pour arroser le gazon ou allumer le barbecue. Il ressemblait plutôt aux grands-pères des autres filles, surtout ceux qui parlaient l'anglais avec un accent étranger très prononcé, mais elle trouvait que c'était plus un avantage qu'un inconvénient, peut-être parce qu'elle avait encore du mal à distinguer la jeunesse de la vieillesse, laquelle en tout cas avait sa préférence. Son père allait au travail à pied au lieu de prendre la voiture, d'ailleurs il ne savait pas conduire, ce qui le distinguait encore des autres pères, et parfois, à partir de huit ou neuf ans, il l'emmenait avec lui en train à Manhattan, dans des appartements aux escaliers sombres, dans des maisons en brique rouge habitées par des gens qui lui ressemblaient, non seulement parce qu'ils parlaient espagnol, mais parce qu'ils s'habillaient de la même façon, avaient les mêmes mimiques et mettaient des disques qu'elle connaissait par cœur car elle les entendait à la maison. Encore aujourd'hui, elle ne peut entendre certains paso doble, *En el mundo* ou *Suspiros de España*, sans avoir la larme à l'œil et un nœud dans la gorge : elle se moque d'elle-même, convaincue que je la trouve ridicule, mais elle n'y peut rien, tant pis, elle écoute les envolées de l'orchestre et la voix sauvage et sombre de Concha Piquer, et elle n'a pas besoin de se rappeler ces voyages en train à Manhattan ni sa main enserrée dans la grande main chaude de son père pour être traversée par une nostalgie impudique et un sentiment de bonheur et de désarroi, elle n'a pas besoin de se rappeler ces appartements encombrés de meubles archaïques, de photographies espagnoles et de plateaux en cuivre suspendus aux murs, avec un tourne-disque où retentissaient les hymnes républicains et les chansons de Miguel de Molina, ces hommes et ces femmes cérémonieusement assis dans les canapés, posant par terre ou sur les tables leur tasse de thé ou leur verre de xérès pour danser, se tenant par la taille avec une délicatesse qu'elle n'avait jamais vue ailleurs, pas même dans les rares *parties* organisées par sa mère, l'invitant parfois pour lui apprendre à placer les pieds tandis que son père, qui ne dansait jamais, la regardait en souriant dans un angle du salon, silencieux, fier d'elle, un verre intact à la main, la suivant des yeux et acquiesçant aux propos de son interlocuteur.

Elle devinait, avec un orgueil précoce et sans avoir besoin d'explication, que ces femmes et ces hommes qu'elle allait voir avec son père étaient différents des autres, que leurs maisons tenaient un peu des îles repliées sur elles-mêmes et mal abritées de l'immensité de la réalité quotidienne qu'elle aussi trouvait hostile, bien qu'elle n'en connût pas d'autre. Ils rentraient par le dernier train, sa mère était déjà couchée, mais elle n'avait pas rangé le verre ni le seau plein de glaçons fondus, toujours posés sur une table basse devant le canapé, et elle n'avait pas éteint la télévision. Elle enfilait silencieusement son pyjama, se brossait les cheveux, se lavait les dents. Appuyé dans l'embrasure de la porte de la salle de bains, son père avait le même sourire léger qui brillait dans son regard pendant la fête : un sourire incurvait à peine ses lèvres, qui n'existait peut-être que pour être vu d'elle. Elle l'embrassait, lui disait bonsoir en espagnol, se couchait sans éteindre la lumière et attendait les yeux fermés qu'il entre, l'appelant en silence. Il frappait doucement à sa porte et s'approchait du lit, tenant un livre en espagnol dans ses mains. Elle écoutait sa voix en s'endormant, croyant devenir de plus en plus faible, et en même temps la lumière baissait et un silence entrecoupé de rumeurs de voix et d'obscurité sans terreur l'enveloppait. Elle était endormie, mais elle sentait le drap qu'il remontait sur son visage, le baiser qu'il déposait sur son front, la main dans ses cheveux, puis les pas qui s'éloignaient et le bruit étouffé de la porte. Elle voyait en rêve les dessins des contes qu'il lui avait lus : parfois l'homme à cheval et la forêt et le château dans les ténèbres de cette gravure suspendue au mur de son bureau.

Je la vois s'habituer peu à peu aux rues et à l'hiver de Mágina, d'abord guidée par son père, entreprenant ensuite des promenades solitaires qui la conduisaient quelquefois dans le quartier de San Lorenzo, rue du Puits où les femmes la dévisageaient, peut-être ma mère ou ma grand-mère Leonor, pendant qu'elles balayaient devant la porte ou vidaient sur la chaussée l'eau de la vaisselle, me croisant aussi, puis remontant avant de rentrer par la place du Général-Orduña et la rue de la Trinité jusqu'à la Tour Neuve, où la fontaine lumineuse était illuminée après la tombée de la nuit, passant sur le trottoir du lycée à l'heure de la sonnerie, au moment où les portes s'ouvraient et mes amis et moi traversions l'avenue Ramón-y-Cajal pour aller écouter des disques et boire des demis au *Martos*. Je la distingue des filles qui sortent avec leur sac de gymnastique sur le dos ou en pressant leurs cahiers et leurs livres contre la poitrine, pas seulement à la forme de son visage et à la couleur de ses cheveux, mais à sa démarche différente, elle ne se déhanche pas comme elles, ne porte pas de sac, n'est pas maquillée et paraît plus jeune que les filles de son âge. Mais je ne l'imagine peut-être pas, ma mémoire est sans doute plus lucide que moi et au lieu de me souvenir d'elle, je revois une de ces étrangères qu'on voyait de temps en temps à Mágina et avaient cet air de liberté inaccessible plein de promesses qui me captivait quand j'écoutais des chansons en anglais dans le juke-box du *Martos*. Marina et ses amies ont des souliers à talons, se mettent du Rimmel sur les cils et des crèmes sur le visage, s'assombrissent les paupières, s'épilent les sourcils, vont tous les vendredis soir chez le coiffeur : sa démarche à elle est encore la même aujourd'hui, elle a cette indolence naturelle, s'arrêtant pour regarder quelque chose et oubliant la direction qu'elle suivait, elle porte des santiags ou des chaussures de sport, et un blouson trop grand pour elle. Elle passe devant la porte du lycée, peut-être me voit-elle et ma tête lui rappelle quelque chose, elle pense qu'il est tard et qu'elle doit rentrer pour préparer le dîner pour son père : la nuit tombera vite et une pluie fine commence à tomber. Elle bouscule quelqu'un, se retourne pour s'excuser et s'exprime en anglais, c'est un homme qu'elle a déjà vu, mais sur le moment elle ne s'en souvient pas, un homme d'une trentaine d'années, veste en velours, cravate, lunettes et serviette noire de professeur. Et moi qui ne l'ai pas vue et ne sais même pas qu'elle existe, qui au même moment introduis une pièce dans le juke-box du *Martos* et retourne m'asseoir auprès de mes amis avec une bière à la main pour écouter une chanson de Jimi Hendrix – Martín commence à hocher la tête en rythme et consulte ses notes de chimie, Serrano aspire sur sa cigarette, les yeux fermés, et laisse la fumée s'échapper lentement de sa bouche, avec ce mouvement propre aux fumeurs de haschisch, nous a-t-on raconté, Félix a l'air d'être dans un autre monde, ennuyé par cette musique qu'il n'arrive pas à apprécier –, je suis jaloux aujourd'hui en imaginant cette rencontre et je veux qu'elle ne bouscule pas cet homme, ou qu'elle s'excuse mais ne le reconnaisse pas : nous nous sommes vus au Consuelo, dit-il en souriant, au début du mois d'octobre, vous veniez d'arriver tous les deux et vous logiez à l'hôtel, tu m'as dit que tu attendais ton père, que tu avais peur qu'il se soit perdu, parce qu'il était sorti avant ton réveil et t'avait laissé un mot en te disant qu'il reviendrait vers neuf heures, et il était déjà dix heures : ils étaient au comptoir, prenant un café au lait, il était tendu, avait-il expliqué en lui montrant le lycée à travers les vitres, de l'autre côté de la rue, car c'était son premier jour de travail, et il avait beau avoir des années d'expérience, il était toujours difficile de faire une rentrée dans une ville différente, avec des élèves inconnus, des professeurs pas toujours très accueillants, c'était chaque fois la même chose, il arrivait dans un lycée, ne savait pas tenir sa langue quand il exprimait ses opinions et ses collègues lui tournaient le dos. Il était donc ravi de la revoir, car il pensait beaucoup à elle depuis deux mois, se demandant si elle s'était habituée à la ville et au pays, elle venait de si loin, des Etats-Unis, la capitale de l'empire, dit-il en éclatant de rire, reprenant une plaisanterie qu'il avait déjà hasardée la première fois. Il regarda sa montre, il était pressé mais avait quand même le temps de lui offrir un café, elle haussa les épaules et accepta, son débit rapide l'étourdissait un peu mais elle ne parlait qu'à son père et aux commerçantes depuis si longtemps, et puis ces dernières semaines son père n'était pas très bavard, il préférait se promener seul et rentrer quand elle était couchée : pourtant, elle ne dormait pas, déjà toute petite elle ne pouvait fermer l'œil avant son retour, elle gardait les yeux ouverts dans le noir et regardait les aiguilles phosphorescentes du réveil quand elle entendait la grille s'ouvrir, puis la porte d'entrée, épiant ses pas, remarquant qu'il n'allumait pas la lumière et se cognait aux meubles et restait longtemps dans la salle de bains avant de se laisser tomber pesamment sur son lit.

Ils traversèrent l'avenue, et elle proposa au hasard d'entrer au *Martos*, mais il refusa, il y avait beaucoup de bruit dans ce bar toujours plein d'élèves. Ils allèrent au Consuelo, manière de renouveler leur première rencontre, dit-il en riant, ce foutu fils de pute, le combattant modèle, le chantre de la praxis et des conditions objectives, qui nous permettait de fumer pendant les compositions, nous laissait nos livres et nos notes, avec son odeur de craie au bout des doigts et ses paquets généreux de Ducados, déployant son bavardage devant elle comme la queue d'un paon, lorgnant du coin de l'œil ses cuisses, ses hanches, ses seins sans soutien-gorge, baissant la voix pour lui avouer qu'il était un persécuté politique, qu'on l'avait boycotté à l'université et qu'il devait pour cette raison gagner sa vie dans les lycées de province, sans compter les années d'exil, de soixante-trois à soixante-neuf. “Mon père est resté en exil plus d'une trentaine d'années”, répliqua-t-elle : elle se repentit aussitôt de s'être confiée à un inconnu, se sentit mal à l'aise, inquiète, un peu déloyale, impatiente de s'en aller. Mais le sourire de l'autre, José Manuel, c'était son nom, les amis l'appelaient Manu, s'élargit en écoutant les mots que la jeune fille, qui se pinçait les lèvres et regardait nerveusement sa montre, aurait préféré ne pas prononcer, il se pencha encore plus en avant, perché sur son tabouret, accoudé au zinc, lui effleurant presque les genoux, les mains, lui soufflant la fumée au visage quand il alluma une cigarette brune. Il regardait à droite et à gauche, s'inclinait vers elle en baissant la voix, mais le bar était presque vide, mal éclairé : elle devait tout lui raconter, lui présenter son père, ils se sentaient peut-être seuls en Espagne, désorientés, isolés de la lutte qui se poursuivait ici, même si beaucoup d'exilés croyaient le contraire, que tout le pays était crétinisé par la télévision, les taureaux, la manie du développement et l'Eglise : et pourtant des secteurs importants de l'Eglise, il l'avait constaté personnellement, s'alignaient sur des positions démocratiques, ainsi que certains militaires et certains chefs d'entreprises non monopolistes, il fallait donc s'attendre à un changement irréversible dans l'alliance des forces en présence.

Elle souriait nerveusement, sans oser regarder de nouveau sa montre, par politesse, sans rien comprendre à ces mots si loin de son espagnol ancien, remarquant cependant les regards sans ambiguïté qui, au lieu de croiser les siens, descendaient jusqu'aux cuisses moulées dans un jean ou fixaient un point vague dans le vide pour reluquer discrètement ses seins. Elle le trouvait joli, il avait des cheveux noirs un peu grisonnants et plutôt longs, les yeux foncés et brillants, les mains grandes, les doigts tachés de nicotine et de craie, mais elle n'éprouvait aucune attirance, pas à ce moment-là, m'a-t-elle dit, il la déconcertait, car elle ne s'était jamais retrouvée seule avec un homme de cet âge, et était sûre que son père ne l'apprécierait pas s'il le rencontrait : il n'aimait pas les gens qui parlaient et souriaient trop. Elle l'imaginait l'attendant seul, assis dans le canapé de la salle à manger qu'il avait laissée éteinte, regardant lui aussi sa montre et la gravure du cavalier suspendue au mur, elle songea qu'elle devait partir et ne décolla pas du tabouret, étourdie par les mots de Praxis et les mouvements de ses mains comme par les passes magnétiques d'un hypnotiseur, tel est le souvenir qu'elle garde aujourd'hui, silencieuse, fascinée, tout ouïe, et si elle se moque de son indulgence d'alors, elle n'élude pas complètement la douleur, pourquoi n'es-tu pas apparu juste à ce moment, me dit-elle, pourquoi ai-je mis tant de temps à lui dire que je devais partir, pourquoi n'ai-je pas refusé qu'il me ramène chez moi dans sa voiture, une Seat 850 grise, je m'en souviens bien, une vieille bagnole cabossée, immatriculée à Madrid, avec des autocollants de campings européens sur la lunette arrière, toujours garée devant le lycée. Ils sortirent du bar en se protégeant de la pluie sous les avant-toits des maisons, elle avait remonté la fermeture de son blouson jusqu'au cou, relevé le col, debout à côté de la voiture, attendant que Praxis ouvre la portière, lui répétant qu'il ne devait pas se déranger, sa maison était toute proche, essayant encore d'éviter que son père ne la voie descendre de voiture avec un inconnu, mais rien n'y faisait, comme lorsqu'elle était assise sur le tabouret et laissait filer les minutes sans se décider à partir. Elle recouvrait avec complaisance et satisfaction un pouvoir qu'elle avait cru jusqu'alors dérisoire : celui d'attirer les hommes, celui de remarquer, avec une perspicacité dont ils étaient dépourvus, le défaut d'assurance provoqué par le désir, ces regards obliques, cette sorte de lâcheté congénitale qui les enfermait dans la timidité et les poussait maladroitement au culot. L'intérieur de la voiture sentait le tabac et à droite du volant, un cendrier entrouvert était rempli de mégots. José Manuel, Manu, Praxis, s'excusa de la saleté, mit le moteur en marche, constata avec irritation que les balais des essuie-glaces fonctionnaient mal, prit l'avenue Ramón-y-Cajal en lui parlant d'un mois de mai à Paris remontant à quatre ou cinq ans en arrière dont elle ne savait presque rien, lui demandant des détails sur les révoltes, les troubles raciaux et les marches contre la guerre du Vietnam dans les universités américaines, pourtant, il paraissait en savoir beaucoup plus qu'elle, il l'étourdissait, savait tout, était allé partout, avait eu des aventures ambiguës, conspiré dans des pays de l'Europe de l'Est, était revenu clandestinement en Espagne et avait vécu avec des faux papiers pendant des mois ou des années. Il conduisait distraitement, brusque et maladroit, se retournant pour la regarder, négligeant la faible circulation de ce soir d'hiver, effleurant ses cuisses quand il actionnait le levier du changement de vitesse, mais quand elle lui dit de tourner à droite pour arriver au lotissement c'était trop tard, ils descendaient à toute vitesse le long de la muraille de pierre de l'hôpital Saint-Jacques, et la voiture ne s'arrêta qu'à l'angle du marché dans un crissement de freins brutal, car le feu venait de passer au rouge. “C'est toujours pareil, excuse-moi, je me mets à parler et j'oublie que je conduis.” Les projecteurs qui illuminaient la façade des tours de l'hôpital avaient sous la pluie une tonalité triste et orangée qui me rappelle la lumière des dimanches soir dans cette partie de Mágina, au bout de la rue Neuve, dans cette zone déserte et définitivement inhospitalière où allaient se promener les ménages dignes et ennuyeux, les fiancés et les groupes de filles qui voulaient revenir sur la place du Général-Orduña et ne pas s'aventurer dans l'insécurité nocturne de la route menant au chef-lieu de la province : seuls allaient au-delà les couples enlacés qui recherchaient la pénombre, au-delà de la piscine et de la station-service dont les lumières blanches semblaient tracer la limite entre la ville et l'inconnu. Elle répondit que c'était sans importance, il n'avait qu'à la laisser ici, elle chercha même la poignée de la portière et voulut ouvrir, il ne pleuvait plus et en quelques minutes de marche elle serait chez elle, mais elle ne descendit pas, tout dépendait d'un mot, d'un geste de la main, d'un de ces gestes non prémédités et banals qui condamnent ou sauvent la vie de quelqu'un. Mais à ce moment-là, j'étais déjà perdue, m'a-t-elle dit, et je regardais la rue à travers les vitres de la voiture comme si elle était hors d'atteinte, telle la victime d'un enlèvement, tel un prisonnier qui colle son visage au filet métallique du fourgon cellulaire. Projecteurs orangés, réverbères jaunes aux carrefours, couples alanguis d'amoureux sous leurs parapluies, paysans attardés qui revenaient des champs en conduisant leur bête par la bride. Les grandes mains de Praxis saisirent le volant avec une sorte de véhémence quand il tourna à droite sans ménagements. "Montre-moi le chemin, je te laisserai devant chez toi." Les balais de l'essuie-glace avaient dégagé un double demi-cercle sur la vitre sale, elle voyait maintenant la route et les derniers immeubles et elle avait peur, non que la voiture continue tout droit au-delà de la station-service, mais de désirer que cela lui arrive, elle était assise dans l'obscurité à côté d'un inconnu qui lui parlait sans la regarder et lui effleurait les cuisses avec sa main droite, se demandait quelle heure il pouvait être, avait l'impression qu'une éternité s'était écoulée depuis qu'ils avaient quitté le Consuelo et qu'elle basculait, vertigineusement immobile, dans une sorte d'expérience où elle ne pourrait se retrancher derrière une volonté inspirée par le prestige et le savoir de son père. Mais c'était cela, au fond, qui l'attirait surtout : moins l'homme d'une trentaine d'années qui essayait discrètement de la toucher et s'écartait aussitôt comme s'il avait reçu une petite décharge électrique, qu'une forte sensation de risque et de souveraineté où elle ne pouvait compter que sur elle-même. Elle indiqua une des dernières rues latérales, là, dit-elle, à droite, Praxis s'exécuta aussitôt, et ils montaient maintenant la route de Madrid, vers le lotissement du Carmel ; en voyant au loin les murs blancs autour des villas et les hautes silhouettes des arbres, elle éprouva un soulagement mêlé d'une vague déception, sa peur lui parut soudain puérile et le temps, sur sa montre, reprit son aspect et sa durée habituels, il n'était pas minuit, elle ne s'était pas enfuie, n'avait rien gâché, il était à peine huit heures, l'heure normale à laquelle elle arrivait, et son père n'était sans doute pas encore là, ou n'aurait pas accordé d'importance à son retard, plongé dans un livre ou dans un journal, levant les yeux un instant quand elle rentrerait pour la regarder par-dessus ses lunettes, dans la salle à manger pleine de vieux meubles loués entre lesquels il se déplaçait avec l'attitude d'un hôte satisfait et détendu, presque d'un propriétaire, qu'elle ne lui avait jamais connue en Amérique.

Mais la lumière était allumée et les rideaux ouverts, et la tache de clarté envahissait le petit jardin tapissé de feuilles jusqu'à la grille par les premiers orages de l'hiver. Elle vit son père debout derrière la fenêtre de la salle à manger et espéra que Praxis ne sortirait pas de la voiture, même s'il n'éveillait plus chez elle méfiance ni attirance. Aucun des deux ne savait comment prendre congé d'une façon convaincante. Il coupa le moteur, arrêta les essuie-glaces désormais inutiles et, dans le silence gênant qu'ils ne savaient comment rompre, ils écoutèrent la rumeur puissante du vent hivernal dans les arbres du lotissement. A demi tourné vers elle, il alluma une cigarette et la flamme du briquet éclaira un visage qui avait perdu sa jeunesse : le visage d'un personnage qui avait accumulé la vie et l'expérience lointaine des hommes mûrs. Il crut qu'il allait l'embrasser et qu'elle ne résisterait peut-être pas : elle se rappela d'autres séparations analogues, sous le porche en bois blanc de sa maison de Queens, des camarades de la *high school* qui la ramenaient d'une fête dans la voiture de leurs parents et qui, en essayant goulûment et maladroitement de l'embrasser, laissaient dans sa bouche une saveur aigre de bière et de tabac. "Bon – dit-elle en souriant avec une politesse anglo-saxonne exagérée et en lui tendant la main à travers l'espace exigu de la voiture, comme si elle l'avait raccompagné sous le porche pour lui dire au revoir –, maintenant il faut que j'y aille." Aurait-il été plus correct de l'inviter à entrer, au moins pour lui donner l'occasion de la remercier de cette proposition et de la refuser sous un prétexte quelconque ? Mais elle devinait, au milieu de sa confusion, qu'il accepterait si elle l'invitait, et elle ne pouvait pas encore concevoir cette rencontre avec son père, la façon qu'il aurait de le toiser de la tête aux pieds avec une désapprobation croissante pour sa mise négligée et son bavardage. Ils convinrent vaguement de se revoir : il lui serra la main sans la retenir plus de quelques secondes, et attendit qu'elle ait disparu de l'autre côté de la grille pour mettre le moteur et les phares en marche. Se sachant observée, elle traversa la rue d'un pas raide, consciente de son corps et de sa démarche, du rythme qu'elle imprimait à ses hanches, mal à l'aise comme si elle portait des chaussures à talons hauts. En poussant la grille, elle pensa se retourner vers la voiture qui n'avait pas encore démarré pour faire un geste d'adieu, mais elle entendit le moteur avec soulagement et vit son ombre et celle des barreaux projetés par les phares sur le gravier du jardin. L'obscurité revint, avec ses odeurs de terre humide et de feuilles pourries, elle ouvrit la porte et s'essuya les pieds sur le paillasson où était écrit le mot "Bienvenue". En suspendant son blouson au porte-manteau, elle s'aperçut que le manteau et le chapeau de son père étaient encore mouillés : il venait sûrement de rentrer et n'avait pas eu le temps de s'inquiéter de son absence. S'il l'interrogeait, elle décida de ne pas lui mentir : mais son père ne lui demanda rien. Il était assis dans le canapé, devant une table basse sur laquelle étaient posés deux verres de cognac et une lampe allumée, tournait le dos à la fenêtre, avait un livre sur les genoux et un petit radiateur électrique près des pieds, et il ne ressemblait pas à l'homme dont elle venait de voir la silhouette sombre au-dessus du jardin. Mais elle connaissait la façon rudimentaire de dissimuler des hommes et elle sentit que cette attitude était fausse : il l'avait attendue devant la fenêtre, il avait vu la voiture et essayé de distinguer le visage du conducteur, et en entendant la grille s'ouvrir il s'était rassis précipitamment dans le canapé et avait feint d'être tellement plongé dans sa lecture qu'il ne s'était pas rendu compte de son arrivée. La lumière de la lampe accentuait son profil aigu, ses traits secs et anguleux, ses sourcils épais, la double ride verticale de chaque côté de la bouche. Dans la pénombre de la pièce, la nuit dans laquelle chevauchait le cavalier devenait plus noire. Son père quitta son livre des yeux, la regarda par-dessus ses lunettes et, comme chaque fois qu'elle rentrait, il lui sourit et les ôta pour recevoir un baiser. Assise tout près de lui sur un bras du canapé, elle lui effleura le visage de ses doigts froids et dit qu'elle allait préparer le souper. Elle lui demanda ce qu'il lisait : elle avait remarqué qu'en s'approchant de son père, celui-ci avait retourné le volume et l'avait glissé vers l'angle le plus éloigné de la table. Comme par plaisanterie, il retint sa main : rien d'intéressant pour elle. Habilement, en riant, comme lorsqu'elle était petite et faisait semblant de se battre avec lui, elle tendit la main libre, saisit sa proie et alla se réfugier à l'autre bout de la pièce. Il ne s'agissait pas d'un livre, mais de deux photographies encadrées dans un carton et protégées sous une feuille de papier de soie, chacune avec une signature en italiques dorées dans la marge inférieure droite, deux R majuscules enlacés, comme l'emblème des Rolls-Royce, Ramiro Retratista, lut-elle. Son père, soudain sérieux, lui demanda de les lui rendre. Elle alluma le plafonnier pour mieux les voir et souleva le papier de soie qui protégeait la première : un jeune militaire, photographié en plan moyen, la casquette un peu penchée et une étoile à huit branches sur la visière, souriant à peine sous une fine moustache. Sur la seconde, sans doute un instantané, le même militaire, regardant en l'air sur le palier intermédiaire d'un perron, était au garde-à-vous et avait la main droite tendue contre la tempe. Elle eut du mal à reconnaître son père car c'était la première fois de sa vie qu'elle voyait des images de sa jeunesse.

En entendant la sonnette, il avait cru que c'était sa fille, mais il était surpris car elle n'oubliait jamais ses clés, comme elle n'oubliait jamais de ramasser le linge sale dans la salle de bains ni de ranger les cendriers ou les verres tous les soirs avant de se coucher, avec un sens naturel et instinctif de l'ordre qu'elle répandait dans la maison comme l'odeur d'eau de Cologne qu'elle utilisait, sans effort, sans préméditation, de la même façon que d'autres personnes provoquent le désordre par leur seule présence. Il entrait dans sa chambre en son absence, pas poussé par cette curiosité policière un peu trouble d'un père vis-à-vis de sa fille adolescente, mais il voulait seulement s'attendrir en solitaire et hors de toute pudeur sur son existence, il regardait ses habits dans l'armoire, ses livres alignés sur une étagère, ses disques, qu'il détestait dans son for intérieur, les chaussures de sport et les bottes, le linge, les chemises et les pulls pliés dans les tiroirs, il aimait son odeur féminine franche et l'ordre où semblaient s'être réfugiées toutes choses, chaque détail lui confirmait l'amour qu'il éprouvait pour elle et sa gratitude pour la chance qu'il avait eue de l'engendrer, de la regarder grandir et s'instruire, de l'avoir peut-être induite, involontairement, à adopter une attitude sereine et convaincue, qui se manifestait aussi évidemment dans le rangement de ses affaires que dans les traits de son visage ou dans sa façon de regarder.

Nouveau coup de sonnette : elle était peut-être déjà revenue et s'était rendu compte à la grille qu'elle avait oublié les clés en partant, elle s'excuserait quand il lui ouvrirait ; en s'arrachant au canapé, il songea qu'à peine entrée elle verrait le cendrier débordant de mégots et la bouteille de cognac sur la table à côté de la lampe, et elle réprouverait en silence ces indices de désordre. Il avait eu ce souci autrefois, mais avec une obsession crispée dont elle était dépourvue, un maniaque de la place exacte des choses, des surfaces polies, des uniformes boutonnés sans un pli, des courroies luisantes, des bottes vernies, des chambres nues, des tables sans trace de cendre, des papiers classés dans les tiroirs, des rangées de soldats que ses yeux inspectaient avec le mètre à ruban d'un arpenteur. De loin, vue de la rambarde de la galerie où le colonel Bilbao se penchait à contrecœur, la formation était une sorte de miracle géométrique, un rectangle de têtes et d'épaules, une vague simultanée de bras se dirigeant vers les crosses des fusils, et de jambes se raidissant sur le gravier ; mais de près on voyait les visages, les traits de la stupidité et de la pauvreté, la crasse et l'usure des uniformes, les yeux chassieux, figés dans le désespoir de ne pouvoir prendre la fuite, désespoir qu'il était le seul à remarquer. Mais lui aussi l'oubliait, ou bien il fermait les yeux pour ne pas voir que l'ordre de la garnison et des soldats en rang était une machinerie implacable imposant soumission et malheur, comme celui d'un bureau, d'une usine ou d'une équipe de faucheurs. Il s'était habitué à ne pas savoir, à ne pas regarder au-delà d'une certaine limite, à ne pas imaginer qu'il existait un autre monde, à deux pas de la caserne, où les gens ne portaient pas d'uniforme et ne marchaient pas en ligne droite au pas cadencé. Depuis son enfance, il ne connaissait qu'une seule façon de vivre et n'avait jamais envisagé qu'il pouvait en exister d'autres et qu'il aurait pu ne pas être un militaire. Il n'aimait pas l'Armée, mais il n'aimait pas non plus sa première fiancée le jour où il l'avait épousée, et rien de cela ne l'avait empêché d'être un officier modèle et un mari scrupuleusement fidèle. Le monde extérieur le déconcertait. La plupart des militaires qu'il connaissait lui paraissaient incompétents ou absurdes, mais il pouvait au moins distinguer des degrés dans leur nullité ou leur stupidité : il les comprenait, alors qu'il trouvait les civils incompréhensibles, à croire qu'ils vivaient dans un autre pays ou avaient des habitudes dignes d'être étudiées, pas pour les imiter, mais pour dégager les normes de leur comportement. Pendant des années, il éprouva les mêmes sentiments vis-à-vis des Américains, parce qu'il avait du mal à s'habituer à leur anglais, mais surtout parce qu'il n'arrivait pas à prévoir leurs réactions ni à deviner avec sérénité leurs pensées quand ils le regardaient dans les yeux. La seule chose qui le calmait ou le disculpait, c'était l'apparence de l'ordre : un objet qui n'était pas à sa place le faisait sursauter comme le bruit d'un insecte rongeant le bois dans la nuit ou comme la première fissure qui annonce la ruine d'une maison, c'est pourquoi, quand il inspectait une chambrée ou une formation, les officiers inférieurs étaient paralysés de peur, au garde-à-vous, car il ne laissait rien passer et il examinait tout, on aurait dit qu'il avait une loupe ou un microscope, la poussière sous les lits, la propreté des cuisines, l'entretien et le fonctionnement des armes, et comme il n'annonçait jamais ses visites à l'avance, les officiers et les sous-officiers de la caserne de Mágina perdirent avec lui la routine négligente dans laquelle ils vivaient depuis quelques années, routine tolérée par la misanthropie imbibée d'alcool du colonel Bilbao et favorisée par l'absence d'officiers subalternes : la cantine n'était plus encombrée de papiers gras ni de restes de nourriture, le cachot avait été désinfecté et passé à la chaux, les serveurs du mess des officiers reprirent la veste et les gants blancs, les grabats du corps de garde retrouvèrent des draps propres et les sentinelles en dehors de leur service ne se plaignirent plus que les couvertures sentaient l'écurie ou que les punaises les martyrisaient. Mais contrairement aux soupçons de certains de ses ennemis, il n'avait rien du militaire philanthrope ou de l'officier politisé qui sympathise ouvertement avec la troupe : il prenait soin de la caserne et des hommes sous ses ordres comme il se serait occupé de l'entretien d'une automobile si le hasard impassible de sa vie l'avait destiné au métier de chauffeur, avec cette indifférence et cette perfection avec lesquelles il accomplissait tous les actes obligatoires de sa vie, et il n'aurait pas eu l'idée d'avoir un geste de familiarité déplacée avec un soldat, non par mépris, mais par ce sens de la hiérarchie qui le poussait aussi à ne jamais manquer de considération envers un supérieur. Il franchissait la porte d'une compagnie et l'homme de chambre, droit comme un *i*, après avoir jeté précipitamment sa cigarette et lissé son uniforme en entendant le pas pressé de ses bottes, poussait un cri pour annoncer sa présence, on entendait dans le local une rumeur collective de bottes et de paumes se frappant les côtes, puis apparaissait le capitaine ou le sous-officier le plus gradé qui se mettait au garde-à-vous devant lui avec une énergie oubliée jusqu'alors dans la caserne. Il ne disait pas repos tout de suite, il répondait tranquillement au salut, remarquait la nervosité ou la peur du capitaine ou du sergent de semaine, le laissait au garde-à-vous presque une minute entière, le regardant dans les yeux, ravi de la brusque interruption de toute activité provoquée par sa venue, exigeait de tout voir en détail, depuis les armes jusqu'au rangement et à la propreté de l'intendance, jusqu'aux livres de comptabilité du bureau, dans une attitude moins menaçante qu'impénétrable qui déconcertait ses subordonnés plus sûrement qu'un éclat de voix ou qu'une menace de plusieurs jours d'arrêts, distante mais sans hauteur, qui écartait à l'avance toute possibilité de confabulation ou d'indulgence. Au mess des officiers et des sous-officiers, on faisait des gorges chaudes de sa dureté inflexible et de son orgueil : on attribuait sa carrière foudroyante à des influences politiques détestables. Il ne fraternisait avec personne, ne mêlait pas sa voix aux nombreux murmures sur l'imminence d'un soulèvement militaire, n'allait pas au cercle ni au lupanar, impossible de lui attribuer une maîtresse, il n'allait même pas boire un verre au mess à la fin de son service : apparemment, il ne sortait jamais, ne menait pas une autre vie en dehors de la caserne et n'avait d'autres goûts que l'exécution des ordres jusqu'à la névrose et la lecture d'encyclopédies sur la stratégie militaire dont personne n'avait ouvert les volumes alignés dans la bibliothèque de la caserne depuis vingt ans. Il parlait couramment plusieurs langues étrangères, disait-on, il avait passé deux ans dans une école militaire d'Angleterre, celle qu'avait fréquenté le roi Alphonse XII en exil quand il était jeune, expliqua fièrement le colonel Bilbao au cours d'un toast organisé en son honneur. A part le jour de son arrivée, personne ne se rappelait l'avoir vu en civil. Il était marié, avait un fils, en attendait un autre, mais les semaines passaient et sa femme ne venait pas le rejoindre. Le colonel Bilbao, si dédaigneux avec tout le monde, toujours enfermé dans son bureau de la tour, le convoquait à toute heure du jour ou de la nuit, et ils passaient des heures entières à discuter. Parmi les officiers, son seul partisan était le lieutenant Mestalla : jeune, nerveux, enthousiaste, fanatique, adepte fervent de la gymnastique, des marches forcées, des exercices de tir, des douches à l'eau glacée. Dans cette garnison de troisième ordre, l'ennui, la frustration et l'alcool n'avaient pas encore eu le temps de l'user. Il punissait avec une froide brutalité les soldats maladroits ou lâches, les humiliaient s'ils n'osaient pas sauter sur le cheval d'arçons où étaient incapables de grimper à une corde, et il rêvait de ressembler au commandant Galaz, de sauver la patrie, de faire une guerre pour monter en grade rapidement ou recevoir une décoration à titre posthume. "Mon commandant, excusez mon audace, mais je dois vous dire qu'avant votre arrivée cet endroit ressemblait plus à une station balnéaire pour vieillards rhumatisants qu'à une caserne." Outrageusement jeune, avec ce mépris hautain envers ce qu'il appelait la vie civile, avec ce tremblement des mâchoires serrées quand il était figé devant une formation. Il ne cilla pas quand le commandant Galaz dégaina calmement son pistolet et le visa à la poitrine, mais ses mâchoires tremblaient comme si elles avaient mordu une proie. Il tira sur lui comme sur un miroir qui lui aurait renvoyé une image monstrueuse de lui-même : c'était à peine une heure avant qu'on prenne de lui cette photo que sa fille n'aurait pas dû voir, une de ces deux photos encadrées dans un carton avec un liseré doré que lui avait apportées cet homme en imperméable bleu marine, écharpe et béret, qui prétendait s'appeler Ramiro et l'avoir connu avant la guerre et qui s'était immobilisé devant lui sans oser entrer : ce soir de novembre, la sonnette avait retenti pour la deuxième ou troisième fois, et en se penchant à la fenêtre du salon, le commandant Galaz avait vu que ce n'était pas sa fille, mais un inconnu qui avait sonné.

Un encaisseur, peut-être, ou un vendeur à domicile, coiffé d'un curieux béret en plastique assorti à son imperméable, tenant une mince serviette en plastique noir sous le bras, le genre de pochette qui sert à ranger les petites factures ou les papiers d'une maison. Il ne pleuvait presque plus, mais il attendait sous son parapluie, l'allure plutôt pathétique, docile et patiente, d'un encaisseur malchanceux. Il s'emmêla pitoyablement dans le parapluie, la serviette et le béret quand il voulut se découvrir, tendre la main au commandant et chercher quelque chose dans ses poches, tout cela en même temps, le parapluie mal fermé tomba par terre, la main qui se dirigeait vers le béret interrompit sa course et voulut rattraper la serviette qui tombait aussi, coincée sous son coude. Il sortit l'autre main de sa poche, mais ne put serrer celle du commandant Galaz car il tenait quelque chose entre les doigts, une petite carte de visite. Son visage rond, avec un double menton abondant soigneusement dissimulé derrière une écharpe, exprimait une désolation de poupon chiffonné, pourtant il était à peine plus jeune que le commandant Galaz, mais c'était un visage pétri de douceurs féminines, tremblant, presque imberbe, un de ces visages lunaires qui se ramollissent et s'affaiblissent au fil des années au lieu de mûrir. Comme un voyageur désespéré qui n'arrive pas à monter ses bagages dans un train qui va démarrer, il ôta son béret et l'enfonça dans une poche en le froissant, abandonna son parapluie par terre, donna sa serviette au commandant Galaz, essayant sans doute de mettre un peu d'ordre dans son désastre, il chercha sa carte de visite qu'il avait perdue, la retrouva, mouillée et froissée, dans les plis du béret en plastique, murmura son nom, parvint à sourire en soufflant doucement, comme s'il avait enfin réussi à monter dans le train à la dernière minute.

"Naturellement, vous ne vous souvenez pas de moi, après tant d'années, il est vrai que nous n'avons jamais beaucoup parlé ensemble, et pour ce qui est de parler, ce n'est arrivé qu'une seule fois, quand vous êtes venu à mon studio pour faire cette photographie en uniforme, enfin, ce n'était pas non plus mon studio, à l'époque je travaillais pour don Otto Zenner, mon maître, qu'il repose en paix, mais ce portrait, je me rappelle bien que c'est moi qui l'ai pris, vous veniez d'arriver à Mágina, je vous ai demandé si vous vouliez un portrait officiel ou une photo de famille et vous m'avez dit les deux, vous pensiez la dédicacer et l'envoyer à madame, et en vous croisant l'autre jour sur la place du Général-Orduña, votre tête m'a dit quelque chose et j'ai très vite retrouvé qui vous étiez, c'est sans doute à cause de mon travail, mais j'ai une excellente mémoire des visages, et le vôtre n'a pas beaucoup changé, juste ce qu'il faut, ma foi, depuis tant d'années, et je me suis dit Ramiro, ce serait gentil de porter cette photo au commandant Galaz, et à ce moment-là, je me suis souvenu de l'autre, bien plus mauvaise, évidemment, c'est un instantané, à l'époque avec mes économies je venais de m'acheter un appareil portable et un flash moderne, à l'insu de don Otto – il disait que cette façon de faire était une insulte à notre art sublime –, et j'allais tirer le portrait des gens que je croisais dans la rue, comme un grand reporter, et le fameux soir où a éclaté le Mouvement, je suis parti en ville avec mon appareil et je me suis dit

Ramiro, cette nuit va être historique, on disait que la garde civile s'était soulevée, et que vous, les militaires, vous alliez sortir de votre caserne pour prendre la mairie, la place était pleine d'attroupements et on voyait des armes et des drapeaux, la grève générale avait été décrétée, et don Otto m'avait ordonné de verrouiller la porte et de fermer les volets, car les bolcheviks allaient nous attaquer d'un moment à l'autre, je lui ai obéi et l'ai laissé dans son laboratoire, ivre, écoutant des hymnes allemands sur son gramophone, et je me suis échappé par la petite porte de derrière, il faisait une chaleur épouvantable, la nuit était tombée et les pierres étaient encore brûlantes, je me suis dirigé vers la caserne pour voir ce qui se passait et j'ai vu une foule qui en revenait, les militaires sont sortis, me racontait-on, en colonnes de voitures et de camions, ils semblent se diriger vers la mairie, toutes les fenêtres des maisons étaient ouvertes, toutes les lumières allumées, et on entendait les postes de radio à fond, alors au lieu d'aller à la caserne, je suis allé à la place Santa-María et j'ai réussi à entrer dans la mairie, au milieu de la foule, tout le monde parlait à tue-tête et on entendait une musique très forte à la radio, un vrai tohu-bohu, mais nous avons tous fait silence en entendant les moteurs de vos camions, je me suis penché à une fenêtre du rez-de-chaussée, dans un bureau jonché de paperasses, et je les ai vus arriver, ils se sont alignés sur la place, devant l'église Santa María, et les soldats sont descendus, j'étais mort de peur, mais je n'arrêtais pas de prendre des photos, je pensais que si je mourais ce soir-là, ma pellicule serait peut-être sauvée et on se souviendrait de moi comme d'un héros, puis je suis sorti dans la cour et me suis approché du perron où se trouvait le maire, et je vous ai vu monter, seul, le pistolet à la ceinture, sans hâte mais avec beaucoup d'énergie, sans regarder personne, et le maire tremblait de peur à côté de moi, il croyait que vous alliez l'arrêter ou le tuer, vous vous êtes arrêté sur la deuxième ou troisième marche et vous êtes mis au garde-à-vous, j'ai déclenché mon appareil et n'ai pas entendu ce que vous avez dit mais voici la photo, une copie, et l'autre aussi, la première, et quand je vous ai vu, je me suis dit Ramiro, c'est peut-être une impertinence de ta part, mais le commandant Galaz sera sûrement content d'avoir ces souvenirs."

Il parlait sans relever la tête, gros et timide, enfoncé dans le canapé, n'osant enlever le manteau qu'il portait sous son imperméable ni l'écharpe bien nouée qui lui protégeait la gorge et la poitrine de tout danger de refroidissement, les genoux serrés, sa pochette en plastique dans son giron. Il avait d'abord refusé d'entrer, il ne voulait pas déranger, il était juste venu lui apporter ces photos, mais le commandant insistait, moins par intérêt que par politesse : une fois dans l'entrée, Ramiro Retratista réitéra ses excuses et se répandit en remerciements quand le commandant l'aida à ôter son imperméable, c'était un honneur pour lui d'être reçu dans cette maison, mais il ne voulait pas déranger, il s'assoirait juste un instant, ce qu'il fit d'abord au bord du canapé, sa serviette dans ses bras, prêt à l'ouvrir, il lui paraissait inconvenant d'accepter un verre, mais refuser avec insistance était un défaut d'éducation, aussi but-il un peu de cognac, d'un air contraint, du bout des lèvres, s'enfonçant insidieusement dans le canapé, buvant de plus longues gorgées, protestant pourtant quand le commandant voulait le resservir, il ne supportait pas la boisson qui lui montait à la tête et lui faisait dire n'importe quoi, mais il se sentait de mieux en mieux : il n'avait plus peur des courants d'air, parce que le cognac lui ravigotait l'estomac et lui enluminait le visage, et que le radiateur électrique lui réchauffait les pieds. Il n'avait pas l'habitude de boire et se rappelait avec remords les sévères soûleries d'antan en solitaire à l'eau-de-vie allemande d'Otto Zenner, mais il n'avait pas non plus l'habitude de parler et ce jour-là, presque sans s'en rendre compte, il assouvit son envie différée de le faire, et si le commandant ne parlait guère plus que le sourd-muet Matías, il lui souriait d'une façon qui l'encourageait à continuer, lui versant un peu de cognac de temps en temps, approuvant ses propos, joignant les mains sur ses genoux dans une attitude que Ramiro trouvait typique d'un gentleman, la tête redressée, le front haut, les yeux clairs et attentifs sous l'ombre des sourcils, un air viril donné par ces deux rides verticales au coin des lèvres, un costume de *sportsman*, le nœud papillon, des chaussures solides et élégantes : le photographe calcula que le commandant Galaz devait être un peu plus âgé, mais la vieillesse ne l'avait pas abattu, n'avait pas défiguré ses traits, sculptés par les os plus que par les muscles ou par la peau, modelés dans une dureté de piédestal qui resterait indestructible jusqu'à sa mort. Les rides du front se froncèrent quand il vit les photos, mais il n'eut pas ce sourire machinal de satisfaction qu'on a quand on contemple son visage. Il examina la photo de studio, passa une main longue et pâle sous son menton, il se rappelait la circonstance, mais pas l'époque où elle avait été prise, sa femme lui avait demandé une photo dans son nouvel uniforme, avec l'étoile de commandant sur la casquette à visière et sur la manche, et peut-être la lui avait-il envoyée après y avoir apposé une dédicace : il avait appris, par une de ses lettres, qu'elle l'avait encadrée et mise sur le piano droit du salon, et qu'elle la montrait à l'enfant pour qu'il n'oublie pas le visage de son père et lui envoie des baisers comme à une image religieuse. Pendant combien de temps l'avait-elle conservée, qu'en avait-elle fait quand on lui avait annoncé qu'il avait trahi les siens et ruiné sa carrière, qu'il avait franchi non seulement les frontières établies par la guerre, mais aussi celles que traçaient implacablement la décence et l'honneur, la loyauté envers la famille, la religion et la patrie, envers tous les mots auxquels il avait obéi sans ferveur, mais avec un dévouement absolu, avec un renoncement sans faille, jusqu'à ce soir de juillet où fut prise la deuxième photographie, à l'instant où il était devenu à la fois un déserteur et un apostat, un renégat pour lequel il ne pourrait y avoir indulgence ni pardon. Il imaginait les pleurs, les cris, la femme en sueur, le ventre gonflé, saisissant sa photo au milieu de toutes les autres posées sur le piano, la jetant par terre et la piétinant pour réduire le verre en miettes, se coupant avec un éclat pointu quand elle se pencherait pour la ramasser et regarder de nouveau le sourire invariable et la déchirer ou la brûler littérairement dans le four de la cuisine, peut-être évanouie, victime simultanée de sa trahison politique et de sa déloyauté sentimentale, s'affaissant lourdement avec son ventre sur le point de s'ouvrir pour accoucher d'un fils qu'il ne connaîtrait jamais, l'officier de trente-six ans qui marchait à côté d'un fauteuil roulant dans le couloir central d'une église de Madrid.

Il chaussa ses lunettes pour voir plus distinctement le visage de sa jeunesse. Il écoutait Ramiro Retratista, le regardait avec une attention soutenue sans lui prêter attention, sans vraiment croire que ses paroles s'adressaient à lui. Il n'associait ce visage à aucun souvenir, ne lui trouvait aucune ressemblance avec celui qu'il voyait tous les matins et tous les soirs dans son miroir, parce que c'était celui d'un homme beaucoup plus jeune, et parce qu'il le considérait aussi étranger à lui-même qu'un fils dont il n'aurait su s'expliquer le comportement. La buffleterie, la veste et les décorations d'Afrique, la fine moustache, la casquette à visière inclinée sur le côté, le sourire aussi intangible que les armes de l'Infanterie cousues à côté du bouton du haut qui attachait le col. Mais même à l'époque il n'était pas cet homme qu'on voyait sur la photographie, celui que les autres voyaient, admiraient ou craignaient, celui qui recueillait les confidences du colonel Bilbao et les informations ineptes du lieutenant Mestalla, et il était encore moins le héros dont quelques rares vaincus gardaient le souvenir, à Mágina, bien des années après la guerre, une ombre persistante et pas encore abolie, découvrait-il avec surprise, presque à son corps défendant, ressuscitée et sortie d'une serviette en plastique par cet homme intarissable qui suffoquait à cause du chauffage et du cognac et passait une main molle et moite sous son écharpe de laine. “Comme votre père doit être fier de vous, Galaz !” Le colonel Bilbao, à quatre heures du matin, marchait de long en large dans son vaste bureau rempli de drapeaux et d'armoires bourrées d'armes, le blouson ouvert, les mains dans le dos et la tête chenue dans la poitrine, faisant résonner le plancher ciré sous les talons de ses bottes. “Votre père surtout, mais aussi votre beau-père, le général, et votre épouse, un beau brin de fille. Je la connais depuis son enfance. Quand j'ai appris qu'elle s'était fiancée avec vous, je me suis réjoui comme si c'était ma propre fille.” Le colonel Bilbao s'arrêta et appuya les mains sur le dossier sculpté d'un fauteuil, regardant le commandant Galaz derrière une mèche de cheveux blancs. “Je vais vous dire une chose, Galaz, et ne la répétez à personne, ou plutôt oubliez-la dès que vous l'aurez entendue, je l'exige car c'est la plus grande douleur de ma vie. Ma fille est une fripouille et mon fils un bon à rien, un sergent qui n'arrivera jamais à dépasser le grade de sous-lieutenant par ses propres mérites, si tant est qu'il y arrive. Ils sont ma honte, Galaz. Quand je vous vois, je rêve que vous soyez mon fils. J'en ai toujours rêvé, depuis le temps où vous étiez cadet et où votre père me décrivait vos brillants résultats et votre comportement exemplaire… Vous pouvez vous retirer, Galaz, je vous vole des heures de sommeil, vous êtes jeune et vous avez besoin de dormir." Il ne se permettait aucune familiarité avec le colonel, malgré les encouragements de ce dernier : il se leva, se mit au garde-à-vous devant la porte, dit : "A vos ordres, mon colonel !" et retourna dans sa chambre par la galerie qui encerclait la cour, se retenant d'allumer une cigarette, différant le plaisir de fumer de quelques minutes, il le ferait quand il serait seul, étendu sur son étroite couchette militaire, tournant le dos à la fenêtre donnant sur la vallée bleu foncé du Guadalquivir, regardant dans la pénombre la gravure du cavalier avec lequel il avait établi au bout de quelques semaines une sorte de confiance secrète : il ne savait rien non plus sur ce jeune homme, l'expression de son visage était une énigme aussi impénétrable que celle de son identité et que l'itinéraire parcouru par la gravure avant d'aboutir dans la vitrine de cet antiquaire où il l'avait trouvée.

Il avait oublié la présence de Ramiro Retratista : il entendit une toux brève, pudique, comme celle d'une dame en visite, arracha son regard aux photographies et le releva au-dessus de ses lunettes en écarquillant les sourcils, sans trouver celui du photographe, fixé sur ses deux mains épaisses et enlacées sur la serviette en plastique vide : depuis qu'il n'était plus militaire, il n'avait plus jamais retrouvé cette attitude de soumission qui l'irritait maintenant comme elle l'irritait peut-être déjà à l'époque, même s'il n'avait pas la franchise de se l'avouer. "Je crois qu'à Mágina personne ne sait que vous êtes revenu, dit Ramiro sans relever la tête, personne ne se souvient de rien, sauf moi, peut-être à cause de mon travail, je passe mes journées à regarder et à trier des photos anciennes parce qu'un journaliste, Lorencito Quesada – vous ne le connaissez pas –, m'a promis d'organiser sous le patronage de la mairie une exposition de mon œuvre, qu'il publiera ensuite dans un livre, *Hommes et Noms de Mágina d'hier, d'aujourd'hui et de demain*, ou quelque chose de ce genre. Certes, Lorencito n'est pas un vrai journaliste, il est employé au *Système Métrique*, mais il écrit beaucoup dans *Singladura*, bien qu'il se plaigne de ne jamais être payé, il le fait par vocation, il a beaucoup de relations à la mairie, et même dans la police, c'est un intime du sous-commissaire Florencio Pérez, et moi je lui dis souvent mais voyons, Quesada – il n'aime pas qu'on l'appelle Lorencito –, qui peut s'intéresser à des vieilles photos ? et il rétorque que c'est un trésor, un document historique. En réalité, c'est un tas d'amertume, rendez-vous compte, quand j'ouvre une boîte et que j'entreprends de regarder des photos, je me dis que celui-ci est mort, celui-là aussi, et cet autre, et le plus souvent j'ai oublié leurs noms, mais ce n'est pas le pire, le pire c'est de regarder le visage des gens que je croise dans la rue et de me dire, celui-ci, j'ai fait son portrait quand il était petit, cette grosse boutonneuse était une femme sculpturale quand elle est entrée dans mon studio il y a trente ans, ce vieux qui marche courbé sur sa canne me commandait des photos pour les offrir à ses maîtresses. Une tristesse, je vous le dis, et le pire, c'est qu'apparemment personne ne s'en rend compte, les gens ne savent pas qu'ils vieillissent, grossissent, perdent leurs cheveux et vont mourir. Evidemment, vous êtes une exception, si vous me permettez de vous le dire, c'est pourquoi je n'ai pas eu de mal à vous reconnaître quand je vous ai aperçu sur la place du Général-Orduña, l'autre jour, vous regardiez les affiches de l'Ideal Cinema, je vous ai vu de profil et je me suis dit Ramiro, cet homme est le commandant Galaz, il n'a pas changé depuis toutes ces années, même s'il a moins de cheveux, sauf votre respect, et qu'ils sont devenus presque blancs, et je sais de quoi je parle, j'ai passé ma vie à scruter les visages." Il refusa une nouvelle tournée de cognac, cette fois-ci, parole, il devait partir, bien sûr qu'il reviendrait, si cela ne dérangeait pas le commandant, il ne dirait à personne qu'il l'avait vu, entre autres raisons parce que ce n'était pas vraiment son genre de parler, ce qui s'appelle parler, il ne parlait à personne, sauf avec son assistant, Matías, devenu sourd-muet à la suite d'une explosion, le commandant s'en souvenait peut-être, on l'avait surnommé le Ressuscité, et lui, Ramiro, n'avait pas voulu le renvoyer, avant tout par charité, car c'était plutôt un poids, il avait de moins en moins de commandes au studio, mais que ferait ce pauvre homme s'il fermait, à part demander l'aumône ou décharger des légumes au marché municipal.

Il l'aida à enfiler son imperméable, lui tendit son parapluie qu'il allait oublier, le raccompagna à la porte en approuvant ce qu'il disait, serra sa grosse main molle à la grille et l'encouragea à revenir : Ramiro Retratista se répandit en expressions démodées de gratitude et en excuses, qu'il n'hésite pas à lui demander tout ce qu'il voudrait, ses archives étaient à sa disposition, et si sa fille avait envie d'un portrait, il le ferait avec le plus grand plaisir, il l'avait vue dans la rue avec lui, c'était une très jolie jeune fille, un vrai portrait comme on n'en faisait plus, en noir et blanc avec des contre-jours sculpturaux, comme ceux que faisait don Otto Zenner au sommet de son art, comme les portraits immortels de Nadar. Il revint souvent au cours de l'hiver, engoncé dans son imperméable, nanti de son parapluie et de son béret en plastique, emmitouflé dans son écharpe bien enroulée autour du cou et croisée sur la poitrine, pour éviter ce qu'il appelait la *refroidure* du climat de Mágina, tenant sa serviette vide d'encaisseur : il prévenait toujours qu'il resterait juste une demi-heure et ne boirait qu'un petit verre de cognac, mais il partait finalement à la nuit après avoir avalé une demi-bouteille, gorgée après gorgée, et un soir d'avril, il apporta dans sa serviette la photographie d'une femme morte et emmurée plus d'un siècle auparavant, il but plus que de raison et confia au commandant Galaz le grand secret de sa vie : il s'en repentit sans doute car il suspendit ses visites pendant plusieurs semaines et quand il revint, par une chaude après-midi embaumée de la mi-mai, arriva presque en même temps que lui une invraisemblable Isetta de livraison pour le fourrage : un homme rubicond et presque sphérique, souriant avec une placidité bovine et décrivant des gestes vifs et délicats avec ses mains d'hercule parvint à grand-peine à s'extraire de la cabine en forme d'œuf. Matías, le Ressuscité, l'ex-assistant de Ramiro Retratista qui avait fermé son studio dès qu'il avait pu lui trouver cette place et dépenser la moitié de ses économies pour lui acheter l'Isetta, ouvrit la portière arrière et en sortit une malle impressionnante qu'il souleva sans effort apparent pour la déposer dans l'entrée du commandant

Galaz. “Je quitte Mágina, cher ami, je quitte cette ville ingrate pour toujours”, dit Ramiro Retratista, de nouveau assis dans le canapé, regardant ses mains enlacées sur les genoux déformés d’un vieux pantalon de demi-saison. “J’avais pensé brûler mes archives, car je n’aurai ni exposition, ni livre, ni rien du tout, je me doutais bien que ce Lorencito était un bavocheur, un simple d’esprit, un hurluberlu, mais je me suis dit, Ramiro, le seul homme sensible à Mágina est le commandant Galaz, pourquoi ne lui offrirais-tu pas l’humble œuvre de toute ta vie…”

Pavón Pacheco fut le premier à parler de cela en classe, à répandre la rumeur que Praxis avait une liaison, une étrangère plutôt rousse, une pas grand-chose, disait-il avec un mépris d'expert en tordant la bouche, il les avait surpris un mardi soir dans une de ces boîtes ringardes des alentours fréquentées par des bouseux au cou rôti et crevassé par le soleil, par des infirmières qui avaient le feu au derrière, des bonniches aux mœurs douteuses et des maris adultères qui buvaient du whisky, fumaient des blondes américaines et se tournaient en ridicule sur la piste de danse, car ils n'étaient plus de la première jeunesse et appartenaient à la génération du paso doble et des maisons closes avec cuvette et table *camilla*. Praxis était donc là, nous dit Pavón Pacheco, il avait cet air de moine qu'il prend quand il se met à réciter des poésies, collé à la rousse dans un canapé en skaï grenat, serré contre elle au point de ne pas répondre à son salut ou de faire semblant de ne pas le voir, ils s'étaient réfugiés dans le recoin le plus sombre de la discothèque, un mardi soir, quand il n'y a presque personne hormis quelques ex-maçons et ex-employés enrichis par l'essor de la construction, l'augmentation des ventes de voitures ou d'électroménager. Manifestement, ils voulaient se cacher, ce qui n'avait rien d'étonnant pour Pavón Pacheco, à tous les coups la fille était mineure, à peine dix-sept ans, elle avait une poitrine maigrichonne, des taches de rousseur, le genre de gonzesse idéal pour un ahuri comme Praxis. Mais nous ne le croyions qu'à demi, d'abord parce que nous étions habitués à ses mensonges sur ses prouesses sexuelles et ses orgies au kif ou à l'aspirine diluée dans du coca-cola, et surtout parce qu'au cours de l'année, nous n'avions presque jamais vu Praxis avec une femme, sauf un lundi matin où il était arrivé au lycée en compagnie d'une brune à cheveux courts et lunettes rondes à monture dorée, qui avait l'air d'un prof de lycée, le genre enseignante relativement jeune qui portait des pantalons et fumait, contrairement aux autres, les percheronnes affairées de la Section féminine. "Elle était sur le point de l'épouser, décréta Pavón Pacheco, mais elle l'a surpris au lit avec la rousse et l'a envoyé sur les roses. Voilà ce qui arrive quand on leur donne de mauvaises habitudes : elles vous crachent à la figure."

Nadia a du mal à se rappeler cette discothèque, ils allaient souvent dans ce genre d'endroits, dit-elle, avec sa voiture où il transportait parfois, dans le coffre ou sous les sièges, des paquets de tracts clandestins à livrer ou à récupérer en pleine nuit dans les endroits les plus invraisemblables. C'est ainsi que tout a commencé, me raconte-t-elle, avec une liasse de tracts ou de journaux cachés dans une boîte de gâteaux, par un samedi lumineux et froid de décembre elle était sortie pour aller au marché, et en descendant la venelle Saint-Jacques vers la rue Neuve il avait surgi dans sa voiture, baissé la vitre sale, demandé où elle allait et proposé de l'emmener, très souriant, comme l'autre fois, mais aussi très nerveux, il fumait sans interruption et trépignait aux feux rouges, ne reluquait pas ses seins ni ses cuisses, et au marché, quand ils étaient descendus de voiture, il avait discrètement regardé autour de lui, s'était assuré qu'il avait bien fermé à clé, c'était une vieille bagnole mais il n'en avait pas d'autre, lui expliqua-t-il, et il avait fini par la prendre en affection, après avoir tant bourlingué sur les routes d'Europe avec elle. Le samedi matin, jour de la grande vente, le marché municipal était bruyant et grouillait comme un souk, des grossistes vendaient des fruits, il y avait des étals de *churros** et des tavernes dans les ruelles environnantes, des vendeurs ambulants offraient des primeurs, des épices, des pots de fleurs, des seaux en plastique, des nappes en tissu synthétique, de la vaisselle en duralex et même, à l'époque, des *zambombas*** et des santons, et quand on pénétrait sous ces grandes nefs à poutrelles et colonnades métalliques où les comptoirs étaient en marbre, la lumière de la rue devenait pénombre, les cris de l'extérieur s'estompaient dans un vaste murmure de voix et de pas amplifiés par la résonance des voûtes. “Vous qui parlez des réalisations de Primo de Rivera et de Franco, disait le lieutenant Chamorro dans la *huerta*, apprenez que ce marché, la République l'a fait pour vous.”

Le marché répandait une puissante odeur de poisson, de légumes frais, de poivron, de saucisse, de viscères,

* Beignets longs et cannelés qui, consommés chauds et saupoudrés de sucre avec un chocolat épais et parfumé de cannelle, composaient le petit déjeuner traditionnel en Espagne. Les *churros* s'achètent dans une boutique spéciale, une *churrería*, ils sont rarement faits “à la maison”. *(NdT)*

** Tambour à friction, fait d'une membrane de peau adaptée à l'orifice d'un récipient en terre ou en métal, traversée par un manche qui, frotté par la main humide, produit un son rauque et monotone. *(NdT)* de *churros*, et dans les dernières heures de la matinée, le mélange de toutes ces odeurs prenait la densité d'une légère putréfaction. Il lui frayait un passage dans la foule en la prenant par le bras, comme s'il la guidait dans les ruelles d'une médina musulmane : elle se souvenait de la lumière blanche, des couleurs planes, des surfaces de linoléum et de plastique des supermarchés d'Amérique, et elle sentait ici une excitation des sens qui l'étourdissait de bonheur : le rouge des viandes sur les étals, le vert foncé et humide des bettes et des oignons doux empilés, le blanc intense des choux-fleurs, le brillant des écailles du poisson, le sang d'une tête de veau qu'on venait de trancher d'un coup de hache, la lumière épaisse et dorée traversant un filet d'huile versée dans une bouteille à l'entonnoir, les fragrances de vinaigre et de thym d'un pot d'olives, et surtout le concert délirant des couleurs et des odeurs, des cris aigus ou rauques des harengères et des vendeuses d'œufs, des annonces des vendeurs ambulants, des battements d'ailes des oiseaux égarés dans les poutrelles des voûtes, sous les claires-voies opaques de crasse. Elle me rapporte ce souvenir que je possède aussi et je veux l'inclure dans la galerie de portraits que j'ai gardés de cette époque, comme si je truquais une photo de groupe pour y ajouter un visage, car je sais maintenant que le matin où Praxis l'a accompagnée au marché, j'étais là, j'ai dû la voir et je l'ai oubliée : dans une veste blanche de mon père, debout derrière le comptoir de son étal de légumes, étourdi par les cris des femmes, pesant des pommes de terre, des oignons, des choux-fleurs, incapable d'encaisser le prix exact de chaque article et de rendre la monnaie avec la rapidité de mon père, la moitié d'entre elles sont reparties sans te payer, me disait-il, elles voient ta tête d'endormi et elles en profitent : mon père était malade, une douleur dans la colonne vertébrale et il était cloué au lit, c'était si étrange de le voir couché que je revoyais l'époque où nous habitions dans la chambre à la poutre, quand son cousin Rafael, assis à son chevet, me fabriquait des animaux en carton avec les boîtes de médicaments. Mais je ne veux pas l'interrompre dans son récit, je lui demande de poursuivre, de me raconter comment s'est passée cette rencontre avec Praxis, j'ai l'impression de me retrouver dans sa situation, quand elle me demande des détails sur les femmes que j'ai connues, quand j'hésite d'abord à lui répondre : je suis jaloux, mais je veux savoir. Il lui avait demandé de ne pas l'appeler José Manuel, mais Manu, elle trouvait cela bizarre et trop familier, elle montrait les choses, il lui donnait le nom en espagnol et l'aidait dans ses achats, elle vit même un visage, dit-elle, qui lui rappelait quelque chose, elle l'avait croisé plusieurs fois dans la rue, sur le trottoir du Consuelo, ou dans le lotissement du Carmel, pas loin de chez elle : un garçon plus ou moins de son âge qui portait toujours une grosse veste bleu marine, un jean, un pull à col roulé, qui fumait sans enlever la cigarette de sa bouche, enfonçait les mains dans les poches de son pantalon et avait une mèche de cheveux très noirs et ondulés sur le front : comme c'est souvent le cas des gens qui sont seuls dans une ville étrangère, elle était très attentive aux visages des inconnus, et quand elle les revoyait, elle essayait obstinément de se souvenir où elle les avait vus pour la première fois : elle trouva donc surprenant, me dit-elle, de me découvrir soudain derrière un étal du marché, dans la veste blanche d'un vendeur, mais toujours avec cet air sombre et désabusé que j'avais quand je rôdais dans le lotissement du Carmel à la recherche de Marina, désespéré de ne pas la trouver, me cachant si elle apparaissait par surprise, soudain rouge, peureux, ridicule. Elle dit que Praxis me lança un bonjour, affichant une sorte de solidarité bienveillante, je suppose, car il savait pourquoi j'avais manqué les cours de la semaine, et qu'ensuite elle lui demanda qui j'étais, un excellent élève, fils de travailleurs de la terre, son père est malade et il ne peut venir au lycée ces jours-ci, mais j'ai obtenu du conseil des professeurs qu'on recule ses examens trimestriels. La nuit tombait sur la *huerta*, nous avions fini de ramasser et de laver les légumes, les sacs et les paniers ruisselants d'eau froide étaient rangés le long du bassin, l'oncle Pepe et l'oncle Rafael roulaient déjà leur cigarette, j'avais les mains rougies et glacées à force de décoller la terre des légumes qu'on venait de ramasser, mon père me dit de bâter la jument et de la descendre jusqu'au bassin pour charger la marchandise, il saisit un très gros sac de choux-fleurs, mais au lieu de le soulever avec sa force prodigieuse et de le mettre sur le dos de la jument, il resta plié en deux, recroquevillé, et se mit à crier d'une façon que je ne lui connaissais pas, comme s'il n'était plus un homme, mais un animal blessé, le visage congestionné et les mâchoires serrées, l'oncle Pepe et l'oncle Rafael jetèrent leurs cigarettes et accoururent, je restais immobile, mort de peur, paralysé d'effroi, voyant mon père fléchir sous le poids du sac et tomber dans la boue, près des sabots de la jument, se tordant de douleur. Je courus à la route, arrêtai une Land Rover retournant dans une oliveraie, qui le ramena à Mágina : il ne cessait de crier, les yeux fermés et les lèvres retroussées, je passais la main sur son visage congestionné et sale de boue, il serrait douloureusement mon bras et continuait de crier en se tordant, je pensais qu'il allait mourir, que la douleur l'avait abattu aussi violemment que la foudre, et l'imagination, comme toujours, fuyait le présent et me projetait dans l'avenir, je me voyais à son enterrement, un brassard noir sur la manche de mon costume, condamné à travailler la terre pour nourrir à moi seul toute la famille, et cet avenir aveugle me tourmentait davantage que la souffrance et la mort de mon père. “Il a les vertèbres usées”, dit le docteur Medina ce soir-là, après que l’infirmier lui eut fait une piqûre : il dormait et avait cessé de hurler, mais l’écho de ses cris résonnait encore dans toute la maison, dans mon imagination épouvantée, aujourd’hui encore, si je ferme les yeux, je les entends et ne peux supporter une telle douleur, tant de honte et tant de culpabilité. Le docteur Medina parlait tout haut à côté de lui, sûr qu’il ne pourrait se réveiller : ma mère se tordait les mains dans son tablier, les yeux rétrécis par les larmes. “Cet homme travaille comme une bête depuis l’âge de huit ans. Il est très fort, mais il n’a pas pu résister, l’usure des vertèbres est irréversible. La seule solution est qu’il cesse de travailler la terre, ou du moins qu’il ne soulève plus de poids, et surtout qu’il n’aille pas seul au jardin. L’attaque peut se reproduire demain ou dans cinq ans, mais elle reviendra. Et s’il est seul à ce moment-là, imaginez ce qu’il adviendra de lui.”

Je ne pourrais plus jamais quitter Mágina : je ne serais plus correspondant, ni interprète, ni guérillero en Bolivie, ni batteur de rock, ni auteur de romans expérimentaux ou de théâtre de l’absurde. Je ne pouvais déjà plus aller passer l’après-midi au *Martos*, jouer au billard à la salle de jeux Maciste, voir Marina en classe. Ma mère me réveillait tôt le matin, je prenais un petit déjeuner rapide dans la cuisine, près du feu, et j’allais au marché, grelottant de froid dans les rues désertes, la veste blanche de vendeur pliée sous le bras. A midi, quand je rentrais à la maison, j’allais dans la chambre de mon père et je lui montrais la recette : quelques billets de vingt douros, des pièces, à peine la moitié de ce qu'il gagnait habituellement. “Avec les femmes, il faut faire l'article, plaisanter et les encourager à acheter, mais surtout il faut ouvrir l'œil, parce qu'elles resquillent à la première occasion.” Pétrifié d'ennui et de honte, je restais muet derrière le comptoir, et l'étal de mon père, toujours entouré de femmes avec leur panier à provisions quand il vendait, était maintenant déserté, les femmes allaient voir d'autres commerçants, ou m'achetaient peu de chose. Ce qui me faisait le plus honte, c'était de penser que Marina pourrait me voir un samedi matin où il n'y avait pas cours, quand elle accompagnait sa mère au marché, sa mère teinte en blond, vêtue de couleurs vives, avec cet air de jeunesse tardive que les femmes de ma famille et de mon quartier n'avaient plus au même âge. Je croyais la voir de loin et j'avais envie de me cacher derrière le comptoir. L'après-midi, vers trois ou quatre heures, quand mes amis écoutaient sans doute des disques au *Martos*, je finissais mon repas, mettais mes habits des champs, harnachais la jument et allais à la *huerta*, et en chemin, juché sur elle, je fredonnais des chansons, *Riders on the storm, Hotel Hell, The House of the rising sun, Brown sugar*, toutefois je ne roulais pas à cent à l'heure dans le désert en direction de San Francisco, je montais une vieille jument, zigzaguant entre les *huertas* et les champs de Mágina, au bout du sentier se trouvait le hangar où attendaient déjà l'oncle Pepe, l'oncle Rafael et parfois le lieutenant Chamorro, et il fallait travailler sans relâche jusqu'à la tombée de la nuit pour pouvoir rouvrir l'étal du marché le lendemain matin et perpétuer mon supplice secret, ce sentiment qu'un hasard implacable me refusait la vie que je désirais et méritais, cette vie que d'autres saisissaient avec un naturel qui les rendait à mes yeux très lointains, plus heureux que moi, dotés d'un privilège inaccessible.

Mais raconte encore, dis-je à Nadia, à cause de toi je ne cesse de parler de moi : sa présence croise la mienne pendant quelques minutes puis s'écarte, nous ne saurons rien l'un de l'autre, le hasard aura éludé notre rencontre, si proches, nous frôlant presque, et séparés par l'invisible, l'abîme, un adolescent en veste blanche figé derrière un étal de fruits et une rousse à cheveux longs portant un sac à provisions, accompagnée par un homme qui a le double de son âge et lui apprend de jolis mots en espagnol, qui lui enlève son cabas des mains à la sortie du marché et le met dans le coffre de sa voiture où se trouve déjà un carton enveloppé de papier journal, attaché par des ficelles : elle remarque qu'il est sur ses gardes et soupçonne qu'il y a une certaine mise en scène dans ce luxe de précautions, comme lorsqu'il lui parle tout bas, lui raconte ses voyages et ses expériences clandestines en laissant certains détails sans explications, en sorte que sa manie de ne pas trop en dire finit par suggérer des secrets plus importants, trop graves pour être révélés. Au même instant, dans la pleine lumière de ce matin de décembre, devant le marché de Mágina, quelque chose l'inquiète d'autant plus qu'elle ignore ce que c'est : Praxis, José Manuel, elle n'ose pas encore l'appeler Manu et n'y arrivera pas, a vérifié les nœuds de la ficelle autour du carton, a refermé le coffre à clé après un coup d'œil lancé à la ronde, est monté en voiture avec une décontraction trop naturelle pour être vraie et a attendu qu'elle s'asseye pour démarrer. Il fume, pianote sur le volant pendant qu'un âne traverse, chargé de caisses de poulets jusqu'à une hauteur invraisemblable, sourit sans répondre quand elle lui demande s'il est inquiet, si quelque chose ne va pas. Elle découvre qu'il ne s'est pas rasé ce matin et remarque un cerne obscur autour des poignets et du col de sa chemise : il n'a pas dormi, peut-être même ne s'est-il pas couché. Ils traversent la rue Corredera, la place du Général-Orduña, la rue Mesones et la rue Neuve, mais au lieu de tourner à droite à l'hôpital Saint-Jacques pour aller jusqu'au lotissement, il continue tout droit vers la sortie de la ville, et pendant quelques instants elle éprouve la même émotion que l'autre soir. Mais il fait jour et cet homme ne lui fait pas peur, elle a beaucoup pensé à lui depuis la dernière fois, mais il ne lui a pas trop manqué, elle a compris qu'elle commençait à s'ennuyer à Mágina, qu'elle était parfois irritée par le laconisme rêveur de son père, qui réserve maintenant la quasi-exclusivité de ses paroles à cet homme en imperméable bleu marine et béret en plastique qui lui rend visite deux ou trois fois par semaine, ces derniers jours, involontairement, ses pas l'ont conduite vers le trottoir du lycée et vers le parc de la fontaine lumineuse : un soir, elle est même entrée au Consuelo et s'est assise pour boire un coca-cola sur un tabouret près des vitres : une cloche stridente a retenti et il y a eu un déferlement d'élèves avec des livres, des classeurs et des sacs de gymnastique, suivis des professeurs qui se séparaient devant l'entrée et s'en allaient d'un air las sur le trottoir, mais elle ne l'a pas aperçu, peut-être n'avait-il pas cours cette après-midi, les lumières se sont éteintes aux fenêtres du lycée et un appariteur a fermé la porte et s'est éloigné en glissant un grand trousseau de clés dans la poche de son manteau. Elle a cru reconnaître sa voiture à plusieurs reprises, mais elle n'en est pas certaine, car c'est un modèle et une couleur très courants en ville et ce matin, en le rencontrant par surprise, elle a été beaucoup plus émue qu'elle n'aurait pu l'imaginer, elle a découvert qu'elle avait oublié son visage et le métal exact de sa voix, elle était contente de revoir ses grandes mains nerveuses sur le volant, de sentir l'odeur de velours, de tabac brun et de tapisserie synthétique qui flotte dans la voiture. Elle affiche un air plutôt indifférent, naturellement, comme l'autre jour, mais ce matin, elle s'installe avec plus de familiarité sur le siège et ne se redit pas qu'elle doit rentrer au plus vite pour préparer le repas. Ils ont laissé derrière eux les derniers immeubles, la piscine, les murs du collège des jésuites, la station-service : il réduit brusquement la vitesse et s'engage sur une voie latérale, arrête la voiture dans un bouquet d'arbres. Il coupe les gaz, se tourne vers elle, accoudé au volant, elle est sûre qu'il va lui dire quelque chose, lui confier un secret, la raison pour laquelle il ne s'est pas rasé ni changé ce matin. Il allume une cigarette et elle croit remarquer que sa main tremble.

"J'ai un service à te demander. Je ne devrais pas, mais j'ai passé la nuit à retourner le problème dans ma tête et je n'ai pas trouvé d'autre solution. Il n'y a qu'à toi que je peux demander de l'aide. Voilà, c'est difficile à expliquer, mais j'ai l'impression que je suis en danger. Tu auras du mal à le comprendre, en définitive, tu n'as jamais vécu en Espagne, et dans ton pays, comme disait Churchill, quand on sonne à cinq heures du matin, c'est le laitier. Affirmation très discutable, mais passons. En tout cas, hier soir, quand je suis rentré chez moi, un peu tard parce que j'avais quelque chose à récupérer dans un village des environs, j'ai repéré devant la porte un des deux flics de la police sociale de Mágina. En d'autres circonstances, j'aurais réagi normalement : je suis fiché, ils me connaissent, ils me surveillent de temps en temps et ça ne va pas plus loin, à la rigueur ils peuvent fouiller la maison et me boucler quelques jours. Mais hier, c'était différent. Les documents que je transporte dans la voiture, dans ce carton, sont extrêmement importants. Pour des raisons de sécurité, je ne peux les rendre à ceux qui me les ont remis sans courir le risque que la police les intercepte. Tu peux donc imaginer la nuit que j'ai passée, je suis venu me cacher ici et je n'ai pas dormi plus d'un quart d'heure, recroquevillé sur la banquette arrière, par un froid de canard. J'ai envisagé de brûler les papiers, mais ce serait une catastrophe. Le service que j'attends de toi est très simple, et je ne te demanderais rien si je pensais t'exposer. Toi, personne ne te connaît à Mágina, et je ne crois pas que beaucoup de gens se souviennent de nous avoir vus ensemble. Garde ce carton chez toi pendant quelques jours. Si je ne me trompe, tu m'as dit qu'il y avait une citerne vide derrière le jardin. Mets-le là, sans que ton père te voie. Quand tout danger sera écarté, je t'avertirai. D'accord ? Ou plutôt, comme vous dites, OK ?"

Il eut un rire forcé, affectueux, pédagogique, comme lorsqu'il nous expliquait les chausse-trappes idéologiques de la littérature bourgeoise, l'écriture en tant que praxis, disait-il, et Pavón Pacheco rajoutait un bâton sur la feuille où il notait combien de fois il prononçait ce mot. Elle acquiesça, excitée par la conscience du danger, par la promiscuité de cet homme qui fumait à côté d'elle et souriait et risquait sa vie et avait confiance en elle au point de lui confier son secret, de remettre son sort entre ses mains, de la lier à sa destinée de clandestin traqué, mais pas dans une chambre obscure en pleine nuit, en plein jour, par une matinée limpide d'hiver. Elle imagina qu'elle était arrêtée et n'avouait rien, qu'il l'envoyait en voyage avec une valise remplie de documents interdits : qu'elle allait le voir en prison et découvrait qu'il avait l'arcade sourcilière fendue, une barbe de plusieurs jours, le corps violet de coups. En revenant vers la ville, elle ne voyait plus les rues ni les visages de la même façon, elle pressentait des menaces dans son train-train ordinaire, se méfiait de la voiture qu'elle voyait dans le rétroviseur, du conducteur qui s'arrêtait à côté d'eux au feu rouge et la regardait brièvement, derrière sa vitre. Ils descendirent de voiture près du lotissement, sur un terrain vague, à l'abri d'un mur en ruine, il mit le carton dans un grand sac en plastique et lui dit de ne pas s'inquiéter, de ne pas essayer d'entrer en contact avec lui ni de s'approcher du lycée. Elle fut surprise que la boîte soit si légère : elle prit son sac à provisions posé à côté et se retrouva devant lui, souriante, les deux mains occupées, sans savoir quoi dire, imaginant qu'une séparation austère était de mise. Il referma le coffre d'un coup sec, regarda autour de lui, décoiffé par le vent, grand et presque héroïque sur ce terrain désert, sillonné de tranchées ouvertes par les pelleteuses, consulta sa montre, parut vouloir se glisser derrière le volant, mais fit quelques pas vers elle, s'arrêta, posa ses mains sur ses épaules, dans un geste audacieux et fier, l'attira contre lui, la main remontant vers sa nuque, parcourant du bout des doigts la naissance des cheveux de la jeune fille qui n'opposait aucune résistance et ne se laissait pas aller, elle percevait son haleine, proche et chaude dans l'air frais de décembre, il se pencha et l'embrassa maladroitement sur la bouche, avec avidité et précipitation, introduisant sa langue entre les lèvres entrouvertes, puis il s'écarta, la regarda comme s'il se repentait, comme s'il était déconcerté de ne pas avoir été repoussé ou de ne pas avoir reçu en échange un baiser plus rapide et plus savant que le sien, remonta dans sa voiture, démarra et fit demi-tour pour repartir dans la direction opposée, agitant la main gauche par la vitre en un geste d'adieu.

Je suis étendu à côté d'elle, ulcéré qu'elle l'ait embrassé comme si j'avais été témoin de la scène, je l'écoute les yeux fermés et la vois marcher de dos dans les rues silencieuses du lotissement du Carmel, ses cheveux plats et longs d'alors retombant sur les épaules, dans son blouson en peau, tenant un sac dans chaque main, serrant les anses au point d'en avoir mal aux doigts, ne retournant pas la tête vers moi, la bouche encore humide de la langue masculine, l'expression sereine et prudente, sans doute celle-là même que je verrai bien des années plus tard. Elle pose les sacs par terre, cherche ses clés et ouvre une grille, son cœur bat à tout rompre, elle a peur que son père lui pose des questions sur ce carton et qu'elle ne sache improviser un mensonge, les talons de ses santiags s'enfoncent dans le gravier du jardin, dans les feuilles mortes soulevées par la fuite des chats sans maître qui se chauffaient au soleil, son père n'est pas derrière la fenêtre de la salle à manger, elle souhaite qu'il n'y soit pas, mais elle se méfie, elle laisse le panier à provisions sur les marches de l'entrée et sans lâcher l'autre elle contourne la maison en rasant le mur, ouvre la trappe de la citerne dans un grincement insupportable, un bruit derrière elle la fait sursauter, c'est un chat de gouttière qui s'enfuit en feulant quand elle se retourne, elle cache le sac, s'arrange pour qu'on ne puisse le voir de l'extérieur, pousse le loquet, referme le cadenas, revient à la porte et dans l'entrée appelle son père en anglais, *Daddy*, prenant soudain conscience que c'est une expression trop enfantine, ignorant encore qu'elle ne l'utilisera plus, mais il ne répond pas, son manteau n'est pas suspendu au porte-manteau, elle regarde la gravure du cavalier et pour la première fois se dit que lui aussi a l'air de garder un secret, et quand son père arrive une heure après, elle a presque fini le repas et lui a préparé un Martini dry. Mais désormais les actes invariables de leur vie commune, la tendresse de leurs baisers sur la joue quand ils se retrouvent ou se quittent, leur façon de se regarder quand ils discutent, sa sollicitude extrême quand elle lui prépare un apéritif, lui sert le repas ou va vider le cendrier qui est sur la table basse, à côté de la lampe, contiennent une part de simulation, un fond de tricherie et de silence dont ils se doutent tous les deux et ne parleront pas avant des années. Il y a un téléphone dans la maison, mais il sonne toujours par erreur, et elle qui n'avait pas remarqué son existence le regarde maintenant comme si elle pressentait l'imminence d'un appel. Elle pense à la boîte en carton cachée dans la citerne et se rappelle ces assassins dans les romans policiers, qui vivent dans l'angoisse qu'on déterre le cadavre de leur victime. Le soir, elle n'arrive pas à s'endormir, même après avoir entendu son père rentrer, elle se retourne dans le noir, elle crève de chaud sous les couvertures, allume la lumière, ouvre un livre machinalement et le referme aussitôt, est tentée de descendre discrètement et d'aller examiner au fond du jardin, à la lueur d'une lampe, le contenu du carton, elle l'imagine merveilleux et terrible, protégé par une malédiction mortelle, comme les trésors dans les contes des éditions Calleja que son père lui lisait en Amérique. Elle sent parfois une saveur crue et masculine dans la bouche, pas comme celle des garçons qui l'embrassaient de temps en temps, beaucoup plus forte parce que s'y mêlent la fièvre et le danger, une plénitude qui exclut le jeu et instaure le désir. Un matin, elle ne résiste pas à la tentation de monter vers le lycée : devant le bâtiment silencieux et les portes closes, elle réalise que les vacances de Noël ont commencé. Le soir, des guirlandes d'ampoules éclairent la rue Neuve, et un sapin illuminé, décoré de grosses boules métalliques de toutes les couleurs, se dresse sur la place du Général-Orduña, un grand panneau lumineux aux couleurs du drapeau national clignote aux balcons du commissariat. Les équipes d'oliveurs, les Land Rover et les tracteurs aux roues pleines de boue, les mulets en file indienne chargés de gaules de bruyère et de sacs d'olives, reviennent des champs dans la brume du crépuscule glacé. A la fin du mois de décembre, l'odeur qui prédomine dans la ville est celle de la toile de sac rêche, du linge épais et humide, des olives écrasées par les grandes meules coniques des moulins à huile ouverts jusqu'à minuit, où des réflecteurs allumés éclairent des montagnes d'olives au milieu d'un vacarme continuel de voix rauques, de hennissements des bêtes de somme, de moteurs de Land Rover. Dans les dernières rues de la ville, elle croise des groupes d'oliveurs qui reviennent de la campagne dans leurs vieux vêtements maculés de boue, le visage fatigué, peut-être reconnaît-elle le mien et se souvient-elle de la matinée où elle était allée au marché avec Praxis. Je rentre chez moi avec l'équipe de mon père, avec l'oncle Rafael, l'oncle Pepe et le lieutenant Chamorro, trop épuisé pour me réciter les paroles de chansons anglaises ou m'imaginer des vies futures, et quand j'entre dans la cuisine où la marmite du repas mijote sur le feu, ma mère et ma grand-mère Leonor me racontent que mon père va beaucoup mieux, que cet insensé est allé seul à la *huerta*, qu'il meurt de ne pouvoir travailler, qu'il a refusé de prendre les pilules prescrites par le docteur Medina, il tarde à revenir et elles ne sont pas contentes du tout, tu te rends compte s'il a une attaque et tombe par terre comme une bête. Je suis pressé, j'ai envie d'aller rejoindre mes amis, de rôder dans la rue Neuve et dans le lotissement du Carmel, j'aurai peut-être la chance de voir Marina, je m'asperge d'eau froide, mon visage a bronzé et j'ai l'air plus âgé car je ne suis pas rasé depuis des jours, j'ai les mains durcies par la gaule avec laquelle j'ai frappé les branches des oliviers toute la journée, des douleurs insupportables dans les reins et dans les bras, mais je ne veux pas me reposer, s'il ne tenait qu'à moi je ne souperais même pas, je monte quatre à quatre les escaliers jusqu'à ma chambre du dernier étage et j'écoute un disque à plein volume, la voix sauvage de Jim Morrison, *Break on through to the other side*, pendant que j'enfile des vêtements propres, la musique me ravigote, me détache de la fatigue et de la réalité comme si elle me plongeait dans les eaux tumultueuses d'un fleuve. J'entends alors le heurtoir, la peur me saisit : et si le klaxon qui résonne sur la place San Lorenzo était celui d'une voiture qui ramène mon père, je me penche dans la cage d'escalier et j'entends sa voix avec soulagement, aussi forte et décidée que d'habitude, comme avant d'être terrassé par la douleur. Je redeviens un proscrit et un vagabond sans liens ni racines, je soupe en silence, regardant la télévision, sans écouter mon grand-père Manuel qui se plaint du peu d'olives cette saison, qui évoque comme chaque année, dans les mêmes termes, les récoltes d'antan, leur abondance mythologique, l'année de la grande récolte, dit-il, les branches des oliviers se cassaient et la campagne dura jusqu'à la Semaine sainte, les années fertiles d'avant la guerre, quand il pleuvait vraiment, pas comme aujourd'hui où, à force d'aller dans la lune et d'encombrer le ciel de fusées, on a déréglé le mécanisme des saisons. Toujours la répétition désespérante des mêmes mensonges et des mêmes souvenirs, comme s'ils étaient empêtrés dans une mémoire circulaire où le temps n'avancerait pas, où je m'engluerais aussi si je ne m'enfuyais pas le plus vite possible. Je me lève de table sans prendre de dessert, mon père me lance un regard désapprobateur, me dit d'aller me faire couper les cheveux demain sans faute, de ne pas rentrer trop tard car il faut se lever de bonne heure, je ne réponds pas, je claque la porte en sortant et je l'entends m'appeler, mais je n'ai pas envie de revenir, je monte la rue du Puits comme si je marchais d'un pas nonchalant et audacieux sur les trottoirs de New York, imitant à voix basse l'accent de Lou Reed, *Take a walk on the wild side*, bien qu'à vrai dire je ne comprenne pas la moitié de ce qu'il dit, je croise peut-être Nadia sans la voir, je ne sais pas qu'elle aussi cherche quelqu'un et qu'inconsciemment elle a soif de malheur avec une détermination qui ressemble à la mienne.

Nuits d'hiver de fin d'année, vitrines de la rue Neuve et de la rue Royale illuminées très tard, haut-parleurs diffusant des chants de Noël sous les arcades de la place du Général-Orduña, acacias ornés d'ampoules clignotantes et l'étoile de Bethléem au-dessus de la tour de l'horloge, groupes de femmes pressant le pas, chargées de paquets enveloppés de papier cadeau, lumières éclaboussant l'asphalte humide et les pavés, et une froide obscurité qui paraissait s'être réfugiée dans les rues latérales sans magasins de jouets ni guirlandes d'ampoules, avec leurs éternels portails fermés et leurs sombres gargotes où s'enivraient les éternels assoiffés, les vieux habitués au vin blanc et à l'eau-de-vie en vrac, bérets tordus et chemises hors du pantalon. Cherchant mes amis, j'allais à la salle de jeux Maciste, montais jusqu'au *Martos*, ils étaient peut-être au cinéma et je ne pourrais pas les voir ce soir-là, je marchais dans la rue Neuve, au milieu du tohu-bohu des gens et des chansons de Noël, détestant les visages que je croisais et la ville dans laquelle j'étais enfermé comme un prisonnier dans la cour d'une prison, mes pas étaient comptés dans toutes les directions, j'étais saturé jusqu'à la nausée de ces visages émoussés par un bonheur aussi nauséabond qu'une cuiller de sirop ou d'huile de ricin, cherchant Marina sans doute en vacances dans une autre ville, dépassant les derniers réverbères de la rue Neuve pour remonter l'avenue Ramón-y-Cajal déserte et m'aventurer dans le lotissement du Carmel et m'approcher audacieusement de sa maison, où il n'y avait ni lumières ni chien qui aboyait : nous nous souvenons du même hiver, dans la même ville, et on dirait qu'une période de nos deux vies, celle de Nadia et la mienne, n'est qu'une seule et double désolation, chacun possède et raconte les souvenirs de l'autre, la quête d'une personne qui surgit et disparaît comme un mirage, la solitude au milieu de la foule, la fuite vers les rues mal éclairées et les confins déserts où le malheur emphatique de l'adolescence atteint son insupportable plénitude.

Comme Marina, il revint aussi à Mágina à la reprise des cours au lycée. Elle était dans sa chambre, étendue sur le lit, n'avait pas envie de lire ni d'écouter de la musique, quand le téléphone sonna dans la salle à manger, elle se redressa en sursaut et son père l'appela. C'est pour toi, dit-il en lui tendant le combiné, il posa le journal qu'il était en train de lire sur la table et s'éclipsa si discrètement qu'elle ne s'en aperçut qu'en entendant la porte de l'entrée se refermer. Il n'était pas encore revenu quand elle sortit, tenant un grand sac en plastique, répétant mentalement, pour se rassurer, le nom d'une rue, le numéro d'une maison, la lettre d'un appartement où il l'attendait. Elle sonna, entendit un frottement de pas, il devait la voir, minuscule et concave, à travers le judas, sans doute plus nerveux qu'elle, beaucoup moins rassuré, feignant d'avoir trop d'expérience pour être vulnérable. Mais je ne veux pas que Nadia continue son récit, je me refuse même à imaginer l'évidence, ce qui arriva ce jour-là et se renouvela souvent jusqu'à la mi-juin, pas seulement le frémissement des premières étreintes et l'impatience des mains et des langues sur le chemin désormais évident de la chambre, pas seulement le jeu trouble et angoissant d'une clandestinité en partie politique ni les inévitables chansons qu'il lui fit écouter, ni tous les rêves avilis par les boniments et les mensonges. Je la regarde, nue, elle me réclame dans la faible lumière d'un crépuscule ou d'une aurore insomniaque et je ne peux supporter l'évidence qu'elle a vécu avec d'autres hommes, leur a souri en tendant les bras vers eux, en écartant les cuisses comme elle me reçoit en ce moment. Jusqu'à présent, je ne savais pas que l'amour veut prolonger sa domination jusqu'au temps où il n'existait pas encore, et qu'on peut éprouver une jalousie féroce du passé.

Un acte, prononça-t-il en pressant la main de sa fille contre sa poitrine creuse et décharnée, parsemée d'un duvet blanc et raide, soulevée par une respiration lente et laborieuse, en tournant vers elle, du haut de son lit qu'elle avait rehaussé à la manivelle, un visage prostré, inaccessible, paisible au bord de l'agonie, lui avouant maintenant ce qu'il aurait dû ou voulu lui avouer dix-sept ans auparavant et avait préféré taire, non parce qu'il l'avait décidé, mais parce que la plus enracinée de toutes ses habitudes était le silence : parfois, les paroles sont aussi des actes, des décisions brutales, des gestes impossibles, et il aurait pu ramener la plus grande partie de sa vie non à ce qu'il avait dit ou fait, mais à ce qu'il avait tu ou renoncé à faire. Maintenant, quand il n'était plus temps, quand il était si tard que parler à haute voix était comme imaginer des paroles ou les rêver, il se laissait aller à une longue déclaration touffue, parfois interrompue par l'asphyxie, obscurcie par le délire, tel un manuscrit rendu en partie illisible par la calligraphie complexe et les taches qui ont effacé l'encre à certains endroits, et toutes ses vies antérieures, tous les personnages qu'il avait été au cours de celles-ci, confluaient comme un courant de voix tributaires de son récit et de l'identité déjà posthume sous laquelle il se livrerait à la mort. Le descendant exemplaire d'une dynastie glorieuse de militaires espagnols, le jeune officier rapidement promu capitaine dans les dernières convulsions de la guerre d'Afrique, le diplômé de l'Ecole militaire de Sandhurst, le gendre d'un général doté d'un titre nobiliaire, l'époux de la fille de militaires la plus séduisante et la plus distinguée de Ceuta, l'austère commandant de trente-deux ans qui ne buvait presque pas, ne fumait jamais en public et consacrait ses temps de loisir à lire des encyclopédies scientifiques à la bibliothèque de la caserne, le renégat, le héros des journaux républicains de Mágina dans les premiers mois de la guerre civile, l'exilé à Oran, puis au Mexique, et enfin aux Etats-Unis, le bibliothécaire d'une modeste université de New York, le soupirant peu convaincu d'une collègue de travail un peu fanée, malgré ses dix ans de moins que lui, démoralisée par un divorce récent et une longue abstinence sexuelle, catholique, qui se donna confusément un soir, enceinte à presque quarante ans, mordant le mouchoir dans lequel elle avait séché ses larmes, au café dans lequel elle lui avoua son état, ce café où ils allaient boire un verre au début, en fin d'après-midi, après le travail, l'époux, le père déjà si âgé que sa fille unique américaine avait l'air d'être sa petite-fille, le retraité impeccable et encore vaillant qui loua pendant moins d'un an une villa à la périphérie de Mágina : son nom invariable, qui lui avait été assigné à sa naissance pour lui donner un destin, embrassait une pluralité d'identités presque toutes étrangères les unes aux autres : n'importe quelle vie, souffla-t-il à Nadia, était assez longue pour contenir des biographies entières, et cependant maintenant qu'il arrivait à la fin, il était devenu simplement un vieillard malpropre étendu sur un lit d'hôpital, qui aspirait désespérément l'air par la bouche ouverte, parlait à voix basse et croyait encore parler quand il perdait le fil de ses mots, comme un paresseux assoupi s'imagine en rêve qu'il se lève et sort de chez lui pour se rendre à son travail, lucide et déterminé.

Prisonnière de sa main, avide d'écouter sa voix, sa fille se penchait sur lui, ne saisissant pas toujours le murmure monotone qui filait entre ses lèvres, les mots espagnols prononcés dans cet hôpital au milieu des cris lointains des malades, des mots anglais répercutés dans les haut-parleurs. Un acte, prononça-t-il, ou crut-il prononcer, un seul acte véritable, le plus infime, le plus inconnu, peut modifier la rotation du monde, retenir le soleil et anéantir les murailles de Jéricho : il se taisait, fatigué de parler, mais les mots continuaient de jaillir dans son délire, enfin assidus, obéissant à sa volonté, pas un geste grandiose, pas un mot violent résonnant sous une coupole, mais une chose beaucoup plus simple, aussi simple que la chimie de l'eau ou la verticale de la chute d'un corps, aussi simple que le cri de commandement qui range un bataillon de soldats selon une figure géométrique soudaine et parfaite, un homme qui a obéi pendant des années et décide en moins de dix secondes qu'il n'obéira plus, qui non seulement le décide, mais le fait, habité par l'incertitude et la terreur, et par une conviction irrésistible, ou bien un homme qui se retrouve face à une femme et tend cette main qui était restée immobile et comme paralysée et lui presse comme cela, comme je presse la tienne en ce moment, tel est le mystère le plus grand, l'unique, et c'est lui seul qui l'a découvert à Mágina, et depuis il n'a plus jamais été le même, le mystère des actes, non pas des actes rêvés, désirés, imaginés, prescrits dans les ordonnances, détaillés dans les manuels de savoir-vivre, mais ceux qui surgissent au milieu de la réalité comme la flamme d'un incendie, inaudibles, inattendus, et modifient à jamais la matérialité des choses. Sa main transpirait et il laissa échapper celle de sa fille, il l'ouvrit et l'éleva devant son visage, comme pour se protéger de la lumière qui entrait par la fenêtre, une main ouverte et trempée dans la glaise rouge il y a dix mille ans et qui tache encore la paroi d'une grotte, voilà un acte pour toujours, un spasme d'amour ou d'indifférence ou de haine qui engendre un être humain, comme moi je t'ai engendré, dit-il, et l'espace d'un instant il lui adressa un sourire derrière son visage indestructible et sévère rajeuni de vingt ans : des actes, pas des mots, pas des désirs minables, qu'ils soient rêves, livres, films, mais la morsure d'une fourmi dans un morceau de pain, le travail d'un homme qui arrache le fruit de la terre, le courage atterré d'un autre qui s'élance d'une tranchée et ne sait pas qu'il est en train de devenir un héros, la témérité de ne plus jamais répéter un enchaînement de gestes qui paraissaient minéraux et éternels. Voilà ce qui m'intéresse, rien d'autre, voilà ce que je voulais te dire, et même cela, c'est devenu inutile, mais peu m'importe, tu ne peux pas me comprendre, personne ne peut me comprendre s'il ne doit pas mourir dans les jours qui viennent, à moins que tu aies senti, oui, que tu aies toujours senti ce que j'éprouvais, en même temps que moi : la seule décision que j'aie prise et accomplie jusqu'à son terme dans toute mon existence, le seul acte véritable, celui qui changea radicalement son cours et pour toujours, ce fut de tirer contre un lieutenant fanatique qui avait désobéi à mes ordres, de le tuer sans hésitation ni remords tandis qu'il me regardait dans les yeux, si proche de moi que j'entendais grincer ses dents serrées et distinguais le tremblement de ses mâchoires.

En une nuit, en une seule minute, tout fut brisé, une ligne tracée dans le temps, une première fissure, plus fine qu'un cheveu sur une surface de cristal ou qu'une lézarde invisible sur la paroi d'une tour, dans la forteresse hermétique de sa discipline, dans la tension jamais relâchée de sa manière de vivre, se conformant jour après jour et du matin au soir à un catalogue tellement minutieux de gestes sans signification qu'il avait l'impression rassurante de se livrer à une activité sans l'ombre de paresse ni de doute, étrangère aux hasards et aux incertitudes de la vie réelle, les murs de la caserne où personne n'avançait au pas cadencé, ne portait d'uniforme, n'occupait un rang ni un niveau définis dans une hiérarchie aussi prolifique que celle des castes de l'Inde. Il y avait au moins deux hommes en lui, l'un était, comme il se plaisait à l'imaginer, un automate parfait, une copie prodigieusement aboutie d'être humain, avec de faux yeux qui brillaient et paraissaient voir, des cheveux et une peau postiches, une sorte de double ou de valet de chambre plus loyal encore que Rafael Moreno, son ordonnance, un modèle de gentleman militaire, comme disait le colonel Bilbao, un personnage fait de matériaux mystérieux qui renfermait des mécanismes subtils, des simulacres de poumons, de cœur, de viscères, des doubles d'états d'âme et de sentiments et d'attitudes, peut-être réels chez les autres : courage, obéissance, bonté, orgueil, amour pour la patrie et la famille et les enfants, respect des supérieurs, simplicité avec les égaux, droiture et autorité envers les subordonnés, méfiance pour tout ce qui venait de l'extérieur, du monde turbulent et réel, de la vie civile. Il se réveillait le matin et le double manifestait sa présence avant que l'ordonnance ouvre la porte et demande la permission d'entrer avec le plateau de café : il prenait une forme visible dans le miroir du lavabo, révélé, comme un visage imprimé sur un négatif, par l'eau froide, le savon et la lame de rasoir, qui dessinaient peu à peu ses traits sur l'ovale laissé en blanc de l'autre visage que personne ne voyait. Mais il restait des zones douteuses, une moue de faiblesse ou d'apathie au coin des lèvres, un éclat trop pénétrant dans les yeux à peine sortis du sommeil, et il fallait le surveiller, vérifier sa perfection avant de sortir, comme un acteur japonais vérifie les innombrables détails de son maquillage, de sa perruque et de son costume, et quand à huit heures tapantes le commandant Galaz enfilait le couloir et descendait les escaliers de la cour, les talons sonores de ses bottes frappant les dalles, le double avait déjà acquis une identité absolue que personne, même pas son maître, n'aurait pu démasquer, les soldats en faction se mettaient au garde-à-vous sur son passage et les sous-officiers s'empressaient de jeter leurs cigarettes, de rajuster leur ceinturon, de vérifier avec un rien de panique si leurs bottes étaient bien cirées.

Seul son père s'était toujours méfié, avoua-t-il à Nadia : il avait donc eu aussi un père auquel son visage ressemblait sans doute à la fin de sa vieillesse, et une enfance inimaginable au début du siècle. Mon père, ton grand-père, précisa-t-il, se méfiait de moi parce que j'avais été un enfant renfermé et fragile, je n'aimais pas monter à cheval, je m'ennuyais aux défilés et je pleurais quand on tirait des salves. Il se méfiait toujours quand j'ai été admis à l'internat militaire où j'ai obtenu les meilleures notes, pas seulement en histoire, géographie et mathématiques, mais aussi en gymnastique, il m'embrassait le jour de la remise des prix, quand je redescendais de l'estrade avec mon diplôme et les médailles de bonne tenue agrafées sur le devant de mon uniforme de cadet, mais je remarquais dans ses yeux, parfois humides d'orgueil paternel, pleins de cette émotion bien élevée et contenue qu'il appelait, je m'en souviens, le laconisme de caserne, je remarquais qu'il devinait une tendance cachée sous mon comportement irréprochable, une déformation honteuse qui se manifesterait un jour, tôt ou tard, au moment où il s'y attendrait le moins, comme une sentinelle qui a veillé toute la nuit et qui est perdue car elle a fermé les yeux un instant au petit matin. Il me regardait très fixement, même si je ne le voyais pas je savais qu'il me regardait, une interrogation inquiète au fond des yeux posés sur moi de la tribune d'honneur de l'école militaire pendant un défilé, ou par-dessus les bouteilles et les verres dans la salle à manger de notre maison, et quand il me remit en personne le diplôme de lieutenant, quand nous fûmes face à face, au garde-à-vous, quand il me serra la main aussi vigoureusement qu'aux autres élèves, ses yeux me sondèrent avec plus de violence que jamais, avec effroi, comme si, à mesure que je gravissais pas à pas tous les stades de mon éducation pour devenir ce qu'il avait décidé et exigé, le désastre devenait imminent : je n'en avais aucune idée, car j'étais totalement dépourvu d'imagination, je la remplaçais par une capacité d'attente fébrile, je ne pouvais pas croire que ses craintes n'avaient aucune justification, mais cette absence de motif lui paraissait déjà de mauvais augure, c'était d'autant plus désespérant que ne pouvant déterminer l'origine du désastre, je ne pouvais non plus envisager un remède ni un antidote pour le moment où il surviendrait. Ce qui l'inquiétait, c'était mon obéissance sans failles, la parfaite netteté de mes actes, de mes paroles, et même de mon uniforme, qui n'était autre, devait-il penser, que la façade trompeuse cachant une perversité, un désordre si obscurs que son détenteur, moi-même, son fils, le fils aîné du général Galaz, devait consacrer toutes les facultés et les astuces de son âme à les dissimuler. “Tu ne t’enivres jamais avec tes compagnons ? Tu ne cours pas les femmes… ? Si, sûrement, ne me mens pas, moi aussi je suis un homme et j’ai été jeune comme toi. Je ne te demande qu’une chose, c’est de prendre des précautions d’hygiène… Tu n’as pas des mœurs contre nature, au moins ? Tu dois chercher une fiancée, je ne dis pas tout de suite, parce que tu es encore jeune, mais penses-y, réfléchis, rien ne presse, prends ton temps, les jeunes filles ne manquent pas, et quand tu l’auras choisie, respecte-la, mais que cela ne t’empêche pas de t’offrir une récréation de temps en temps, c’est la loi de la vie, une fonction du corps nécessaire, indispensable à un organisme sain, tu comprends ce que je veux dire, à un homme normalement constitué, nous savons tous qu’il y a des aberrations, dans l’armée comme ailleurs, hélas, mais ce n’était pas le sens de mes propos, un peu de distraction, sortir le samedi soir avec tes compagnons, et si tu n’es pas en permission, une bonne cuite de temps en temps n’a jamais fait de mal à personne, mais attention, à l’appel du soir, pas une faute de ponctualité sur ta feuille de services, pas une tache, mon fils…”

Involontairement, il imitait la voix rude de son père, il s’écoutait et avait l’impression que la voix de cet homme disparu depuis plus d’un demi-siècle s’incarnait dans la sienne, la défigurant tellement que sa fille ne la reconnaissait pas, de la même façon que son visage oublié revenait à la surface de sa mémoire claudicante, dans les miroirs, dans celui qu’elle plaçait devant lui quand elle avait fini de le raser, celui qu’on approcherait de sa bouche quand son souffle ne pourrait plus l'embuer. Heureusement, le général Galaz n'avait pas assez vécu pour voir se réaliser toutes ses prédictions, l'irruption du désastre et de la honte qui anéantirent la carrière militaire de son fils, souillant à jamais son nom et la gloire de ses ancêtres, capitaines, colonels et généraux Galaz dont les photographies et les portraits à l'huile tapissaient les murs de sa maison. Le général Galaz mourut comme il avait vécu, redoutant le pire et ivre d'orgueil à la fois, quelques jours après que son fils eut accédé au grade de commandant, alors qu'il avait déjà un petit-fils qui perpétuerait leur nom, quelques mois avant qu'il lui en donne un autre, et peu importait désormais que ce fût une fille : cette chose qui grandissait dans le ventre de sa femme, songeait de temps en temps le commandant Galaz dans sa retraite de Mágina en mettant des soldats en formation ou en lisant dans sa chambre, étendu sur le lit, une cigarette entre les doigts, s'abandonnant en secret à la paresse, cette créature sans nom, sans sexe, encore dépourvue de traits humains, cet amalgame de membranes, d'arborescences de veines bleues sous le crâne mou et translucide, cette forme indéterminée et aqueuse d'animal sous-marin palpitant dans le noir et se dilatant dans sa cavité, tel un poulpe ou un poisson aux grands yeux idiots, cette créature étrange et redoutable dont il avait pourtant été à l'origine, par une nuit conjugale sordide qu'il avait oubliée, à l'issue d'un acte aussi dépouillé d'émotion et de sens que les accouplements aveugles des animaux inférieurs, le sang de ton sang, disait-on avec révérence, sang et vie qui n'auraient pas existé sans lui et qu'il ne pourrait renier : le commandant Galaz se réveilla avant l'aube, dans la caserne de Mágina, dans le prélude déjà étouffant du jour de son déshonneur et de son héroïsme, tremblant de terreur parce qu'il avait rêvé d'une créature aqueuse

– on aurait dit un poulpe – qui le regardait, et il ne fut pas plus rassuré après son réveil : la créature existait, même s'il ne voulait pas s'en souvenir, même s'il avait chargé son double d'écrire des lettres, d'envoyer des photographies dédicacées, de s'intéresser affectueusement à la santé de son épouse, de lui mentir en prétendant qu'il cherchait toujours une maison convenable en ville, pensant qu'il serait néanmoins plus raisonnable de laisser passer les grandes chaleurs de juillet, Mágina était un vrai four en été, et il n'y avait même pas d'hôpital militaire. Il ne se levait pas, la fenêtre donnant sur le Guadalquivir était ouverte, mais il ne sentait pas un souffle de vent, l'air immobile et chaud était resté figé toute la nuit, et la lumière de la lune sur les friches et les oliveraies ajoutait à la chaleur une consistance calcaire. Il restait couché, nu, contre son habitude, les yeux fixés sur le très haut plafond où se dessinait une vague clarté sans origine précise, pensant à la créature qui n'avait pas seulement traversé son rêve, mais qui existait véritablement dans la réalité, se souvenant du corps enflé et trempé de sueur qui devait en ce moment se retourner dans le grand lit conjugal qu'il avait déserté avec soulagement trois mois auparavant : une main posée sur le ventre pourrait déjà percevoir les battements de la créature, des coups brusques, de sinueuses ondulations de reptile : dans le stéthoscope, on pourrait entendre avec une sèche clarté les battements du cœur très rapides, désordonnés, pareils à un galop rapide, au martèllement nerveux des doigts sur une plaque en métal ou à des petits pas, comme si cette chose venait de loin et se rapprochait d'ici, jour et nuit, inlassablement, tel le cavalier sur la gravure, comme si elle venait de la ville où il la sentait croître et attendait le carnage prévisible et béni de son avènement, genoux fléchis et cuisses écartées sur une civière, mains gantées et ensanglantées du médecin, avant-bras nus comme ceux d'un boucher, la créature rouge et sale émergeant du sang et des excréments, soulevée ensuite par les pieds à la lumière d'une lampe qui accentuait l'éclat de la sueur et le flot rouge foncé de l'hémorragie. Il se leva d'un bond, s'étendit par terre sur le sol, se redressa sur la paume des mains et la pointe des pieds, raide, et commença à compter les flexions à haute voix, sans jamais poser son ventre sur le carrelage. Ensuite, les effusions fascinées de la belle-famille, les félicitations du docteur, le front encore en sueur et les trois étoiles de capitaine cousues à sa blouse blanche, les félicitations à la caserne, le toast en l'honneur du nouveau-né au mess des officiers, la boîte de cigares offerte à la ronde, même aux serveurs qui demanderaient quand même la permission avant de se servir. "Avec votre permission, mon commandant, mais un jour comme aujourd'hui..." Et lui, son double, serrant les mains, recevant des accolades sonores dans le dos et pensant, au milieu de tous ces visages, qu'un jour celui de son fils qui venait de naître leur ressemblerait : la même vie et la même corruption l'attendaient, et personne à part lui, son père, l'automate qui le remplaçait, n'avait été complice et coupable de son existence, de son idiotie ou de son malheur assurés.

Mais tout était si loin, il était si facile de s'imaginer étendu sur le lit, le verrou tiré, à la faveur d'une nuit qui tombait derrière la fenêtre ouverte, enveloppant la vallée blafarde et bleuie de lune, infiniment éloigné de tout, de lui-même comme des chaumes incendiés, des lumières minuscules scintillant sur le flanc de la Sierra ou des phares d'une automobile solitaire brillant par intermittence dans les chemins déserts des oliveraies, des coups de sifflet des trains de nuit qui passaient au bord du fleuve et ralentissaient en attaquant la montée de la colline de Mágina. C'était sans doute l'autre, cet automate à l'ombre duquel il se réfugiait comme dans un vêtement magique ayant la vertu de le rendre invisible, qui était descendu dans la cour de la caserne quelques minutes après huit heures pour recevoir les capitaines au rapport, passer en revue les compagnies alignées, se retourner lentement, se diriger vers le lieu où le colonel Bilbao attendait à l'écart, se mettre au garde-à-vous devant lui et lui dire à vos ordres, mon colonel, rien à signaler dans le bataillon. Rien ne pouvait changer ce matin-là, rien ni jamais, c'est ce que je pensais, confia-t-il à Nadia, tout se répéterait et il n'avait pas besoin d'y penser pour en être sûr, comme personne ne se demande si le soleil ne va pas s'arrêter en plein ciel ou si les bâtiments qu'il voit ne vont pas s'effondrer tout à coup. A sept heures et quart tapantes, l'ordonnance lui apporta son café chaud et ses bottes fraîchement cirées à l'instant où il finissait de se raser, à sept heures et demie il vérifia et signa un inventaire exhaustif des uniformes et armes que lui avait remis la veille le lieutenant Chamorro, à huit heures moins dix il finit la première de ses six ou sept cigarettes quotidiennes, accoudé à la fenêtre, et jeta le mégot dans le précipice abrupt au-dessus duquel s'élevait le mur sud de la caserne, à huit heures et demie, après le rassemblement du petit déjeuner, il prit un deuxième café au mess des officiers et feignit de ne pas remarquer le silence qui s'était instauré à son entrée, ni la lâche hostilité peinte sur les visages de tous les jours, à neuf heures il ouvrit énergiquement la porte des bureaux du bataillon et se dirigea vers son bureau sans regarder les sous-officiers administratifs ni les secrétaires qui restaient debout à côté de leurs tables encombrées de paperasses, à neuf heures cinq, assis sous le portrait officiel, triste et bulbeux, du président de la République qui paraissait le fixer du regard, il ouvrit un tiroir et voulut reprendre la lettre commencée la veille au soir avant d'être mise sous clé, mais ce matin-là l'automate refusait d'écrire et la plume glissait entre ses doigts humides de transpiration.

Il ne se passerait rien, se disait-il, rien d'autre que la chaleur et l'ennui de ce samedi matin, que le bruit des machines à écrire derrière les cloisons en verre dépoli séparant son bureau du local collectif, les papiers, les demandes de permission à signer, les sonneries de clairon aux heures réglementaires, les cris des sous-officiers dirigeant l'instruction sans enthousiasme, le son cadencé des bottes sur le gravier de la cour et celui des fusils frappant le sol ou les épaules des soldats, il était rigoureusement interdit de penser aux éventuels signes d'altération ou de désordre qu'il avait perçus ces derniers temps, réunions à des heures indues au mess des officiers, intrusions par la porte de derrière de civils manifestement armés de revolvers sous leur veste d'été, conversations interrompues dans la salle à manger quand il arrivait, rumeurs sur l'imminence d'une grève générale, sur des récoltes brûlées et des révoltes dans les propriétés de la vallée, basse politique, disait-il avec mépris quand on osait solliciter son opinion, faux bruits inventés par des oisifs qui ne savaient pas observer la neutralité militaire, avait-il répondu deux ou trois nuits plus tôt au colonel Bilbao qui l'avait fait appeler à trois heures du matin pour lui demander indirectement quelle serait son attitude s'il y avait une intervention de l'Armée. Mais le colonel aussi avait changé, il ne marchait plus de long en large dans son bureau, la veste déboutonnée, les mains dans le dos et le menton dans la poitrine, il ne le regardait plus avec cette dévotion de père raté qui lui donnait l'impression désagréable d'être un imposteur. Au rassemblement général du matin, quand il se mettait au garde-à-vous pour lui dire qu'il n'y avait rien à signaler, le colonel Bilbao détournait les yeux et répondait mollement à son salut avant de retourner s'enfermer dans son bureau, parfois même son capitaine aide de camp empêchait le commandant Galaz d'entrer, disant que le colonel parlait au téléphone ou qu'il avait un visiteur de haut rang.

Il remit la lettre dans le tiroir sans savoir encore que c'était la dernière et qu'il ne la finirait jamais, s'accorda contre toute habitude une deuxième cigarette, engourdi par la chaleur, par la fumée, par le bruit des machines à écrire et les pales des ventilateurs, se rappelant le rêve où il avait vu la créature, puis il décida de faire une visite surprise aux cuisines afin de vérifier l'ordre et la propreté de l'intendance, il avait besoin de maintenir la chaîne ordinaire des actes factices, de résister à la paresse, d'empêcher que le double ou l'automate, pétrifié par le désarroi et la panique, baisse la garde. Une silhouette floue se profila derrière la vitre et il vit la poignée de la porte tourner, il écrasa sa cigarette, rangea le cendrier et se redressa en appuyant les coudes sur le bord de la table : c'était le caporal Chamorro qui apportait un dossier, un petit myope à lunettes – une monture ronde ordinaire –, rude et discipliné, un personnage qui transpirait la vulgarité paysanne dans tous ses gestes et dans sa façon de porter l'uniforme. Il fallait s'en méfier, lui avait dit le lieutenant Mestalla, on avait trouvé dans ses classeurs des livres de propagande libertaire, mais il écrivait à la machine plus vite que quiconque et ne faisait pas de fautes d'orthographe, à la différence de la plupart des employés et même des gradés. Le commandant Galaz éprouvait une vague sympathie pour lui, mais il s'était toujours gardé de la lui manifester, car il était aussi incapable d'avoir des relations spontanées avec un inférieur que de se permettre des familiarités avec un serviteur. Le caporal Chamorro présenta une liste exhaustive et sûrement imaginaire des soldats présents dans la caserne, et des stocks de l'intendance, le commandant Galaz feignit de la vérifier et la signa, encore une tâche fictive, qui occupait une place secondaire, mais pas négligeable, dans l'équilibre du monde : les noms inlassablement recopiés par ordre alphabétique, les quantités exactes et également fausses de viande, de légumes ou d'huile, le prix au centime près de chaque article et la somme détaillée du tout, aussi illusoire et parfaite que les apparences de discipline et de courage d'une colonne de soldats au garde-à-vous. Mais ce matin-là, au lieu de s'éclipser après avoir remis les papiers dans son classeur, le caporal Chamorro resta immobile devant le commandant, qui s'en aperçut et préféra faire semblant de ne pas remarquer son manège, mais comme le caporal ne se décidait pas à s'en aller et tordait nerveusement son calot, le commandant le regarda froidement et lui dit merci, Chamorro, sur un ton à la fois indifférent et impérieux qui abolissait la présence du caporal et rendait toute discussion impossible, façon polie d'ordonner à un valet de vider les lieux : normalement, quelques instants après, comme si l'ordre l'avait rendu invisible, le valet s'est évaporé. Mais le caporal Chamorro ne bronchait pas. Il avait le col de chemise sale, sentait la sueur et la pauvreté. “Mon commandant, dit-il, avec votre permission, j'ai quelque chose à vous dire, si vous croyez que je me mêle de ce qui ne me regarde pas, vous pouvez m'arrêter ou m'envoyer aux écuries, c'est votre droit, mais je vous supplie d'abord de m'écouter, vous suivez toujours vos idées et j'ai l'impression, sauf votre respect, que beaucoup de choses vous échappent, on a beau s'en défendre, on entend ce qu'on ne doit pas ou ce que les autres ne voudraient pas qu'on entende, par exemple j'ai entendu le capitaine Monasterio et le lieutenant Mestalla parler de vous dans la bibliothèque, ce qui est déjà bizarre, si vous me permettez l'opinion, ils se croyaient seuls, mais je les ai entendus, tard dans la soirée d'hier, ils parlaient de je ne sais quel télégramme chiffré de Melilla, et déclaraient que le seul dont ils n'étaient pas sûrs à l'heure de vérité, c'était vous, et qu'ils vous feraient votre affaire s'il le fallait. Ce ne sont pas des choses à dire, mais si vous aviez vu la cuite qu'ils ont prise au mess des officiers hier soir, mon commandant, ils écoutaient les commentaires de la radio sur les événements de l'armée d'Afrique et ils trinquaient, vous avez peut-être entendu leurs cris de votre chambre, un serveur de mes amis m'a dit que le capitaine Monasterio a sorti son pistolet et a parlé de monter vous arrêter pendant votre sommeil. Morte la bête, mort le venin, voilà ce qu'il disait, mon commandant."

Pas un cil ne bougea sur son visage, il ne broncha pas, ne posa aucune question. Déconcerté par son silence, étouffant de chaleur, le caporal Chamorro prit la liberté de s'éponger le front avec son mouchoir sale et resta au garde-à-vous devant lui, regardant la pointe de ses espadrilles, son dossier sous le bras et son calot en sueur dans les mains. Il l'imaginait sûrement invulnérable, ou bien résigné à la capitulation ou au suicide, ou encore secrètement allié aux conspirateurs. Après un bref silence pendant lequel ils continuèrent d'entendre les machines à écrire et les pales des ventilateurs, le commandant dit : “Merci Chamorro” et le caporal sortit si confondu du bureau qu’il en oublia de saluer. Une heure plus tard, il le vit passer, serein et décidé, entre les tables alignées du service, il s’attendait à ce que son chef le regarde en passant près de lui, mais le commandant Galaz sortit comme s’il n’avait rien vu ni entendu, la tête haute, les yeux froids et fiers, comme à son habitude : son uniforme d’été était irréprochable, il avait son pistolet à la ceinture, ses bottes étincelaient et il laissait derrière lui une odeur de cuir souple et graissé et de crème à raser. Il va faire quelque chose, se dit le caporal Chamorro, convaincu que cette attitude énergique et efficace cachait une détermination absolue, il va rapporter mes propos au colonel et dans quelques heures le lieutenant Mestalla et le capitaine Monasterio seront arrêtés dans le salon d’honneur. Mais quand le clairon sonna l’appel du soir, quand les soldats se rangèrent en formation dans la cour, il ne s’était encore rien passé et le caporal Chamorro entrevit à peine le commandant Galaz : peu après, il apprit avec inquiétude que toutes les autorisations de sortie étaient suspendues, de plus son ami Rafael Moreno lui confia qu’il n’avait pas vu le commandant, et que la porte de sa chambre était fermée à clé.

Elle se rouvrit à dix heures et demie du soir. Le commandant Galaz trouva les six heures pendant lesquelles il était resté enfermé aussi longues que ses trente-deux années d’existence. Il avait fermé les volets et dans la pénombre dorée et étouffante – comme la poussière de blé –, il se sentait accablé par le silence de ce soir de juillet, sérénité lourde et illusoire de sieste, désir ignoble de s’endormir dans sa sueur. Je ne ferai rien, dit-il à haute voix, il ne se passera rien. Il apprit au cours de cette après-midi que la somme des habitudes accumulées par un homme a la violence écrasante d'un glacier. Il n'avait pas peur, mais il éprouvait une colère sans objet ni destinataire précis, qui se retournait contre lui-même sous forme de rancœur. Il fumait, les coudes sur la table où étaient posés un livre et un pistolet dans son étui ; devant lui, sur le mur, la gravure du cavalier polonais, un visage jeune et paisible, un sourire froid, la main gauche appuyée sur la hanche, comme pour un exercice d'équitation sans complication. Un acte, un seul, les doigts qui déboutonnent la courroie de l'étui, la main qui avance sur la table et saisit la crosse, soulève doucement le pistolet et place le canon contre la tempe, l'index qui cherche la détente et la presse peu à peu jusqu'à ce que retentisse la détonation sous le haut plafond de la pièce. Il revit les images de militaires ratés et héroïques, d'officiers enfermés dans une chambre, à qui on avait accordé la possibilité d'une mort honorable. Il revit les fontes noires de son père, d'autant plus redoutables qu'elles étaient vides, sans doute oubliées sur un buffet. Le dernier acte digne d'un soldat, quand il a tout perdu et n'a même plus l'espoir raisonnable de vivre encore dans l'honneur : des officiers condamnés à mort et dégradés au cours de cérémonies infamantes refusaient qu'on leur bande les yeux et exigeaient le droit de commander le peloton d'exécution. Le commandant Galaz s'imagina, ferme et téméraire, face à une rangée de fusils, ou enfermé dans cette même chambre, introduisant le canon de son pistolet dans sa bouche ouverte – éviter la tempe, comme le montraient les livres, car on peut survivre à une balle dans la tempe, ou avoir une agonie misérable et ridicule. Les suicidés sont maladroits, lui avait dit un médecin de Mágina, le docteur Medina, la plupart des suicidés meurent par erreur ou par maladresse, avec une indignité d'animal saigné à blanc.

Des mots, souffla-t-il à Nadia avec mépris un demi-siècle plus tard, quand enfin il se disposait à affronter sa mort véritable et évoquait avec ironie, presque avec pitié, le jeune officier qu'il n'était plus certain d'avoir été, littérature et lâcheté, la tentation aussi puissante que la chaleur de juillet de se résigner et d'accepter, de se réfugier dans l'ombre de sa vie fictive, laissant l'automate ou le double accomplir sa vocation abjecte d'obéissance pendant que les événements extérieurs continueraient de se succéder avec la fatalité implacable qu'on retrouve dans un glacier qui avance, un cancer qui prolifère ou une créature qui pousse et acquiert des traits humains à l'intérieur d'un placenta, aussi inexorablement que le soir aveuglant de juillet s'acheminant vers le crépuscule, que la Sierra de Mágina, déformée en plein midi par la vibration de l'air et une teinte bleutée presque délayée dans le ciel blanc de brume, retrouvant ses volumes et ses profils exacts. Il se rendit compte qu'il ressemblait à un paralytique, continua-t-il, la trêve illusoire qu'il s'était accordée en s'enfermant à clé dans sa chambre ne retenait pas le temps ni les actes d'autrui, pour la première fois de sa vie il était déconcerté par l'évidence qu'il avait toujours exercé sa volonté à vide. Un paralytique, répéta-t-il, aussi incapable alors d'un mouvement véritable qu'en ce moment même, écoutant des pas dans les couloirs, des fracas d'armes, des communiqués radiophoniques confus entrecoupés de rafales d'hymnes, de fanfares triomphales, de moteurs de camions démarrant sous les hangars, de cris dans la cour, et moi inerte, comme aujourd'hui, assis à mon bureau, le pistolet et le livre devant moi, une cigarette se consumant entre mes doigts, l'aiguille des minutes cliquetant imperceptiblement à sa montre-bracelet, les cloches de la tour sonnant neuf heures sur la place du Général-Orduña, les pas se rapprochant, les coups à la porte de sa chambre, et lui, calme, dans la pénombre, regardant le visage du cavalier, observé par lui, sans plus de complicité, avec une dérision tranquille, des centaines ou des milliers d'hommes à l'intérieur de la caserne et dans les rues de Mágina s'agitant comme des insectes efficients dans les rouages implacables de la réalité et lui seul comme figé, paralysé, fumant cigarette sur cigarette, indifférent au risque de mourir et à l'indignation contre les conspirateurs, mais anéanti par la surprise de ne pas être soudain celui qu'il croyait être et avait été tant de fois en imagination, un homme arc-bouté sur l'effort aveugle et permanent de sa volonté, doué du privilège d'ordonner et de régir sans autres armes que le ton bas et froid de sa voix et l'intensité de son regard.

La nuit était venue quand il se leva, sans croire vraiment à ce qu'il faisait, mu par une inertie où il n'y avait ni décision ni orgueil. Il se déshabilla, ferma les yeux sous l'eau tiède de la douche, se sécha méticuleusement comme si toute sa vie se justifiait dans cet acte unique, aiguisa sa lame de rasoir, scruta ensuite la peau de son visage pour être sûr qu'il ne restait pas trace de barbe, ne pensant à aucun moment à ce qu'il ferait après, comme un homme qui marche sur la corniche d'un monument et sait que s'il ouvre les yeux, il sera précipité dans le vide. Il mit un uniforme propre, astiqua les bottes, la buffleterie, les boucles en métal, chargea soigneusement son pistolet et l'ajusta à sa ceinture, coiffa sa casquette à visière devant son miroir, sortit dans le couloir désert et arriva sur la galerie extérieure qui entourait la cour. Les ampoules électriques brillaient à toutes les fenêtres, comme dans les bâtiments d'une ville éveillée au milieu de la nuit par un tremblement de terre. Les soldats se regroupaient en désordre par compagnies, portant le casque en acier et l'armement complet ; les caporaux-chefs et les sous-officiers criaient des ordres furieux. Quelque part un tambour résonnait sans relâche et un vieux disque de marches militaires avait été mis à plein volume. Le casque de travers sur la tête et le fusil dans les mains, le caporal Chamorro vit de loin le commandant Galaz se diriger vers la tour où brillaient les lumières du bureau du colonel Bilbao. Il marchait tranquillement, ses bras se balançaient lentement, le regard droit devant lui, comme s'il ne voyait pas l'agitation de la cour et n'entendait pas le bruit et les cris des hommes en troupeau, le vacarme des camions chauffant leur moteur sous les hangars. A la lueur jaune et crue des réflecteurs, la silhouette solitaire du commandant Galaz avait un air pathétique de fragilité et d'obstination. Il sentait que chacun de ses pas était une prouesse, qu'il était comme anesthésié ou dans un rêve, mais qu'en réalité il n'avançait pas. Dans le bureau de réception, le capitaine aide de camp, qui avait la tête penchée sur un appareil radio où retentissait la voix sans équivoque et criarde d'un militaire, se mit au garde-à-vous devant la porte et dit que le colonel ne pouvait pas le recevoir. Il ne fit pas un geste pour l'écarter, il se contenta de le regarder et le capitaine s'effaça. Sur la table du colonel, il y avait une bouteille de cognac à moitié vide, et un grand téléphone noir qui sonnait quand le commandant entra. Mais le colonel n'avait pas l'air d'entendre la sonnerie stridente qui se répétait toutes les deux ou trois secondes, de voir ou d'écouter quoi que ce fût. Sous sa veste déboutonnée, on voyait des auréoles de sueur sous ses bras, une mèche blanche et humide lui barrait le front, il puait le cognac et la transpiration. Pendant une seconde, il crut que le téléphone s'était tu, mais la sonnerie reprit, avec une stridence monotone, presque avec la rage du désespoir. Le colonel ne voyait pas l'appareil, il ne voyait pas non plus le commandant Galaz. Il regardait fixement la bouteille de cognac et la vidait peu à peu dans un verre opaque, éclaboussant les papiers sur son bureau et les revers de son blouson ouvert quand sa main violacée et incertaine l'approchait de ses lèvres. "Mon colonel, dit-il, mon colonel", sur le ton avec lequel il aurait parlé à un homme à moitié endormi. La sonnerie du téléphone s'arrêta. Le colonel Bilbao regarda le combiné, surpris par le silence, et ses yeux se déplacèrent lentement, comme s'ils se traînaient sur les paperasses jusqu'à la bouteille et au verre et au visage du commandant Galaz. Un instant il lui sourit comme autrefois, avec cette dévotion honteuse de père incompétent et niais, puis sa tête retomba dans sa poitrine, sa main partit à la recherche du verre vide et le renversa. "Un verre, Galaz, dit-il sans trouver le sien, tâtonnant comme un aveugle, laissez-les s'entre-tuer jusqu'au dernier." La sonnerie du téléphone reprit, avec une rage infatigable et monotone. Un roulement de tambours montait de la cour. Le colonel Bilbao renversa l'appareil d'un revers de main involontaire et on entendit une voix lointaine et métallique dans le combiné, puis une tonalité intermittente. Quand le commandant Galaz sortit du bureau, il n'y avait plus personne dans le bureau de réception. Il arracha le fil de la radio que le capitaine aide de camp n'avait pas éteinte en partant. Personne dans les couloirs éclairés ni dans les bureaux, rien que lui sur l'escalier en marbre qu'il emprunta pour descendre dans la cour, entendant les talons de ses bottes résonner comme autant d'échos de coups de feu. Maintenant, les roulements de tambour et les pas cadencés des soldats qui manœuvraient pour s'aligner face au porche voûté de la sortie étouffaient les ordres et les insultes routinières des officiers. Il avait l'impression d'avancer en direction d'une muraille en mouvement. Un capitaine cria l'ordre de faire halte et le bataillon s'immobilisa. Le lieutenant Mestalla, le sabre à l'épaule, était à la tête d'une compagnie dont le capitaine s'était fait porter pâle quelques jours plus tôt. C'était le capitaine Monasterio qui commandait la formation. On n'entendait plus maintenant sur le gravier que les pas du commandant Galaz. Des centaines de visages éclairés par les réflecteurs, tous identiques, le regardaient s'approcher. "Capitaine Monasterio !" lança-t-il à voix haute et distincte : personne ne l'avait jamais entendu crier. Le capitaine Monasterio se retourna lentement vers le commandant qui s'approchait, les bras le long du corps, la moitié du visage dans l'ombre de la visière de la casquette, les talons de ses bottes écrasant le gravier en rythme méthodique. "A vos ordres, mon commandant, rien à signaler dans le bataillon." Le capitaine Monasterio, un gros homme transpirant, se mit au garde-à-vous avec le même regard fixe de lâcheté et de haine que tous les officiers et sous-officiers du premier rang : le commandant Galaz, seul et impavide face à eux, sans autre défense que son arrogance et son pistolet, eut soudain la sensation retrouvée de sauter d'une tranchée et d'entendre les balles siffler autour de lui. "Capitaine Monasterio, dit-il, commandez demi-tour à droite et repos, et faites rompre les rangs." Le capitaine Monasterio avait laissé retomber sa main, il se tourna vers les autres officiers, comme s'il sollicitait désespérément de l'aide. La présence immobile et compacte des rangées de soldats avait l'épaisseur d'un mur contre lequel se heurtaient les voix. Le lieutenant Mestalla se détacha de la formation et fit quelques pas pour se porter à la hauteur du capitaine Monasterio. Il était trop jeune et trop fier, il n'aurait plus le temps de se corrompre ni d'apprendre. Son admiration fanatique pour le commandant Galaz s'était transformée en haine avec une rapidité foudroyante, à l'allure où les sentiments des adolescents attardés basculent sans que varie d'un pouce leur folle intensité. "Personne ne va faire rompre les rangs", lança-t-il, et l'effort du défi et du cri lui brisa la voix. "Mettez-vous au garde-à-vous, lieutenant" : le commandant Galaz parla si bas que seul le lieutenant Mestalla et le capitaine Monasterio l'entendirent. Le lieutenant Mestalla écarta les jambes et se croisa les bras. "Je n'obéis pas à un traître." Le commandant Galaz ne le quittait pas des yeux pendant qu'il dégrafait l'étui de son pistolet : le lieutenant serrait les dents et un léger spasme nerveux lui secouait les mâchoires. Le commandant Galaz dégaina son pistolet, ôta la sécurité, vit une immobilité géométrique de visages et de regards posés sur lui, répéta à voix basse au lieutenant Mestalla de se mettre au garde-à-vous, mais le lieutenant garda les jambes écartées et croisa les bras sur sa poitrine en attitude de défi, n'accordant pas un regard au pistolet qui se haussait dans sa direction : il resta debout quelques secondes quand il reçut la décharge, qui provoqua un sursaut général dans la formation, comme le mouvement de l'eau d'un lac où l'on a jeté une pierre. Il s'affaissa, s'assit, se tenant le ventre à deux mains, regardant le commandant Galaz avec plus de surprise que de terreur, et personne ne broncha, personne ne s'approcha de lui pendant les très longues minutes que dura son agonie. Deux heures plus tard, les camions transportant la troupe sortirent de la caserne, zigzaguant entre les groupes qui l'entouraient, montèrent l'avenue du 14-Avril, traversèrent la rue Neuve et la place du Général-Orduña où le bruit des moteurs réduisit au silence, mélange d'attente et peut-être de peur, une foule hurlante armée de faux, de bâtons, de fourches et de drapeaux rouges, qui recula lentement devant les faisceaux des phares. Les camions s'arrêtèrent sur la place Santa María, devant la façade de la mairie où les fenêtres étaient toutes allumées et le balcon encombré de gens. Regardant froidement le capitaine Monasterio dans les yeux, le commandant Galaz lui demanda de former rapidement le bataillon et de venir au rapport. Il passa en revue les rangs au garde-à-vous, immobiles et raides, aussi lentement que si le temps et la réalité ne comptaient pas. Puis il leur tourna le dos, corrigea du bout des doigts l'inclinaison de sa casquette à visière, referma l'étui de son pistolet et s'avança, solitaire et droit, vers le perron de la mairie, s'étonnant soudain du silence et croyant reconnaître les signes avant-coureurs d'une balle qui l'atteindrait à la colonne vertébrale. Il était sûr de mourir, avoua-t-il à Nadia, il l'espérait presque, avec une avidité secrète et dépourvue de peur. Vers six heures du matin, après une nuit d'ivresse et d'insomnie, seul dans la caserne, le colonel Bilbao, qui avait écrit l'en-tête d'une lettre sans doute adressée à un de ses enfants, reboutonna sa veste, ajusta sa buffleterie et se tira une balle dans la bouche.

J'entends une chanson et je ne sais pas d'où elle vient ni quel est son titre, une voix plaintive et familière, et pourtant je ne sais pas de qui elle est ni depuis quand je ne l'ai pas entendue, je suis tombé dessus en tournant au hasard le bouton de la radio, dans ma voiture que je conduis en pleine nuit, je reconnais aussitôt le rythme de la basse et je répète les paroles, on l'a entendue pour la première fois dans le juke-box d'un bar, dans une rue de Mágina ou dans une chambre de la future maison de Nadia, dans une pluralité d'époques et de lieux qui deviennent simultanés grâce à la musique, et pendant quelques secondes, le temps de me souvenir du chanteur et du titre, je revis comme à tâtons un soir de juin qui n'a pas encore sa date exacte, mais qui conserve la sensation vive de l'enthousiasme et du gâchis, de l'amertume de l'été qui approche, une douleur implacable constituée des mêmes matériaux que le bonheur : un parfum au chèvrefeuille, des yeux verts ombrés de Rimmel, des jambes brunes et nues, des chevilles fines, un corps caressé en rêve, entrevu de loin dans les rues de la ville ou dans la cour du lycée, frôlé sur un banc ou dans le tumulte d'une sortie de cours par un désir fugace, plein de détails qui provoquent ensuite l'insomnie, la transparence d'un chemisier qui révèle les bretelles d'un soutien-gorge, cette tête penchée sur laquelle retombent les cheveux noirs, ce recoin sombre de la blouse où resplendit un frémissement de peau blanche, chaude et ferme, Otis Redding, je m'en souviens, et la chanson est *My girl*, je la sifflote un dimanche de la fin mai ou début juin, au crépuscule, contemplant au bout de la rue Neuve un coucher de soleil rougeâtre qui brille sur les céramiques des coupoles de l'hôpital Saint-Jacques, j'ai quitté mes amis qui jouaient au billard dans les profondeurs obscures de la salle Maciste, j'ai suivi la rue Gradas jusqu'à la place du Général-Orduña, poussé par le pressentiment impérieux que j'allais voir Marina, eux, ils ne s'étonnent plus de rien, habitués à mes lubies, lassés de mon silence : pour se moquer, Martín dit que j'ai la tête d'un chanteur de charme, et Félix que j'ai toujours l'air d'être ailleurs, mais je n'y peux rien, surtout maintenant que les cours sont terminés : je ne vois Marina au lycée que pour les compositions, j'essaie de m'asseoir à côté d'elle, parfois sur le même banc, ou sur celui de derrière, je vois ses cuisses bronzées, moulées par la minijupe, sa blouse entrouverte, et je la laisse copier sur moi ou bien je lui souffle à voix basse les réponses qu'elle ne connaît pas, un matin même, vendredi dernier, nous nous sommes enfermés tous les deux dans une salle vide pour préparer un examen d'anglais, elle était frappée par ma prononciation américaine, apprise sur les disques, elle fixait mes lèvres en souriant et tordait goulûment les siennes, de la sentir si proche, de respirer son parfum légèrement acide et de voir sa bouche et sa langue si humide apparaître entre ses lèvres rouges, j'éprouvais une excitation proche du vertige, un vide dans l'estomac et une faiblesse dans les genoux, de peur qu'elle ne remarque la preuve évidente de ce qui m'arrivait, je croisai les jambes et me serrai un peu plus contre la table, mais c'était encore pire, car je touchais les siennes, et au lieu de nous reculer nous les laissâmes l'une contre l'autre, et à ce moment-là, plus profond que son parfum, que son odeur de shampooing et de savon de bain, je sentis un autre arôme que j'étais incapable de définir et de nommer, je disposais pourtant d'un grand choix de mots grossiers fournis par Pavón Pacheco, et je pensais, secrètement honteux et avide, à ce que trouveraient mes mains si elles s'insinuaient en haut des cuisses et franchissaient la lisière raide de la culotte, et Marina, qui n'était encore qu'une présence intangible faite à parts égales d'étonnement, d'onanisme et de littérature, comme la plupart des femmes que j'ai aimées dans ma vie, sauf une, la dernière, se transforma d'une façon bouleversante en femme véritable et charnelle, avec des seins qui pouvaient être caressés et pétris, une culotte peut-être humide imprégnée de sécrétions et d'odeurs qui ne venaient pas d'un parfum doré au nom poétique, mais de l'évidence d'un corps existant aussi matériellement que le mien et que je pourrais toucher, embrasser, mordre, si je continuais de m'approcher d'elle et posais mes lèvres sur sa bouche et renversais les livres et les cahiers pour la presser contre moi, pour enfouir mon visage dans ses seins et ma main entre ses cuisses et me perdre dans le regard de ses grands yeux verts, d'un vert agreste et humide, comme un voile d'eau et de végétation par un soir d'été, un vert transparent que le contraste avec la peau brune de son visage faisait ressortir, ce bronzage doux des piscines et de l'argent, dans ses cheveux noirs et dans l'ombre vert foncé du maquillage de ses paupières : ce fut seulement un instant, le temps insaisissable qui s'écoule entre deux coups de la pendule ou deux sonneries de téléphone, le vertige qui précède un saut que finalement on ne fera pas, et au terme de cet instant, tout redevint impossible et je fus de nouveau anéanti par la lâcheté et le malheur. Le sourire flottait encore sur les lèvres de Marina, mais l'expression de ses yeux avait changé, elle me regardait de nouveau comme si elle ne me voyait pas, comme une femme de dix-sept ans regarde un garçon de son âge, avec un naturel asexué et peut-être compatissant, ses jambes s'étaient écartées des miennes sous la table et sa voix nasale, la voix d'une fille de médecin qui habite dans une villa et prononce mal l'anglais, me demandait ce que je ferais à la fin des cours, où j'irais en vacances, quelle carrière j'avais choisie. Je crus déceler une vague nostalgie dans ses paroles quand elle évoqua un avenir dans lequel nous ne nous reverrions sûrement pas, et je faillis lui dire qu'elle me manquerait beaucoup, que je ne pourrais supporter l'idée de ne pas la revoir chaque matin au lycée, mais ce que j'imaginais ne s'exprimait jamais par ma voix et ignorait la consistance de la réalité, et quand retentit dans le couloir la sonnerie annonçant l'examen d'anglais, je sortis avec elle en silence, j'espérais avoir l'audace de l'inviter à prendre une bière au *Martos*, rien de plus facile, mais je n'osai pas, parce que j'avais peur et étais presque sûr qu'elle dirait non, mais surtout parce que j'étais incapable d'admettre que je pouvais vivre les choses les plus désespérément désirées.

Et maintenant, tel un somnambule, je quitte la salle de jeux Maciste, poursuivi par les chocs sans bavures des carambolages au billard et le tapage belliqueux des baby-foot, le souvenir du regard de Marina et la voix d'Otis Redding, écoutée en passant sous une fenêtre ouverte ou dans la radio d'une voiture à la lumière du crépuscule, s'ajoutent à l'odeur des acacias et à l'eau sur la place du Général-Orduña pour m'offrir la certitude insensée que je suis sur le point de la voir et que je l'aurais perdue si j'étais resté quelques minutes de plus avec mes amis. Je me vois dans la vitrine neuve d'un photographe qui se trouve sous les arcades, je regarde avec satisfaction la mèche qui me tombe sur les yeux et les cheveux qui me cachent les oreilles, j'ai l'air souple et mince dans mon jean, mes chaussures de sport et ma chemise noire, de loin je ressemble presque à Lou Reed dans la glace, mais il me faudrait un visage plus creusé et des lunettes noires. Pour une raison qui m'échappe, ce jour-là j'avais plus d'argent que d'habitude : j'achète quelques cigarettes blondes à l'étal de ce cul-de-jatte qui avait fait la guerre avec l'oncle Rafael, j'en passe une lentement sous le nez et je la hume, un papier si doux, une odeur pénétrante et délicate de tabac américain, le vertige qu'il cause, même Pavón Pacheco le dit, la belle vie est chère, il en existe une plus abordable, mais ce n'est pas la vie : je la glisse entre mes lèvres et me regarde de nouveau dans la vitrine, je lance un coup d'œil circulaire, craignant d'être vu par un ami de mon père, monte la rue Neuve, attends avant d'allumer la Winston car c'est un plaisir hors de prix et il faut le gérer, je pressens avec émotion et terreur que chacun de mes pas me rapproche d'elle, je la verrai dans quelques minutes, elle sera seule et m'avouera qu'elle était à ma recherche, qu'elle a passé tout le week-end à attendre un coup de fil, je lui proposerai avec le détachement d'un véritable adulte de venir prendre une bière avec moi et d'écouter des disques, et quand le juke-box du *Martos* passera *Take a walk on the wild side*, je lui traduirai les paroles à voix basse et m'approcherai si près de son visage que sans s'en apercevoir elle m'embrassera. L'imagination presse le pas devant moi, je marche encore sur le trottoir de la rue Mesones où vient d'ouvrir le glacier *Les Valenciens*, et la part aliénée de mon cœur a déjà pénétré dans l'avenir, repéré la grille de la maison de Marina, et cette part anxieuse la voit, elle, règle les derniers détails d'un de mes mensonges préférés, ceux que je ne raconte qu'à moi-même : nous nous sommes donné rendez-vous par téléphone, j'ai composé son numéro dans une cabine sans m'énerver ni me tromper, je suis arrivé dans le lotissement du Carmel en sifflant paresseusement *My girl*, et à mon premier coup de sonnette elle est sortie dans le jardin, elle a une jupe très courte et une ombre vert foncé autour des yeux, cette façon si franche de marcher et ce regard plein de promesses qu'ont les femmes quand elles arrivent à un rendez-vous. Tant de désir vain pour tant de femmes pendant tant d'années, tant d'élucubrations, d'intentions et de ferveurs stériles confinées dans l'imagination qui les nourrit et les empoisonne, terrassées par la désillusion, la douleur et le ridicule, survivant dans des chansons que le hasard restitue, intactes, dans les pages quadrillées des journaux intimes que seule une confuse pitié envers ce que j'ai été m'empêche de déchirer, décisions irrévocables qui ne sont jamais devenues des actes et perdurent comme les fantômes de la volonté bien après que s'est éteint le sentiment qui les avait dictées.

Mais un je ne sais quoi flotte dans ce crépuscule dominical, qui n'existait pas auparavant, une impression de hâte et de dépossession qui n'a fait que croître à mesure qu'approchait la fin des cours. La consistance des choses s'est amenuisée et les couleurs sont maintenant plus vives sous une lumière franchement estivale, les odeurs plus intenses, le temps s'écoule avec une légèreté inconnue, les cours, les jours et même les chansons paraissent durer moins longtemps, une pièce dans la rainure de la machine et la musique est finie en moins de trois minutes, abolissant avec elle l'exaltation de toute cette tendresse imaginée, la plénitude furieuse des guitares et de la batterie, tant d'affirmations, de fuites, de quêtes trop exigeantes pour être satisfaites par une personne ou un objet. Et dans cette urgence en suspens, dans la répétition des promenades, des chansons, des examens, des brèves rencontres avec Marina, jours rayés sur les calendriers, nous apprenions lentement et pour la première fois que nos vies de toujours étaient sur le point de changer, devant nous se profilaient des dates définitives et des pas qui seraient sans retour. C'était, par cette soirée dominicale, glaciers encore ouverts, filles en couleurs claires, bleu de carte postale dans le ciel de Mágina dominant les maisons blanchies à la chaux et les clochers dorés par le soleil, une découverte insolite, nous apprenions que certains événements arrivent pour la dernière fois : la semaine suivante un dernier examen aurait lieu au lycée, et après l'été, après les jours tièdes et la foire d'octobre, nous ne retournerions plus jamais en classe. Nous mènerions une autre vie dans une ville lointaine, le temps aurait perdu sa confortable éternité circulaire, la rotation des cours, des récoltes, des travaux des champs, et même des paysages jaunes, ocres, verts, bleutés, que nous avions vus se succéder dans la vallée du Guadalquivir bien avant d'être dotés de mémoire et de raison. Désormais, le temps était une ligne droite qui se déroulait vers l'avenir et le vide, comme dans les chansons qui nous plaisaient tant, sur un rythme de blues et aussi rapides qu'un trajet en voiture, et je sentais que j'étais peut-être en train de suivre pour la dernière fois l'éternel chemin vers l'hôpital Saint-Jacques et le lotissement du Carmel à la recherche de Marina : je pensais à l'avenir si proche, à ma vie à Madrid, je regardais du bout de la rue Neuve la route sans mystère où la ville prenait fin, je retrouvais la peur et l'excitation de notre enfance, quand je regardais avec Félix, du haut des escarpements de la rue de la Fontaine-aux-Rires, la vallée illimitée et les pics de la Sierra de Mágina, en sachant qu'au-delà des montagnes bleutées que mon grand-père Manuel avait un jour traversées à pied, mort de fatigue et de faim, et que l'oncle Pepe avait tranquillement franchies sur un mulet au retour de la guerre, s'étendaient d'autres plaines, d'autres villes beaucoup plus grandes que la nôtre, des fleuves dont nous ignorions les noms, des cordillères plus hautes et des mers d'un bleu aussi foncé que celui des planisphères : j'allais à la recherche de Marina ce soir-là et je me voyais déjà seul et perdu dans une rue de Madrid, comme si je fermais les yeux la nuit et rêvais que je prenais mon envol et voyais au fond de l'obscurité des lumières trembler comme des chandelles, des ampoules allumées dans les derniers recoins de villes sans nom, archipels boisés éclairés par la lune et ses reflets métalliques.

C'était dimanche, j'avais de l'argent en poche, je me croyais seul et plein d'audace. Dans un bar où nous allions de temps en temps parce qu'il y avait deux ou trois bonnes chansons dans le juke-box, je commandai un Cubalibre et écoutai Janis Joplin chanter *Summertime*. Assis à l'extrémité du comptoir, côté rue, je voyais derrière les vitres les maisons du lotissement, la rue empruntée tous les matins par Marina pour monter au lycée. C'était un bar triste et assez sale, un de ces bars qui restent inexplicablement ouverts dans un quartier peu fréquenté et presque toujours déserts. Mais j'aimais y entendre Janis Joplin, un oiseau rare dans ce juke-box, sa voix furieuse et brûlée au milieu des disques de Manolo Escobar, de Formula V ou de Porrina de Badajoz, il y en avait même un beaucoup plus ancien, *Je suis mineur*, d'Antonio Molina, dont les premières mesures me plongeaient dans une angoisse et un bonheur inavouables, comme les chansons de Joselito, quelle honte et quelle rage. J'aimais surtout être seul et savoir que personne ne me connaissait dans un quartier aussi éloigné du mien, et me construire, grâce au Cuba-libre, à la cigarette américaine et à la musique, une identité mystérieuse, aléatoire et future : un type qui boit et qui fume, accoudé au zinc, qui regarde par la fenêtre avec la curiosité neutre d'un étranger, traverse le bar vers la machine illuminée d'orange et de rose, et choisit une nouvelle chanson en anglais sans ôter la cigarette de sa bouche. Il était reconnaissant de ce cri d'encouragement et de complicité qu'était la rage posthume de Janis Joplin, qui était arrivée à Mágina, dans ce bar et dans ma vie par on ne savait quelle somme de hasards, venue d'un autre monde où on avait cessé de l'écouter depuis longtemps, car à l'époque je n'avais pas réalisé que la plupart des voix entendues sur les disques étaient des voix d'outre-tombe, que ces promesses fulgurantes de liberté s'étaient éteintes des années auparavant. Jimi Hendrix, Janis Joplin, Jim Morrison, Otis Redding. Ils étaient morts quand leurs disques nous redonnaient vie, on nous raconta qu'Eric Burdon et Lou Reed étaient des morts vivants, anéantis par l'héroïne et par l'alcool, nos chansons préférées des Beatles appartenaient à un passé lointain, qui existait à l'époque où nous écoutions encore les romans de Guillermo Sautier Casaseca et ces chansons d'Antonio Molina qui me poursuivaient et m'inoculaient traîtreusement une douceur insupportable. Nous allions arriver trop tard dans le monde et nous ne le savions pas encore, nous nous préparions avec avidité à assister à une fête qui avait déjà pris fin, je fermais les yeux et aspirais la fumée de la cigarette blonde et sentais l'effet du Cubalibre, l'été lointain annoncé par Janis Joplin et démenti par sa déchéance et sa mort s'étalait devant moi comme un paradis ardent, fait de déracinement et de voyages, de cheveux longs, de guitares et de sexe : à Madrid, New York ou San Francisco, dans un bar, accoudé au comptoir, j'écoutais Janis Joplin, Marina apparaissait, la force de l'expérience et la témérité de l'alcool me poussaient vers elle, pas vers des fiançailles tièdes et timorées, pas vers le mariage, une vie stable et des enfants, mais vers une célébration sauvage et libertaire du désir. Nous voulons le monde et nous le voulons maintenant, disait une chanson de Jim Morrison qui me déroutait comme l'annonce d'une apocalypse.

Je vidai mon Cubalibre, demandai combien je devais, calculai l'argent qui me restait et en commandai un autre. Je mis *Summertime* pour la troisième fois et quand je revins à ma place au comptoir, je vis Marina de l'autre côté de la rue. Je pensais si fort à elle, j'étais tellement incapable de me rappeler son visage, que lorsque je la voyais, je mettais toujours du temps à la reconnaître : ses cheveux relevés modifiaient ses traits, ses pommettes paraissaient plus larges et ses yeux plus grands, elle était elle-même et une autre, et ce changement, comme lorsqu'elle mettait un pantalon après avoir porté une jupe pendant plusieurs jours, ajoutait à la reconnaissance de l'amour l'attrait de l'inattendu, l'intuition gourmande qu'une femme en contient plusieurs, qu'elle est un prisme de profils et de regards successifs que nous voudrions distinguer et thésauriser pour que notre attention insatiable ne soit jamais entamée par la monotonie. Malgré la distance, je remarquai qu'elle était très maquillée, elle attendait quelqu'un et paraissait moins jeune qu'au lycée. Je la voyais au bord du trottoir, tranquille, son sac à l'épaule, aussi inaccessible et soudaine qu'un fantasme de mon désir, les seins hauts, les hanches moulées, les cuisses nues dans ce soir encore lumineux de juin, et elle me plaisait tellement que je restais paralysé, comme l'autre matin, quand j'étais comme un idiot à côté d'elle dans la salle de classe vide, récitant des verbes irréguliers en anglais, envahi par l'odeur dense de son corps, n'osant pas soutenir son regard ni avancer mes genoux. Le personnage que j'avais si laborieusement élaboré grâce à l'alcool et à la musique s'évanouit comme un feu de paille : j'étais de nouveau moi-même, personne, je suis l'être qui te poursuit la nuit, chantait Martín en se moquant de moi quand il me surprenait à rôder dans le lotissement du Carmel. Elle regardait dans ma direction, mais elle ne me voyait pas, peut-être voyait-elle son reflet dans les vitres du bar. Je bus une gorgée de Cubalibre, un homme mûr et désespéré qui sombre dans l'alcool, passablement abruti, presque soûl, invisible, espionnant Marina dans un bar sombre où la nuit régnait déjà, et je retrouve maintenant la voix d'Otis Redding, la façon douce et décisive qu'avaient les trompettes de sonner, comme si elles annonçaient l'arrivée d'une femme et le moment crucial d'un rendez-vous, *My girl*.

Elle ne resta pas longtemps seule : le même grand type qu'elle avait déjà rencontré, à peine trois ou quatre ans plus âgé que moi, mais un fossé tranquille et humiliant le séparait de ma propre adolescence, de mes boutons sur la figure et de ma timidité irrépressible, il était souriant, avait les traits durs, comme définitifs et forgés, le contraire de moi dont le visage et le corps n'étaient pas finis, d'après ma grand-mère Leonor : je les vis s'embrasser, pas sur la bouche, quel soulagement, mais sur la joue, un baiser sur les deux, comme faisaient ceux qui revenaient passer leurs vacances après une année d'université, ce type était sûrement étudiant à Grenade ou à Madrid, ou bien il avait terminé ses études, il avait peut-être une voiture ou une moto rugissante et emmenait Marina qui s'accrochait à sa taille, le ventre et les seins collés contre lui, ses longs cheveux noirs flottant au vent. Au moins, ils ne se donnaient pas la main. Je les vis monter la rue Ramón-y-Cajal et, sans que ma volonté soit pour quelque chose dans cette décision, je payai les Cubalibre et leur emboîtai le pas. Maintenant, j'étais l'espion de la chanson de Jim Morrison, ou un pistolero sentimental et impitoyable poursuivant la femme sans scrupules qui le trompe avec son pire ennemi dans les ruelles troubles et les night-clubs. Je marchais sur le trottoir d'en face, rasant les murs par prudence, mais surtout parce que je n'avais pas l'habitude de fumer du tabac américain ni de boire des Cubalibre, me tenant à distance, ils pouvaient me repérer s'ils se retournaient, mais tant pis, j'étais un peu ivre, invisible, et je murmurais, en imitant la voix de Jim Morrison, je suis un espion dans la maison de l'amour, je connais le rêve que tu fais en ce moment même, je connais ta peur la plus secrète et la plus profonde, je sais le mot que tu désires entendre, je sais tout. Peu à peu, j'étais gagné par la désespérance des dimanches soir, plus intense dans les rues larges et vides de ce quartier de la ville, au milieu des garages fermés, des immeubles et des vitrines des marchands de voitures, une désespérance sédimentée depuis les dimanches interminables de l'enfance, faite d'ennui et de vide, de peur des premiers cours du lundi, aggravée de minute en minute par la lumière déclinante et la tombée de la nuit : les premiers réverbères s'allumaient dans l'avenue et les feux de circulation clignotaient à l'orange, et quand Marina et l'intrus qui marchait à côté d'elle s'enfoncèrent dans le parc Vandelvira, les jets d'eau de la fontaine lumineuse resplendissaient déjà dans la faible clarté de cette fin d'après-midi, et une brise humide venait sur moi : je les perdis de vue dans les buissons et les arbres, peut-être s'embrassaient-ils sur un banc ou avaient-ils quitté le parc à mon insu, mais non, je les revis tout près, assis sous la tonnelle autour de la fontaine, me tournant le dos, un bras du type sur les épaules de Marina, sa main caressant sa nuque raide et la naissance des cheveux, négligemment, comme s'il n'y trouvait aucun intérêt, tandis qu'elle, de profil, lui racontait quelque chose et riait : c'était un fils de pute, naturellement, un faux-jeton, il profitait de sa naïveté, de ses vertes années, et il essayait d'abuser sauvagement d'elle, qui le repoussait en criant, échevelée, j'intervenais alors, je le frappais au visage, lui lançais mon genou dans le bas-ventre, par une manœuvre perfide il me jetait du sable dans les yeux et quelques-uns de ses copains qui passaient par là se joignaient à lui pour me flanquer une raclée à coups de chaînes de moto, je me défendais comme un tigre, je mordais, cognais, griffais, tombais sans connaissance, et quand je rouvrais les yeux Marina passait un mouchoir humide sur mon visage tuméfié et m'enlaçait, ses yeux verts débordaient de tendresse et de larmes, de repentir et de gratitude. Au bout de quelques minutes, elle se leva et fit quelques pas vers la fontaine, en se déhanchant exagérément, presque en dansant, serait-elle une pute, murmurai-je, amer et rougissant de moi, elle se tourna vers lui et faillit me voir. Clandestin, ridicule, sans dignité, blotti derrière un tronc d'arbre, je vis sa silhouette se découper sur les jets d'eau bleue, verte et jaune qui éclairaient son visage de tonalités fugaces, je la vis se rapprocher de lui, oscillant sur ses chaussures très hautes, ces espèces de sabots à semelle de liège que portaient les femmes alors, étendre les mains devant elle, comme si elle interprétait une chanson. Pour ma douleur et ma punition, je distinguais son rire derrière le bruit de l'eau, je voyais l'éclat de ses pommettes maquillées et devinais l'expression de ses yeux, pensant qu'aucune femme ne m'avait jamais regardé ainsi, que ce regard m'appartenait et m'était volé par les yeux d'un autre.

Il se leva et l'enlaça. Ils repartirent en se tenant par la taille, elle avait appuyé sa tête contre son épaule, ses boucles en liberté lui caressant le visage, imaginais-je, avec autant de précision que s'ils avaient effleuré le mien, sentant son parfum comme si c'était moi qui l'enlaçais. Je décidai de ne plus jamais la regarder : quand j'arriverais le lendemain à l'examen de littérature de Praxis, je m'installerais sur un banc éloigné, et si elle me demandait de me rapprocher d'elle, je refuserais laconiquement. Je vais partir sur-le-champ, retrouver mes amis, boire avec eux jusqu'à en perdre la raison et la mémoire, je rentrerai chez moi en titubant, une cigarette pendant au coin des lèvres, déçu, cynique, n'attendant plus rien de l'amour ni de personne, résolu à m'en aller sans que personne ne sache où. Ils sortirent du parc à la nuit tombée : ils marchaient très lentement sur le trottoir du lycée, ils s'embrassèrent en attendant que le feu passe au rouge et je sus, encore caché, indigne comme un rôdeur, que lorsqu'ils auraient traversé la rue, ils entreraient au *Martos* et que je n'aurais pas le courage de ne pas les suivre. Je me vautrais avec une souffrance extatique dans l'humiliation atroce de ne pas être désiré, dans un bourbier de romans de quatre sous, de rimes de Bécquer et de refrains masochistes. Je les vis entrer au *Martos* et j'attendis quelques minutes sur le trottoir d'en face, tournant en rond devant la grille du lycée, fumant mon avant-dernière cigarette américaine. Je traversai la rue comme si j'allais accomplir un acte inhumain ou héroïque qui bouleverserait ma vie : j'étais moins soûl d'alcool que de mots. Derrière le comptoir, le patron du *Martos* me salua comme on salue les habitués : je ferais comme lui, je m'embarquerais sur un cargo et chercherais l'oubli dans le gin et les femmes des ports. Je ne me tournai pas vers le fond, vers le recoin intime où se trouvait le juke-box qui jouait maintenant une affreuse chanson sentimentale, de Nino Bravo ou de Mari Trini : le type l'avait sûrement mise pour elle, c'était bien le genre de musique, si on pouvait appeler cela une musique, qui plaisait à ces deux-là. Marina me disait que l'ennui, avec les chansons en anglais, c'était qu'on ne les comprenait pas, imbécile, pensai-je alors, qu'est-ce que ça peut faire. Prêt à tout, je commandai un nouveau Cuba-libre. Il y avait foule au comptoir ce soir-là, des couples d'amoureux qui prenaient des *tapas** et un vermouth en se tenant par la main, des groupes bruyants enrobés de fumée et de rires excités, mais au fond, près du juke-box, il n'y avait que ces deux-là qui étaient assis, le type, un visage odieux fait de désinvolture adulte et blasée, et Marina, tellement maquillée que ses pommettes avaient un éclat huileux, jambes croisées, tenant une cigarette au bout des doigts et buvant une boisson avec des glaçons : pendant quelques instants je la vis hors de l'amour, pendant quelques secondes je cessai

* Amuse-gueule variés selon les saisons et les régions qui, en Espagne, accompagnent les consommations. Chaque bar possède ses spécialités, qui peuvent aller des simples chips aux plats en sauce. *(NdT)*

de l'aimer. Elle regardait dans ma direction mais ne me voyait pas. Le type se leva, s'approcha de la machine, très grand, les épaules larges et les mains sur les hanches, un sale connard, il se pencha sur le panneau lumineux où étaient inscrits les titres des chansons et il glissa une pièce, on va voir ce qu'il met : il retourna auprès de Marina qui l'attira contre elle en tendant une main aux ongles vernis, et commença alors une chanson épouvantable, de Demis Roussos, une chanson à vous casser les oreilles, *We shall dance*, mais elle avait l'air d'aimer beaucoup car elle accompagnait la mélodie en balançant les épaules et en rejetant la tête de côté, comme si elle était membre d'un chœur sympathique, stupide et heureux, celui qu'on entendait sur le disque et qui accompagnait cette grosse bedaine sous une tunique à fleurs. Je n'étais presque plus jaloux, mais j'éprouvais une sorte de rage envers elle, envers ce type, envers Demis Roussos et par-dessus tout envers moi, car j'étais amoureux d'une femme qui aimait ce genre de chansons et ce genre de séducteur répugnant, car je l'espionnais et me soûlais seul au comptoir du *Martos* au lieu d'aller rejoindre mes amis, ils avaient bien raison de se moquer de moi et de fuir mes confidences tristes et mon air soigneusement désespéré.

Mais je ne partais pas, je ne faisais rien, à part boire et me mortifier avec cette musique et les grossiers éclats de rire qui fusaient autour de moi comme les brumes de l'alcool, j'allumai ma dernière cigarette et regardai de biais à travers la fumée les deux silhouettes qui s'embrassaient dans le recoin le plus sombre du *Martos* et je sursautai : ils s'en allaient, Marina était debout et lissait sa jupe, ils passeraient à côté de moi et je ne pourrais pas faire comme si je ne les avais pas vus, je piquerais sûrement un fard, je serais rouge d'humiliation et de honte, et il était trop tard pour m'enfuir. Mais au lieu de sortir, le type ouvrit la porte vitrée qui donnait sur le jardin et sur la discothèque Acuario's, il la laissa passer devant lui, qui croyait-il abuser avec de telles galanteries, et de l'intérieur de la boîte parvinrent les échos assourdis d'une batterie et d'une contrebasse. Il était tard, plus de dix heures, je n'allais pas franchir cette porte, je n'avais plus d'argent pour payer l'entrée, je n'étais même pas sûr de pouvoir tenir debout quand je descendrais de mon tabouret et perdrais l'appui du comptoir. Je me vois entrer dans ce petit jardin où les plantes étaient éclairées par-dessous par des tubes fluorescents, pousser pour la première fois de ma vie la porte capitonnée d'une discothèque, aussi ému que si j'avais franchi le seuil d'un lupanar. D'abord, je ne vis rien, aucun portier ne me demanda de payer l'entrée, je fus enveloppé dans un rythme dense qui résonnait dans l'obscurité rougeâtre comme le cœur dans les tissus moelleux de la poitrine, et aux premières mesures des trompettes, je reconnus la chanson qui passait : *My girl*, mais c'étaient les Rolling Stones qui l'interprétaient, pas Otis Redding. Je vis des divans tapissés d'un rouge plus sombre, des miroirs, des lumières tournoyantes qui me donnaient le vertige, des chemises blanches phosphorescentes, des corps langoureux enlacés qui faisaient du sur-place. Je m'avançai un peu sans remarquer le sol ondulé sur lequel je marchais, j'entrevis Marina pendant moins d'une seconde sous une lumière verdâtre qui tourna au rouge, l'ombre de son corps se confondait avec l'ombre de l'autre, elle était suspendue à son cou, les hanches bougeant très lentement contre lui, la tête rejetée en arrière et les yeux fermés. Une voix m'appela : “Mais quelle surprise, grand Dieu, c'est mon ami le polyglotte ! Comment se fait-il que tu ne sois pas en train de réviser l'examen de demain ?" Dans une sorte d'habitacle faiblement éclairé par une lumière placée sous la table, Pavón Pacheco se vautrait avec la suffisance d'un gangster, appuyé comme dans un trône contre la paroi capitonnée, enlaçant deux femmes qui avaient de grands seins et un visage émacié, un âge indéfinissable, un air à la fois d'adolescence malingre et de maturité dépravée, sans doute à cause de l'ambiguïté de la lumière, un maquillage outrancier, un éclat vide et véhément dans leur regard. Quelqu'un d'autre était avec eux, un homme à demi caché dans l'ombre, on ne voyait que ses mains qui manipulaient avec rapidité et adresse un petit tas de tabac et une feuille de papier à cigarettes. "Assieds-toi avec nous, polyglotte, je vais te présenter mes amis." Je voyais mal leurs têtes, défigurées par la lumière jaunâtre qui montait du sol, je n'entendis pas les noms, je remarquai seulement qu'une des femmes ne portait pas de soutien-gorge et que l'homme en train de rouler une cigarette avait un serpent tatoué sur les avant-bras, nerveux et pâles. "Un légobiffin, dit Pavón Pacheco avec orgueil en me le présentant, un gentleman légionnaire qui débarque de Melilla." Les deux femmes me regardaient et riaient entre elles en se cachant la bouche, tapotant et mordillant Pavón Pacheco dont les mains s'avançaient simultanément vers les deux décolletés. L'une d'elles s'exclama : "Oh, on dirait un enfant !" Sur le coup, je ne compris pas qu'elle parlait de moi, mais je finis par rougir et j'ai à peu près oublié tout ce qui est arrivé après, on a entendu Roberta Flack chanter *Killing me softly with his song* et j'ai regardé avec un luxe de précautions inutiles Marina et son type qui se serrait contre elle et enfonçait son visage dans sa nuque et lui écrasait les fesses de ses deux mains ouvertes et je me sentais mourir, pas en douceur, mais d'une mort très lente et cruelle, les deux femmes riaient en même temps, écartelant leurs lèvres pleines de rouge, se frappant les genoux tandis que les doigts infatigables de Pavón Pacheco fouillaient sous les jupes et sous les blouses, j'avais à la main un Cubalibre que je ne me rappelais pas avoir commandé et que je ne pourrais évidemment pas payer, le légionnaire tatoué sur les avant-bras m'offrait une cigarette rudimentaire, très large à une extrémité et très fine à l'autre, qui se consumait mal et dégageait une fumée résineuse, Pavón Pacheco me l'ôtait de la bouche en disant : “Ne la fume pas comme ça, voyons, ce n'est pas une Celtas !” et il me montrait comment je devais m'y prendre : d'abord une longue inspiration, à l'image des Chinois aspirant leur pipe d'opium au cinéma, retenir longtemps la fumée et l'expulser très lentement, les yeux fermés, en la tenant à l'intérieur de la main creusée, mais j'étais devenu presque incapable de fixer mon attention sur rien, je percevais un alliage épais de musique, de fumée douceâtre, de ricanements, d'alcool, d'odeurs et de pénombre, je crevais de rire sans parvenir à m'en rappeler la raison, je voyais s'agrandir devant moi les bouches de ces deux femmes qui montraient des dents abîmées et miséreuses, je distinguais dans la blancheur tremblotante de leurs seins de légères veines bleutées, j'avais le palais ravagé de tabac et de gin et chaque fois que j'aspirais une de ces cigarettes, j'avais l'impression qu'on me passait la gorge au papier de verre, j'avalais de travers, je parlais anglais très vite, les deux femmes riaient, les mots que je prononçais s'éloignaient vertigineusement en arrière, telles les étincelles d'un cigare tenu par la fenêtre ouverte d'une voiture lancée à deux cents kilomètres à l'heure, quittant Mágina en pleine nuit et roulant sans trêve dans une direction inconnue. Je sentis soudain mes mains transpirer, des gouttes de sueur glacée perler sur mon front, une musique rapide et violente me frapper les tempes comme les gants d'un boxeur acharné, Pavón Pacheco, le légionnaire et une des femmes avaient sauté sur la piste et dansaient comme des possédés, je n'entendais plus Roberta Flack et ne voyais plus Marina, l'autre femme me parlait et ses mots se diluaient une fraction de seconde avant que j'arrive à les comprendre, elle portait des lunettes de vue, en cul-de-lampe, des lunettes atroces, je ne les avais pas encore remarquées, ou peut-être venait-elle de les mettre, elle me disait qu'elle aussi aimait beaucoup lire, mais qu'elle n'avait pas le temps, avec cette vie, quelle vie, je lui ai demandé, mais j'allais mourir si je ne sortais pas respirer l'air frais, j'allais vomir sur place, sur la table et dans les verres, sur la moquette fluorescente où brillaient des points lumineux rouges et jaunes, il fallait que je me lève et je n'en avais pas la force, j'étais debout, j'avançais en titubant et sans voir où je posais les pieds, au milieu d'un enchevêtrement de corps qui gigotaient dans l'obscurité au rythme de la musique, on aurait dit les grouillements de vers qu'on trouve dans la *huerta*, dans les mottes de fumier, j'allais mourir de dégoût, j'imaginais n'importe quoi et je la voyais, Marina se tortillait entre des bras masculins, j'ai traversé le jardin éclairé, enchâssé dans un rectangle de parois aussi hautes que celles d'un puits, ma main a glissé le long du zinc du *Martos*, tourné une poignée de porte et je me suis retrouvé seul et perdu dans l'air froid de la nuit, sans savoir où j'étais ni où je pourrais diriger mes pas, immobile au milieu de la rue, jambes écartées, voyant mon ombre s'étirer devant moi, écoutant dans un dernier éclair de lucidité les douze coups de minuit de l'horloge de la place du Général-Orduña. Je les ai entendus une deuxième fois, je les ai recomptés et il n'y en avait que cinq. Mais je grelottais de froid et je n'étais plus devant la porte du *Martos*, je me trouvais dans un lieu difficile à reconnaître, assis sur une marche, une pierre lisse et glacée, appuyant la nuque contre le bois rugueux d'une porte. Une ampoule à chaque angle, un bruissement de feuilles soulevées par une brise imperceptible, une maison flanquée de deux très hautes tours et d'un auvent soutenu par des gargouilles. J'étais sur la place San Lorenzo, affalé contre la porte de ma maison, cinq heures du matin venaient de sonner et je ne savais pas comment j'avais pu arriver là ni depuis combien de temps je grelottais de froid sur le perron de l'entrée. Ces cinq dernières heures s'étaient effacées de ma mémoire, la dernière chose dont je me souvenais, c'étaient les douze coups d'une cloche et la terreur que mon père ne se soit pas couché pour m'attendre. J'ai entendu un bruit de pas, une serrure qui s'ouvrait, les gonds d'une porte. Une lumière jaune a projeté mon ombre sur la terre battue de la place. Mon père, très haut devant moi, avec ses cheveux gris, et sa veste de vendeur sous le bras, venait de se lever pour aller au marché et me regardait avec incrédulité et mépris, comme s'il ne pouvait supporter son étonnement, tant la honte l'accablait.

Nadia éclate de rire, d'abord déconcertée, flattée par cette jalousie rétrospective qui ressemble tant à la sienne, elle ferme ses yeux marron et du bout des doigts effleure sa bouche, elle veut se souvenir d'un détail précis, ou trouver les mots justes, aussi exacts que le métal clair de sa voix, elle sourit en silence, serre les lèvres, avance un peu le menton, avale sa salive, il connaît bien ces mimiques et sait qu'elles sont le prélude à un paisible monologue, en observant de si près son visage pensif et mince encadré par l'épaisse chevelure qui retombe sur ses épaules nues, il se demande à quoi elle ressemblait à dix-sept ans, quand elle avait des cheveux longs et plats, la raie au milieu et le front dégagé, il cherche les points communs entre les traits de la jeune femme d'aujourd'hui et ceux de la jeune fille à moitié américaine qui, arrivée à Mágina pour découvrir le pays perdu et la biographie cachée de son père, avait fini par comprendre au bout de quelques mois que depuis leur départ d'Amérique les liens profonds unissant leurs deux loyautés s'étaient fourvoyés et qu'ils ne pouvaient pas plus les rétablir que remonter dans le temps jusqu'au moment perçu non par elle, mais plutôt par lui, car il s'y attendait depuis des années, telle la vigie d'un fortin en plein désert dont le siège a commencé bien avant qu'elle aperçoive au loin la silhouette du premier ennemi, jusqu'à ce moment où leurs deux vies avaient bifurqué, pas à cause d'une intervention extérieure, celle de l'homme qui lui ravirait sa fille, mais parce que étaient apparus chez elle les stigmates de la femme future qu'elle devenait sans le savoir, de la femme qui resterait souveraine et jeune dans le monde quand lui, son père, déclinerait, s'acheminerait vers la mort et se perdrait en elle exactement comme s'il n'avait jamais vécu.

Mais à l'époque elle ne pouvait deviner l'intensité désespérée et laconique de l'amour de son père. Elle en prit conscience longtemps après, dans une résidence pour vieillards du New Jersey, au cours des journées qui précédèrent une mort sereine, attendue et désirée, quand il lui raconta enfin les vies qu'il avait vécues avant sa naissance, quand ils se regardèrent à nouveau comme ils ne s'étaient plus regardés depuis cet hiver unique passé ensemble à Mágina. L'homme grand et énergique au bras de qui elle avait traversé les aéroports, les halls d'hôtels et les rues illuminées de Madrid, était devenu à ses yeux un retraité ennuyeux et plutôt égoïste qui passait ses soirées assis dans un canapé, avec une vieille veste sur le dos, ses lunettes et un verre toujours à portée de la main, tenant des conversations futiles à voix basse avec un autre vieillard précoce, ce gros photographe qui avait attendu le mois d'avril pour quitter son manteau et son écharpe, par crainte des courants d'air. Elle était gênée de sentir sur elle les yeux clairs et inquisiteurs de son père, tapis dans l'ombre de ses sourcils épais, elle lui préparait ses repas de bonne heure pour s'en aller le plus tôt possible, faisait rapidement la vaisselle, nettoyait sommairement la cuisine et la salle à manger, oubliait parfois de vider les cendriers et s'en allait vivement, après s'être maquillée et mis du rouge à lèvres : son père, assis dans son fauteuil, les lunettes sur son nez aquilin, tenant un livre ou un verre à la main, la regardait partir en silence ou lui disait au revoir avec une contrariété mal dissimulée sous son éternel sourire, ce sourire qui avait cimenté leur alliance contre vents et marées et au-delà des mots jusqu'au soir de l'hiver précédent où elle était rentrée un peu plus tard que d'habitude et n'avait pas raconté d'où elle venait ; il n'avait posé aucune question, il avait compris en la voyant que tout ce qu'il attendait et craignait depuis qu'elle avait dépassé l'âge de la puberté était en train d'arriver. Un jour, elle s'en irait pour toujours comme elle s'en allait maintenant chaque soir, adulte, étrangère, maquillée, transfigurée non par les formes de ses hanches ou de ses seins, mais par la possession d'un secret qui lui était inaccessible et le confinait progressivement dans l'impuissance étonnée et geignarde de la vieillesse.

A deux heures et demie, elle était dehors, raconte Nadia, souvent elle se passait de manger pour faire durer le rendez-vous quelques minutes de plus, elle montait vers le lycée dans l'espoir de le voir sur le trottoir d'en face ou à l'intérieur d'un bar, buvant une bière avec ses collègues, mais si elle l'apercevait, elle ne s'approchait pas de lui, ne lui disait même pas bonjour, par mesure de sécurité ou pour dissimuler tant bien que mal leur liaison, au début elle s'y conformait volontiers, elle aimait à le voir au milieu des autres, singulier et secrètement sien, plus grand, les cheveux frisés et grisonnants, agitant ses grandes mains dans la chaude excitation d'une conversation banale : certains soirs, à la fin des cours, elle était même venue à la rencontre des élèves qui sortaient du lycée par grappes et elle l'avait croisé, il parlait avec quelqu'un et rougissait presque en évitant de la regarder. Elle aimait à penser qu'ils partageaient une aventure aussi clandestine que l'activisme politique, une intimité hermétique derrière la porte close de l'appartement en location d'un immeuble neuf au nord de la ville, dans une rue laide et anonyme pas encore goudronnée où ils ne risquaient guère d'être remarqués. Elle avait une clé, qu'elle cachait la nuit sous son matelas ou dans une trousse à maquillage qu'elle venait d'acheter, elle la serrait, la cachait dans le creux de sa main, montait dans l'ascenseur, suivait le couloir qui sentait la peinture fraîche et le bois neuf, et s'étendait sur le canapé en l'attendant, s'il n'était pas encore arrivé, fumant une de ses cigarettes brunes, épiant avec impatience le bruit de l'ascenseur et les pas des voisins, éteignant la cigarette et se levant quand elle entendait sa clé dans la serrure, pour le voir sur le seuil dès que la porte s'ouvrirait, voir ses cheveux gris et frisés, sa veste en velours, l'air de fatigue qu'il avait en posant sa serviette noire par terre, la surprise inlassable et l'avidité de ses yeux sur elle, de ses mains qui lui enserraient la taille, répandaient une odeur de craie et de nicotine sur son visage et dans sa bouche, lui apportaient la certitude délicate et absolue d'être l'élue. En Amérique, l'année précédant son départ, elle était sortie avec des garçons de son âge qui l'embrassaient, la touchaient, se collaient à elle sur la banquette arrière d'une voiture, comme s'ils n'avaient ni le temps ni le pouvoir de la voir, comme s'ils se moquaient de l'identité de la fille qu'ils caressaient avec une hâte fébrile : et elle éprouvait presque toujours le même sentiment, une vague curiosité, presque étrangère à son corps, vite remplacée par la déception. En l'embrassant, il prononçait son nom et la regardait dans les yeux. “Tu ne devrais pas venir à cette heure-ci, on t'a sûrement vue" : mais il succombait déjà, vaincu par le désir, il n'aurait jamais cru à la reddition sans conditions ni limites du corps qu'il découvrait avidement en la déshabillant, cette nudité verticale et resplendissante qui s'était approchée de lui le premier soir et qui surgissait chaque fois, intacte et pure, du blue-jean tombé par terre, de la culotte, de la blouse et des socquettes en laine rouge. Il glissait un œil sur sa montre qu'il avait posée sur la table de nuit et à trois heures et quart dernier délai il devait se lever, prendre une douche en vitesse et s'habiller dans l'angoisse, tandis qu'elle restait au lit, lasse et immobile, étreignant un oreiller, à trois heures vingt-cinq il repartait avec sa veste en velours foncé et sa serviette, et souvent, quand il revenait du lycée à six heures, elle dormait, nue sous les couvertures, ou essayait de lire un de ses livres de poche ou de s'intéresser aux chansons sud-américaines et françaises qu'il aimait, paresseuse, souriante, on voit toujours ses dents quand elle sourit, blanches et solides, inscrites dans la courbure rouge de ses lèvres, elle referme ses yeux brillants sous ses cils et deux plis se dessinent au coin de sa bouche, ses traits prennent une expression tonique et moqueuse, prête à l'amour, avec une franchise sans doute inconnue de lui jusqu'alors, et pas toujours rassurante. Au cours des après-midi et des longues soirées de la fin de l'hiver, il lui enseigna la lenteur, mais peut-être l'apprit-il en même temps qu'il l'inventait pour elle, les persiennes baissées, car l'appartement n'avait pas de rideaux pour aménager la pénombre, la lampe sur le sol, près du lit, une chanson de Jacques Brel sur le tourne-disque et sa voix dans l'oreille de Nadia répétant les paroles avec un accent impeccable, croyait-elle, les traduisant ensuite pendant qu'il glissait une cigarette entre ses lèvres, lui embrassait les épaules, le cou, les taches de rousseur de ses joues, *Ne me quitte pas*, et il reprenait très lentement ses caresses, comme s'il répandait sur elle tous les savoirs de l'expérience et de l'admiration, soigneux, littéraire, dévot, lui récitant les paroles de chansons françaises, des vers de Neruda, avec des accès de frénésie qui la poussaient vers une violente et ardente révélation d'elle-même et débouchaient sur une parenthèse de tristesse muette, à la fin, quand il s'était recouché sur l'oreiller, fumant une nouvelle cigarette, sincèrement et volontairement énigmatique, laissant entrevoir par ses propos l'ombre de l'impossibilité et de la séparation, un passé d'infortunes et de dangers héroïques, de femmes mémorables rencontrées et perdues au cours d'une même nuit. Quand elle regardait sa montre et se rhabillait, il mettait sur le tourne-disque une chanson de Joan Manuel Serrat : "Tu te lèveras lentement, un peu avant que sonnent dix heures…"

"C'était comme au cinéma, dit Nadia en se moquant d'elle plus que de lui, comme dans un de ces films français qu'il aimait et que je n'avais jamais vus." Avec les années, elle est devenue plus prudente et plus sage, elle ne se fie plus comme avant à sa résistance solitaire à la douleur, mais elle a cultivé son ironie et n'a perdu aucun de ses gestes d'alors, l'habitude de s'asseoir sur le lit en tenant un coussin dans ses bras, sa façon réfléchie de parler en effleurant ses lèvres du bout des doigts quand elle ne trouve pas le mot ou l'expression exacte, son indolence béate, cette ignorance totale de sens du temps, le rire soudain qui éclaire ses yeux avant d'éclater clairement dans sa voix. Elle s'aperçoit que Manuel est muet depuis un moment, elle cesse de rire et de lui parler de l'autre, prend son visage entre ses mains, serre contre lui son ventre tiède et ses cuisses.

“Tu me rappelles mon père, dit-elle, lui aussi était jaloux et se taisait, il préférait ne pas savoir, comme toi, jalousie et peur qu'il m'arrive quelque chose, en définitive, c'était un Espagnol de la vieille école qui voulait préserver l'honneur de sa fille, même s'il ne lui donnait pas ce nom, il appelait cela peut-être jeunesse ou innocence, en tout cas il était sûr que j'étais incapable de me débrouiller seule, et toi aussi, tu crois que j'ai été éblouie et trompée par un séducteur de vingt ans mon aîné, je te le raconte et tu veux me sauver, enfourcher une machine à remonter le temps comme un chevalier du Moyen Age enfourche son destrier et me délivrer au moment où je vais être bafouée. Mais personne ne m'a trompée, surtout pas José Manuel, ou Praxis, comme tu l'appelais, et s'il y a eu un mensonge, c'est moi qui l'ai inventé et me le suis raconté et l'ai cru parce que cela m'arrangeait, parce que j'en avais envie, cela m'excitait, comment aurait-il pu me tromper, il était la transparence personnifiée, même s'il était persuadé du contraire et se sentait coupable de ne pas me dire la vérité, d'être infidèle à sa compagne et à ses principes, il retournait tous les week-ends à Madrid et ne me disait pas qu'il vivait là-bas avec une autre femme, comme si je ne m'en rendais pas compte en voyant son air le lundi, mais cela m'était égal, au moins au début, je voulais l'avoir et je l'avais, j'étais sûre que s'il me comparait avec une autre, c'était moi qui l'emportais, et peu m'importait que ce fût la vanité et non l'amour qui le retienne auprès de moi, j'allais l'attendre dans son appartement, j'ouvrais avec ma clé, je regardais ses papiers et ses livres, il en avait des centaines empilés par terre, contre le mur, mais presque aucun titre, presque aucun auteur ne me disaient quelque chose, à part deux ou trois, et ils m'écrasaient, je me sentais un peu idiote, comme si je n'avais jamais lu un livre de ma vie, tout au moins aucun de ceux qu'il considérait comme fondamentaux, il utilisait aussi cet adjectif pour parler des films et des disques qu'il aimait. Je fouillais dans ses tiroirs, malgré son interdiction, mais tu sais comme je suis curieuse, j'ai même trouvé une photo encadrée de sa femme, cachée au fond de l'armoire, si ça se trouve il la remettait sur sa table de chevet après mon départ, un visage bien en chair, un peu flétri, tu sais, avec des cheveux courts et des lunettes rondes, pas sa femme, sa compagne, quand enfin il osa me parler d'elle il prononça ce mot avec révérence, comme pour décourager mes invectives, nous ne sommes pas mariés mais c'est justement pour cette raison que mon engagement vis-à-vis d'elle est plus sincère et plus fort, ce furent ses propres termes la dernière fois. Mais je l'aimais beaucoup, sans doute pas pour les raisons qu'il s'imaginait, j'étais heureuse qu'il m'appelle par surprise à minuit et m'emmène prendre un verre hors de Mágina, dans un bar routier, ou souper avec quelques-uns de ses camarades dans un hameau, parfois à la lueur d'une chandelle, il disait que j'étais la fille d'un militaire républicain exilé et je me sentais fière, non seulement de mon père qui devait m'attendre à la maison sans pouvoir fermer l'œil, mais aussi de lui, et je pensais qu'à leurs yeux j'étais une compatriote et pas une étrangère, car je les aidais aussi, même s'il m'en empêchait le plus souvent par peur de me compromettre, il prenait un air grave et me disait moins tu en sauras, mieux cela vaudra pour toi. Mais c'était un assez mauvais acteur, comme la plupart des hommes, et j'en eus bientôt assez, cela ne me dérangeait pas qu'il me mente, mais il le faisait vraiment trop mal, quand il se lançait dans de grandes considérations sur la responsabilité ou la culpabilité, quand il s'inventait des réunions pour ne pas être avec moi, quand il m'appelait avec beaucoup de mystère pour me dire de ne pas aller à l'appartement parce qu'il y avait du danger ; après les vacances de Pâques, il prit un air grave pendant des jours, m'embrassant désespérément et s'écartant de moi avec cette honte que les hommes éprouvent quand ils ne sont pas à la hauteur de leur vanité, je lui demandais à quoi tu penses, à rien répondait-il en me tournant le dos, et le lendemain, il était de nouveau lui-même et m'emmenait souper en voiture dans une guinguette au bord du fleuve, mais au beau milieu de la conversation il reprenait cet air grave, comme s'il était écrasé par des problèmes que je ne pouvais pas comprendre, il croyait peut-être jouer dans un film suédois ou français, dans un de ces films où le temps passe sans que personne dise rien, j'avais envie de lui flanquer une gifle, d'exiger qu'il me dise clairement ce qu'il n'osait pas me dire, mais je faisais semblant de ne me rendre compte de rien et il gardait toute la soirée cet air de victime ou de voyou tourmenté ; alors, je compris qu'il n'avait pas encore rompu avec moi parce qu'il préférait attendre la fin de l'année scolaire et la fin de notre histoire pour faire l'économie d'une rupture franche. Il ne voulait pas me faire de mal, évidemment. Vous ne voulez jamais en faire. Comme s'il suffisait d'un mensonge pour adoucir cette atrocité consistant à quitter quelqu'un."

A ce moment-là, elle avait vraiment besoin de lui, elle éprouvait une exigence, une nécessité physique dévorante, mais elle eut assez de lucidité pour mesurer la fièvre dans laquelle elle vivait : une ferveur décuplée par l'insatisfaction et la souffrance, une incapacité terrible de ne pas penser à lui ou d'accomplir les tâches et les obligations quotidiennes, le ménage de la maison, le rangement de sa chambre, les courses, les repas, les conversations de plus en plus difficiles avec son père, qui à ses yeux se transformait douloureusement en statue inerte quand ce n'était pas en accusateur. C'était maintenant elle qui arrivait après minuit et n'allumait pas pour traverser la salle à manger et aller dans sa chambre, et c'était son tour de l'attendre éveillé et de ne poser aucune question le lendemain matin. Etendue dans sa chambre, le verrou tiré, une après-midi où José Manuel l'avait avertie de ne pas venir le voir, elle entendit son père parler à voix basse avec ce gros photographe qui portait maintenant, au lieu de l'imperméable bleu marine et du béret en plastique, un pitoyable costume de mi-saison, et elle reporta sur eux une partie de l'impatience et de la rage provoquée par le report de son rendez-vous. Dans son imagination, elle apostrophait l'autre froidement, se moquait de sa lâcheté, éveillait chez lui un désir qu'elle laisserait insatisfait, lisait dans son regard l'impossibilité masculine d'admettre d'être abandonné. Elle se complaisait amèrement à récapituler les preuves de sa vanité, de sa hâblerie, de sa complaisance à s'écouter quand il la croyait admirative, de ses manies verbales, praxis, en tout état de cause, fondamental, de l'émoi et même de la peur qui s'emparaient de lui si elle prenait une initiative audacieuse dans l'amour. Le téléphone sonna et elle sauta sur ses pieds aussi vite que la première fois qu'il l'avait appelée. Mais, comme alors, elle ne se précipita pas hors de sa chambre : elle se regarda dans le miroir, attendit que son père frappe à la porte, ne répondit pas tout de suite, comme si elle s'était endormie, sourit à Ramiro Retratista dans la salle à manger et lui dit bonsoir avant de prendre le combiné, le photographe fit mine de se lever et laissa tomber de ses genoux un grand livre ressemblant à une Bible et une vieille photo de femme. "... Et c'est comme ça que j'ai découvert que les phrases de cette lettre étaient tirées du Cantique des Cantiques", l'entendit-elle dire à son père pendant qu'elle acceptait un rendez-vous pour le soir même, pas à l'appartement, mais dans une taverne sordide et prolétaire de la corniche des Belvédères, derrière l'église du Salvador, un lieu tapissé d'affiches de Carnicerito, avec des tonneaux de vin râpeux et des étagères de bouteilles striées, où une radio crasseuse diffusait des émissions de flamenco confuses qui avaient l'air de remonter à dix ou quinze ans : il n'y avait pas d'enseigne à la porte, mais la taverne avait un nom brutal, Nadia n'arrive pas à le retrouver, c'était le surnom du patron, un surnom féroce, elle se passe la langue sur les lèvres, Coupe-Jarret, dit-elle, mais elle sait que ce n'est pas cela, et c'est Manuel qui le trouve, Coupe-Minet, et tous les deux éclatent de rire, il y allait aussi quelquefois avec ses amis, quand ils avaient juste assez d'argent pour se payer une bouteille de mauvais vin blanc, et ils ne manquaient pas de remarquer les maçons au visage rougi, les ivrognes blafards aux cheveux aplatis, les barbus chargés de livres qui s'asseyaient, les têtes rapprochées en grappes, autour des tables du fond, derrière un rideau sale.

Quand elle le souleva, avec une sensation poisseuse et répugnante dans les doigts, il n'était pas encore arrivé. La première fois qu'elle était venue dans ce lieu, par une nuit d'hiver où le vent battait les arbres sombres de la corniche des Belvédères, elle avait trouvé cet endroit obsédant, mais chaud et abrité, presque romanesque, avec ces visages sombres qui la regardaient fixement et lui rappelaient les guérilleros, béret enfoncé jusqu'aux oreilles, sourcils épais, peau cuivrée et huileuse, qui secondaient Gary Cooper dans *Pour qui sonne le glas*. Maintenant, la taverne lui paraissait nauséabonde et pathétique, elle lui en voulait d'avoir choisi cet endroit et elle se reprochait de l'avoir écouté. A la radio, Juanito Valderrama chantait *l'Emigrant*. Le local enfumé dégageait une odeur de tabac gris et de Celtas, d'habits en sueur et de bois imprégné de vin aigre. Comment allaient-ils la regarder, pensait Manuel, quand ils la verraient seule, étrangère, si jeune dans ce lieu où n'entraient pas de femmes, où les visages, les voix, le son même de la radio et la lumière des ampoules nues avaient une opacité rance, un anachronisme de misère antique qu'elle ne pouvait sans doute pas remarquer aussi crûment que nous, et que les types frais émoulus de l'université, déserteurs provisoires du Monterrey et des bars privés de la rue Neuve fréquentés par leurs parents, trouvaient prolétaires et exotiques. Elle était entrée en jetant juste un seul coup d'œil au zinc, peureuse et décidée, les pupilles ahuries qui l'avaient suivie pendant qu'elle traversait la salle jusqu'au fond avaient la même consistance poisseuse que le rideau et que le bois de la table où elle s'était assise. Elle s'adossa contre la chaux humide du mur, face à la porte, comme si elle surveillait l'arrivée d'un ennemi. Il arriva en retard en s'excusant, sa veste sous le bras, sa serviette noire à la main, gonflée de livres et de copies, les examens de fin d'année avaient commencé et il passait ses nuits à les corriger, même s'il ne croyait pas au système, qu'il trouvait rigide et surtout injuste, mais comment changer la routine des professeurs, et celle des élèves, naturellement, habitués à recopier des notes et à répéter par cœur des noms et des dates, le lundi suivant il avait un examen avec ceux de dernière année et il avait décidé de leur laisser le manuel et de les encourager à exprimer leurs opinions personnelles. Il agitait les mains devant Nadia en gestes rapides de prestidigitateur, penché en avant, les coudes sur la table, comme s'il était en classe. Mais je n'arrête pas de parler, dit-il, remarquant le silence indifférent de son interlocutrice qui le transperçait maintenant comme une main qui s'avance pour constater l'inconsistance d'une ombre. Il alluma une cigarette, frappa dans ses mains, appela le mastroquet par son nom, sourit lâchement en lui demandant ce qu'elle voulait prendre : rien. Il commanda une fillette de vin de pays, devint soudain très grave et la regarda enfin franchement dans les yeux. Savoir par avance ce qu'elle allait entendre était aussi douloureux pour elle, mais beaucoup plus humiliant, car elle assistait à une représentation médiocre : pas un seul mot qui n'ait été dit et répété maintes fois, par cet homme et par d'autres, dans toutes les langues et dans tous les lieux, les mots de la lâcheté masculine, d'une sincérité hypocrite et tortueuse, faite de compassion sans désir, de repentir, de réconfort et de loyauté future malgré tout. En l'écoutant, elle n'identifiait pas une succession de phrases, mais des mots isolés et indignes, meurtriers comme des aiguilles, doux, venimeux, bas, et derrière eux un détachement de la réalité, une douleur aussi lourde qu'une masse de plomb, rendant presque vulgaire la cause qui l'avait provoquée et l'homme poli et étrange qui agitait les mains devant elle ou fendait nerveusement la surface rugueuse de la table avec l'ongle de son index, parlant sur un ton compatissant et vaguement paternel tandis qu'on entendait de l'autre côté du rideau la voix lente des ivrognes et des chansons de flamenco, et qu'à l'extérieur, à quelques pas d'elle, s'éternisait un crépuscule statique de début d'été sillonné, dans l'air tiède et faiblement bleuté, au-dessus des murs gravés d'écussons et de la coupole en bronze de l'église du Salvador, par les martinets tourbillonnant en glissades foudroyantes. Elle ne voulait plus voir cette mine de justification et de pénitence, elle ne voulait plus entendre les mots qu'il continuait de prononcer, la tête baissée et le regard fuyant, comme à confesse, plus jamais, souvenir ineffaçable, devoir, ravissement, sincérité, cohérence, compagne, en tout état de cause, la vie devant soi. Elle découvrait que la lucidité et le mépris ne pouvaient tempérer sa douleur toujours intolérable, même retranchée derrière l'instinct de la dignité. Ils sortirent du bistrot et elle refusa qu'il la ramène en voiture chez elle. Ils étaient immobiles l'un devant l'autre, comme ce jour de décembre où elle avait accepté de cacher la boîte en carton ; il lui caressa le visage avec une sorte de véhémence craintive dans les doigts et lui répéta le refrain d'une chanson qu'ils avaient souvent écoutée ensemble : *"On n'oublie rien de rien, on n'oublie rien du tout."* "Va te faire foutre", dit Nadia en reculant, dans un mouvement offensé et farouche qui lui rendit un instant sa fierté, et quand elle releva les yeux sur lui, elle vit une expression de stupeur apitoyée sur lui-même dans son regard et dans les plis de sa bouche, comme s'il la suppliait, comme si c'était lui qui était abandonné, qui ne pouvait pas supporter la douleur.

Elle ne devait jamais le revoir. Nadia regarda la Seat 850 immatriculée à Madrid la dépasser lentement et s'éloigner vers la place Santa-María, elle continua son chemin, les yeux sur les pavés et les pouces dans la ceinture de son jean. Elle traversa toute la ville sans s'arrêter, sans la moindre fatigue, jusqu'au lotissement du Carmel, sans rien voir, sans penser, égrenant à voix basse des insultes en espagnol et en anglais qui sortaient de ses lèvres avec une fluidité indépendante de sa volonté, comme l'extrémité rythmique, indifférente, hypnotique, de ses baskets blancs qu'elle voyait poindre sous ses yeux et qui l'entraînaient le long des trottoirs, sur des places pavées qu'elle ne voyait pas, devant des vitrines éclairées, sous des porches obscurs, au milieu d'une rumeur diffuse d'ombres humaines et de moteurs de voitures, de chansons entendues au passage dans les bars, derrière une brume de rires et de cris. Elle se revoit marchant inlassablement dans la nuit parfumée de juillet, couchée dans sa chambre, la tête dans son oreiller et les bras pendant de chaque côté du lit, retournant chercher des cigarettes dans la salle à manger quand elle estima son père endormi, le détestant pour sa correction anglo-saxonne, pour son apparence froide, se regardant le matin dans la glace, les pupilles amincies de sommeil, un cerne rougeâtre autour des paupières, sentant dans les reins un élancement aussi furieux qu'une rage de dents, laide et pâle, beaucoup plus vieille au bout d'une seule nuit, révoltée, refusant l'évidence, ne voulant pas admettre l'indignité ni laisser le mensonge sans punition : c'est le lendemain soir qu'elle retrouva vie, c'était un samedi soir, vide et silencieux, elle s'en souvient, son père n'était pas là, elle prit un long bain chaud, plongea la main sous l'eau, remonta le long de ses cuisses, les referma sur elle jusqu'à avoir mal à l'aine, et crut que c'était la main de l'autre qui la touchait. Elle se brossa les cheveux, mit sa culotte et son soutien-gorge préférés, se maquilla, pensive, avant de s'habiller, à peine une ombre entre les yeux et un peu de carmin sur les lèvres, choisit une jupe et une blouse de couleur vive, des talons bas. Elle ne voulait pas le séduire à nouveau, mais le défier. Elle traversait en quelques heures plusieurs étapes de sa vie future, poussée par le pressentiment d'une conscience d'être qu'elle ne dominerait complètement que dix-sept ans plus tard. Elle n'avait pas de sac : la clé de l'appartement lui meurtrissait la paume de la main. Elle pressa la sonnette avant d'ouvrir et quand elle poussa la porte, elle n'avait pas encore écarté la possibilité de tomber sur lui. Elle l'appela sans allumer la petite entrée : à la façon dont sa voix résonnait, elle comprit qu'il n'était pas là et qu'il ne viendrait sûrement pas. Elle traversa le couloir sans tableaux ni lampes, la salle à manger, la chambre où les persiennes étaient baissées, le tourne-disque par terre et un cendrier plein de mégots surmontait la pile de livres posés sur la table de nuit ; dans la salle de bains, elle respira intensément une serviette et un flacon débouché de lotion à raser. Tout était dans l'état où elle l'avait laissé la dernière fois, cinq ou six jours auparavant, mais elle sentait dans l'immobilité des choses un changement d'autant plus radical qu'il était invisible. Sans que leur apparence extérieure soit modifiée, un lieu ou un visage peuvent devenir inconnus et hostiles. Elle parcourait les pièces comme anesthésiée, les yeux secs et le cœur battant chaque fois qu'elle entendait le bruit de l'ascenseur, des pas ou le moteur du réfrigérateur qui se mettait en marche dans la cuisine. Elle chercha dans l'armoire la photo de la femme qui avait des cheveux courts et des lunettes rondes, mais elle n'y était plus. La veste en velours oscilla légèrement sur son cintre, elle fouilla dans les poches et trouva un ticket du métro de Madrid, le capuchon d'un stylo bille et un paquet presque vide de Ducados. Elle alluma une cigarette et s'étendit sur le lit pour supporter le vertige, repliant sous sa nuque le coussin où elle respira sa forte odeur d'homme. Elle pensait et répétait à voix basse : Je n'éprouve rien, je ne suis pas là, je ne suis pas venue l'attendre. Elle ôta ses chaussures, replia les genoux et coinça les pans de sa jupe ample entre les cuisses. Elle le voyait s'approcher, nu, décoiffé, triomphal dans sa virilité si rapidement retrouvée, vaniteux, étonné d'elle, s'agenouillant sur le lit, remontant sur elle tandis qu'on entendait sur le tourne-disque une chanson très lente à faible volume et qu'une bougie brûlait dans un coin, faisant miroiter la sueur des corps comme une huile : maintenant, la cire avait dégouliné sur le goulot de la bouteille, une légère couche de poussière recouvrait le disque de Jacques Brel et une trace offensive de sueur persistait dans les draps qu'il n'avait pas changés.

Elle ne dormait pas depuis deux nuits. Elle ferma les yeux, se recroquevilla face contre le mur, les genoux dans le ventre, les poings serrés contre sa poitrine, l'oreille attentive aux bruits de la rue, qu'elle percevait comme venant du lointain paisible des premiers soirs d'été, refusant de pleurer, cruellement résolue à l'immobilité et à l'attente, minute après minute, écrasée par la lenteur gratuite et raréfiée du temps qui impose l'insomnie aussi efficacement que la douleur. Elle sut qu'elle allait s'endormir, comme si elle sentait les effets progressifs d'un poison paralysant ou d'une injection de somnifère. Elle se réveilla dans le noir, distinguant peu à peu les rais de lumière électrique qui filtraient à travers les persiennes. Il faisait nuit et les réverbères de la rue étaient allumés. "Tu te lèveras lentement, se souvint-elle, un peu avant que sonnent dix heures." Elle avait le corps endolori et la tête aussi lourde que si elle avait trop bu et fumé avant de se coucher. L'odeur des mégots dans le cendrier lui donna la nausée. Elle alluma la lumière inhospitalière du plafond, resta assise un moment sur le lit, dominant son mal au cœur, les coudes sur les genoux et le visage dans les mains, balançant la tête comme si elle se berçait, regardant le carrelage et ses pieds nus à travers la jalousie de ses doigts croisés. Se mettre debout, se chausser, presser le bouton de l'ascenseur et descendre dans la rue était une séquence de gestes impossibles. Soudain la sonnerie de l'entrée retentit : elle écarta les mains de son visage dans un accès involontaire de crainte et de joie qui anéantissait toutes ses résolutions de dignité. Mais ce n'était pas lui, c'était impossible, il ne sonnerait pas à sa propre porte. Elle décida d'attendre : sans doute quelqu'un qui se trompait d'étage. Quoi qu'il en soit, on sonna de nouveau, plusieurs fois de suite, avec impatience ou colère, on donnait aussi des coups de poing dans la porte. Elle s'avança pieds nus dans le couloir, prêtant l'oreille au frôlement de ses pas sur les carreaux et aux petits craquements de ses articulations. Les coups ébranlaient maintenant le bois de la porte, et ce n'étaient plus seulement des coups de poing, mais quelque chose de beaucoup plus dur et efficace, un objet métallique et lourd. Elle souleva le couvercle du judas et ne vit rien : une voix murmurant tout bas, qu'elle prit pendant une fraction de seconde pour la voix de José Manuel, prononçant son nom. La lumière du palier s'éteignit. Quand elle se ralluma, un visage minuscule et convexe s'inscrivit dans le judas, des yeux immenses et de très longues moustaches, et une bouche qui s'ouvrait démesurément en criant. Les coups redoublèrent et elle entendit : "Ouvrez, police !" Elle recula dans le noir jusqu'au mur, elle avait soudain une envie furieuse d'uriner et tout son corps tremblait irrésistiblement, les mains, le menton, les genoux, elle se recroquevilla contre la cloison, comme rapetissée par la terreur, les coups se répercutaient dans sa nuque et dans la paroi contre laquelle elle était appuyée, la porte s'ouvrit violemment après un bruit de grattements dans la serrure, la lumière du palier fit irruption dans l'entrée et les policiers la trouvèrent accroupie dans un coin, les regardant avec des yeux très brillants, écarquillés sous ses cheveux en désordre qui retombaient sur son visage.

Nous ne savons plus à quoi ressemblaient ces salauds de la sociale, dit Manuel, ou nous avons préféré l'oublier : ils étaient jeunes, efficaces, brutaux, d'un culot calculé et grossier, aussi violents que la couleur de leurs chemises, que la taille de leurs cravates et des pistolets qu'ils brandissaient. Tandis que l'un d'eux, apparemment le plus âgé et le plus cruel, fouillait les chambres, renversant les piles de livres à coups de pied, piétinant les papiers et les disques jetés par terre, l'autre, plus maigre, peut-être plus jeune, cheveux châtains et pattes plus courtes, la poussait jusqu'au canapé en lui serrant douloureusement un bras : sans la quitter des yeux, il remit son pistolet sous son aisselle et lui demanda où il était. “Si tu es sage, nous ne te ferons rien. Comme mon collègue est un peu brutal, il vaudrait mieux que tu ne l'énerves pas. Nous n'avons rien à te reprocher pour le moment. Tu as donc intérêt à nous dire où est ton ami. Tu es nerveuse, je parie. Tu veux une cigarette ?” Il la lui allumait quand l'autre sortit de la chambre. Les boutons du gilet étaient sur le point de craquer sur le torse gonflé de colère. Il avança la main qui tenait encore le pistolet par le canon : tout son corps se tassa dans le canapé quand elle devina qu'elle allait être frappée avec la crosse, percevant presque la saveur du sang dans la bouche. Mais ils ne peuvent rien me faire, pensait-elle, je ne suis pas espagnole : c'était comme de se dire “je suis en train de rêver” au milieu d'un cauchemar sans réussir à dissiper le danger. Les doigts blancs et cruels, pareils à ceux d'un chirurgien, se refermèrent sur son menton et s'enfoncèrent dans sa peau, lui comprimant les mâchoires : il l'obligea à relever la tête et à le regarder, de si près que ses lèvres frôlaient les poils noirs de la moustache. Sa salive sentait le tabac blond, et son visage l'eau de Cologne. Il lui parlait comme s'il crachait, elle n'avait jamais entendu des mots aussi obscènes en espagnol, aussi effrayants que la bouche humide du policier et que le métal luisant du pistolet.

Après lui avoir relevé la tête, le pouce et l'index tordaient maintenant ses lèvres : un homme parlait en la regardant dans les yeux, posant des questions salaces soulignées par son rire sonore, choisissant des insultes qu'elle n'avait jamais entendues, des menaces aussi précises qu'une estafilade. "Un minable, ce type. Un rouge, et en plus nous voilà avec un détournement de mineure. Et il s'est tiré, le genre ni vu ni connu je t'embrouille, hein, alors si je comprends bien, tu es une pute doublée d'une conne." "Allons, mon vieux, laisse tomber, t'es pas son père." L'autre policier l'aida à se lever et lui remit sa cigarette entre ses lèvres. Il s'assit à côté d'elle sur le siège arrière de la voiture et ils la ramenèrent au commissariat. Elle ne pensait pas à José Manuel, mais à son père, avec un sentiment aigu de culpabilité et d'éloignement, l'imaginant en train de l'attendre dans la maison du lotissement du Carmel, couché, incapable de fermer l'œil, comptant comme elle les coups à la cloche de la tour. Au lieu de l'enfermer dans une cellule, comme elle s'y attendait, un réduit sombre et minuscule avec un grabat et une lucarne grillagée, on l'introduisit dans une pièce commune où il y avait un bureau, un classeur métallique et une chaise en bois sur laquelle on la fit asseoir, au milieu de la pièce, sous une lampe diffusant une lumière très blanche. Sur le mur, un portrait de Franco et un calendrier avec une photographie en couleurs de la Vierge del Gavellar, patronne de Mágina. On la laissa seule longtemps, et quand la porte se rouvrit, derrière elle, un policier entra, celui qui avait les pattes les plus longues et la moustache la plus épaisse : il avait desserré son nœud de cravate et était en manches de chemise. Il portait des bretelles et avait gardé son étui, mais sans le pistolet. Il se tint debout près d'elle, un coude appuyé au dossier de la chaise, ressassant méthodiquement les mêmes insultes et les mêmes menaces, maintenant à voix basse, presque à l'oreille, comme s'il lui faisait une confidence, une proposition baveuse. Il répéta le même geste, sans doute une habitude prise avec les détenus, de lui serrer le menton entre le pouce et l'index en lui tordant la lèvre inférieure et l'obligea à relever la tête vers lui. La voix fut de nouveau sonore et brutale : "Tu peux être aussi américaine que tu voudras, mais si tu ne craches pas le morceau tout de suite, tu recevras ta raclée avant de sortir d'ici." Il la lâcha et elle soutint son regard. La terreur était devenue une sorte de résignation ou de sourde indifférence. La porte s'ouvrit et l'autre policier fit un signe à son collègue sans entrer dans la pièce. "Le vieux est arrivé, l'entendit-elle dire, il veut la voir tout de suite." "Le vieux ? A cette heure ? Tu te fous de moi, dis-lui qu'il aille se recoucher, elle est à point." "Tu n'as pas vu dans quel état il est, ça ne lui ressemble pas. J'ai fait l'idiot et il m'a menacé d'une sanction."

A contrecœur, le gros policier la prit par le poignet et la fit traverser un couloir bordé de portes vitrées fermées, et monter un escalier. Dans un bureau encombré de meubles sombres et vieillots, un homme d'une bonne soixantaine d'années, cheveux crépus et gris, visage carré, lèvre inférieure épaisse et tombante, l'invita à s'asseoir en face de lui et dit sèchement au policier de les laisser seuls. "Mais chef, elle était à point, on l'a prise comme qui dirait *in fraganti*." Le sous-commissaire Florencio Pérez eut enfin un trait d'autorité et donna un coup de poing décisif sur sa table : "Taisez-vous et obéissez. Si vous voulez parler, demandez-moi d'abord la permission. Et maintenant, faites-moi le plaisir de sortir." Pas un couac dans la gorge, pas le moindre tremblement sur la lèvre. Le policier haussa ostensiblement les épaules et fit une moue de dédain, mais au moment de sortir, son regard croisa celui du sous-commissaire et il n'osa pas claquer la porte. "Ne vous inquiétez pas, ma fille, il ne va rien vous arriver. Ils sont jeunes et l'étourderie les perd, mais moi, à mon âge, je ne tolère pas qu'ils me manquent de respect. Vous pouvez rentrer chez vous. Il est tard et j'imagine que votre père doit s'inquiéter." Il se leva : il était plus petit qu'il ne paraissait quand il était assis. Avec une galanterie vieux jeu et un peu exagérée, il s'effaça devant elle à la porte et la prit délicatement par le bras pour descendre dans l'entrée. En passant devant le bureau des inspecteurs, il redressa les épaules et haussa le menton. Sur la place du Général-Orduña, il faisait frais, on entendait l'eau de la fontaine au pied de la statue et les voix des chauffeurs de taxi qui discutaient devant le bâtiment du commissariat. Le sous-commissaire Florencio Pérez, tenant toujours Nadia par le bras, s'approcha de l'un d'eux, un grand type noueux, large d'épaules avec une grosse tête pelée : "Julián, vous allez me faire le plaisir de ramener cette demoiselle chez elle. Au lotissement du Carmel, elle vous dira le numéro." Il ouvrit lui-même la portière arrière, s'inclina légèrement en la laissant passer et elle crut qu'il allait lui baiser la main. "Mademoiselle, excusez-moi pour tout, et présentez mes respects à votre père." Pas un doute, pas un mot déplacé, pas une concession. "Vous le connaissez ?" dit Nadia, déjà dans le taxi. "Nous nous sommes connus il y a très longtemps. Mais il ne se souvient sûrement pas de moi." Le grand taxi noir démarra et le sous-commissaire Pérez le suivit du regard jusqu'à ce qu'il ait disparu derrière l'angle de la rue Mesones. Sous la lampe de l'entrée du commissariat, il roula une cigarette d'un main ferme, sans perdre un brin de tabac, passa goulûment la pointe de la langue sur le bord gommé et s'achemina en fumant vers sa maison, à petits pas, les mains dans le dos, la tête haute, rejetant une fumée abondante par le nez, échafaudant le mensonge qu'il raconterait à sa femme quand il se coucherait à côté d'elle, choisissant déjà ses mots quand le lendemain il raconterait tout à son ami Chamorro.

Ce furent les vacances les plus longues, les plus odieuses de ma vie, et elles ne s'achevèrent pas avec la fin de l'été. Un ministre du général Franco, pris de lubies, avait décidé que les cours ne commenceraient pas en octobre, mais en janvier ! Nous dûmes donc différer de trois mois interminables notre fuite de Mágina. Seul Serrano n'attendit pas : il n'avait d'ailleurs même pas attendu la fin de l'année. Au grand dam de son père, il cessa d'aller en classe et de se couper les cheveux à la mi-mai, et en juin il partit en auto-stop pour une ville de la côte, décidé à devenir barman, séducteur d'étrangères et batteur de rock. Martín et moi, nous élaborâmes de vagues projets pour le rejoindre, mais ni son père ni le mien ne nous en donnèrent l'autorisation, et notre projet de nous enfuir un beau soir en montant dans un train de marchandises dans la gare de Linares resta en rade : la chaleur de juillet progressait et nous nous accommodions aux habitudes mornes des vacances ; dans son grenier, Martín passait ses journées à faire des expériences de chimie et à écouter des disques ; moi, j'allais à la *huerta* chaque matin et je revenais le soir, après avoir monté les légumes au marché. L'oncle Pepe, l'oncle Rafael et le lieutenant Chamorro venaient quelquefois nous aider. L'oncle Rafael, qui n'échappait au martyre des engelures qu'en été, venait de s'acheter, non sans de graves sacrifices, un âne grand et fort, très docile, marron de robe, il le caressait et lui parlait comme à un fils, et assurait qu'il était la joie de son foyer, pas comme l'autre qu'il avait eu, celui qui mordait, et qu'un voyou lui avait vendu en profitant de sa candeur. Un dimanche de juillet, de bonne heure, nous avions ramassé à la fraîche des paniers de figues et de tomates et nous cassions la croûte à l'ombre d'un figuier, quand le lieutenant Chamorro nous raconta que le commandant Galaz et sa fille avaient quitté la ville et peut-être l'Espagne. "Pays maudit, dit-il sur le ton qui étonnait tant l'oncle Pepe et l'oncle Rafael, ses meilleurs hommes finissent toujours en exil." "Et ici, il ne reste que les melons", murmura l'oncle Rafael comme s'il répondait à une litanie. "Et celui-ci aussi va nous quitter !" dit le lieutenant Chamorro en me montrant du doigt. "Voyons, bébé, parle-nous anglais." J'avais honte, mais en secret j'étais très fier de ma facilité pour les langues, et je débitai le plus vite possible les paroles de *Riders on the storm*. Ils cessèrent de mâcher et me regardèrent bouche bée. "Quel talent, dit l'oncle Pepe, quel grand talent !" L'oncle Rafael hochait tristement la tête : "Et dire que nous, nous ne savons même pas parler l'espagnol." "Ce n'est pas pareil, coupa le lieutenant Chamorro, son père s'est sacrifié pour qu'il fasse des études, et nous à son âge nous avions perdu le souvenir du peu de temps que nous avions passé à l'école. Ne me dites pas que vous avez oublié la vie dure qu'on menait à l'époque ?" "Toi, au moins, tu sais lire correctement et tu écris même à la machine. Mais moi, rien que de regarder un journal, je mélange toutes les lettres, je ne vois plus que du noir et je m'endors. C'est pour ça que le premier venu peut me rouler. On me dit Rafael, lis et signe, alors je fais semblant de lire et je signe sans rien comprendre."

L'oncle Rafael attachait son âne à l'ombre du hangar et mélangeait beaucoup de blé au foin de son picotin. Il ne le chargeait pas, il ne voulait pas lui briser les reins, de temps en temps il abandonnait son travail pour aller le voir, comme un jeune papa. Un soir de septembre, il alla chercher du raisin dans une vigne et pendant qu'il le coupait, il laissa l'âne attaché au tronc d'un peuplier. Un orage éclata, la foudre fendit le peuplier en deux et l'âne fut carbonisé. Quand l'oncle Rafael arriva en courant au milieu d'une chute de grêle féroce, seuls subsistaient intacts le licou et les ferrures. Il attrapa un rhume qui tourna en pneumonie et mourut de fièvre et de tristesse quelques semaines plus tard. A la veillée mortuaire, l'oncle Pepe, en costume et chapeau noirs, un grand brassard noir sur sa manche droite, laissait couler ses larmes sur ses joues hautes et osseuses, et répétait inconsolable : “Un saint, mon frère Rafael était un saint.”

Le soir, j'enfermais la jument dans l'écurie, je me lavais dans l'arrière-cour et j'allais rejoindre Martín et Félix dans une taverne proche de la porte de Grenade, *La Grotte Arabe*, dont la terrasse dominait toute la vallée : des lignes de feu jaunâtres se consumaient dans les chaumes et on voyait clignoter les lumières des hameaux de la Sierra comme des étoiles lointaines. Presque tous les disques du juke-box étaient mauvais, sauf un de Led Zeppelin, *Whole lotta love*, mais ils avaient un vin très bon marché, la terrasse était fraîche, on entendait l'eau couler dans les canaux des *huertas* et le vent dans les figuiers et les grenadiers. Serrano nous manquait : il nous faisait envie, surtout à Martín et moi, et nous avions honte au fond de ne pas l'avoir accompagné. Félix donnait des cours particuliers de latin et de grec, de neuf heures du matin à huit heures du soir, ne s'arrêtant qu'à l'heure du repas. Son père était cloué au lit depuis dix ans, et sa mère avait de telles douleurs dans les jambes qu'elle n'arrivait plus à lessiver les sols et les escaliers, et pourtant, depuis l'invention de la *fregona**, disait-elle, le travail était moins pénible qu'auparavant. Mais Félix paraissait s'être confortablement adapté à l'adversité et à la pauvreté : jamais je ne l'avais entendu se plaindre, et je le connaissais depuis l'âge de six ans, jamais il ne perdait ce sourire intime et serein qui lui donnait l'air d'être un peu détaché de tout, mais pas dans les nuages comme moi, juste installé dans un royaume paisible qui lui appartenait exclusivement et s'agrandit sûrement grâce à sa dévotion pour le latin, la linguistique et la musique classique, trois domaines également impénétrables pour moi. J'étais déconcerté qu'il ne soit jamais tombé amoureux : je ne pouvais le croire quand il m'avouait qu'il ignorait les excès de tristesse et d'enthousiasme. Il partait aussi en octobre, mais pas à Grenade, comme Martín, ni à Madrid comme moi : beaucoup plus près, au collège universitaire du chef-lieu de la province. Il prétendait à juste titre que c'était moins cher et qu'il serait ainsi plus proche de ses parents. Ce fut le seul d'entre nous à ne pas se désespérer quand nous apprîmes que la rentrée n'aurait lieu qu'en janvier. Avec une curiosité soulignée par un regard un peu moqueur et compatissant, il me demandait où en étaient mes amours avec Marina : qu'est-ce qu'on ressent, pourquoi choisit-on une femme plutôt qu'une autre. En essayant de le lui expliquer, je me souvenais de notre enfance, et je lui racontais des histoires que j'inventais à mesure que je parlais. Mais je

* Au début des années soixante, la généralisation de la *fregona*, sorte de serpillière fixée au bout d'un manche à balai qui permet de lessiver les sols sans se tremper les mains ni être à genoux, et qui s'essore directement dans un seau par torsion dans une sorte de cône disposé au-dessus, révolutionna les travaux domestiques et leur pénibilité. *(NdT)*

préférais que mes amis ne mentionnent pas le nom de Marina. Elle était partie à Benidorm, comme chaque été, mais ne reviendrait pas en octobre, et avant son départ, nous l'avions vue se promener dans la rue Neuve au bras de ce type que je continuais de détester, s'asseoir avec lui à la terrasse du Monterrey, main dans la main, lui faisant des mines ridicules, presque conjugales, comme s'ils étaient déjà mariés et heureux.

Impossible de me rappeler où j'avais passé ce dimanche soir entre minuit et cinq heures du matin, mais je ne m'en souciais plus, et pourtant mon père ne m'adressa pas la parole pendant toute une semaine. Le lendemain, tandis que nous attendions l'arrivée de Praxis pour l'examen de littérature, Pavón Pacheco me lança un clin d'œil complice, je rougis et essayai de garder mes distances. Quant à Praxis, il ne vint pas. Il était à Madrid, apprit-on, très malade, et c'est un autre professeur qui nous fit passer l'épreuve de littérature. Sans presque rien étudier, je terminai l'année avec des notes très élevées : j'étais sûr qu'on m'accorderait la bourse. Je ne rôdais plus dans le lotissement du Carmel, et si certains soirs je remontais avec Martín et Félix les rues proches du lycée, j'avais l'impression un peu triste que c'étaient des années, plus que des mois, qui s'étaient écoulées depuis la fin de notre dernière année scolaire. Certains soirs, en voyant arriver le car de Madrid, une émotion fébrile et avide me nouait l'estomac : moi aussi, j'allais partir, Madrid et l'université seraient les premiers pas d'une vie entière de passions et de voyages. Je ne voulais pas me l'avouer, mais je mourais de peur. Chez moi, dans la salle à manger, regardant les catastrophes aux actualités télévisées, mon grand-père Manuel, qui avait soixante-dix ans passés et travaillait toujours aux champs avec ardeur, soupirait et disait : “Il y a beaucoup de mauvaiseté dans le monde.” Il voyait des reportages sur des expéditions spatiales et assurait que tout était faux. “Soit, admettait-il, ils sont arrivés dans la lune : mais tu peux m’expliquer par où ils sont entrés ?” Pendant les retransmissions du Tour de France, il était intenable : des hommes d’acier, à la fleur de l’âge, qui au lieu de travailler à une tâche profitable s’exténuaient comme des idiots sur une bicyclette. Il buvait pendant le repas un peu plus que de raison, son visage s’enluminait et il n’arrêtait plus de parler jusqu’à ce que ma grand-mère Leonor, assise à côté de lui, lui pince les côtes. “Manuel, tu ne peux pas ravaler ta langue, il suffit que tu boives un verre de vin pour enfiler tes mensonges, et alors plus rien ne t’arrête.”

Cette année-là, à la foire d’octobre, Carnicerito de Mágina ne fit pas de corrida : il s’était écrasé contre un arbre avec sa Mercedes blanche, sur une ligne droite sans obstacles de la route de Madrid. Il était seul dans la voiture, mais à la *huerta* et chez moi, on parla de l’influence des mauvaises femmes, de la boisson, de ses relations douteuses, et mon grand-père, les yeux bleus tout humides parce qu’en vieillissant il avait la larme de plus en plus facile, déclara très gravement : “Dis-moi qui tu suis et je te dirai qui tu es”, puis il me regarda, et je sus aussitôt ce qu’il allait me demander : “Je suis sûr que tu ne sais pas la différence entre un type bien et un théâtre.” Ma grand-mère le pinça cruellement, ma mère et ma sœur mirent une main devant la bouche pour étouffer un rire et répondirent en chœur en même temps que lui : “Un type bien, c’est comme un théâtre, il coule à cause des mauvaises compagnies.” Lorencito Quesada écrivit dans *Singladura* que l’enterrement du torero de Mágina avait été une imposante manifestation de deuil. C’est le curé de San Isidoro, don Estanislao, grand amateur de corridas, qui célébra les funérailles, et quand le cercueil sortit de l'église, recouvert de la cape et de la coiffure de l'infortuné virtuose de l'épée – ce furent des jours de gloire douloureuse pour notre reporter local, qui vit pour la première fois une chronique signée de lui en première page, même si, par négligence ou mauvaise intention, elle n'avait que les initiales de son nom –, toutes les cloches de Mágina carillonnèrent à l'unisson et un feu d'artifice éclata, comme si Carnicerito avait remporté au moment de mourir toutes les oreilles qu'il n'avait pu couper dans les corridas de ces dernières années. La décision fut prise de lui ériger une statue par souscription publique, et la mairie organisa des joutes de poésie en son honneur : à la surprise générale, aucun des auteurs consacrés de la ville (qui était pourtant, de l'avis de Quesada, une pépinière de poètes) ne fut primé : le premier prix fut remporté par une personne qui ne donna pas son nom, mais qui suscita l'enthousiasme unanime du jury avec un sonnet anonyme, lequel fut ensuite gravé au pied de la statue, sur une pierre en marbre artificiel. Les deux derniers vers furent les plus appréciés :

Mágina sur l'Espagne frappe de taille,
par ton bras puissant qui répand les entrailles.

Lorencito Quesada compara dans *Singladura* le mystère du poème sans signature avec d'autres énigmes insondables de l'Humanité : celui de la paternité du *Lazarillo de Tormes* et du *Romance anonyme*, celui de l'identité du Soldat inconnu et des architectes, sans doute des extra-terrestres, qui avaient bâti les pyramides d'Egypte. En janvier, le jour de mon anniversaire, mon père me montra à Madrid le journal où étaient publiés le sonnet anonyme et l'article de Lorencito Quesada, à côté d'une photo très floue de la cérémonie d'inauguration du monument dédié à Carnicerito, qui se déroula presque sans discours et sans fanfare, car les autorités s'en étaient désintéressées, ou bien elles étaient encore sous le choc de la mort de l'amiral Carrero Blanco, mon père hésitait entre ces deux explications. La statue avait beau être en pied, elle était insignifiante, mon père ne lui trouvait aucune ressemblance avec son modèle et n'approuvait pas le lieu qui lui avait été assigné : un petit jardin presque à la sortie de Mágina, à demi perdu au bord d'un de ces larges carrefours goudronnés qui cernaient maintenant la ville par le nord.

A peine arrivé à Madrid, installé dans une pension modeste et confortable de la rue San Bernardino, tout près de la place d'Espagne, je me souvenais déjà de Mágina comme si une éternité s'était écoulée depuis mon départ : sans vouloir me l'avouer, j'étais en proie au désarroi et à la nostalgie, surtout après la tombée de la nuit, quand je m'asseyais devant un manuel et regardais par la fenêtre les murs humides d'un puits de lumière où montaient les échos de conversations familiales et les odeurs de cuisine. J'avais de longues pattes et des moustaches, et quand mon père arriva, mes joues étaient déjà ombrées de barbe : une barbe irrégulière, un peu clairsemée, qui ressemblerait peut-être un jour à celle de Che Guevara. Je faillis me la raser quand mon père me téléphona à la pension pour m'annoncer à tue-tête qu'il viendrait passer le jour de mon anniversaire avec moi. La veille au soir, devant le miroir, le blaireau dans une main et la lame de rasoir dans l'autre, je m'armai de courage et décidai de ne pas me raser. Mon père arriva, m'étreignit longuement, m'embrassa sur les deux joues, m'écarta pour voir si j'avais maigri ou si j'avais des cernes, mais ne me dit rien de la barbe. Il apportait un gros paquet de saucisses et de babas préparés par ma mère, qu'il enferma lui-même à clé dans mon armoire : Madrid était remplie de voyous, et j'étais un malheureux, de sorte que je devais toujours ouvrir l'œil pour ne pas être trompé ni volé.

Il examina la chambre : il la trouva petite, mais commode, elle avait l'inconvénient de ne recevoir que de l'air vicié, et elle était mieux que les chambres des pensions où il avait dormi quand il était venu à Madrid dans sa jeunesse, dit-il. Il fut impressionné par la salle de bains : il déclara que dès qu'il le pourrait, il en ferait installer une semblable dans notre maison de Mágina. Il était arrivé très tôt, par l'express, et moi, au lieu d'aller le chercher à la gare d'Atocha, je m'étais endormi. Insensible à la fatigue de la nuit dans le wagon de seconde, insensible au manque de sommeil, il se présenta à la pension avec cet air de jeunesse robuste et bon enfant qu'il avait en arrivant à l'aube au marché municipal, impeccablement vêtu, comme lorsqu'il allait à un enterrement, avec son manteau gris et sa cravate, et des grosses chaussures noires qui grinçaient à chaque pas. “Mais, tu n'as pas encore ouvert l'œil à l'heure qu'il est !” Je l'emmenai prendre un petit déjeuner à la cafétéria d'en bas et il se demanda ce qu'il y avait dans ma soucoupe : c'était la première fois qu'il voyait un *croissant*. Il commanda des beignets, mais je le corrigeai et lui dis qu'on les appelait des *churros* à Madrid. Il jugea qu'en tout cas ils ne valaient pas les beignets de Mágina. Nous étions assis l'un en face de l'autre, autour d'une petite table en plastique rouge, et il avait un aspect rude, plutôt incongru à côté des habitués de la cafétéria, dans son manteau gris si large d'épaules, avec ses gestes peu sûrs, cérémonieux, ses grandes mains crevassées, noires, ses doigts très larges qui se posaient sur le plastique rouge de la table avec une vigueur lente et maladroite. A quarante-cinq ans, il avait déjà les cheveux blancs, mais encore drus, ondulés, brillants, comme sur les photos de son mariage. Il souriait, s'essuyait les lèvres avec une serviette en papier, me regardait couper le *croissant* avec un couteau et une fourchette, et je sentais en lui une certaine fierté. "Tu te rends compte, dit-il, dix-huit ans, et j'ai l'impression que tu es né hier. Il faisait si froid dans la chambre à la poutre, tu étais si peu de chose, que nous pensions que tu allais mourir. Ta mère, la pauvre, tu la connais, elle te voyait minuscule et elle fondait en larmes. Je crois encore te voir quand la sage-femme t'a lavé, à la lueur d'une chandelle. Il y avait un tel vent qu'il avait arraché les poteaux électriques. Nous avions peur que le toit s'envole. C'était l'année des grandes gelées. La moitié des oliviers de Mágina y passèrent. La vache que nous avions n'avait plus de lait et le veau est mort de faim."

Je ne l'avais jamais entendu évoquer quoi que ce soit à haute voix : je savais par cœur tout ce qu'il me racontait, car ma mère et ma grand-mère Leonor me l'avaient répété cent fois, mais je croyais qu'il ne s'intéressait pas aux souvenirs, ou qu'il ne pouvait pas les évoquer avec cette fixité dans le regard, mélange de tendresse et de pudeur. Cependant, cela ne me rapprochait pas de lui : il me déconcertait, je me rétractais instinctivement et le laissais parler, la tête baissée, mal à l'aise, pour ne pas le regarder. C'était dimanche, un matin nuageux et sans pluie, et les façades de Madrid, noircies par la fumée des voitures, étaient du même gris uniforme que le ciel. Je me souvenais des murs blancs de Mágina, de l'éclat du soleil sur les pierres couleur sable des palais anciens. Nous descendions vers la place d'Espagne et mon père renversa la tête en arrière et s'appuya sur mon épaule pour admirer la hauteur de la tour de Madrid. Il m'expliqua avec complaisance les détails de son voyage en métro, le changement à la station Sol, son regard attentif sur les noms pour ne pas rater le sien, sa prudence en montant et en descendant, son portefeuille dans une poche intérieure pour ne pas se le faire voler, précaution indispensable. Je fis semblant de m'intéresser à la *huerta* et à la récolte de l'olive : il me dit, comme on le répétait chaque année, que la récolte était un désastre, car il ne pleuvait plus comme autrefois. Il fut surpris de voir les oliviers de la place d'Espagne : il s'en approcha, aussi étonné que s'il avait rencontré un pays, toucha une branche, arracha un bourgeon dont les feuilles étaient courbes et effilées, et l'étudia avec dédain dans la paume de sa main : c'étaient des oliviers malades, empoisonnés par les vapeurs d'essence et la promiscuité avec les gens. Avant l'invention des pesticides, on ne pouvait planter les oliviers qu'à une certaine distance des lieux habités. "Il sont comme moi, dit-il en fixant les statues de don Quichotte et de Sancho Pança avant de jeter le bourgeon dans le bassin, ils fanent dans les endroits où il y a foule." La statue de Sancho lui plut : "Tu ne trouves pas qu'il ressemble un peu au lieutenant Chamorro ? Et la mule a le même air que la sienne." Il venait un vent froid du parc de l'Ouest. Il boutonna son manteau, se frotta les mains, et dit que j'allais sûrement attraper froid dans mon jean et mon anorak bleu marine. "En tout cas, tu ne risques pas d'avoir froid à la nuque !" C'était sa façon de me faire remarquer que j'avais les cheveux trop longs.

Nous remontâmes la Gran Vía, presque déserte à cette heure, il y avait si peu de circulation qu'elle paraissait désolée et plus large, d'une hauteur vertigineuse à la place del Callao, avec ses bâtiments et ses gigantesques marquises des cinémas. "J'envisage de vendre la *huerta*", dit mon père après un moment de silence. Je sentais en le regardant que l'échelle du monde s'était modifiée : il était plus petit que moi, mais surtout les dimensions de Madrid le rapetissaient, car jusqu'alors je ne l'avais vu qu'à Mágina, dans un cadre magnifié par le regard de l'enfance. "Tout seul, je ne peux plus assurer le travail, et le médecin dit que la crise peut revenir du jour au lendemain." Il ne me reprochait pas de l'avoir abandonné : mélancoliquement, il reconnaissait l'évidence du changement des temps, acceptait de ne plus être jeune et admettait que mon avenir ne ressemblerait pas à ce qu'il avait imaginé. Mais je ne trouvais rien à lui dire et me demandais comment passer une journée entière seul avec lui, un long dimanche vide qui durerait jusqu'à ce que je le raccompagne au train, à onze heures du soir. C'était un marcheur infatigable : je lui proposai d'aller à pied jusqu'au parc du Retiro. A l'entrée du métro Callao, il s'arrêta pour examiner le plan de Madrid et tira de sa poche une feuille de papier où était notée une adresse : "Voyons si tu es capable de me conduire à cette adresse. Je me suis dit que nous pourrions aller voir mon cousin Rafael."

Je ne me perdis pas trop dans les changements de métro et d'autobus, et au bout de deux heures, un minibus nous déposa sur une place non goudronnée de Leganés. Il ne restait plus qu'à trouver la maison. "Ne t'inquiète pas. Si tu ne sais pas où c'est, nous pouvons demander. Qui langue a, à Rome va." Le cousin Rafael vivait dans un immeuble de dix étages entouré de tranchées, de tubes en éverite, de potagers abandonnés et dévastés par les excavatrices. Au milieu d'un bourbier, il y avait une cabanette comme celle de notre *huerta*, et des râteliers sous un hangar, mais les tuiles étaient tombées et les encadrements des fenêtres arrachés. Je remarquai qu'il avait peur dans l'ascenseur, même s'il crânait devant moi. "Septième B, c'est ici", dit mon père, secouant les épaules et rajustant sa cravate. L'appartement du cousin Rafael était petit et sombre, en ce matin d'hiver : le couloir était envahi par les odeurs de cuisine, et un Christ sous un petit auvent en plastique encadré de deux lampes minuscules était accroché au mur. Lui et mon père s'embrassèrent, puis sa femme, échevelée, portant un tablier sale, de vieilles espadrilles et des chaussettes en laine, sortit de la cuisine, nous embrassa tous les deux et nous proposa un verre d'anis et des babas de Mágina. Un grand garçon à cheveux longs surgit comme l'éclair de la terrasse pour disparaître dans une chambre : le cousin Rafael lui demanda de dire bonjour. "Allons, viens donc embrasser les cousins." Il était à peu près de mon âge, mais il avait des cheveux plus longs et un visage plus boutonneux que moi. Il nous frôla les joues sans nous regarder et s'éclipsa : on entendit bientôt une chanson rauque de Slade derrière une porte fermée. Dans la salle à manger, sur le canapé en plastique où nous avions pris place, mon père et moi, il y avait une tapisserie de cerfs, à côté d'une photo encadrée de l'oncle Rafael. "Cousin, quel dommage pour mon père, il était si brave. Je regarde le portrait et j'ai l'impression qu'il va me parler."

Le cousin Rafael nous demanda systématiquement des nouvelles de toute la famille, m'interrogea sur la carrière que j'envisageais, me dit que si j'avais besoin de quoi que ce soit, je savais où il habitait, déplora que son fils ne veuille pas faire d'études – il passait ses journées, enfermé dans sa chambre, à écouter ce genre de musique qui vous rendait sourd –, voulut savoir si je me souvenais de l'époque où nous vivions dans la chambre à la poutre, quand il allait voir mon père et me découpait des figurines d'animaux dans des boîtes de médicaments. “Tu te rends compte, cousin, c’était une petite chose et le voilà bâti comme un homme.” Ils évoquèrent leur enfance, le temps où ils ramassaient des grenouilles dans les bassins des *huertas* : la faim était telle qu’ils ne mangeaient pas d’autre viande. “Et tel que tu le vois, c’était quelqu’un, ton père. Il semait de la menthe dans les canaux et la vendait aux Maures de Franco pour leur thé, et avec le bénéfice, nous allions voir ensemble les revues musicales.” Il avait gardé intact l’accent de Mágina. Il regardait mon père avec autant d’enthousiasme que lorsque la différence d’âge – deux ou trois ans – en faisait un modèle et presque un héros. “Tu aurais dû venir à Madrid en même temps que moi, cousin, laisser tomber les champs et tous ces sacrifices. Regarde-moi, par exemple : huit heures de boulot, sans compter les heures sup, les vacances, la prime de Noël et du 18 Juillet, et plus besoin de regarder le ciel pour se demander s’il va pleuvoir.” Mais il y avait dans sa voix, sur son visage plus ridé que celui de mon père, une tristesse qui ressemblait à celle du couloir, des meubles de sa maison, de la lumière voilée de ce dimanche, un début de malaise qu’on décèle chez les gens obsédés par les symptômes d’une maladie dont ils ne parlent jamais. Il s’abstrayait, même s’il continuait de suivre la conversation, écoutait dépité le volume de la musique dans la chambre de son fils et se hâtait de nous resservir un peu d’anis, de la bière, des frites, des olives écrasées de Mágina et assaisonnées au thym, il fallait que nous restions à dîner : mon père, au lieu de retourner le soir même s’épuiser au marché et dans la *huerta*, pouvait bien passer quelques jours chez lui, il nous montrerait tout Leganés, nous emmènerait dans un bar tenu par des compatriotes, nous ferait traverser tout Madrid en bus et à l’œil, il était un des plus vieux chauffeurs de l’entreprise, il fallait que ça serve. “Cousin, tu n’as pas idée de l'argent que les gens se font ici. Crésus ? La famille du général Orduña ? De la rigolade. Tu as vu tous ces immeubles ? Il n'y a pas longtemps, c'étaient des *huertas*, et tu n'as pas idée des millions qu'on a donnés aux paysans. Mais ils regardent ces machines qui foutent tout en l'air et ça leur donne le vague à l'âme."

Nous mangeâmes des assiettées impressionnantes de riz au poulet assaisonné à la mode de Mágina et nous allâmes prendre un café dans un bar où il y avait une reproduction de la patronne de Mágina, une grande photo de Carnicerito et une affiche touristique en couleurs représentant la place du Général-Orduña. Il faisait nuit quand le cousin Rafael nous accompagna à l'arrêt du minibus. Il dit orgueilleusement au chauffeur que nous étions de la famille et nous n'eûmes pas à payer le billet de retour à Madrid. Il parlait encore en attendant que nous démarrions, avec sa vivacité triste, son air de bonté contrariée qui le faisait ressembler à la photo de son père sur laquelle j'avais reconnu la signature de Ramiro Retratista. "Cousin, je parie que tu ne sais pas que je l'ai vu l'autre jour sur la place d'Espagne ? Je me suis approché pour le saluer, mais il ne m'a pas reconnu. Il avait un de ces gros appareils à faire les portraits des touristes et des couples d'amoureux. Tu te souviens, quand on s'était fait prendre en photo sur une moto ?" Les portes du minibus se refermèrent et le cousin Rafael nous dit adieu avec la main devant l'arrêt jusqu'à ce que nous l'ayons perdu de vue. Mon père s'agitait sur son siège, regardait l'heure, s'inquiétait d'arriver à temps à la gare. Il était six heures, le train partait dans cinq heures, mais il avait le sang en ébullition, comme il disait, il ne pouvait s'empêcher d'avoir l'angoisse d'arriver en retard. De l'autre côté du couloir central, dans le bus, je voyais son profil se découper contre la fenêtre où défilait un paysage abyssal de constructions en béton armé et de banlieues rongées par la nuit, inquiet, digne, identifiable et prévisible dans chacun de ses gestes, dans sa façon de consulter sa montre ou d'arranger les épaulettes de son manteau, de regarder d'un air songeur les phares arrivant en sens inverse, les feux clignotants au-dessus de l'obscurité vernie de l'asphalte, les fenêtres éclairées des derniers étages des immeubles. Une fois, nous regardions à la télévision un documentaire sur la guerre de Cuba et on montra la photo d'une foule en uniformes rayés qui se pressait sur le quai de La Havane, devant les passerelles d'un bateau à vapeur. "Tu vois tous ces gens ? me dit-il, et je croyais qu'il allait me parler de mon bisaïeul Pedro Expósito, ils sont tous morts." Quand on annonça le départ du train dans les haut-parleurs, nous étions dans la gare d'Atocha depuis plus d'une heure. Devant le marchepied, très nerveux, voulant sans doute maîtriser sa peur que le train s'en aille sans lui en dépit de toutes ses précautions, il me serra contre lui et m'embrassa, passa la main dans mes cheveux en bataille, me recommanda de bien manger, d'étudier, de me lever tôt, de ne pas me mêler de politique. Puis il ouvrit son portefeuille et me donna deux billets de mille. Il le fit avec discrétion, non sans me rappeler, par la lenteur pensive de son geste et la gravité de son visage, que j'étais à Madrid contre sa volonté et qu'il s'était donné beaucoup de mal pour gagner cet argent. Il sauta énergiquement sur le marchepied dès que le coup de sifflet retentit. Accroché à la rampe, sûr de ne pas manquer son train, il dit qu'il allait me demander une seule faveur. "Je t'en conjure, rase-moi cette barbe." Je distinguai longtemps ses cheveux blancs au milieu des têtes penchées aux fenêtres quand le train s'éloigna, puis, soulagé et un peu honteux de son absence, je me replongeai dans la nuit, dans le froid et dans les lumières lointaines de Madrid.

III

LE CAVALIER POLONAIS

Je n'ai jamais tant parlé ni si longtemps, je te parle tout haut quand tu me regardes ou quand nous éteignons la lumière, quand tu te blottis contre moi et me demandes de ne pas me taire, mais je te parle encore quand tu t'es endormie, quand je t'entends respirer, et le matin au réveil, je sursaute de ne pas te voir si tu es sortie pour acheter le journal, je me rendors presque, je m'étire dans le lit et j'ai l'impression de me réfugier non seulement dans les draps et la couette, mais aussi dans la chaleur de ta présence, et j'aime rester ainsi, encore endormi mais tout près de me réveiller, mêlant les sensations extérieures au sommeil, j'entends la clé dans la serrure, tes pas furtifs, l'eau couler dans l'évier, le bruit des tasses et du presse-fruits, je sens l'odeur de pain grillé et de café, j'ouvre les yeux et je te vois de dos au bout du couloir, dans la cuisine, la porte est entrebâillée, tu soulèves tes cheveux en les retenant sur le côté avec tes doigts écartés, je vois ton profil attentif à bien placer les tasses, les verres de jus d'orange et la cafetière sur le plateau, absorbée, comme si tu n'étais pas sûre d'avoir pensé à tout, tu passes devant la porte de la chambre, me croyant peut-être endormi, et je sais que tu vas mettre un disque, tu aimes commencer la journée avec Aretha Franklin, Sam Cook, les Beatles, parfois aussi avec Miguel de Molina ou Concha Piquer, avec une fugue cristalline de Bach, et tandis que tu m'apportes le plateau en veillant à ne pas le renverser, je finis de me réveiller et je recommence à parler, je te raconte paresseusement un rêve que j'ai fait, je te regarde verser le lait fumant dans ma tasse de café, mettre sans me le demander deux cuillerées de sucre, et je me rends compte que nous avons pris des habitudes, en si peu de jours, j'en suis étonné et ravi, comme je suis étonné de m'entendre parler pendant si longtemps, d'une façon si réfléchie, si lentement, avec une précision que j'ai apprise de toi, parler à haute voix de moi-même et de ma propre vie, je ne l'ai jamais fait jusqu'à présent, peut-être parce que personne ne m'a jamais posé autant de questions.

Je préférais me taire, écouter les autres, les regarder et les épier, j'ai utilisé ma voix pour inventer ou mentir ou me fondre dans les voix des autres, pour dire ce qu'ils voulaient que je dise ou ce qui me paraissait convenable, j'ai prononcé des mots d'amour sans être certain qu'ils soient vrais, mais j'ai essayé d'y croire en les prononçant, j'ai vécu hors de moi, à la lisière des mots, je suis sorti de moi pour me perdre en eux de la même façon que je sortais de chez moi pour fuir la solitude et rencontrer quelqu'un de toute urgence, qui que ce soit, ami ou femme, dans des bars où les rires et la musique étourdissaient ma conscience, où je pouvais entendre autour de moi des mots que je traquais sans raison comme je traque ceux qui résonnent brièvement dans mes écouteurs quand je suis enfermé dans une cabine de traduction, bribes de conversation ou de discours, des centaines de milliers, des millions de mots prononcés parfois en quatre ou cinq langues, aucun n'avait de rapport avec moi ni avec aucune sorte de vérité, quand je ne les entendais plus je retombais dans le silence que j'avais fui, ils me désespéraient, mais j'étais incapable de vivre quand ils s'éteignaient, j'avais peur de ne plus entendre, tel un aveugle qui réalise qu'on l'a laissé seul, je mettais un disque, allumais la radio, me figeais pour écouter les voix de l'appartement contigu, me lançais dans un débat animé avec mon ombre, me donnais des ordres et des conseils, ne revois pas cette femme, ne commande pas un autre verre, pense à sortir le sac d'ordures, lève-toi, il est neuf heures moins vingt, ne perds pas de vue la blonde qui vient d'entrer dans la salle du restaurant, ou bien je téléphonais en imagination à Félix, je lui écrivais des lettres qui ne se concrétisèrent jamais sur une feuille de papier, j'adoptais d'autres voix, je parlais avec quelqu'un et j'attrapais son accent, et en même temps il me transmettait instantanément ses opinions et ses états d'âme, voilà pourquoi je ne sais pas mener une discussion sans me ranger du côté de celui qui est contre moi, et pourquoi je n'ai aucun mal à apprendre une langue ni à imiter une voix, d'après Félix j'aurais pu gagner ma vie comme ventriloque, j'ai l'impression de partir dans un autre pays sans bouger d'ici, de changer d'âme ou de mémoire, voire d'identité, et la mienne m'échappe dès que je ne suis plus sur mes gardes, je ne sais pas me cantonner dans la première personne du singulier, et je n'ai presque jamais utilisé celle du pluriel, ce n'est que maintenant, me semble-t-il, que je peux dire moi et nous sans me prendre pour un faussaire ni avoir envie de me sauver, sans avoir à inventer les mots que je prononce ni la personne à qui je m'adresse. Mais jamais et maintenant sont des mots qui me font peur, les amants aiment à les répéter, toi et moi nous les avons évidemment dits à d'autres, je n'ai jamais aimé personne autant que toi, maintenant je suis plus heureux que jamais, je n'ai jamais tant joui, je les détestais quand je t'ai rencontrée, j'avais décidé de guérir de l'amour, plus ou moins comme on renonce au tabac, leur prestige, leur vacuité, leur omniprésence me révoltaient, toutes les chansons et tous les livres et tous les films triturant l'amour dans toutes les langues, tous les amants se jurant des jamais et des jamais plus, des rien que maintenant et des pour toujours, tout le monde attendant l'amour, le parodiant, le faisant, le regrettant, souffrant le martyre à cause de lui, pour rien, pour avoir lu des livres, entendu des chansons où les gens tombent amoureux, tout le monde se démenant pour le connaître, payant, mentant, s'humiliant pour l'obtenir, étouffant d'ennui, de déception, rêvant de fuir ou de rester seul dans le lit quand ils l'ont connu, falsifiant caresses et orgasmes, quel mot, on devrait l'interdire bien qu'un boléro porte ce titre cru, gémissant comme des chiens, dissimulant leur indifférence ou leur dégoût dans l'obscurité, fumant ensuite au lit en silence parce qu'ils ne savent pas quoi se dire ou parce qu'ils ne pourront s'empêcher de bâiller s'ils ouvrent la bouche, ou pire encore, commentant savamment leurs misérables péripéties en les passant à la vaseline de la sincérité pour les ennoblir, répétant des postures ou des mots appris dans une vidéo pornographique, des perversions modestes, forgeant des diminutifs grossiers qui les feraient rougir de honte s'ils les entendaient dans la bouche d'autrui, imaginant les yeux fermés qu'ils étreignent un autre corps et prononcent un autre nom.

Je regimbais avec une détermination furieuse, comme un moine qui s'enferme à clé dans sa cellule pour s'empêcher de sortir, je m'amputais de tout désir, m'imposais comme une névrose les obligations et les fantaisies les plus triviales, manies d'homme seul au cœur d'une ruche de gens aussi seuls que lui dans une ville pluvieuse où les rues se vident après six heures du soir, la lecture du journal dans l'autobus en rentrant chez soi, l'art si difficile à apprendre de ne toucher personne, de ne pas regarder les passagers dans les yeux, le chauffage excessif dans l'appartement, le désordre réparé toutes les semaines par la femme de ménage, un désordre s'amplifiant d'heure en heure comme les taillis d'une forêt, une serviette sale dans un coin de la salle de bains, les assiettes entassées dans le lave-vaisselle, le dîner réchauffé à la va-vite dans le micro-ondes et avalé devant la télévision, le silence de plus en plus dense qui devient insupportable vers dix ou onze heures, surtout si le film qu'on donne est inintéressant et si on n'arrive pas à s'y résigner, brancher le réveil par mesure de précaution et, récompense suprême de la journée, se coucher tôt avec la satisfaction d'être resté sobre, de ne souffrir à cause de personne, de ne pas s'être laissé inoculer la culpabilité de la souffrance d'autrui, une cigarette à demi consumée et un livre aussitôt abandonné, un verre d'eau et un cachet de valium, les artifices insidieux ourdis pour survivre sans enthousiasme, mais en restant sagement à l'abri de l'horreur, la mesquinerie solitaire qui m'enveloppe dans une sorte de carapace chitineuse à mon insu, caché dans mon coin comme un cafard, avec un sentiment neutre de résignation et de gâchis qui n'empêche pas de me consacrer à mon travail, au contraire cela l'améliore, car le travail est le seul avenir vraisemblable que je puisse imaginer, les fins de mois apportent une preuve tangible de ses bienfaits, et chaque jour sa dose d'intrigues, de vanité, d'ennui et d'amertume.

Je me suis habitué à parler avec très peu de gens, à être un étranger, j'ai presque perdu la nostalgie de l'Espagne, j'y revenais pour les vacances et trouvais un pays inculte et bruyant où les gens fumaient partout et parlaient à tue-tête, au bout d'une semaine je voulais repartir, j'allais à Mágina et je mourais de tristesse en retrouvant mes parents vieillis, mes grands-parents de plus en plus inhabiles et décrépits, mes amis empêtrés sans trace de révolte dans leur mélancolie de province, plus de ventre, moins de cheveux, affairés, entourés d'enfants, d'amitiés qui n'avaient plus rien à voir avec moi, me recevant chaque fois à bras ouverts, mais avec une certaine méfiance, comme si au fond d'eux-mêmes ils me reprochaient une désertion qui était la simple conséquence d'un désir de fuite que nous avions tous partagé et que j'étais le seul à avoir assumé jusqu'au bout, non que j'aie eu plus de courage qu'eux, mais le courant qui m'entraînait était plus fort et n'avait pas de reflux : ils me reprochaient de ne pas être venu à leur mariage, d'avoir perdu l'accent de Mágina, ils me posaient des questions sur mon travail et sur les villes d'Europe où je vivais depuis des années, mais je craignais que mes réponses les blessent, je m'imaginais dans la position inverse, moi enfermé à Mágina et devenant inexorablement un père de famille posé, et l'un d'eux, n'importe lequel, revenant une fois par an de Berlin ou de Bruxelles, me racontant qu'il travaillait comme interprète dans un organisme international, qu'il abandonnerait peut-être bientôt ce poste fixe pour s'inscrire à une agence indépendante et vivre un peu partout, sans horaires fixes, traduisant pendant une ou deux semaines et consacrant le reste du mois à ne rien faire, à vivre comme nous l'imaginions à seize ans. Avec quel soulagement je quittais Mágina et remontais dans l'avion pour Madrid ! Mais je découvre maintenant, je l'ai appris l'autre jour dans cet hôtel des environs de Chicago qui ressemblait à une maison ensorcelée, que j'avais beaucoup plus peur que je ne le croyais, comme si je m'étais approché d'une limite, quelques pas de plus et il n'y aurait plus de retour possible, je deviendrais un étranger pour toujours, il n'y aurait plus de lieux où j'aurais des raisons de rester. J'ai souvent rencontré cette sorte de gens, c'est un peu une lignée, une race à part qui vit dans une diaspora sans persécution ni terre promise, ils ne savent jamais où ils sont, ils n'arrivent jamais à s'habituer au pays où ils sont installés depuis des années, ils reviennent dans leur patrie et s'aperçoivent qu'ils sont restés à l'étranger trop longtemps, qu'ils ont perdu les clés quotidiennes de leur propre langue, qu'ils n'arrivent pas à comprendre, par exemple, les nouvelles de la télévision ou les jeux de mots du journal, ils repartent et se résignent et savent qu'il sera inutile de revenir, leur mémoire s'est dégradée et ils vivront désormais comme des fantômes amputés, dont les pas ne laissent aucune trace et le corps aucune ombre. Mais j'ai voulu être ainsi, je te le jure, j'étais contaminé par les mots, j'ai continué de l'être longtemps après la fin de mon adolescence, j'ai cru que j'aimais le nomadisme et la solitude parce que c'étaient des mots prestigieux, ornés des majuscules de la littérature. La seule certitude au milieu de tous les mensonges que je me suis racontés, c'était la peur de rester, d'être empêtré dans les rets de la dépendance et de l'habitude, le poison mortel de la routine quotidienne, l'amour, le bistrot, le travail, la complaisance dans la répétition, sécrétant une bave qui se solidifie au contact de l'air, qui vous enferme dans votre maison et dans l'accumulation des objets, des meubles, des appareils ménagers, des enfants ou des animaux de compagnie, et qui finit par vous lier non parce que vous l'avez choisi, mais parce que vous avez perdu sans le savoir toute possibilité de choix.

Posséder m'exaspère, posséder des livres, des photos, des disques, des dossiers de presse, des colonies d'insectes qui se reproduisent sans y penser dans les chambres sédentaires et même au fond des poches, des armoires pleines de linge inutilisé, des lettres inutiles qui resteront sans réponse mais qu'on n'ose jeter, des livres qui ne seront pas relus, des cassettes qui ont perdu leur étiquette et leur boîte, des objets inertes qui vous assiègent, des bagages monstrueux, des clés de maisons abandonnées depuis longtemps, des tickets de métro portant un numéro de téléphone au dos, des cartes de visite, des passeports périmés, on dirait une forêt dans laquelle il faudrait jouer de la machette inlassablement pour empêcher les fourrés de se refermer, comme une maison rongée par les termites qu'il faut quitter d'urgence en laissant tout derrière soi, tels les aéronautes de Jules Verne lâchant tout leur lest pour que le ballon reprenne de l'altitude, lâchant les habitudes, les choses, les habits usés, les livres inutiles, même les souvenirs : un petit sac de voyage, un billet d'avion, un walkman qui tient dans le creux de la main, le passeport et la carte bancaire, rien ni personne d'autre, même pas moi, celui que j'étais et ne suis plus, celui qui reste dans la maison abandonnée comme la peau sèche et transparente d'un reptile tandis que moi, dégagé de tout, léger, flottant presque, je monte dans un taxi et me dirige vers l'aéroport ou la gare, nerveux, excité, vérifiant que je n'ai pas oublié l'essentiel, consultant ma montre de peur d'être en retard, la mienne, celle du tableau de bord du taxi, les cadrans des bâtiments publics ou les horloges digitales des rues, calculant les minutes, pressé par le temps, le sentant s'écouler aussi inquiet que lorsque j'entends défiler les mots dans les écouteurs et que je les capte pour les agencer selon la syntaxe d'une autre langue, craignant d'en perdre un seul, un verbe, un mot clé, et de ne plus savoir contrôler ce flot indéchiffrable, cette avalanche de mots qui vous noient comme si la cabine en verre était un aquarium où l'eau ne cesserait de monter. Je les entends encore quand j'allume une cigarette hors de la cabine, quand je déambule seul dans les rues ou monte dans le métro et traduis involontairement les mots prononcés autour de moi, les utilise comme des indices de ceux qui vont suivre, je les entends dans le silence de ma chambre et dans la somnolence qui me précipite dans le sommeil, et parfois, quand j'ai passé toute la journée à travailler, je m'endors et je rêve que je n'ai pas quitté ma cabine de traduction, que les mots me poussent, m'enrobent, m'entraînent dans des bourbiers faits de calligraphie, de discours photocopiés, de livres qui s'écrivent à mesure que je les lis ou que j'essaie de les traduire, et quand je voyage, si je n'écoute pas de musique dans mon walkman, je me parle à moi-même, je choisis une langue comme si je choisissais un pays, j'adopte mentalement un accent particulier, c'est l'avantage de vivre toujours parmi les inconnus, on peut si on le désire devenir aussi malléable qu'une motte d'argile, raconter sa vie en même temps qu'on l'invente, modifier, rayer, s'attribuer une mémoire et une façon de parler qui ne vous appartiennent pas, effacer des mois, des années entières, des villes, des histoires de femmes. C'était si facile que je ne réalisais pas combien c'était dangereux, car une fois le mensonge inventé, celui-ci agit tout seul et tel un acide ronge irréversiblement la vérité, surtout quand on a juste des points de fuite, pas de points de référence fixes, moyennant quoi j'ai perdu tout souvenir de certaines années et de certaines villes de ma vie, il ne m'en reste rien, aussi impossible que cela te paraisse, un blanc, comme la nuit où j'ai perdu cinq heures, à Mágina, comme les gens qui, s'adonnant à la boisson depuis un certain temps, perdent des moments de la nuit précédente, ne trouvent plus les mots qui ont du mal à sortir ni les marches qui devraient être là, alors la peur arrive, l'affolement et la culpabilité irrationnels, le soupçon d'avoir oublié ou négligé de faire une chose indispensable, d'avoir commis une erreur minime qui déclenchera rapidement la catastrophe.

Il y a quelques semaines, la peur était, dans ce passé lointain où je vivais encore sans toi, une passion assidue et exclusive, la tonalité, la couleur, la trame qui constituaient les autres passions, surtout le désir et la solitude, une peur enveloppante et aussi invisible que l'air, parfois informe, inodore, inconsistante, insipide, ressemblant parfois à une substance ajoutée à toutes choses, à un venin perceptible, rarement amer, si facile à avaler sans nausées qu'il était devenu une habitude, une des humeurs qui maintenaient la chimie du corps et des états d'âme en activité, à l'égal de la nicotine, de l'alcool et des minuscules cristaux blancs de la cocaïne qu'on ingère de temps en temps, à intervalles très éloignés : la peur qui accélère les battements de cœur et palpite dans mon pouls, dans les secondes s'inscrivant sur l'écran digital de mon réveil lumineux posé sur la table de chevet, lors de mes nuits d'insomnie, la peur qui contracte les lèvres dans une sorte de sourire figé, confère un éclat spécial aux pupilles, un rouge trop intense au coin des yeux, contraint les doigts à tambouriner sur l'aluminium des zincs et sur les nappes des restaurants, la peur qui guide la main rampant vers le paquet de tabac ou palpant la veste à la recherche de cigarettes, la peur de ne plus en avoir à une heure tardive de la nuit, dans un pays puritain où tous les bars sont fermés, la peur de perdre son billet d'avion ou son passeport quelques minutes avant de partir en voyage, de ne pas trouver de taxi, de ne pas rencontrer quelqu'un avec qui revenir à l'hôtel ou à l'appartement, la peur de la sonnerie du téléphone et de son mutisme prolongé, la peur de perdre son travail pour une raison inconnue, de sombrer lentement dans l'indignité et de revenir à la pauvreté, de retourner aux tables d'hôtes avec toile cirée sur la table et soupe aux vermicelles dans l'assiette en duralex, aux pensions répandant une odeur rance de vieilles chaussettes dans les couloirs, la peur en avion au décollage ou quand s'allument soudain les signaux d'alarme rouges dans un vol de nuit au-dessus de l'océan, la peur des camions qui arrivent en face sur la route, grossissant au point d'occuper l'espace entier du pare-brise et de nous aveugler avec leurs phares, la peur des voleurs, des policiers brutaux, des seringues en plastique écrasées dans un coin d'un porche, des bouteilles de butane, des erreurs judiciaires, des lettres à en-tête officiel qu'on trouve dans la boîte, la peur de la dévastation insensée de l'amour et de la solitude, la peur toujours, partout, dans chaque circonstance publique ou privée, la peur d'une infection vénérienne en respirant au-dessus des yeux fermés d'une inconnue, du cancer du poumon, du vent qui souffle du lac Michigan, la peur de la douleur aiguë qui transperce la poitrine par une nuit agitée, de la vieillesse, de la décrépitude, de la mort lente, de mon propre visage reflété dans la glace, de ma propre ombre qui vacille dans l'épilogue indigne d'une cuite, la peur silencieuse et docile, pareille au chat assoupi dans le canapé, ou au chat hérissé qui grossit, tel un animal blotti au fond de ce couloir où l'on voit un panneau rouge, EXIT, la peur de la peur, la peur de la folie que seul peut connaître celui qui est longtemps resté seul, de l'évanouissement instantané, d'une marche qui manque dans un escalier, de cet intrus qui surgit devant moi quand j'ouvre la porte et qui s'avère être moi dans le miroir de l'entrée.

Ainsi ai-je vécu, malade et mort de peur, vivant de peur et guérissable, l'auscultant sur mon épiderme et dans les tissus secrets de mon cœur et de mes poumons, l'identifiant chez d'autres avec une perspicacité d'homosexuel ou de drogué qui reconnaît ses semblables dans une foule ou au milieu des convives distingués d'un banquet : la peur comme norme d'une confrérie, comme langue commune parlée par tous en silence derrière les sons inutiles et dérisoires des mots, la peur comme archéologie sous-marine, son apprentissage et ses époques, les reliques conservées dans l'inconscient et dans les rêves semblables aux fragments de statues immergées au fond des mers. J'avais oublié la plus grande partie de ma vie et n'en avais retenu que l'ossature de peur : la peur des flics camouflés de la sociale et des chevaux des *gris** en faculté, la peur des officiers de la caserne, des soldats vétérans, des armes à feu, de perdre le pas pendant l'instruction et de recevoir une gifle, étaient à vingt-trois ans la peur ressuscitée de l'enfance, la peur gamine des enfants plus grands et cruels et de ces orphelins de l'hospice ou de l'Aide sociale qui avaient la tête rase et dévalaient la rue de la Fontaine-aux-Rires en troupeaux redoutables, dans

* On appelait ainsi les membres de la police armée, dont l'uniforme était gris jusqu'à ces dernières années. *(NdT)*

leurs espadrilles en chanvre, leurs vestes d'hommes et leurs bérets enfoncés jusqu'aux yeux sur des visages sinistres de l'après-guerre, ni enfantins ni adultes, seulement désespérés et féroces, on les appelait les *Gorras**, et quand le bruit de leur arrivée se répandait, Félix et moi courions nous cacher chez nous, car ils avaient des couteaux dans les poches et des cailloux pointus qu'ils lançaient avec une adresse homicide contre les chiens de la rue, contre les enfants peureux comme nous et les idiots en pantalons avachis qui avalaient leur morve et ne parlaient à personne, qui ne paraissaient exister que pour être les victimes de la cruauté spontanée du premier venu : Primo, qui avait la bouche enfoncée et le crâne chauve en forme d'oignon, qui portait de grandes gabardines déchirées aux poches et hurlait comme un nouveau-né quand on le poursuivait à coups de pierres en se moquant de lui ; Manolo, grand et gros, mongolien, avec des lunettes cerclées, qui faisait très bien les commissions de sa mère, mais qui serrait les filles d'un peu trop près ; Juanito, qui avait une taroupe entre les sourcils, d'énormes gencives rouges et marchait toujours très vite, s'inclinant avec dévotion devant les filles à qui il adressait des compliments baveux d'une chasteté irréprochable ; Matías, le sourd-muet, pas complètement idiot, plutôt ahuri, et qui, après avoir travaillé pendant trente ans comme assistant de Ramiro Retratista, s'était installé dans la cabine d'une Isetta et avait très bien gagné sa vie en livrant du fourrage ; et l'autre Juanito, qui vivait sur la place del Altozano, à côté de la fontaine, fils d'une femme qu'on appelait la Laide en sa présence, le plus naturellement du monde, parce qu'elle l'était particulièrement, et malheureuse par-dessus le marché,

* Voir note p. 57. *(NdT)*

son mari était parti à Barcelone et l'avait abandonnée avec ses six enfants, le plus jeune était idiot, Juanito, je jouais avec lui quelquefois, car il était presque le seul du quartier à ne pas me battre ni me voler mes bandes dessinées ni tricher aux boules, le seul à manifester une joie innocente et animale quand il me voyait arriver. Je l'ai vu la dernière fois que je suis allé à Mágina, c'était l'année dernière, je crois, je pensais rester quelques semaines et je suis reparti au bout de quatre jours, maintenant il vend des graines de tournesol et autres babioles pour les enfants sous les arcades, place du Général-Orduña, il marche et regarde comme autrefois, il a les mêmes yeux de tendresse et de désolation animale, le même visage poupin, toujours imberbe, je me suis approché pour lui acheter du tabac, et ses yeux qui ne me reconnaissaient pas m'ont ému, pas parce qu'il m'avait oublié, mais parce qu'il vit encore dans une époque dont j'ai sans doute été expulsé il y a vingt-cinq ans, celle de notre enfance commune qui, pour lui, n'est pas encore terminée.

Mais je voulais encore te parler de la peur, et de ce qui était peut-être sa raison et sa nature, mes incertitudes sur moi-même, sur mes désirs et mes sentiments, la hâte aveugle et croissante qui m'entraînait à l'insu de ma volonté et de ma conscience, on aurait dit une rue du centre-ville à l'heure de sortie des bureaux : même si on n'a rien à faire, on presse le pas pour suivre le rythme de la foule qui nous happe et nous avale, une rapidité qui ressemble à de l'énergie et n'est que le vertige de la chute libre, ne jamais s'arrêter, ne pas perdre un seul des mots entendus dans l'écouteur, ne pas se retrouver seul à une certaine heure de la nuit, ne pas arriver en retard au travail ni à la porte d'embarquement de l'aéroport, ajouter chaque minute à la suivante sans regarder la fine fissure de vide qui s'insinue entre les deux, un verre après l'autre, un voyage enchaînant sur le précédent, une réplique trop précipitée dans une conversation menaçant de sombrer dans le silence, un bar nocturne, puis un taxi et un autre bar qui ferme un peu plus tard, l'urgence angoissante d'épuiser la nuit et que la nuit n'ait pas de fin. Je ne sais comment j'ai vécu ces dernières années, comment j'ai pu les laisser filer sans rien conserver d'elles, à part des visages sans traits ni lieux identifiables, des photos floues, des femmes et des villes que je confonds, s'éloignant toujours comme si je les voyais défiler derrière la vitre d'un train ou d'un taxi, comme ces films où le vent arrache des feuilles de calendrier, où des premières pages de journaux défilent à toute vitesse et en deux minutes s'est écoulée une génération, on s'est épris successivement et pour toujours de quatre ou cinq femmes, on a connu avec chacune d'elles les mêmes moments de ferveur et de déception, les mêmes erreurs, comme si au fond, sous l'apparente diversité des traits, on s'éprenait toujours de la même femme partiellement inventée, on a vu sur la plaza de Oriente la queue funèbre de ceux qui sont venus dire un dernier adieu au cadavre de Franco, on a voté pour la première fois, on s'est rasé définitivement la barbe, on est allé au travail un matin à Paris et en ouvrant le journal on a vu la photo d'un garde civil coiffé de son tricorne, avec une grosse moustache, brandissant un pistolet dans un geste taurin – on aurait préféré mourir de rage ou de honte –, on a reçu trop tard l'invitation au mariage de son meilleur ami, on est revenu parfois dans son pays avec l'intention d'y rester et on en est reparti avec le sentiment écœurant, toujours plus vif, d'être un intrus, étourdi par la circulation, les machines à sous dans les bars, le bruit insupportable des marteaux-piqueurs sur les trottoirs éventrés, la convoitise sans scrupules et le sourire apostat qui ont transfiguré les visages de beaucoup de ceux qu'on connaissait avant de s'en aller, bien qu'on sache maintenant, on le découvre chaque jour dans chaque pays où l'on doit aller travailler, que s'il est une chose qu'on ne veut pas assumer, c'est la condition d'étranger, et que si on ne revient pas très vite on le deviendra irrémédiablement dans quelques années, on a beau dire, on n'a qu'une seule langue, une seule patrie, même si on la renie, voire une seule ville et un unique paysage. Peut-on imaginer ce que c'est que de mourir seul dans un hôtel ou dans un hôpital où personne ne vous connaît, j'y ai souvent pensé, ou comme ces gens, victimes d'une crise cardiaque chez eux, qui se décomposent pendant une semaine entière devant leur poste de télévision allumé, jusqu'à ce que les voisins sentent une odeur et avertissent la police.

J'avais un ami à Bruxelles avec qui je parlais de tout cela, il était beaucoup plus anxieux que moi et venait de beaucoup plus loin, de Colombie, via New York, il s'appelait Donald Fernández et gagnait sa vie en trafiquant de la cocaïne à petite échelle, mais c'était un malheureux, plus vulnérable et plus innocent que les idiots de Mágina, il était venu en Europe pour être peintre, mais sa carrière artistique suivait une courbe aussi désastreuse que celle de dealer, il retourna donc en Amérique d'où il m'appela quelques mois après pour me dire qu'il avait trouvé un emploi à la Compagnie des téléphones de New York et qu'il allait faire sa première exposition. Il vivait dans le Bronx et trafiquait toujours un peu, tu te rends compte, un pauvre type malingre avec des lunettes rondes qui avait peur des chiens, je craignais qu'on l'écrase comme une fourmi et qu'il ne reste pas trace de lui. Il m'envoya le catalogue de son exposition, entièrement composée de paysages d'Afrique imaginés, car il croyait à la transmigration successive des âmes et rêvait, dans ses hallucinations à l'acide, qu'à l'origine ses racines venaient d'une tribu du Kenya ou du Zaïre, ou du courage d'un lion, or je ne reçus pas d'autres nouvelles de lui ; sur ces entrefaites je déménageai, changeai de numéro de téléphone et me mis à travailler pour une agence d'interprètes, je voyageais donc beaucoup plus qu'avant et il aurait de toute façon eu du mal à me retrouver. Mais il y arriva, je ne sais comment : un soir, en revenant de Madrid, je mis en marche la bande du répondeur et j'entendis sa voix, elle avait l'air de venir de très loin, le message datait de quatre jours, il m'appelait d'un hôtel de Nairobi. “Manuel, c'est moi, Donald, je suis enfin arrivé en Afrique”, mais il ne m'avait pas laissé son numéro de téléphone, j'étais fatigué du voyage, abruti de sommeil, et je n'avais pas le courage de me lancer dans des recherches. Le lendemain j'avais oublié mon ami Donald Fernández, je ne me souvins de lui que lorsque sa sœur qui vivait en Colombie m'appela quelques semaines plus tard : il aurait voulu me parler et n'avait pu me joindre, m'expliqua-t-elle, et il avait demandé à sa sœur de le faire à sa place. “Il voulait que vous le sachiez, monsieur : vous comptiez beaucoup pour mon frère.” Il gagnait un salaire raisonnable à la Compagnie des téléphones, quelqu'un s'était enfin intéressé à sa peinture, il envisageait de déménager à Manhattan et avait presque renoncé à son petit trafic qui alimentait le sinistre marché de la cocaïne, mais un jour, soudainement, tout s'était brisé, comme il l'avait toujours redouté, il fut renvoyé de son travail, des trafiquants lui flanquèrent une raclée, sans doute après lui avoir ôté ses lunettes rondes et les avoir piétinées, incapable de payer son loyer il fut expulsé, il alla vivre dans les tunnels du métro, se mit à mendier, décela des taches très bizarres sur sa peau et découvrit qu'il avait attrapé le sida, il était si timide et réservé que je n'avais jamais remarqué son homosexualité, il survécut par miracle à un hiver atroce et au printemps, je ne sais comment, sa sœur ne me l'a pas expliqué, quelqu'un lui donna assez d'argent pour un aller simple à Nairobi, il voulait mourir là-bas, avant de mourir il avait essayé de me parler, mais je n'y avais pas prêté attention, je m'étais imaginé distraitement qu'il avait une nouvelle lubie et l'idée ne m'avait même pas effleuré de rechercher son numéro de téléphone, à vrai dire quand j'avais écouté son message il devait déjà être mort. Sa sœur me dit qu'il avait quitté l'hôtel et qu'on avait retrouvé son cadavre dans une réserve d'animaux sauvages, assis contre un arbre, souriant, la police avait mis plus d'une semaine à établir son identité, car il avait laissé ses bagages et son passeport dans sa chambre. Qui aurait pu prédire à l'enfant qu'il était, vivant dans une maison entourée d'un jardin à Cartagena de Indias, qu'il finirait trente ans plus tard à la morgue de Nairobi, plus on y pense et plus c'est incroyable, mais c'est aussi incroyable que de me trouver maintenant avec toi et d'oser te parler comme si je te connaissais depuis toujours, comme si notre rencontre n'avait pas failli être une impossibilité. Je ne sors pas de mon étonnement, je refuse d'en sortir, je ne veux pas m'habituer, je veux vivre exactement dans cet état jusqu'à la fin de mon existence, sans rien désirer d'autre que ce que j'ai déjà et que toi, ému que tu existes et m'aies choisi, ému de te voir à côté de moi chaque matin quand je me réveille, proche et charnelle, pas une fiction, plus véritable et mienne que moi-même, me posant inlassablement des questions, me mettant au défi de dire ce que j'ai toujours tu, même ce que j'avais oublié, pétrie par la souffrance et le bonheur, fragile et savante, suspendant le temps pour faire durer comme de lentes journées chacune de nos heures et empêcher l'angoisse des adieux de nous ronger de remords.

La route en ligne droite, qui divise la plaine en deux parties égales, perpendiculaire à l'horizon plat et nuageux, non, plutôt gris, d'un gris pâle et blafard, presque sale, moins oppressant que la grisaille de Bruxelles car ici le ciel paraît moins bas, bien que la lumière ne permette pas de reconnaître le matin du soir, c'est à mourir, et tous les visages sont pareils, des visages d'aéroports, sauf les Noirs et les mendiants, mais à l'aéroport on ne voit presque pas de Noirs et donc pas de mendiants, il n'y a presque personne, la guerre fait peur, l'avion est à demi vide et quelques rares valises sans propriétaire tournent sur le ruban transbordeur, sous les voûtes en aluminium et verre incassable semblables à celles d'une cathédrale conçue par l'esprit délirant d'un architecte postmoderne, ivre de cocaïne et de vanité, comme le glorieux imbécile qui inaugure demain à la North Western University un symposium sur l'empreinte de l'Espagne en Amérique, ou quelque chose d'approchant, il aurait dû prendre le même avion à New York, mais aucune trace de lui, il a dû s'endormir la veille au soir à *La Walkyrie* et impossible de le réveiller, foutu, cet homme, écrasé d'ennui et de culture sous des tonnes de Wagner, naturellement le chauffeur du consulat brille aussi par son absence, on ne voit personne tenir une aimable pancarte contre sa poitrine, un sourire synthétique de bienvenue sur les lèvres, on n'entend pas de voix humaines dans les haut-parleurs, ni même l'écho des pas étouffés par des hectares de moquette grise, on distingue tout juste une musique d'ambiance, le bruit d'une chasse d'eau dans les toilettes, et *Proud Mary*, guimauve de chœurs et de violons, ces salauds sont capables de transformer jusqu'à *l'Internationale* en crème battue à l'eau de rose.

Mais au moins un répit, une cigarette derrière la porte fermée, comme à l'école quand on se réfugiait dans les cabinets, mais elle va peut-être activer un détecteur de fumée, allumer un voyant rouge, déclencher une sirène, paix fragile, volutes bleues et grises sortant lentement des lèvres, plaisir renforcé par l'interdiction, et soudain les chaussures et les chaussettes noires de quelqu'un qui respire très fort dans le cabinet voisin, silence arctique, vide, silence de W.-C. d'aéroport et peut-être d'asile, une peur étrange et soudaine envers cet inconnu qui déchire un morceau de papier hygiénique et se mouche de l'autre côté d'une cloison en plastique et murmure *Mein Gott* en gémissant comme s'il était en train de se masturber, d'ailleurs c'est peut-être le cas, drôle d'idée dans un lieu pareil, mais lui aussi a dû percevoir une présence à quelques centimètres de lui, une présence qu'il ne verra jamais et qui lui inspire sans doute la même peur, une peur d'animal tapi dans la forêt en pleine nuit ou de voyageur en chaussures et chaussettes noires enfermé dans les W.-C. aseptiques et silencieux d'un aéroport, un peu de claustrophobie, l'eau du robinet sur le visage déformé par la fatigue, le savon liquide ruisselant sur les mains, le visage dans le miroir qui s'étale sur toute la hauteur du mur et reflète les cabines fermées, sous l'une d'elles on voit des pieds, comme au cinéma quand un voleur est caché derrière le rideau et que le protagoniste voit dépasser la pointe de ses chaussures. Quelle tête, toujours les mêmes idées, le sac de voyage, j'ai failli l'oublier, les horaires des vols et les noms des compagnies et des villes qui se succèdent sur les écrans, affiches publicitaires de parfums français et d'îles tropicales placardées aux murs du couloir infini emprunté par de rares voyageurs immobiles sur le tapis roulant, surtout ne pas se perdre, si on se perd dans l'aéroport de Chicago, on ne vous retrouve pas avant des semaines, on devient fou à force de chercher le panneau lumineux annonçant BAGGAGE CLAIM, la flèche salvatrice, le consulat d'Espagne obligé d'envoyer une expédition de secours, ouf, sauvé : enfin la valise intacte, à la sortie, personne à l'arrêt des taxis, une file d'énormes taxis jaunes qui ont toutes les apparences d'un cortège funèbre, et à côté du premier de la file un faciès sombre et luisant, un peu glauque, une race olivâtre comme disaient autrefois les encyclopédies scolaires, les races humaines sont au nombre de cinq, blanche, noire, cuivrée, jaune et olivâtre, avec de grands yeux très vifs, un regard lent et profond, comme celui d'une vache, les premiers yeux indiscutablement humains depuis une éternité, des cheveux noirs, frisés, huileux, et une cigarette aux lèvres, ce qui est déjà un prodige, une exigence de gratitude et de reconnaissance, car non seulement il fume, mais il fume avec plaisir et nonchalance, sans gestes furtifs ni regards en coin, avec un culot aussi étranger que ses traits, comme la blancheur de son grand sourire quand il soulève la valise et la met dans le coffre qui se referme comme le couvercle d'un sarcophage : il ne comprend pas l'adresse, il faut lui montrer la carte où elle est écrite et il acquiesce d'un air songeur en se grattant la nuque, finit par sourire, l'endroit ne lui dit sûrement rien du tout mais il s'arme de courage et démarre, s'éloigne de l'aéroport, s'engage dans un enchevêtrement de ponts en béton armé et d'échangeurs autoroutiers où les voitures circulent avec une lenteur inquiétante qui a l'air d'un effet d'optique, Chicago c'est donc ça, aux feux rouges le chauffeur de taxi déplie sur son volant les pages d'un journal dont les titres sont sans doute en écriture nâgari, mais il est sûrement pakistanais, ou bengali, à quoi peut ressembler cette langue, comment y nomme-t-on les choses ordinaires ou exceptionnelles, il y a sa plaque d'identification à côté du tableau de bord avec sa photo – un nom très long, évidemment imprononçable –, et il parle anglais par à-coups, en hésitant, comme il conduit, pourvu qu'il ne se perde pas, il a peut-être mal compris l'adresse et la nuit risque de tomber avant qu'il ait trouvé cet endroit dont il semble n'avoir jamais entendu parler, Evanston, Illinois, un faubourg universitaire résidentiel sur les rives du lac Michigan.

Il freine, il a failli s'encastrer dans un semi-remorque, il soupire, rouvre son journal, s'aperçoit que le feu est passé au vert quand un camion encore plus énorme, arrêté derrière lui, envoie un coup de klaxon aussi violent que celui de la sirène d'un transatlantique ou d'un de ces camions de pompiers de New York qui ont toujours l'air d'aller déclencher des catastrophes au lieu d'éteindre des incendies, un serrement de cœur, mourir sous les roues d'un camion, dans la banlieue de Chicago, en compagnie d'un Bengali qui soupire de nostalgie, regrettant la boue et les misères de sa patrie, il ne manquerait plus que ça. "C'est si loin de chez moi", dit-il, et il regarde dans le rétroviseur, accepte une cigarette comme s'il acceptait mes condoléances, fait voluptueusement des ronds de fumée et raconte qu'il avait un bon travail en Allemagne, à Stuttgart, mais que ses parents avaient arrangé son mariage avec une cousine qui vivait en Amérique, il a dû venir pour l'épouser et il est resté. Comment voit-il le monde, quels souvenirs a-t-il du pays où il est né et où il ne retournera sans doute pas, il a fait le voyage de Stuttgart à Chicago pour épouser sa cousine comme un saumon traverse l'océan pour déposer ses œufs dans le lit d'un fleuve, et il conduit maintenant un taxi, il réfléchit avant de parler et se mord les lèvres, il traduit ses mots, quelques-uns lui échappent en allemand, à quoi ressemble la maison où il rentre après son travail, après treize ou quatorze heures au volant d'un taxi sur une immensité couverte d'autoroutes, de maisons en brique rouge au milieu de leur pelouse, de quincailleries immenses, de fast-foods entourés de parkings illimités, comme autant de champs de maïs, comme le ciel gris qui s'obscurcit sans qu'on sache si la nuit va tomber ou s'il est dix heures du matin, d'ailleurs à quoi bon regarder sa montre, le sens du temps a subi l'anesthésie du décalage horaire comme les tympans ont subi la pression du vol, les aiguilles donnent l'heure de New York mais la conscience et même les habitudes du corps ont gardé l'heure européenne, un calcul automatique, comme celui de la valeur de la monnaie, à Madrid il est maintenant onze heures du soir, à Grenade Félix a déjà couché ses enfants et regarde un film à la télévision avec Lola, il pleut à Bruxelles et les rues sont désertes, une conférence sur les tarifs agricoles ou sur les normes de fabrication des préservatifs s'est éternisée dans une salle de réunion et les traducteurs somnolents regardent à travers la vitre de leurs cabines, cherchent des équivalents instantanés aux mots absurdes qu'ils entendent dans leurs écouteurs en pensant à autre chose, et dans la banlieue de Chicago, dans une rue qui ressemble à toutes celles que le taxi emprunte depuis une heure, pelouses, arbres, briques rouges, fenêtres éclairées, une rue presque déserte, un Bengali qui a la nostalgie de Stuttgart demande à un type en train de courir en maillot, une casquette de base-ball à l'envers sur la tête, où se trouve un hôtel appelé *Homestead* et qui, selon toute vraisemblance, n'existe pas : le type transpire, malgré le froid qu'il fait, il a des pectoraux herculéens, regarde avec réprobation le visage du chauffeur de taxi et avec dégoût la tabagie qui s'échappe par la fenêtre, il montre une direction en tendant la main droite, il faut aller vers le lac : une large avenue, avec des fast-foods, des quincailleries, des casse de voiture, encore des maisons en brique rouge entourées de jardins et d'arbres, des fenêtres éclairées derrière les rideaux, des drapeaux au bout de mâts plantés sur les pelouses, des rubans jaunes attachés aux poteaux des boîtes aux lettres, des drapeaux flottant au-dessus des porches de maisons misérables, des trottoirs déserts, des types en maillot et casquette de base-ball à l'envers qui sautillent respectueusement aux feux pour ne pas perdre le rythme de leur course et attendent que le feu passe au vert pour traverser, même s'il n'y a aucune voiture en vue, quel monde, enfin le chauffeur de taxi s'arrête si brusquement que la tête heurte le plastique blindé, et il montre quelque chose avec un large sourire, un bâtiment en brique rouge, à droite, dominant nettement des maisons sans étage avec jardin, *"Homestead Hotel"*, annonce-t-il triomphalement dans son anglais catastrophique : dans quel hameau était-il donc né pour ne pas avoir appris dans son enfance la langue des colonisateurs.

Sous le porche peint en blanc, un écureuil fait des acrobaties dans un fauteuil à bascule, attention, avertit le chauffeur de taxi avant de repartir, ces animaux peuvent transmettre la rage, une hypothèse folle, bien meilleure qu'une collision avec un semi-remorque, un homme meurt à l'hôpital d'Evanston des suites de la morsure d'un écureuil qui a des yeux doux et humides, comme dans un film de Walt Disney : au lieu de détaler, l'écureuil observe, oscille dans le fauteuil à bascule, s'apprête sans doute à me sauter à la gorge, comme un vampire de l'Amazonie, on dirait qu'il n'y a personne dans le hall de l'hôtel, au bout d'une ou deux minutes de silence apparaît un vieux Noir tout chauve, groom décrépit, sorte de colosse en ruine qui veut absolument porter une valise, mais peut à peine la soulever et décoller les pieds du sol : il a des souliers archaïques et magnifiques, immenses, jaunes et noirs, aussi coriaces que le visage de leur propriétaire qui a dû les utiliser pour danser des claquettes au Cotton Club, à bout de souffle il lâche la valise en échange d'un pourboire, montre du doigt le comptoir de réception où attendent deux enveloppes portant des noms et contenant chacune deux clés, celle de l'entrée et celle de la chambre, on voit que c'est un hôtel de misanthropes, ou un hôtel automatique, le Noir s'affale dans un fauteuil en osier, la mine moribonde, et fredonne un blues d'une voix caverneuse pendant que ses souliers à l'extrémité de ses jambes interminables brillent au milieu du hall. Personne dans l'ascenseur, pas une voix, pas un son, aucun bruit de pas dans ce couloir où on aperçoit un panneau rouge au bout du long ruban de la moquette : EXIT. Serait-ce le nom d'une sorte de club anglo-saxon de suicidés, ou d'une société d'encouragement à l'euthanasie ? Félix se complairait dans une précision étymologique : *exit*, *exitus*, sortie. Félix déferait méthodiquement sa valise, rangerait son linge dans l'armoire, allumerait la télévision et s'étendrait tranquillement sur son lit avec un livre de Tacite ou un manuel d'informatique pour linguistes. Quelle grosse tête, quel talent, il ne laisserait jamais sa valise ou son sac dans un coin de la chambre, ne composerait pas avec fébrilité un numéro de téléphone de New York pour la énième fois en sachant pertinemment que c'est inutile, qu'il y aura toujours la même voix de femme qui, au lieu de répéter un nom, donnera un autre numéro de téléphone et l'invitation polie à laisser un message après le signal, suivie du frottement d'une bande vierge. Mais Félix n'aurait jamais traversé un océan, puis la moitié d'un continent, pour rejoindre une femme avec qui il aurait passé une seule nuit à Madrid, il ne se serait jamais leurré en prétextant qu'en réalité il ne lui courait pas après mais que dans la mesure où il devait travailler comme interprète dans un congrès international à Chicago, il pouvait toujours essayer d'en profiter pour la rencontrer à New York. Plus besoin de consulter la feuille à en-tête de l'hôtel Mindanao où elle avait noté son numéro avant de s'en aller, l'index le connaît d'instinct à force de le répéter, la mémoire déçue anticipe chaque mot enregistré, chaque nuance insolite de la voix, ces gens ont une étrange façon de prononcer, il admire la perfection et le détachement avec lesquels ils confient leurs mots à un écouteur et à une bande magnétique qui se déroule maintenant automatiquement dans un répondeur, résonnant comme la voix d'un fantôme dans un appartement inhabité en pleine nuit, s'ajoutant aux gargouillis du moteur d'un réfrigérateur, aux grincements des meubles, aux sons qui montent de la rue à travers les persiennes baissées, à quel endroit, dans quel quartier de cette ville qui plaît tellement à l'imbécile inepte obsédé par *la Walkyrie* et l'empreinte de l'Espagne en Amérique, à quoi ressemble la pièce où a déjà retenti si souvent la sonnerie du téléphone et le même message, quels livres contient-elle, quels tableaux et quels disques, quelles photographies, peut-être y en a-t-il une de la femme qui ne dit même pas son nom sur l'enregistrement, seulement le numéro, Allison, même pas un nom, juste un prénom sur une petite carte plastifiée, accrochée au revers de sa veste d'homme, des cheveux blonds, un sourire éclatant comme un éclat de rire, un visage qu'il n'arrive plus à se rappeler, surgissant dans les couloirs du Palais des congrès et disparaissant au milieu d'une foule de fantômes blafards sous les lumières fluorescentes, retrouvé par hasard dans une salle à manger sillonnée par les mêmes fantômes tenant maintenant des plateaux en plastique chargés d'assiettes de salade et de poulet en sauce, de boissons gazeuses, exhibant les sourires les plus polis et les plus préfabriqués du monde, une carte plastifiée accrochée au revers, des doigts aussi propres que des pinces chirurgicales, échangeant des excuses à chaque frôlement léger des coudes, les races humaines ne sont pas au nombre de cinq, mais de six, la sixième est la race livide et métisse des participants aux congrès, on les reconnaît à ce qu'ils portent leur nom au revers de leur veste et des chemises en plastique sous le bras, sans oublier un étrange collier dont ils introduisent les extrémités dans leurs pavillons auditifs : et soudain, au milieu de l'ennui, au cœur de cette Babel de voix dormitives qui s'expriment en plusieurs langues, ces lèvres rouges dessinant un sourire comme un drapeau déployé, la blonde aussitôt reconnue, si décontractée et assurée qu'elle paraît plus grande, le même parfum que la première fois, quand elle avait surgi dans le couloir, pas un parfum, une eau de Cologne, on l'imaginait nue, sortant de la douche dans une salle de bains, avec un bâton de rouge devant son miroir, les lèvres les plus fines et les plus rouges de tout Madrid, les cheveux les plus blonds, le corps le plus heureux, car ce sont les corps et les visages qui montrent le bonheur ou le malheur, pas les mots ni même les états d'âme, on peut se sentir heureux et découvrir dans son miroir un visage triste, on peut mourir de désespoir près d'un téléphone dans une chambre du *Homestead Hotel* d'Evanston, Illinois, et passer dans la salle de bains pour se laver les dents et lire sur son visage un désir inconscient de bonheur, ou au moins d'ironie, d'ironie dirigée contre soi, contre cette situation typique d'un roman d'Europe centrale, sorte de préambule paisible à un roman de terreur, l'hôtel silencieux, le voyageur perdu, le téléphone qui répète inlassablement son message automatique, et derrière la fenêtre, au loin, sept étages plus bas, des jardins, des cours ou des décharges de vieux pneus, un ciel bas et gris se dissolvant au loin dans la surface ondulée et brumeuse du lac encore plus gris, semé de stries vert sombre, aussi désolé que la mer Baltique un soir d'hiver.

Avant tout, agir, pas question de laisser le linge se froisser et s'entasser dans le désordre de la valise ni du sac, pas question de s'étendre sur le lit pour regarder la pub et les jeux à la télévision, et tourner la tête de temps en temps vers la table de nuit pour prendre une cigarette ou retenir la main au moment où elle soulève le combiné une nouvelle fois, et surtout interdiction absolue de parler tout haut, car dans la solitude et le silence la voix finit par devenir aussi étrangère que le visage. Agir avec méthode, le livre et le walkman sur la table de nuit, le valium dans le tiroir, la fiasque de Glenfiddich sur la commode, une seule gorgée, pas trop longue, juste pour se réchauffer, le linge sur un rayon de l'armoire, le costume accroché au cintre, la mousse à raser et les lames jetables sur l'étagère de la salle de bains, la brosse à dents, le peigne, le dentifrice, de l'ordre avant tout, encore un peu de lotion sur le visage, une chemise propre, un pull en laine, les cheveux humectés et coiffés en arrière, l'inspection minutieuse et douloureuse du peigne, quelle horreur, c'est la décadence, les premiers indices, le peigne et la faïence du lavabo parsemés de cheveux, le rideau opaque de la douche, un souvenir traître, le rideau écarté et la blonde Allison entrouvrant les yeux sous le jet fumant de l'eau, les paupières tachées de Rimmel, le visage inconnu sans son auréole de cheveux, plus dépouillée et plus adulte, les seins frémissants, les mamelons gercés et le front plus large, un sursaut de décence et elle serra les cuisses, la main tenant la savonnette recouvrit instinctivement le pubis brun, ce geste de pudeur et presque de désarroi la rendait plus excitante à cinq ou six heures du matin, dans un hôtel de Madrid aussi accueillant qu'un parking souterrain, rien à voir avec celui-ci, qui ressemble plutôt à une résidence victorienne : couvre-lit blanc et brodé, gravures bucoliques, vues de Chicago du siècle dernier, grande baignoire à robinets en cuivre où l'air gargouille comme les bronches cancéreuses d'un chevalier sans reproche, fenêtre dont l'encadrement en bois est fendu et assailli par le vent du lac sifflant et rugissant de plus en plus férocement, un vent rappelant la tramontane qui tord les oliviers sauvages du cap Creus et le levant africain de la baie de Cadix. L'horizon et le lac se sont dilués dans la brume, on entend la fureur méthodique des vagues et la sirène d'un bateau, les vitres tremblent et les volets grincent, mais le téléphone reste muet, toujours pas de voix humaine, il fait nuit noire, il faut sortir pour aller manger, car le service des chambres ne répond pas, il y a sans doute eu une alerte nucléaire et dans la précipitation on a oublié le groom noir et l'unique client, mais le groom noir n'est plus dans le hall, il s'est précipité dans le refuge au dernier moment, traînant ses godillots préhistoriques, mais vu son âge et son état ça ne l'avance pas beaucoup, sur le comptoir de la réception se trouve encore l'autre enveloppe de clés, donc le fanatique de *la Walkyrie* et du MOMA* n'est pas encore arrivé, il doit errer sur les routes ou dans les banlieues qui ont l'air de cimetières prospères, à la merci d'un chauffeur de taxi lituanien ou malais, ou bien mis à temps au courant de l'alerte nucléaire, il doit prononcer son discours sur la fameuse empreinte devant un auditoire de futurs survivants. A droite du hall, il y a un salon début XIXe avec une cheminée néo-classique, des moulures blanches au plafond, des meubles en acajou, un piano ouvert et une partition au-dessus du clavier, Schubert, *La Jeune Fille et la Mort*, on ne dirait pas le salon d'un hôtel, mais celui d'une maison dont les maîtres viennent de sortir une minute avant l'arrivée de l'invité, la victime imprudente et probable, il y a même sur la cheminée un portrait dans un cadre ovale : une demoiselle en décolleté serré, boucles sur les tempes, la demoiselle phtisique qui jouait Schubert il y a plus d'un siècle sur ce piano réduit au silence depuis cette époque-là et qu'on entend par les nuits d'orage alors que personne n'en joue, points de suspension.

Le vent vous emporte comme une feuille de papier journal, attention aux fils électriques qui peuvent tomber et aux tuiles qui peuvent s'envoler, les rues sont désertes, des lumières brillent de l'autre côté des arbres, fenêtres à rideaux derrière lesquelles on entrevoit des intérieurs anglo-saxons confortables, et les drapeaux

* Musée d'art moderne de New York. *(NdT)*

déployés en haut des mâts claquent comme les voiles d'un navire : une église néo-gothique, sorte de Parthénon qui doit être la mairie, un centre commercial, un McDonald's illuminé et presque vide, tous pavoisés, une voiture de police, de la même taille et du même bleu que celles des feuilletons télévisés, avance lentement le long du trottoir et s'arrête à la hauteur du seul insensé qui semble marcher ce soir dans la ville, du calme, ne tourne pas la tête, avance comme si de rien n'était, malgré ton air tu n'as la gueule ni d'un violeur, ni d'un bandit, ni d'un Arabe, il faut faire comme lorsque la jeep des *gris* surgissait au coin de la rue et projetait votre ombre devant vous avec ses phares, les doigts cherchant le passeport dans la poche, la tête haute, derrière les bords relevés de la veste, la lumière rouge et bleue brille sur l'asphalte, reflétée dans la vitrine d'un armurier fermé, un policier noir lance un regard interrogateur par la fenêtre, on entend la voiture-patrouille changer de vitesse, accélérer et tourner le coin dans un hurlement de pneus tout à fait familier, on s'attend même à entendre la musique d'un film et à voir défiler le générique dans l'obscurité, mais on aperçoit seulement le panneau éclairé au néon d'une taverne irlandaise, *Bennigan's*, et dans un endroit pareil, on dirait la lumière d'une maison entrevue dans la forêt d'un conte de fées. Les vitres sont embuées, l'intérieur est chaud, saturé de voix et de fumée, le comptoir est long, en bois sombre, les robinets de bière dorés, le juke-box diffuse à plein volume une chanson d'Aretha Franklin, les buveurs ont des visages rouges et louches, le plancher est jonché de mégots et de sciure, une femme très raide sur un tabouret tient un verre de whisky et rit à gorge déployée sans ôter sa cigarette de sa bouche : on dirait que tous les malfrats du Middle West se sont réfugiés ici, ceux qui ne s'enferment pas chez eux à la nuit tombée, les seuls à défier la consigne officielle de se regrouper dans les abris antinucléaires. Coudes sur le zinc, ils ont l'air ravis, comme s'ils étaient appuyés sur le sol de leur patrie, devant une bière brune qui déborde d'une épaisse mousse tiède, devant un grand hamburger qui aiguise et assouvit la faim, et soudain ce changement d'ambiance qui rend un cadre hospitalier dans un voyage, les visages des buveurs, les accents, l'identification de leurs origines par une sorte d'instinct machinal, la douce somnolence devant un verre de whisky on the rocks, ce vieux plaisir d'engager une conversation dans une langue étrangère. Devant les toilettes, il y a un téléphone public près d'un distributeur de cigarettes, la bière et le whisky incitent à l'audace d'appeler encore une fois, pas besoin de pièces, on peut l'utiliser en introduisant une carte de crédit dans la rainure : le bout de l'index presse successivement les petites touches carrées métalliques, un court silence précède les sonneries, la première, la plus longue, fait irruption une fraction de seconde plus tard dans l'appartement de New York, nouveau silence, Allison a dû l'entendre de sa cuisine et elle n'atteindra pas le téléphone avant deux ou trois autres sonneries, deux de plus, elle dort et a un sommeil si profond qu'elle n'arrive pas à se réveiller, ou bien elle sort de l'ascenseur et court à la porte et craint qu'il s'arrête de sonner une seconde avant qu'elle ait décroché le combiné, mais ce frottement qu'il entend maintenant est celui de la bande du répondeur, de nouveau la voix sereine, métallique, insultante, débitant les numéros aussi impeccablement que dans la première leçon d'un cours d'anglais, le bip du début de message et l'oreille épiant en vain le même silence que les fois précédentes, la minute et demie de silence interrompue par un bip aigu quand le voyant rouge du répondeur s'éteint sans que la voix masculine ait enregistré un seul mot sur la bande.

Mais tant pis si elle n'est pas là, il est encore facile de l'oublier, très facile, c'est sûrement ce qui lui est arrivé il y a deux mois, elle a passé une nuit à Madrid avec un inconnu, est retournée en Amérique le lendemain et n'y a plus pensé, ou alors avec la conviction qu'elle ne le reverra jamais, bien décidée à ne pas sombrer dans une rencontre banale, car ce fut une sorte de miracle fulgurant, et les miracles ne se répètent pas, peut-être même n'existent-ils pas : ce ne sont que des mirages. Mais alors pourquoi ce bout de papier avec son numéro de téléphone sur la table de nuit, pourquoi ces derniers mots, entendus sur l'autre rive du sommeil : "Ne te perds pas", et cette façon de dire au revoir en portant ses doigts sur le rouge frais de ses lèvres, à huit heures du matin, quand la clarté envahissait la chambre de l'hôtel et qu'ils ne s'étaient pas encore endormis. C'était peut-être mieux ainsi, ni avenir ni passé, ni pressentiments ni souvenirs, pas ces généalogies obsessionnelles que s'inventent les amants, pas cette vanité mutuelle de se posséder ni le rejet fanatique des passions antérieures, pas davantage la volonté d'effacer de la mémoire l'art de renverser les statues et de brûler les temples d'un culte abandonné pour se livrer avec l'ardeur d'un zélote à une nouvelle religion ; un peu de gratitude, c'est tout, une souveraineté intime, assez de lucidité pour comprendre que c'est l'absence inattendue de cette femme qui la rend impérieusement désirable, mais pas au point d'éteindre tout désir envers d'autres femmes, la serveuse irlandaise qui pose sur le comptoir le verre avec de la glace pilée et y verse une mesure de whisky en utilisant un gobelet en étain, la buveuse solitaire aux yeux brillants qui se balance un peu sur le tabouret et fume des Winston extra-longues, des femmes inconnues, instantanément désirées, puis imaginées dans la chambre d'hôtel avec une véhémence surtout provoquée par la solitude et l'alcool, regardées dans la rue quand elles traversent à un feu rouge, entrevues brièvement derrière la vitrine d'un marchand de chaussures au moment où elles appuient sur le tapis un pied déchaussé aux ongles peints, des blondes à lunettes noires dans les taxis ou assises dans l'autobus, jambes croisées, attendant quelqu'un dans le hall d'un hôtel, souriant dans un couloir du Palais des congrès de Madrid et portant une ample gabardine verte et une étiquette plastifiée sur le revers où le regard toujours attentif lit un prénom, Allison. Elle a dû quitter New York, déménager, les Américains changent de domicile et de travail avec une facilité déconcertante.

A une heure du matin, le répondeur, avec la même voix polie, répète le même numéro qu'il connaît aussi bien que les lettres de ce prénom, Allison, mais maintenant il aura enregistré sur la bande, pendant la minute et demie de silence, le fracas du vent sur le lac Michigan, le sifflement contre les vitres d'une fenêtre du *Homestead Hotel*, la voix du prédicateur qui récite à la télévision des versets de l'Apocalypse et garantit aux Etats-Unis d'Amérique l'aide du Dieu des armées dans la guerre imminente. La fiasque de Glenfiddich et les cigarettes sur la table de nuit, la tentation d'appeler de nouveau pour répéter dans le répondeur le numéro du *Homestead*, à tout hasard, mais il vaudrait mieux éteindre la télévision pour ne plus voir ce type qui invoque la protection du Dieu des armées et brandit la Bible comme un fusil d'assaut, baisser les persiennes que le vent va secouer toute la nuit, s'abandonner au valium et à l'obscurité, l'adepte de la cocaïne et de Wagner va sûrement apparaître demain, on apprendra alors où se passe le symposium, on découvrira les visages des employés de l'hôtel, y compris des hôtes, peut-être même décrochera-t-on le téléphone et une voix véritable, pas celle de la bande magnétique, la voix d'Allison, s'excusera et demandera qu'est-ce que tu fais, où es-tu, si tu ne reviens pas tout de suite à New York je prends un vol pour Chicago pour te retrouver au septième étage de cet hôtel qui dans cette nuit d'orage sur le lac Michigan a l'air d'être un phare du bout du monde, dans cette nuit de vent où règne l'étrangeté, le désarroi et l'insomnie, cette nuit où il suffit de s'endormir pour rêver qu'on est encore réveillé, qu'on voit la chambre et le téléviseur éteint, qu'on se cache la tête sous les couvertures pour ne pas entendre la vibration des vitres et le sifflement du vent qui arrache les tuiles et renverse les poteaux électriques, pas seulement maintenant, mais aussi il y a des années, à une époque et dans une ville surgies du rêve et bientôt oubliées quand la lumière transparente du jour et le calme du lac offriront au réveil la sensation que la tempête, l'hôtel vide et l'insomnie étaient les parures d'un mensonge.

Je veux te raconter qui j'étais et ce que j'ai fait, mais j'ai l'impression que la moitié de ma vie a déserté ma mémoire, que je suis moi-même absent de mes propres souvenirs, qu'ils me sont racontés par un autre, car si je vois clairement les lieux que j'ai traversés, je ne m'y vois pas, ou ne m'y reconnais pas, je suis le regard neutre d'une caméra, une oreille qui perçoit des mots, un système de connexions nerveuses dressé à les identifier et à les transformer instantanément en mots d'une autre langue, une voix habituée à agir comme l'écho et l'ombre d'autres voix, l'inconnu que tu as croisé la première fois sans remarquer encore son visage, l'étranger réveillé par le soleil un matin au *Homestead Hotel*, qui ne réalise pas tout de suite où il se trouve et se demande si l'orage de la veille n'était pas un mauvais rêve hérité des terreurs de l'enfance. Il se redresse, aveuglé par la lumière qui bouscule sa paresse et son envie de dormir, il regarde le téléphone et décide de ne pas appeler pour entendre encore le répondeur automatique, il descend dans le hall et ne voit personne, dans le salon où se trouve le piano il y a une machine à café, un pot de lait tiède, des sachets de sucre, des verres, des petites cuillers en plastique, sans oublier la saccharine et une prudente dose de café décaféiné, le tout aimablement déposé par ces mêmes fantômes qui, pendant qu'il déjeune, font le ménage de sa chambre, invisibles, car lorsqu'il y retourne vingt minutes après, le lit est fait, le cendrier vidé, quant au tube de dentifrice et à la brosse à dents qu'il a laissés n'importe où, ils occupent proprement un verre sur l'étagère au-dessus du lavabo.

Si je le racontais à Félix, il ne me croirait pas, j'aime à imaginer que je lui raconte les choses au moment où elles arrivent, peut-être n'en croirait-il pas un mot, ne les noterait-il même pas dans ce journal secret qu'il tient depuis des années sur son ordinateur, mais je n'y crois pas davantage, bien qu'elles me soient réellement arrivées, la somme des hasards qui m'ont conduit à te rencontrer, la peur, les malheurs stériles, l'accoutumance à la déception, le sentiment non pas de courir à ma perte mais d'être perdu depuis déjà longtemps, depuis le moment où j'étais dans cet endroit absurde en bordure du lac Michigan, et des mois plus tôt, depuis que j'étais retourné en Espagne sans envisager encore de rester, quand j'avais été ébloui à la sortie d'un virage par les phares d'un camion, j'avais écrasé le frein et la vitesse n'avait pas diminué. J'avais fermé les yeux, prêt à mourir, mes mains avaient donné un coup de volant désespéré et instinctif et je n'avais vu que l'obscurité ; quand je regardai de nouveau autour de moi, j'étais au milieu du champ durci par le gel, toujours vivant, l'autoradio donnait une chanson d'Otis Redding : la dernière fois que je l'avais entendue, c'était dix-sept ans auparavant. Maintenant, je sais qui je suis car tu me regardes et me nommes et m'apprends des choses de moi que j'avais oubliées, mais si je pense au *Homestead Hotel* ou à ce voyage somnambule en pleine nuit pour retourner à Madrid, où j'avais failli me tuer avant d'avoir trente-cinq ans et de savoir que tu existais, j'ai l'impression de me souvenir de la vie d'une ombre, ou de lire un curriculum vitæ, je suis surpris, en vérifiant les dates pour les fêter avec toi, de découvrir qu'en réalité il ne s'est pas passé si longtemps, à peine plus de deux mois, et qu'il aurait suffi d'une fraction de seconde pour que tout s'éteigne, ce moment, ton visage aujourd'hui, ta façon de me regarder tandis que je te parle de Félix et de l'envie qui m'était venue soudain d'aller le voir, un samedi soir de novembre, fraîchement débarqué à Madrid, venant de Bruxelles, à peine installé dans une chambre de l'hôtel Mindanao, me demandant ce que je ferais pour supporter les deux nuits et le redoutable dimanche qui me séparaient du lundi matin où, à neuf heures tapantes, commencerait mon travail au Palais des congrès. Je m'assis sur le lit, regardai pendant un moment les rideaux verts et les dessins animés à la télévision, calme, en tout cas un peu plus calme que les nuits précédentes, savourant la paix laissée par un amour qui s'est envolé, comme dit le boléro, manquant de sommeil, confiant dans les vertus de l'ennui et du valium, mais au bout de cinq minutes je décrétai que si je restais le bâtiment s'écroulerait sur moi, ou au minimum le plafond de la chambre, je cherchai donc le numéro de Félix dans mon agenda, et j'entendis au téléphone un fond de cris d'enfants et de fugue baroque. Je l'appelle une ou deux fois par an, des endroits les plus saugrenus, mais il décroche aussitôt, comme s'il attendait mon appel, et me parle invariablement sur le même ton, tandis qu'on entend ses enfants et sa musique préférée en bruit de fond, toujours la même depuis l'époque où nous allions au lycée de Mágina. Je regardai ma montre, calculai que j'avais le temps d'aller à la gare de Chamartín et de prendre un train de nuit, jetai des habits de rechange dans un sac plutôt humiliant destiné à la laverie de l'hôtel, et le lendemain matin, à huit heures, titubant de sommeil, grelottant de froid, j'errais au hasard dans les rues proches de la gare de Grenade, cherchant une cafétéria ouverte pour y lire le journal, tenant mon sac à linge sale, seul dans une ville que je connaissais à peine où seuls deux ou trois fous et quelques mendiants étaient levés, le genre de mendiants qui se lèvent tôt, à la manière de fonctionnaires, pour occuper une place de choix à l'entrée des églises, des types en jogging, c'était le meilleur moment de la journée, et une vieille qui avait du rouge aux lèvres et des talons tordus, et qui traînait une énorme valise attachée par des ficelles : je la dépassai sur le trottoir car elle avançait avec la lenteur d'un escargot, et je faillis lui proposer mon aide, pris de compassion et presque de culpabilité, cette pauvre femme seule et essoufflée traînant une valise inhumaine, mais je me repentis à temps et m'éloignai à grands pas, craignant qu'elle m'interpelle, jeune homme, s'il vous plaît, elle pouvait très bien me demander de porter la valise et m'obliger à traverser toute la ville à son pas de tortue, j'ai déjà eu des idées de ce genre, et Félix crève de rire quand je lui raconte ce genre d'anecdotes, d'après lui j'ai un aimant qui attire la sympathie des cerveaux brûlés et fêlés, des gens les plus bizarres, et l'ennui c'est que si je ne me méfie pas je me mets à la place du premier d'entre eux et je m'imagine à quatre-vingts ans, traînant une valise dans une ville étrangère ; si je traverse une rue d'un faubourg de Madrid, un matin du mois d'août, avec un Africain chargé de tapis qui n'a aucune chance d'en vendre un seul et qui entre dans les bars et essuie calmement les plaisanteries brutales des clients, je me mets aussitôt à sa place et je meurs de chagrin, ou bien je reste moi-même et je me persuade que j'essaie de vendre des tapis dans une ville du Cameroun, par exemple, et j'ai envie de l'inviter à prendre un café et d'acheter toute sa marchandise, de devenir l'ami de cet homme pour qu'il se sente moins seul et moins entouré de racistes.

Tel était à peu près mon état d'esprit ce matin-là dans la ville déserte, je me demandais comment occuper mon temps jusqu'à onze heures ou midi, heure raisonnable pour débarquer chez des gens un dimanche, léchant les vitrines, remplissant mon sac en plastique de cadeaux, nefs spatiales avec gyrophares pour les enfants de Félix, bouteille de pur malt détaxé pour lui, flacon de parfum pour Lola, découragé, nerveux, car je suis aussi déprimé d'arriver quelque part qu'excité d'en repartir, fléchissant sous le poids non pas des tapis, mais des heures d'ennui : le temps est comme un costume qui n'est jamais à ma taille : trop court, je suis désespéré, et soudain trop grand, je ne sais plus qu'en faire. Je lus je ne sais combien de journaux, pris plusieurs petits déjeuners, vis des familles matinales partir à la messe et des messieurs au ventre rebondi sous la veste de leur jogging rapporter des gros sacs de *churros*, comme d'habitude je me demandais ce que j'étais venu faire, je ne cesse de me le demander et le bavard névrotique qui ne me quitte pas d'une semelle n'apporte généralement jamais de réponse satisfaisante à cette question, et je me le demandai plus que jamais deux mois plus tard, pendant que je prenais mon petit déjeuner au *Homestead Hotel* sans quitter des yeux la demoiselle fantôme qui jouait *la Jeune Fille et la Mort* par les nuits de grand vent, puis lors de la fête organisée dans un salon de l'université, les organisateurs enfin visibles du symposium m'avaient enfin retrouvé et je souriais, un verre de xérès à la main, parlant de tout et de rien avec des professeurs et des personnalités qui arboraient un sourire enveloppé de cellophane, tel un sandwich au concombre, et allaient de groupe en groupe en décrivant les figures de ballet qu'observent les Anglo-Saxons dans les *parties*, j'en attrape la nausée, je me sens seul au milieu des groupes qui pérorent, je regarde attentivement le fond de mon verre, mon ombre s'approche pour ne pas me laisser seul et me pose à voix basse la question : que fais-tu là, tu n'as rien à voir avec ces gens-là, c'était ce que me disait mon père pour m'éloigner des mauvais amis, qu'est-ce que je fais dans une cabine de traduction du Parlement européen, à l'aéroport de Chicago ou de Francfort, qu'est-ce que je fais à tourner en rond comme un indigent dans les rues de Grenade, à l'aurore, buvant des cafés qui ne me disent rien et fumant des cigarettes qui me rendent malade, regardant ma montre, tuant le temps, écoutant très poliment les divagations d'un chauffeur de taxi qui, lui non plus, n'a sûrement pas fermé l'œil de la nuit et en veut au monde entier. Il me dépose un peu avant midi devant l'immeuble où vit Félix et je n'ose pas encore frapper, comme si j'étais un démarcheur à domicile, autre corporation qui me plonge aussi dans le malheur solidaire et coupable, j'ai le cœur déchiré quand je dois m'armer de courage pour ne pas acheter une cireuse électrique ou une encyclopédie de médecine familiale. Quand je sortis de l'ascenseur, Félix était déjà à la porte de l'appartement, avec ce sourire aussi inaltérable que sa façon de parler ou de s'habiller, me chantant l'air de bienvenue de *Luisa Fernanda**, et après une accolade sans trop d'effusions, car nous sommes timides tous les deux, il me demanda pourquoi j'arrivais si tard, Lola et lui se demandaient si je n'avais pas raté mon train ; à peine avais-je franchi le seuil de sa maison que je sentis la chaude sensation qu'au moins, pendant quelques petites heures, je serais à peu près à

* Titre d'une zarzuela célèbre. *(NdT)*

ma place, même si j'étais intimidé par ces chambres si vivantes et si bien rangées, par les tableaux aux murs, les meubles, les rideaux, la bibliothèque pleine de livres, les étagères remplies de disques, tout cela avait une densité un peu oppressante, une odeur de propre, de linge bien plié dans les armoires, de diffuseur discret dans la salle de bains, et au milieu, assis en face de moi dans le canapé, me servant une bière sur la table basse en verre brillant, mon ami Félix, identique à mes souvenirs des dix ou quinze dernières années, un peu empâté, même coiffure, grand et costaud mais tête poupine, dans un gilet en laine sans doute tricoté par sa mère, en chaussures de sport, confortablement installé dans sa discrète prospérité comme au temps de notre enfance quand il s'installait sur une marche de la rue de la Fontaine-aux-Rires pour manger son goûter : une grosse tranche de pain tartinée d'huile ou accompagnée d'un carré de chocolat terreux. Lola avait emmené les enfants chez ses parents, me dit-il, pour que nous puissions déjeuner tranquilles, tu n'es pas habitué et je suis sûr que les enfants t'énervent : il avait l'air de dire cela avec un certain détachement ou à tout hasard, il se leva pour mettre un disque et quand il revint s'asseoir, il sifflotait la mélodie et remplit mon verre de bière sans me regarder en face.

Je pensai non sans remords ni scrupules que ces derniers temps j'avais négligé son amitié, nous faisions sans doute trop confiance à la persistance d'anciennes complicités, un peu usées par l'éloignement et la négligence : que savons-nous l'un de l'autre aujourd'hui, quel rapport y a-t-il entre nos deux vies. Il donne des cours de linguistique à l'université, lit le grec et le latin, fait des recherches sur je ne sais quels codes ou mystères syntaxiques afin de programmer des ordinateurs, et il a deux centres d'intérêt, presque des passions, son journal chiffré et les compositeurs baroques, il passe les fêtes de Noël et de Pâques à Mágina, loue une petite villa sur la côte en été, en le regardant, je le vois si différent de moi que je me demande toujours ce que nous avons en commun, pourquoi il est mon meilleur ami depuis presque trente ans. Ce matin-là, il se posait sans doute la même question, mais la bière et la musique nous donnaient lentement courage, nous retrouvions des mots de passe, des surnoms terribles, des expressions de Mágina, les divagations de Lorencito Quesada dans *Singladura*, nous nous regardions du coin de l'œil avant de pouffer de rire, un geste, l'intonation d'une phrase nous suffisaient pour nous reconnaître, et quand Lola revint nous avions les yeux brillants, de rire et de bière, car Félix venait de me réciter par cœur le sonnet anonyme consacré à Carnicerito de Mágina, que j'avais complètement oublié. Une lumière claire de matinée dominicale régnait dans toute la maison, aussi transparente que la musique que nous écoutions, des concertos pour hautbois de Haendel, m'expliqua Félix, une musique qui répandait un bonheur délicat et tonique, qui agissait sur moi comme ces bières un peu matinales que nous buvions, comme nos éclats de rire. Félix préparait les apéritifs sur la paillasse de la cuisine et Lola nous regardait tous les deux, appuyée contre le mur, souriant, les bras croisés et une cigarette à la main, avec sympathie et une vague indulgence, où habites-tu maintenant, me demanda-t-elle, avec qui, tu vas rester combien de jours avec nous, et quand je lui répondis que je repartais le soir même, Félix hocha la tête en vérifiant la position des verres et des soucoupes de *tapas* qu'il avait préparées, et il dit sans me regarder : “Il ne changera jamais. Je crois qu'il va quelque part uniquement pour en repartir le plus vite possible.”

Aucun doute possible, il m'en voulait, mais il ne me l'avouerait jamais, nous répétions nos éternelles plaisanteries, ils me parlaient des enfants et du travail, m'interrogeaient sur le mien et Félix me regardait comme s'il ne m'entendait pas, comme s'il cherchait dans mes yeux, sur mon visage fatigué, dans mes gestes nerveux, la réponse à une interrogation qui n'était pas formulée avec des mots et à laquelle les miens ne répondraient pas, au fond de moi je me mis sur mes gardes et commençai de me voir par ses yeux. Ça aussi c'est plus fort que moi, je peux devenir étranger à moi-même et m'observer à travers le regard d'un autre, il ne s'agit pas de prendre la place d'une personne qui me connaisse aussi bien que Félix, mais de me mettre dans la peau d'un inconnu quelconque, dans ce cas j'ai automatiquement tendance à supposer que son jugement sera implacable et à lui donner raison. Je sentis soudain mes mains s'agiter avec inquiétude et rapidité, je n'arrivais plus à soutenir leurs regards, j'allumais une cigarette quelques minutes après avoir éteint la précédente et je vidais très vite mon verre de bière : mais l'attention de Félix n'avait rien de réprobateur, elle était seulement soutenue et minutieuse, comme tous ses actes, comme la façon qu'il a de couper le fromage ou d'écrire les titres des morceaux et les noms des musiciens sur les bandes magnétiques qu'il enregistre, je le vois faire quelque chose et je me souviens de l'époque où nous étions sur les bancs de l'école, quand il écrivait sur son cahier rayé en passant la pointe de sa langue sur ses lèvres : une concentration totale et tranquille. C'est ainsi qu'il a bâti sa vie, sans varier d'un pouce depuis que je le connais, mais aussi sans s'entêter dans un but rigide, sans cette volonté nourrie de rancœur que les pénuries de son enfance, son père cloué au lit par une paralysie irréversible, sa mère faisant des ménages et les habillant, lui, ses frères et ses sœurs, avec la garde-robe de l'Aide sociale, auraient pu lui inoculer à bon droit, il ne parle jamais de cela, je ne l'ai jamais vu se révolter contre quoi que ce soit, pas même à l'époque où nous nous complaisions presque tous dans des grandes démonstrations de rébellion, pourtant il n'a pas fléchi, ne s'est pas soumis, il était le même il y a vingt-cinq ans et l'été dernier, et quand je vois sa femme à côté de lui, elle me donne la même impression de sérénité et de stabilité, comme s'ils étaient nés ainsi tous les deux et s'étaient contentés de suivre une sorte d'instinct qui les protégeait et les fortifiait. Les années d'errance et les amours stériles ne les ont pas entamés, à l'inverse de toi et moi, ils ne paraissent avoir connu ni le désespoir ni la discorde, ils travaillent, vivent ensemble, ont des enfants, les élèvent, regardent un film à la télévision après les avoir couchés, puis ils se désirent et se possèdent, sûrement, je les ai vus échanger un regard, se frôler comme par hasard et se sourire, pas avec ce bonheur idiot à la Doris Day des jeunes mariés éternels qui s'exhibent devant les amis et finissent par s'appeler papa et maman, j'ai envie de vomir rien que de les entendre, parole, mais avec pudeur et expérience, comme les gens qui s'appliquent toute leur vie à bien faire quelque chose, comme un homme et une femme habitués à un lien qui a prouvé son efficacité avec le temps. Toi et moi nous avons peur, nous n'avons même pas vécu dix nuits ensemble, nous avons peur de ce que le temps va faire de nous et chaque heure nous paraît être un cadeau du hasard, nous n'avons jamais rien possédé qui ne soit fragile ou nôtre incontestablement, mais eux, non, je crois qu'ils n'ont pas le sens de l'incertitude, comme nous n'avons pas la moindre idée de la durée. Ils ont emménagé l'an dernier dans cet appartement car le précédent était devenu trop petit à cause des enfants, ils ont fait un emprunt et acheté des meubles neufs à crédit, ils ne se sentent ni acculés ni coincés, Félix m'a montré tout cela pendant que Lola préparait le repas, et je pensais à ma maison, aux appartements dans lesquels j'ai vécu à la sauvette pendant ces dix dernières années, n'ayant pour tout bagage qu'une radiocassette, quelques livres, des enregistrements, une valise empruntée pour un déménagement et jamais rendue, un sac de voyage, des lieux aussi réfractaires à une présence que les chambres d'hôtel, sans tableaux sur les murs ni photographies encadrées sur les buffets, ni une carte à mon nom sous le judas de la porte, des immeubles entiers habités par des gens vivant seuls, par des couples ayant un chien au maximum, des cloisons fines derrière lesquelles on entend des bruits, mais qui vous relèguent dans un lointain de monastère tibétain, vous pouvez mourir d'une crise cardiaque en regardant la télévision et on mettra plus de temps à trouver votre cadavre que si vous aviez disparu dans le désert d'Australie.

"Et voici le saint des saints, comme dirait Lorencito Quesada !" s'exclama Félix : sa chambre, dont un mur était entièrement occupé par les livres et les disques, et une fenêtre par laquelle on voyait une colline couverte de maisons blanches et de jardins plantés de cyprès, la chaîne qu'il était le seul à utiliser, des aquarelles représentant Mágina et la vallée du Guadalquivir depuis la corniche des Belvédères, le grand bureau dégagé, l'ordinateur où il écrit son journal tous les jours, un almanach du *Système Métrique* avec une photo ancienne de la place du Général-Orduña. Il avait trouvé les aquarelles à Madrid, dans une échoppe du

*Rastro**, et les avait payées une bouchée de pain, bien que le vendeur lui eût assuré qu'il s'agissait d'un peintre assez célèbre des années trente, sans doute parce que les couleurs étaient délavées, on n'y voyait pas la ville telle qu'elle est, mais comme on peut s'en souvenir quand on l'a quittée depuis très longtemps. La conversation languissait, nous restions silencieux, je buvais une gorgée de bière, je cherchais autour de moi un cendrier et quand Félix me le tendait je croisais son regard et j'avais l'impression qu'il était sur le point de me demander quelque chose, mais aussitôt une plaisanterie nous tirait d'affaire, un mauvais jeu de mots, presque un alibi pour éluder le silence. Lui ou moi, nous disions quelque chose, pour nous rendre compte que l'attention de l'autre était surtout une attention polie. Pendant le repas, la présence de Lola nous rassurait, et nous regardions les informations à la télévision, soulagés de rester silencieux sans que notre silence se remarque. On interviewait un homme grisonnant et frisé qui parlait très vite et portait des lunettes à monture transparente. Félix posa sa fourchette, donna un coup de poing sur la table et éclata de rire : "Mais regarde-moi ça, incroyable, tu sais qui c'est ?" J'étais distrait et quand je levai les yeux sur l'écran, une formation de chars de combat manœuvrait dans le désert. "C'est vrai, tu ne l'as pas reconnu ? Praxis, voyons, celui qui nous donnait des cours de littérature au lycée ! Il est député, on vient de le nommer directeur général de je ne sais quoi. Lui aussi s'est découvert la vocation de sentinelle de l'Occident." Je ne m'en souvenais pas, et cinq minutes après j'avais de nouveau oublié, comment aurais-je pu savoir que deux mois après, en ce moment même, ce nom ferait partie de la trame de ma

* Le marché aux puces de Madrid. *(NdT)*

vie, que ce dimanche chez Félix, ma secrète envie, le poids de mon déracinement étaient aussi les ultimes épisodes d'un point final et ceux d'un prélude ébauché sur les rives du désastre. J'avais voyagé en train pendant toute une nuit pour retrouver un ami, et à mesure que l'après-midi s'écoulait, j'étais gagné par la déception de ne pas l'avoir trouvé, non par sa faute, mais parce que j'éprouvais, impuissant, la sensation de me trouver très loin, percevant l'apparition des symptômes de l'inquiétude, les regards sur la montre, le calcul des heures nécessaires pour arriver à la gare sans me presser, déjà le désir d'être ailleurs et que Félix ne s'en aperçoive pas. Nous bûmes lentement plus de la moitié de la bouteille de whisky pur malt que je lui avais offerte et à la nuit tombée, un peu ivres, nous partîmes chercher ses enfants, il suggéra d'aller prendre une bière avant, dans un bar du voisinage. Il saluait presque tout le monde dans la rue et le serveur l'appela par son prénom. A la deuxième bière, il s'accouda au comptoir et me parla sur un ton si sérieux que je ne reconnus pas sa voix. “Je ne sais pas ce qui t'arrive, mais tu es bizarre, tu ne peux pas tricher avec moi. Tu es nerveux, tu es pressé, tu es arrivé ce matin et tu ne penses qu'à repartir. Lola aussi l'a remarqué. Il y a peut-être trop longtemps que tu vis dans ces pays où le soleil ne se trouve que sur les publicités. Moi, à ta place, je reviendrais. Tu n'as pas dit que tu étais à ton compte, maintenant ? Alors tu peux aussi bien gagner ta vie ici qu'à Bruxelles. Et puis il y a autre chose, et j'ai honte de t'en parler. Je n'adresse la parole à personne ou presque, je ne ris plus. Je suis le président de l'assemblée des copropriétaires de l'immeuble. Je viens de passer au quatrième échelon. Et je ne devrais pas te le dire, mais tu me manques. Tu ne le sais peut-être pas, car tu es toujours en déplacement et tu n'y fais pas attention, mais les gens que nous connaissions ont beaucoup changé. Comme dans un film de Martiens que j'ai vu récemment à la télé. Les extraterrestres arrivent dans une ville, mais au lieu de la conquérir à coups de pistolets à rayons, ils s'emparent de l'âme des gens. Tu es avec ta femme, ou avec un copain, tu ne remarques rien de spécial, et tu finis par t'apercevoir qu'il a le regard vide, une démarche un peu raide, il est tout simplement devenu martien. Un type encore normal se cogne la tête et quand il rouvre les yeux il est un autre, même s'il continue de parler de la même façon et s'il a gardé la même tête. Ce matin, quand je t'ai vu, j'ai eu peur que tu aies aussi commencé de te transformer. Maintenant, je suis rassuré, mais je me méfie, même de moi. Tu vas revenir bientôt ?"

Je ne tenais plus en place, comme d'habitude ou presque, à dix heures et demie du soir j'avais déjà fait mes adieux à Félix et à Lola et je traversais la ville en sens inverse dans un taxi, comme je l'avais fait vingt-quatre heures plus tôt à Madrid, je fouillais dans mes poches, cherchant ma carte d'identité, mon passeport, ma carte de crédit, je ne me fiais pas à ma montre et demandais l'heure au chauffeur, à la gare j'avais l'impression qu'il était beaucoup plus tôt que l'heure indiquée sur les cadrans car il y avait peu de gens dans le hall et l'express de Madrid n'était pas encore formé, il fallait attendre, mais il était presque onze heures, bizarre, le guichet était toujours fermé, le kiosque à journaux aussi, et le bar, je prévoyais la catastrophe, on ne pouvait se fier aux trains espagnols, un employé, casquette sur la nuque et cigarette au bec, me dit en me regardant comme le dernier des idiots que je ne pouvais pas ne pas être au courant de la grève des machinistes.

Mais je devais partir, on m'attendait au Palais des congrès à neuf heures et demie, ne pouvant me permettre la dépense d'un voyage en taxi, il ne me restait qu'à louer une voiture, à condition de trouver à Grenade une de ces agences de location ouvertes vingt-quatre heures sur vingt-quatre, je remontai l'avenue de la gare, cherchant un bar avec le téléphone, et croisai la femme qui traînait sa valise, plus échevelée et plus vieille, les chaussures encore plus tordues, parlant toute seule, en me voyant elle s'arrêta et me fit signe d'approcher, c'est mon destin, je n'eus pas l'audace de prendre le large et je m'arrêtai, me jurant intérieurement que je ne lui porterais sa valise pour rien au monde. “Dites, excusez-moi, pourriez-vous me dire où se trouve la rue Marañas ? Je ne sais pas ce qu'on a fait de ces rues, on les a sûrement changées de place, ou on les a enlevées, je vis dans la rue Marañas mais impossible de me rappeler où elle est, et l'ennui c'est que je ne me rappelle pas non plus ma maison, si je ne rencontre pas une connaissance, je serai obligée de dormir sous un porche. Votre tête me dit quelque chose. Vous me connaissez ?” Elle continua son soliloque quand je m'esquivai sans rien dire, sans me retourner, mais je n'oubliais pas son visage, il devait ressembler un peu à celui de ma grand-mère Leonor, et c'est en effet le visage de ma grand-mère qui me revint en mémoire quand, me retrouvant après minuit sur la route de Madrid au volant de la Ford Fiesta que j'avais réussi à louer après des péripéties angoissantes, je me demandai si cette femme avait trouvé une bonne âme pour la conduire jusqu'à la rue Marañas.

J'avais pris deux cafés avant de partir, mais j'avais sommeil, les paupière lourdes, j'étais hypnotisé par les phares des voitures qui venaient en face et par les lignes blanches de la route, j'avais mal aux vertèbres cervicales et aux muscles du cou, je préférais ne pas appuyer ma tête contre le dossier, j'étais raide, crispé sur le volant, écrasant l'accélérateur avec un sentiment d'abandon et de danger, fixant la ligne blanche qui paraissait surgir de l'obscurité, s'approcher rapidement vers moi et se perdre ensuite dans le rétroviseur, de plus en plus vite et plus loin dans la nuit sans lune, entre les collines noires et les rangées d'oliviers en accéléré, aussi fugitives que les images provoquées par le sommeil à l'affût, la femme traînant sa valise aux abords de la gare de Grenade, les cheveux blancs de ma grand-mère Leonor, cette folle remontant la rue du Puits au crépuscule, un pavé caché sous son fichu noir, les réverbères des carrefours, comme ceux que je voyais maintenant devant moi, des fermes abandonnées en bordure de route, mon grand-père Manuel marchant toute la nuit dans une montagne voisine des paysages nocturnes que je traversais un demi-siècle plus tard à cent vingt kilomètres à l'heure, un cavalier dont je rêvais parfois, l'oncle Pepe revenant de guerre, Michel Strogoff sur la couverture d'un livre que m'avait acheté ma mère pour un anniversaire, je me rendais compte que j'allais m'endormir, je secouais la tête, ralentissais car j'avais vu les feux arrière d'un camion devant moi, j'avais le temps de le dépasser, je changeais de vitesse et percevais la vibration du moteur sous la plante des pieds, et en dépassant le camion je me sentais suspendu entre la vie et la mort, hors du temps et de la réalité, comme si je rêvais que je m'envolais, je ne revenais pas de voir Félix, je n'allais pas à Madrid pour reprendre le lendemain mon travail de traducteur simultané, j'étais simplement un profil au volant d'une automobile, éclairé par les phares du véhicule venant en sens inverse, j'entendais des voix et des chansons à la radio, l'aiguille du poste passant d'une station à l'autre sur le cadran verdâtre faiblement illuminé paraissait m'entraîner à travers toutes les voix de la nuit et me rappelait le poste austère orné de rideaux brodés qui était dans la maison de mes parents, placé très haut sur une étagère en briques chaulées, je devais monter sur la chaise où je prenais mes repas pour atteindre les boutons, on entendait les bruits d'une averse et les sabots de chevaux annonçant le début du feuilleton *La Voiture numéro treize*, ou bien un cavalier chevauchant par une nuit sillonnée de pluie et d'éclairs lointains. Toujours plus vite, émissions en cascade, rafales de chansons abolies par un simple mouvement des doigts, lumières qui éblouissent, un panneau sur une bretelle à droite, Mágina, 54 kilomètres, mais il était déjà loin et je conduisais, désinvolte et euphorique, avec cette lucidité dangereuse si proche de celle de la cocaïne et qui vous envahit quand vous avez résisté aux premiers assauts du sommeil. Maintenant je m'en souviens, et je ne suis pas sûr de pouvoir te l'expliquer, c'était un mélange de lâcheté et de témérité, un enthousiasme sans but, aussi vertigineux et vide que la route qui déroula sa ligne droite devant moi quand j'eus dépassé Despeñaperros vers trois heures du matin : l'aiguille atteignait les cent trente kilomètres à l'heure dans les premières plaines de la Manche, je voyais des clartés rougeâtres à l'horizon et je pensais que le jour allait se lever, mais c'était la lumière des villes, j'avais trouvé un émetteur qui diffusait une chanson d'Otis Redding et je répétais les paroles à haute voix sans arriver à en retrouver le titre, je levai instinctivement le pied de l'accélérateur en voyant un panneau qui annonçait un virage serré à gauche, je vis les phares du camion et compris dans un éclair de lucidité véritable et de terreur que j'allais mourir écrasé sous ses roues si je ne m'écartais pas, j'écrasai le frein mais j'allais toujours aussi vite, les phares jaunes me blessaient les yeux, le museau blanc du camion occupait toute la surface du pare-brise, son klaxon me fit sursauter et pendant moins d'une seconde une sérénité absolue et détachée neutralisa mon angoisse de mourir. Peut-être donnai-je un coup de volant en fermant les yeux. Quand les secousses eurent cessé, je les rouvris : la voiture s'était immobilisée, mais la radio fonctionnait et diffusait toujours la chanson que j'entendais à l'entrée du virage. Le plus bizarre n'était pas que je sois encore en vie, c'était qu'Otis Redding continue de chanter *My girl* comme s'il ne s'était pas écoulé des années entières pendant cette dernière minute.

Il remonte Lexington Avenue, emmitouflé comme un Esquimau, maudissant son sort, le bruit de la circulation, les gaz d'échappement, le vent imprégné de neige fondue qui l'agresse à chaque coin de rue, il fait encore plus froid qu'à Chicago, il porte des gants fourrés, une écharpe, une vareuse à carreaux rouges et noirs, deux paires de chaussettes, et comme ici personne ne le connaît, il s'est acheté un bonnet en laine et des oreillettes, mais rien n'y fait, il est toujours aussi gelé, il aurait dû rester devant sa télévision à l'hôtel, sa bouche exhale une buée aussi épaisse que celle qui monte des égouts et des crevasses de l'asphalte, il a une goutte gelée à la pointe de son nez tout rouge, comme l'oncle Rafael, qu'il repose en paix, le pauvre, il n'aurait jamais imaginé qu'on pourrait se souvenir de lui, à New York, si longtemps après sa mort. Il fait plus froid qu'à la bataille de Teruel, les mendiants bardés de papier journal et de guenilles, enveloppés dans des lambeaux de plastique, marchent courbés, lentement, au rythme des dernières troupes de Napoléon pendant la retraite de Russie, tels des déportés en Sibérie, ainsi devait marcher dans ces rues sans amour mon ami Donald Fernández, l'hiver dernier, lui qui était si fier d'avoir obtenu la nationalité américaine, et au bord des trottoirs il y a une boue innommable, à base de neige piétinée et écrasée par les pneus des voitures, si vous ne faites pas attention et si vous glissez en traversant au rouge, ces gens vous passent dessus avec moins de scrupules qu'un troupeau de bisons. C'était ce que disait Donald, si tu t'arrêtes, on t'écrase, si tu trébuches, tu ne te relèves plus. Ne t'en fais pas, voyons, pense-t-il, mais il se laisse parfois aller et laisse échapper des mots à haute voix, comme ces Noirs complètement fous qui demandent l'aumône en agitant de minuscules pièces en cuivre dans un gobelet en carton, te voilà de retour à New York, comme on dit te revoilà sur la cime du monde, dans la *Cloaca maxima*, et tu te plains de la vie, tu vas fêter tes trente-cinq ans, le trente-cinquième anniversaire comme dirait sans doute le bouillant personnage qui t'a embarqué de Madrid vers un des lieux les plus perdus de la terre pour lui servir d'interprète et traduire ses discours en anglais, ce type est ravi, Manhattan le rajeunit, il s'est inventé en cours de route une obligation pour ne pas prendre le vol direct Chicago-Madrid et rester quelques jours de plus à New York, car Wagner continue de rugir au Metropolitan aussi implacablement que les tempêtes sur le lac Michigan, et il ne veut pas manquer cela, surtout maintenant qu'il ne dit plus le Metropolitan, voyons, mais le Met, il a appris toutes les abréviations et expressions appropriées, il cite d'un air détaché le MOMA et les Twins Towers, et pour désigner l'entrée de l'hôtel il ne dit pas *hall*, mais *lobby* ; il est devenu une autorité en matière de sous-entendus new-yorkais, noms de boutiques, de restaurants, de discothèques, de clubs de jazz, de galeries du Soho, il n'arrête pas, il affirme même avec une suffisance d'expert que le *Village* n'est plus ce qu'il était, de plus, ayant découvert que l'empreinte de l'Espagne en Amérique lui permet d'être compris de presque tous les serveurs, grooms et chauffeurs de taxis, il a décidé de se passer de son interprète qui maintenant, libre comme l'air, seul comme un rat mort, habillé en Lapon, débordant de tristesse et d'ennui sous les falaises de briques sales de Lexington Avenue et les mâts immenses où flottent les drapeaux, se repent d'être revenu à New York et de s'être remis sottement à téléphoner dans une maison dont il ignore l'adresse et dans laquelle il n'y a personne.

Avant de sortir de l'hôtel, il a de nouveau appelé, il a même rassemblé tout son courage pour laisser dans le répondeur son numéro de téléphone, celui de sa chambre, et un commentaire mélancolique, Allison, c'est moi, le casse-pieds habituel, je repars pour Madrid cette après-midi, à six heures et demie, c'était moins une proposition de rendez-vous qu'un adieu, même pas, on ne peut dire adieu à la personne qu'on n'a pas rencontrée. Il marche en insultant New York et toutes les villes où l'hiver sévit, il s'en prend à lui-même, à son ombre, il pense en anglais avec un féroce accent américain, *I wanna fly away*, il se souvient de Lou Reed qui, lorsqu'il chante, a l'air de marcher tout seul dans ces rues, et son ombre lui répond en espagnol, tout ce que tu veux c'est filer en vitesse, elle l'inonde de chansons, l'assomme de son érudition éhontée qui ne boude ni les boléros, ni la chanson espagnole, ni les rumbas les plus ringardes, à quoi bon voyager, voir le monde, apprendre des langues pour arriver à ça, à languir de solitude et de mélancolie dans une chambre qui donne sur les armatures métalliques d'un parking, seule vue qu'on a de New York, à regarder à la télévision des jeux abjects pour couples heureux, des films avec Imperio Argentina et Miguel Ligero qu'on découvre par surprise sur la chaîne hispanique, plus seul qu'un représentant de commerce : mais tu n'es rien d'autre, ricane l'ombre, un représentant lunatique de mots, courant toujours après les mots des autres comme un lévrier, ivre de ces sentiments qui saturent films et chansons vulgaires, qui l'assassinent insidieusement, donne-moi du poison je veux mourir, comme s'il avait dans la tête une radio où les émissions étaient mélangées, Lou Reed, Juanito Valderrama, Antonio Molina, Adieu mon Espagne jolie, la terre où je suis né, belle heureuse et gracieuse, comme une rose d'avril, chante l'ombre pour l'abrutir de nostalgie à l'angle de la Cinquième Avenue et de Central Park, la neige fondue tombe plus dru, l'ombre sans scrupules prend la voix d'Armando Manzanero et murmure avec une douceur répugnante, hier après-midi j'ai vu pleuvoir, j'ai vu les gens courir et tu n'étais pas là. Il ne pleut pas et ce n'est pas l'après-midi, mais en l'occurrence cela revient au même, des nuages sombres, rapides, très bas, enveloppent les derniers étages des gratte-ciel et effacent les perspectives, à midi les gens ont déjà le visage aigre et la hâte farouche qu'ils libéreront en ressortant à cinq heures tapantes, effectivement des femmes en bottes caoutchoutées courent se mettre à l'abri des marquises, et naturellement tu n'étais pas là, lui récitera-t-il s'il la voit, se dit-il, ou si, à la dernière minute, après avoir préparé sa valise et son sac, il succombe à la faiblesse de la rappeler et de la trouver enfin chez elle. Il se voit lui parler, ou lui écrire une très longue lettre, il y pensait mais il n'avait pas son adresse, et l'ombre sceptique s'empresse de lui faire remarquer qu'il n'aurait pas davantage écrit s'il l'avait eue, je te connais, tu aurais pu l'appeler et tu n'en as rien fait, d'abord par pudeur, puis par négligence, ou parce que tu l'oubliais, il ne se rappelle que ses cheveux blonds coupés à hauteur du menton et le rouge carmin de ses lèvres, et les vêtements qu'elle portait, une gabardine vert foncé, un costume plutôt masculin, gris et rayé, une veste à très larges revers, on voyait les broderies de la lisière du soutien-gorge quand elle se penchait vers lui pendant le repas, une odeur fraîche et acide d'eau de Cologne. C'est maintenant, en Amérique, qu'il se souvient d'elle avec le plus d'intensité, elle lui manque douloureusement, en dépit des chuchotements de l'ombre ironique à son oreille, tu t'en soucierais moins si tu avais passé toutes ces journées avec elle, je te connais, tu aurais commencé par t'ausculter comme un malade timoré cherchant des symptômes de déséquilibre ou d'ennui, et si tu n'avais pu les diagnostiquer, la peur d'être déçu serait devenue une terreur panique de l'amour, et en ce moment même, en secret, tu souhaiterais partir le plus loin possible, de l'autre côté de l'océan, fuir l'inconfort de la passion plus que la souffrance, les coups de téléphone, les lettres lues et relues, la superstitieuse réduction du monde à une seule présence, la vie rangée et vulgaire soudain intolérable, quelle angoisse, lui dit l'ombre soulagée, comme un ami le mettant en garde contre ses pires habitudes, c'est mieux ainsi, solitude et confort, un billet d'avion en poche, souviens-toi de Félix, qui prétend ne jamais avoir connu les secousses sismiques que tu lui racontes depuis l'âge de quatorze ans, il a sûrement connu plus de plaisir avec Lola que toi avec ta ribambelle de femmes exaltantes et énigmatiques auxquelles tu as consacré, presque toujours en vain, plus d'énergie, d'enthousiasme et de douleur qu'à n'importe quelle autre entreprise de ta vie.

Une chance, la neige n'est pas tombée, Central Park répand une odeur de forêt, de terre humide et de feuilles détrempées, il remonte maintenant vers le nord et d'un pas vif un trottoir bordé de riches demeures où les portiers en uniformes galonnés, devant les entrées, ont sous leur casquette à visière des oreillettes aussi infamantes que les siennes, il vérifie les numéros des rues, observe les femmes emmitouflées dans leurs manteaux de fourrure qui descendent des limousines et s'engouffrent rapidement sous les porches à éclairage indirect, moulures blanches et plinthes en acajou, laissant dans l'air le sillon doré des parfums les plus chers du monde. Un instant il croit sentir l'eau de Cologne d'Allison et se souvient presque de son visage, mais c'est impossible, c'était une sorte de mirage de l'odorat, et pour la première fois il réalise qu'il n'aura aucun mal à ne plus la voir, et il regarde avec haine les visages étrangers qui passent près de lui. A la hauteur de la Soixantième Rue et de la Quatrième Rue Est, il défaille, il marche depuis plus d'une heure, il a faim, cette faim insatiable toujours mêlée au désarroi que lui causent les villes hostiles, et dans ce quartier où les résidences ressemblent à des forteresses exclusivement habitées par des milliardaires, il n'y a ni bars, ni marchands de hamburgers dégageant des bouffées pestilentielles de graisse, on ne voit que des portiers en uniforme, tels des maréchaux du Honduras, des trottoirs propres et larges, sans tranchées, sans mendiants ni vagabonds engoncés dans des haillons en plastique poussant des chariots de courses pleins de débris. Allison, dit-il, Allison, Allison, comme s'il était véritablement amoureux d'elle et pouvait en répétant son nom la tirer des confins de New York ou de l'Amérique où elle est cachée, mais il n'y a rien d'étrange à ne pouvoir la trouver, l'étrange est de l'avoir connue et de s'être si bien entendu avec elle, un défi à tous les calculs de probabilité, quand on sait tous les gens qu'il y a de par le monde, comme disait l'oncle Pepe, on a le tournis rien que de penser au nombre d'abonnés classés par ordre alphabétique dans l'annuaire de New York, des millions de femmes et d'hommes parlant dans des milliers de langues, et impossible de trouver un semblable quand on en a le plus besoin, aussi vaut-il mieux remercier la bonne fortune d'une nuit, ne pas céder une minute au désespoir, retourner en Europe, s'installer à Madrid, mettre de l'argent de côté pour un appartement et s'habituer à la quarantaine qui se rapproche, quelle horreur soudaine, c'était donc cela, la vie : allons, réjouis-toi, au moins tu n'as pas encore perdu tes cheveux ni pris du ventre, dit l'ombre, tu n'as pas sombré dans l'héroïne ni dans l'alcool ni dans la religion, tu ne portes pas de pantalons en tire-bouchon ni de sweaters de marque, tu n'as pas de bureau ni de responsabilités politiques, tu n'as pas une boîte en argent dans ta poche pour la cocaïne, tu n'es pas affligé par la paternité ni installé dans le mariage et l'adultère, tu n'es pas resté paralysé des suites d'un accident de la circulation, tu n'es pas devenu idiot de nostalgie, bouleversé par un passé héroïque qui n'a jamais existé, tu t'es délivré des chaînes de la bureaucratie et tu as survécu sans cicatrices mortelles aux naufrages successifs de l'amour.

Mais il meurt de faim, il a les jambes tremblantes, le nez endolori tant le froid est vif, heureusement il a eu la sagesse d'acheter un bonnet en laine et des oreillettes, à chacun son métier, à toi d'avoir chaud, aux gens de ricaner, lui disait sa mère avant qu'il parte à l'école en hiver, lui mettant un passe-montagne qui le rendait furieux parce qu'il avait l'impression d'être un bourreau, il est arrivé à l'angle de la Soixante-sixième Rue et se dirige toujours vers le nord avec l'obstination d'une machine, mais il devrait revenir sur ses pas, ne pas prendre du retard, son père aurait déjà peur de manquer l'avion, et lui aussi, on passe la première moitié de sa vie à essayer de ne pas ressembler à son père, et un beau jour on découvre qu'au lieu d'avoir hérité du meilleur, on a gardé ses manies les plus insupportables, demi-tour, une nouvelle marche de presque deux heures, puis le sandwich le plus grand possible à la cafétéria de l'hôtel, accompagné d'une bière tiède et brune avec une épaisse mousse blanche, excellente pour s'enivrer et se mettre en condition pour faire un somme dans l'avion. La certitude qu'il va partir l'excite, il a des envies irrésistibles qu'il ne pourrait avouer qu'à Félix, tout autre, y compris lui-même, le traiterait de bouseux, une tranche de pain arrosée d'huile, un sandwich au jambon, un cornet de *churros* saupoudrés de sucre, un café au lait, un vrai, bien fort et brûlant, pas cette eau de vaisselle qu'ils boivent ici même aux repas, un lapin servi avec un riz au four préparé par sa mère, une orgie de cholestérol, il en a presque les larmes aux yeux, de nostalgie, de froid, de faim, une faim de loup, comme celle qui le prenait en travaillant à l'olive ou à la *huerta*, et il aperçoit devant lui, à l'angle, un petit bâtiment qui a l'air d'un *palazzo* italien, il réalise que c'est un musée et se dit aussitôt qu'il doit y avoir du chauffage, des toilettes et sans doute une cafétéria à l'intérieur, il consulte sa montre, calcule qu'il a encore le temps, monte les marches du perron et achète un billet. Le musée s'appelle The Frick Collection, mais il pourrait aussi bien s'appeler le musée de Perico Chicote*, pourtant il croit avoir entendu quelqu'un prononcer ce nom devant lui il n'y a pas longtemps, Félix, peut-être, il s'y connaît autant en peinture qu'en

* Un garçon de café qui constitua un musée rassemblant toutes les boissons imaginables. *(NdT)*

musique baroque, en poésie latine et en linguistique, et s'en défend avec une invariable efficacité, farouchement hostile à toute pédanterie, il cache ses connaissances par pudeur, de la même façon qu'il entre parfois dans certains lieux comme s'il avait honte d'être si grand. En effet, il fait chaud, il enlève ses gants avec soulagement, son bonnet de laine et ses oreillettes, une flèche indique les toilettes, mais au vestiaire on l'informe qu'il n'y a pas de cafétéria, tant pis, mais le bon air chaud et la pénombre silencieuse atténuent la faim. Il longe un couloir dallé de marbre et n'a pas l'impression d'être dans un musée, il a l'impression de s'être introduit chez des particuliers, des petits tableaux faiblement éclairés sont accrochés aux murs, les bruits de la circulation sont restés dehors, ceux du vent aussi, au bout de quelques minutes le silence acquiert l'intensité irréelle qu'il avait au *Homestead Hotel*, mais ici il est plus hospitalier que menaçant, on entend des pas craquer prudemment sur le plancher foncé, des murmures, le rire d'une personne invisible dans la salle voisine, un écoulement d'eau dans un lavabo en marbre. Dans une cour recouverte d'une voûte en verre où règne une clarté grise et discrète, une femme solitaire fume une cigarette, un catalogue ouvert dans ses mains. Des gardiens moroses parlent à voix basse au fond des couloirs, la main devant la bouche pour qu'on ne les entende pas rire. Cela ne ressemblait pas à un musée, pense-t-il dire à Félix, tous les gardiens avaient un air complice et ironique, surtout quand ils voyaient un étranger : ils prenaient alors un air sérieux et raide, comme s'ils faisaient semblant d'être des gardiens, sans pouvoir se retenir de rire, il y avait un salon avec un bureau, une bibliothèque et une cheminée en marbre au-dessus de laquelle était accroché le portrait en pied du maître des lieux, un monsieur à barbe blanche en costume trois-pièces qui me toisait, paraissant désapprouver ma présence, mais néanmoins fier de son palais et de sa collection de peintures. Il regarde des visages blafards d'hommes et de femmes remontant à deux siècles et songe avec appréhension qu'il contemple des portraits de trépassés : presque tous les tableaux, presque tous les livres et même les films qu'il préfère ne montrent que cela, des trépassés, il découvre avec un peu de surprise non dénuée de chauvinisme un Goya et un Velásquez, un autoportrait sévère de Murillo, ces tableaux ont dû faire du chemin avant d'aboutir ici, cette seule idée lui donne le vertige, il veut s'en aller, il va être en retard et le silence l'effraie, même l'ombre s'est tue, à croire que le silence surgit de l'intérieur des tableaux et se précipite sur lui, qu'il est l'espace d'où ces pupilles paisibles de trépassés le regardent, l'espace et le temps, l'espace intangible qui auréole les personnages comme la vitre d'un aquarium, et le temps étranger aux rues de New York et aux aiguilles de sa montre qui se rapprochent de l'heure du départ, années et siècles figés dans les salles et les couloirs de ce musée, dans la clarté grise de la cour où l'eau retombe dans une vasque en marbre, sur les traits de ces personnages anonymes qui furent un jour engloutis par la terre et dont les silhouettes se détachent avec un sourire triste et un regard fixe sur l'obscurité du fond des tableaux. Il déteste les musées, ils lui rappellent qu'il va mourir et que nous ne sommes personne, comme dit son grand-père Manuel en soupirant, il éprouve aussi le même sentiment devant ces films où les héros vieillissent, avec un visage maquillé de rides, des mains qui tremblent, cela l'angoisse même si le film est mauvais, même si les acteurs ont l'air beaucoup plus jeunes qu'ils ne devraient, même si on remarque que les cheveux blancs sont teints. Lors d'un voyage précédent, il avait vu au Metropolitan Museum l'image floue de son visage dans un miroir égyptien en argent, et il avait détourné les yeux en se demandant à quoi pouvaient ressembler les visages qui s'y reflétaient il y a cinq mille ans. Des confréries de morts, des catalogues de morts, des traits de morts sculptés dans la pierre ou peints à l'huile ou conservés sur le papier des photographies. Je n'ai pas d'enfants et je n'en aurai sans doute pas, dans un siècle il ne restera pas trace de mon visage dans la mémoire ni sur les traits de personne. D'après ma mère, je ressemble beaucoup à mon bisaïeul Pedro, mais quand mes grands-parents seront morts, quand elle sera morte, plus personne ne le saura.

Du calme, interrompt l'ombre, allons-nous-en d'ici et, comme dit Félix quand il a un verre dans le nez et titube de toute sa hauteur, sur le point de tomber comme une statue de l'île de Pâques : “Ne fais pas ton prodigieux, Max*.” Pourtant, au lieu de s'en aller, il déambule d'une salle à l'autre comme dans les pièces d'une maison qui vient d'être abandonnée, abruti de fatigue et de faim, de tant d'heures de solitude, en proie à ce somnambulisme qui le gagne immanquablement dans les musées, les aéroports et les supermarchés, mais il aperçoit, d'abord par inadvertance et du coin de l'œil, puis en s'arrêtant, comme lorsqu'il est à l'étranger et croit reconnaître un visage de Mágina et réaliser que c'est impossible à la seconde suivante, un tableau plutôt obscur qui lui donne l'impression immédiate de ne ressembler à aucun autre tableau au monde : un jeune homme chevauche un cheval blanc en pleine nuit,

* Réplique tirée d'une pièce de Valle Inclán, *Lumières de Bohême*, Gallimard, 1965 ; traduction de Jeannine Worms. *(NdT)*

il a une coiffure sans doute tartare et passe devant une colline où on distingue avec difficulté la forme d'une tour large et basse ou d'un château. Il s'approche pour regarder le titre, "Rembrandt, *The Polish Rider*", mais il doit reculer car la lumière se reflète sur la surface sombre et brillante de la toile. C'est le tableau le plus étrange qu'il ait vu de sa vie, et il se demande pourquoi, il le trouve très bizarre et lui découvre en même temps un air familier, comme s'il l'avait déjà vu dans un rêve oublié, il n'y a pas longtemps, mais on ne peut rêver d'une chose qu'on verra quelques mois plus tard, il ne le reconnaît pas et s'étonne de le voir, et toujours cette même certitude : ce sentiment d'égarement et de bonheur qui lui noue la gorge, déclenché jusqu'à présent et avec une plénitude absolue par quelques rares chansons, n'est pas un hasard : il a l'impression que le temps et la réalité ne comptent pas, qu'il n'est plus seul à New York par une matinée glacée de janvier, sur le point de s'envoler pour une ville inhospitalière d'Europe, de fêter ses trente-cinq ans, d'accepter encore et toujours une vie qui ne lui ressemble plus et lui importe autant que celle de l'inconnu qui habite l'appartement voisin. Il en est sûr, il a rêvé de ce cavalier, cela le remplit de joie et de terreur, comme les histoires que son grand-père Manuel lui racontait, les jeancavales dévalant la Sierra à l'aurore en hiver, le retour à Mágina du camp de concentration à travers des montagnes aussi noires que celles qu'on voit sur le tableau, les brasiers lointains dans les nuits de la Saint-Jean, car derrière le cavalier on distingue un feu allumé, les sabots d'un cheval résonnant profondément dans le sol, il veut partir mais au bout de quelques pas il se retourne et regarde encore, il ne peut supporter la tension impossible qui lui a aiguisé la mémoire, où l'a-t-il vu, quand : il se rappelle avoir eu une telle impression pendant des années, il voyait un panier ou une malle en osier et il était épouvanté, il imaginait aussitôt des épées courbes qui le transperçaient, des taches de sang qui l'inondaient, et soudain un soir, à moitié endormi devant la télévision, il avait découvert que cette image n'était pas le souvenir d'un rêve, mais d'un film qu'on l'avait emmené voir dans son enfance, celui qu'on donnait justement en ce moment, *Le Tigre du Bengale*, et dans son appartement de Bruxelles s'était réveillée toute sa peur, mais aussi toute l'innocence et tout le bonheur d'alors. Il se souvient peut-être d'un film ou d'une illustration dans un livre, cette tour en haut de la montagne, le château des Carpates, le château de Barbe-Bleue, le cavalier a soulevé les heurtoirs en bronze et seul l'écho a répondu, ou bien il a vu la tour et a renoncé par avance à chercher un refuge ou à s'accorder quelques heures de répit car il ne veut pas interrompre sa chevauchée, il préfère ne pas descendre de cheval, il ne veut se défaire ni de son bonnet tartare, ni du carquois qu'il porte dans son dos, ni de l'arc suspendu à sa monture, pour combattre dans on ne sait quelle guerre, pour s'élancer dans on ne sait quelle poursuite furieuse, dans quelles steppes aussi illimitées que celles de Michel Strogoff, courrier du tzar, qui les sillonnait sans relâche et qui, au cours de sa mission secrète, avait rencontré dans un train une jeune fille blonde et l'avait perdue, puis retrouvée, et avait été sauvé par elle quand il ne pouvait plus la voir parce que de sauvages Tartares lui avaient brûlé les yeux avec un sabre incandescent.

Il est talonné par l'heure, il s'en va et tourne le dos au cavalier polonais, avant de quitter la salle il songe qu'il ne le reverra sans doute jamais et se retourne une dernière fois, mais de loin la lumière crée une sorte d'écran opaque sur le tableau et le choc qu'il vient d'éprouver quelques secondes plus tôt ne se renouvelle pas, il redevient celui qu'il était avant de l'apercevoir, et ce retour si brutal à un stade antérieur rappelle un peu la déception sexuelle et le discrédit que la lumière du jour projette sur l'enthousiasme d'une nuit d'amour. Au passage, il prend congé de l'autoportrait de Murillo comme d'un compatriote qui restera seul dans son exil, il remet son écharpe, son bonnet de laine, les oreillettes et les gants, il est déjà deux heures, il fait moins froid dans la rue et ce vent homicide aiguisé comme le fil d'un rasoir ne souffle plus de l'East River, il a commencé de neiger, il enfonce son bonnet jusqu'aux oreilles, remonte les revers de sa vareuse, se retranche derrière son écharpe, et les franges de laine, humides de buée, lui chatouillent le bout du nez et lui rappellent le confort d'un hiver d'antan, les nuages bas et blancs ont transformé New York en cité horizontale, on dirait Londres, mais on distingue dans la brume, au-dessus des bouquets d'arbres de Central Park, les silhouettes ténues et les lumières des gratte-ciel, et sachant qu'il va partir, il s'offre une petite avance de nostalgie, qui grandit ensuite quand, revenant à l'hôtel, il essuie la buée sur la vitre du taxi et regarde les gens passer sur les trottoirs dans leurs vêtements d'hiver, imaginant sans conviction, par une sorte d'habitude incrédule, qu'il va voir apparaître la blonde Allison dans sa gabardine vert foncé, avec cette démarche si peu new-yorkaise qui la caractérisait, une hâte sceptique et désabusée ou bien une nonchalance tranquille, l'air de vivre à son propre rythme et d'arriver en souriant à la dernière minute, et si tu arrivais maintenant, si tu m'attendais sous la marquise de l'hôtel, les épaules transies, les mains enfoncées dans les poches, les cheveux blonds flottant autour du visage, et si en entrant dans le hall je te voyais te lever du canapé où tu m'attendais et te précipiter vers moi comme je rêve depuis je ne sais combien d'années que viennent vers moi les femmes qui me plaisent, mais sous la marquise il n'y a qu'un portier qui résiste au froid en tapant des pieds, et les divans du hall sont pleins de Japonais ou de Nordiques inévitables qui s'ennuient, et de grosses ou gros montagnards à la peau rose qui mastiquent comme des ruminants. Il n'y a aucun message pour monsieur, dit la Colombienne ou Cubaine de la réception, un sourire indéfectible, vexant tant il est indifférent, étalé sous la lumière crue et dorée comme une plante luxuriante en plastique, elle n'a pas eu besoin de consulter ses notes ni de pianoter sur l'ordinateur avant de reprendre son sourire négatif, à peine l'a-t-elle vu entrer, ôter ses oreillettes et son bonnet et se secouer la neige des épaules qu'elle s'est raidie dans son tailleur orange électrique pour lui dire nettement non, en le regardant de haut en bas comme si elle trouvait incongru qu'on puisse lui laisser un message et lui concéder du même coup le privilège de l'existence. Il la remercie néanmoins dans un sursaut de politesse, répond même au spectaculaire sourire colombien par un sourire espagnol amorphe, mais au lieu de lui remettre la clé, la fille pose dédaigneusement celle-ci sur le comptoir et pivote tout sourire vers un autre client qui sans aucun doute aura des messages, des télégrammes chiffrés sur des opérations financières, des lettres d'amour, des rendez-vous d'affaires, un homme beaucoup plus grand et mieux habillé que lui, qui porte son manteau comme une tunique sénatoriale, une tête dont les angles sont aussi nets que ceux de sa serviette en cuir ou de la carte bancaire dorée qui brille sur le marbre du comptoir. Angles et arêtes, enjambées en ligne droite et gestes géométriques, songe-t-il en se dirigeant vers les ascenseurs, de grands types blonds qui se croisent à angle droit comme les rues et les voitures, des femmes et des hommes si sûrs d'être obéis qu'ils n'hésitent pas un instant, même devant les portes automatiques, qu'ils avancent hardiment et sans regarder devant soi car ils tournent à droite et n'imaginent pas qu'on puisse désobéir aux normes de la circulation et les bousculer, et si la chose arrive, si un imprudent ralentit, se distrait en regardant une vitrine et circule à gauche, on le bouscule impitoyablement, sans haine, en murmurant *excuse me* sans oublier de lui enfoncer l'angle du coude ou de la serviette dans les côtes ou de lui jeter un regard glacé, comme les Martiens de ce film dont Félix lui avait parlé, ils ont une apparence humaine et parlent comme nous, ils ne se distinguent que par le fanatisme vide de leurs pupilles, par un œil caché sous les cheveux de la nuque, ou par un petit doigt raide, peu à peu ils s'emparent du monde à l'insu de tous, et celui qui s'en aperçoit est éliminé, ou hypnotisé pour regarder et devenir comme eux ; dans tout New York, un seul homme n'a pas été contaminé, il ne peut se fier à personne, sauf à une femme aussi fugitive et seule que lui, il ne sait pas où elle est, il lui a donné rendez-vous mais elle ne vient pas, il a laissé sur son répondeur automatique des douzaines de messages restés sans réponse, sans doute s'est-elle enfuie sans avoir eu le temps de l'avertir, sans doute a-t-elle succombé aux envahisseurs, à l'invasion des profanateurs de sépultures, c'était le titre du film, lui avait dit Félix. Il se regarde dans le miroir de l'ascenseur, au milieu des visages anglo-saxons et japonais qui l'entourent, il se demande si les autres ont remarqué qu'il ne leur ressemble pas, s'ils arrêteront l'ascenseur entre deux étages et l'entoureront, braquant sur lui leurs yeux de poissons pour lui dire *excuse me* avant que l'un d'eux ouvre sa mallette et lui administre une piqûre de somnifère, mais son imagination n'est pas si débridée ni puérile, à qui raconter les âneries auxquelles il ne cesse de penser, c'est vrai qu'on le regarde, les minuscules Japonais de bas en haut et les Anglo-Saxons du sommet blafard de leur stature, on le regarde, la porte de l'ascenseur est ouverte et personne ne bouge, car c'est lui qui a appuyé sur le bouton du quatrième étage et les autres attendent qu'il sorte, il s'en rend compte, rougit et essaie de se frayer un passage en bredouillant *excuse me*, redoutant que la porte automatique se referme au moment où il la franchira, lui coinçant un bras ou une jambe, il croit que les autres échangent des signes et hochent la tête en déplorant les inconvénients de la stupidité espagnole.

Il s'enferme avec soulagement dans sa chambre, allume une cigarette et l'éteint aussitôt, il doit se dépêcher, il regarde par la fenêtre les plates-formes du parking – son paysage le plus familier de New York ces derniers jours – et écoute le perpétuel ronron, sorte de piston ou de battement hydraulique qui l'empêchait de dormir la nuit, sa valise et son sac sont prêts, il compte son argent, vérifie qu'il a bien son passeport et son billet d'avion, mais quelle peur, il a mis presque une minute à les trouver, tant de poches à fouiller, il regarde le téléphone, soulève le combiné et le repose sans même avoir attendu la tonalité, il n'a plus le temps, et de toute façon cela revenait au même, il n'a qu'un seul désir, partir d'ici. Dans l'ascenseur, un groom jauge sa valise du regard, évalue son poids et ne fait pas mine de vouloir l'aider, la fille de la réception sourit quand il lui remet la clé, comme si elle était ravie à l'idée de ne plus le revoir, c'est toujours la même chose dans les voyages solitaires, on est toujours entouré d'ennemis possibles. Mais la serveuse qui vient prendre sa commande à la cafétéria est une grosse femme affable, elle a un accent espagnol des Caraïbes, elle lui demande si gentiment ce qu'il veut qu'il a envie de l'embrasser. Il contemple la rue et la neige tombant derrière la vitre embuée en attendant le repas, plus détendu, comme si l'attitude de la serveuse lui donnait un sentiment de sécurité passager, car il mène une vie transitoire et dépend irrémédiablement de la sympathie des inconnus, il regarde sa montre avec inquiétude et se tourne vers le comptoir, redoutant contre toute vraisemblance qu'on ait oublié sa commande, devant la porte vitrée qui sépare la cafétéria du hall une femme paraît chercher nerveusement quelqu'un, elle arrive de la rue, le visage en sueur ou trempé par la neige, dans une gabardine vert foncé, tenant un chapeau marron à la main. Il la regarde, elle reste immobile quelques secondes avant de l'apercevoir, mais quelque chose a changé sur son visage, il ne sait pas ce que c'est, il n'est sûr que d'une chose : il a vu Allison au moment où elle l'aperçoit, elle passe entre les tables avant qu'il ait bougé le petit doigt, ses lèvres maquillées de rouge lui adressent un sourire, un sourire auquel ne participent pas seulement sa bouche et ses pupilles, mais tous les traits de son visage, les couleurs de ses habits, sa démarche, l'odeur d'hiver et d'eau de Cologne de ses cheveux et de ses joues fraîches, son corps tout entier qui se colle contre le sien tandis que la serveuse caribéenne s'approche d'eux avec une expression déconcertée et ravie, tenant un plateau dans les mains.

Je m'en souviens, je me regardais dans les yeux par le rétroviseur, observant une portion de mon visage ovale, tel un masque, tâtant le menton râpeux, figé à l'intérieur du véhicule éclairé, tournant le dos à la route d'où parvenait une trépidation de moteurs de camions, au milieu d'une mer de ténèbres piquetée de lumières au loin, celles d'un village, sous un ciel où la Voie lactée avait l'éclat luisant de la gelée blanche, et peu à peu, en tremblant, en tremblant comme je n'ai jamais tremblé, je refermai les mâchoires et maîtrisai le bruit mécanique étrange de mes dents, elles faisaient un bruit de machine à coudre, puis je refermai les deux mains sur le volant pour qu'elles s'arrêtent de trembler, mais le tremblement se répandait dans le corps par vagues, le chauffage de la voiture ne fonctionnait plus et le froid montait par la plante des pieds, je voyais ma tête dans le rétroviseur qui tournait de côté et d'autre comme si elle disait non, je m'agrippais au volant à m'en faire mal aux jointures, le tremblement de mes bras devenait plus violent, je fermais les paupières pour ne pas voir les secousses de ma tête et devais aussitôt les rouvrir car les phares d'un camion m'aveuglaient dans l'obscurité, je cherchai fébrilement mes cigarettes, en tirai une du paquet en enfonçant les ongles dans le filtre, la portai avec difficulté à mes lèvres et oubliai de l'allumer : approcher la flamme du briquet exigeait une patience et une précision impossibles, quelqu'un parlait à la radio comme si de rien n'était – une femme –, à croire que je n'existais pas et que je n'avais pas failli mourir, je pris la fiasque de whisky que j'avais mise dans la boîte à gants, le liquide me brûla les lèvres et le palais, me donna des nausées en se mêlant à la salive et à la nicotine, j'ouvris la portière et basculai à moitié au-dessus du sol d'où montaient des odeurs de terre gelée, j'avais gardé ma cigarette au bec et j'étais contorsionné dans une posture qui rendait le tremblement encore plus douloureux, j'étais asphyxié par la fumée, mais le filtre s'était collé aux lèvres et je ne pouvais m'en débarrasser, je l'arrachai comme si je décollais un objet poisseux, je vis la braise s'éteindre sur une motte de terre, le tremblement devenait plus doux, mais il n'avait pas cessé, et l'air immobile et froid me faisait du bien. Si j'avais succombé, l'immensité de la nuit n'aurait subi aucune modification, cette femme à la radio continuerait de présenter des chansons, mes grands-parents ronfleraient en rythme dans leur lit, ma mère se retournerait dans son sommeil, car elle dort très mal et a souvent des cauchemars, mon père, après être allé au marché de gros, à la périphérie de Mágina, chargerait des cageots de légumes dans sa fourgonnette neuve. Je n'y pensais pas, je distinguais tout cela très clairement, comme j'avais vu mes parents, mes grands-parents et ma sœur assis autour de la table *camilla* quand je fonçais en ligne droite et à plus de cent à l'heure sur les phares du camion, sentant un goût amer dans la bouche, sans doute un avant-goût de la mort, m'agrippant au volant, me demandant un peu plus tard, après que la voiture eut franchi la barrière métallique de protection et rebondi au hasard sur les crêtes des sillons, dans un éclair de lucidité et de sang-froid, quand arriverait le choc qui me l'enfoncerait dans la poitrine et me fracasserait la tête contre le pare-brise, pendant qu'une autre partie de moi-même écoutait la radio, sentait le frottement de la ceinture de sécurité dans le cou, c'est peut-être ce qui arrive au moment de mourir : l'identité se désagrège, rendant simultanés l'effroi et la sérénité, l'éloignement absolu et la morsure physique de la douleur, la conscience de ce qu'on a été et de ce qu'on va perdre, le temps aboli qui se brise et décompose les apparences solides de la réalité, les réduit en miettes de secondes angoissantes.

Mais c'est surtout la sérénité qui est restée dans ma mémoire : l'accident, la peur, les heures passées avec Félix à Grenade, mon ébriété suicidaire en appuyant sur l'accélérateur à la sortie des tunnels de Despeñaperros, tout reculait vers un passé lointain, avec la puissance d'une mer qui se retire par une nuit de houle violente. Un silence vide s'était établi dans ma conscience et autour de moi, sans images ni désirs, un calme sans volonté, indifférent à la peur et à la surprise d'être encore en vie. Le tremblement cessa, j'éteignis la radio, car je ne supportais ni les voix ni la musique, je tournai la clé de contact et le moteur refroidi rechigna à démarrer. J'étais indifférent aux cahots de la voiture dans les sillons, comme si j'étais devenu cadavre : je me sentis au-delà des secousses, au-delà de l'instinct recouvré du danger quand je me retrouvai sur la route et vis défiler devant moi les lignes blanches qui s'incurvaient et disparaissaient, les phares et les feux de position des camions. Je n'avais pas peur de mourir : j'étais déjà mort, mais j'étais le seul à le savoir. A Madrid, à six heures du matin, j'étais un mort qui garait la voiture de location dans le parking de l'hôtel, prenait l'ascenseur pour monter dans sa chambre, un sac de laverie à la main, commandait le petit déjeuner par téléphone avant de passer sous la douche, un mort informé et malin qui connaît chacune des habitudes des vivants, tel un espion en territoire ennemi qui, après s'être séché, noue une serviette de bain autour de la taille, ouvre la porte au serveur qui pousse une table roulante, calcule le montant exact du pourboire à donner pour que l'autre ne soupçonne pas l'imposture. Pourtant, ce n'était pas de la sérénité, mais une lucidité anesthésiée, la pensée obsédante que je n'étais pas vraiment là, que mes sens, au lieu de me rattacher aux choses, me renvoyaient à leurs fragiles apparences, comme si j'avais été banni à jamais de la couleur, du toucher, des saveurs, des voix et des présences humaines. Il faisait encore nuit, je me couchai et fermai les yeux et au moment de m'endormir, je me réveillai en sursaut, croyant être en retard : de nouveau je conduisais et allais heurter un camion. Je vis le jour se lever sur Madrid et songeai que ni cette lumière ni cette ville ne me concernaient, car elles auraient été les mêmes si j'étais mort et ne les avais pas regardées. J'aurais pu ne pas revenir, cette chambre et presque tout serait resté pareil. Le plus incroyable n'est pas de mourir, mais que le lendemain le soleil hivernal de tous les jours éclaire les rues, que les voitures circulent, que les gens prennent leur petit déjeuner dans les bars, comme si l'homme qui voyait tout cela existait encore, comme s'ils étaient vaccinés contre la mort.

C'était un matin de novembre bleu et transparent, doré, très froid, cette froidure lumineuse de Madrid qui rend les horizons nets et donne aux pupilles une précision de cristal taillé. On aurait dit le premier matin d'une personne débarquant dans une ville étrangère qu'elle ne quittera plus jusqu'à la fin de ses jours. Docile, indifférent à tout, mort, je m'installai à neuf heures tapantes dans la cabine qui m'avait été assignée au Palais des congrès, je vérifiai le micro, les commandes, les écouteurs rembourrés, je sortis fumer une cigarette dans le couloir, espérant bien ne rencontrer personne de ma connaissance, incapable d'allonger deux phrases rituelles de bienvenue. Les morts ne parlent pas, ils remuent les lèvres et aucun son ne sort de leur bouche, ils entrent dans leur cabine de traduction, s'y installent comme devant le tableau de bord d'un bathyscaphe, regardent la salle de l'autre côté de la vitre comme ils regarderaient le spectacle des profondeurs sous-marines, les rangées de fauteuils peu à peu occupées par des têtes identiques, la table qui va d'un bout de la scène à l'autre, tous les personnages sont pareils, surtout vus de loin, des hommes en cravate sombre et costume gris, des femmes d'âge moyen, les cheveux crêpés, des gardes du corps facilement reconnaissables à leurs lunettes de soleil et à leur façon de regarder par-dessus l'épaule, de jeunes hôtesses en bleu, de grands bouquets de fleurs dans les angles, des photographes et des caméras de télévision au pied de la scène, d'innombrables éclairs de flashes, puis un silence comme celui qui précède le signal du début d'une épreuve d'athlétisme, un léger ronronnement dans les écouteurs, les premiers mots, encore lents, protocolaires, prévisibles, photocopiés dans le dossier qu'on m'a remis à mon arrivée, la hâte empressée de les saisir à l'instant où ils sont prononcés et de les transformer quelques dixièmes de seconde plus tard, la peur d'en perdre un seul, un mot clé, car les suivants déferleront comme une cataracte et il sera impossible de les restituer dans l'ordre, des mots de brumes qui s'éteignent après avoir été prononcés, pareils à la ligne blanche de la route dans l'obscurité du rétroviseur, abstraits, éphémères, mille fois répétés, résonnant dans les haut-parleurs de la salle et traduits au même moment en trois ou quatre langues différentes, résonnant dans mes oreilles et dans celles de chaque homme, de chaque femme qui tourne vers l'estrade un visage semblable reflétant la monotonie ou le sommeil, d'une pâleur uniformisée par cet éclairage d'aéroport, aussi différent de la lumière du jour que les visages qu'on croise dans les rues, mais les voix et les mots ne ressemblent pas davantage à ceux qu'on entend au café ou dans un magasin, ils sont monocordes, civilisés, métalliques, leurs sons et leurs significations se confondent et se fondent dans une pulpe amorphe, comme la rumeur de l'air conditionné. Après la séance, les voix changent, mais pas entièrement, dans les couloirs et à la cafétéria, elles sont plus fortes et on peut même les différencier, les associer au visage de celui qui parle, à la couleur et à l'expression de ses yeux, comme lorsqu'on entend la conversation de deux inconnus dans l'autobus, assis derrière soi : en se retournant pour les regarder, nous découvrons presque toujours que les visages ne correspondent pas aux voix, de même qu'une femme vue de dos n'a plus l'air d'être la même quand nous la dépassons pour la voir de face, influencés par sa silhouette ou sa démarche.

Isolé dans ma cabine, au-dessus de l'auditorium où se tenait un congrès international de Tourisme aussi loin de moi que la vie individuelle des hommes peut l'être pour un astronaute regardant de sa capsule les taches bleues des continents, plus invisible et plus intrus que jamais, car j'étais mort le matin même, je traduisais comme si j'étais en train de taper à la machine sans regarder le papier ni le clavier, et tandis que ma voix en couvrait une autre mes yeux choisissaient des femmes au loin, des traits flous d'hôtesses, des cheveux noirs ou blonds, brillants sous les projecteurs, des profils que mon imagination détaillait scrupuleusement, jambes croisées dans les fauteuils : je cherchais et choisissais sans désir, j'entendais une voix de femme dans les écouteurs et essayais de deviner à quel visage il appartenait, je déambulais ensuite, pendant la suspension de séance, dans les couloirs et dans le hall, étourdi par cette variété inépuisable et néanmoins uniforme des visages qu'on rencontre dans les organismes internationaux, je les regardais tous, surtout les femmes, en tailleur, avec des serviettes en cuir et des cheveux crêpés, des Nordiques grandes et blanches, des Hindoues avec un point rouge sur le front et un walkman à la ceinture du sari, des Sud-Américaines aux hanches basses et aux pommettes larges, des hôtesses en bas sombres sur leurs longues jambes, avec un foulard autour du cou, des talons aiguilles et un accent nasal et prétentieux typique de Salamanca, le quartier chic de Madrid, des femmes photographes larges d'épaules, l'air dédaigneux et la cigarette entre les lèvres. Je les fixais dans les yeux, elles me croisaient sans me voir ou m'effleuraient à peine du regard : je crois que c'est la seule tâche dans laquelle j'ai persévéré sans faiblir au cours de ma vie, regarder les femmes, sentir leurs parfums, observer leur façon de s'habiller ou de se chausser, de tenir leur verre ou leur cigarette, de croiser les jambes ou de poser un coude sur le comptoir d'un bar, de choisir la couleur d'un vernis à ongles ou la teinture d'un shampooing. Je regarde les femmes assises autour de moi dans l'autobus, celles qui montent juste au moment où le chauffeur referme la porte et quitte l'arrêt, celles qui passent sur le trottoir, celles qui illustrent les couvertures et les publicités en couleurs des magazines, celles qui pressent le pas de bon matin jusqu'aux ascenseurs des immeubles de bureaux, celles qui regardent paresseusement derrière la vitre d'un taxi arrêté à côté du mien au feu rouge, celles qui entrent pieds nus dans la vitrine d'un magasin pour changer les vêtements d'un mannequin et celles qui me sourient comme si elles étaient vraiment contentes de me voir quand j'arrive en haut de la passerelle d'un avion.

J'ai lancé à la blonde en gabardine vert foncé, cheveux courts et décoiffés, le coup d'œil inquisiteur et exhaustif que je lance à toutes les femmes, cherchant toujours celle de ma vie, et ma manie de regarder et de choisir était si machinale que même ce matin-là je n'y avais pas renoncé, folles amours qui durent à peine les trois minutes d'une chanson, brusques enthousiasmes découragés par des jambes trop épaisses ou une bouche trop cruelle, mais je ne crois pas l'avoir réellement remarquée ni appréciée au premier coup d'œil, elle n'avait rien de sensationnel, n'était pas particulièrement grande, n'avait pas le visage un peu languissant de celles que j'ai tendance à aimer depuis l'âge de onze ou douze ans, et pourtant elle se reconnaissait de loin à la nonchalance de sa démarche, elle avançait sans lenteur, car je la vis abandonner précipitamment la salle de presse et je crus, en la voyant venir vers moi, qu'elle était attendue quelque part, mais avec un certain détachement, comme forte de l'assurance que les lieux ne disparaissent pas, même si on y arrive avec un quart d'heure de retard, et que les trains ne partent pas avec trente secondes d'avance pour le plaisir de vous laisser sur le quai. Ce n'était pas le genre de femmes qui laissent derrière elles un sillage navré de regards masculins, en tout cas pas ce jour-là, et elle n'avait pas l'air de porter sur le front la proclamation emphatique qu'il suffirait de la regarder pour la transformer en femme inoubliable. Elle marchait à son rythme, d'un pas vif, les yeux baissés, les mains dans les poches de son pantalon d'homme, les pans de sa gabardine lui battaient les mollets, comme soulevés par ses grandes enjambées, et la seule chose qui attira mon attention fut sans doute son regard, elle avançait en me dévorant des yeux sans cesser de discuter avec un photographe, souriant d'une repartie, c'était le souvenir le plus net, le sourire de ses lèvres rouges et son visage transfiguré par son rire, elle était tournée vers l'homme qui l'accompagnait, écoutait attentivement ses propos, mais son regard restait fixé sur moi, elle avait des yeux marron et gais sous des sourcils châtains, et je lus son prénom sur l'étiquette plastifiée au moment où elle me croisait sans cesser de me dévisager, comme si elle allait me demander si nous nous connaissions, Allison, le même sourire qui me choisit quelques heures plus tard, à la cafétéria, quand je la vis avancer entre les tables, tenant un plateau, et chercher une place libre, impossible, la salle à manger était pleine de congressistes dociles et voraces qui jouaient des mandibules sans desserrer les lèvres et maniaient couteaux et fourchettes comme des pinces aseptiques, elle était arrivée en retard, la dernière, une minute avant la fermeture du self-service, mais les circonstances, qui me sont généralement et systématiquement hostiles, conclurent un armistice dès qu'elle apparut : elle cherchait une place où s'asseoir quand le directeur suédois d'une agence de voyages qui avait mangé en face de moi se leva. Elle portait son plateau, et par-dessus le marché un petit châle noir, sa gabardine pliée sous un bras, un dossier de presse plein de photocopies sous l'autre, un petit magnétophone à cassettes et un magazine américain en équilibre instable sur les plis de sa gabardine, pourtant rien ne tombait, moi j'aurais lâché le tout et rougi de honte en contemplant à mes pieds une épouvantable catastrophe, des assiettes renversées et des bouteilles cassées, sous les regards des congressistes qui auraient interrompu leur repas pour m'observer à loisir. Je me levai et lui demandai en anglais si je pouvais l'aider : sans lâcher son plateau, elle me montra le dossier et la gabardine qui échappaient peu à peu à la pression de ses coudes, en me penchant vers elle je remarquai son parfum d'eau de Cologne et de rouge à lèvres, je vis aussi qu'elle portait juste un soutien-gorge noir sous sa veste à rayures grises et à épaulettes. N'avait-elle pas auparavant une chemise blanche et une cravate ? Je prononçai son nom pour lui laisser entendre que je l'avais remarquée : elle eut une réaction de surprise. Elle me demanda le mien et mon métier. Elle parlait l'anglais avec un accent américain de la côte est, mais il y avait dans sa prononciation une ambiguïté qui m'empêchait de déterminer avec exactitude sa région d'origine. Elle travaillait provisoirement pour une publication spécialisée dans le tourisme de luxe, mais elle ne se croyait pas autorisée à se prétendre journaliste. En réalité, dit-elle en haussant les épaules dans une attitude songeuse et dubitative, elle n'était pas sûre d'être quoi que ce soit. Je calculai qu'elle devait avoir dépassé la trentaine, mais parfois, surtout quand elle posait son regard sur moi et me souriait, semblant oublier qu'elle tenait une fourchette ou un verre de bière, elle paraissait beaucoup plus jeune, peut-être à cause de la puissance de son attention. De toute évidence, elle n'était pas anglo-saxonne, ou pas entièrement, et surtout pas dans le regard ni dans le métal de sa voix. Elle avait les cheveux coupés à l'horizontale au-dessus des sourcils et au niveau du menton, ils encadraient son visage, très fournis et un peu ébouriffés, recouvrant parfois les tempes et rendant ses traits plus fins. Elle voulait savoir d'où j'étais, où je vivais, en quoi consistait mon travail, combien de temps j'envisageais de rester à Madrid. Elle m'écoutait avec beaucoup de sérieux, acquiesçant, picorant sans appétit son assiette de salade avec sa fourchette, comme peut le faire une femme qui fume et vit sur les nerfs. Elle changeait très facilement d'expression, devenait soudain rêveuse en s'essuyant les lèvres ou en contemplant la nourriture sur sa fourchette, l'éclat attentif de ses pupilles disparaissait alors, mais elle rejetait aussitôt ses cheveux sur le côté et souriait de nouveau comme si l'expression précédente n'avait pas existé. Elle avait l'air à la fois pressée et nonchalante, ennuyée et intéressée, attitude double d'une femme épuisée et réfléchie qui accomplit son travail avec une résolution sans failles, et d'une jeune fille ouverte à l'étonnement. Elle se maquillait les yeux et les lèvres, mais pas les ongles, courts et roses. Elle buvait un café et fumait la cigarette que je lui avais offerte en m'écoutant, légèrement renversée en arrière, les yeux clos, comme si nous étions seuls au cœur du silence et non pas dans une immense salle de restaurant, au milieu d'un brouhaha de conversations en plusieurs langues, d'un fracas d'assiettes et de couverts. Le repas, le vin, la chaleur, la présence et le regard de cette femme que je connaissais depuis moins d'une demi-heure tempéraient mon sentiment d'exclusion et d'exil, mais pas l'absence réelle de substance que l'approche de la mort avait inoculé à toutes choses et à moi-même. Je lui racontais quelque chose et j'identifiais ma voix avec celle que j'avais quand je parle tout seul : je regardais ses lèvres et les broderies du bord de son soutien-gorge dépassant de son décolleté quand elle se penchait vers moi pour me demander du feu, et je me disais qu'il était très facile de la désirer, mais je n'étais pas bouleversé par l'idée de coucher avec elle, je n'éprouvais pas cette sensation intérieure d'avoir la poitrine oppressée quand on se croit désiré par une femme avec qui on n'a pas encore échangé un baiser.

Le photographe vint la chercher et elle me tendit la main pour me dire au revoir : tiède et douce, serrant la mienne avec énergie, une petite paume et des doigts fins. Je ne peux toucher sans émotion la main d'une femme, même un contact fugace et fortuit, la main d'une caissière qui me rend la monnaie au supermarché, une inconnue que j'aide à monter sur le marchepied d'un train : un instant de chaleur, de contact franc et pudique à la fois avec un autre corps, comme si la paume de la main était une hostie de tendresse, un signe de reconnaissance immédiat qui peut se passer d'un sens ultérieur, qui est en soi promesse et fruit. Elle rassembla laborieusement tout l'arsenal qu'elle avait apporté, le dossier, le sac, le châle, la gabardine, elle faillit oublier son magnétophone et revint le chercher, ses photocopies tombèrent, je l'aidai à les ramasser, elle éclata de rire quand nous nous vîmes à quatre pattes sous la table, chacun avec une poignée de feuillets dans la main. Je la regardai partir en compagnie du photographe, un très grand barbu qui avait une canadienne et une queue de cheval, et je fus surpris de me demander avec dépit et presque avec hostilité s'ils couchaient ensemble : pas besoin d'être amoureux d'une femme pour être jaloux, il suffit qu'elle me plaise pour envisager d'hypothétiques outrages et regarder avec horreur et aversion les hommes qui rôdent autour d'elle. Je ne la revis pas dans l'auditorium pendant les séances de l'après-midi, ni dans le hall ni à la cafétéria. Deux ou trois fois je la confondis avec une autre blonde qui lui ressemblait de loin. A la nuit, alors que je quittais, étourdi de sommeil, les couloirs vides du Palais des congrès, je me dis que mon envie de dormir l'emportait sur mon désir de la retrouver. Mais elle m'avait dit qu'elle logeait dans le même hôtel que moi : rentrer tôt, manger quelque chose de léger au bar et prendre un dernier verre avant d'aller au lit à une heure nordique était une façon de la chercher sans être obligé de nier l'évidence inconfortable que j'avais très envie de me retrouver en sa compagnie. Je l'entendis rire à l'instant où j'entrai dans l'hôtel, quand je montai les marches en marbre menant à la réception. Elle m'appela par mon nom et, jouant les distraits, je fis semblant d'avoir entendu après coup : je lui adressai un geste de la main qui me parut aussitôt parfaitement stupide, car le photographe était évidemment avec elle, il avait passé un bras odieux autour de ses épaules, il ne fumait pas, mais s'empressait de lui donner du feu chaque fois qu'elle prenait une cigarette, il y avait aussi un gros bonhomme à cheveux blancs qui avait des manières très démonstratives et avait gardé l'insigne plastifié du congrès sur son revers : il s'avérait incollable sur tous les voyageurs américains en Espagne, depuis Washington Irving jusqu'à Ernest Hemingway. Ils dînaient : Allison me les présenta et m'invita à me joindre à eux. Au bout de quelques minutes, j'avais découvert deux choses : le photographe était homosexuel, ce qui était un net soulagement, et le gros bonhomme, conseiller ou directeur du magazine qui l'employait, avait la ferme intention de ne pas fermer le bec de toute la nuit, en tout cas pas avant de nous avoir noyés sous son écrasante érudition, jusqu'à la dernière note en bas de page. Il savait tout, il avait été partout, même à Mágina, et fut très surpris d'apprendre que j'étais originaire de là, il s'était éreinté à parcourir toutes les routes et tous les *paradors** d'Espagne, à dévorer tous les plats régionaux, à assister à toutes les semaines saintes, fêtes de la San Fermín, de *Moros y Cristianos***, sans jamais rien comprendre à rien, n'ayant appris que deux ou trois mots d'espagnol qu'il écorchait avec un accent épouvantable, il nous parlait de sa seconde, sa troisième et sa quatrième femme avec un manque de pudeur répugnant, il appelait Hemingway *Papa* ou *le Vieux*, comme s'ils avaient été amis intimes et s'étaient appuyés coude à coude aux barrières de toutes les arènes, il buvait du vin, congestionné et suffocant, riait à s'en décrocher la mâchoire, me donnant de grandes tapes dans le dos, et je voyais Allison écouter en souriant, avec éducation et sans doute avec ennui, le coude sur le bord de la table, devant l'assiette qu'elle avait à peine entamée, le menton dans la main qui tenait une cigarette tout près de ses ongles sans vernis, elle me lançait un bref regard, penchait la tête et haussait les sourcils comme si elle me demandait pardon, le photographe, passablement ivre, éclatait de rire en écoutant les réflexions du gros Américain, qui feignait maintenant de mâcher un cigare et parlait entre ses dents pour imiter Hemingway : je me disais avec désespoir que ce type ne se tairait jamais, que j'étais fatigué, qu'il était tard et que je devais travailler le lendemain, que j'étais tombé pour rien dans un piège absurde, dans les rets d'un tissu de mots, de tergiversations, de cigarettes et d'alcool.

* Chaîne d'hôtels de luxe gérés par l'Etat et le plus souvent installés dans des monuments historiques, palais, châteaux, etc. *(NdT)*

** Fêtes régionales qui recréent un simulacre de combat entre les musulmans et les chrétiens. *(NdT)*

J'aurais voulu avoir le courage de me lever avec indignation et de dire à ce moulin à paroles de ne plus débiter des inepties sur mon pays ; nous n'étions pas une tribu sanguinaire et exotique de tueurs de taureaux, ni une horde d'aborigènes voués à la célébration perpétuelle de ses fêtes traditionnelles. Il fallait que je parte, mais je ne bougeais pas, les coudes poisseusement collés à la nappe, j'imaginais que je me levais et leur disais bonsoir, profitant d'un interstice de silence dans les explications et les histoires mensongères du gros bonhomme ; Allison me disait au revoir en souriant et restait avec eux, il valait mieux, il valait mieux aller se coucher et renoncer sereinement à une aventure sexuelle peut-être même improbable, des élucubrations de ton imagination surchauffée, dirait Félix en riant quand je lui raconterais l'épisode, c'est un de ses adjectifs préférés. Je m'armai de courage, refusai une autre tournée, regardai ma montre et dis que je devais partir, furieux contre moi-même, souriant, et je me serais sans doute levé si Allison, avec un naturel qui me déconcerta, n'avait posé sa main sur la mienne pour me demander d'attendre un peu, elle la retira aussitôt, mais le doux contact de la paume et de l'extrémité de ses doigts imprimant une brève pression sur les miens propagea dans tout mon corps une vague de chaleur qui, pour la première fois depuis la veille, le ramenait à la vie. Etrangement, le gros bonhomme et le photographe parurent ne rien remarquer, il est vrai qu'elle ne me regardait plus, dédiant une attention somnolente aux éclats de rire des autres, mais la main qui avait imprimé une légère pression sur la mienne, maintenant posée sur la nappe, telle une offrande secrète, s'avançait parfois pour prendre une cigarette, se refermait sur mon poignet quand je lui tendais mon briquet allumé, et ses doigts fins et nerveux effleuraient des miettes minuscules ou des brins de tabac sans avoir conscience de ces gestes que j'étais le seul à remarquer. Elle m'avait demandé d'attendre, mais c'était peut-être un simple geste de politesse, je redevenais méfiant, je m'impatientais, si nous nous levions ensemble, nous monterions très certainement tous dans l'ascenseur, nos chambres étaient sans doute au même étage, après un *good night* poli, les affres de la solitude et de la frustration quand j'avancerais seul dans le couloir, la clé à la main, encore une nuit pour rien, comme presque toutes mes nuits, demain j'aurais sommeil et mal à la tête, je serais de nouveau confronté aux ennuis de mon travail et à ma manie jamais satisfaite de chercher des femmes, moins par la pression d'un désir effréné que par l'habitude d'imaginer et de choisir, par la peur de me retrouver sans compagnie dans la solitude mesquine d'une chambre vide. Je n'en croyais pas mes yeux, le gros bonhomme appelait le garçon, sortait pompeusement une carte bancaire de son portefeuille et faisait mine de balayer d'un revers de main l'argent que nous lui offrions : il ne logeait donc pas dans cet hôtel, sinon il se serait contenté de signer la note, mais il restait le photographe, il voulait peut-être rester, proposer un dernier verre, plutôt mourir, jurai-je intérieurement, mais s'ils partaient tous les deux, qu'allais-je faire avec elle, je devais prendre la décision en quelques secondes, si nous prenions l'ascenseur j'étais perdu, je me sentais incapable de lui suggérer de me suivre, il ne restait presque plus de temps, dans quelques minutes les jeux seraient faits, le gros bonhomme me secouait la main et je l'invitai, avec une sincérité chaleureuse et absurde, à revenir à Mágina, je lui donnai même le numéro de téléphone de mes parents, le photographe me dit bonsoir en bâillant, ils dirent au revoir à Allison, dans quelques secondes nous serions seuls et je n'avais pas encore établi une stratégie raisonnable, le gros bonhomme l'embrassa, l'engloutissant comme un ours polaire, campé dans son incassable enthousiasme américain, les pieds d'Allison, chaussés de bottines, décollèrent même du sol, elle les regarda monter dans un taxi à travers les portes automatiques, se passa la main dans les cheveux, laissa retomber nonchalamment les épaules et dit qu'elle s'était demandé s'ils partiraient un jour. Elle est très fatiguée, pensai-je, elle va me dire au revoir avec l'aimable indifférence des Anglo-Saxons, peut-être même me donnera-elle un baiser sur les lèvres qui ne signifiera absolument rien. Je ne cesse de le répéter à Félix : les étrangers ne sont pas comme nous. On peut apprendre leurs langues, cacher comme on peut notre complexe d'infériorité espagnol, imiter leurs coutumes, adopter leurs horaires et s'habituer à vivre dans leurs villes, mais rien à faire, on n'arrivera jamais à les comprendre, on ne sera jamais des leurs. Je décrétai qu'en réalité peu m'importait de ne pas coucher avec elle, je n'avais rien à perdre : je l'invitai à prendre un dernier verre au bar de l'hôtel sur un ton découragé, comme si elle m'avait déjà répondu non, et je fus surpris de voir avec quelle facilité elle acceptait. Mais le garçon était en train d'éteindre les lumières. Oserais-je lui proposer de partir dans les rues agitées et malsaines de Madrid à la recherche sûrement décevante de bars qui risquaient d'être déjà fermés ? Sans dire un mot, nous allâmes demander nos clés à la réception. Allison balançait mécaniquement le lest accroché à la sienne en se dirigeant vers l'ascenseur. Je dis au hasard, pour meubler, que le gros était très agréable, mais qu'il parlait sans doute un peu trop : l'anglais autorise des euphémismes qui deviendraient des affirmations brutales en espagnol. Elle répliqua qu'à son avis c'était un individu odieux, elle parodia avec une fidélité impitoyable une de ses affirmations sur l'Espagne, et nous pouffâmes tous les deux : son rire, sa façon de me regarder quand je m'écartai pour la laisser entrer dans l'ascenseur, agirent sur mon esprit comme la pression de ses doigts ou le frôlement fortuit de ses pieds contre les miens pendant le dîner. Elle me racontait quelque chose que je n'écoutais pas, nous étions immobiles, assez éloignés l'un de l'autre entre les miroirs de l'ascenseur, essayant de ne pas croiser nos regards, regardant se succéder les chiffres rouges qui nous rapprochaient de la fin de la trêve. Je regardais son décolleté, la pénombre entre ses seins, et je pensais avec incrédulité qu'il suffirait peut-être d'un mot pour les caresser et les embrasser, pour mordre goulûment et engloutir ses mamelons trempés de salive. Raide, honteux, je fermais les yeux et serrais les dents, priant que mon excitation passe inaperçue. Je devais descendre le premier : j'eus l'impression que la porte s'ouvrait avec une brutalité cruelle et je vis devant nous la moquette du couloir et une aquarelle représentant des voiliers à quai. Maintenant, c'était au tour d'Allison de s'écarter pour me laisser passer. La poitrine serrée, l'estomac noué, la conscience aiguë de chaque seconde d'indécision et de silence. Une fois dans le couloir, tandis qu'elle s'appuyait contre le miroir de la paroi, ses cheveux éclairés par la lumière fluorescente du plafond, je lui dis sans calcul ni espoir que j'aurais aimé qu'elle reste avec moi. A ce moment précis, la porte frémit avant la fermeture, je tendis la main pour éviter la catastrophe et plus encore le ridicule. Elle pencha la tête de côté, un lent sourire se dessina sur ses lèvres rouges, elle acquiesça et sortit de l'ascenseur en haussant les épaules.

Ainsi donc, c'était incroyable, mais ce que j'avais désiré allait arriver. J'essayai d'introduire la clé dans la serrure sans trembler. Nous parlions maintenant tous les deux, nerveux, impatients, hypocrites, comme si nous étions encore dans une situation neutre. Sur le téléviseur, le sac de la laverie que j'avais emporté à Grenade me rappela en un éclair que vingt-quatre heures plus tôt j'avais failli mourir. J'ouvris le minibar en fredonnant une chanson d'un air détaché et Allison, derrière moi, la reconnut aussitôt et chanta à voix basse le refrain : *My girl*. Je me retournai, tenant dans les mains les deux verres de bière débordant de mousse : elle avait ôté ses chaussures et s'était assise sur le lit, jambes repliées. Elle en but une gorgée, essuya la mousse sur ses lèvres et continua de me raconter tranquillement je ne sais quelle anecdote sur le gros bonhomme, qu'elle avait commencée dans l'ascenseur. Je me dis avec impatience, presque avec effroi, que si aucun des deux n'agissait, nous échangerions des propos polis jusqu'à l'aube. Je m'assis à côté d'elle et je sentis la plante de ses pieds contre moi : elle portait des socquettes de couleur vive, avec des dessins plutôt incongrus, qui lui ressemblaient apparemment aussi peu que ses ongles courts sans vernis. Elle se tut, mal à l'aise, son verre à la main, sans me regarder, oscillant légèrement sur le lit, fredonnant entre ses lèvres serrées la chanson d'Otis Redding. Son visage changea quand je me penchai pour l'embrasser : elle était transfigurée et me repoussait après avoir agité convulsivement sa langue dans ma bouche, d'un mouvement brusque elle rejeta ses cheveux en arrière, ses traits s'effilaient, son sourire avait disparu et elle me regardait avec un sérieux désarmé, proche de l'abandon et de la peur, elle s'étendit sur le dos, ses cheveux dégageaient le front et les tempes et j'eus l'impression de découvrir les traits d'une autre femme, moins jeune, beaucoup plus désirable, terrorisée, les pupilles fixes, la bouche entrouverte exprimant l'avidité et la fatalité, le visage maculé de salive et de rouge à lèvres se contractant douloureusement quand elle essayait de soulever la tête pour regarder comment je la déshabillais. Nous avions cessé de parler, nous avions renoncé à la médiation et au mensonge des mots, nos respirations aspiraient avec une ardeur avide le peu d'air qui nous séparait encore, nous avions perdu passé, noms, dignité, pudeur, nous n'étions plus à Madrid ni dans aucune partie du monde, nous étions dans la convulsion de nos corps accouplés, englués de sueur, inconnus, respirant l'un contre l'autre, ma langue léchant sa bouche et son nez et ses paupières, ses dents me mordillaient tandis qu'elle défaillait et enserrait mes hanches en joignant ses talons dans mon dos, mais elle ne ferma pas les yeux, même à la fin, elle les garda ouverts, ses pupilles anxieuses et épouvantées ne cessaient de me regarder quand elles ne pouvaient plus voir qu'une ombre, je me retenais désespérément et entrevoyais les phares d'un camion et les lignes blanches d'une route aux confins de ma mémoire, mais j'étais vivant, poussé par une impulsion solitaire d'abandon exacerbé, je ne voulais pas me rendre, je ne voulais pas que le désir s'arrête, elle était tendue comme un arc sous moi et m'avait soulevé avec la violence d'une lame de fond, gémissant comme dans un rêve, les yeux ouverts, mais de nouveau elle fléchissait les genoux et emprisonnait mes hanches entre ses cuisses, recommençait ses mouvements rythmés, lents et circulaires, j'appuyais la paume des mains sur l'oreiller et me détachais de son corps, elle essayait de redresser la tête pour regarder l'ombre moite où mon ventre heurtait le sien, les cheveux humides plaqués sur ses tempes, le front large que je découvrais et qui modifiait la forme de son visage, les tendons du cou et les clavicules saillant sous sa peau qui paraissait décharnée : maintenant, disait-elle du bout des dents, maintenant, maintenant, les os de ses hanches me labouraient, ses doigts s'enfonçaient dans mon dos, je la domptais, lui imposais mon rythme, je rouvrais les yeux et les siens n'avaient pas cessé de me regarder, j'enfouissais mon visage dans son cou pour ne pas voir toute la souffrance d'une vie dont je ne savais rien et ne voulais rien savoir, maintenant, répétait-elle à mon oreille, elle prononça mon prénom, Manuel, je répétai le sien plusieurs fois avec soudain une intonation qui n'était plus ma voix, et je sentis la joie et la peur de m'être allié à une femme inconnue qui était rigoureusement semblable à moi, au meilleur et au plus inavouable, au plus dépouillé et désespéré de moi. Peut-être étais-je encore mort et mon corps une chiffe sanglante incrustée dans la ferraille, sous les roues d'un camion : en ce cas, cette femme serait avec moi, enlacée à moi, offerte, échevelée, nue, agenouillée entre mes cuisses, enhardie par la connaissance et la douleur, dévergondée et pudique, se redressant pour ôter un poil frisé entre ses lèvres, savante et vulnérable, livrée et hermétique, masquant le duvet sombre et épais du pubis avec la main tenant un morceau de savon quand j'ouvris le rideau de la douche et l'embrassai de nouveau sous la buée chaude, partant avant l'aube pour retourner dans un autre pays et dans une autre vie dont je ne savais rien, surgissant à l'improviste dans la cafétéria d'un hôtel de New York, transfigurée, dans son costume masculin et sa gabardine vert foncé, son sourire faisant comme une tache rouge sur son visage encadré par ses boucles. Mais maintenant aussi, à New York, elle était autre, je peux passer ma vie entière à la regarder et d'une minute à l'autre elle ne sera jamais la même : maintenant, elle n'était pas blonde, elle parlait l'espagnol de Madrid et ne s'appelait plus Allison : elle ne m'avait pas menti, protesta-t-elle en se moquant de moi, quand nous nous étions connus je ne lui avais pas demandé comment elle s'appelait, et elle ne m'avait jamais dit son nom.

Elle alla ouvrir les rideaux, se retourna vers lui et éclata d'un rire sonore en voyant qu'il s'était figé dans l'entrée, n'osant faire un pas, réalisant sans doute à grand-peine qu'il était dans le lieu où il avait tant de fois appelé au téléphone, son bonnet à la main, secouant la neige accumulée sur les épaule de sa vareuse à carreaux rouges et noirs, étouffant à cause du chauffage après le froid de la rue, sa valise et son sac de voyage à ses pieds, comme s'il n'était pas résolu à rester, encore paralysé par la stupeur d'avoir découvert que sans le savoir il était amoureux et ignorait tout d'elle : il était venu chercher une femme blonde en Amérique, elle s'appelait Allison et avait passé une nuit avec lui deux mois plus tôt et maintenant, à la surprise inévitable des retrouvailles et des corrections de la mémoire qui lui avait dissimulé son visage pendant tout ce temps, lui accordant seulement les taches vives de ses cheveux et de ses lèvres, l'intuition de la qualité frémissante et fervente de son corps au bout de ses doigts, le pressentiment de la saveur de son ventre et de sa bouche sur son palais, il devait ajouter l'évidence soudaine d'un changement qui rejetait dans le passé, voire dans le mensonge, l'autre femme qu'il avait connue, non qu'elle ait voulu se cacher, au moins au début, mais il avait préféré la voir et l'inventer à la mesure de ses désirs et de ses fantaisies d'alors. Il fut déconcerté par ses cheveux roux, par son espagnol si pur qu'il lui paraissait archaïque, et encore plus par sa propre attitude vis-à-vis d'elle, par sa tendresse éperdue quand il la regardait, thésaurisant des détails oubliés qui devenaient des marques d'amour, ses mains, sa façon de hausser les épaules dans une attitude ironique ou modeste, faite de séduction et de détresse, s'approchant de lui sans paraître réclamer par sa présence une préséance sur le monde, comme si elle choisissait par goût la marge des choses.

Elle ne lui avait pas menti sur sa vie car il ne lui avait posé aucune question : il ne l'avait pas vue, n'avait pas davantage su voir en lui-même, car il s'éprenait littérairement de femmes portant sur leur visage les signes d'un mystère qui s'avère insoluble pour la raison simple qu'il n'existe pas. Ses cheveux hésitaient entre le châtain foncé et le roux, et elle s'appelait Nadia Galaz : Allison avait été son nom de femme mariée pendant des années qu'elle préférait oublier. Quelques mois plus tôt, elle s'était teinte en blond, caprice ou emblème de sa décision de se tourner vers une vie différente : je me suis souvenue de toi et je t'ai choisi, lui dit-elle avec orgueil, elle l'avait aperçu avant qu'il ne la remarque, à neuf heures moins dix du matin de cette journée madrilène, sur l'esplanade du Palais des congrès elle l'avait vu sortir d'un taxi, hagard, passer à côté d'elle avec une hâte de névrosé, elle ne l'avait pas reconnu, c'était impossible, il y avait presque dix-huit ans qu'ils ne s'étaient pas vus, elle l'avait remarqué car sa beauté lui plaisait, depuis quelque temps elle regardait de nouveau les hommes et se regardait volontiers dans les miroirs : plus tard, à onze heures, dit-elle avec sa manie de l'exactitude, étrangement assortie à son absence de notion du temps, tu t'es assis à côté de moi au comptoir de la cafétéria et tu ne m'as pas regardée, bien entendu, tu avais l'air d'un halluciné, on aurait dit qu'il n'y avait personne autour de toi, qu'il n'existait au monde que ton café au lait, ton verre de jus d'orange et ta tartine, à ce moment-là tu ressemblais tellement à tous les autres que tu as failli cesser de me plaire : ton costume sombre, le badge de traducteur au revers de ta veste, cette façon de regarder sans rencontrer les yeux de personne, de toucher les choses comme si tu avais des gants en caoutchouc, tu avais l'air d'un Belge ou d'un professeur américain, d'un de ces Européens figés dans les bureaux du Marché commun, ou de ces Espagnols qui donnent des cours depuis longtemps dans les universités américaines, tu étais assis, le dos raide et la tête penchée, maniant la fourchette et le couteau, buvant ton café les coudes au corps, je te le jure, ne me regarde pas comme ça, tu mangeais comme eux, très vite, mais en mâchant avec application, l'air un peu honteux de le faire, mais dans un but exclusivement sanitaire, tu coupais des petits morceaux de tartine et les engloutissais aussitôt, tu buvais une gorgée de jus ou de café au lait puis tu t'essuyais les lèvres avec ta serviette en papier, et à aucun moment tu n'as regardé autour de toi, d'ailleurs tu ne regardais pas plus le garçon, ni les bouteilles sur les rayons, ni le miroir devant toi dans lequel je voyais ton visage de face : c'est à ce moment-là que je t'ai reconnu, j'en étais presque sûre, tu n'as pas beaucoup changé depuis toutes ces années, ce qui me faisait hésiter, c'était ton comportement, ta façon d'être, ce costume que tu portais, si sérieux, à peine un peu plus froissé, un costume de fonctionnaire international de catégorie moyenne, un peu moderne, mais discret, avec chaussures et chaussettes noires, et les pieds irréprochablement joints sur la barre du tabouret, j'ai tout remarqué, y compris que tu ne portais pas d'alliance et que tes mains étaient telles que je me les rappelais, mais trop pâles, si tu savais comme je déteste ces mains d'hommes mariés qui ressemblent à des mains de curés, quand j'imagine qu'elles me touchent, j'en ai des haut-le-cœur. Quand je t'ai connu, elles étaient brunes et fortes : j'étais très sentimentale à l'époque et elles me plaisaient car elles ressemblaient à des mains espagnoles. Tu étais très maigre, on aurait dit que tu n'étais pas fini, avec ta figure pleine de boutons, cette mèche sur les yeux, des pattes trop longues comme le voulait la mode, cela ne t'allait pas du tout, mais tu avais déjà des mains d'homme, la voix aussi, très obscure, en arrivant chez moi ce matin, je l'ai entendue dans le répondeur et elle avait le même timbre que cette fameuse nuit.

Quelle nuit, dit Manuel, encore égaré dans la confusion de la surprise et de l'oubli, quand m'as-tu vu avec des pattes trop longues et des boutons sur la figure, mais elle sourit et ne lui répond pas, ses cheveux humides sont plaqués sur ses tempes et le sourire illumine ses lèvres, ses pupilles et tous ses traits comme un éclat de rire, est-il possible qu'elle soit liée à ce commandant Galaz dont parlaient les voix de son enfance, elle porte un pull gris et noir qui met en valeur le ton cannelle claire de sa peau et les reflets roux de sa chevelure, plus longue et frisée qu'il y a deux mois, mais elle paraît aussi avoir maigri dans l'intervalle, ses traits possèdent maintenant une clarté de visage classique qu'ils n'avaient pas, comme si une sérénité joyeuse l'avait rajeunie, elle a ôté ses chaussures et sauté sur le canapé pour ouvrir les rideaux et atteindre la manivelle de la persienne, elle est revenue vers lui qui n'a toujours pas bronché, paralysé devant la porte, avec sa vareuse, son bonnet, ses cheveux blanchis de neige, tel un explorateur de l'arctique, elle a posé les yeux sur la table où se trouvent le téléphone et le répondeur, a actionné les commandes pour réentendre une succession de sifflements et de messages de plus en plus lugubres, néanmoins prononcés avec un souci pointilleux d'indifférence, surtout le dernier, Allison, c'est moi, le casse-pieds habituel, je repars pour Madrid cette après-midi, à six heures et demie, je t'appellerai de Madrid quand j'aurai le téléphone : il ne reconnaît pas sa propre voix, mais il en a honte immédiatement, surtout en s'entendant parler anglais, il lui demande d'arrêter la bande, de ne plus se moquer de lui, il recule quand la femme qui ne s'appelle pas Allison s'approche et le retient en saisissant les deux extrémités de son écharpe qu'il n'a pas encore enlevée, qui es-tu, dit-il, pourquoi sais-tu tant de choses sur moi, mais elle ne répond pas, elle prend plaisir à l'intriguer, souviens-toi du *Martos*, de tes envies de partir de Mágina. Elle respire entre ses lèvres rouges entrouvertes, elle l'attire pour l'amener dans le couloir, pas pour l'embrasser, elle le regarde très fixement, sans sourire, marche à reculons, lâche une extrémité de l'écharpe pour ouvrir une porte, une chambre plongée dans la pénombre, elle le mène jusqu'au pied du lit où elle s'assied et commence de déboutonner sa vareuse avec des gestes décidés, avec toute la science de ses doigts qui paraissent si fragiles et furent une nuit audacieux et savants, il finit d'ôter sa vareuse et, en homme bien élevé, cherche où la poser, mais elle la lui prend des mains et la jette par terre. Encore debout, intimidé, nerveux, car il ne s'est jamais senti à l'aise chez les autres, il regarde autour de lui et voit une armoire, une fenêtre fermée, une malle par terre à côté d'un long cylindre en carton, il se déshabille en pensant avec embarras qu'elle va découvrir qu'il porte deux pulls, deux paires de chaussettes et un pantalon de pyjama par-dessus le marché, mais il n'a jamais vu chez aucune femme un désir aussi impérieux et impudique, une fébrilité aussi franche, sans retenue ni préambules, l'ombre de ses cheveux lui auréole le visage, elle tend le bras derrière elle pour allumer sa lampe de chevet, ses traits changent, comme l'autre fois, ses tempes s'effilent quand elle s'allonge, replie l'oreiller à tâtons et le glisse sous la nuque pour le voir devant elle, à genoux par terre, dépeigné, il a aussi un éclair d'impatience hallucinée dans les yeux, il lui ôte ses chaussettes, caresse le galbe de son pied, ses talons, va jusqu'aux orteils, bascule entre ses jambes écartées pour dégrafer la ceinture, descendre en même temps le pantalon et la culotte, se redresse, aveugle entre ses cuisses, agenouillé au-dessus d'elle, les cheveux sur le front, la bouche humide, sauvage et délicat, il se penche, cherche à l'aveuglette avec ses doigts à se frayer un passage, mais elle s'est dérobée, tendue et provocatrice, jambes raides et serrées, elle écarte ses cheveux et l'oblige à la regarder, ses traits ont encore changé, ils se sont contractés comme si elle s'apprêtait à encaisser un coup douloureux ou ne pouvait supporter tant d'impatience, elle serre les dents, le rouge a déserté ses lèvres, elle prononce son nom, lui caresse les tempes, enfouit les doigts dans ses cheveux, regarde plus bas, dans l'espace entre leurs deux corps, fléchit les genoux pour l'obliger à avancer les hanches, l'installe, le conduit, l'enserre, le presse contre ses seins débordants, écarte encore ses cheveux, soulève ses paupières, effleure ses tempes et perçoit les battements de son sang, elle ne veut pas qu'il détourne le regard, ferme les yeux et devienne une ombre haletante et embusquée dans son cou, elle veut reconnaître l'homme avec qui elle était deux mois auparavant, l'adolescent d'il y a dix-huit ans, elle respire son haleine et sent sur son visage la chaleur de son souffle et l'âpreté de la barbe qu'il n'a pas rasée ce matin, sans le connaître elle le possède comme elle n'a possédé aucun homme et se donne à lui, défaillante de désir, s'abandonnant à la violence masculine, rythmique et délicate, comme si son propre corps était devenu une substance molle, transpercée, liquide, coupée en deux, brisée et reconstituée, triomphale, bougeant de plus en plus lentement, émue et sereine.

Ils finirent par ne plus bouger du tout : il était étendu sur elle, encore en elle, ne voulait pas la quitter, pâmé et paisible, revenant peu à peu à la réalité extérieure, paresseusement, comme on sort du sommeil et découvre les murs, les rideaux, la lumière de la fenêtre avant de replonger pendant quelques minutes dans l'inconscience, il s'enfonçait doucement en elle, à un rythme très lent, la gratifiait d'un désir persistant, apaisé, satisfait, mais pas éteint pour autant, qui devenait reconnaissance et tendresse, se prolongeait en contractions brèves qui éveillaient des frémissements si profonds qu'ils avaient l'impression qu'aucun épiderme ne les séparait désormais. Il répéta son nouveau nom, le vrai, Nadia, et il crut en le prononçant qu'il venait seulement d'étreindre cette femme et de découvrir son visage réel, lavé de toute peur et de douleur, rénové ou rajeuni par la certitude physique du bonheur, éclairé par un sourire de ravissement et de délectation qu'il découvrait aussi pour la première fois : sa bouche à peine courbée, les commissures des lèvres et les pupilles voilées par les cils suggéraient le vague sourire de quelqu'un qui s'endort. Il essayait de ne pas bouger, repoussé et attiré par sa respiration de nageur paisible qui se laisse porter par une mer d'huile, il la caressait avec douceur et prudence, au moindre mouvement il sortirait d'elle. Tu es ma prisonnière, lui dit-il en immobilisant ses poignets contre l'oreiller, mais Nadia serra les cuisses et s'enroula autour de ses jambes, c'est toi mon prisonnier et je ne vais pas te lâcher, cette fois tu ne t'échapperas pas : tout était facile, comme s'ils se connaissaient depuis toujours, comme s'il n'y avait pas eu d'autres hommes ni d'autres femmes, des nuits de solitude et d'horreur, des visages familiers devenus hostiles et inconnus, des heures de dégoût et de torture silencieuse, des envies d'en finir vite, de fermer les yeux et d'être endormis ou morts, ici même, pense Nadia, elle n'ose pas encore le lui dire, dans ce lit, dans cette même chambre, si souvent, nous enfonçant dans le supplice d'une tâche impossible, écrasés par des années de frustration et de culpabilité, et soudain c'est le dernier des inconnus qui me connaît le mieux, qui sait comment me caresser, à quel endroit, à quel instant, et sait les mots qui m'exciteront s'il me les souffle à l'oreille, comme s'il était à l'intérieur de moi et découvrait mes désirs à mesure qu'ils apparaissent, et même un peu avant, quand je n'ai pas encore osé les concevoir. Elle le vit se redresser, à genoux sur elle, elle prit son visage entre ses mains pour qu'il ne s'en aille pas, remit ses cheveux en ordre en lui caressant le front, devinant dans ses yeux l'étonnement et la sérénité, la savoureuse fierté et l'impatience de savoir. Il lui tourna le dos et elle le trouva plus fragile et plus grand qu'il ne croyait, mais ce n'était pas vrai, pensait-elle, il est fort et ne le sait pas. Elle l'entendit uriner dans la salle de bains et ouvrir le robinet pour se laver la figure, pendant quelques secondes le silence l'affola, elle n'entendait plus ses grands pieds nus sur la moquette, il cherchait les cigarettes dans la salle à manger, et comme ses cinq sens étaient exacerbés elle sentit la fumée avant qu'il réapparaisse sur le seuil de la chambre et s'approche d'elle en lui tendant une cigarette allumée, il la regarda exhaler la fumée entre ses lèvres, à la faible lueur de la lampe, avec une dévotion attentive qu'elle trouva attendrissante, les mains sous la nuque, les cheveux épars, les jambes écartées, un pied oscillant au bord du lit, les lèvres rouges et gonflées comme les bords d'une blessure dans l'ombre de la toison, au fond des cuisses. Il lui offrit la cigarette – il était si soigneux qu'il avait pensé à lui apporter un cendrier – mais ne resta pas assis près d'elle, il s'allongea sur le lit, lui écarta légèrement les jambes en caressant les chevilles et les orteils, embrassa les genoux et l'intérieur doux des cuisses, remonta lentement, laissant un sillage de salive sur la peau, écarta le duvet, soigneusement, avec détermination et indolence, et il l'embrassa exactement comme s'il embrassait sur la bouche, enfonçant la langue, l'agitant en ondulations circulaires, de haut en bas, il respirait par le nez, reculait pour reprendre son souffle ou enlever un poil de ses lèvres, la regardait en souriant, le visage rayonnant et moite, il la voyait fumer les yeux fermés, il la perforait, la humait, et la chair rose se dilatait, se contractait comme un cœur, elle ferma les yeux et respira aussi par la bouche ouverte, la cigarette se détacha de ses doigts et tandis qu'il remontait les mains jusqu'à les refermer autour des seins, elle descendit les siennes qui caressèrent le désordre de ses cheveux, son front, les ailes frémissantes du nez, elles cherchèrent sa langue et la commissure de ses lèvres qu'il ne distinguait presque plus du ventre et de la toison mouillée dans laquelle elles s'enfonçaient à un rythme de plus en plus haletant et saccadé, elle s'ouvrit plus encore, jusqu'à sentir une douleur à la jointure de ses os, au-delà de l'offrande et de la honte, ne sachant plus à qui appartenaient les lèvres qu'elle caressait, la respiration et les mots qu'elle entendait, la progressive ébriété qui les emportait et les écrasait l'un contre l'autre pour ne pas lâcher prise dans leur délire, la sueur, les sécrétions et les odeurs qui enveloppaient et lubrifiaient leurs membres, les rendant égaux dans cette pâmoison fervente et commune.

Et quand ils s'embrassèrent, chacun découvrit sa propre saveur inconnue dans la bouche de l'autre. Ils osaient à peine se regarder dans les yeux, se traitaient avec une délicatesse et des égards conjugaux, comme si chacun de leurs gestes contenait une expérience commune remontant à des années, la façon de replier l'oreiller, de s'effacer pour laisser à l'autre corps la place de se mettre sur le côté, d'entrouvrir les genoux pour accueillir une jambe entre les cuisses, de remonter les draps jusqu'aux épaules et de chercher à tâtons une main qui vienne enlacer la taille. Blotti dans son cou, ses lèvres effleurant la nuque sous les cheveux frisés, Manuel regardait la chambre du coin de l'œil, jusqu'à présent il ne l'avait pas remarquée, les murs blancs sans tableaux, les rideaux tirés, la table de nuit où était posé un réveil digital affichant quatre heures trente-neuf. Il se dit que cette même heure devait s'afficher sur tous les cadrans de l'aéroport Kennedy, en signe d'adieu et d'urgence. Comme si une partie de lui n'avait pas trouvé Nadia et se retrouvait dans un taxi, traversant les plaines industrielles et les quartiers sordides de Queens sous un ciel gris et saturé de neige, consultant sa montre avec inquiétude, découvrant au loin les premiers terminaux solitaires des compagnies aériennes, s'approchant avec sa valise et son sac du stand d'Iberia presque désert, aussi désert que les couloirs et les escaliers roulants, une guerre risquait de se déclencher bientôt et seuls quelques insensés osaient encore prendre l'avion. Mais il n'allait pas utiliser ce billet, il n'était pas pressé, n'avait peur d'arriver en retard nulle part, il se sentait gagné par une lourde et paisible fatigue dépourvue de la moindre trace d'angoisse, comme au temps où il se passait de valium pour s'endormir, et il serrait contre son corps nu, sous la couette chaude et légère, le dos et les hanches d'une femme qu'il connaissait à peine, dans une maison étrangère où il avait remarqué, quand il était arrivé, il y avait moins de deux heures, une sorte d'ambiance provisoire qui la rendait plus accueillante, à l'image de Nadia, qui devenait plus sienne, plus inconnue, plus neuve qu'aucune des femmes avec qui il avait vécu jusqu'alors, qui savait des choses qu'il n'avait jamais racontées à personne et qu'il avait même oubliées. Il entendait la rumeur continuelle et lointaine de la circulation dans les avenues et n'avait pas conscience d'être à New York, dans la ville qu'il avait parcourue seul quelques heures plus tôt, s'arrêtant à plusieurs reprises à l'angle de Lexington Avenue et de la Cinquante-et-unième Rue, à deux pas de l'endroit où il était en ce moment même et qui était alors aussi loin que le pôle Sud, les rives brumeuses du lac Michigan et les moquettes des couloirs du *Homestead Hotel*. Je ne sais pas où je suis ni qui tu es, je ne sais même pas qui je suis moi-même, ni quelle heure il est, ni si c'est le jour ou la nuit, mais peu m'importe, je ne veux rien savoir, je veux rester dans tes bras et attendre que tu me parles, je veux fermer les yeux et m'endormir sans espoir ni angoisse et découvrir à mon réveil que je n'ai pas rêvé. Jamais je ne me suis senti aussi radicalement loin qu'aujourd'hui, jamais je n'ai été autant que maintenant au centre de ma vie, de la solitude et du vide, une île dans le genre de celles où je désirais me perdre à quatorze ans. A Mágina, il est onze heures du soir, mes grands-parents somnolent dans le canapé, il y a deux heures que mon père est couché car demain, samedi, il devra se lever à quatre heures, ma mère tricote et regarde un film à la télévision, ou bien elle a chaussé ses lunettes et essaie de lire un livre en épelant à voix basse, comme si elle priait.

Nadia l'entend respirer, elle sent sur sa nuque son haleine régulière, se détache de lui doucement pour ne pas le réveiller, s'assied sur le lit, rejetant ses cheveux derrière ses oreilles d'un mouvement de la main, elle le regarde dormir et lui recouvre les épaules, enfile une robe de chambre en soie imprimée et s'en va pieds nus à la cuisine pour boire un verre d'eau, la neige tombe toujours dans la cour intérieure, enveloppant le crépuscule phosphorescent dans un silence qui efface la ville aussi sûrement que les nuages bas cachent les sommets des gratte-ciel, les lointains de l'East River et des avenues. Elle s'adresse un sourire dans le miroir de la salle de bains, examine sans déplaisir la pâleur de son visage ravagé par l'amour, mouille la pointe d'une serviette pour effacer sur son menton une trace de rouge à lèvres et de semence. Sa robe de chambre s'est entrouverte et ses seins libres et blancs remuent pendant qu'elle se lave les dents, se passe du rouge à lèvres en les fronçant comme si elle se moquait brièvement d'elle-même, elle corrige la ligne rouge de carmin du bout de l'index, retourne dans la chambre, se demande si elle ne va pas se recoucher silencieusement à côté de lui, mais elle craint de le réveiller, il dort en enlaçant l'oreiller, recroquevillé, il dort comme elle n'a jamais vu dormir personne, savourant son sommeil, la paix inscrite sur son visage lui donne un air beaucoup plus jeune, elle s'assied à côté de lui, au bord du lit, aspire l'odeur chaude de sa respiration et de tout son corps offert, mais ne se décide pas à l'embrasser, elle s'attendrit devant ses rudes chaussures, par terre, ses deux paires de chaussettes en laine, son pantalon de pyjama qu'il a ôté avec tant de honte, il parle en dormant, il prononce un ou deux mots en espagnol qu'elle ne comprend pas, elle aime tant le regarder qu'elle se méfie de sa propre tendresse et de sa résolution, mais elle avait déjà éprouvé la même chose la première nuit, à Madrid, quand ils se dirigeaient vers l'ascenseur, elle pensait alors avec panique qu'il n'oserait peut-être pas l'inviter, en entrant dans sa chambre, elle avait enlevé ses chaussures sur le lit en sachant que tout ce qui pouvait arriver était désormais irréversible, elle le désirait tant qu'elle s'offrait sans défense à la merveille et à la déception, à la misère probable du hasard, car elle allait coucher avec un inconnu, étouffant avec audace sa lâcheté, ses scrupules, et surtout le sourd chantage de l'expérience et de la douleur. Elle remarque alors la malle encore fermée, le cylindre en carton, elle se souvient du sous-sol de la résidence de vieillards, de l'employée antipathique en uniforme qui lui avait fait signer un reçu après l'enterrement, il y a seulement deux jours, à la nuit tombée, au retour du cimetière quand il commençait de neiger, elle avait pensé à son père qui venait d'être enterré sous la terre humide et noire et avait eu l'impression coupable de l'abandonner, c'était la première nuit qu'il allait passer dans la mort.

Elle regardait ses effets suspendus derrière un rideau en plastique et quelqu'un lui suggéra qu'elle pouvait en faire don à une institution de bienfaisance, les deux costumes, le pyjama, les pantoufles d'un mort, c'était une profanation mais aussi un soulagement, on lui présenta froidement des condoléances en lui donnant des formulaires à signer, on l'accompagna dans le sous-sol, quand son père était arrivé ici, il n'avait presque rien apporté, lui fit-on observer, juste une malle et ce long cylindre à couvercles métalliques, elle les fit envoyer à l'hôtel où elle avait passé les deux dernières semaines, à quelques rues du pavillon où il était en train de mourir, dans un faubourg du New Jersey. Elle avait envisagé de retourner le soir même à New York, mais elle s'était dit que c'était indigne : elle avait préféré rester dans sa chambre, une chambre avec plancher, poutres peintes et rideaux, étendue sur le lit, incapable de pleurer, essayant de ne pas imaginer le corps solitaire, enseveli dans le vide du cercueil, revoyant sa façon de la regarder et de lui sourire, retrouvant la pression de ses doigts sur ses poignets, qu'elle sentait encore. Elle s'endormit peu avant l'aube et fut réveillée par le froid, elle n'avait pas éteint la lumière et ne s'était pas déshabillée, et elle mit quelques secondes à se rappeler que son père était mort : une petite pierre tombale portant un nom espagnol et deux dates laconiques, fichée dans le gazon enneigé d'un cimetière américain, un cylindre contenant une gravure et quelques diplômes militaires établis plus d'un demi-siècle auparavant, et une malle pleine de photographies que son père n'avait sans doute jamais ouverte, il l'avait rapportée d'Espagne pour la seule raison qu'il avait donné sa parole de la conserver. Elle sourit en pensant à lui, réconciliée et absoute, reconnaissante de son intégrité qu'il préserva toujours, seule et désemparée depuis sa mort récente, blottie dans son ombre comme lorsqu'elle était petite et levait les yeux pour admirer sa prestance.

Elle n'a pas de remords, elle ne se sent pas coupable d'avoir couru au-devant de Manuel, de le désirer encore pendant qu'elle le regarde dormir, deux jours après la mort de son père, elle s'inquiète rétrospectivement en pensant qu'elle a failli le manquer. Cédant à une tentation douloureuse, elle débouche le cylindre et en extrait les diplômes, noués par des rubans rouges, jaunes et violets, elle n'arrive pas à défaire les nœuds et les remet à leur place, intacts, avec un sentiment de profanation, puis elle étale la gravure du cavalier polonais sur ses genoux, elle ne l'avait pas revue depuis qu'elle et son père avaient quitté la maison de Mágina : elle se souvient du jardin qu'ils n'avaient jamais entretenu, des chats qui se réfugiaient dans les broussailles, elle regarde le visage jeune et indifférent du cavalier, elle croit y lire un défi glacé qui l'a toujours effrayée, une détermination solitaire dans laquelle elle devine maintenant le portrait spirituel de son père : comme si la gravure était recouverte d'une plaque de verre sur laquelle se refléterait, fondu dans l'effigie de l'homme à cheval et de la colline située derrière lui, le masque mortuaire mais encore vigoureux et sévère du commandant Galaz. Elle pleure, d'abord inconsciemment, en contemplant la gravure et la lumière de la chambre irisées par les larmes, mais ces pleurs sans douleur n'oppressent et n'étouffent ni la poitrine ni la gorge, ils sont aussi silencieux et obstinés qu'une chute de neige, qu'un élan de compassion, de plénitude et de nostalgie auquel elle peut maintenant s'abandonner parce que personne ne la regarde. En silence, s'essuyant le nez et les yeux avec un mouchoir en papier, discrète et énergique, elle traîne la malle hors de la chambre, il fait nuit dehors et on entend par rafales les sirènes des pompiers ou de la police, elle s'agenouille, soulève le couvercle et la première chose qu'elle voit, c'est une très grande Bible reliée en cuir noir avec, entre ses pages, la photo d'une femme qui paraît dater du siècle dernier, cheveux noirs, pommettes larges, yeux fendus et longs, elle met du temps à se souvenir de ce gros homme paisible qui venait voir son père toutes les après-midi dans la villa de Mágina et des histoires qu'il racontait, Ramiro, c'était son nom, elle lit au hasard à la page où se trouvait la photo, *détournez vos yeux de moi, car ce sont eux qui m'ont obligé de me retirer promptement*. Elle pense que certains objets, comme certaines personnes, sont voués à un long destin d'errance et qu'ils souffrent aussi du déracinement et méritent d'être traités avec loyauté. Combien de mains avant les siennes ont touché et lu cette Bible, combien de lieux cette malle a-t-elle traversés avant d'arriver ici, qui a contemplé le visage de cette femme quand elle était encore vivante et jeune, qui a recopié pour elle le passage du Cantique des Cantiques caché, d'après les confidences de Ramiro Retratista au commandant Galaz, dans le décolleté de sa robe. Elle remet la photo entre les pages du livre, elle a entendu un bruit, pas la voix de Manuel ni ses pas, peut-être un changement dans sa façon de respirer, elle perçoit tout avec une acuité très proche de la divination, avec une clarté instantanée, les sons, les odeurs, même le toucher de sa peau et les poussées de son sang, comme si elle se réveillait d'une anesthésie ou se dépouillait d'un voile qui aurait amorti ses sens pendant des années. Sur le seuil de la chambre, les bras croisés, la robe de chambre ouverte, la tête penchée, rejetant ses cheveux en arrière avec ses doigts, elle le regarde avant qu'il la voie, il est assis au bord du lit, nu, paresseux ou étonné, il a déplié sur ses genoux la gravure du cavalier, il ne l'a pas entendue entrer, mais il lève les yeux en reportant sur elle une interrogation muette et pressante dont il cherche en vain la réponse dans sa propre mémoire, il paraît dire je n'y comprends rien, je me rends, raconte-moi qui je suis.

Ne perds pas ton temps à essayer, dit Nadia, tu n'arriveras pas à t'en souvenir, tu avais déjà oublié le lendemain, le lundi soir, quand je suis allée te chercher au marché : tu m'avais dit à quelle heure tu apporterais les légumes sur la jument de ton père et j'avais très envie de te revoir. Tu étais très bizarre, je t'ai vu traverser entre les voitures en tirant les rênes de la jument, tu portais un vieux pantalon et un chapeau de paille, je t'ai attendu sur le trottoir, imaginant ton air surpris quand tu me verrais, mais tu es passé devant moi, tu m'as regardée et n'as rien dit, comme si tu ne me reconnaissais pas, et tu as continué ton chemin la tête baissée, j'étais tellement surprise que je n'ai pas réagi, tu ne te souvenais de rien, tu me regardais comme si tu ne m'avais jamais vue, ou alors tu avais honte de ce qui s'était passé, de la cuite, du haschisch et de tout ce que tu m'avais raconté. Je t'ai suivi un moment et je crois même t'avoir appelé, mais je me sentais ridicule, presque aussi ridicule et humiliée que lorsque José Manuel m'avait déclaré quelques jours plus tôt qu'il m'aimerait toujours et ne m'oublierait jamais, mais qu'il allait me quitter. Si tu me quittes un jour, je t'en prie ne me dis rien de ce genre, ne dis pas que cela vaut mieux pour tous les deux et que tu as beaucoup souffert avant de te décider, ou que tu ne m'oublieras pas, ou qu'en dépit de tout nous garderons un bon souvenir, dis simplement que tu t'en vas, n'explique rien, ne traîne pas pour franchir la porte, ne me regarde pas avec un air compatissant, une mine de torturé ou de sacrifié, va-t'en et ne te retourne pas, va chez une autre, fais-toi moine ou colle-toi une balle dans la tête, mais ne reparais jamais devant moi. J'ai mis des années à comprendre ce qui t'était arrivé, et je l'ai compris ici même, dans cette maison, par une épouvantable matinée de l'hiver dernier, quand je me suis réveillée j'avais mal au cœur et envie de vomir, je suis allée à la salle de bains et j'y ai trouvé quelqu'un que je ne connaissais pas, un homme qui se rasait tranquillement, une serviette nouée à la taille, il utilisait une lame de rasoir et un pot de mousse que mon mari avait oubliés au moment où nous nous étions séparés, douché de frais, comme chez lui. Il me sourit en me voyant, genre publicité de parfums pour hommes, je n'en croyais pas mes yeux, j'ai failli crier ou appeler la police, mais si cet homme était là, c'était que je l'avais amené, il me parlait, le visage couvert de mousse, et me demandait si je me sentais mieux, moi je n'y comprenais rien, je faisais comme si de rien n'était, soudain je me rappelai la soirée de la veille, j'avais été invitée à une fête avec Sonny, le photographe que tu as rencontré à Madrid, à cette époque, le week-end, quand je n'avais pas mon fils avec moi, j'allais n'importe où et presque avec n'importe qui, pour ne pas rester assise dans le canapé à regarder le mur d'en face, et cet homme était là, un ami de Sonny me le présenta, nous bûmes cocktail sur cocktail et pour je ne sais quelle raison j'acceptai de quitter la fête avec lui et de l'accompagner dans un bar de la Deuxième Avenue, la mémoire me revenait par vagues, par rafales, et j'étais toujours pétrifiée sur le seuil de la salle de bains, le regardant avec une expression qu'il devait prendre pour du ravissement : nous avions pris un taxi dans l'East Village et les cocktails commençaient de produire leur effet, j'avais aspiré deux ou trois bouffées d'un joint de marijuana, et nous continuâmes de boire dans ce bar, je me rappelle qu'il était vide, un couple chantait sur une petite scène, des hippies bien propres et plutôt pathétiques, il jouait de la guitare, elle frappait dans ses mains et ils chantaient *California Dreamin'* comme s'ils étaient devant une foule d'accros de Woodstock, à la fin, ils se plièrent en deux quand nous les applaudîmes, et nous restâmes jusqu'au bout parce qu'ils me faisaient pitié. J'ai dû dire ensuite que je voulais rentrer et il me proposa de me raccompagner, c'était tout près d'ici, mais je ne sais plus lequel des deux prit finalement l'initiative : bref, à dix heures du matin, j'avais une gueule de bois insupportable et regrettais rageusement quelque chose dont je ne me souvenais pas, pendant que lui, heureux, avec un air insultant de vanité comblée, s'intéressait à ma santé en utilisant le rasoir et la mousse d'un autre, il avait quand même choisi une lame neuve, je m'en aperçus, la boîte en plastique était à côté du robinet, et il avait sûrement apporté ses propres préservatifs, après son départ j'ai trouvé un emballage sur la table de nuit : un cafard m'aurait fait moins d'effet, un séducteur prophylactique, voilà tout ce qu'il était, je le regardais s'habiller et je ne pouvais pas me le pardonner, il faisait allusion à des sujets que nous avions sans doute abordés la veille et je feignais de m'en souvenir pour sauvegarder ma dignité, avant de s'en aller il me laissa une carte et me tapota le menton, comme ça, du bout des doigts, comme pour me redonner courage, je devais lui faire une drôle de tête, il me fit même un clin d'œil, et dit que malgré tout ç'avait été une nuit merveilleuse. Malgré quoi ? Au moins, il était parti, je crois que je n'ai jamais tant apprécié la solitude, j'ai jeté l'emballage du préservatif dans la poubelle, ainsi que la boîte de mousse et la lame de rasoir, j'ai vidé les cendriers, et malgré le froid hivernal j'ai ouvert les fenêtres en grand, enlevé les draps que j'ai mis dans la machine à laver avec mes habits de la veille, qui sentaient le bistrot et le tabac, je me suis préparé un bain très chaud et je suis restée une heure dans l'eau, presque ravie de cette amnésie, même si elle me préoccupait, car cela m'était déjà arrivé, mais pas de cette façon, pas au point de perdre une nuit entière. C'est alors que je me suis souvenue de toi, je m'en souvenais chaque fois que j'étais désespérée, et j'ai compris ce qui t'était arrivé, avec quinze ou seize ans de retard, je me suis même sentie un peu fautive d'avoir été injuste envers toi. Tu ne me croiras pas, mais au cours de toutes ces années, je n'ai jamais pu t'oublier, j'ai vécu en Amérique ou en Espagne, je suis tombée amoureuse quatre ou cinq fois, j'ai fait les métiers les plus bizarres, je me suis mariée et j'ai divorcé, j'ai donné le jour à un fils, je ne suis pas retourné à Mágina, mais je crois qu'il n'y a personne, même pas mon père, dont je me sois mieux souvenue que de toi. Quand je suis allée le voir, il a vu ma chevelure blonde et m'a dit avec le plus grand sérieux je veux revoir la couleur de tes cheveux avant de mourir ; l'après-midi même, de retour à l'hôtel, je les ai déteints. Si tu avais vu comme il m'a souri le lendemain, j'ai remonté la tête de son lit, mis des oreillers sous sa nuque et me suis assise à côté de lui, il m'a caressé les cheveux sans rien dire, il avait quatre-vingt-sept ans et était aussi lucide qu'un homme beaucoup plus jeune, il savait qu'il allait mourir et il s'en moquait. Il a voulu voir mon fils et je l'ai amené, à l'insu de son père, je lui ai raconté un mensonge, il faut dire que Bob, mon ex-mari, considérait l'agonie de son grand-père maternel comme une expérience traumatisante pour l'enfant, je lui ai donc raconté au téléphone que mon père s'était remis, j'ai pris rendez-vous avec lui sur la piste de patinage du Rockefeller Center et quand je me suis retrouvée seule avec mon fils, je l'ai emmené en taxi dans le New Jersey pour qu'il voie son grand-père. Il était ravi, une infirmière lui a donné un jouet éducatif qu'il a complètement ignoré et il a passé l'après-midi à écouter des contes espagnols que mon père me racontait quand j'étais petite, et à essayer de tourner la manivelle qui soulevait le lit.

Mais c'est toujours pareil, je me mets à parler et je perds le fil, toi, non, tu parles en ligne droite – si tu parles –, mais tu ne dis rien et j'ai l'impression que tu te moques de moi, ou que tu ne crois pas à ce que je te raconte. Je me souvenais de toi, j'étais si persuadée que je ne te reverrais jamais qu'en retournant en Espagne je n'ai même pas pensé aller à Mágina pour te revoir, mais tu réapparaissais par surprise, dans les situations les plus absurdes et douloureuses j'avais toujours l'impression de te voir, ou bien en écoutant cette chanson de Carole King que je t'avais passée chez moi et qui t'avait tellement ému parce que tu en comprenais toutes les paroles, *You've got a friend*, tu ne t'en souviens pas non plus ? Tu m'avais dit qu'elle était dans le juke-box du *Martos*. Tu me parlais anglais, dans un anglais de Mágina, rapide et très heurté, pour le comprendre je devais penser en espagnol, tu composais des phrases sur le modèle des chansons de tes disques, et comme tu étais bien élevé, tu as utilisé le titre d'un air des Beatles pour me demander de te prendre la main : *I wanna hold your hand*. Nous traversions le parc Vandelvira, tu t'appuyais sur moi, tu avais des frissons, tu suais le gin, les lumières de la fontaine lumineuse éclairaient ton visage et tu étais plus pâle qu'un mort, je te soutenais pour t'empêcher de tomber. Tu te serais effondré à mes pieds si tu ne t'étais pas appuyé sur moi quand nous nous sommes rencontrés, sur le trottoir du lycée, je t'avais vu traverser la rue en titubant, et comme il faisait noir j'ai eu peur car je t'ai pris pour un de ces ivrognes qu'on rencontrait alors à Mágina, mais je me suis arrêtée et je t'ai reconnu, je t'avais souvent croisé dans la rue Neuve ou près de chez moi, dans le lotissement du Carmel, cherchant cette fille dont tu m'as parlé pendant deux heures, celle qui t'avait trompé, disais-tu, tu éclatais en sanglots et tu t'essuyais la morve avec la main, tu parlais d'elle comme un chanteur de tangos, tu étais complètement ridicule, mais j'étais aussi ridicule que toi, moi aussi on m'avait méprisée, et si je ne m'étais pas mise à boire ce n'était pas le résultat d'un choix délibéré, mais parce qu'à l'époque, et encore aujourd'hui, je ne supportais pas le goût de l'alcool ni l'odeur qui persiste dans les pièces où on a bu, son pouvoir sur la volonté et les ravages qu'il cause dans la mémoire m'effraient. A Mágina, en me levant le matin, je sentais dans le couloir l'odeur écœurante du cognac resté au fond du verre de mon père. En revenant du commissariat, je l'avais trouvé qui m'attendait à quatre heures du matin devant la grille du jardin, et j'avais tout de suite remarqué en l'embrassant que son haleine empestait l'alcool. Plus tard, il m'est souvent arrivé de boire et de m'enivrer à en perdre la mémoire ou à me rendre malade, mais c'était toujours comme si je m'imposais une punition, parce que je ne voulais pas me souvenir, je ne voulais pas vivre. Comme on dit en Espagne, on est toujours puni par où l'on a péché. J'ai entendu ce proverbe pour la première fois de la bouche de femmes qui racontaient des commérages dans une boutique de Mágina. Pendant une période, j'ai bu pour la seule raison que Bob trouvait cela répréhensible. Il ne boit pas, ne fume pas. Il boit du café ou de l'eau minérale pendant les repas. Peu avant notre séparation, je lui ai dit une phrase qui, à en croire Sonny, est de Baudelaire : "Un homme qui ne boit que de l'eau a un secret à cacher à ses semblables." Il est resté de marbre. De marbre brut. Il a discrètement regardé l'enfant, craignant peut-être que mes propos déforment son visage d'une façon monstrueuse. "Si quelqu'un cache un secret, c'est toi." Après avoir prononcé ces mots, il a avalé une gorgée d'eau avec un bruit discret et répugnant, et a posé sa fourchette et son couteau sur la nappe, comme s'il s'apprêtait héroïquement à entendre une confession honteuse. Comment peut-on détester si fort celui qu'on a aimé, comment se fait-il que la personne la plus proche soit aussi la plus étrangère. Je le regardais et je me demandais comment j'avais pu l'épouser, pis encore, comment j'avais pu m'abuser au point de me croire amoureuse et de vouloir un enfant de lui. Mais quel désastre, je me demande ce que j'ai fait de ma vie, ce que j'ai failli en faire. Je suis rentrée d'Espagne il y a deux mois, il m'attendait à l'aéroport avec un bouquet de fleurs et l'enfant à la main. Il réclamait une seconde chance : il voulait sauver notre ménage, comme on dit dans les courriers du cœur. Et je suis si faible et si bête que si tu n'avais pas existé, j'aurais accepté, sachant pertinemment que c'était une nouvelle erreur. Il me faisait du chantage, pas crûment, mais très doucement, très gentiment, avec les meilleures intentions du monde : je ne te demande pas de le faire pour moi si tu n'y tiens pas, disait-il, et il ne cesse de me le redire chaque fois qu'il me parle, mais pour notre enfant, et je me sentais si coupable que toutes les décisions que j'avais eu tant de mal à prendre s'effondraient, je refaisais surface, reprenais ma vie en main, sortais de l'hébétude des années perdues avec lui, j'aimais vivre seule avec mon fils, mais le vendredi soir, quand il venait le prendre et s'affalait dans le canapé avec une mine de victime, sans desserrer les dents, je me retrouvais au point de départ, avec le remords, la sensation de retomber dans une toile d'araignée qui m'étouffait malgré mes efforts pour m'en dépêtrer, et si je ne m'avouais pas vaincue, c'était purement et simplement par une obstination tournée contre moi, pas contre lui, contre la certitude écrasante que je lui jouais un sale tour et que je m'offrais le luxe de vivre seule aux dépens de son malheur. Dis-moi ce que je t'ai fait, dis-moi où je me suis trompé, me demandait-il, presque suppliant, et je ne pouvais lui donner aucune réponse, car le mal ou l'erreur n'étaient pas en lui, mais en moi, il s'était contenté d'agir selon ses principes et son caractère, et quand j'avais accepté de l'épouser je savais exactement à quoi m'en tenir avec lui et pourquoi il ne me plairait jamais. Il était si amoureux, il avait tellement confiance en moi que j'étais presque parvenue à le convaincre que moi aussi je l'aimais. Il n'y pouvait rien si je ne lui trouvais rien de palpitant comme amant. Nous nous désirions, mais pas à la folie, et le désir était beaucoup plus important pour moi que pour lui. Il était gentil, séduisant, honnête, nous avions beaucoup d'idées et de goûts en commun, mais quelque chose d'inconciliable nous séparait, je m'en apercevais, mais pas lui, je fus malhonnête et lâche de ne pas l'en avertir, cette insatisfaction irraisonnée devenait de plus en plus cachée et amère à mesure que le temps passait, c'était une sorte de dépit mesquin, pas dirigé contre ce qu'il aurait pu faire, mais contre ce qu'il ne faisait pas, une irritation qui se nourrissait des moindres détails de sa façon de parler ou de marcher, de ses petites manies personnelles qui n'avaient rien d'offensant, mais qui me déplaisaient comme autant d'insultes. Parfois, je l'ai trompé. Je rentrais le soir et je le trouvais en train de faire dîner l'enfant et j'étais morte de honte de voir avec quel naturel il avalait le mensonge que j'inventais pour justifier mon retard. Il était si intègre et si heureux qu'il ne pouvait imaginer que je puisse le tromper. Mais ce n'est pas un crime de ne pas aimer quelqu'un. J'ai mis des années, des années insupportables, pour comprendre que le seul délit est de feindre et de se taire pendant que l'enfer grandit, ce silence en se couchant chaque soir, cette horreur d'être assis dans le canapé et d'échanger de temps à autre un commentaire sur un film, de passer des journées entières sans se regarder dans les yeux, même pas au lit, ni dans la salle de bains si on s'y retrouve pour se laver les dents, c'est un sentiment de résignation et de fatalité qu'on développe en soi comme un cancer, un dégoût de vivre d'autant plus pernicieux qu'il n'altère pas les apparences, il ne se passe jamais rien, personne ne crie, il n'y a ni larmes ni accusations hargneuses, rien que le silence ou des mots plats, on met son pyjama, on se lave les dents, on va voir dans la chambre de l'enfant s'il ne s'est pas découvert, on branche le réveil pendant que l'autre se déplace comme une ombre, dit un mot, bâille, chacun se couche de son côté dans le lit, à la rigueur on échange un baiser et un sourire avant d'éteindre la lumière, il peut même y avoir un simulacre de désir dans l'obscurité, tous les deux silencieux et haletants, sans voir leur visage, et enfin, quel soulagement, on ferme les yeux et on n'a plus rien à dire, on reste tranquille et on respire comme si on dormait déjà.

Quand j'allais très mal, je me souvenais de toi. Je calculais ton âge, car tu m'avais dit que tu aurais dix-huit ans dans six mois, je me demandais à quoi tu ressemblais, si tu étais gros ou chauve, si tu t'étais marié, si tu avais pu réaliser tous les projets que tu m'avais énumérés cette nuit-là : je pensais aux miens à l'époque et j'étais sûre que toi aussi tu y avais renoncé. Tu m'avais récité un vers d'une chanson de Jim Morrison : nous voulons le monde et nous le voulons maintenant. Tu voulais quitter Mágina et ne plus jamais revenir. Tu me demandais de te décrire New York, tu voulais savoir ce qu'on éprouvait quand on survolait l'Atlantique de nuit. Tu n'avais pas vu la mer, tu n'avais même jamais pris le train. Tu avais dix-sept ans et n'avais quitté Mágina que pour aller à la capitale de la province, tu n'avais jamais embrassé une femme. J'étais la première que tu embrassais. Tu ne savais pas t'y prendre. Tu serrais ta bouche fermée contre la mienne et tu respirais très fort. Ne me regarde pas comme ça, ce que je te raconte est la vérité. Dans le couloir du Palais des congrès, tu avais la même démarche qu'en t'approchant de moi sur le trottoir du lycée. Je me rappelle même le nom de la rue : avenue Ramón-y-Cajal. Un instant j'ai cru que tu m'avais aussi reconnue, parce que tu me regardais très fixement, mais quand je me suis approchée, tu as détourné le regard. Cette nuit-là, en me voyant, tu essayais de marcher droit, mais on voyait bien que tu ne tenais pas debout. Tu avais les cheveux ébouriffés, les pupilles brillantes, une cigarette éteinte à la bouche. Minuit venait de sonner et nous étions seuls dans la rue. Tu venais dans ma direction au même pas que moi, nous allions nous croiser comme d'autres fois, presque nous frôler, sans que tu me regardes. Tu t'es arrêté, moi aussi. Je ne pensais pas te parler. J'ai vu que tu t'appuyais contre un réverbère et que tu étais très pâle, et j'ai eu pitié de toi. Les pans de ta chemise sortaient du pantalon et la sueur brillait sur ton visage. Je me suis approchée de toi machinalement, je t'ai demandé ce qu'il t'arrivait et si je pouvais t'aider. Tu as essayé de parler et ta cigarette est tombée. Je n'éprouvais pas de la pitié, mais de la compassion, car moi aussi j'étais désespérée cette nuit-là, et je voyais en toi mon propre reflet. C'était la première fois que tu me regardais dans les yeux, mais je crois que tu ne voyais pas mon visage et ne comprenais pas ma présence. J'ai passé ton bras autour de mes épaules et je t'ai pris par la taille : tu pesais lourd, tu avais des frissons, tu ne tenais pas debout. Tu sentais le gin, mais à l'éclat de tes pupilles et à l'expression molle de ta bouche je me suis rendu compte que tu avais aussi fumé du haschisch. Tu essayais de parler et ta langue s'empêtrait, tu répétais un nom. J'ai réussi à t'emmener jusqu'au parc Vandelvira et je t'ai assis sur un banc à côté de la fontaine lumineuse. Tu m'as dit de te laisser, tu me regardais avec des yeux vitreux et me demandais en anglais qui j'étais. Les coudes sur les genoux, la tête basculant peu à peu vers le sol, tu allais vomir. J'ai trempé mon mouchoir dans la fontaine et l'ai passé sur ton visage : tu ouvrais la bouche et le léchais, tu me léchais les mains, mais tu avais de nouveau des haut-le-cœur, je te poussais en avant, en maintenant ta tête pour empêcher que tu te vomisses dessus. Cela a mis longtemps à venir, tu te plaignais, tu serrais ma main qui tenait le mouchoir contre ton visage, et à la fin tu as gémi, la tête pendante, et j'ai essuyé un filet de salive qui pendait de ta bouche. Je t'ai obligé à relever la tête, j'ai retrempé mon mouchoir pour rincer ton visage et je me suis collée contre toi jusqu'à ce que tu cesses de trembler. Tu as dit que tu ne pouvais pas rentrer chez toi ; tu n'avais pas la clé et tu ne te souvenais pas du chemin.

Tu regardais autour de toi comme si tu venais de te réveiller dans une ville que tu ne connaissais pas. Tu parlais tout bas, très vite, dans un demi-délire, et quand je t'ai proposé de venir chez moi, tu as refusé en secouant énergiquement la tête, tu étais obsédé par l'heure tardive, mais tu ne voulais pas non plus rentrer chez toi car tu serais obligé de réveiller tes parents. Je t'ai aidé à te lever, tu étais un peu plus vaillant, j'ai passé ton bras autour de ma taille et j'ai aimé la force avec laquelle tu m'étreignais, tu me disais que tu n'avais jamais tenu une femme dans la rue de cette façon, ni dans la rue ni ailleurs, ta main grande ouverte me pressait la hanche, tu ne me demandais plus où nous allions, tu te laissais conduire, docile, ivre mort, abruti par le haschisch, les pupilles dilatées, souriant comme si tu rêvais ce que tu voyais et ce que tu me racontais dans cet anglais bizarre, fait de bribes de chansons. Tu disais un mot que tu oubliais aussitôt, tu m'as demandé mon nom deux ou trois fois, il avait l'air de te plaire car tu ne cessais de le répéter, tu m'as dit que je m'appelais comme la fiancée de Michel Strogoff, du coup tu as entrepris de me raconter le livre, mais tu oubliais l'argument, tu disais que les mots étaient un fil et que si tu t'arrêtais de parler, le fil se casserait et ils s'effaceraient tous de ton esprit, c'est pourquoi tu t'exprimais d'une façon si pressée, si angoissée, et inutile de te demander de répéter un mot que je n'aurais pas compris, tu l'avais déjà oublié. Je t'ai ramené chez moi, mais tu ne voulais pas dépasser le hall d'entrée, tu avais honte et tu étais de nouveau obsédé par l'heure tardive, je t'ai pris par la main pour te faire entrer et asseoir dans le canapé, puis je suis allée dans la chambre de mon père, qui avait éteint la lumière, mais qui était sûrement encore réveillé. Quand je suis revenue dans la salle à manger, tu contemplais la gravure du cavalier, tu disais que c'était Michel Strogoff, qu'il te rappelait les cavaliers dans la tourmente de Jim Morrison. J'ai mis en sourdine un disque de Carole King et j'ai préparé du café, et tu n'as pas cessé de parler pendant que nous le buvions, tu m'as raconté ta vie entière, ce qui venait de t'arriver ce soir-là, ce que tu voulais faire en quittant Mágina, tu parlais avec ce mélange de candeur et de témérité et d'orgueil que je n'avais jamais rencontré chez personne et que je n'ai plus jamais retrouvé. Tu ne savais rien et tu voulais tout savoir, tu n'étais allé nulle part et tu me parlais des villes et des pays que tu rêvais de visiter comme si tu en revenais, tu n'avais jamais touché aucune femme et on sentait dans ton regard une prédisposition pour le désir qui est toujours la même, peut-être un peu plus dissimulée et maladroite. Tu ne fuyais plus mon regard, nous étions assis dans le canapé, écoutant Carole King, et tu t'es arrêté de parler, je t'ai vu avaler ta salive, te pencher machinalement vers moi, mais tu ne savais pas embrasser, je passais ma langue sur tes lèvres et tu ne les ouvrais pas, tu effleurais ma blouse sans oser presser mes seins, j'ai dû prendre tes mains dans les miennes pour que tu te décides, et en même temps je pensais tu es folle, mon père peut sortir de sa chambre et nous surprendre, mais à cet instant cela m'était égal, je n'éprouvais pas de l'excitation, mais une douceur très paisible et en même temps pleine d'étonnement, comme celle que je ressentais alors en écoutant certaines chansons, comme si je n'étais pas obligée de feindre ni de craindre quoi que ce soit avec toi. Tu te reculais pour me regarder, mais de nouveau tu te sentais mal, encore une de ces vagues angoissantes du haschisch, tu avais l'air soudain de me voir de très loin, tu respirais la bouche entrouverte et tu te calmais en me caressant le visage et les cheveux.

Il était plus de quatre heures quand nous avons traversé la place du Général-Orduña pour retourner chez toi. Nous avons traversé toute la ville en nous donnant le bras, j'appuyais ma tête sur ton épaule en t'interrogeant sur ta vie et sur ta famille, je voulais que tu m'expliques des aspects du travail des champs, mais tu refusais de m'en parler, tu te butais et changeais de conversation. A l'angle de ce palais qui avait des têtes de monstres ou d'oiseaux sous les avant-toits, tu m'as demandé de te laisser seul. Tu avais une de ces peurs ! Tu étais de nouveau tout pâle, tu serrais les mâchoires et tu te mordais les lèvres. Tu m'as à peine embrassée, on aurait dit que tu avais honte de me regarder, tu m'as tourné le dos et tu es parti vers ta maison en rasant les murs. Tu trébuchais, tu as failli tomber. Je n'ai pas bougé, jusqu'à ce que tu me fasses un signe d'adieu : c'était fini. Le lendemain, tu ne m'as pas reconnue. Je me souvenais de cette nuit et j'avais l'impression qu'elle datait de très longtemps auparavant, ou que je l'avais rêvée. Mais je n'ai jamais eu ce genre de rêves. Mon père et moi, nous avons quitté Mágina au début du mois de juillet. Il voulait retourner en Amérique, mais pas moi. A Madrid, j'ai trouvé du travail dans une agence de voyages. Ma mère m'avait laissé quelques milliers de dollars dans son testament. Pour nous, à l'époque, la vie à Madrid était beaucoup moins chère qu'à New York, mais mon père ne voulait pas rester. Il me dit qu'il ne supportait plus l'Espagne, qu'il avait vécu trop longtemps ailleurs. Tout l'énervait, il achetait un journal et le jetait aussitôt dans une poubelle, il s'en allait si je branchais la télévision pour voir les nouvelles, il disait qu'il devenait un vieillard insupportable et me demandait de l'excuser, et c'est vrai que par rapport à l'année précédente, il n'était plus le même. Mais je refusais d'admettre qu'au fond je préférais qu'il me laisse seule. Le jour de l'assassinat de Carrero Blanco, nous eûmes pour la première fois une discussion violente : il m'interdit de sortir. Tu n'y comprends rien, me disait-il, tu ne te rends pas compte de ce qui se passe en Espagne, tu ne sais pas que le dernier de ces voyous peut te coller une balle dans la peau. Mais je restai et il partit. Il vendit la maison de Queens et s'installa dans une résidence de vieillards du New Jersey, où il avait un ami, un vétéran de l'armée de la République. Nous cessâmes de nous voir pendant des années. J'allai le voir avec Bob pour l'inviter à notre mariage, il le regarda des pieds à la tête, lui serra la main, lui demanda de nous laisser seuls quelques minutes et me dit qu'une fois de plus j'allais me tromper. Après la naissance de l'enfant, j'eus l'impression qu'il se réconciliait un peu avec moi, ou qu'il s'attendrissait au souvenir de l'époque où j'étais petite. Il jouait avec lui aux mêmes jeux qu'avec moi ou lui racontait les contes de chez Calleja, et mon mari levait les bras au ciel en disant que ces histoires étaient trop cruelles pour l'esprit d'un enfant. Je dissimulais devant mon père, comme devant moi-même, mais dès que nous étions seuls, il me regardait avec la certitude qu'il a toujours eue de deviner mes pensées, et me disait : Je t'ai dit que c'était une erreur. Il me cacha la gravité de sa maladie. Le mois dernier, on m'a appelé de la résidence pour m'annoncer qu'il n'avait plus très longtemps à vivre. Depuis, je ne l'ai pas quitté. Je lui ai parlé de toi, il souriait quand je lui racontais ma surprise de te revoir à Madrid, il me demandait des détails, il me dit qu'il allait mourir rassuré, car il me revoyait telle que j'étais au début de notre périple en Espagne, à Madrid, quand nous descendions la rue Velázquez bras dessus, bras dessous et qu'il m'invitait à manger des palourdes arrosées d'un vermouth dans les guinguettes du parc du Retiro. Tu ne peux pas savoir comme tu avais changé, me disait-il, comme tu étais maigre et émaciée, tu ressemblais à ces Américaines hystériques. Je m'asseyais à côté de lui sur le lit et l'écoutais pendant des heures. Les derniers jours, il ne parlait presque plus, car il manquait de souffle. Il mourut dans son sommeil. Un soir, il s'endormit avant que je le quitte et il ne se réveilla pas. L'infirmière me dit qu'il avait les yeux fermés et une main sur la poitrine, l'autre pendait hors du lit. Après l'enterrement, je restai encore deux jours à l'hôtel. Je ne pleurais pas, je n'arrivais pas à réaliser que mon père était mort. Je pensais que si je n'avais pas mon fils, plus personne au monde n'aurait mon sang. Je me souvins de la femme dans son fauteuil roulant, de l'homme en costume sombre et du militaire un peu plus jeune que j'avais vus une fois dans cette église de Madrid. Mais ils n'avaient rien à voir avec moi, ni même avec mon père, du moins avec l'homme que j'avais connu. Mon divorce venait d'être prononcé et de nouveau je m'appelais comme lui. Tu n'as pas idée de la fierté que j'ai eue à signer sous mon vrai nom, Galaz, les papiers qu'on me présentait à l'hôpital. J'étais étonnée que tu m'appelles Allison dans la salle à manger du Palais des congrès, j'étais même furieuse et j'ai failli te dire que ce n'était pas mon nom, mais en même temps j'étais flattée que tu aies lu si discrètement l'étiquette à mon revers, et tu étais si content de ton effet que j'ai préféré ne pas dissiper le malentendu : ce serait une façon de t'épier sans être percée à jour, je me cacherais pour découvrir quelle avait été ta vie de ces dernières années, et ce que tu étais devenu. Car je me méfiais de toi, tantôt tu étais exactement pareil, tantôt tu ressemblais à ces cadres internationaux, et l'ennui, c'est que j'étais à court de temps, je retournais en Amérique le lendemain, je ne voulais pas d'une situation fausse ni d'une déception, mais je ne voulais pas non plus laisser passer la chance incroyable qui m'était offerte, je décidai donc aussitôt de venir m'installer dans ton hôtel, et quand nous avons éclaté de rire, à genoux sous la table pour ramasser les feuilles qui m'avaient glissé des mains, j'ai compris que tu me plaisais, mais je devais être prudente, tu avais l'air si sérieux que tu risquais d'avoir mauvaise opinion de moi si je me montrais trop hardie. J'allai déménager en vitesse, et si tu ne me proposais pas de rendez-vous, je trouverais bien le moyen de te retrouver comme par hasard après la séance de l'après-midi, mais tout marchait de travers, j'ai été bloquée dans un embouteillage, à l'hôtel on a mis des heures à me trouver une chambre, je n'avais plus le temps de retourner au Palais des congrès et au mépris de toute prudence je t'ai appelé au téléphone, mais c'était toujours occupé, j'ai décidé d'aller te chercher, mais c'était l'heure de fermeture des magasins et il n'y avait pas un seul taxi libre, alors je me suis dit que le plus raisonnable était d'attendre à l'hôtel, mais je n'en avais pas la patience, j'ai déniché un taxi, et quand je suis arrivé au Palais des congrès, il ne restait plus que les femmes de ménage. Retour à l'hôtel, à touche-touche sur le paseo de la Castellana, j'avais les nerfs à vif, la lenteur de la circulation me mettait hors de moi et j'avais envie de bâillonner le chauffeur de taxi pour ne plus l'entendre, j'ai appelé ta chambre, mais tu n'y étais pas, je me suis préparé un bain, je venais d'entrer dans l'eau quand le téléphone a sonné, j'ai glissé sur les dalles sans prendre le temps de penser que ce pouvait ne pas être toi, mais c'était ce raseur qui a toujours Hemingway à la bouche, avec Sonny ils avaient couru tout Madrid à ma recherche et ils se faisaient un plaisir de m'inviter à dîner. Je l'aurais étranglé avec le fil du téléphone. Je lui ai dit que j'étais très fatiguée : aucune importance, nous dînerions à ton hôtel. Car en plus je sentais qu'il avait l'envie et le vague espoir de coucher avec moi : fraîchement divorcée, devait-il penser, seule à Madrid, un emploi précaire dans un magazine où comme par hasard il avait de l'influence. Quand tu es apparu, j'ai failli t'appeler au secours. Je te voyais le regarder en coin pendant le dîner et je me disais, il veut s'en aller, il va prendre les jambes à son cou. Je cherchais tes pieds sous la table et j'étais si étourdie que j'ai rencontré les siens, heureusement je m'en suis rendu compte, car il s'est tu et s'est mis à me sourire, il m'a même lancé un clin d'œil, très discret, en levant son verre pour que ni toi ni Sonny ne vous en aperceviez.

Nous avons maintenant l'impression que tout devait arriver de cette façon, mais je tremble encore à l'idée qu'il aurait suffi d'un rien pour te perdre ce soir-là, que j'aurais pu ne pas te prendre la main quand tu as dit que tu t'en allais, et je ne sais pas ce que j'aurais fait si tu ne m'avais pas demandé de rester avec toi, je me disais il ne va pas oser, s'il ne m'a pas proposé d'aller prendre un verre dehors, c'est qu'il est très fatigué, ou que je ne lui plais pas tant que cela, nous attendions l'ascenseur et toi, tout ce que tu faisais, c'était de tripoter la clé et de regarder la flèche lumineuse, comme si de rien n'était, sans écouter vraiment ce que je te disais, nous avons commencé de monter et je n'avais pas le courage de prendre l'initiative, qu'est-ce que tu croirais, toi, si correct, si sérieux, l'ouverture de la porte me fit un creux à l'estomac, s'il ne dit rien c'est moi qui parlerai, quel calme, tu as attendu le dernier moment pour te décider, c'est à ce moment-là que la porte s'est refermée, je me suis mise à rire tant j'étais énervée et tu as rougi, il y avait des années qu'un homme n'avait pas rougi devant moi, j'ai failli t'embrasser sur place, au milieu du couloir, te dévorer de baisers, te demander en espagnol si tu ne te souvenais pas de moi. Mais quelle peur, quand nous sommes entrés dans ta chambre, tu m'as laissée passer en posant la main sur ma taille et j'étais dans un tel état d'excitation que j'avais envie de repartir en courant ou de sauter dans ton lit et de te réclamer sans autre préambule, mais tu agissais très lentement, avec une autorité qui me déconcertait, la cigarette, la bière, les douces plaisanteries en anglais, cette façon de m'inviter à me mettre à l'aise, comme si tu l'avais déjà dit à d'autres femmes dans cette même chambre, je n'avais rien su de toi pendant dix-sept ans et je crevais de jalousie, je me méfiais, et si tu étais vraiment tel que tu m'étais apparu quand je t'avais vu prendre ton petit déjeuner, et si tu agissais avec moi aussi méticuleusement qu'avec le *croissant* grillé que tu découpais au couteau et à la fourchette, mais tu t'es transformé dès que nous avons échangé les premiers baisers, tu étais un autre, tu avais perdu ta raideur et tes égards, comme si en te déshabillant tu avais ôté un masque ou une armure, tu n'avais aucune honte mais tu étais délicat comme personne, tu me pénétrais comme si tu voulais me défoncer et en même temps tu prenais soin de moi, tu écartais mes cheveux pour voir mon visage, me souriais pendant que je jouissais, et tu as attendu presque la fin pour me rejoindre, et à ce moment-là je t'ai empêché de fermer les yeux. Tu n'as pas idée de ton regard à ce moment-là ni de ton regard maintenant. Ce regard est à moi et personne d'autre que moi ne l'a vu. Et je ne suis plus fâchée que tu aies oublié cette nuit à Mágina. Elle est à moi aussi et je suis ravie que tu ne puisses soupçonner son existence que parce que je m'en souviens et te la raconte.

Les deux voix dans la pénombre et dans le silence de la maison fermée, qui s'enchevêtrent à l'image des corps et des mains, voix chaudes contre l'oreille, qui s'éteignent aux confins du sommeil, solitaires et loyales, comme si elles étaient les deux dernières voix à résonner en ce monde, enhardies par le rire, s'assombrissant lentement et progressivement quand elles se lancent dans les détails d'une confession, se dissolvant dans une longue plainte voluptueuse ou dans l'élan d'un cri étouffé dans l'oreiller, voix savantes, habituelles au bout de quelques jours, dévergondées et pudiques à la fois, qui apprennent à désigner par leur nom ce qu'elles taisaient au début, les actes et les désirs, les lieux convoités du corps, qui les accaparent en les nommant, deux voix additionnant le débit de leurs mots dans une révélation mutuelle où chacun découvrant l'autre se manifeste tel qu'il est devant lui-même et s'attendrit sur la merveille du mystère, sur la pure existence d'une personne qui lui ressemble tellement et cache cependant, dans son intimité inviolable et dans la texture offerte de son épiderme, un royaume qui n'en finira jamais d'être exploré. Pas de pause dans l'exploration ni de fissures dans le cours du temps, ils ne savent pas ou ne veulent pas calculer les heures et les jours, les lenteurs de la paresse ou l'embrasement soudain des sens, ils parlent, regardent, écoutent, s'effleurent doucement, ouvrent les yeux et se rendent compte que la nuit est tombée ou que le jour se lève, se souviennent de titres de chansons, les cherchent dans les disques, s'attendent et se poursuivent dans les pièces de l'appartement avec un désarroi avide, comme s'ils se cherchaient dans les rues d'une ville, dans l'espace cubique et clos qui constitue pour eux la taille du monde : ces quelques jours, isolés d'un hier récent et d'un avenir qui les séparera bientôt, renferment toute la durée de leurs deux vies. Leur voix les réunit, et le bruit des pas venant de la salle à manger, le bruit de l'eau dans la douche, derrière la porte de la salle de bains, le claquement d'une boîte de conserve qu'on ouvre, l'odeur de savon ou d'eau de Cologne, de tabac, de café frais, de mousse à raser, signes banals et précieux de l'autre présence, des souliers à talons abandonnés à côté du canapé, près de la malle ouverte et des photographies, un bâton de rouge à lèvres sur l'étagère du lavabo, une veste d'homme mêlée aux effets féminins dans l'armoire, deux verres avec un fond de vin rouge sur la table de la cuisine, un peu de rouge carmin sur un kleenex. Sous prétexte que c'est l'hiver, ils sortent à peine, renvoyant leurs obligations à un futur vague et proche, sans se consulter ils s'accordent des délais en augmentation constante à mesure qu'ils les épuisent, encore une nuit, un jour, quelques heures, il n'y a ni début ni fin dans les histoires qu'ils se content, ni contours exacts dans l'exercice différé du désir, ils s'interrompent, confrontent dates, souvenirs, photographies et lieux où ils sont allés tous les deux et ne se sont pas vus, erreurs et enthousiasmes, ils perdent le fil et découvrent des images, des sensations voisines où ils veulent s'attarder, ils se sont presque endormis, ils ont éteint la lumière et le frôlement singulier d'un mamelon, d'un orteil, d'un pied, les réveille et les ranime au-delà de la fatigue, les entraîne à nouveau dans une recherche chancelante et obstinée dans l'obscurité, ruisselants, endoloris, épuisés, découvrant des saveurs particulières de leur peau, des fentes et des replis que la langue humidifie, d'imperceptibles battements que le bout de leurs doigts ausculte avec tendresse et sagacité, le mouvement des yeux voilés par les paupières, les battements du sang contre les tempes, dans les veines bleues des poignets, dans la courbe légère d'une cheville.

Ils ne savent pas la date du jour ni ce qui se passe dans le monde, ils allument la télévision et l'éteignent aussitôt, une guerre a éclaté très loin et une hystérie de drapeaux, un patriotisme d'extermination déferlent dans les journaux télévisés et même dans les publicités, qu'ils croient pouvoir abolir grâce à la commande à distance, rescapés ou survivants d'une apocalypse qui ne les atteindra pas s'ils restent dans le refuge de l'appartement, s'ils essaient d'oublier l'indignation et la rage et se cachent au plus profond des draps chauds, nus et enlacés, s'ils se retranchent derrière les vitres et les rideaux et les portes closes qui les défendent du vent glacé et atténuent les bruits de la rue, parlant pour n'entendre que leurs voix et réapprendre ce qu'ils ont oublié, essayant d'ordonner les archives prodigieuses et anarchiques de Ramiro Retratista, ces visages en noir et blanc, ces photographies déployées comme une population de fantômes, désordre grouillant de vies et de chronologies, empilées sur le sol, recouvrant la table de la salle à manger, alignées sur les étagères, appuyées contre les livres, examinées à minuit à la lumière électrique, inépuisables dans leur prolifération comme les trésors des rêves, foule discrète de personnages de Mágina, silhouettes solitaires campées dans une pose de studio, en groupes se profilant sur un mur enduit d'une chaux éblouissante, se donnant le bras dans la rue Neuve ou au milieu des stands de la foire, visages timides d'un autre âge, solennels, précocement vieillis par la pauvreté, rigides, éclairés par un bonheur indéchiffrable et archaïque, effrayés par le flash, le défiant le menton haut, portant vestes foncées, espadrilles en chanvre avec des lacets blancs noués autour des chevilles maigres, rubans ou fleurs en chiffons dans les chevelures frisées, regards et sourires d'une effrayante absence, dures chaussures vernies et chaussettes montantes, hanches larges dans des jupes imprimées, talons à semelles de liège, bouches maquillées et dents inégales sur des visages très jeunes, jupes larges, bustes proéminents et chaussures à talons aiguilles, fronts olivâtres sous les cheveux aplatis, pommettes sombres, asiatiques, durcies par les intempéries, costumes du dimanche, du Vendredi saint, de la procession de la Fête-Dieu, costumes de communion et robes de mariées faites dans les mêmes satins et les mêmes broderies, pupilles de victimes qui ne savent pas encore qu'elles le sont, et de vainqueurs impertinents, curés aux lunettes rondes et joues brutales, fascistes paléolithiques, inconnus qui se distinguent par l'oppression secrète de leur lâcheté, enfants juchés sur un cheval en carton-pâte ou assis devant une fausse bibliothèque et tenant à l'oreille un faux téléphone, en uniforme bleu marine et col dur, la mèche humide et coupée barrant le front, grisaille de vieux vêtements et de poignets usés, monotonie pathétique de manches trop courtes, de grands pantalons attachés par des lanières, de sourires déformés par la peur et la dénutrition, ressemblance unanime, établie par le recul du temps et plus encore par la pitié objective de celui qui avait contemplé tous ces visages pendant un demi-siècle, avait vu leurs traits prendre forme dans la cuvette du révélateur et gardé une copie de chaque photographie qu'il prenait, sans soupçonner le destin qui leur était réservé, sans savoir qu'il était le seul témoin et dépositaire de ces vies dont ensuite personne ne voulut se souvenir et qui réapparaissent maintenant par une sorte de résurrection clandestine des morts dans un appartement de la Cinquante-deuxième Rue Est de New York, pendant huit ou dix jours de ce mois de janvier mil neuf cent quatre-vingt-onze, sous les yeux émus d'une femme et d'un homme qui entendent derrière les fenêtres calfeutrées le vent de l'hiver et les rumeurs – véritables cataractes – de la ville à laquelle ils accordent peu d'attention, qui trouvent dans la malle de Ramiro Retratista ce qu'ils n'ont jamais cherché, ce qui leur a toujours appartenu sans qu'ils le sachent ni le désirent, les raisons les plus anciennes de leur déracinement et de leur complicité.

L'ordre des jours et la durée des heures leur échappe, le temps les déborde dans la crue d'un présent qui embrasse leurs propres vies et celles de leurs ancêtres, les voix qu'ils n'entendaient plus depuis des années supplantent les leurs et ressuscite des circonstances et des paroles oubliées, bien antérieures à eux, mais qui cimentent leurs gestes, leur ivresse de tendresse, de conscience et de désir, des voix et des chansons, des souvenirs soudains et des caresses obstinées, le plaisir de se révéler en parlant, de dormir jusqu'à onze heures du matin, la fatigue radieuse et absolue qui les pousse vers le sommeil, les expéditions en taxi pour chercher des cigarettes, prendre un repas tardif ou un dernier verre, en contemplant derrière les vitres une ville éphémère et nocturne faite de trottoirs enneigés, d'avenues désertes, de gratte-ciel illuminés au milieu de la brume, hauts et isolés comme des phares, de commerces déserts éclairant les carrefours les plus sombres, un New York beaucoup moins réel que la ville dont ils parlent toujours, Mágina, inaccessible dans un futur de six heures plus tard, dans un passé où tous les deux sont étrangers mais auquel ils se sentent liés parce que c'est le pays d'origine de leurs parents. Ils rentrent transis à l'appartement, dans l'ascenseur ils se débarrassent des habits d'hiver, du froid et de l'hostilité des rues, ouvre, dit Nadia, elle lui tend la clé comme un signe de reddition sans condition : elle lui donne sa vie, son corps si beau et meurtri, lacéré et exalté par des années de malheur et des minutes exacerbées de bonheur, il l'embrasse et la possède en même temps, elle et toutes les autres femmes, celles qui en ont embrassé d'autres et ont tremblé comme maintenant et dit à leur compagnon des mots qui ne paraissent acquérir leur sens véritable qu'aujourd'hui, la jeune fille qui vécut quelques mois à Mágina, celle qui vécut seule à Madrid pendant l'hiver mil neuf cent soixante-quatorze, la femme qui sentit dans son ventre l'étrange et chaude palpitation d'un enfant et qui s'ouvrit en saignant pour le précipiter dans le monde, la blonde qui s'appela Allison l'espace d'une nuit dans un hôtel de Madrid, la rousse qui surgit comme par hasard et pour toujours dans la cafétéria du *Doral Inn* de New York, celle qui sourit en chemise pourpre et jean sur une photo prise à Central Park, celle qui ressemble, par l'expression de ses yeux et la forme de sa bouche, à un militaire espagnol photographié à Mágina cinquante-cinq ans plus tôt et à un enfant blond américain né en mil neuf cent quatre-vingt-quatre : il sombre en elle jusqu'à en perdre conscience et devenir son ombre et son double et c'est alors qu'il se sent en pleine possession de lui-même, il se blottit nu sous la couette d'un lit où un autre homme dormait quelques mois auparavant et un sentiment l'apaise, exotique pour lui, celui de se trouver exactement à sa place, au cœur de sa biographie, où tout est calme et repos, il parle à Nadia de sa vie, lui raconte ce qu'il tient de ses grands-parents et de ses parents, reconnaît dans l'étonnement et l'attention de son auditrice son propre désir de savoir, la soif séculaire d'écouter les autres et de découvrir en eux son identité la plus cachée.

Il ouvre les yeux, ne regarde pas le réveil, essaie d'évaluer l'heure d'après la lumière incertaine de la fenêtre, voit la gravure du cavalier polonais sur le mur, essaie désespérément de se rappeler une nuit de sa vie qui existe uniquement parce qu'elle ne l'a jamais oubliée, il imagine le commandant Galaz devant la vitrine d'un antiquaire de Mágina ou accoudé à une table en bois nu, en face d'un mur, d'une buffleterie et d'un revolver, ou contemplant un paysage qui n'appartient plus entièrement à sa propre mémoire, le soir de juillet sur la vallée du Guadalquivir, la Sierra bleutée de l'autre côté du fleuve, il laisse Nadia dormir et va rouvrir la malle de Ramiro Retratista dans la salle à manger, parmi tous ces visages d'inconnus, il cherche les photos de ses grands-parents et de ses parents, il essaie de les classer par ordre chronologique, il se revoit enfant, montant dans les chambres interdites de la maison de la place San Lorenzo pour fouiller dans les tiroirs, retourner le linge plié au fond des armoires où se trouvait l'uniforme de la Garde d'assaut et la boîte en fer-blanc pleine de billets ornés de l'écusson crénelé de la République, et il retrouve la même impression en regardant encore les photos des bisaïeux, leurs visages de défunts étrusques, les uniformes et les robes de mariées, il essayait de ne pas faire de bruit en marchant sur les carreaux descellés, de ne pas être surpris dans ses recherches par sa grand-mère Leonor, encore étranger à la vie obligatoire du travail et des jeux dans la rue, imperméable au danger et fortifié dans la solitude, dans la pénombre des chambres aussi grandes que des salles de musée, remplies de meubles qui n'ont jamais servi, de vaisselles intactes derrière les vitrines des buffets, égaré et heureux, ouvrant des armoires et soulevant des couvercles de malles qui dégageaient l'odeur dense et tamisée de l'époque où il n'était pas encore né, trouvant des objets énigmatiques, un mortier en bronze, une ombrelle en soie déchirée, des chaussures d'enfant qui avaient peut-être appartenu à sa mère, une carte de rationnement, un étui en cuir en forme de pistolet, un flacon d'eau de Cologne vide, dépliant des lettres écrites par son grand-père Manuel dans le camp de concentration, lisant des titres sur la mort d'Hitler ou la guerre de Corée dans les journaux dévorés par la vermine qui tapissaient l'intérieur des tiroirs, découvrant avec stupeur la jeunesse de ses grands-parents et l'enfance de ses parents sur les photographies, se voyant lui-même à trois ou quatre ans, le visage rond, les jambes très fines, la frange droite au-dessus des yeux, une chemise à rayures et un chapeau cordouan, assis sur un cheval en carton-pâte qui a l'air énorme, avec un faible sourire qui tournerait peut-être en larmes quelques secondes plus tard car les proportions du cheval l'épouvantaient et il croyait que c'était un vrai : il ne s'en souvient plus, il regarde, détache l'oubli comme des écailles qui l'auraient aveuglé partiellement depuis il ne sait combien de temps, il voit les visages et les lumières de Mágina par un soir d'hiver qui surgit à la fois dans sa mémoire et dans l'inaccessible réalité de la place San Lorenzo et de la corniche des Belvédères, dans le passé et le présent, dans sa propre vie et dans d'autres, rattachées à Nadia et à lui-même par des liens invisibles de hasard ou de sang qui prennent maintenant la forme déconcertante de son double destin : regarde, celui-ci, c'est sûrement don Mercurio, le médecin, et le livre qui est ouvert sur la table, devant lui, c'est précisément cette Bible, regarde mon père au garde-à-vous sur le perron de la mairie, le soir du 18 Juillet, regarde mon bisaïeul Pedro, celui qui a les cheveux blancs, assis sur le perron, il caresse le dos de son chien, Ramiro Retratista a dû se cacher avec son appareil derrière une fenêtre pour prendre la photo, voilà pourquoi on voit l'ombre d'un barreau dans un angle, regarde mon grand-père Manuel et ma grand-mère Leonor, ici ils n'ont pas plus de onze ou douze ans, tu lui ressembles, dit Nadia, attends, et celui-ci, qui est-ce, si sérieux, avec cet air de chien battu, qui veux-tu que ce soit, l'inspecteur Florencio Pérez dans son bureau du commissariat, regarde l'objet qui est à côté de sa main, c'est un presse-papiers de la basilique de Montserrat, je l'avais oublié depuis le soir de mon arrestation, il m'avait tiré d'affaire, mais cette photo avait été prise des années auparavant, regarde la tête de ma mère le jour de son mariage, et mon père, dans sa veste de smoking louée, vous avez les mêmes yeux, et là, il a dix ans de moins, sur la moto allemande de Ramiro Retratista, à côté de lui, dans le side-car, c'est son cousin Rafael, il écarte avec impatience un tas de photos d'inconnus pour trouver d'autres visages et montrer à Nadia les photos des siens, lui raconter leurs vies, hésitant parfois à les identifier, je crois que lui, c'est l'oncle Rafael, cette photo était accrochée dans la salle à manger de chez son fils quand mon père et moi nous sommes allés le voir à Leganés, et le personnage qui sourit à côté de Carnicerito de Mágina le jour de son alternative, c'est Lorencito Quesada, regarde comme il est fier, comme il a passé la main sur les épaules du torero, regarde mon ami Félix avec ses parents, c'était sûrement un dimanche matin, devant la statue du général Orduña, il trouverait amusant de voir cette photo où son père est debout, jeune, pas encore blême et mal rasé, cloué dans un lit qu'il ne quitterait plus jamais.

Mais il manque quelqu'un, dit Nadia, devine qui : allongée sur le canapé, pieds nus, la robe de chambre ouverte sur ses cuisses, les cheveux ramenés en arrière par un large ruban élastique, elle avait quelques photos dans son giron, n'était pas maquillée, respirait le sexe et l'indolence, comme les personnes tombées du lit qui gardent cet air-là toute la matinée si elles ne sortent pas. Lui, répondit-il, Ramiro Retratista, il a passé sa vie à prendre des photos et à faire le double de chacune d'elles, nous les avons toutes regardées et nous n'en avons pas trouvé une seule où on le voie, il a traqué les gens, pas seulement dans son studio ni derrière l'objectif de son appareil, mais aussi dans les rues, les tavernes et les cafés de Mágina, il les a vus tels qu'ils étaient à l'instant où ils le croisaient, tels qu'ils avaient été dans leur passé, devinant d'un coup d'œil visionnaire et expert ce qu'ils deviendraient dans leur futur, étudiant comme un naturaliste la lente transfiguration des visages, les étapes successives de la croissance et de la décadence, découvrant avec mélancolie et un peu d'horreur que presque toutes les vies se ressemblent plus ou moins, que les traits sur les visages ne sont pas immuables, qu'ils varient ou s'effacent aussi facilement qu'un reflet dans l'eau ou qu'une pincée de sable au vent. Il ne se prit pas en photo, ou ne voulut pas les conserver, il préféra rester en marge, observant tout de la zone d'ombre du studio, sous le petit voile en feutre noir de cet appareil antédiluvien avec lequel il avait photographié l'emmurée de la maison des Tours, la femme de sa vie, il l'avait avoué à mon père, dit Nadia, le pauvre homme était fou, il parlait d'elle comme d'une femme dont il était veuf, qu'il aurait connue vivante, avec un sentimentalisme pleurnichard et pornographique, se souvient-elle, elle les avait écoutés plus d'une fois l'après-midi, à leur insu, il buvait un premier verre de cognac que le commandant Galaz avait posé devant lui et tendait la photo, regardez-la, mon commandant, dites-moi si vous avez jamais rencontré une femme comme elle dans les pays que vous avez traversés, pouvez-vous imaginer l'intensité de cet amour coupable, les sentiments de cet homme qui la perdit, pour lui écrire ces versets de la Bible que j'ai découverts dans son corsage. *Mettez-moi comme un sceau sur votre cœur, comme un sceau sur votre bras*, lit Nadia à haute voix, et Manuel regarde les yeux, les tempes, le sourire paisible de la femme au corps inaltéré et il se souvient des vieilles terreurs de son enfance, du portail fermé de la maison des Tours, des gargouilles sous les avant-toits vers lesquelles il levait les yeux, redoutant que le mur en pierre de taille s'effondre sur lui, aux carrefours, à la lueur des ampoules, les grands racontaient l'histoire de la momie et il la voyait griffer les briques qui bouchaient maintenant les fenêtres gothiques, une fois il s'était joint à un groupe de garnements qui s'étaient introduits dans l'entrée, bien décidés à descendre dans les sous-sols pour voir la cloison de la niche, mais la gardienne avait surgi comme une apparition furieuse, les maudissant à tue-tête et brandissant un grand bâton de vacher dans une attitude homicide : elle était devenue folle, dit-il à Nadia, on l'expulsa de la maison des Tours et elle alla vivre à l'autre bout de Mágina, mais elle revenait tous les soirs, le palais était en travaux et il y avait une très haute pile de pavés devant la porte, elle descendait la rue du Puits, emmitouflée dans un fichu de laine noire, regardant par terre, les mains jointes dans son giron, murmurant des prières ou des délires, elle racontait que Notre Seigneur Jésus-Christ en personne venait la visiter et se coucher à côté d'elle, qu'il était très tendre et très pur, et surtout très homme, grand, pieds nus comme un pénitent, en tunique blanche, avec une chevelure châtain retombant sur ses épaules et une barbe douce et taillée, comme dans *le Roi des rois*. Dans le clair-obscur du crépuscule, quand les ampoules n'étaient pas encore allumées, on voyait la tache blanche de ses cheveux au bout de la place, elle prenait un air distrait, dissimulait son visage comme si elle ne voulait pas être reconnue par ses anciennes voisines, elle avançait soudain les mains et cachait un pavé sous son fichu, remontait la rue du Puits à petits pas d'oiseau effarouché, serrant le pavé contre sa poitrine, comme s'il s'agissait d'un animal désemparé, d'un trésor qu'on aurait pu lui voler, ou du cadavre desséché de l'enfant qu'elle avait perdu dans sa jeunesse, elle ne saluait personne et se perdait dans les ténèbres de la place del Altozano, nous n'avons jamais su où elle entassait les pavés ni ce qu'elle voulait en faire, mais elle revenait invariablement tous les soirs, même en hiver, même sous la pluie, sans manteau ni parapluie, ses cheveux blancs dépeignés ou mouillés, tremblant de froid et murmurant des prières.

Comme tout cela est loin et oublié, pense-t-il, et avec quelle fluidité vivifiante cela revient maintenant, quelle pureté dans les sons, quelle intensité dans les odeurs, la terre battue et froide, la fumée des bûches, le vent humide des soirs de septembre qui secouait les cimes des peupliers pour préluder un orage, la monotonie d'un rosaire qu'une voisine écoute et suit à la radio, les cloches des églises, celles de l'horloge de la place du Général-Orduña, l'appel de la prière à la caserne, la sirène de la fonderie où travaillaient les jeunes qui avaient renoncé à la terre, les sabots des montures et des vaches sur les pavés, le bruit de la canne de l'aveugle Domingo González contre les grilles des fenêtres, il vivait à côté de chez nous et portait de grandes lunettes noires pour dissimuler les cicatrices des décharges de sel qu'il avait reçues autour des yeux. Il était terrorisé, nous disait mon grand-père Manuel, il portait un pistolet neuf millimètres dans sa poche et ne dormait jamais car l'homme qui l'avait rendu aveugle avait promis de revenir un jour pour le tuer. Et qui l'a rendu aveugle, demande Nadia, et pourquoi, tu ne me l'as pas encore dit : il était phalangiste, il a passé la première année de la guerre caché dans un grenier, et quand on l'a découvert, il a réussi à s'enfuir par les toits, il a fait sa réapparition à Mágina deux ans plus tard, promu juge militaire avec grade de colonel, et il a rempli ses fonctions dans presque tous les conseils de guerre, un boucher, disait le lieutenant Chamorro, pour qui Domingo González réclama deux fois la peine de mort ; il sortait avant l'aube en uniforme, sillonnait à cheval les chemins des *huertas* et les oliveraies, et se retrouvait au tribunal à dix heures tapantes du matin, mais un jour il ne revint pas, on le trouva gisant au bord du fleuve, sans connaissance, le visage couvert de sang et le cheval immobile à côté de lui, on apprit par la suite, c'était en tout cas ce que racontait mon grand-père Manuel, qu'un homme armé d'un fusil de chasse à deux coups lui avait barré la route en le visant à la poitrine, arrête ton cheval et ne sois pas si pressé, lui cria-t-il, jette ton pistolet, descends les mains en l'air, et Domingo González, mort de peur, tout vaillant qu'il était quand il réclamait la peine maximum (mon grand-père Manuel adorait cette expression) pour un malheureux, tomba à genoux devant l'inconnu et le supplia de l'épargner : ne t'inquiète pas, je n'ai pas encore l'intention de te tuer, mais je vais t'apprendre ce que c'est que la peur, je reviendrai au moment où tu t'y attendras le moins. Il braqua le fusil sur la figure du cavalier, tira une fois, deux fois, et le sel des cartouches brûla les yeux de Domingo González, qui passa le reste de sa vie terrorisé par une obscurité au fond de laquelle il croyait entendre les pas et la voix de cet homme qui reviendrait un jour parachever sa vengeance. Qu'est devenu cet homme, dit-il à Nadia en se serrant contre son dos et ses hanches nues sous la chaleur de la couette, leurs deux ombres mêlées dans la chambre où les chiffres rouges du réveil étaient la seule clarté, que sont-ils devenus tous les deux, qu'est devenu l'homme qui a tiré les cartouches de sel, il s'est peut-être radouci avec les années, a quitté Mágina et oublié Domingo González, où se trouve Ramiro Retratista, il est sans doute mort, seul et âgé, dans une pension ou dans un asile de Madrid, que deviennent les gens quand ils disparaissent, quand ils sont oubliés et ne laissent même pas derrière eux le témoignage d'une photographie.

Il allume la lumière, demande à Nadia de se retourner, écarte les cheveux de son visage, les ramène en arrière pour dégager son front, effleure du doigt le menton et les lèvres qui sourient, saturées de sommeil, il veut apprendre ses traits, impérieusement et en détail pour ne plus les oublier, il veut imprimer dans son propre regard et dans sa mémoire la forme de la bouche, du nez et du menton de Nadia, la couleur de ses yeux, comme une silhouette s'imprime sur la surface blanche d'une épreuve photographique : nous ne pouvons disparaître, lui dit-il, nous ne pouvons nous perdre comme tous ces gens, il a soudain peur, il éprouve un besoin désespéré de la regarder toujours, d'étreindre son corps, de ne jamais se séparer d'elle, comme s'il suffisait de fermer les yeux ou de rester seul quelques minutes pendant qu'elle va à la salle de bains ou faire une course, pour qu'elle ne revienne plus, pour qu'il la perde dans la foule de New York comme Ramiro Retratista s'est perdu à Madrid ou son ami Donald dans les faubourgs d'une capitale africaine, comme ces inconnus sans nom qu'on découvre par hasard au second plan d'une photographie, brève vision de leur voyage anonyme vers l'inexistence, nantis cependant de biographies minutieuses et de souvenirs qui ne subsisteront dans aucune conscience. Il est toujours réveillé et n'a pas desserré son étreinte quand elle s'est rendormie, doublement résolu à s'occuper d'elle et à se placer inconditionnellement sous la protection de son courage et de sa tendresse, fort et vulnérable, fier d'elle et de lui, fragile et lâche aussi, toujours à la limite de sombrer dans la fascination de l'angoisse. Il éteint la lumière, il entend respirer la bouche entrouverte et murmurer des mots qu'il ne comprend pas, elle se retourne dans son sommeil pour se blottir plus commodément et plus étroitement contre lui, maintenant son souffle paisible et tiède lui caresse le visage. Il ne peut et ne veut pas encore s'endormir, il se sent glisser, immobile, vers une zone obscure plus épaisse où il ne voit plus la tache rougeâtre des chiffres du réveil ni la silhouette blafarde de la monture du cavalier polonais, il s'enfonce lentement, il a presque l'impression de voyager de nuit dans un avion qui perd de la hauteur pendant qu'on distingue au loin les lumières d'une ville, et il tombe soudain, secoué de vertige, comme s'il manquait une marche en descendant un escalier à tâtons, il réalise avec surprise qu'il a failli s'endormir et que son cœur bat très vite, qu'il n'est pas seul, que Nadia lui enlace toujours la taille, il reprend sa glissade, remonte doucement et entrevoit des lumières au fond, des images rapides qui se succèdent et se chevauchent, des rues en pleine nuit, les bâtiments du Rockefeller Center éclairés par des réflecteurs à travers une brume jaunâtre, les gratte-ciel dans la nuit de Buenos Aires illuminés par un éclair d'orage, le panneau lumineux du *Chicago Tribune* clignotant à la hauteur d'un trentième étage, au sommet d'un immeuble orné de crénelures gothiques, la coupole blanche du Capitole, l'immensité horizontale et infinie des lumières de Washington, ou de Los Angeles, ou de Londres, les villes se transforment à toute vitesse, il passe au-dessus d'elles sans jamais s'arrêter, il les laisse derrière lui et très vite réapparaissent des lumières plus lointaines sur l'obscurité courbe du monde, au bout de l'océan, sur les rives de l'Europe, au-delà des chaînes de montagnes et des plaines saupoudrées de phares d'automobiles qui disparaissent ou brillent entre les rangées d'oliviers : là-bas, une ville en haut d'une colline, des lumières qui tremblent sur les façades blanches de la corniche des Belvédères, sous un ciel violet qui n'est pas encore définitivement investi par la nuit, une place avec trois peupliers où résonnent des voix et le métal des heurtoirs, où passe une femme à cheveux blancs qui cache un pavé sous son fichu, où un homme qui revient de deux années de captivité dirige ses pas, une place d'où s'en va un adolescent qui veut s'inventer un destin loin de là, qui revient une demi-vie plus tard, s'arrête devant une maison fermée, soulève et laisse retomber le heurtoir, la porte s'ouvre et il n'y a personne dans l'entrée, ni dans la cuisine, ni dans la cour, ni dans les pièces où se trouvent toujours les meubles qu'il voyait déjà quand il était petit, la table en bois foncé, les six chaises tapissées sur lesquelles personne ne s'est jamais assis, les lits à chevets en fer et moulures en bronze dans lesquels personne ne dort, les armoires et les commodes où sont encore conservés les habits des morts, les lettres qu'ils avaient écrites, les photos dans lesquelles ils sourient encore comme s'ils n'avaient pas été chassés de la vie. Il ouvre les yeux, Nadia a allumé la lumière et se penche sur lui, elle veut savoir à quoi il rêvait, pourquoi il secouait la tête si violemment, comme s'il disait furieusement non, mais il ne se souvient de rien, il a encore peur et ne sait pas de quoi.

Je ne m'habitue pas, je ne sais pas mesurer la distance qui me sépare de toi ni calculer le temps qui reste avant de te revoir ni celui que j'ai passé avec toi, cent ans ou dix jours, combien d'heures exactement, combien de mots avons-nous prononcés, combien de fois me suis-je répandu dans ton ventre, ta bouche, tes seins, t'entendant gémir les yeux écarquillés, comme si tu agonisais. Je ne veux rien oublier ni confondre les jours entre eux ni résumer en une seule étreinte la singularité de chacune de celles que nous avons expérimentées, car oublier, résumer, c'est perdre, et j'exige de moi aujourd'hui l'impossible possession de tous les mots et de toutes les caresses, des changements que la douleur ou la mélancolie ou le rire ou les variations de lumière impriment sur ton visage, de toutes tes façons de sourire et de regarder, de toutes les modulations de ta voix. Je veux continuer de tout voir, avec des détails précis, la façade de ta maison, les miroirs dans l'entrée, l'éclat métallique de l'ascenseur, le four de la cuisine, les couverts dans les tiroirs, les assiettes et les verres dans le placard au-dessus du lave-vaisselle, je veux me souvenir à jamais de la place des meubles et de chacun des objets posés sur les étagères en osier de la salle de bains, tes flacons d'eau de Cologne, tes paquets de Kleenex et de serviettes hygiéniques, ta robe de chambre en soie à fleurs suspendue à un cintre, le bâton de rouge à lèvres et les boîtes de poudre que tu glisses dans ton sac quand tu vas sortir, la petite brosse que tu utilises pour te mettre du Rimmel et le crayon qui souligne la paupière, je veux ne pas oublier le linge ni les chaussures que tu as portés pendant toutes ces journées, la robe rouge et cintrée, les souliers rouges que tu as mis un soir comme si nous étions déjà en avril et pouvions dîner sur une terrasse en plein air, la gabardine vert foncé de notre première rencontre, le costume masculin et la cravate large et flottante qui te donnent cet air fallacieux et convaincant d'efficacité américaine, la légère indifférence contenue dans chacun de tes actes, ta négligence affectée quand tu ranges la cuisine et les disques, ta façon de t'ancrer dans le temps sans regarder l'heure, comme si les montres n'avaient qu'à se plier à ton rythme, comme si la tâche qui t'occupait allait te prendre la vie entière, parler, faire l'amour, manier avec précision ton bâton de rouge, écrire des articles et des traductions que tu me caches et qui ne paraissent t'intéresser que pour l'argent qu'ils te rapportent, mais je n'y crois pas, j'ai appris à t'observer avec plus d'attention que n'importe laquelle des femmes que j'ai connues et aimées, et je découvre que tu as le don particulier d'être ce que tu ne parais pas et de paraître ce que tu n'es pas, d'être l'objet d'une transfiguration inexplicable en moins de deux minutes, je l'ai découvert la première nuit à Madrid, quand nous avons commencé de nous embrasser : ton visage a changé, jusqu'alors tu avais l'air si jeune, comme si la douleur t'avait toujours épargnée, et tu es devenue une femme meurtrie et solitaire qui se livrait sans défense à un inconnu, tu as un air dévergondé et tu caches une réserve inépuisable de pudeur, tu prends un air de fragilité pour cacher d'instinct ton courage, tu parais plus forte quand tu es peut-être la plus faible, tu préfères sourire et hausser les épaules si tu es désespérée, tu ne regardes pas l'heure et tu n'arrives jamais en retard. Mais tu ne fais pas semblant, j'en suis sûr, tu es toutes les choses et toutes les femmes que tu parais, Allison et Nadia, je t'ai toujours connue et je ne sais rien de toi, j'ai partagé avec toi une seule nuit sans avenir ni passé et une vie entière, je trépigne de jalousie car tu as couché avec d'autres hommes et as fait à certains les mêmes choses qu'à moi et je vois dans tes yeux l'éblouissement et la surprise de la première fois, toute la science et aussi toute l'innocence, la certitude et la peur, la prudence et la témérité.

A l'aéroport, tu m'embrassais en me faisant tes adieux comme si nous n'allions plus jamais nous revoir, puis tu me souriais tranquillement, comme si nous devions nous retrouver dans quelques heures. J'ai peur de l'imperceptible érosion de l'oubli, mais comment ne pas me souvenir de toi, ne pas reconnaître l'odeur de ton corps dans l'air, le toucher de ta peau quand j'effleure la mienne, plus tendue et plus douce, beaucoup plus sensitive, comme si tu me touchais par l'intermédiaire de mes mains : je ne suis pas à toi, comme disent les amants, mais je suis parfois surpris d'être exactement toi, j'utilise une expression ou un mot que tu m'as appris, je vois les choses comme tu les verrais, me rappelle un détail que tu m'as raconté et crois l'espace d'un instant que ce souvenir m'appartient. Inconsciemment, j'imite ta manière d'allumer une cigarette ou je demande à l'hôtesse de l'air ta marque de bière américaine préférée, presque tous mes gestes sont devenus une commémoration involontaire, les nouvelles que je lis dans le journal, les chansons à la radio, ma façon de dévisager les gens que je croise, je regarde même les enfants, que j'avais toujours négligés jusque-là, pour calculer s'ils sont plus grands ou plus petits que le tien, à quoi ils pensent quand ils donnent la main à leur mère et prennent un air si sérieux, quand ils me regardent avec de grands yeux comme s'ils avaient peur ou me défiaient, je me revois à leur âge, je me souviens de toi aussi, et de ce que tu m'as raconté de ton père, je crois entendre mon grand-père Manuel ou le lieutenant Chamorro parler du commandant Galaz, je mélange les fils de l'imagination et de la mémoire, c'est impossible que ce nom hérité des mythologies de mon enfance soit en même temps le tien, que cette femme, sur la photo que tu m'as donnée au moment où je partais, soit sa fille, qu'elle soit amoureuse de moi et ait mon souvenir dans son esprit comme j'ai le sien dans le mien au même moment, dans les couloirs fantasmatiques et les salles d'attente vides de l'aéroport John Fitzgerald Kennedy, après un dernier geste d'adieu quand j'ai passé la douane, contrôle, interrogatoire et coup de tampon sur mon passeport par un gros fonctionnaire à lunettes de soleil et veste bleu marine déformée sous l'épaule par l'étui du pistolet, puis quand j'ai subi l'examen d'un garde en uniforme noir, casquette noire de base-ball, mitraillette montée et chaussures de montagne, il ne trouvait sûrement pas à son goût la couleur de ma peau ni celle de mes yeux, j'ai finalement franchi la frontière, quitté le refuge dans lequel la guerre n'existait pas, et j'enfile le passage étroit au sol en caoutchouc qui me conduit à l'avion, je m'enfonce dans la géographie illimitée de ton absence, je regarde autour de moi et pour la première fois depuis des jours je ne trouve pas ton visage, je ne m'habitue ni à la forme ni à la dimension inhospitalière du monde, je ne retrouve plus ma dextérité de voyageur habitué et solitaire, je passe les doigts sur mes lèvres pour sentir l'odeur encore récente de tes mains, je cherche dans les pages d'un livre les photos que j'ai emportées, je les contemple à loisir pendant que les moteurs tremblent, que l'avion presque vide prend de la vitesse sur la piste et décolle dans le soir ensoleillé et transparent de l'hiver, la surface penchée des maisonnettes et des jardins de Queens sont tout en bas, loin derrière, je distingue encore le profil de Manhattan dans un contre-jour brumeux de bleus et de reflets métalliques sur les eaux immobiles de la baie, et je me dis que tu rentres en ville, tu te souviens de moi et tu continues d'exister dans un endroit précis, au milieu de ces foules qui pullulent dans les halls des gratte-ciel, dans les gares et dans les flots de voitures qui franchissent les ponts sous les armatures métalliques, s'enfoncent dans les tunnels, s'élancent vers le sud sur l'autoroute des bords de l'East River, peut-être es-tu en train d'observer ton visage dans le miroir du taxi aussi nettement que je le vois sur une photo, ou d'imaginer le mien, ou de penser à ton fils qui t'attend impatiemment, tu te déplaces à toute vitesse à cinq milles mètres en dessous, à je ne sais combien de kilomètres de moi, distance qui croît à un rythme dévorant minute après minute sans que je perçoive la moindre sensation de mouvement, calé dans le fauteuil étroit de l'avion, fumant avec soulagement ma première cigarette, te regardant sourire sur un banc de Central Park, sur un paysage d'arbres récemment reverdis au-delà desquels on distingue à peine, contre un ciel blanc et brumeux, les silhouettes bleutées des immeubles. La clarté du soleil fait rougeoyer tes cheveux, châtains et presque noirs dans la pénombre, le sourire indomptable et impudent s'accroche aux angles fermes du menton, mais je range la photo, je ne veux pas l'user à force de la regarder, comme s'use l'impact d'une chanson quand on l'écoute trop souvent, je suis jaloux car je me demande qui l'a prise, à qui souriais-tu ce matin-là à Central Park, où étais-je à ce moment-là, l'an passé, en avril, qui peut le dire, je ne me souviens de rien, et je m'en moque, où es-tu en ce moment même, à l'heure où l'immense avion presque vide survole l'obscurité de l'Atlantique, je repasse en mémoire les photos en noir et blanc de mon enfance et de la jeunesse de mes parents, j'essaie de me rappeler ce que nous faisions hier à la même heure, le dernier soir, l'angoisse irrésistible de la séparation, le temps jusque-là figé qui basculait inéluctablement dans la pente des adieux, les longues minutes de silence, l'irréalité soudaine de tout, la véhémence exaspérante de faire les choses pour la dernière fois, impossible de se résigner à dormir, de gaspiller les dernières heures dans le sommeil, l'obstination dans le désir, moins guidé par l'instinct que par un pur entêtement de la volonté, l'illusion de préparer le petit déjeuner comme tous les matins, de commenter les titres belliqueux du journal comme si de rien n'était, comme si rien n'allait nous arriver. De nouveau j'étais nerveux, en un peu plus d'une semaine, j'ai oublié mon aisance à partir, ma vocation inexistante de nomade, j'avais la gorge nouée en décrochant mon linge de l'armoire, j'étais de nouveau la proie de mes angoisses de voyageur névrotique, j'avais tout perdu, comme d'habitude, le passeport, les cartes bancaires, le billet d'avion, autant vouloir attraper les bestioles qui se cachent sous les meubles et s'échappent quand on croit les avoir enfin bouclées dans leur cage, l'argent liquide, les traveller's chèques, et toi qui me regardais, sérieuse et détendue, buvant un café et parcourant le journal, ou revenant avec mon passeport à la main, souriante, quand je le considérais comme perdu.

Ton calme m'apaise, il soulage ma hâte et mon désespoir, comme si tu avais établi autour de toi un espace ardent d'ironie et de paix qui m'entoure aussi et dans lequel je m'installe, bien que je sois déjà loin de toi, somnolant dans la cabine obscure de l'avion, étendu sur une rangée de sièges, blotti sous une couverture, regardant défiler devant mes yeux, telles des ombres projetées sur un mur, tous les visages que nous avons vus dans les archives de Ramiro Retratista, entrevoyant des lieux de Mágina que je n'arrive plus à localiser, des chambres à hauts plafonds et poutres apparentes dans lesquelles j'ai dormi quand j'étais enfant, des placards et des caves qui sentent l'huile et l'humidité, des ruelles où les pas d'un inconnu résonnent dans la nuit, je reviens presque à la réalité comme un plongeur qui, d'un coup de talon, remonte vers des eaux moins noires et moins profondes, et j'émerge sur un passé plus récent, New York et ta maison, excité par des souvenirs plus vifs parce qu'ils deviennent des rafales de rêves, je ferme les yeux et je suis assis au bord de ton lit, je te vois, nue, agenouillée entre mes jambes, j'enfonce mes doigts dans la naissance touffue de tes cheveux, tu relèves la tête et me souris, les lèvres mouillées, avant de te pencher à nouveau, tu t'étends sur le dos et écartes les cuisses, je te pénètre très lentement ou dans un éclair qui nous transperce tous les deux et nous laisse pantelants et immobiles, inconsciemment ma main imite la tienne ou bien, guidée par toi, elle s'introduit délicatement sous la chemise et la ceinture, je me réveille complètement, les lumières ont été rallumées, une voix désagréable et nasale annonce aux rares passagers qu'il reste deux heures de vol et qu'un petit déjeuner va être servi, mais quel petit déjeuner, me dis-je avec cette rage qui me prend quand on m'empêche de dormir, il y a un instant il était minuit, soudain ma montre ne me sert plus à rien et il est six heures du matin, non seulement je ne suis plus sur le même continent que toi, mais par surcroît on m'oblige à vivre six heures plus tard, on éclaire pour m'obliger à manger, comme une poule dans une ferme modèle. Je suis définitivement revenu, réveillé sur un matin absurde et hostile, constitué de clartés fluorescentes et de visages ravagés par le sommeil, des grosses femmes hirsutes se dirigent vers les lavabos avec leur trousse de toilette, s'appuyant, encore à demi endormies, aux dossiers des sièges, des hommes bâillent, comme moi, pas rasés, avilis par la nuit blanche et le voyage, déconcertés par la lueur de l'aube qui surgit quand les stores en plastique des hublots sont relevés, ils affichent cette familiarité farouche des vols de nuit encore accentuée par le fait que nous sommes très peu dans un avion énorme, et que nous partageons la modeste audace de nous rendre en Europe en temps de guerre. C'est ahurissant, aucune envie d'arriver, d'être repris par les horaires et les obligations, de rencontrer l'évidence unanime de l'horreur imprimée à l'encre fraîche dans les journaux, crachée dans toutes les langues, dans toutes les chaînes de radio, dans toutes les informations télévisées, j'ai mal à la tête, à cause du tabac et du valium, et j'ai un goût amer dans la bouche, je me regarde dans la glace au-dessus du lavabo, titubant à cause des secousses de la queue de l'avion, j'ai l'impression que ce n'est pas moi qui étais avec toi, que je redeviens l'homme qui s'envolait vers l'Amérique il y a quinze jours, mais je ne capitule pas, je ne veux pas capituler, me laisser emporter par l'abattement de tous les voyages, je me lave la figure et les dents, je me rase comme si j'allais te retrouver à la sortie de cette capsule trépidante en aluminium et en plastique, je me sens ravigoté par l'odeur de savon sur mes mains et d'eau de Cologne sur ma peau, je me coiffe pour toi, désormais je dois prendre soin de l'amour avec toute la perspicacité de mon intelligence et toute l'énergie de ma volonté, comme un feu sacré qui risque de s'éteindre si je ne veille pas au grain, je dois défendre l'amour et son enthousiasme et son orgueil, non de l'éloignement ou de l'amnésie, mais de moi-même, de mon découragement, de la faiblesse de mon courage, du venin de mon déracinement et de ma dispersion, de ma formidable stupidité de tant d'années, de l'inertie de tant d'amours enlisés d'une manière si prévisible. Tout était mensonge, j'étais intoxiqué, je ne veux pas vivre seul ni être un apatride, je ne veux pas arriver à quarante ans et chercher des femmes dans les derniers bars de la nuit ou m'endormir devant la télévision, je peux te perdre ou ne jamais te revoir, l'avion peut s'enflammer dans dix minutes sur les pistes de l'aéroport de Bruxelles, mais cela m'est égal, Dog, Elohim, Brausen, aie pitié de moi, si je dois mourir je veux mourir vivant et pas en avance sur l'horaire, ce n'est pas pour rien si j'ai fêté mes trente-cinq ans avec toi, si j'ai porté dans ma conscience et dans mon sang tout l'amour, la souffrance et l'ardeur de vivre que m'ont légués mes ancêtres, je ne suis pas seul, je le sais aujourd'hui, toi et moi nous ne sommes pas seuls quand nous nous offrons si avidement l'un à l'autre que le monde extérieur est aboli, je ne suis pas une ombre qui risque de se perdre au milieu de milliards d'ombres et de visages agglutinés ou dispersés qui circulent en ce moment même sous l'océan de brouillard blanc dans lequel l'avion a enfoncé son museau, je regarde ta photo avant de la remettre dans mon sac, je vérifie fébrilement que je n'ai rien oublié, que les panneaux m'autorisent à détacher ma ceinture de sécurité, je traverse les couloirs de l'aéroport en écoutant dans le walkman les chansons que tu as enregistrées pour moi, celles que nous aimions tous les deux sans que je le sache, celles que je n'aurais pas connues si tu ne me les avais pas fait découvrir, il n'y a pas de voyageurs dans les salles d'attente, rien que des surfaces de linoléum vide, des panneaux lumineux, des soldats et des policiers armés qui nous surveillent un par un, le coude contre la mitraillette, on dirait que la guerre se résume à cela, à une surveillance omniprésente et froide, à une étrange dilatation de l'espace et du temps, ils épluchent les passeports, se postent en armes au fin fond des couloirs les plus éloignés, conduisent à l'écart un groupe de voyageurs apparemment arabes, les lettres crépitent comme des pièces de dominos sur les tableaux d'affichage et peu de gens attendent le départ ou l'arrivée d'un vol, les noms des villes changent en quelques secondes, comme emportés par le vent, Karachi devient Los Angeles, Madrid devient Delhi et Rabat Moscou, un point rouge clignote à côté de l'annonce du départ immédiat pour New York, je suis toujours fasciné quand je regarde ces panneaux, j'ai l'impression de m'envoler visuellement vers toutes ces villes à travers leur nom, comme lorsque dans mon enfance je déplaçais l'aiguille du sélecteur de la radio le long de la bande lumineuse, Andorre, Bucarest, Belgrade, Athènes, Istanbul, les voix étrangères et les rafales de musique se perdaient dans les sifflements et les vacarmes, comme les vagues d'une mer qu'on entend dans les coquillages, les voix qui parlent du bout du monde au téléphone et laissent des messages de naufrages dans les répondeurs, pauvre Donald Fernández, Manuel, c'est moi, je t'appelle d'un hôtel de Nairobi, Allison, je suis le fantôme de l'hôtel Mindanao, je suis à New York, je viens d'arriver dans mon appartement de Bruxelles, j'ai ouvert la porte après avoir cherché avec angoisse les clés dans mes poches, j'ai laissé tomber tout mon courage par terre, à côté de la valise et de mon sac, dans l'entrée minable où l'odeur de poussière, de cuisine sale et de renfermé me reçoit comme un chien fidèle insupportable, j'ai pris dans la boîte une poignée de lettres, relevés de banques et prospectus publicitaires, j'ai vu, tel un archéologue promenant sa lampe dans une crypte lamentable, le désordre figé que j'ai laissé il y a quinze jours et dans lequel je décèle maintenant des signes de la vie d'un autre, moi, mon passé le plus récent, le bon à rien solitaire et vaguement autiste qui ne s'est pas donné la peine de jeter une boîte de bière vide, de vider le cendrier ni le bol de son dernier petit déjeuner, au fond duquel s'est formée une croûte dure et terreuse, tu es vraiment impossible, penserais-tu, le supplément dominical d'un journal jeté à côté du lit défait, un grand verre opaque avec un fond de whisky jaunâtre, une odeur de lait aigre et de caoutchouc dans le réfrigérateur, un tube de dentifrice resté ouvert qui a coulé sur la faïence du lavabo, la négligence un peu trouble d'un homme qui vit seul et ne reçoit pas de visites, le froid humide et peu rassurant des chambres par un petit matin hostile, nuageux, le premier matin inhabitable du retour, donnent envie de claquer la porte sans rien emporter, de jeter les clés dans le premier égout venu, de composer ton numéro à New York et de te réveiller à deux heures du matin pour te crier au secours, j'écarte les journaux du mois dernier et je m'affale dans le canapé, épuisé et nerveux, contemplant la bruine et le ciel bas et gris, le téléphone sonne et mon estomac maltraité par les menus d'avion et les cafés des aéroports se serre, est-ce toi qui m'appelles, mais avant que ma main ait décroché le combiné, le mécanisme du répondeur automatique s'enclenche, on me réclame pour un travail urgent, j'entends la directrice de l'agence et je retiens ma respiration sans bouger, comme si j'étais caché, elle a l'air furieuse, elle exige un signe de vie de ma part, ou l'adresse du monastère dans lequel je me suis retiré, elle m'appelle mon cœur, ce qui signifie qu'elle veut m'étrangler, ouf, elle a raccroché, je m'arme de courage et rembobine la bande du répondeur, prêt à entendre un catalogue de messages menaçants, d'annonces de désastres survenus pendant mon absence, des voix en anglais, en français, en allemand, en espagnol, des personnes que je fréquentais il n'y a pas longtemps, soudain devenues des gens inconnus ou éloignés, la directrice de l'agence passant de la sympathie banale à la méfiance puis à la colère, une Allemande m'invite à prendre un verre, mais je ne me souviens pas d'elle, quelqu'un me propose de signer pour la paix un manifeste en cinq langues, à ce moment je prends la décision énergique de défaire mes bagages, mais je me contente de poser ta photo devant les livres, au moins là tu restes inaltérable, souriant dans Central Park comme sur un banc du paradis, en jean et chemisier rouge décolleté, et c'est à moi que tu souris, pas à je ne sais quel individu qui a appuyé sur le déclencheur.

Les voix continuent de défiler sur le répondeur mais je m'en moque, on pourrait aussi bien m'annoncer le déluge universel, la mort de Samson avec tous les Philistins, je commence à sortir le linge de ma valise et je sens ton parfum sur une chemise, tu la mettais quelquefois en te levant, tu boutonnais juste un ou deux boutons, elle laissait le triangle du pubis à découvert et s'ouvrait sur ta poitrine quand tu te penchais pour ramasser quelque chose, ta poitrine, encore un mot méprisable, sur tes mamelles blanches et lourdes comme ces grappes dont parle le Cantique des Cantiques, votre taille est semblable à un palmier, et vos mamelles à des grappes de raisin, je n'arrive pas à croire que cela me soit arrivé, moi sur l'oreiller et toi lisant la Bible protestante que Ramiro Retratista avait héritée de Mercurio, ton père de Ramiro, et toi – nous – de ton père, à son insu, toi nue et droite devant moi et moi te rendant hommage avec les belles et impudiques paroles léguées par un moine hérétique du XVIe siècle, paroles que la femme emmurée de la maison des Tours avait sans doute entendues, que vos démarches sont belles, ô filles du prince, à cause de l'agrément de votre chaussure, les jointures de vos jambes sont comme des colliers, votre nombril est comme une coupe faite au tour, où il ne manque jamais de liqueur à boire, votre ventre est comme un monceau de froment, tout environné de lis, vos deux mamelles sont comme de petits jumeaux de la femelle d'un chevreuil, et maintenant cet exil, ce retour sans miséricorde au pire de ma vie, aux mots neutres et aux jours stériles, il y a dix heures que je ne t'ai pas vue et il m'est physiquement impossible de supporter ton absence. Les grandes eaux ne pourront éteindre l'amour, et les fleuves n'auront point la force de l'étouffer, c'est ce que tu m'as lu, mais j'ai peur, tu es de l'autre côté des grandes eaux de l'Atlantique et des six heures qui nous séparent sur les montres, je cherche ton odeur dans mes habits, sur ma peau, et je ne la sens presque plus, je vais t'appeler, je vais composer ton numéro de téléphone : un câble submergé dans la mer ou un satellite en orbite autour de la terre m'accorderont-ils le privilège instantané d'entendre ta voix, si tu dors je te réveillerai, et si l'anomalie de dormir seule t'a empêchée de trouver le sommeil, je te parlerai à l'oreille comme lorsque tu me demandais de ne pas me taire. Je m'assieds à côté du téléphone, la bande du répondeur ne s'est pas arrêtée et j'entends maintenant une voix espagnole, très familière, avec un accent de Mágina, j'ai failli ne pas reconnaître la voix de ma mère, hésitante, craintive, car les téléphones et les répondeurs l'effraient, j'ai manqué les premiers mots du message, j'arrête la bande et je reviens en arrière, mon cœur bat plus vite, je reviens au début, un silence suivi d'un bip, elle commence a me parler sur un ton très bizarre, comme si elle était très loin, elle prononce mon nom, s'interrompt, reprend sa respiration, autour de moi tout est suspendu tandis que j'entends le frottement de la bande et le bruit léger du moteur, je reconnais aussitôt cette forme de peur, la plus ancienne et la plus pure, elle me dit, je ne sais quand, il y a combien de jours, que ma grand-mère Leonor a eu un malaise hier, on l'a emmenée à l'hôpital, elle vient de mourir et on l'enterre cette après-midi, on m'a cherché et personne ne sait où je suis.

Je te comprends seulement aujourd'hui, jusqu'à présent la mort n'était pas entrée dans ma vie, elle ne s'était repue d'aucune des personnes que j'aime, c'était une présence banale et abstraite qui passait toujours loin de moi, dans les marges imprécises de la réalité, y compris quand j'avais failli me tuer ce soir de novembre sur la route, je restai froid, n'éprouvant rien, mais plus j'y repensais, plus j'avais une sensation d'inconsistance ou d'isolement, je n'éprouvais pas cette horreur d'avoir perdu irrémédiablement quelque chose et de ne le réaliser que longtemps après, cherchant comme un maniaque à déterminer le jour et l'heure, essayant de me rappeler ce que je faisais et pensais au moment où elle se retournait contre le mur, repliait ses jambes sous la couverture blanche de la Sécurité sociale et enlaçait l'oreiller comme si elle allait s'endormir. Ma mère était à côté d'elle et elle ne se rendit compte de rien, elle avait remarqué un bref sursaut, une sorte de frisson ou de haut-le-corps au moment de sombrer dans le sommeil, me dit-elle, rien de plus, pas un spasme, pas un gémissement, elle avait le cœur très faible, d'après les médecins, il avait battu pendant quatre-vingt-sept ans et n'en pouvait plus, à la fin elle se déplaçait très lentement, rasant les murs avec une prudence d'aveugle, vaincue dans sa dignité si lucide par le siège misérable de la vieillesse, elle avait eu des nausées en se levant de table après le repas, et le médecin venu l'examiner avait ordonné l'hospitalisation immédiate, mais elle n'était pas effrayée, ou n'en avait pas l'air, elle descendit les escaliers au bras de ma mère pour la dernière fois, regardant tout comme si elle prenait congé, portant les habits de deuil qu'elle mettait pour assister aux enterrements et aux noces, lente et affaiblie, mais pas déchue, gardant un peu de son ancienne beauté dans le modelé inaltérable des pommettes et du menton, dans la qualité de sa peau, encore si blanche et lisse sur les bras, dans le lustre parcheminé, la patine d'ivoire usé de ses mains sensibles et fortes qui m'avaient longuement caressé le visage la dernière fois que je l'avais vue, au moment de lui dire au revoir, envisageant sans grande conviction la possibilité de ne plus jamais la revoir : pourquoi repars-tu si vite, tu viens à peine d'arriver, tu ne veux plus nous voir, sûr que tu ne te souviens plus de l'enfant que tu étais, quand tu me demandais de te lire *le Petit Poucet*, elle aimait que je m'assoie à côté d'elle dans le canapé, elle me prenait les mains comme pour me les réchauffer, tu es bien silencieux, disait-elle, on ne peut pas dire que tu tiennes de ton grand-père, et maintenant regarde-le, lui qui parlait tellement, il passe son temps à dormir, et en plus il se plaint qu'il ne peut pas fermer l'œil. Elle le pinçait sous les pans de sa chemise, mais enfin Manuel, réveille-toi, tu ne vas quand même pas laisser ton petit-fils partir sans lui dire au revoir, elle voulut absolument se lever et aller jusqu'à la porte, dans le taxi qui m'emmenait je la voyais, immobile dans un angle de la place San Lorenzo, ses cheveux blancs un peu décoiffés, un gilet noir sur les épaules, les mains jointes dans son giron et les jambes gourdes et enflées, me souriant alors qu'elle me voyait à peine, elle avait un œil voilé par une cataracte et ne voulait pas être opérée car elle redoutait de devenir entièrement aveugle, quelle pitié, disait-elle, pourquoi Dieu nous laisse-t-il arriver vivants à cet âge, le taxi tourna l'angle de la maison des Tours et je les vis par la lunette arrière, agglutinés devant la porte comme s'ils posaient pour une photographie cruelle, elle et mon grand-père Manuel s'appuyant l'un sur l'autre, mes parents vieillis, eux aussi, échoués tous les quatre dans l'angle de la place, sur l'autre rive d'un temps refermé bien des années avant celui que je désertais à nouveau.

A l'hôpital, elle demandait souvent de mes nouvelles et ma mère lui disait qu'on m'avait averti et que je n'allais pas tarder à arriver à Mágina, mais elle n'en croyait rien, personne n'avait jamais été assez menteur ni malin pour l'abuser, elle ne se laissa jamais séduire par les mots redondants qui plaisaient tant à mon grand-père Manuel, elle ne prêta jamais la moindre attention aux fables médisantes que se racontaient les voisines aux lavoirs publics ou dans les queues à la fontaine. Elle se rappelait tous les jours la bonté silencieuse de son père, un fils qu'elle avait perdu à dix mois, des suites de fièvres, le soir pluvieux où elle avait couru entre les camions remplis de prisonniers qui s'alignaient en cahotant, tous phares allumés, le long des murs d'une prison, cherchant mon grand-père Manuel, et cet autre soir, le premier de la guerre, où ils étaient sur la place du Général-Orduña et regardaient passer les camions de soldats qui se dirigeaient vers la mairie : ma mère, qui avait alors six ans, lui avait échappé et s'était perdue dans la foule. Son intelligence et son ironie étaient ses armes secrètes pour se défendre de la déraison et du mensonge, il lui suffisait de me regarder dans les yeux pour savoir si je disais la vérité et pour deviner mes pensées : encore maintenant, chaque fois que je profère un mensonge, j'ai l'impression d'entendre sa voix m'avertissant qu'on attrape un menteur plus facilement qu'un boiteux. Elle avait toujours la même capacité d'indignation, la même crédulité sentimentale devant les romans radiophoniques, et plus tard devant les feuilletons sud-américains de la télévision, les malfrats la mettaient hors d'elle, surtout ceux qui portaient une moustache, ceux qui avaient un grain de beauté ou s'aplatissaient les cheveux en arrière avec un fixatif, regarde-moi ça, disait-elle, on dirait qu'une vache lui a léché les cheveux, elle se tortillait nerveusement dans le canapé car elle entendait les voix, mais distinguait à peine les images, elle se mettait en fureur, les traitait de canailles et de traîtres, et ma mère avait beaucoup de mal à la rassurer en lui disant que tout était fictif, que la pauvre innocente n'était pas enceinte pour de vrai, que le caissier injustement accusé de malversation n'irait pas en prison, que le sang des assassins était faux, mais il n'y avait pas moyen de la convaincre, et elle qui s'était toujours défiée des évidences de la réalité ne pouvait pas comprendre que ce qu'on montrait à la télévision était tantôt vrai, tantôt faux. Elle inventait des comparaisons qui étaient des portraits fulgurants, un tel a des yeux en fleur de fève, disait-elle, une tête de mule blanche ou de Jean XXIII, la bouche décrochée comme une vieille porte, ou aussi grande qu'une déchirure dans une couverture, quand je m'énervais elle me réprimandait en se moquant de moi, ne fais pas cette tête, on pourrait te passer une corde autour du museau. Je regarde maintenant les photos d'elle, celles qui traînaient chez moi quand j'étais petit et que j'ai retrouvées grâce à toi et au hasard dans la malle de Ramiro Retratista, j'ai appelé l'agence, j'ai demandé un congé de quinze jours en prétextant une maladie imaginaire, je me moque de perdre mon travail, une sérénité inouïe me donne le sentiment que je n'ai rien à perdre, que je ne possède et ne veux rien, paisible, je me souviens de toi dans l'avion qui m'emporte vers l'Espagne, j'écarte ta photo de Central Park pour regarder les visages qu'a eus ma grand-mère Leonor dans les deux instants qui résument sa vie, le jour de son mariage, sévère et jeune, moins grande que mon grand-père Manuel, mais provocante dans sa beauté, les cheveux courts, les traits épais et un diadème au front, c'est une photo qui porte encore la signature d'Otto Zenner ; et à quarante et quelques années, désormais et à jamais vêtue de noir, les cheveux rassemblés en chignon, entourée de ses enfants, têtes rases, genoux tordus et osseux, en culottes courtes, debout devant la porte de la maison de la place San Lorenzo, à côté de son père, mon bisaïeul Pedro, qui est assis sur le perron, il sait peut-être qu'on va prendre une photo de lui et fait semblant de se laisser surprendre.

Je traverse Madrid sans rien voir, par une après-midi froide et ensoleillée de la fin janvier, je me laisse conduire de l'aéroport à la gare aussi légèrement que si je ne pesais rien, comme si j'étais inexistant, j'entends des nouvelles de la guerre à la radio, je repose les journaux que j'ai à peine feuilletés, j'ai l'impression que rien de tout cela ne me concerne, ni la ville qui se déploie devant moi, ni les panneaux publicitaires ni les moteurs des trains, ni les voix espagnoles criardes qui résonnent autour de moi pendant que j'attends mon tour pour acheter un billet, chaque fois que je reviens, je me dis : Quel accent, quelle dureté franche et brutale, je n'arrive pas à prendre racine, je ne sens pas la solidité du monde sous la plante des pieds, tout est fugitif et s'efface de l'autre côté d'une fenêtre, avec une rapidité qui donne l'illusion de la nausée, comme défilent les destinations et les horaires des trains sur les affichages électroniques, je regarde l'horloge, j'ai encore le temps, j'achète des cigarettes, je bois un café et mange un sandwich au comptoir du buffet, je paie aussitôt, naturellement, au cas où j'aurais l'idée de partir en courant, je ne fume mes cigarettes qu'à moitié, je ne finis pas mon café et laisse mon sandwich presque entier, des actes inachevés, des décisions que je n'arrive pas à tenir, je vois un téléphone public qui fonctionne avec des cartes de crédit et j'ai envie de t'appeler, il est maintenant onze heures du matin à New York, ta vie s'écoule désormais dans une direction totalement étrangère à la mienne : hier soir – ou plutôt ce qui est hier soir pour toi –, tu es allée chercher ton fils, et pendant que j'étais dans le vol Bruxelles-Madrid, il y a deux heures, tu l'as emmené par la main à l'arrêt de l'autobus de l'école, maintenant tu es revenue à la maison pour terminer en vitesse une traduction que tu aurais dû remettre il y a des jours, tu t'es assise devant ta machine, tu as rassemblé tes cheveux par un élastique pour qu'ils ne retombent pas sur ton visage pendant que tu écris avec cette rapidité résolue que tu dissimules soigneusement derrière ton air nonchalant, il est impossible que tu te souviennes de moi, et même si c'est le cas, ce maintenant nous divise en deux royaumes hermétiques car tu ne sais pas où je suis, je ne peux le supporter, je me décide à t'appeler, ne serait-ce que pour entendre ta voix dans le répondeur automatique, quand on annonce le départ de mon train, je n'ai plus le temps, quand j'étais avec toi les minutes et les heures se dilataient selon une lenteur docile qui n'était pas perturbée par l'angoisse, et voilà qu'elles s'échappent, coulent entre mes doigts, m'entraînent comme sur un radeau qui va se briser, je monte dans le Talgo et je m'assieds de côté dans mon siège, regardant la vitre, voyant mon visage se refléter quand nous passons dans un tunnel, engourdi par les secousses étouffées et régulières des roues sur les rails, je revois avec une netteté absolue la voix et les traits de ma grand-mère Leonor, comme si je m'auscultais je cherche en moi la souffrance causée par sa mort et n'arrive pas à la ressentir pleinement, peut-être parce que depuis des années et à mon insu je ne pensais plus à elle comme à une personne réelle, c'était une ombre de mon enfance, une figure intangible que je retrouvais toujours à la même place, en blouse noire, les mains croisées à la chaleur du brasero, sous la table *camilla*, somnolant ou regardant la télévision, figée dans une éternelle vieillesse, comme s'il en avait toujours été ainsi, comme si elle avait toujours vécu dans l'angle du canapé, telle la statue du général Orduña au milieu de la place de l'Horloge, comme si elle n'avait jamais eu de jeunesse, de sentiments, de désirs semblables aux miens.

Je peux te comprendre seulement aujourd'hui, je revois tes yeux brillants de larmes quand tu me parlais des derniers jours de ton père, tu te taisais et avalais ta salive, puis tu hochais la tête et t'essuyais le nez dans un mouchoir en papier, je comprends seulement aujourd'hui ce que tu me disais alors : les pleurs ne sont pas un signe de douleur, mais de réconciliation et de soulagement ; je les entends monter de la poitrine et de la gorge, arriver aux yeux par vagues de plus en plus intenses, je dissimule et essuie mes larmes pour montrer mon billet au contrôleur, mais je veux que rien ne me distraie ni ne m'écarte d'elle maintenant qu'enfin j'ai la certitude de sa présence et de sa mort, et plus encore de toute ma gratitude et de mon désarroi, j'imagine que tu voyages à côté de moi et que tu me caresses les joues du bout des doigts, je m'abandonne avec toi à l'impudeur des larmes, j'ouvre les yeux, il fait nuit et mon visage rebondit contre la vitre, Mágina n'est plus très loin, il y a moins de vingt-quatre heures que je t'ai quittée et deux jours se sont écoulés depuis la mort de ma grand-mère Leonor, peut-être le froid préserve-t-il encore son beau visage de la décomposition, elle est glacée, couchée dans le noir, les yeux clos, la bouche enfoncée et entrouverte, d'instinct je secoue la tête et refuse d'y penser, elle n'est plus dans un cercueil ni ailleurs, mais dans la douceur du néant et dans la loyauté de ma mémoire, dans les gris et les sépias des photographies, dans les films vidéo de baptême ou de noces pris par un de mes innombrables cousins, sortant de chez le coiffeur, intimement fière encore de la vigueur de ses cheveux et de la perfection de ses mains, chantant tout bas à ma sœur assise à côté d'elle quelques-unes des chansons osées des carnavals et des lavoirs de sa jeunesse, vive vive le vent, mon bon mari au champ, je retourne au couvent, et bidon contre panse voici le moinillon qui rentre dans la danse. Je me vois sourire dans la vitre, je me souviens de son rire et je fais une découverte : la vieille femme maladroite et presque aveugle qu'était devenue ma grand-mère Leonor à la fin n'est pas exactement la même, elle a sûrement connu comme toi et moi les affres du désir et l'ébriété au faîte de sa gloire : sur sa photographie de mariage, elle et mon grand-père Manuel étaient plus beaux et plus jeunes que nous. Quelle vanité imbécile nous pousse à nous croire supérieurs aux morts, quel deuil nous attend quand nous serons devenus comme eux, quand nous ne pourrons plus voir ce qui sera sous nos yeux, quand nous serons perdus dans un avenir qui n'a rien à voir avec nous, quand nous n'arriverons plus à mettre un pied devant l'autre sans appréhension en descendant d'un train, quand la réalité de toujours se dissoudra en ombres et se peuplera de fossés et de murs infranchissables.

Je reçois le vent froid en pleine figure et les haut-parleurs annoncent le départ imminent du Talgo qui ne s'arrête qu'une ou deux minutes en gare. Comme nulle part ailleurs, le vent a des odeurs de nuit et d'hiver, la nuit et l'hiver de Mágina, la terre paisible et le bois d'olivier humide. J'aime encore plus cette odeur car toi aussi tu la reconnaîtrais si tu la sentais. Le train s'éloigne au milieu des fulgurances de feux verts et rouges au bout des quais, et l'écho des haut-parleurs se perd dans la profondeur concave des oliveraies. Mon père vient au-devant de moi, dans la clarté du hall : il sourit devant mon visage surpris, quand je lui ai parlé à Madrid, il ne m'a pas dit qu'il viendrait me chercher à la gare. Il porte un gros blouson doublé de fourrure aux revers et un pull à col roulé qui m'a appartenu pendant des années et qui accentue la jeunesse de son visage. Les cheveux blancs et drus ont une consistance translucide, qui grisonne sur les tempes. Il m'embrasse avec l'effusion laconique et cérémonieuse accoutumée, mais cette fois il me serre un peu plus fort et quand il s'écarte de moi, il nomme ma grand-mère et ses yeux s'embuent. D'un geste sans réplique, il prend mon sac de voyage, qui paraît moins lourd dans sa main, et dit qu'il me trouve maigri : Dieu seul sait la vie que je mène, et le genre de nourriture qu'on me donne à l'étranger. Il descend devant moi les marches de l'entrée et m'attend en souriant devant la file des taxis. Je me rends compte qu'il est venu à la gare, tout fier de me montrer sa fourgonnette neuve, mais il se demande si je vais la remarquer, car il me sait aussi indifférent aux voitures que je l'étais enfant aux oliviers et aux animaux. Néanmoins, je ne mens pas en lui disant qu'elle me plaît beaucoup, je ne simule pas une attention polie quand il m'explique comme elle est facile à conduire, son poids total en charge, la puissance du moteur. J'aime à voir sa satisfaction quand il démarre en première, tourne le volant avec douceur et expérience, fixe attentivement un feu en attendant qu'il passe au vert, j'aime l'assurance et la vitesse avec laquelle il prend la route à droite vers Mágina, dont les lumières se distinguent au fond, sur la colline. Conduire le rajeunit, peut-être parce qu'il a appris après cinquante ans. L'intérieur de la fourgonnette sent les légumes, la toile de jute humide et les olives écrasées. Le torse rigide, penché sur le volant, mon père surveille la ligne blanche et me parle de la mort de ma grand-mère Leonor. Elle n'a pas souffert, elle a dû croire qu'elle s'endormait. Il y avait tant de monde à la veillée mortuaire que les gens s'entassaient sous le porche et dans les pièces du rez-de-chaussée. J'imagine cette rumeur solennelle des enterrements qui m'intriguait dans mon enfance, la place San Lorenzo peuplée d'hommes et de femmes vêtus de noir, le grand silence rompu par des crises de larmes quand la porte s'était ouverte en grand pour laisser passer le cercueil, sur les épaules de mes oncles, la sévérité archaïque des traits durs, congestionnés par les cols des chemises, les fenêtres fermées du voisinage, le rythme lent des cloches de l'église Santa María. Et toi si loin, me dit-il, en Amérique, comme qui dirait à tous les diables. Il me demande de lui décrire ma vie et mon travail, et j'ai du mal à lui répondre, car les mots que je devrais employer n'appartiennent pas à sa langue ni au monde des évidences matérielles intangibles et des convictions immobiles dans lequel il a grandi et qu'il n'a jamais quitté. Sa vive intelligence l'accepte, mais il n'arrive pas à croire qu'à New York il fait encore jour quand la nuit est tombée sur Mágina, ou que l'avion que j'ai pris à Bruxelles ce matin a mis deux heures pour arriver à Madrid. Quand j'étais petit, il me disait qu'aux confins de l'horizon le ciel était soutenu par des poteaux semblables à ceux des cabanons dans les champs de melons, et que les vents d'autan et d'amont sortaient de deux grottes ouvertes dans les montagnes des extrémités de la terre. Il ne me comprend toujours pas, mais il s'est habitué, bien qu'il continue de me critiquer comme il y a vingt ans : il trouve inadmissible que je n'aie pas de voiture, que je ne sois pas marié, que je mélange mes papiers et mon argent dans mes poches d'une façon anarchique, au lieu de tout ranger, comme lui, dans un portefeuille, pourquoi ne me suis-je pas acheté un appartement, depuis le temps que je travaille. Je répète machinalement, presque avec douceur, les réponses habituelles, je fume en regardant par la fenêtre les rangées noires et fugaces des oliveraies, je l'entends dire que je devrais renoncer au tabac, investir à Mágina, dans une maison solide ou une propriété à la campagne, les banques pompent votre argent, le gaspillent, et à la fin on se retrouve sans un, il parle sur un ton très sérieux, soulignant chaque phrase, il quitte la route des yeux un instant pour me regarder de biais, il n'arrive pas à faire confiance à mon improbable bon sens, il se demande sans doute s'il ne s'est pas trompé quand il a renoncé aux plus grandes ambitions de sa vie pour me permettre de faire des études : nous aurions encore la *huerta*, nous aurions construit un hangar avec un éclairage fluorescent, des râteliers en aluminium et des trayeuses électriques pour les vaches, je lui aurais donné deux ou trois petits-fils, je conduirais une Land Rover et un tracteur, je m'assoirais en face de lui les soirs pluvieux de février pour faire les comptes de la récolte de l'olive, je n'aurais quitté Mágina que pour mon voyage de noces, je ne t'aurais pas rencontrée.

Nous entrons dans la ville, qui met toujours un peu de temps à ressembler à mes souvenirs, il y a trop de bâtiments élevés, de vitrines éclairées de magasins de vêtements, de sanitaires, d'automobiles, les tracteurs et les Land Rover chargés d'olives interrompent la circulation, sur les trottoirs de l'hôpital Saint-Jacques et de la rue Neuve on voit des groupes de filles en bas foncés et vareuses d'hiver, je disitngue une musique qui ressemble à celle des émissions de New York, elle vient d'un bar avec une enseigne au néon qui n'existait pas lors de mon dernier passage, je vois passer des couples bras dessus, bras dessous qui parcouraient déjà la même rue de la même façon quand j'étais adolescent, des hommes au menton haut dans leurs épais manteaux, des femmes teintes en blond qui affichent cette tranquillité coriace typique de la classe moyenne à Mágina, des couples à l'air prématurément mûr qui poussent des voitures d'enfant, les vitrines éclairant tout ce spectacle avec une intensité qu'on ne voyait briller autrefois que les soirs de foire, et la fourgonnette de mon père avance très lentement, prend la rue Mesones, traverse la place du Général-Orduña, passe sous le cadran jaune de l'horloge de la tour, longe les passages obscurs des arcades où les hommes de la campagne, mains dans les poches et cigarette au bec, regardant le ciel et guettant la fin de la pluie ou de la sécheresse, ont été remplacés par des groupes bruyants de jeunes qui viennent d'entrer dans une adolescence déconcertante très éloignée de la mienne, plus impertinente et moins sordide : ils n'étaient pas nés quand j'ai quitté la ville pour la première fois, et ils achètent maintenant des sachets de graines de tournesol et des cigarettes à la pièce aux mêmes étals sous les arcades, ils se promènent sur les trottoirs où nous traînions notre ennui et notre désespoir, mes amis et moi, pendant les crépuscules lugubres du dimanche soir et les sinistres vendredis saints franquistes où l'on n'ouvrait même pas les cinémas, un ennui qui nous accablait, des remords qui nous rongeaient car nous avions commis des lâchetés et des péchés de chair, reluquant des filles d'une jeunesse aussi fraîche, avec le même rouge à lèvres, des femmes sans doute méconnaissables aujourd'hui, nanties d'un mari, d'enfants et de hanches opulentes, portant des vareuses fourrées et des cheveux crêpés.

J'ai l'impression de revenir à Mágina pour la première fois parce que j'arrive d'un lieu où je n'étais jamais allé. Je ne renonce pas à une fuite ni à l'amertume, mais à toi, je ne vois pas seulement la ville à travers ma mémoire, mais aussi à travers la tienne, et une fille en jean, blouson en cuir et cheveux longs, qui semble attendre quelqu'un près de la cabine téléphonique, sur le trottoir du commissariat, me rappelle qui tu étais à l'époque, je vois de la lumière au balcon où flotte le drapeau et je pense au sous-commissaire Florencio Pérez, qui tripote son presse-papiers représentant la basilique de Montserrat en te parlant avec timidité et affection, la nuit ou les membres de la brigade sociale t'ont arrêtée, la fourgonnette de mon père prend la rue del Rastro, longe les jardins de la Cava, la ville se dépeuple et devient plus sombre, de plus en plus semblable à mes souvenirs, la place del Altozano, l'angle de la rue du Puits, les portes closes des maisons, la place San Lorenzo chichement éclairée par un réverbère rougeâtre, plus nous approchons et plus je perçois l'évidence de la mort de ma grand-mère Leonor, la fourgonnette s'arrête, mon père coupe le moteur et les lumières du tableau de bord, je reste un instant immobile, regardant la maison des Tours, la splendeur nocturne du ciel au-dessus des toits, les portails verrouillés et les fenêtres plongées dans l'ombre, nulle part comme ici la nuit est aussi dense ni le silence aussi pur, mon père ouvre la portière arrière de la fourgonnette et prend mon sac, je suis toujours assis, abruti par la fatigue de vingt-quatre heures de voyage, incertain du lieu où je me trouve et du temps où je vis, comme si je me souvenais de ce moment ou imaginais une nuit de mon avenir et voulais arrêter la fiction juste au prélude d'un fait douloureux, de la même façon qu'on serre les paupières et les dents pour empêcher un rêve de se poursuivre.

La place est beaucoup plus petite depuis qu'on a coupé les arbres et qu'on a commencé d'y garer des voitures. Le ciment a remplacé la terre battue, les trottoirs et leurs bordures en pierre ont disparu. Je regarde la façade de ma maison et je m'attends d'instinct à entendre le son métallique du heurtoir, mais mon père a pressé le bouton d'une sonnette, nous restons silencieux, face à face, sans nous regarder, et une voix à l'intérieur dit on vient, j'entends des pas légers, un verrou tiré, je vois un rai de lumière sous la porte et ma mère demande qui c'est avec une voix très jeune, elle nous ouvre et je n'ose pas l'embrasser, épaisse, le visage émacié, les yeux éteints et rougis derrière ses lunettes, dans un pull et une jupe de deuil qui la vieillissent définitivement, elle a cet air de gaucherie et de stupeur d'une personne qui vient d'assister à la mort de quelqu'un. Je vois que mon père aussi l'embrasse, qu'ils se parlent avec une douceur que je ne leur connaissais pas ou que je n'avais pas su remarquer. Les voix résonnent différemment sous le porche de ma maison, surtout ce soir, on dirait que l'absence de ma grand-mère Leonor l'a agrandie. Je regarde les dalles avec étonnement, la peinture synthétique des murs, les petits tableaux acquis au hasard dans un magasin d'ameublement, mais ces changements existaient depuis longtemps et je ne les voyais pas, je n'étais pas intimement outragé par eux, j'avais oublié le sol humide de l'entrée et l'odeur de l'écurie, où se trouve maintenant la cuisine, je regarde le plafond et me rappelle pour la première fois depuis je ne sais combien d'années les grappes de raisins secs, les chapelets de saucisses suspendus aux poutres, mais j'ai aussi l'impression de découvrir seulement aujourd'hui que ma mère va avoir soixante et un ans, que ses cheveux teints en noir sont blancs aux racines, que je l'ai toujours vue invariablement jeune pour la seule raison que je ne m'attardais pas à la regarder. Si tu savais comme elle pensait à toi, me dit-elle, la voix brisée, la peine qu'elle avait de ne pas te revoir. Mon grand-père Manuel est assis dans le canapé, devant le téléviseur éteint, somnolent et solitaire, avec sa veste bleu marine et son large béret noir, il entrouvre les yeux en entendant quelqu'un arriver, je me penche sur lui pour déposer un baiser sur ses joues et je ne suis pas sûr qu'il m'ait reconnu. Ses lentes pupilles bleues s'arrêtent sur moi, il prononce mon nom, sa bouche affaissée esquisse un faible sourire, il enfonce de nouveau le menton dans la poitrine mais ne ferme pas les yeux, un frisson secoue sa chair lourde, il cache ses mains sous les replis de la nappe, me regarde encore et émet une sorte de gémissement animal ou enfantin qui retentit comme une note trop aiguë dans le râle lugubre de sa respiration. Il n'est presque plus maître de son corps, ma mère lui dit de se lever, il est l'heure d'aller se coucher, et il se penche et rougit, les lèvres serrées par l'effort, saisissant à deux mains le bord de la table, mais il retombe lourdement dans les coussins en skaï et s'immobilise, avec une expression absente où se mêlent l'offense et le renoncement, je lui tends la main et je le hale comme si j'essayais de sortir de l'eau une masse de boue, il s'appuie au dossier d'un fauteuil et au rebord de la cheminée, je lui donne sa canne, tellement fine par rapport au volume de son corps que je me demande si elle ne va pas se casser quand il y appuiera son poids voûté, ma mère le prend par le bras et ils traversent la salle à manger et l'entrée avec une interminable lenteur, ils gravissent les marches lentement, j'entends ensuite le frottement de leurs pas dans les chambres du dessus, la chute du corps sur les ressorts du lit où ma grand-mère Leonor dormait encore il y a deux nuits, mais auparavant il y a eu un bruit de robinets sur lequel j'ai préféré ne pas m'attarder, elle doit être en train de le laver, m'explique mon père assis en face de moi, ses grosses mains, noires et crevassées, jointes sur la table, il ne sait plus se retenir, il a honte de demander qu'on le conduise aux W.-C., qu'on déboutonne sa braguette ou qu'on lui baisse son pantalon, et il fait tout sur lui, ta mère lui met des langes comme aux enfants, mais énormes, tu imagines, c'est un médecin qui les a prescrits. Mon père baisse la tête, soupire, regarde ses mains : il se dit sans doute que le temps est imbattable, qu'il a soixante-trois ans et que la vieillesse se rapproche insidieusement, il me raconte qu'il dort très peu, qu'il a de plus en plus de difficultés à se lever à quatre heures du matin pour aller au marché, qu'il a très mal à la colonne vertébrale et aux articulations des genoux. Il a le visage un peu gonflé, les joues rouges, le coin de l'œil irrité par la fatigue et l'insomnie. Il lui reste deux ans avant la retraite. J'y pense et je refuse de l'admettre, il se lève et me demande de l'excuser parce qu'il doit aller se coucher, j'ai envie de m'approcher de lui et de l'embrasser, mais je n'en fais rien, je lui dis bonsoir et en le regardant de dos je le vois toujours aussi fort et droit, fatigué mais encore invincible, beaucoup plus jeune que n'importe quel homme de son âge.

Ma mère a préparé mon lit dans ma chambre, au dernier étage, dès qu'elle a appris que je venais, elle y a allumé un poêle pour tempérer le froid de cette si vieille et grande maison. C'est un haut lit dont les barreaux en fer communiquent aux mains la terrible froidure des hivers anciens, il a deux matelas de laine qui fléchissent sous le poids de mon corps comme un rêve avide de m'engloutir, et une peau de mouton étendue sur les pieds. Malgré le poêle, il fait un froid dense, vif, oublié, un froid qui glace le carrelage, oblige à rentrer la tête dans les épaules et à garder les mains sous les couvertures, un froid qui roidit les draps en coton si propres, force pendant quelques minutes à l'immobilité, genoux pliés et pieds gelés, grelottant. Dans cette chambre où aucun visiteur ne monte jamais, rien n'a changé depuis vingt ans : les murs passés à la chaux, les poutres fléchissant sous le poids de la toiture, la grande commode à poignées dorées au-dessus de laquelle est suspendue une photo des parents de mon grand-père Manuel, un homme chauve et mûr qui ne lui ressemble peut-être que par la corpulence, et une femme beaucoup plus jeune, dont la bouche et le menton sont ceux de mon grand-père, en robe à broderies noires autour du col fermé. Elle portait le même prénom que ma mère, fut veuve quatre fois et eut dix-huit enfants ; mon grand-père Manuel est le dernier survivant. Elle possède cet air absorbé d'indifférence et de rude droiture qu'ont les têtes romaines, ce mélange de mystérieuse intimité et d'éloignement absolu. J'éteins et je suis rassuré de ne plus la voir, je sens sous les draps le poids des couvertures, de la courtepointe et de la peau de mouton, le matelas douillet, le temps que mettent la chaleur et le sommeil à m'envelopper, je me sens aussi fatigué que lorsque je m'écartais de toi au matin, glissant sur ton ventre moite, ou qu'à quatorze ou quinze ans à peine, je montais me coucher dans cette même chambre après une journée interminable de travail à la campagne et m'endormais, à peine la lumière éteinte. Je me souviens de mes visions d'alors : dans l'obscurité, dans la tranquillité et la tiédeur, un corps de femme, blanc et chaud, matière malléable du désir et du rêve, se blottissait contre moi, conduisait avec science ou désespoir la main solitaire qui me parcourait le bas-ventre, il avait les cheveux, les lèvres, le visage et les cuisses que j'avais décidés, apprenait avec moi les recettes et les énigmes de cet art inavoué, les effusions secrètes d'un plaisir qui laissait dans les draps la trace jaunâtre d'une faute. Maintenant, tu es cette femme que je désire et invente en basculant dans une douce inconscience, le corps futur que j'imagine ausssi minutieusement qu'à cette époque-là m'offre les attributs, les dons, les douceurs et les odeurs que j'ai attendus pendant tant d'années et qui n'auraient pas existé si je ne t'avais pas connue.

Je n'arrête pas de te parler, je te raconte les choses à mesure que je les vois ou qu'elles m'arrivent, je t'écris en silence une longue lettre instantanée qui coule et s'évanouit, tels les mots qu'on prononce à haute voix et ceux qu'on prononce seulement en imagination. Ma pensée est devenue l'habitude de te parler. J'ai appelé chez toi, j'ai composé l'indicatif des communications internationales, et une rumeur rappelant l'immensité de l'océan est sortie de l'écouteur, en entendant ta voix dans le répondeur je me suis souvenu du temps où je croyais que tu étais blonde, que ton nom était Allison et que je ne te reverrais jamais. J'ai dit que j'étais à Mágina et j'ai laissé sur la bande le numéro de téléphone de mes parents, en raccrochant j'ai remarqué que mon cœur battait très fort, comme lorsque je mettais des heures à appeler Marina et n'obtenais finalement d'autre résultat de mon héroïsme tortueux qu'un refus poli.

La mort paisible de ma grand-mère Leonor a laissé dans la maison un consternation accablée faite de résignation et de vide, et une pénombre rappelant celle des chapelles éclairées par des veilleuses à huile où presque personne ne va prier. Le feu crépite dans la cheminée, mon grand-père somnole, les mains à la chaleur du brasero sous la table *camilla*, ou bien il contemple le mur avec une expression indéchiffrable, parfois ses pupilles deviennent fixes, puis vitreuses, et il laisse rouler sur sa joue une larme qu'il n'essuie pas tout de suite avec le dos de sa main rugueuse. Nous parlons à voix basse et sursautons quand retentit la sonnette de la porte ou celle du téléphone, la télévision et la radio ne sont pas allumées, à cause du deuil, au crépuscule ma mère et ma tante, vêtues de noir, récitent un chapelet et concluent chaque mystère par une litanie à la mémoire de ma grand-mère Leonor : Sainte Vierge du Perpétuel Secours, prends-la dans ta cape et emporte-la au ciel. Pour ne pas faire de bruit, je me déplace dans la maison avec la discrétion d'une ombre, mon ancienne ombre vexée que j'ignore résolument depuis que je consacre mes conversations imaginaires à toi exclusivement, je passe des heures assis devant le feu, hypnotisé par les jaunes, les pourpres et les bleus des flammes, regardant les bulles de résine bouillir dans les fentes encore odorantes du bois d'olivier, sentant ensuite sans déplaisir la fumée sur mes habits. Odeur de feu, odeur de miséreux, disait ma grand-mère. De temps en temps, un visiteur vient présenter ses condoléances : de nouveau les visages affligés, les soupirs, les larmes, les phrases rituelles de nostalgie et d'encouragement ; des femmes avec de grosses mains courtes qui tiennent un vieux sac noir dans leur giron et entretiennent une familiarité de routine avec les condoléances et les enterrements, des femmes dont la vie recluse ressemble peut-être à celle de ma mère, et qui n'ont pas d'autre occasion d'avoir un rôle social. Elle était si bonne, elle a gardé toute sa tête jusqu'à la fin, elle s'est rendu compte de tout, le cœur a flanché, Dieu l'a rappelée à lui. Des femmes en noir assises avec ma mère autour de la table, parentes lointaines que j'avais oubliées et qui prétendent se souvenir de moi enfant, paroles semblables à celles que j'entendais sans les comprendre il y a trente ans : les conciliabules des grands, leurs mœurs énigmatiques attentivement observées par un enfant sous un angle inattendu de la réalité où se mêlait un peu de présence invisible. A une autre époque, quand cette salle à manger était une vaste cuisine, les hommes se réunissaient autour du feu par les matins d'orage, grillant des tranches de lard et des oreilles de cochon sur la braise, et mon grand-père Manuel, chef de l'équipe qui, à cause de la pluie, n'irait pas à l'olive ce jour-là, était le plus grand de tous, sa voix plus forte que les autres imposait le silence autour de lui, on n'entendait plus que le vent souffler et la pluie battre dans la cheminée, le feu crépiter, tandis qu'il racontait le sacrifice héroïque d'un bataillon entier de gardes d'assaut succombant sous les mitraillettes ennemies, dans un village près de Madrid appelé Cuesta de las Perdices, ou rapportait les mots adressés par le commandant Galaz au maire après s'être mis au garde-à-vous devant lui sur le perron de l'hôtel de ville : "La garnison de Mágina reste et restera loyale à la République."

Mais le silence m'oppresse, aussi dépouillé maintenant de voix qu'une feuille blanche où on a effacé les mots qu'on croyait écrits à l'encre indélébile, j'essaie de ne pas craindre que tu appelles en mon absence et je sors sur la place vide où presque plus personne ne vit, elle paraît désolée, dans la grisaille des matins d'hiver, depuis que les arbres ont été coupés. Je monte la rue du Puits, des femmes me reconnaissent sur le pas de leur porte, elles me présentent leurs condoléances, je parcours la corniche des Belvédères, des jardins de la Cava jusqu'à l'abside du Salvador, je localise les verts brillants, les bleus doux et les gris brumeux de la vallée du Guadalquivir, la haute silhouette de la Sierra de Mágina, floue après la pluie, les chemins blancs qui descendent entre les *huertas* vers les oliveraies et le fleuve, les colonnes de fumée. Dans les jardins de la Cava, autour de la statue du lieutenant Rojas Navarrete, qui regarde droit vers le nord comme le général Orduña regarde vers le sud, les roseraies et les massifs de myrte, cadre de la promenade dominicale des couples d'amoureux d'il y a vingt-cinq ans, ont été dévastés, des tessons de bouteille de bière et des aiguilles hypodermiques brisées crissent sous les pieds. Recouvert de lierre jusqu'à la croix du pinacle, le campanile de l'église San Lorenzo tient toujours debout, contre toute vraisemblance, mais la fontaine de la muraille, à côté de la porte de Grenade, est envahie de bouteilles, boîtes de conserve, récipients en plastique, et des trois conduits où coulait toujours une eau transparente et saine, un seul n'a pas été bouché, il laisse passer un mince filet d'eau qui se perd dans la mousse et les algues. C'était là que venaient laver les femmes ébouriffées et criardes du faubourg appelé les Cabanettes de Cotrina, et quand je revenais de la *huerta*, perché sur la jument, je reluquais très excité leurs seins blancs et tremblants dans leurs décolletés ; c'était à cet endroit, me disait-on, que les Maures de Franco venaient laver leur linge après la guerre, au crépuscule ils étendaient leurs couvertures sur le pavé souillé d'ordures et s'agenouillaient pour prier leur Dieu d'une voix stridente, à l'heure où sonnaient les cloches de Santa-María et retentissait la sonnerie du clairon de la prière à la caserne. Des Cabanettes de Cotrina, il ne reste que des décombres, des fenêtres sans volets, des toits en roseaux effondrés sur de vieux meubles et des survivances archéologiques d'un simulacre de bien-être qui ne prospéra jamais : la carcasse énorme d'un téléviseur, une cuvette en plastique à pois bleus. Il n'y a plus de pavés, seulement des flaques et des bourbiers dans lesquels on voit l'empreinte des pneus des tracteurs. Dans le matin humide et brumeux de cette fin janvier, je m'arrête aux derniers carrefours de Mágina, où les faibles ampoules s'allumeront inutilement à la tombée de la nuit. La corniche des Belvédères suit la courbe de la muraille et décrit vers l'est un arc d'où on domine toute l'étendue de la vallée et des sierras lointaines : au-dessus des escarpements et des *huertas*, Mágina semble construite au bord d'une falaise prolongée à l'extrémité occidentale par les murs de la caserne, où le vent d'autan a prélevé la stridence diffuse d'une fanfare de clairons et de tambours.

Je n'ai pas l'impression de me souvenir, mais de voir, mon regard embrasse les immenses paysages vallonnés du temps, au-delà des profils bleutés qui, il y a vingt ans, limitaient l'avenir et déterminaient la forme du monde. Je descends les chemins, entre les murs défoncés des *huertas*, sans distinguer le bonheur de la douleur, sans distinguer mes sentiments d'aujourd'hui de ceux de mon dernier hiver à Mágina. En me souvenant de ce garçon de dix-sept ans qui est en grande partie un inconnu, je l'invente peut-être dans la même mesure arbitraire où il m'inventait : mais son imagination n'allait pas si loin, il était incapable de deviner ce qui lui arriverait après trente ans, il n'osait pas le faire. Et pourtant, je suis devenu l'étranger qu'il avait souhaité devenir, et je suis intrigué à l'idée qu'il imagina un jour un retour semblable à celui-ci, qu'il s'est approprié ma personne car il l'a prévu, comme mon bisaïeul Pedro craignait qu'on lui vole son aspect et son âme si on le prenait en photo. A dix-sept ans, sur ces mêmes chemins, il avait prévu qu'il changerait, et qu'il trouverait tout dans le même état quand il reviendrait : je comprends maintenant qu'il s'était trompé. Je ne suis plus ce que j'étais, je peux donc parler de moi à la troisième personne, mais même dans la peau d'un autre j'ai beaucoup moins changé, pour mon bonheur ou pour mon malheur, que la réalité extérieure. Presque toutes les *huertas* sont abandonnées : je ne suis pas le seul de ma génération à avoir quitté la terre. Les murs se sont écroulés et les broussailles ont envahi les canaux. Un silence concave tombe sur les coteaux et le fond de la vallée, comme si une cloche de cristal coiffait la contrée, que des sons lointains et ténus traversent sans dommage, un filet d'eau dans une mare, une brise dans les roseaux du fleuve, les sifflements d'un oiseau ou les coups secs d'une gaule contre les branches d'un olivier. Le silence, comme l'air froid et clair, aiguise mes sens, mais il m'écrase aussi et m'impressionne car je n'y suis pas habitué. Je vois, j'entends, je hume des choses de très loin, je sens sous mes pas la densité puissante de la terre, je perçois l'odeur des tiges dorées, attaquées par l'humidité dans les jachères, de l'herbe mouillée, des feuilles détrempées, mêlées aux mottes sombres, les écorces nues des grenadiers et des figuiers, les algues dans les bassins, la chaleur du fumier, la buée des animaux dans les écuries. Je vois le rose des racines d'épinards, le blanc humide et éblouissant des choux-fleurs à l'intérieur des grandes feuilles cirées, le violet du jus d'olive qui tachait les mains et mêlait son parfum à celui de la graisse du lard grillé dans les flambées et à celui des sacs de jute et des cordes en sparte.

Je te parle d'un autre monde, d'un monde dans lequel les attributs des choses étaient aussi intangibles que les formes géométriques dessinées dans les encyclopédies scolaires, mais je sais que sans la rage de la fuite il n'y aurait pas eu cette douceur du retour, et que la gratitude n'a pu s'exprimer qu'après la trahison. La *huerta* de mon père se trouve sur le bord du chemin. De loin, tout paraissait identique : la cabanette, le hangar en éverite, le peuplier où l'oncle Rafael attachait si tendrement cet âne qui fut tué par la foudre. Mais les sentiers et les canaux ont disparu, le toit de la cabanette s'est effondré, l'eau du bassin a disparu sous l'épaisseur des joncs et des ronces qui recouvrent tout. Je ne reconnais plus qu'une seule chose qui date de l'époque, les initiales de mon père, gravées dans un mur en ciment : F. M. V. 1966. Je me souviens des initiales laissées par des naufragés dans l'écorce d'un arbre, sur une île déserte où un bateau accoste si longtemps après, que plus personne n'est encore en vie. Je me souviens de l'oncle Pepe, de l'oncle Rafael et du lieutenant Chamorro, coupant des laitues par un matin de décembre, les entassant soigneusement dans un sac que je tenais grand ouvert, les mains rouges de froid. Les doigts noueux, les joues maigres et le nez aquilin de l'oncle Rafael avaient en hiver une tonalité violacée. L'oncle Pepe s'était confectionné un imperméable en cousant des sacs en plastique sur lesquels était imprimé le cavalier noir des Nitrates du Chili, et il marchait fièrement sous la pluie en nous expliquant son admiration pour cette matière impénétrable et légère qu'on appelait le *plexiglas*. Dans la cabanette, à côté du feu, quand la pluie nous obligeait à interrompre le travail, l'oncle Pepe, farouche partisan du progrès, roulait ses cigarettes avec un petit appareil composé d'un rouleau et d'une manivelle minuscule, et il nous prédisait qu'un jour toutes les tâches qui nous coûtaient tant seraient effectuées par des machines : l'oncle Rafael regardait cet engin à rouler des cigarettes comme une preuve que les prédictions de son frère n'étaient pas insensées, et le lieutenant Chamorro, qui en avait assez de leur reprocher le vice déplorable de fumer, disait sur un ton sérieux et sceptique à la fois que même s'il ne restait que des machines dans le monde, il y aurait encore des exploiteurs et des exploités. Maintenant, la cabanette a une porte métallique peinte en vert et elle est fermée par une chaîne et un cadenas, comme s'il restait autre chose que des décombres à l'intérieur. Un jour, pendant les vacances de Noël, j'allais avoir onze ans, nous attendions tous les quatre que mon père revienne du marché et nous apporte le déjeuner, mais il était très en retard et mes jambes tremblaient de faim. Il ne faudrait pas qu'il lui soit arrivé quelque chose, disait l'oncle Rafael en levant les yeux vers le chemin par où mon père aurait dû descendre. L'oncle Pepe, dont le caractère doux ne fut jamais troublé par aucune contrariété, pas même par la guerre, pensait qu'il avait pris un verre ou deux en route pour arroser la fête. Mais trois heures sonnaient à l'horloge de la tour du Salvador et mon père n'arrivait toujours pas. Abruti par la faim, je regardais le sentier et sentais croître en moi cette appréhension du malheur que mes ancêtres m'avaient inoculée à jamais : mon père s'était tué, une douleur l'avait terrassé, je ne le reverrais jamais. On racontait que cela arrivait à beaucoup de gens autrefois : ils partaient au travail un matin et ne revenaient plus, ou bien ils entendaient frapper à minuit, descendaient ouvrir pieds nus en retenant leur pantalon autour de la taille et n'avaient même pas la possibilité de retourner prendre leurs chaussures. Sur le seuil de la cabanette, je prenais chaque maraîcher descendant le chemin de Mágina pour mon père. C'était peut-être une journée dans le genre de celle-ci, brumeuse et humide, avec des rafales de vent d'autan et des odeurs d'herbe fraîche et d'écorces détrempées. De l'angle de la cabanette où les initiales de mon père sont gravées dans le ciment (c'est lui qui l'a reconstruite, qui a nettoyé la fange et les algues du bassin, retracé les canaux et monté le hangar en éverite qui était destinée à devenir une grande étable moderne pour les vaches), j'ai l'impression de l'apercevoir enfin en haut du chemin, je défaille presque de joie et de faim, il arrive, je le dis aux autres, je m'élance à sa rencontre, j'escalade une petite pente boueuse, mais arrivé près de lui je découvre avec inquiétude et effroi qu'il a dû lui arriver quelque chose qui m'échappe, il ne porte pas ses habits des champs, mais ceux qu'il met quand il va en ville, ses chaussures noires et les jambes du pantalon sont souillées de boue, au lieu de marcher la tête haute, comme à son habitude, et en ligne droite, il trébuche, s'appuie sur moi pour ne pas tomber et me parle avec une voix bizarre, sa langue s'embrouille, il est tout rouge et je ne reconnais pas non plus le regard de ses yeux, son manteau glisse de ses épaules, son haleine sent le vin aigre et l'anis, son béret est de travers, un mégot éteint et baveux pend au coin des lèvres : il est méconnaissable, il me fait peur et je ne sais pas encore que j'éprouve surtout de la pitié, je m'écarte de lui, je m'enfuis en courant, bousculant l'oncle Pepe au passage, je le déteste car il a éclaté de rire en voyant mon père, mais neveu, tu es dans un bel état, je ne supporte pas l'angoisse qui me noue la poitrine, je dévale un sentier, me cache derrière un figuier et me retourne vers la cabanette, l'oncle Pepe soutient mon père, l'oncle Rafael et le lieutenant Chamorro le regardent de la porte, je repousse la honte et la pitié, mon père n'est sûrement pas cet homme qui titube et grommelle entre ses dents, la langue pâteuse d'eau-de-vie, tels les ivrognes qui sortent en chancelant des tavernes de Mágina. Je refuse de le voir, mais je ne le quitte pas des yeux, je le regarde à travers mes larmes, son manteau gris est tombé par terre, le lieutenant Chamorro le ramasse et essaie d'enlever la boue et le fumier restés accrochés, le manteau qu'il met pour tenir son commerce et assister aux enterrements, mon père se penche comme s'il se repliait douloureusement, il a perdu son béret, il s'appuie contre le tronc du peuplier, j'ai l'impression qu'il va s'affaler et je voudrais remonter en courant pour le soutenir, mais il ne tombe pas, je ne peux plus voir son visage, je veux aller vers lui ou fermer les yeux mais je reste immobile, caché derrière les branches pelées du figuier, un flot de matière blanche et jaune jaillit de sa bouche ouverte, il rejette ses pieds en arrière pour ne pas tacher ses chaussures, l'oncle Pepe lui passe un bras autour des épaules et le lieutenant Chamorro lui essuie la figure, on m'appelle et je ne viens pas, je descends me cacher au plus profond de la *huerta*, il pleut de plus en plus fort et j'entends qu'on crie mon nom au loin, je remonte en glissant dans les chemins boueux, grelottant de froid, une fumée très blanche sort de la cheminée de la cabanette, le lieutenant Chamorro m'appelle sous le hangar comme si j'étais un animal abandonné et rétif qui refuse de s'approcher, viens, me dit-il, ton père va mieux, ce n'était rien, il a mangé quelque chose qu'il n'a pas digéré, mais à sa façon de passer la main autour de mes épaules et dans mes cheveux mouillés, je comprends qu'il sait que je n'ai pas avalé son mensonge, il m'entraîne à l'intérieur, dans la chaude obscurité envahie par la fumée, éclairée par le feu, mon père est assis sur une chaise en paille, la nuque contre le mur, hirsute, livide malgré l'éclat rougeoyant des flammes, il me fait signe d'approcher et je recule d'instinct, je sens derrière moi le lieutenant Chamorro qui me pousse doucement, j'ai le visage en feu, un nœud dans la gorge qui ne se dénouera que ce soir, quand je me jetterai sur le lit et pleurerai pendant des heures. Ne t'inquiète pas, me dit-il, c'est fini, il m'embrasse et son haleine sent l'eau-de-vie et le tabac.

A croire que ce souvenir m'avait attendu ici pendant toutes ces années, comme les initiales gravées dans le ciment et le paysage stérile de la *huerta* où il ne subsiste aucun témoignage du travail ni des rêves de mon père. J'entreprends de remonter par le chemin vers la ville, je presse le pas, craignant d'être surpris par la pluie, je reçois le vent froid en pleine figure et je résiste à la tentation de tourner la tête, j'accélère le pas, comme lorsque je remontais le dimanche soir pour me laver en m'aspergeant d'eau, passer des vêtements propres et partir à la recherche de mes amis ou de Marina et te croiser sans remarquer ton existence. Un couple se penche sur le parapet en pierre des belvédères du Salvador dominant les coteaux des *huertas* et les oliveraies de la vallée. Même s'ils n'avaient pas un appareil photo en bandoulière, on remarquerait tout de suite qu'ils ne sont pas d'ici. J'ai dans l'idée que le paysage qu'ils voient est sûrement faux, car ils ne soupçonnent pas combien il est modelé par le travail et la ténacité des hommes : ils voient des gris et des ocres tamisés par la brume et des bleus marine, comme s'ils regardaient un tableau, ils n'ont pas vu l'empreinte de l'effort, la patience, les signes concrets de la fertilité. A la fenêtre d'une maison de la place Santa María, une femme me fixe du regard et je la soupçonne de me confondre avec un de ces étrangers qui logent dans le *parador* et prennent les églises en photo.

Mais il est temps de rentrer, tu vas peut-être m'appeler et si je suis en retard de quelques minutes, je ne pourrai pas te parler. Je remonte par la place de los Caídos – les acacias ont été coupés et remplacés par des réverbères à globes en plastique blanc –, j'enfile la ruelle de Santa Clara où se trouve la maison dans laquelle Félix a vécu pendant des années, je débouche sur la place San Pedro – le bassin central n'a plus le jet d'eau qui retombait autrefois dans une vasque en pierre –, prends la ruelle du cinéma Principal, je dois me coller contre le mur pour éviter les voitures, j'entends le téléphone sonner quelque part et mon cœur bat la chamade, tu vas appeler, j'en suis sûr, je ne serai pas là et tu raccrocheras au moment où je tournerai le coin de la place San Lorenzo, je m'arrête devant chez moi, on tarde à m'ouvrir, j'entends les pas légers de ma mère et sa voix qui dit on vient, je me souviens que dans mon enfance on disait *Ave María très pure* avant d'entrer dans une maison, et on répondait de l'intérieur *sans péché conçue*, à l'époque on ne fermait les portes qu'au coucher du soleil, va fermer, il est temps, me disait ma grand-mère, il ne faudrait pas qu'un idiot ait l'idée d'entrer, et moi, avec cette imagination enfantine qui prend tout au pied de la lettre, je voyais un idiot de Mágina caché dans l'obscurité du vestibule, et je me demandais pourquoi les idiots ont tendance à se faufiler le soir dans les entrées. Ma mère m'ouvre, elle remarque aussitôt la boue sur les revers de mon pantalon et sur mes chaussures, elle me demande où je suis allé, elle touche mon visage froid, tu n'étais pas assez couvert pour sortir, viens te réchauffer au coin du feu, donc tu n'as pas appelé, sinon elle me l'aurait dit tout de suite, je regarde le téléphone avec amertume et désespoir, j'entre dans la salle à manger et mon grand-père

Manuel est toujours dans la position où je l'ai laissé avant de m'en aller, calme dans le canapé, le béret sur le front et les épaules tombantes, indifférent à la lumière du jour et à l'écoulement des heures, il me sourit en me voyant, comme s'il sortait d'un rêve, peut-être ne me reconnaît-il pas ou me confond-il avec un autre, avec un de mes oncles, avec moi-même vingt ans plus tôt, ma mère me supplie avec un empressement mêlé d'angoisse de m'asseoir devant le brasero et de remonter les pans de la nappe sur mes genoux, il ne faudrait pas que je prenne froid, je me rends compte qu'elle ne sait pas très bien comment se comporter avec moi, elle épie mes moindres gestes pour aller au-devant d'un éventuel désir, si j'ai faim, si je veux un verre de lait chaud, si je veux qu'elle ravive le feu ou renouvelle la braise dans le brasero, si le repas m'a plu, je fais mine de me lever et elle me demande si je m'en vais, je lui dis de s'asseoir un moment à côté de moi et elle me parle des dernières heures de ma grand-mère Leonor, elle ne peut vivre sans elle, elle ne s'habitue pas à son absence, quand elle est dans la cuisine, elle croit entendre sa voix et le frottement de ses pas à l'étage au-dessus, elle m'avait pris la main, dit-elle, elle me la tenait dans l'ambulance et n'a pas voulu me la lâcher quand nous sommes arrivées à l'hôpital, ma fille, lui déclara-t-elle un peu avant de se retourner contre le mur, quel chagrin de te laisser seule, moi qui t'aime tant. Elle n'avait pas la mine d'une morte, dit ma mère avec une fierté mêlée de mélancolie, elle n'avait pas le teint violacé ni la bouche tordue, elle paraissait endormie, tu ne peux pas savoir comme elle se souvenait de toi, tu te rends compte, me disait-elle, mon petit-fils doit être loin en ce moment, il aime tant voyager, lui qui était si peureux quand il était petit, il n'osait même pas sortir sur le pas de la porte, pour aller jusqu'au coin je devais lui donner la main, il a parlé si tard et regarde maintenant tous les mots étrangers qu'il connaît. Mon grand-père Manuel ouvre très lentement ses yeux sans cils, avec une lenteur pesante, on dirait un animal rugueux et archaïque, peut-être sait-il de quoi nous parlons, peut-être a-t-il encore toute sa conscience et sa mémoire, peut-être se contente-t-il de se cacher pour que personne ne découvre sa solitude humiliée et sa honte de ne pouvoir se débrouiller seul, il nous regarde, la bouche ouverte, et sa voix autrefois si sonore est tout juste un gémissement, il prononce un ou deux mots, vraisemblablement le nom de ma grand-mère, il grimace et se met à pleurer avec une expression insupportable de souffrance enfantine, à l'heure du repas ma mère lui attache une grande serviette blanche autour du cou, car ses mains tremblantes renversent tout, il prend alors l'aspect d'un idiot énorme et je détourne les yeux pour qu'au moins ma pitié ne l'injurie pas. Tu ne manges rien, dit mon père, ces étrangers t'ont abîmé l'estomac, tu n'arrêtes pas de fumer.

Au milieu d'un silence monacal ou sépulcral retentit la sonnerie du téléphone : je suis tellement distrait par le silence des voix et la sensation des distances que je ne réalise pas tout de suite que tu m'appelles peut-être. C'est pour toi, dit mon père : je ne me souvenais pas de ta voix, j'avais oublié le plaisir de l'écouter, je prononce ton nom et il a un son étrange, Nadia, je le répète pour être sûr qu'il se rapporte à toi, Nadia, je t'entends tout près, avec une telle clarté que pendant un dixième de seconde je ne t'imagine pas à New York, mais ici même, à Mágina, tu viens d'arriver à la gare routière et tu m'appelles d'une cabine. Je t'écoute, avec un mélange insensé d'enthousiasme et d'incrédulité, et ne peux croire que tes paroles me concernent, mais c'est toi, pas de doute : même si je ne reconnaissais pas le métal de ta voix, ton accent madrilène saupoudré de légères inflexions anglo-saxonnes ni ta sérénité ironique, ton impudence immédiate me le dirait aussitôt, à New York il est midi et il ne cesse de neiger, je t'imagine assise devant le téléphone, le dos à la fenêtre, ta chevelure rousse encadrant ton visage et retombant sur tes épaules, je te demande comment tu es habillée, une excitation très discrète, ta voix éveille mon désir inerte, un pantalon noir serré aux chevilles, une chemise que tu as oubliée, tellement pressé de faire tes bagages que tu en as oublié la moitié, tu te moques de moi, tu te tais et je t'imagine soudain sérieuse car tu as quelque chose à me dire et tu veux choisir chaque mot avec précision, comme lorsque tu énumères les moindres détails d'un souvenir, je me désespère de t'entendre si près et de te savoir à l'autre bout du monde, tu ne dis rien, je crains qu'on ait coupé la communication, je te demande si tu es encore là, oui, mais pas pour longtemps si tu veux que je vienne, voilà ce que tu m'as répondu, je n'en suis pas entièrement sûr, car les mots résonnent avec une légère réverbération, et tu les prononces comme si tu craignais de les rendre emphatiques, comme si tu sollicitais mon opinion sur un sujet quelconque, j'ai pensé que je pourrais accepter un travail qu'on m'a proposé à Madrid pour quelques mois, cela ferait beaucoup de bien à mon fils de vivre un peu en Espagne, et j'en ai assez de New York et de l'Amérique, qu'en penses-tu ? La même timidité nous paralyse tous les deux à six mille kilomètres de distance, la lâche incertitude de chacun sur les sentiments de l'autre au bout de deux jours, je te réponds en imitant involontairement le ton neutre de ta voix que moi aussi j'ai envisagé de m'installer provisoirement à Madrid, je me souviens par vagues de désir de l'odeur de ta peau, de l'éclat de tes yeux et de la saveur de ta bouche, de tes jambes moulées dans ce pantalon noir et de tes pieds nus, je te demande impudiquement de venir, pas dans un mois ni dans huit jours mais demain, tout de suite, je veux entendre la sonnette et aller ouvrir et te voir contre toute vraisemblance, comme lorsque j'ai relevé les yeux dans la cafétéria de mon hôtel de New York et que je t'ai vue sur le seuil, immobile et me cherchant du regard, avec cet air paisible dans le sourire, comme si tu étais sûre d'être arrivée à temps et de ce qui allait se passer.

Je compte les heures et les jours, en t'attendant je m'accommode de la morosité du temps qui n'a pas l'air de s'écouler et se rapproche pourtant de ton arrivée à la vitesse de l'ombre des toits sur les pavés de la place San Lorenzo à midi, quand aucun œil ne perçoit la lenteur de sa progression, à la vitesse où grandit la pénombre dans les pièces intérieures de chez moi, quand ma mère et ma tante égrènent leur chapelet, vêtues de deuil, elles n'ont pas encore allumé la lumière et on entend ronfler les moteurs des Land Rover et des fourgonnettes qui reviennent des champs chargées d'olives : un froid statique et une brume violette tombent sur le soir, le ciel reste lisse et bleu au-dessus des tours et il fait presque nuit dans les rues, quelques oliveurs passent à la dernière heure, ils reviennent des oliveraies à pied, un homme tire par la bride un mulet chargé de sacs et de fagots de gaules, mais on en voit de moins en moins, on n'entend plus sur les pavés les pas des équipes, les roues en bois des charrettes, les sabots des bêtes, les voix des fillettes qui chantent des comptines en sautant à la corde, les litanies de jeux, comm' j'ai peur de passer par ici, car je sais qu'elle m'écout' la momie, on ne voit plus les lents troupeaux de vaches remonter de la fontaine et il n'y a plus personne pour chanter la conjuration, meuh, meuh, meuh, gare aux bœufs, noir ou rouge, sauve qui peut, si c'est blanc, ils n'y voient que du feu. Les cloches des églises sonnent à toute volée et entre les notes claires et espacées on entend les coups plus graves donnant l'heure à l'horloge de la place du Général-Orduña, devenue aujourd'hui place d'Andalousie, pourtant la statue n'a pas bougé, pas plus que les voiturettes de graines de tournesol et de cigarettes vendues à la pièce sous les arcades, que l'horloge de la tour, la file de taxis, le commissariat au balcon pavoisé, où ne sévit plus le sous-commissaire Florencio Pérez qui est mort, m'a-t-on dit, en décembre dernier, il a eu les honneurs d'un article nécrologique sur une page entière dans *Singladura*, un article signé Lorencito Quesada où il était dit avec seize ans de retard que le sous-commissaire était l'auteur du sonnet anonyme gravé au pied de la statue désespérée de Carnicerito, aussi perdue que la renommée de notre torero, dressée au milieu d'un misérable carré de gazon rachitique perdu au nord de Mágina, entre les immeubles et l'enchevêtrement des grandes avenues. J'y suis passé pour aller voir la tombe de ma grand-mère Leonor au cimetière, et j'ai eu l'impression de traverser une autre ville, je ne reconnaissais pas les rues, je cherchais les terrains vagues où nous allions fumer, mes amis et moi, pour ne pas être vus par un parent, et je n'ai trouvé que des lotissements sans trottoirs, des garages, des ateliers de mécanique, et même des *whiskerias* portant des noms aguichants et dotés de génitifs anglo-saxons, une laideur morne et sans appel de banlieue, de bar routier, une infamie de terrains stériles où il ne reste pas trace des ormes dont j'avais le souvenir, de villas adossées au cœur d'un désert de bourbiers industriels et d'horribles remises en brique couvertes en éverite.

Ainsi donc, cette barbarie qui a proliféré comme une tumeur sans que je sache ou veuille le remarquer, c'est ma ville et mon pays, la résidence unique et privilégiée de ma mémoire, le lieu que tu as choisi pour me retrouver, je regarde et je te raconte tout, la rage me prend, les rues sales impossibles à traverser à cause de la circulation, les chemins de la campagne effacés par l'abandon et les ordures, vieux réfrigérateurs, lave-vaisselle et téléviseurs en miettes, tessons de bouteilles, lambeaux d'emballages en plastique : une épidémie de vulgarité et de crasse, de mauvaises manières et d'avarice, boutiques de luxe et jardins dévastés, bombages sur les façades des maisons en ruines, enseignes de vidéoclubs louches dans des ruelles désertes, boîtes de coca-cola écrasées flottant sur l'eau croupie de cette fontaine du parc Vandelvira qui n'est plus éclairée la nuit et ne projette plus les jets bleus, rouges et jaunes au-dessus des toits, qui faisaient l'étonnement et la fierté des familles de Mágina, une aubaine pour les cartes postales en couleur modernes qu'on trouve encore dans certains bureaux de tabac. Je suis passé sur le trottoir du lycée, à la sortie des cours, j'ai croisé des groupes d'adolescents qui m'intimident un peu car ils me font sentir mon âge véritable et le temps qui me sépare de sensations et de souvenirs faussement proches, je suis passé devant la porte vitrée du *Martos* et n'ai pas osé entrer, la rue est ensoleillée mais l'intérieur est sombre, dehors on ne voit pas l'angle où se trouvait le juke-box, mais seulement le profil du comptoir derrière lequel pâlit un visage vieilli, peut-être celui du patron de l'époque, ce marin qui avait fait le tour du monde en cargo et qui recevait de pays lointains ces disques auxquels nous devions l'enthousiasme et la vie, mes amis et moi, je me suis arrêté un instant et j'ai poursuivi ma route, j'ai vu l'enseigne verticale de l'hôtel Consuelo qui nous paraissait si cosmopolite et romanesque, c'est désormais un édifice défraîchi des années soixante, j'ai descendu l'avenue Ramón-y-Cajal et je me suis promené dans les ruelles silencieuses du lotissement du Carmel, ces villas sont incroyablement petites, je les vois simultanément à travers ton regard et le mien, il y a toujours une plaque dorée à côté de la grille de la villa où vivait Marina, mais il n'y a plus le nom de son père, je cherche la maison dont tu te souviens et pas moi, avec son jardin où les chats paressaient sous le soleil d'hiver, mais impossible de la localiser, elle n'existe plus ou bien elle a été restaurée, les aboiements de chiens qui passent leurs museaux ou leurs pattes entre les grilles se multiplient, un homme en jogging penché sur le moteur ouvert d'une BMW me regarde, il se méfie de moi, il me trouve peut-être une tête d'étranger, il a le crâne dégarni, les cheveux plaqués aux tempes à la gomina, aussi lisses que s'ils avaient été léchés par une vache, une bedaine discrète, et il mâche le filtre d'une cigarette blonde, il a ce regard de fierté émoussée qui m'effrayait tant chez les avocats et les médecins quand je les reconnaissais dans mon enfance, et un peu plus loin je suis sur le point de me retourner car je l'ai reconnu, il s'asseyait deux ou trois bancs devant le mien, dans une salle des salésiens, il a donc le même âge que moi, cela m'inquiète, c'est impossible, je suis beaucoup plus jeune que ce type installé dans une maturité précoce, je n'ai jamais remarqué dans la glace cette mâchoire qui s'appuie avec suffisance ou cruauté sur une ébauche de double menton, je me sens toujours aussi hésitant et clandestin que si j'avais encore devant moi toutes les incertitudes de la vie, je n'ai pas de maison, pas de voiture, je ne sais même pas ce que je vais devenir dans quelques mois, sans parler des années à venir, mais il ne s'agit peut-être que d'un effet d'optique ou d'une tentation de vanité, c'est ce que rétorquerait mon ombre si elle n'était pas restée dans la chambre d'un hôtel de New York, aussi exilée et solitaire que l'autoportrait de Murillo sur un mur de la Frick Collection, on ne sait jamais vraiment à quoi ressemble son propre visage, on lui ajoute un voile d'indulgence, comme ces filtres qu'on met sur les caméras pour estomper les traits trop durs d'une actrice entrée dans la quarantaine.

Je me vois de loin dans la vitrine d'un magasin de sanitaire, je me regarde marcher, la tête baissée un peu sur le côté, les mains dans les poches de la vareuse à carreaux achetée à Chicago pour me protéger de ce vent homicide, et je me souviens de l'époque où je marchais dans ces mêmes rues, avec le blouson bleu marine de mon grand-père Manuel qui me donnait l'air, croyais-je, d'un aventurier et d'un maoïste, fredonnant des chansons de Jim Morrison ou de Lou Reed, cherchant une femme qui m'ignorait, sauf quand elle avait besoin de mes notes d'anglais, passant à côté d'une autre que je ne voyais pas et qui est en train de faire ses bagages dans un appartement de Manhattan, courant d'une pièce à une autre, descendant faire des courses dans un magasin coréen de la Deuxième Avenue, consciente que chacun de ses pas raccourcit la distance qui nous sépare et la rapproche de l'heure du départ : tes pas et les miens, nos deux montres réglées sur deux temps différents, la neige à New York, le soleil froid et resplendissant à Mágina, une clarté si pure qu'elle éblouit, met en valeur la beauté malmenée des palais flanqués d'écussons et de tours, celle des maisons blanchies qui ont des linteaux en pierre, et révèle sans tricherie possible l'ampleur des outrages qui ont défiguré cette ville que j'avais crue inaltérable. Je dérive de nouveau vers les quartiers sud, je regarde avec une attention et un étonnement d'autant plus avides que tu vas voir tout cela bientôt, dans l'avenue qui s'est successivement appelée l'avenue du 13-Septembre, puis du 18-Juillet et maintenant de la Constitution, on a coupé les marronniers, quel acharnement contre les arbres, dans les sous-sols de la maison où je suis né (je vois au dernier étage les fenêtres murées de la chambre à la poutre) il y a maintenant un pub qui s'appelle Lony, autour de la fonderie les rues ont l'air plus larges car elles sont goudronnées et ont perdu les mûriers qui nous fournissaient en mai les grandes feuilles tendres pour les vers à soie, que dira Félix quand il viendra ici, quand il prendra la rue de la Fontaine-aux-Rires et arrivera au surplomb qui nous effrayait comme une falaise et n'est plus qu'un déversoir : à mi-hauteur s'ouvrait l'arc en pierre d'un égout et les grands nous effrayaient en nous racontant que c'était le repaire d'une bête qui avalait les gens tout rond et s'endormait les yeux ouverts dans l'obscurité pour digérer les cadavres. Au-dessus de la terre humide et fertile des *huertas* et du vert pur des champs, le soleil soulève une légère vapeur bleutée qui se dissout à mesure que le jour avance comme la brume du Guadalquivir.

Tu es en route, j'ai beau aller n'importe où, je me rapproche de ton arrivée, le moindre de mes gestes est le signe d'un prélude qui se dissout aussitôt dans le passé pour accélérer ta venue, même Mágina devient ville promise et future car dans quelques jours j'y serai avec toi. Tu viendras seule, tu ne veux pas que j'aille te chercher à Madrid, tu arriveras dans l'après-midi, par le car qu'on appelle toujours la Dinde, celui que tu avais pris avec ton père, et je t'attendrai dans le hall de la gare, les nerfs à fleur de peau, fumant cigarette sur cigarette et les jetant à peine allumées, je serai de moins en moins sûr de te voir à chaque minute de retard, je me dirai que tu as raté la correspondance, que je me suis trompé d'heure ou de lieu, je commanderai un whisky au buffet pour me calmer et y toucherai à peine, redoutant que l'autocar arrive à mon insu, je tiendrai à peine debout en regardant sortir les voyageurs chargés de sacs et de valises car je ne t'aurai pas repérée immédiatement, ton visage me surprendra, il ressemblera si peu aux photographies et au souvenir, je m'accoutumerai à ta voix et à la réalité de ta présence pendant que nous descendrons dans un taxi jusqu'à la place Santa María, plutôt intimidés, toi encore étourdie par le décalage horaire et la fatigue d'un si long voyage, te recoiffant avec les doigts quand tu sortiras du taxi et contempleras les balcons et le perron du *parador* avec un sourire diaphane et fatigué. Un de ces balcons correspond à la chambre que j'ai retenue pour toi : en prononçant ton nom et le mien devant le réceptionniste, en le voyant noter avec indifférence une date toute proche, il m'a semblé que mon désir et notre rencontre perdaient leur flou imaginaire pour accéder à l'objectivité des faits réels. Je ne suis pas le seul à savoir que tu vas venir, je ne t'ai pas inventée comme j'ai inventé d'autres femmes, même après les avoir connues : ton nom et le jour de ton arrivée ont été prononcés à haute voix par quelqu'un qui ne t'a jamais vue, il les a tapés sur la console d'un ordinateur. Je suis monté dans la chambre, grande et blanche, avec des poutres apparentes foncées, j'ai ouvert le balcon et j'ai vu ce que tu verras, ce dont tu ne te souviens sans doute pas, la façade de l'église du Salvador, le clocher fendu de meurtrières, la coupole bulbeuse couleur bronze, les toits du quartier de l'Alcázar et au-delà, aussi loin qu'un horizon marin, les sommets de la Sierra. Quelle impatience, quelle envie de ne pas bouger d'ici jusqu'à ton arrivée, de m'étendre sur le lit et de m'endormir en rêvant que je t'enlace, de te voir en ouvrant les yeux, comme à New York quand j'étais réveillé par le bruit d'une clé dans la serrure : j'entendais tes pas et tu apparaissais dans l'embrasure de la chambre, tu avais un visage frigorifié, les lèvres rouges, un grand sac en papier dans les mains, tu étais matinale et diligente, pas question de te laisser aller à la paresse. Une bouffée d'excitation, ce lieu si neutre que tu n'as pas encore vu sera bientôt une des chambres mémorables de ma vie, ton corps nu se reflétera dans le miroir en face du lit quand tu te lèveras, les cheveux en désordre retombant sur tes épaules pour aller à la salle de bains ou chercher ta robe de chambre en soie, tes cigarettes, ta montre, ton bâton de rouge à lèvres seront posés sur la table de nuit où ne se trouve pour le moment qu'un cendrier propre en verre et une lampe, nous aurons jeté nos habits négligemment sur la moquette ou sur le fauteuil qui a encore un air digne et réservé. La certitude soudain me rappelle ce qui n'est pas encore arrivé. Ce sera comme chacune des fois précédentes et elle ne ressemblera à aucune, la surprise s'ajoutera à l'habitude, la découverte à la confirmation, je verrai tous les visages que j'ai connus de toi, j'en percevrai d'autres que je ne soupçonnais pas, et quand nous serons apaisés et épuisés, nous nous tournerons l'un vers l'autre et nous sentirons qu'enfin nous commençons à nous reconnaître après la séparation.

Je vais de l'avenir vers le passé, le présent immédiat de mon attente, de mes promenades à travers Mágina, est une sorte de porte tournante qui me mène de l'un à l'autre en moins d'une seconde, en moins d'un pas, je sors du *parador*, excité à l'avance par ta présence future et, quelques mètres plus loin, sur le trottoir du foyer du retraité où une rangée de vieillards prennent le soleil enveloppés dans leurs écharpes et leurs pelisses, j'entends des voix qui évoquent des orages et des récoltes datant d'un demi-siècle, je vois des visages frileux et des silhouettes ravagées par la vieillesse qui me sont familières : presque tous ces hommes, je les ai connus quand ils étaient forts et agiles, et cette incessante confrontation entre mes souvenirs et ce que je vois explique pourquoi cette ville est le seul endroit où je peux avoir une conscience aussi claire et obsessive du temps. Ici, peu de gens me sont complètement étrangers, où que me guident mes pas, je tombe toujours sur une commémoration involontaire d'un épisode de ma vie. Cet homme immense et gros qui a des grandes oreilles et une expression ahurie, qui a sauté de la cabine d'une camionnette sur la place de los Caídos et s'adresse par signes à un agent municipal de garde à la porte de la mairie, c'est Matías le sourd-muet : je trouve étrange qu'il ait une existence réelle hors de mon imagination et de mes conversations avec toi. Sur la promenade du Marché, deux paisibles vieillards s'avancent vers moi, ils s'arrêtent tous les deux ou trois pas sans interrompre leur conversation, l'un d'eux, le plus petit et le plus costaud, celui qui porte une veste en velours, une chemise boutonnée jusqu'au cou, un large béret et des lunettes à verres grossissants, est le lieutenant Chamorro, il a toujours les mêmes gestes pédagogiques et un dossier bleu fermé par un élastique sous le bras, il doit y conserver des coupures de journaux annotées, des fragments tapés à la machine des mémoires qu'il envisageait déjà d'écrire quand il allait à la *huerta* de mon père, il respire toujours la dignité et la santé, et n'a pas perdu cet aspect inébranlable qu'il doit attribuer glorieusement à son puritanisme libertaire, de l'eau fraîche et pas d'eau-de-vie, nous disait-il, des bibliothèques et des écoles à la place des tavernes, il passe à côté de moi sans me voir, brandissant un doigt accusateur tout en parlant de la corruption des temps, un accès de timidité m'empêche de m'approcher de lui, pourtant mon père m'a raconté qu'il lui demande toujours de mes nouvelles, pas de doute, lui dit-il, ton fils, tout petit on voyait qu'il n'était pas fait pour la campagne : je suis ému de voir comme ils vénèrent ce qu'ils n'ont jamais eu, le savoir et les livres, la possibilité de voyager, l'usage de mots qui appartiennent à un trésor inaccessible, ils ne les prononcent pas de peur de se tromper, peut-être même s'en méfient-ils car ils savent que ces mots appartiennent à d'autres, propagent fréquemment le mensonge et servent à établir la primauté de leurs maîtres. J'écoute les mots de Mágina, ceux des maraîchers et des oliveurs, ceux que j'ai appris de mes parents, et je réalise qu'ils disparaîtront bientôt car les choses qu'ils désignaient n'existent presque plus, comme ont disparu les comptines pour sauter à la corde et les cantilènes menaçantes de nos jeux, car les enfants qui restent dans le quartier de San Lorenzo n'ont plus peur de la Sibylle Croquebille ni de la momie de la maison des Tours : dans les mots aussi je suis un étranger et un nouveau venu, j'ai perdu ceux qu'on m'a légués et l'accent qu'on m'a enseigné pour les prononcer, je n'arrive pas à m'approprier ceux que j'ai appris par la suite, je vis parmi eux et grâce à eux, mais ils me sont étrangers et ne peuvent m'expliquer, peut-être me rejettent-ils comme les regards froids et clairs des gens que je croise dans les villes où j'avais voulu m'enfuir quand j'avais quinze ans. Chez mes parents et dans les rues de Mágina, je sens que j'habite au royaume des mots et que je suis de nouveau habité par eux, comme une maison restée vide pendant très longtemps dans laquelle résonnent en échos excessifs les voix et les pas de nouveaux occupants : des voix sortant d'une boutique ou d'un salon de coiffure, des mots superbes et brutaux que je saisis au passage, comme si je me penchais pour ramasser une pièce par terre, des regards et des visages qui me renvoient aux photographies de Ramiro Retratista, aux histoires racontées par toi et moi dans nos journées new-yorkaises déjà lointaines, avec la même avidité que Félix et moi nous racontant un film ou un feuilleton radiophonique, assis sur un perron de la rue de la Fontaine-aux-Rires. Des visages aux fenêtres, retranchés derrière les rideaux, regardant les gens qui passent avec une curiosité immémoriale, des visages abrutis ou défigurés par les ans qui se promènent au crépuscule dans la rue Neuve à une allure de procession, des traits prématurément ramollis et avachis par le confort domestique et l'ennui présomptueux de Mágina, des mines blafardes de junkies qui gardent derrière leurs lunettes une dureté rurale, des visages de préparateurs qui étaient déjà derrière le même comptoir de pharmacie quand je donnais la main à ma mère qui allait acheter des médicaments, les visages rances, les mains douces et cléricales des employés inchangés des magasins de tissus et confection, maintenant vides et anachroniques par la faute de la modernité dévastatrice de ces dernières années, Lorencito Quesada sortant comme un bolide du *Système Métrique*, me saluant au passage comme s'il me connaissait, dynamique, assoiffé d'informations, avec un léger tremblement sur ses joues potelées, deux ou trois journaux sous le bras et un petit magnétophone à cassettes dans la main, peut-être va-t-il interviewer celui qui fut le fils prodigue du sous-commissaire Florencio Pérez, devenu un chanteur célèbre : il est venu passer quelques jours dans sa petite patrie, à en croire un entrefilet anonyme dans *Singladura*, qui souhaitait une chaleureuse bienvenue de la part de la province à notre concitoyen qui a triomphé dans le petit monde de la chanson légère en dépit de tous les obstacles, aussi justement que le regretté Carnicerito avait triomphé sur la planète des taureaux. Je mets la page du journal de côté pour l'envoyer à Félix, sans doute le plus fidèle lecteur de la prose de Lorencito Quesada, sous les arcades de la place du Général-Orduña j'achète un paquet de tabac à mon ancien ami Juanito, il est assis à côté de son étal de fanfreluches et ne se souviendra jamais de moi, il examine les pièces dans la paume de sa main et fronce les sourcils avec un air concentré presque douloureux pour calculer ce qu'il doit me rendre, il a de grands yeux infantiles d'idiot et le coin de la bouche humide de salive, un léger duvet assombrit sa lèvre supérieure, il a oublié de me donner le paquet, ne se souvient plus de la marque que je lui ai demandée, et quand je la lui répète il lève un regard lent et effrayé sur moi, je détourne la tête pour ne pas m'intoxiquer de pitié et de tendresse, car son regard remonte à la stupeur de l'enfance que j'ai partagée avec lui, et il ne sait pas qui je suis.

Ma vie est suspendue, je t'attends, je marche dans la ville en imaginant que je te parle et que tu es avec moi, je ne fais rien, je n'ai pas le courage de partir à la recherche de Martín ou de Serrano, je t'appelle d'une cabine publique et je dépense une fortune à te décrire la chambre que j'ai réservée pour nous, j'ai un coup de cafard à l'heure du crépuscule, comme il y a vingt ans, avec la même ponctualité désespérante, je fais la grasse matinée et déjeune au coin du feu, je mange en silence avec mes parents et mon grand-père Manuel, j'erre dans les chambres hautes de la maison, je n'entre jamais dans celle de ma grand-mère Leonor, dans une armoire remisée dans le grenier je tombe sur mes manuels scolaires et sur les cahiers de cours où j'écrivais mes confessions pathétiques d'insoumission et de malheur, mais je ne veux pas les ouvrir, le téléphone sonne à minuit, j'entends ta voix, je meurs de désir, demain à la même heure tu prendras un avion, dès que tu auras trouvé une maison à Mágina tu retourneras chercher ton fils, je n'ose pas te dire que je veux vivre dans cette maison avec toi, j'éteins la lumière et ne peux m'endormir, je pense à ma grand-mère décédée, à ce qu'elle a dû ressentir à l'instant de sa mort, chagrin et soulagement peut-être, pas d'effroi, mais de l'étonnement, je ne sais comment je vais traverser les deux nuits qui restent avant ton arrivée, j'écoute les bruits oubliés de ma maison dans mon insomnie, les termites, le vent sur le toit, le craquement des poutres qui résonne exactement comme les pas de quelqu'un marchant au-dessus de ma tête, l'horloge de la place sonne quatre coups, mon grand-père Manuel tousse et gémit dans son sommeil, mon père se lève et descend lourdement les escaliers, la fourgonnette démarre, il va acheter des légumes au marché des grossistes, je rêve que tu es déjà à Mágina et que par un malentendu banal je n'ai pas pu te trouver, je vois au réveil les traits du soleil à travers la persienne et je me souviens qu'en mai les hirondelles nichent toujours dans le creux du balcon, je descends à la cuisine, ma mère est penchée sur le lave-vaisselle et elle est secouée de sanglots contenus, il y a longtemps qu'elle ne s'est pas teint les cheveux et ils sont blancs à la racine, elle m'embrasse, me demande si j'ai bien dormi, je n'ose pas encore lui parler de toi, je vais me promener au soleil des fainéants et des retraités, je me dis que tu dois dormir et qu'en ouvrant les yeux tu penseras que c'est le jour du départ, l'attente est devenue pour moi un besoin sexuel lancinant, tu me manques, je suis comme un drogué, je découvre avec inquiétude que je ne peux vivre sans toi, qu'il me donne un baiser de sa bouche, lisais-tu dans la Bible, car vos mamelles sont meilleures que le vin : j'arrive à l'angle de la rue Royale et je vois un visage derrière une grille, un visage familier, plat et livide, qui m'a regardé avant que je le regarde, un visage impossible, avec un grain de beauté près de la lèvre, des cheveux noirs séparés par une raie droite, de lourdes anglaises noires encadrant les pommettes, un scapulaire autour du cou, j'avais déjà dépassé l'angle, je me retourne et n'en crois pas mes yeux, pourtant je la vois derrière la fenêtre, entourée de tableaux sans valeur, de vieux meubles, de casseroles, de mortiers en cuivre, ce n'est pas une fenêtre et cependant l'espace d'une seconde la femme a été réelle, c'est la vitrine d'un antiquaire, et au fond, à demi cachée dans l'ombre, se trouve la momie intacte qui avait été découverte cinquante ans plus tôt dans le sous-sol de la maison des Tours, celle qui grisa Ramiro Retratista et qui avait, caché dans son sein, un billet où étaient copiés des versets du Cantique des Cantiques.

Mais c'est impossible, tu vas me traiter de menteur quand je t'aurai raconté l'histoire, je pousse la porte de la boutique, une clochette tinte et personne ne vient, la femme que toi et moi nous avons vue sur une photographie prise soixante-dix ans après sa mort est assise, raide, contre un mur, dans une sorte de niche en cristal munie d'une minuscule serrure dorée et d'une clé rappelant celle des horloges à balancier, je la fais tourner avec une audace de somnambule, quelqu'un est entré dans la boutique, j'ouvre la porte en cristal et la momie me regarde toujours avec ses yeux clairs, recueillie, très digne, aussi néfaste que les pauvres statues des enfants de chœur qu'on trouvait autrefois dans les églises, encore plus affligeantes et effrayantes quand on s'apercevait qu'elles étaient en plâtre, quelqu'un s'approche dans mon dos au milieu du désordre de la boutique et je ne me retourne pas, j'avance les doigts de la main droite, la momie a la taille d'une fillette, les fines bottines qui dépassent sous la robe pendent à quelques centimètres du sol, je la touche, le bout des doigts glisse le long du visage, il est en cire, voilà pourquoi il brille de la sorte, et de toute évidence ses pupilles sont en verre. Le patron de la boutique est à côté de moi, un homme d'une quarantaine d'années, avec une expression de franche convoitise, de sympathie, d'intérêt aimable. “Impressionnant, à première vue, n'est-ce pas ? Moi aussi, au début. J'ouvrais la boutique et je voyais déjà ses yeux avant d'allumer. Dans le noir ils brillent comme ceux d'un chat. Mais à force on s'habitue et cela vous étonnera peut-être, mais je me suis attaché à cette présence. Les affaires sont les affaires, mais je n'aimerais pas m'en séparer. Un trésor, croyez-moi, plus précieux encore par sa rareté, statuaire en cire du XIXe siècle, je n'ai pas besoin de vous le dire, mais on voit que vous vous y connaissez. Vous êtes venu à Mágina en touriste, je pense. Je le dis toujours, les choses que nous avons ici, il n'y a que les gens de l'extérieur pour les apprécier.” Je ne l'entends pas, je continue de regarder la momie, la statue de cire, je regarde les anglaises en cheveux naturels, les pupilles en verre bleuté qui sont tournées vers moi, qui fixent le vide, les petites mains jointes dans le giron, le scapulaire de Notre Seigneur Jésus-Christ, j'ai envie de vérifier s'il y a le portrait d'un homme à moustache et impériale derrière, mais je n'ose plus la toucher, j'ai gardé sur les doigts le froid et la douceur un peu collante de la cire, sa consistance neutre, autant regarder la dépouille d'une naine très belle, abominable, pathétique, avec des yeux hallucinés de poupée et des boucles postiches, captive à l'intérieur de l'urne qui ressemble à une vitrine de musée. Pour dire quelque chose, je demande le prix : l'antiquaire suggère après une minute de réflexion une somme insensée. Je feins de la prendre en considération, je m'intéresse à l'identité de la dame en cire, mais il ne sait rien, me dit-il, on l'a appelé pour expertiser les meubles et les tableaux d'une maison qui allait être détruite et il a eu un choc en découvrant la niche dans une armoire, rendez-vous compte, me dit-il, une grosse maison où il n'y avait même pas l'électricité, rien que de la poussière, des vieux meubles et des tableaux sans valeur, comme toujours, et beaucoup de livres, oui alors, rangés dans des caisses, de grands livres extraordinaires, des traités d'anatomie du XIXe siècle, vous pouvez les voir si vous voulez, ils sont rangés quelque part, il y avait même un stéthoscope très primitif, avec un tube en caoutchouc et un pavillon en corne, je l'ai vendu à un médecin, un excellent ami grand amateur d'antiquités, comme toutes les personnes de goût qui en ont les moyens ; je vous disais donc qu'on m'avait donné les clés : j'entre seul dans la maison, immense, j'ouvre toutes les fenêtres pour bien voir les meubles et les peintures et ne pas être étouffé par la poussière, j'arrive dans ce qui paraît être la chambre à coucher, une porte à double battant, un lit à baldaquin et une très haute armoire, mais comme il n'y a pas de fenêtre j'allume ma lampe, ma foi avec les courants d'air l'armoire s'ouvre toute seule et elle m'apparaît, j'ai failli me trouver mal, je ne crois pas vraiment aux phénomènes surnaturels, mais mon métier me permet d'entrer dans de très vieilles demeures et on me raconte des tas d'histoires, donc je suis resté pétrifié, je vous le jure, j'ai d'abord pensé à une apparition, ou à un cadavre, j'ai failli partir en courant et jeter les clés, heureusement qu'au fond j'ai le cœur bien accroché, j'ai donc relevé ma lampe et compris que ce personnage était en cire, j'étais moyennement rassuré, je sentais quelque chose dans cette maison, une présence, une aura, comme l'écrit un écrivain local dans ses articles, vous ne devez pas le connaître, évidemment, il s'appelle Lorenzo Quesada, mais à Mágina tout le monde l'appelle Lorencito, il tient une rubrique très intéressante dans le journal de la province, sur les ovnis et la parapsychologie, et elle a pour titre "Au-delà" ; naturellement, je l'ai averti de venir voir la statue, mais il n'a pas encore pu, vous ne pouvez imaginer comme cet homme est occupé, toujours à courir dans tous les sens avec son bloc-notes et son magnétophone à cassettes, entre *Le Système Métrique* et *Singladura* je crois qu'il n'a plus le temps de dormir, et dire qu'il ne touche pas un sou au journal, mais ça lui est égal, comme il me le dit, Guillermo, le journalisme est ma vocation, et je me considère comme largement payé avec la fidélité de mes lecteurs et l'éclat que je donne à Mágina dans mes articles.

L'antiquaire n'a pas la langue collée au palais, aurait dit ma grand-mère Leonor, dont j'ai peut-être hérité l'impatience nerveuse que lui inspiraient les bavards : il ne sait pas exactement à qui appartenait cette maison, à un médecin renommé, lui a-t-on dit, mais il ne l'a pas connu, à vrai dire il se sent de Mágina comme le plus incontestable de ses fils, mais il n'est pas d'ici, il est arrivé à Mágina il y a vingt ans et veut y mourir, il me recommande vivement sa poterie d'art et sa semaine sainte, uniques au monde, suggère au passage que vu mon intérêt pour la statue de cire il pourrait me faire une réduction, mais qui vous a donné les clés, puis-je enfin glisser en profitant d'un instant de silence pendant lequel il reprend son souffle, qui vous a vendu le tout : un jeune couple, répond-il, brusquement évasif, presque offensé, il vient de comprendre que je ne veux rien lui acheter, ils venaient d'hériter de la maison et ne savaient pas quoi en faire, je veux dire qu'ils le savaient pertinemment, la vendre à une agence immobilière, on voyait de loin que c'était la femme qui commandait, c'était elle qui portait les pantalons, comme on dit, c'est la fille ou la bru d'un homme très connu ici, qui a été chauffeur de taxi pendant longtemps, attendez que je me souvienne, Julián, on l'appelle, Julián le chauffeur de taxi, un homme corpulent, plus grand que vous, très âgé naturellement, l'âge ne pardonne pas, comme je dis, apparemment le fils et la bru, ou la fille et le gendre, voulaient se débarrasser du bonhomme, car dès qu'ils ont hérité de lui, sans attendre sa mort, pour économiser les frais de testament, ils l'ont expédié à l'asile, il n'y en a qu'un, celui des bonnes sœurs, mais je crois que maintenant on l'appelle résidence du troisième âge, et le pauvre doit toujours y être, s'il n'est pas mort, l'antiquaire hoche la tête, soupire, referme la niche avec la clé minuscule qu'il glisse ostensiblement dans sa poche, sans me regarder dans les yeux il me demande de l'excuser, la clochette de la porte a sonné et il se dirige, offensé et aimable, vers un couple incontestablement étranger.

J'ai l'impression de vivre dans deux endroits à la fois, dans deux temps simultanés, de marcher dans deux directions et à des vitesses qui ont commencé mystérieusement de se rejoindre pour t'amener demain soir en ma présence, tu n'es pas encore sortie de chez toi et tu viens déjà, le départ imminent te pousse, comme il me pousse : j'ai regardé le téléphone et je t'ai imaginée à midi, heure de New York, seule dans l'appartement, finissant tes bagages, vérifiant dans ton sac que tu as bien pris ton passeport et ton billet, préparant peut-être un repas frugal, j'ai composé ton numéro, moins pour m'assurer de ta venue que pour manifester mon existence auprès de toi : tu es dans ta cuisine quand tu entends la première sonnerie, et moi je suis assis sous le porche de la maison de mes parents, tu entends la deuxième en entrant dans la salle à manger, tu m'as avoué que le téléphone te rendait nerveuse et que tu commences seulement maintenant à le supporter, car il est toujours possible que ce soit un appel de moi, je m'impatiente à la troisième sonnerie, qui sait si à la dernière minute tu n'as pas renoncé à ce voyage, peut-être as-tu quitté la maison pour ne pas avoir à me parler, tu décroches par surprise, je prononce ton nom mais ce n'est pas ta voix qui me répond en anglais, j'étais si nerveux que j'ai dû me tromper de numéro, c'est une voix d'enfant, celle de ton fils, je le réalise au moment où je vais raccrocher, tu vas trouver cela idiot, mais cela m'intimide de lui parler, il me demande qui je suis, un ami, je lui réponds, avec une sensation ridicule de clandestinité, il t'appelle en criant – comme c'est bizarre que tu sois la mère de quelqu'un – et je respire plus tranquillement quand il lâche le combiné. J'entends tes pas, tu dis quelque chose à l'enfant en espagnol, puis tu me parles sur un ton qui m'inquiète, plus bas que d'habitude, plus châtié, plus froid, je crois percevoir au fond une voix masculine, le bruit d'une porte qui se referme, tes mots reprennent leur tonalité transparente et chaude de toujours, tu meurs d'envie de venir, Bob est passé prendre l'enfant et t'a proposé de t'emmener en voiture à l'aéroport Kennedy, tu as refusé, mais je suis jaloux à l'idée qu'un autre homme circule le plus naturellement du monde dans ta maison, avec un sentiment inévitable de possession, en définitive elle lui est beaucoup plus familière qu'à moi, car il y a vécu des années, pas quelques jours, tu te moques de moi, je sens à ton rire que tu es flattée, excitée, au moment de raccrocher tu me fais une proposition impudique que tu penses réaliser dans vingt-quatre heures, la jalousie et la peur s'éteignent, anéanties par la mutuelle assurance du désir, avec qui parlais-tu, me dit ensuite ma mère, la tête disait oui et les yeux ne disaient pas le contraire : cette expression aussi appartenait à ma grand-mère Leonor, et ma mère le sait pertinemment en la répétant, comme si sa présence et son influence persistaient surtout dans les mots que nous avons tous les deux appris d'elle et qui évoquent son souvenir sans la nommer.

Le soir, très tard, quand elle a couché mon grand-père, ma mère éteint la télévision, essuie la table, ravive le brasero, sort un manuel, un cahier à feuilles rayées et y écrit au crayon, avec une lente application, les exercices qu'elle devra porter demain à l'école des adultes. Elle a une écriture mal assurée, grande, enfantine, elle hésite, se mord les lèvres, utilise la gomme, puis elle souffle sur le papier pour qu'il soit bien propre, cinquante-cinq ans après qu'on a fermé les classes au début de la guerre, elle est retournée s'asseoir devant un bureau d'écolier et suivre des explications sur un tableau noir. Apprendre à compter et faire des dictées à mon âge, dit-elle avec une satisfaction un peu honteuse ! Maintenant, au lieu de tricoter, elle chausse ses lunettes pour lire près de la lampe, elle murmure très lentement les mots des livres. Je suis assis en face d'elle à la chaleur du brasero et les minutes ne s'arrêtent pas, elles se précipitent en direction de ta venue presque aussi vite qu'elles avaient fui vers la séparation. Sur le trottoir de la Cinquante-deuxième Rue Est, tu serres ton fils dans tes bras et tu l'embrasses, l'enfant blond des photos qui a ton sourire et ton regard. Dans une rue écartée de Mágina, je m'arrête devant la façade de l'asile et appuie sur une sonnette en laiton qui résonne dans une cour comme une clochette ecclésiastique. Tu montes dans l'ascenseur où nous nous sommes caressés tant de fois, tu regardes tes valises et ton sac déjà prêts dans un coin de l'entrée, le lit dans lequel tu ne vas pas dormir cette nuit, la gravure du cavalier polonais, tu vois tout comme si tu étais déjà partie, sur le tourne-disque tu mets The Animals ou Miguel de Molina et tu écoutes la musique en fumant tranquillement une cigarette dans le canapé. Une femme d'âge mûr qui a un air de bonne sœur malgré le pull en laine et le jean, m'ouvre la porte vitrée givrée, je lui dis que c'est moi qui lui ai parlé au téléphone il n'y a pas longtemps, les couloirs de l'asile sentent l'hôpital et la vieillesse, le chloroforme et l'urine. Sous terre, les cheveux blancs et les ongles de ma grand-mère continuent de pousser dans le noir. Tu bois une bière ou tu grignotes quelque chose dans la cuisine, tu regardes la neige ou la clarté opaque de ce début d'après-midi derrière la vitre, tu revois le visage réprobateur et affligé du père de ton fils quand il t'a dit au revoir, comme s'il te prédisait affectueusement un désastre. La grosse femme un peu hommasse, peut-être une nonne en jean, me demande si je suis de la famille, je dis oui, un parent éloigné, elle hausse les épaules, bizarre, c'est la première visite que Julián reçoit depuis qu'il est ici, mais il ne se plaint pas, si tous les petits vieux pouvaient donner aussi peu de tracas… J'aimerais savoir de quelle façon je te manque, si ta nostalgie ressemble à la mienne, si tu fermes les yeux quand tu t'étends pour imaginer que je me penche sur toi, que ce n'est pas ta main qui remonte le long de tes cuisses et suit doucement les plis de l'aine. La bonne sœur s'efface à la porte du salon sans cesser d'insister d'une façon répugnante sur les petits : petits vieux, tout petits, pauvres petits ; une pancarte proclame “Aire ludique et de cohabitation”, écrite à la main sur une feuille quadrillée, et on entend un épouvantable vacarme de l'autre côté : cris, pièces de domino, coups secs des doigts aguerris sur la table en abattant les cartes et, dominant le tout, la musique et les applaudissements d'une émission de télévision, on est obligés de la mettre à fond parce que les pauvres petits sont sourds, mais ils sont peu nombreux à la regarder, en tout cas presque aucun des hommes, les femmes tricotent, posent les mains sur le ventre, lèvent leurs vieux visages vers la console où clignote l'écran en couleurs. Tu as peut-être peur, comme moi, peur de te donner, de couper les ponts et d'échouer, de répéter irrémédiablement avec moi les erreurs que tu avais abjurées avant de me connaître, ces erreurs qu'on porte en soi comme son odeur ou ses empreintes digitales, même si on tente de les attribuer à la malchance ou aux tricheries d'autrui.

Tenez, le voilà, lui dit la nonne, le pauvre petit est très gentil, mais il est là depuis peu de temps et ne s'est pas encore intégré au niveau de la cohabitation, avec eux c'est toujours la même chose, ils ne veulent pas reconnaître qu'ils sont aussi vieux que les autres, et ils protestent en se réfugiant dans le silence : seul à une table en formica, devant un journal déplié, Julián, le chauffeur de taxi qui nous emmenait toujours quand nous allions consulter les médecins de la capitale de la province, a conservé sa vigueur sévère, son crâne chauve et anguleux d'où semblent sortir les montures noires de ses lunettes. Je le salue, la bonne sœur lui donne un tape maternelle dans le dos en lui lançant furtivement un regard de haine, je lui explique qui sont mes parents et mes grands-parents et il m'indique avec une déférence souveraine la chaise en face de lui, pardi, bien sûr qu'il se souvient de moi, il me semble te revoir gamin quand ton père t'emmenait par la main pour aller vendre du lait, tu te rends compte comme le temps passe, les uns en bas et les autres en haut, comme dans une noria : quand il était jeune, il était un grand ami de mon grand-père Manuel, il a même failli s'engager dans la Garde d'assaut, comme automobiliste, mais il a renoncé car il avait scrupule à quitter don Mercurio, c'était quelqu'un ton grand-père, me dit-il en souriant, personne ne lui arrivait à la cheville quand il se mettait à chanter à la manière de Pepe Marchena, et quel succès auprès des femmes, si je peux me permettre, même si ta grand-mère Leonor, qu'elle repose en paix, était la plus belle de Mágina, il fallait la voir aller à la fontaine, l'anse d'une jarre dans chaque main, jusqu'aux curés qui y allaient d'un compliment, même s'il ne faut pas le dire. Mais tu vois comment ça finit, on nous met dans une comporte pour nous sortir au soleil, au moins ton grand-père a eu la chance de rester à la chaleur de son foyer. Je lui offre une cigarette et il la refuse mélancoliquement, je ne fume plus, dit-il, et pourtant j'aimais ça, le défunt don Mercurio m'offrait toujours sa ration de gris, mais c'était un vice qui ne m'arrangeait pas, Julián – je crois le voir encore –, Julián, le tabac est une des pires conséquences de la découverte de l'Amérique, je ne comprenais pas ce qu'il voulait dire, mais je lui donnais raison, tu penses, c'était une éminence, une lumière, le meilleur médecin qu'il y a jamais eu à Mágina, pas comme ces employés de la sécu qui vous rendent malade à coups de pilules et d'ordonnances, et jamais il ne faisait payer les pauvres, et je l'ai conduit plus souvent qu'à mon tour dans sa voiture à cheval aux baraquements qui existaient autrefois et aux Cabanettes de Cotrina, les gens sortaient des maisons et venaient lui embrasser les mains, comme un saint, et c'en était un, même si les garnements des rues ont fait une chanson sur lui, tu l'as sûrement entendue quand tu étais petit, et ils ont continué de la chanter bien après sa mort, mais ne crois pas ce que les curés racontent, soi-disant qu'il aurait demandé les sacrements avant de mourir : ils tournaient autour de lui comme des vautours, comme les nonnes en civil que nous avons ici, mais il était trop malin pour se faire avoir, il n'a même pas voulu de médecin, je suis le seul qu'il a autorisé à rester avec lui jusqu'à la fin, il m'a demandé de lui lire des vers de son énorme Bible, celle qu'il a laissée en héritage à Ramiro Retratista, et j'étais en train de les lire quand il s'est recroquevillé plus qu'un oiseau, aussi minuscule, on ne voyait même pas le volume de son corps sous la couverture. Julián laisse échapper une larme, renifle, s'essuie les yeux et le nez avec un mouchoir, il nettoie ses verres de lunettes, les encastre de nouveau dans les grands os pelés de ses tempes, voit mon visage plus nettement et se rappelle que je lui ai téléphoné il y a quelques heures pour lui demander quelque chose : mais qu'est-ce que tu veux que je te raconte, je n'arrête pas de parler et je vais te donner la nausée. J'hésite, je dois choisir les mots et le ton avec le plus grand soin pour ne pas le braquer ni le buter, parlez-moi de don Mercurio, lui dis-je, de cette momie qu'on avait trouvée dans la maison des Tours, juste en face de la maison où vivaient mes grands-parents et ma mère, je les entendais parler à l'époque, j'ai vu les photos prises par Ramiro Retratista et je sais par d'autres ce que don Mercurio lui avait raconté, mais je n'y comprends rien, ce matin je l'ai vue dans la boutique d'un antiquaire, mais ce n'est pas un corps non corrompu, c'est une figurine en cire. Julián acquiesce, sourit et murmure tout bas, ils ont donc vendu aussi la momie, oignez vilain, il vous poindra, maintenant il me regarde autrement, avec moins de sympathie ou plus d'attention, et qu'est-ce que ça peut te faire que je te raconte tout cela, me lance-t-il, pour le plaisir de savoir, quand j'étais petit mon grand-père Manuel et ma mère me racontaient des histoires sur la momie, les enfants de la place San Lorenzo chantaient des chansons terribles sur elle, et elle est apparue plus d'une fois dans mes cauchemars, et maintenant que je l'ai vue, je n'arrive pas à croire qu'elle n'a été qu'une poupée de cire rangée dans une armoire. Julián m'écoute et semble rassuré, voire un peu déçu. Les voix et les applaudissements de la télévision résonnent dans la salle et se confondent avec les chocs aigus des pièces de domino : au début, Julián parle tout bas et j'ai du mal à l'entendre ; il est surpris que j'aie eu connaissance de la conversation entre Ramiro Retratista et don Mercurio quelques semaines avant la mort du médecin, mais il ne me demande pas qui me l'a rapportée, en tout cas il accorde peu de crédit au témoignage de Ramiro, il dit qu'il était très gentil, mais un peu bête, il a toujours été toqué, comme don Otto Zenner, il croyait n'importe quelle baliverne, don Mercurio n'a donc eu aucun mal à lui faire avaler ce feuilleton qu'il lui a raconté pour qu'il cesse de l'importuner : les masques de la nuit du mardi de carnaval, la voiture à cheval, la parturiente dans la chambre de bonne, l'enfant mort-né, rien de tout cela n'était vrai, Julián rit de mon étonnement, comme s'il pensait qu'en recueillant cette histoire mensongère j'avais été gagné par la stupidité crédule de Ramiro Retratista, le seul détail vrai, c'était ce que tu crois être faux, la momie, ce que tu as vu ce matin n'a rien à voir avec ce que nous avons trouvé dans le sous-sol de la maison des Tours, c'est une copie exacte, don Mercurio l'avait commandée, et pas à un quelconque imagier de retable et de statues funéraires comme il y en avait beaucoup à l'époque, mais à un artiste qui est devenu peu après très célèbre, il a refait presque toutes les statues de Semaine sainte qui ont brûlé pendant la guerre, Eugenio Utrera, je ne sais pas si tu l'as connu, il a aussi fait ce monument qu'il y a sur la place de los Caídos, il avait son atelier derrière la place San Pedro. Don Mercurio l'a payé une fortune en douros de l'époque en exigeant qu'il garde le secret à jamais, continue Julián, excité lui-même par son récit, il l'a fixé avec ce regard d'aigle qu'il avait et lui a dit entendons-nous bien, à jamais, jusqu'au jour de ma mort et même de la vôtre, et Utrera a juré, impressionné, qu'il se tairait éternellement, ne vous inquiétez pas, don Mercurio, ce qui a été dit ne sortira pas de cette pièce, je crois qu'il avait peur que don Mercurio continue de le surveiller après sa mort.

Je me penche sur Julián pour ne pas perdre une miette de ses paroles et je ne peux mettre en ordre les questions qui me viennent, je n'entends plus les voix des autres vieillards autour de nous ni le vacarme de la télévision, je suis assis devant cet homme comme lorsque j'écoutais parler mon grand-père Manuel à la table *camilla* et n'entendais plus le tic-tac ni les sonneries de la pendule, ne voyant que son visage et les images aussi vives que des bribes de rêves suggérées par sa voix : mais pourquoi Mercurio avait-il volé la momie, si c'était lui, qu'en a-t-il fait ensuite, pourquoi a-t-il fait faire une copie. Julián claque la langue contre le palais de son dentier, la passe ensuite sur ses lèvres, crispe son menton rude et caresse du bout des doigts les poils blancs de sa barbe, tu te rends compte, dit-il, il faut que ce soit toi qui viennes me demander ça, après tant d'années. Ce n'est pas don Mercurio, c'est moi qui l'ai emportée de la maison des Tours, car il m'en avait donné l'ordre, naturellement, on enveloppa dans des pièces de feutre les sabots des chevaux, *Verónica* et *Bartolomé*, nous descendîmes la rue du Puits sans faire le moindre bruit, à quatre heures du matin, don Mercurio m'attendait à l'intérieur de la voiture, rideaux tirés, pendant que j'escaladais un mur à demi effondré et m'introduisais dans la maison, faites très attention en la prenant, Julián, m'avait averti don Mercurio, avec le fauteuil, il ne faudrait pas l'abîmer, pour m'éclairer dans les sous-sols quand je le porterais dans mes bras, je m'étais muni d'un de ces casques à chandelle utilisés par les mineurs, mais tu imagines ma frayeur quand, au moment où j'allais descendre les marches de la cave, j'ai vu une lumière et entendu quelqu'un monter, je me suis aplati contre le mur, dans le creux des escaliers, je croyais que c'était la gardienne qui allait s'élancer à ma poursuite en hurlant et brandissant son bâton de vacher, mais figure-toi que c'est Ramiro Retratista qui apparut dans l'ouverture, il était comme ivre, il passa à côté de moi sans me voir, le faisceau de sa lampe rasa la pointe de mes pieds. Ouf, je descendis donc dans le sous-sol et soulevai la momie, avec le fauteuil, elle était légère comme une plume, je la sortis de sa niche, éclairé par ma chandelle de mineur, je faillis la lâcher quand je repassai le mur dans l'autre sens, heureusement qu'à l'époque j'étais plutôt agile, je la calai dans la voiture à côté de don Mercurio, on aurait dit qu'ils se parlaient, et nous rentrâmes à la maison sans être vus de personne. Don Mercurio, lui dis-je, portant la momie comme une paralytique, où voulez-vous que je la mette, dans mon cabinet, Julián, plus tard nous lui trouverons un meilleur endroit. Il voulait dissimuler, parce qu'il avait honte, à mon âge c'est une folie, Julián, me disait-il, mais il était très bizarre, plus vieux que jamais, et avec des manières de gamin, sans doute ce qu'il appelait lui-même la démence sénile, je lui réchauffai un verre de lait, car il avait pris froid, j'allumai le feu et il me mit en garde, attention, il ne faudrait pas qu'une étincelle saute sur la momie et la réduise en cendres en une minute, comme de l'amadou, pauvre don Mercurio, je lui mis une couverture sur les genoux, mais il continuait de grelotter, il me demanda sa Bible, il n'avait plus la force de la soulever, il regardait la momie avec des yeux humides, essuyait une gouttelette brillant à la pointe du nez, essayez de ne pas me juger, Julián, il me disait, j'ai passionnément aimé cette femme quand nous avions tous les deux vingt et quelques années, et jusqu'à hier matin, je ne savais pas ce qu'elle était devenue. Tu imagines la scène, l'aurore, à la lueur d'un quinquet et du feu de la cheminée, un vieillard âgé d'un siècle ou presque pleurnichant, une couverture sur les genoux, lisant des choses plutôt vertes dans cette Bible qui ne ressemblait pas aux nôtres, c'était une Bible protestante, et une femme en chair de momie qui avait l'air vivante et nous regardait tous les deux quand la clarté du feu éclairait ses yeux. Qu'est-ce que j'ai fait ? Et que voulais-tu que je fasse, j'ai obéi aux ordres de don Mercurio, j'ai fermé soigneusement tous les volets et nettoyé au plumeau la poussière qui recouvrait cette dame, au fait elle s'appelait Agueda, j'essayais de ne pas la regarder dans les yeux pour éviter d'avoir un frisson, j'écoutais don Mercurio, j'attisais le feu et ravivais le brasero pendant qu'il me parlait, et de même qu'il m'avait demandé de m'introduire comme un voleur dans la maison des Tours pour voler un cadavre, s'il m'avait dit Julián, jetez-vous au fond d'un puits, ma foi j'aurais obéi, tu comprends, pour moi il était un père et un grand-père, mon conseiller et mon maître, il était tout cela, et j'étais bouleversé d'entendre ses pleurs, il devait s'interrompre pour se moucher et laisser reposer son cœur, et je lui disais voyons, don Mercurio, allons dormir, l'aurore n'est pas loin, mais rien à faire, il persistait, Julián, laissez-moi continuer, laissez-moi retrouver ce que cette femme me chuchotait à l'oreille pendant que son ultra de mari allait visiter les fermes et les sanctuaires, nous restions seuls dans ses appartements, avec l'alibi que j'étais le médecin de la famille, elle en chemise, Julián, la peau la plus blanche et la plus douce que j'aie jamais vue, ses cheveux retombaient sur ses épaules quand elle détachait ses anglaises, examine-moi, docteur, me disait-elle en me mordillant l'oreille, je suis rongée par un mal immense, nous mourions de plaisir, Julián, nous avions la chair à vif, plus la douleur était grande et plus la jouissance était vive, dans la rue mes jambes ne me soutenaient plus, je buvais du lait et des œufs crus pour fortifier mon organisme, car je craignais de devenir phtisique, et si nous passions un jour sans connaître au moins une étreinte charnelle, nous avions des poussées de sueur, des insomnies, comme les morphinomanes, j'arrivais en vue de la maison des Tours et à peine avais-je ouvert la porte du salon où elle m'attendait avec son mari, que je humais son odeur avec plus de finesse qu'un chien d'arrêt, comprenez-moi bien, Julián, je ne sentais pas son savon de toilette, ni l'eau de rose ou la poudre de riz qu'elle se passait sur le visage, mais la sécrétion qui coulait entre ses cuisses dès qu'elle m'apercevait.

Quelle histoire, dit Julián en lorgnant vers les tables voisines, avec un léger dédain pour la vieillesse résignée de ses congénères et la puérilité de leurs jeux, si la nonne m'entendait, mais tu sais, moi aussi je rougissais en écoutant l'histoire de don Mercurio, j'avais une trentaine d'années, mais j'en savais moins sur les femmes que n'importe quel gamin de quatorze ans d'aujourd'hui, pardi, avec la vie de chien qu'on menait, le pire que j'avais fait c'était d'aller dans une maison de passe, tu comprends ce que je veux dire, avec des putains, alors en écoutant les délires de don Mercurio, j'avais l'impression d'être au cinéma, ou de lire un de ces romans salaces qu'on louait sous les arcades de la place avant la guerre, et il me faisait envie, tu parles, et avec mes quatre-vingts ans sonnés ça ne m'a toujours pas passé, ce vieux qu'un souffle pouvait disloquer avait plus joui dans sa jeunesse que tout ce que je pourrais jouir dans ma vie entière, il lisait sa Bible et se souvenait, il y avait de ces phrases, hélas je n'ai pas assez de mémoire pour pouvoir te les répéter, il me confia que lorsque le mari n'était pas là, il les lisait pour elle, que ses mamelles étaient semblables à des grappes de raisin, son nombril à une coupe et son ventre à un monceau de froment, des trucs de ce genre, il refermait le livre, ils se regardaient et devenaient fous, c'est ce qu'il me raconta, une fois ils durent se cacher dans une armoire et firent leurs affaires à l'insu des domestiques et du mari, mais finalement ils furent pris sur le fait, ne me demande pas comment, don Mercurio n'a pas voulu me le dire, mais il m'avoua qu'il la savait enceinte, on faillit lui couper la tête et il dut mettre un océan entre eux, il échoua aux Philippines, puis à Cuba, c'était la guerre de l'époque, il soigna de la malaria je ne sais combien de milliers de soldats et revint en Espagne avec eux par le dernier vapeur qui partit de La Havane, à peine débarqué à Cadix il revint à Mágina sans perdre de temps, et quand il arriva sur la place San Lorenzo, le cœur au bord des lèvres, tu imagines, il vit la maison des Tours sans autres occupants qu'une gardienne, la mère de celle que tu as connue, personne ne put lui donner la moindre information sur la destination prise par ses maîtres, on ne se rappelait même plus qui ils étaient depuis tant d'années. Il demanda partout, visita je ne sais combien de sanatoriums d'Espagne, en effet quelqu'un lui avait dit que madame souffrait d'une faiblesse aux poumons et que son mari avait quitté Mágina car le climat lui était nuisible, il écrivit même aux meilleurs sanatoriums de Suisse, en français et en allemand, mais tout ce qu'il put découvrir, par l'intermédiaire d'une vieille sage-femme qui avait à moitié perdu la mémoire, c'était que sa maîtresse avait donné le jour à un enfant, et qu'à sa naissance il avait aussitôt été porté à l'hospice. Voyez ce qu'a été ma vie, Julián, me disait-il cette nuit-là, avec cette façon de parler si fleurie qu'il avait, d'abord une page du Cantique des Cantiques, et ensuite un sordide feuilleton à épisodes...

S'il a retrouvé l'enfant ? Pardi s'il l'a retrouvé, quand don Mercurio se lançait dans une entreprise, rien ni personne ne pouvait l'empêcher d'aller jusqu'au bout, mais il n'a jamais voulu me dire qui c'était, seulement qu'il vivait à Mágina et qu'il n'avait pas voulu reconnaître son père, des bizarreries de cette époque. Je l'accablais de questions, mais il m'interrompait sèchement, en secouant la main de cette façon, comme s'il chassait une mouche ; enfin, il me demanda d'approcher, je le revois encore, plus parcheminé que la momie, avec son bonnet en velours, Julián, me dit-il, avant de mourir je dois vous confier quelque chose, j'ai eu un fils dans ma jeunesse et je l'ai perdu, je ne lui en veux pas d'avoir refusé de me reconnaître et de recevoir la moindre chose de moi, mais dans ma vieillesse j'en ai trouvé un autre, vous, ainsi ai-je peut-être réparé en partie le mal que j'ai fait en engendrant quelqu'un qui était voué à l'humiliation et à la pauvreté. Voilà ce qu'il m'a dit, dans ces termes. Les gens ne parlent plus comme ça, même pas dans les vieux films qu'on passe à la télévision, et pas plus de mon temps, d'ailleurs, je ne comprenais déjà pas la moitié de ce que disait don Mercurio, mais j'en compris encore moins après le vol de la momie, il refusa toute sortie, même ses fameuses promenades hygiéniques, il fallait toujours garder les volets fermés, car la lumière du jour le blessait, le plein air et la chaleur aussi, don Mercurio ne me permettait pas d'allumer du feu ni de mettre un brasero sous les plis de la table *camilla*, le pauvre grelottait de froid, enveloppé dans ses couvertures, cela faisait peine à voir, de plus en plus consumé et silencieux, jusqu'au jour où il s'aperçut que la momie, Agueda, se dégradait insensiblement, comme les momies égyptiennes, le visage se crevassait, des boucles de cheveux tombaient, c'est à ce moment-là qu'il me demanda de convoquer le sculpteur, Utrera, il l'attendit comme on attend un médecin dans une maison où quelqu'un est gravement malade, et il le fit travailler pendant je ne sais combien de jours, même la nuit, il ne le laissait pas dormir, et cet homme s'en sortait très bien, rien n'y manquait, comme dans les vierges et les saints qu'il sculptait pour les églises, on dirait qu'ils vont vous parler, c'était une lutte contre la montre, comme on dit aujourd'hui aux informations, car la pauvre Agueda était devenue méconnaissable, tu imagines, don Mercurio ne venait plus la voir, elle s'effritait de partout, elle devenait chauve par plaques, comme les gens qui attrapent le cancer, son nez partait en morceaux, c'était pitié de la voir, à force de la regarder j'avais fini par la prendre en affection, la main que je passais sur sa robe s'imprégnait d'une cendre qui me restait en travers de la gorge, comme la poussière du battage. Don Mercurio reprit sa place dans le cabinet quand Utrera eut fini son travail, et n'en bougea plus, certains soirs il ne voulait même pas que je l'emmène au lit, il lisait sa Bible avec sa loupe et n'oubliait jamais de me demander de couvrir de cendre les braises du brasero, la chaleur aurait pu nuire à la nouvelle Agueda, il ne chercha pas à savoir ce que j'avais fait de l'ancienne, vu le peu qui en restait, j'ai scrupule à m'en souvenir, je rassemblai les restes avec un balai du mieux que je pus, mis le tout dans un sac et allumai un feu dans la basse-cour, je récitai même un Notre-Père pendant que la fumée s'élevait, plutôt par décence, car à l'époque j'étais déjà un athée de la trempe de don Mercurio…

Sans nous en rendre compte nous nous sommes peu à peu retrouvés seuls, le poste de télévision marche toujours et résonne encore plus fort dans le salon presque désert, une femme en robe de chambre, un filet dans les cheveux, donne le bras à un vieillard qui traîne ses pantoufles en caoutchouc sur le carrelage, un tremblement continu lui secoue les mains et le menton, son visage ne m'est pas inconnu, mais je ne veux pas savoir qui c'est, me rappeler comment il était ni où je l'avais vu. Une sonnette retentit, dans le genre de celle qui signalait la fin des cours au lycée, le dîner, dit Julián avec dégoût et résignation, soupe en sachet, jambon d'York grillé et croquettes surgelées, il me prie de l'excuser, ici il a perdu l'habitude de parler et il a la mémoire qui flanche, ici il n'y a que des morts qui respirent encore et la moitié ne savent même plus marcher, il fait mine de se lever, je lui tends la main mais il la repousse, il se met debout dans un simulacre d'énergie difficile, il est plus grand que moi, mais il marche d'une drôle de façon, le torse légèrement penché et les genoux trop écartés, il me demande des nouvelles de mon travail, il a entendu dire que j'ai une bonne situation à l'étranger et que je parle plus de langues qu'un ministre, à la porte de la salle à manger, d'où sort une odeur infecte, comme dans les casernes, il me serre la main très fort en prenant congé de moi et me prie de donner son bon souvenir à mon grand-père Manuel, de la part de Julián le chauffeur de taxi, celui des voitures, je lui explique qu'il ne se rappellera sans doute pas et il hoche la tête, je suis sûr que si, dis-le-lui et tu verras qu'il fera au moins un sourire, avec toutes les aventures que nous avons partagées dans les tavernes de flamenco. Il me tourne le dos, les deux battants de la porte se referment derrière lui, cadre blanc et verres dépolis, ils se rouvrent et je le vois avancer au milieu des tables, très grand, la nuque large et pelée, les bras pendants et séparés du corps, les jambes écartées, plus fragiles que le torse. A travers les vapeurs de la soupe, de vieux visages alignés me regardent, une laideur en ruine, les haut-parleurs diffusent une chanson liturgique moderne accompagnée de guitares, il y a des posters sur les murs des couloirs, sur la céramique des sanitaires, aurores agrémentées de phrases poétiques, christs chevelus et affables, je passe devant un banc où une femme plongée dans la décrépitude accroche ses doigts arthritiques aux grains d'un chapelet, je veux sortir d'ici le plus vite possible et ne plus sentir cette odeur, ne plus entendre au loin ces voix, ces chansons mièvres accompagnées à la guitare, ces bruits de couverts dans les assiettes en duralex, ce frottement des pas très lents et solitaires sur les dalles, je regarde ma montre, il est neuf heures du soir, trois heures de l'après-midi à New York, encore quelques heures insupportables avant que tu montes dans l'avion, et une éternité avant que tu arrives à Madrid et prennes le car pour Mágina.

J'accueille avec reconnaissance le froid extérieur, le vacarme et les cris des bars, les visages jeunes, les illuminations des vitrines, je me rends compte que je marche plus vite que d'habitude, j'ai du mal à échapper à l'asile, je regarde autour de moi et rien de ce que je viens de quitter ne paraît exister, ces hommes et ces femmes ne sont pas de ce monde, ils survivent, cachés tels des lépreux, comme s'ils étaient réfugiés dans un pays indifférent et aveugle, comme s'ils avaient été chassés de la ville qui fut la leur deux générations plus tôt, qu'ils ne reconnaîtraient pas s'ils pouvaient sortir, incapables de traverser assez vite dans un passage pour piétons, déjà associés aux morts, leur ressemblant beaucoup plus qu'aux vivants. J'entends leurs voix, mais je ne veux pas qu'ils s'emparent de moi, je découvre le danger de s'aventurer trop loin dans la mémoire ou dans les mensonges, des autres et des siens. Quand nous étions enfants, on nous affirmait que si nous entendions la Sibylle Croquebille la nuit de la Saint-Jean, nous serions perdus, car elle nous entraînerait derrière elle, ensorcelés. Soudain, je ne veux plus entendre d'autre voix que la tienne, avoir d'autre patrie que toi, d'autre passé que ces derniers mois. Je vois dans une vitrine une robe noire qui épouse les formes en plastique d'un mannequin à perruque rousse, je t'imagine dedans par un soir tiède et futur de mai, et cela m'excite. Je prononce ton nom, je l'imagine de la même façon que j'essaie d'imaginer ton visage, je le répète tout haut, Nadia, Nadia Allison, Nadia Galaz, en articulant ces syllabes je savoure presque le goût de ta bouche, de tes lèvres humides, de ta langue qui me lèche le visage quand je m'égare sur toi, ne sachant plus qui je suis ni qui tu es, à l'instant où nous perdons le détail de nos traits, de nos noms, de notre vie gravitant dans la conscience, pour ne plus être qu'une femelle et un mâle furieusement accouplés, qui transpirent, serrent les dents, se malmènent, étrangers aux subtilités, aux manières de la tendresse et aux sons du langage humain, primitifs, voraces, échangeant des baisers qui deviennent vite des morsures, des caresses aux limites de la griffure, les pupilles hallucinées et les traits déformés, émettant plaintes et grognements, fuyant le regard de l'autre ou le regardant avec une intensité qui contient peut-être une dose d'effroi, croyant mourir, ressuscitant lentement quelques minutes plus tard, retrouvant peu à peu notre respiration et l'usage des mots, la faculté de sourire, avec une sensation de conjuration apaisée et un peu de honte, car nous avons été au-delà de ce qui nous paraissait possible, dans les égarements de ce moment nous avons laissé derrière nous toutes les justifications, les moralités, les prudentes réserves de l'amour, nous sommes à la fois fiers et effrayés de nous être offerts et immolés, de nous être bus et léchés l'un l'autre dans une sorte de sacrifice humain. Tu te moquerais de moi si tu me voyais en ce moment, si tu baissais les yeux sur la fermeture éclair de mon pantalon, comme le jour où, dans un restaurant, tu t'étais déchaussée pour me faire du pied : je te demandais de ne pas te lever tout de suite, de ne même pas m'effleurer la main, quelle honte, à Mágina, seul dans la rue Neuve, regardant des robes dans les vitrines, elles annoncent à la fin du mois de janvier la mode de l'été, saison énigmatique et prometteuse que nous n'avons pas connue ensemble, t'imaginant, heureusement que les pans de la vareuse cachent l'impudence, Mercurio avait dû connaître les mêmes sensations en entrant dans la maison des Tours, bien que protégé par sa redingote ou sa cape, je me vois en train de te raconter toutes ces histoires, je te les racontais déjà en écoutant Julián, fier de toi, je te voyais à côté de moi, très attentive, accoudée à la table, écartant tes cheveux qui retombent sur ton visage, proche et réelle, à six mille kilomètres de distance, descendant demain soir à mon bras vers la place du Général-Orduña, nonchalante, fatiguée, impatiente de retourner dans la chambre, moi observant avec une secrète vanité les regards qui se posent sur toi pendant que je continue de te rapporter les histoires de Julián, entendues de la bouche de Mercurio il y a un demi-siècle, les histoires que m'a racontées ma mère sur mon bisaïeul Pedro : tant de voix, au cours de tant d'années, et presque aucune n'a dit la vérité, mais c'est peut-être en cela qu'elles ressemblent aux nôtres, ce qu'elles ont tu est plus important que les désirs et les rêves : le pur hasard des actes oubliés ou cachés, qui perdurent dans leurs ultimes conséquences. J'entends mes pas dans la rue du Puits, l'appel du couvre-feu à la caserne, les cloches qui sonnent onze heures, je vois de la lumière à l'angle de la place San Lorenzo, tu es sur la route de l'aéroport, le taxi roule vers le nord, longe l'East River, peut-être est-il immobilisé dans un embouteillage, mais cela ne t'inquiète pas, à ta place je me rongerais les ongles, rien que d'y penser je m'énerve, tu regardes tranquillement par la fenêtre, tu te remets un peu de rouge à lèvres, tu lis un journal ou parles avec le chauffeur de taxi, si convaincue que tu vas arriver que tu n'envisages pas la possibilité de rater l'avion, si sereine que tu te promèneras sans hâte jusqu'à la dernière minute dans la boutique en franchise, et tu seras la dernière passagère à monter dans l'avion, souriant à un pas du désastre qui ne se produit pas, comme ce personnage de dessins animés myope et distrait qui se penche avec admiration sur un papillon à temps pour échapper de quelques millimètres à la trajectoire d'une balle. Chez moi, dans la salle à manger, ma mère tricote en regardant un film à la télévision, mon grand-père Manuel s'est endormi ou fait semblant de dormir à la chaleur du brasero, il revoit en rêve un souvenir de son enfance qu'il oubliera en rouvrant un instant les yeux, ne sachant plus où il est. Dans un avion à demi vide qui survole l'océan Atlantique à dix mille mètres d'altitude en pleine nuit, une femme aux cheveux roux, aux yeux endormis et châtains, penche la tête sur le bord incurvé du hublot et ne voit que l'obscurité, elle calcule le nombre d'heures qui la séparent encore de Madrid. Julián, le conducteur de voitures, étendu sur le dos dans un lit de l'asile, respire et entend des ronflements brutaux, des pleurs aigus et séniles, des râles plaintifs de malades et de moribonds, il pense au jeune homme qui lui a rendu visite ce soir, il se rappelle l'écho particulier des sabots de *Verónica* et *Bartolomé*, des roues de la voiture de don Mercurio dans les ruelles de Mágina et sur la façade de la maison des Tours. Derrière la grande fenêtre grillagée d'une boutique à l'angle de la rue Royale, la lumière d'un réverbère se reflète faiblement dans les pupilles d'une statue de cire. Dans un musée de New York, les gardiens fatigués éteignent les projecteurs, plongeant dans la pénombre un tableau de Rembrandt dans lequel on distingue à peine la silhouette d'un cheval blanc au galop et le visage blafard d'un cavalier qui porte un bonnet tartare. A Mágina, sur la place du Général-Orduña dont la statue de bronze, fusillée, est légèrement penchée vers le sud, la lumière est toujours allumée à l'une des fenêtres du commissariat, l'horloge égrène lourdement les heures et un insomniaque se trompe en les comptant. Dans un appartement de Bruxelles où le moteur d'un réfrigérateur vide trépigne bruyamment, la clarté sale de l'aube éclaire une boîte de bière entamée et un journal ouvert qui remonte à plus d'un mois. A l'intérieur d'une malle reléguée dans le coin d'une chambre de Manhattan sont rangées plusieurs milliers de photographies en noir et blanc et une Bible traduite en espagnol au XVIe siècle par un clerc fugitif et hérétique, éditée à Madrid en 1869, reliée en cuir noir, rongée sur la tranche. Le corps raide et décomposé du commandant Galaz gît à deux mètres sous terre, sous le gazon glacé d'un cimetière du New Jersey, et à l'autre bout du monde, dans les fichiers d'un bureau de Nairobi, on a archivé les photos et les empreintes digitales d'un Colombien de trente-quatre ans qui s'appelait Donald Fernández, enterré dans la fosse commune quelques mois plus tôt. Pour supporter la dernière nuit d'attente, la nuit double des amants solitaires, quelqu'un avale deux cachets de valium et un verre d'eau et ferme les yeux, il entend comme dans son enfance le bruit des termites, les coqs chanter au loin et les chiens aboyer, il s'endort en croyant entendre un moteur d'avion. A l'étage au-dessous, une femme de soixante et un ans n'arrive pas à fermer l'œil, à côté du mari qui ronfle, et elle considère comme un devoir et un geste de loyauté de garder vive sa douleur d'avoir perdu sa mère.

C'est moi qui te parle, moi qui me souviens de toi, moi qui me réveille avec le soleil dans les yeux et pense qu'aujourd'hui tu es arrivée et attends étourdie de sommeil dans une sordide gare routière, en tenue de voyage, blouson foncé, pantalon serré et chaussures pointues, moi qui suis allé t'attendre une heure avant ta venue pour éviter les incertitudes, qui consulte le panneau des horaires, interroge anxieusement un employé, moi qui te vois me chercher du regard derrière la vitre du car qui vient d'entrer en gare avec dix minutes d'impardonnable retard, qui jette ma cigarette, qui ai le cœur sous l'estomac, qui m'avance vers toi au milieu de voyageurs flous et qui, en voyant tes cheveux décoiffés et le bonheur tranquille de ton sourire qui me reconnaît, pense et dis à voix basse, une seconde avant que tu m'embrasses avec avidité et véhémence, comme si je récitais une litanie, Dog, Ueid, Brausen, Elohim, qui et où que tu ne sois pas, seigneur des bêtes et des vers, législateur d'océans et de foules anéanties, maître insensé de l'ironie et de la destruction et du hasard, toi qui l'as faite à l'aune de mes désirs, qui as modelé son visage et sa taille et ses mains et ses chevilles et la forme de ses pieds, qui m'as engendré et m'as sauvé jour après jour pour que je devienne un homme, aie besoin d'elle et la rencontre, toi qui l'as conduite un matin à une certaine heure et à un endroit précis de Madrid et m'as accordé le privilège de la voir apparaître dans la cafétéria d'un hôtel de New York, ne permets pas que je la perde maintenant ni que je sois gagné par la peur ou l'habitude de la déception, protège-la pour moi comme tu as protégé ses ancêtres pour qu'ils la mettent au monde et comme tu as semé le courage un soir de juillet dans le cœur en émoi de son père, l'envoyant en exil à seule fin qu'elle voie le jour pour moi vingt ans après, et si en dépit de tout tu dois me l'enlever, ne permets pas la lente dégradation ni le mensonge, que je sois foudroyé à la première seconde de la première minute de rancœur ou d'ennui, que je la perde et que je souffre comme un chien, mais que je ne me dégrade pas confortablement à côté d'elle, qu'il n'y ait ni trêve ni réconfort ni vie future pour aucun des deux, que les mains ne deviennent pas orties, que nous ne soyons pas obligés de nous regarder comme deux poupées de cire dotées d'œils de verre, mais si c'est possible, accorde-nous le privilège de ne jamais nous rassasier, éclaire-nous et aveugle-nous, dicte pour nous un avenir que, pour la première fois de notre vie, nous ne voudrons pas déserter. Je me souviens de ce que je n'ai pas encore vécu. J'ai peur d'être pleinement qui je suis, dans le hall de la gare de Mágina, un haut-parleur annonce l'arrivée du car de Madrid, j'abrège le temps pour étreindre à l'instant ton corps avide et mince, tu viens vers moi, un sac à l'épaule et une valise à la main, tu apparais devant le lit, dans la chambre de l'hôtel, les cheveux retombant sur tes épaules nues, je ne me souviens de rien, je ne me suis pas aperçue que la nuit tombait, je ne sais pas si je suis avec toi à Mágina, à New York ou à Madrid, dit Nadia, mais cela m'est égal, ils sont pleins de gratitude et de désir.

TABLE

DU MÊME AUTEUR

Beatus ille
Actes Sud, 1989
« Points », n° R 573
et Seuil, 2000

Un hiver à Lisbonne
Actes Sud, 1990

Beltenebros
Actes Sud, 1991
et « Babel », n° 139

Les Mystères de Madrid
Actes Sud, 1994

Le Sceau du secret
Éditions du Seuil, 1995

Pleine Lune
Prix Femina étranger, 1998
Éditions du Seuil, 1998
et « Points », n° P 667

Une ardeur guerrière
Mémoires militaires
Éditions du Seuil, 1999

Cordoue des Omeyades
Hachette Littérature, 2000

Rien d'extraordinaire
nouvelles
Éditions du Seuil, 2000

Carlota Fainberg
Éditions du Seuil, à paraître, 2001

RÉALISATION : PAO ÉDITIONS DU SEUIL
IMPRESSION : BUSSIÈRE CAMEDAN IMPRIMERIES À SAINT-AMAND-MONTROND
DÉPÔT LÉGAL : OCTOBRE 2000. N° 41334 (003807/1)